잃어버린 환상 2

Illusions perdues

세계문학전집 487

잃어버린 환상 2

Illusions perdues

오노레 드 발자크

송기정 옮김

민음사

일러두기

1 인명, 지명 등은 모두 국립국어원의 외래어표기법을 따랐다.

2 번역 저본은 갈리마르 플레이아드판 『인간극』 총서 5권(*La Comédie humaine, Tome V*, Bibliothèque de la Pléiade, Éditions Gallimard, 1977)이다.

3 프랑스어 판본의 편집자 주는 [편]으로 표시했다. 그 외의 주석은 모두 옮긴이 주이다.

4 원문에서 이탤릭체 등으로 강조한 부분은 고딕체로 구분했다.

차례

서문

「파리의 지방 위인」은 작품 전체의 서론에 해당하는 「잃어
버린 환상」의 후편으로,[1] 두 작품을 합하면 아마도 《풍속 연
구》를 구성하는 모든 작품 중 분량이 가장 많을 것이다. 저자
는 다시 한번 무거운 마음으로 이 그림이 아직 완성되지 않았
음을 알리고자 한다. 『잃어버린 환상』의 3부가 남아 있기 때
문이다. 주인공의 출발과 파리 체류는 3부작 중 첫 두 부분

---

1) 『잃어버린 환상』 2부의 본 서문은 1839년 수브랭 출판사에서 처음 단행
본으로 출간될 때 쓰인 것이다. 각 부는 1843년 퓌른 출판사의 『인간극』 전
집에서 3부작으로 묶이기 전까지 단독 작품이었고, 그 전까지 1부의 제목
은 「잃어버린 환상」이었다. 독자의 혼동을 줄이기 위해 발자크가 1부를 지
칭할 때는 홑낫표를 쓴 「잃어버린 환상」으로, 전체 제목을 가리킬 때는 겹
낫표를 쓴 『잃어버린 환상』으로 표시한다.

에 해당하며, 지방으로의 회귀를 통해 이 3부작은 완성될 것이다. 마지막 부의 제목은 「발명가의 고뇌」가 될 것이며, 그 이야기는 앞선 두 부에서 인물들이 불러일으킨 흥미를 떨어뜨리지 않으면서 전개될 것이다. 또한 주요 인물들은 모두 각자의 환상을 잃어버린 채로, 고대 연극에서 볼 수 있는 고전주의적 엄격함에 따라 결말에서 다시 만나게 될 것이다. 이렇게 하여 3부작에 공통되는 제목 『잃어버린 환상』은 그 의미를 부여받는다.

저자는 「잃어버린 환상」 서문에서 한 약속을 지켰던가? 독자들이 판단할지어다. 다른 직업을 가진 사람들과 마찬가지로, 저널리스트들도 '극(劇)'이라는 법정에서 재판받는 일을 피할 수 없었다. 어쩌면 그들에게는 풍자를 모르는 작가가 아니라, 새로운 아리스토파네스가[2] 필요했는지 모른다. 그러나 저널리스트들은 문학에 너무도 큰 두려움을 불러일으켰기에, 연극에서도 풍자시에서도 또 소설이나 희극적인 시에서도 감히 그들을 법정에, 우스꽝스러운 사람이 우스운 풍습을 벌하는 법정에 세우지 못했다. 딱 한 번 스크리브 씨가 한 장면, 아니 하나의 초상이라 할 소극 「협잡」에서[3] 그런 시도를 했다. 이 재치 넘치는 소품이 준 즐거움은 저자로 하여금 더욱 상세한 묘사가 필요하다는 생각을 품게 했다. 그 후 라투슈 씨가 문

---

2) 기원전 5세기 그리스의 희극 작가로, 독설과 풍자로 명성을 떨쳤다.
3) 외젠 스크리브(Eugène Scribe, 1791~1861)와 에두아르 조제프 엔몽 마제르(Edouard-Joseph-Ennemond Mazères, 1796~1866)의 1막짜리 가벼운 풍자극으로, 1825년 5월 10일 초연되었다.[편]

학계의 풍속 문제를 다루었지만, 저널리즘을 비판했다기보다는 조직을 위해 형성된 동맹을 비난했다.[4] 그런 동맹은 회원들의 재능이 알려지지 않고 그들이 무명으로 남아 있는 한에서만 지속된다. 일단 유명해지고 나면 동맹원들은 사이가 나빠진다. 투쟁하면서 단련된 페가수스들은[5] 영광을 차지하기 위해 서로 싸운다. 재기발랄한 그 남자는 풍자 가득한 기사를 하나 썼을 뿐이지만, 그것으로 충분했다. 그는 길이 남을 '동지애'라는 단어를 프랑스어에 정착시키는 영예를 얻었는데, 훗날에는 5막짜리 희극의 제목이 되었다.[6] 이렇듯 그의 활약이 많은 사람을 두려움에 떨게 했던 만큼, 그는 용기 있게 행동했다는 찬사를 받을 만하다. 작가라면 누구나 새로운 소재를 찾으려는 이 시대에, 우습기 짝이 없는 언론계의 풍습이야말로 지극히 독창적인 우리 시대의 풍속이거늘, 그 문제를 다루려는 작가가 어떻게 한 명도 없단 말인가? 『모팽 양』이라는 기막히게 훌륭한 책의 기막히게 훌륭한 서문을[7] 언급하지 않는다

---

4) 기자이자 작가였던 앙리 드 라투슈(Henri de Latouche, 1785~1851)는 「문학계의 파벌에 관하여」(1829년 《르뷔 드 파리》지에 발표)에서 빅토르 위고의 비호 아래 보잘것없는 작가들끼리 서로 격려하는 소모임을 언급한 바 있다.[편]
5) 그리스 신화 속 날개 달린 천마 페가수스는 로마 신화에 이르면 '시인' '시인들의 뮤스' '창조의 원천' 등을 상징하게 된다.
6) 스크리브의 『동지애 혹은 발판』(1837)을 가리킨다.[편]
7) 테오필 고티에(Théophile Gautier, 1811~1872)의 『모팽 양』은 1835년 11월에 1권이, 1836년 1월에 2권이 출판되었다. 선언문 형식의 서문에서 저자는 언론의 문학 비평을 신랄하게 비난한다.[편]

면 저자는 정의를 외면하는 것이리라. 그 책에서 테오필 고티에는 손에 채찍을 들고 박차를 달고 장화를 신은 루이 14세가 친국(親鞠)의 자리로 나아가듯이, 언론계 한가운데로 쳐들어갔다. 코믹한 시적 감흥이 넘치는 이 작품은, 보다 정확히 말해 용기 있는 그의 행동은, 그 시도가 얼마나 위험한 것이었는지 증명해 주었다. 최고로 예술적이고 생기발랄하고 상큼하며, 우리 시대의 가장 구성이 탄탄한 작품 중 하나라 할 만한 이 책, 이야기는 속도감 있게 전개되고 대다수의 다른 책들과는 표현 방식이 완전히 다른 이 책이 성공을 거두었던가? 그 책을 두고 활발한 논쟁이 벌어졌던가? 드물게나마 그 책을 헐뜯었던 기사는 대담한 젊은 작가를 비난한 것이 아니라, 언론사에 도서 기증을 거부한 출판사의 인색함을 비난하는 내용이었다. 대중은 문학의 상품화가 얼마나 문학을 짓누르는지 알지 못한다. 이 책의 주제를 정한 뒤로, 저자가 묘사하고 싶었던 문학계의 불행은 더욱 심각해졌다. 과거에는 언론이 출판사에 일정 부수의 책을 현물로 요구했다. 정기간행물의 수를 고려하면 그 숫자는 100여 부가 넘었다. 게다가 기사를 쓸 때마다 출판사가 돈을 지불해야 했다. 출판사는 서평을 받으려고 열심히 쫓아다녀야 했고, 그럼에도 기사 한 줄 나오지 않는 경우가 허다했다. 신문 전체의 수를 곱하면 출판사가 지불하는 돈의 액수는 막대했다. 오늘날에 이르러서는 이러한 이중의 세금에 과도한 광고비까지 더해졌다. 책 출판에 드는 비용만큼이나 광고비가 비싸게 들다 보니 벨기에에서 제작되는 무단 복사본이 활개 치는 상황을 초래했다. 그러나 돈에 대한 비평가 다수의 습속은 그대로여서, 사심 없이 공정한 글을 쓸 수 있는 평론가는 두세 명에 불과하다. 물론 그들도 편파적이거나 증오에 찬 글을 쓰기도 한다. 그 결과 언론은 벨기에 해적판 같은 도둑질로 인한 피해 못지않게 현대 작가들의 생존에 치명적인 해를 입힌다. 여러분은 고귀한 지성을 가졌거나 분개한 많은 독자가 고티에 씨의 서문에 박수갈채를 보냈을 것으로 생각하는가? 그 시를 통해 시인은, 권력자들의 부패와 부도덕을 고발하지만 정작 그들 자신이 더 심각하게 부패하고 부도덕한 음험한 자들을 희극적으로 묘사했다. 그런데 이 세상은 시인의 그 희극적인 시에 경의를 표하고 그 시를 찬양했던가? 점잖은 신사들의 미온적인 태도는 얼마나 가증스러운가! 그들은 자신의 상처만 생각하고, 상처를 치료하는 의사들을 적으로 여긴다! 세상은 이토록 환상적이고 멋진 문학을 위험하다 여기면서도, 제라르의 「레다」나 지로데의 「바쿠스의 무녀들」처럼 대담한 그림을 보여주는 것은 두려워하지 않는다.[8] 그러나 회화에서 그런 묘사가 가능하다면 시에도 그런 내용이 담길 수 있는 것이다.

언론계의 풍조는 한 권 이상의 책과 하나 이상의 서문을 필요로 하는 거대한 주제 중 하나다. 여기서 저자는 그 병폐의 초기 단계를 그렸던바, 오늘날 병폐는 점점 더 심해져만 간

---

8) 프랑수아 제라르(François Gérard 1770~1837)는 프랑스 신고전주의 화가로서 나폴레옹 제정과 복고왕정기에 궁정화가로도 활동했다. 안 루이 지로데(Anne-Louis Girodet, 1767~1824)는 신고전주의와 낭만주의 사이에 있는 과도기적 화가로, 고대 신화와 역사적 주제를 즐겨 그렸다.

다. 1839년의 언론과 비교하면 1821년의 언론은 순진했다. 언론의 문제점을 광범위하게 다룰 수는 없었지만, 저자는 적어도 두려움 없이 이 문제에 접근했고, 자신의 지위가 갖는 이점을 이용했다. 언론에 빚진 바 없는 극소수의 작가 그룹에 속하기에, 언론에 아무것도 요구하지 않고, 언론이라는 단단한 지팡이에 기대지 않은 채 자신의 길을 갔다. 덕분에 그는 언론의 위선적 횡포를 꾸준히 경멸할 수 있었고, 그 누구에게도 기사를 써달라고 부탁하지 않았으며, 지금과 같은 시기에는 6주 만에 사라져버릴 어떤 책을 지지하기 위해 영원히 살아남을 위대한 작가들을 쓸데없는 광고의 제물로 바치지도 않았다. 그러니 저자에게는 이 나라를 삼켜버릴지도 모를 암 덩어리를 마주할 권리가 있다. 저자는 아주 비싸게 그 권리를 획득했다. 이 점에 있어, 아마도 많은 사람들은 저자가 관심을 끌기 위해 고통받는 척한다고, 그는 순탄한 길만 걸어왔다고 말할 것이다. 하지만 어제만 해도 저자에 대한 비방과 중상모략이 어찌나 심했던지, 저자가 거래하는 출판사 중 하나는 벨기에 해적판 출판에 대항하기 위해 출판사가 기울인 노력을, 현대 문학의 발전에 꼭 필요한 그 작업을 공격하는 악의적인 기사를 쓴 어떤 소신문을 경범 재판소에 고소했고, 경범 재판소는 그 소신문에 엄격한 법을 적용했다.[9] 법관들은 언론이 얼마나 무

9) 1839년, 샤르팡티에 출판사가 벨기에 해적판에 맞서 발자크의 『시골 의사』(1833)를 포함한 몇 종의 작품을 싼 가격으로 재출판하자, 일간지 《르 코르세르(해적)》는 이를 비난하는 기사를 실었다. 샤르팡티에는 《르코르세르》를 명예훼손으로 고소해 승소했다.[편]

기력한지 알려주었다. 출판업자는 각기 다른 인쇄소에서 인쇄된 『시골 의사』 판본이 4개나 있음을 입증했다. 그 어떤 언론에서도 칭찬한 바 없는 작품인데도 이러하다. 반면 저자는 여전히 『외제니 그랑데』의 중쇄를 기다린다. 비평가들이 과도한 찬사를 보내 다른 작가들을 숨 막히게 했던 책이다. 언론은 저자에 대해 모든 것을 까발렸다. 널리 알려진 소송에서 작가 다수가 동료 작가 하나를 비난하면서 벌인 모든 행동을 저자는 감내하고 견뎌냈다.[10] 저자의 인격과 성격, 그의 행운과 불행, 그의 품행, 사람들이 기벽이라고 부른 것 등을 공격한 후, 아무런 수확을 얻지 못했음에도, 그들은 이제 또 어떤 새로운 상처를 그에게 입히려는가? 하지만 열정과 복수하고 싶은 욕망, 혹은 어떤 나쁜 감정이 이 작품 창작에 영감을 주었다고는 생각하지 마시길. 저자는 여러 인물의 초상을 그릴 권리가 있고, 보편적 예시를 들었을 뿐이다. 게다가 현대 사회의 풍속사에서 언론은 매우 중요한 역할을 하기에, 프랑스에서 일어나는 이 위대한 드라마의 장면을 생략한다면 훗날 소심했다는 비난을 면키 어렵지 않겠는가. 많은 독자에게 이 책의 내용이 다소 과장된 것처럼 보일 수도 있다. 하지만 독자들은 알기 바란다. 이 모든 것이 처절한 현실임을. 그 절망적 현실에 비해 소설에서는 모든 것이 완화되었다. 게다가 이 책의 영향

---

10) 1836년 발자크는 출판인 뷜로즈가 『골짜기의 백합』 교정쇄를 러시아 상트페테르부르크의 잡지에 무단으로 넘긴 것에 대해 고소한 바 있다. 발자크는 승소했지만, 뷜로즈는 동료 문인들을 사주해 발자크에 반대하는 성명서를 냈다.[편]

력은 주제의 성격상 매우 한정적이다. 이 책에서는 시적 영혼을 가진 젊은이를 타락시키고 해로운 영향을 끼치는 언론과, 물질적 측면에서보다는 정신적 측면에서 초년생들이 마주하게 되는 난관에 대해서만 이야기할 것이다. 언론은 재능 있는 젊은이들을 죽일 뿐만 아니라, 그들의 시체를 영원한 비밀 속에 파묻어 버리고도 그들의 무덤 위에 꽃다발 하나 놓지 않는다. 그저 떠나간 구독자들을 위해서만 눈물 흘릴 뿐. 다시 한번 강조하자! 이 소설의 주제는 이 시대 전체를 아우른다. 우리 시대의 규모가 커진 만큼, 르사주의 튀르카레, 몰리에르의 필랭트와 타르튀프, 보마르셰의 피가로, 몰리에르 고전극의 스카팽 같은 유형의 인물들은 모두 그 범위가 확장되었다.[11] 우리 시대는 국왕의 자리를 제외한 모든 곳에 지배자가 존재하며, 누구나 자기 이름을 내세우면서, 어떤 영역에서는 중심이

______

11) 튀르카레는 알랭 르네 르사주(Alain-René Lesage, 1668~1747)의 『튀르카레 혹은 은행가』(1707)의 주인공이다. 탐욕스럽고 부패한 관료의 전형인 동시에 어리석고 허영심 많은 인물인 그는 속고 속이는 가운데 파산한다. 필랭트는 장 바티스트 포클랭, 몰리에르(Jean-Baptiste Poquelin, Molière, ?~1673)의 희곡 『인간 혐오자』(1666)의 주인공 알세스트의 친구이자 조언자로, 현실적이고 타협적인 인물이다. 타르튀프는 몰리에르의 희곡 『타르튀프』의 주인공으로, 겉으로는 독실한 신앙인이지만 속으로는 그 누구보다도 탐욕스러운 위선자다. 프랑스의 철학자, 극작가, 음악가, 사업가였던 피에르 오귀스탱 카롱 드 보마르셰(Pierre Augustin Caron de Beaumarchais, 1732~1799)는 작가협회를 결성, 작가의 권리를 주장했다. 그의 대표작인 일명 '피가로 3부작' ─ 『세비야의 이발사』(1775), 『죄 있는 어머니』(1792), 『피가로의 결혼』(1781) ─ 에 등장하는 피가로는 속임수에 능한 교활하고 대담한 책략가를 상징한다. 몰리에르의 희곡 『스카팽의 간계』(1671)에 등장하는 스카팽은 술수에 능한 하인이다.

되고 음침한 구석에서는 왕이 되고자 하는 그런 시대가 아닌
가. 배신으로 부자가 되고, 술로 뇌를 유지하며, 자신이 폐인
으로 만든 사람들에게 배은망덕하고, 자기가 고통을 준 이들
에게 끔찍한 조롱을 일삼으며, 공격을 막아내기 위해서는 비
열이라는 방패 뒤에 숨고, 든든한 송곳니로 무장한 아가리로
줄기차게 짖어대는 맹견에게는 항상 뼈다귀 한 조각을 던져
줄 준비가 되어 있는 보잘것없는 인간들을 묘사하면 얼마나
멋진 그림이 될까! 저자는 세부 사항을 많이 걸러내야 했으
며, 많은 인물을 포기해야 했다. 안 그랬으면 이 작품은 한계
를 초과했을 것이다. 게다가 작가라는 신분 때문에 유력 인사
들을 거론하는 것은 삼갈 수밖에 없었다. 하지만 이 책이 지
방에 파묻혀 사랑하는 가족에 둘러싸여 사는 아름다운 영혼
의 젊은 시인이 파리라는 지옥에 떨어지는 것을 예방함으로
써 그런 젊은이의 숫자를 하나 더 늘리는 것을 막을 수 있다
면, 단지 그것만으로도 선한 영향력을 발휘한 것이리라. 파리
에서 그들은 잉크를 허비하며 서로 싸우고, 실패로 끝날 작품
에 매달리고, 섬세한 꽃을 차지하기 위해 그 나뭇가지를 빼앗
겠다고 서로 다투다가 결국 꽃들을 시들게 하지 않나. 책들이
수없이 만들어지고, 출판되자마자 쿠반강의 곤충들처럼 곧바
로 죽어버리는 시대에, 한 권의 책에 그 모든 것을 다 담을 수
있을까? 쿠반강 곤충의 그러한 습성은 아마도 어느 그리스인
에게 첫 번째 기삿거리를 제공했을 것이다.[12] 이 작품이 행복

---

12) 고대 그리스 역사가 헤로도토스(Herodotus, 기원전 484~425)는 『역

한 이들에게 환상을 품게 했을까? 저자는 회의적이다. 젊음의 적은 젊음이고, 지방의 재능 있는 자의 적은 지방에서의 삶이다. 그 단조로움에 지친 지방 위인들은 파리에서의 위험한 삶에 대해 환상을 품는다. 군인에게 전장이 있듯이 그들에게는 파리가 있다. 아침이면 그들은 하나같이 자기가 저녁까지 살아남을 거라고 자신한다. 다음 날이 돼서야 몇 명이 죽었는지 알 수 있다. 뤼시앵으로 대표되는 인물들은 메탄가스 가득한 탄광에서 흡연이 금지되어 있음에도 담뱃불을 붙이는 흡연자다. 파멸의 깊은 구렁은 자기력(磁氣力)과 같은 매혹으로 그들을 빨아들인다. 이 책을 읽는 독자들은 적어도 고귀하고 순수한 명성을 얻기 위해서는 재능보다 인내심과 올바른 품행이 더 절실하다는 사실을 깨닫게 될 것이다.

1839년 4월, 파리

사』 4권에서 스키티에(스키타이인들)의 거주지를 지나는 히파니스강(오늘날 쿠반강)을 언급한 바 있다.[편]

2부

파리의 지방 위인

뤼시앵도 바르주통 부인도, 장티도 시녀 알베르틴도 여행 중에 일어난 일에 대해 일절 함구했다. 하지만 하인들이 상시 곁을 지켰으니, 납치극 같은 달콤한 밀월을 기대했던 연인에게는 이 여행이 꽤나 따분했으리라 짐작할 수 있다. 난생처음 역마차를 타 본 뤼시앵은 1년치 생활비로 책정한 금액이 앙굴렘에서 파리까지 가는 길에 거의 다 뿌려지는 것을 보고 깜짝 놀랐다. 어린아이의 천진함에 재능까지 겸비한 사람들이 그러듯, 그는 순진하게도 새로 접하는 것들에 대해 놀라움을 드러내는 우를 범했다. 남자는 한 여인에게 어떤 감정이나 생각을 품었을 때 그것들을 곧바로 그녀에게 알려서는 안 된다. 그러기 전에 그 여인을 잘 관찰하고 연구해야 한다. 다정한 만큼 마음도 넓은 애인이라면 유치한 행동에도 미소 지으며 이해해

준다. 그러나 조금이라도 허영심 있는 애인은 연인이 유치하거나 건방지거나 시시하게 구는 것을 용서하지 않는다. 찬미하는 대상을 과장하는 경향이 있는 여자는 자신의 우상을 신격화한다. 반면에, 자기를 위해 남자를 사랑하는 것이 아니라 그 남자 자체를 사랑하는 여자는 남자의 위대함만큼이나 결점도 좋아한다. 바르주통 부인에게 사랑과 자만심은 불가분의 관계였지만, 그때까지 뤼시앵은 그 사실을 까맣게 몰랐다. 여행 도중 뤼시앵이 자제하지 못하고 구멍에서 나온 어린 쥐처럼 재롱을 부렸을 때, 루이즈의 입가에 흐른 미소의 의미를 헤아려 보지 않은 건 그의 실수였다.

　날이 밝기 전에 여행자들은 에셀가에 있는 가야르부아 호텔에 도착해 짐을 내렸다. 두 연인은 무척 피곤했다. 루이즈는 무엇보다도 우선 눕고 싶었기에, 뤼시앵더러 자기 방 위층에 방을 잡으라 하고는 잠자리에 들었다. 뤼시앵은 오후 4시까지 잤다. 바르주통 부인이 저녁 식사를 위해 그를 깨웠다. 뤼시앵은 그제야 시간이 그렇게 된 것을 알고, 서둘러 옷을 입고 내려가 파리의 수치라 할 만큼 구차한 방에서 루이즈를 만났다. 우아함을 잔뜩 뽐내는 도시였지만, 파리에는 아직 부유한 여행객이 자기 집처럼 편히 지낼 수 있는 호텔 하나 제대로 없었다. 갑자기 잠에서 깼기에 시야가 흐릿하긴 했지만, 뤼시앵은 춥고, 빛도 안 들고, 커튼은 빛바래고, 문질러 닦은 타일 바닥은 지저분한 방에 있는 여인이 루이즈라고는 믿기지 않았다. 가구들은 너무 낡았고 싸구려처럼 보였으며, 오래되었거나 중고품이었다. 실제로 어떤 사람들은 그들을 둘러싼 인물들, 물건들과 장소 등의 배경으로부터 분리되면 더 이상 예전과 같은 모습과 가치를 지니지 못하게 된다. 플랑드르파의 천재 화가들이 그린 그림의 형상에서 생기가 느껴진다면, 그것은 그들이 사용하는 명암의 대조 효과 때문일 터, 살아 있는 사람의 용모에도 그에 적합한 환경과 분위기가 필요하다. 지방 사람들이 대개 그렇다. 바르주통 부인은 아무 방해도 없이 행복이 시작되려는 순간임에도 오히려 더 근엄하고 생각이 많아 보였다. 그렇다고 뤼시앵이 불평할 수도 없었다. 장티와 알베르틴이 시중을 들고 있었기 때문이다. 저녁 상차림에서는 풍성함도 지방 특유의 선심도 찾아볼 수 없었다. 예산상 간소화한 요리는 이웃 식당에서 가져왔는데, 식탁 차림도 빈약했고 양도 적어 겨우 배를 채울 정도였다. 재산이 별로 없는 사람들이 마주해야 하는 이러한 사소한 것들을 보면, 파리는 아름다운 도시가 아니다. 루이즈의 변화를 도무지 이해할 수 없었던 뤼시앵은 그 이유를 물어보기 위해 식사가 끝나기를 기다렸다. 그의 예감은 틀리지 않았다. 정신적 삶에 있어 심사숙고를 하나의 사건으로 볼 수 있다면, 아주 심각한 사건이 그가 잠자고 있는 동안 일어났던 것이다.

오후 2시경, 식스트 뒤 샤틀레가 호텔에 나타났다. 그는 알베르틴을 깨워 여주인에게 할 말이 있다는 의사를 전한 후, 바르주통 부인이 겨우 단장을 마쳤을 때 다시 왔다. 잘 숨어 있다고 생각했던 아나이스는 샤틀레의 출현에 놀라면서도 호기심이 발동해 3시경 그를 맞이했다.

"행정부로부터 질책당할 위험을 무릅쓰고 당신을 따라왔습니다." 샤틀레가 그녀에게 인사하면서 말했다. "당신에게 무슨 일이 닥칠지 뻔히 보이기 때문입니다. 하지만 제가 해고될지라도, 최소한 당신이 파멸하는 일은 없어야 합니다, 당신만은!"

"무슨 말씀을 하고 싶으신 거죠?" 바르주통 부인이 언성을 높였다.

그는 체념한 듯 다정하게 말을 이었다. "당신이 뤼시앵을 사랑하는 것을 잘 압니다. 한 남자를 정말로 사랑하는 것이 아니라면, 사회적 관습을 너무도 잘 아는 당신 같은 분이 모든 관습을 무시하고 생각 없이 행동하지는 않았을 테니까요! 사랑하는 나이스! 당신이 젊은 남자와 앙굴렘에서 도망쳤다는 사실을 사람들이 알게 되는 순간, 데스파르 후작 부인 댁에서든 다른 어떤 살롱에서든 당신을 받아들일 것으로 생각하세요? 그것도 바르주통 씨와 샹두르 씨의 결투가 벌어진 후에 말입니다. 당신 남편의 에스카르바스 체류는 두 분의 결별로 해석됩니다. 그런 상황에서 품위 있는 참다운 신사라면 아내를 위해 결투한 후 아내를 자유롭게 놔주는 법이죠. 뤼방프레 씨를 사랑하세요. 그를 보호해 주고, 당신 원하는 바의 인물로 만드세요. 하지만 동거는 하지 마십시오! 당신이 그 친구와 같은 마차를 타고 여행했다는 사실을 이곳의 누군가가 알게 된다면, 당신이 교제하고 싶은 사교계 사람들로부터 냉대를 받을 겁니다. 나이스, 당신은 아직 뤼시앵을 그 누구와도 비교해 본 적이 없고, 뤼시앵 또한 그 어떤 시련도 겪어보지 않았습니다. 게다가 그는 자기 야망을 위해 필요하다면 파리 여인을 위해 당신을 버릴 수도 있는 친구입니다. 그러니 아직은 그런 청년을 위해 이런 희생을 하지 마세요. 당신이 사랑하는 남자에 대해 나쁘게 말하고 싶지는 않습니다. 하지만 제게는 그의 이익보다 당신의 이익이 우선이기에 이렇게 말씀드립니다. 그를 잘 관찰해 보세요! 당신의 거동 하나하나가 얼마나 중요한지 깨달으시기를 바랍니다. 사교계가 당신을 받아들이지 않고, 여자들이 당신을 만나는 것을 거절할지라도, 적어도 그는 당신이 희생할 만한 가치가 있는 사람이고 그 희생을 이해해 줄 사람이라는 믿음이 있고, 당신의 희생을 후회하는 일은 없어야지요. 사교계 사람들이 데스파르 부부의 불화 원인까지 상세히 파악하진 못했지만, 그 부인은 남편과 별거 중인 만큼 더욱 근엄하고 엄격합니다.[13] 하지만 후작 부인은 나바랭 가문, 블라몽 쇼브리 가문, 르농쿠르 가문 등과 친척이고, 항상 그들에 둘러싸여 있으며, 가장 근엄한 여자들이 그녀를 방문하기도 하고 정중히 초대하기도 하니, 잘못한 사람은 데스파르 후작이겠지요. 그 댁에 한 번만 가 보시면 내 충고가 옳았음을 아시게 될 겁니다. 난 파리를 잘 아니, 분명히 예언할 수 있습니다. 데스파르 부인 댁을 방문했더니, 당신이 약사의 아

---

13) 『잃어버린 환상』 2부의 배경인 1822년 당시 데스파르 후작 부부는 재산 문제로 불화 끝에 별거 중이다. 1815년경 데스파르 후작은 자신의 재산이 과거에 낭트 칙령의 폐지로 몰수한 청교도의 토지였음을 알게 되자, 그 후손들에게 이를 돌려주고자 한다. 하지만 데스파르 부인은 시골로 내려가자는 남편의 제안을 거절하고, 홀로 파리에 남아 사교계 여왕으로 군림하고 있다. 이후 1828년에 그녀는 파리 생활로 인해 지게 된 큰 빚을 청산하려고, 남편을 금치산자로 몰아 재산을 빼앗기 위한 소송을 벌인다. 이 재판 과정을 다룬 발자크의 훌륭한 중편소설이 『금치산』이다.

들과 함께 가야르부아 호텔에 체류 중인 걸 후작 부인이 벌써 알고 있다면 당신은 절망하게 될 겁니다. 아무리 뤼방프레가 되고 싶어도 그가 약사의 아들임은 부인할 수 없는 사실이니 까요. 이곳에서는 아멜리와는 차원이 다르게 교활하고 간사한 경쟁자들을 상대하게 될 겁니다. 그네들은 당신이 누구고, 어 디에서 왔고, 무엇을 하는지 기어이 알아내고 말겠죠. 당신은 이름과 신분을 감출 수 있다고 생각하시죠? 그렇게 보입니다. 하지만 당신 같은 분에게는 절대로 익명이 보장되지 않습니 다. 어디서든 앙굴렘 사람을 만나지 않겠어요? 의회가 열리면 파리에 오는 샤랑트도 의원들도 있고, 파리에서 휴가 중인 장 군도 있습니다. 평범한 앙굴렘 시민 한 사람만 당신을 알아봐 도, 당신 인생은 이상한 방식으로 결정되겠죠. 당신은 그저 뤼 시앵의 정부에 불과하게 됩니다. 어떤 경우라도 저를 필요로 하신다면, 포부르 생토노레가의 총괄징세관 댁에 머물고 있으 니 그리로 사람을 보내세요. 데스파르 부인 댁에서 아주 가깝 습니다. 카리글리아노 원수, 세리지 부인, 총리대신 등을 잘 아 니 소개해 드릴 수 있습니다. 물론 데스파르 부인 댁에서 많은 분을 만나게 될 테니 제 도움이 별로 필요 없겠죠. 이 살롱 저 살롱에 가보고 싶어 하기도 전에 여기저기서 당신을 찾을 테 니까요."

바르주통 부인은 샤틀레의 말을 중간에 끊지 않았다. 그의 충고와 비판이 옳았기에 충격을 받았다. 사실 앙굴렘의 여왕 은 파리에서의 익명성을 기대하고 있었던 것이다.

"남작님 말씀이 옳아요. 이제 어떡하죠?"

"제가 알아서 하겠습니다." 샤틀레가 대답했다. "당신을 위해 가구 딸린 적당한 숙소를 찾아보겠습니다. 호텔보다 생활비도 덜 들고 집처럼 편히 지내실 수 있을 겁니다. 저를 믿으신다면 당장 오늘 저녁부터 그곳에서 주무시지요."

"그런데 제가 있는 곳은 어떻게 아셨어요?"

"당신 마차는 알아보기 쉽더군요. 실은 당신을 뒤따라왔습니다. 세브르에서 당신을 모시고 온 마부가 내 마부에게 여기 계시다고 알려줬죠. 저를 부관으로 임명해 주시겠습니까? 머무실 곳은 금방 편지로 알려드리겠습니다."

"그럼, 그렇게 하세요." 그녀가 말했다.

아무것도 아닌 듯 들리는 이 말은 사실상 모든 것을 의미했다. 샤틀레 남작은 사교계의 언어로 사교계의 여인에게 말했던 것이다. 그는 파리식으로 우아하게 차려입고, 좋은 말이 끄는 이륜마차를 타고 왔다. 마침 십자형 창에 기대서서 자신의 처지를 곱씹고 있던 바르주통 부인은 늙은 댄디가 떠나는 모습을 지켜보았다. 잠시 후, 불현듯 잠에서 깬 뤼시앵이 작년에 맞춘 난징산 무명 바지와 작고 초라한 프록코트를 서둘러 챙겨 입고 그녀 앞에 나타났다. 그는 미남이었지만 옷차림은 우스꽝스러웠다. 벨베데레의 아폴론이나 안티노오스에게[14] 물장수 옷을 입혀 보라. 그리스나 로마 조각가의 끌로 새긴 신적 창조물을 알아볼 수 있겠는가? 기계적으로 이루어지는 이런

---

14) 바티칸의 팔각정원인 벨베데레에서 가장 유명한 두 조각상이다. 특히 안티노오스는 로마 황제 하드리아누스의 총애를 받은 것으로 유명한 전설적 미소년이다.

종류의 빠른 판단을 마음속에서 수정하기도 전에, 눈은 이미 비교를 해버렸다. 뤼시앵과 샤틀레의 대조가 너무도 적나라했기에 루이즈의 시선을 자극하지 않을 수 없었던 것이다. 6시경, 저녁 식사를 마친 후, 바르주통 부인은 붉은 광목 바탕에 노란 꽃무늬가 있는 형편없이 낡은 소파로 가 앉으면서 뤼시앵에게 가까이 오라는 신호를 보내고는 그를 옆에 앉혔다.

"뤼시앵, 우리 둘 다를 죽이는 무분별한 짓을 했다면, 그걸 바로잡아야 할 필요가 있다고 생각하지 않아요? 우리는 파리에서 같이 살아서도 안 되고, 남들이 우리가 함께 이곳에 왔다고 의심하게 해서도 안 돼요. 당신의 미래는 온전히 내 지위에 달려 있으니, 어떤 방식으로로든 그 지위가 실추되면 안 되겠죠. 오늘부터 나는 이곳 근처에 묵을 테니 당신은 이 호텔에 머물러 계세요. 그러면 아무도 우리에 대해 이러쿵저러쿵 떠들지 않을 것이고, 우린 걱정 없이 매일 볼 수 있어요."

루이즈는 뤼시앵에게 사교계의 법칙을 설명해 주었고, 그 말을 들은 뤼시앵은 놀라움과 두려움으로 눈이 휘둥그레졌다. 여자가 무분별한 짓을 저질렀음을 깨닫고 원래 상태로 되돌아가고자 한다면 그것은 더 이상 사랑하지 않기 때문이라는 진리는 몰랐을지라도, 뤼시앵은 자기가 이제 더는 앙굴렘의 뤼시앵이 아니라는 사실은 알 수 있었다. 루이즈는 자기 이야기만 했다. 자신의 이해관계와 자신의 평판과 사교계에 대해서만. 그러고는 이기주의를 변명하기 위해 그 모든 것이 뤼시앵을 위해서라고 믿게 했다. 그는 그토록 빨리 바르주통 부인으로 돌아간 루이즈에 대해 아무 권리도 없었다. 더 심각한 것은 그에게는 아무 힘도 없다는 사실이었다. 그는 흘러내리는 눈물을 억제할 수 없었다.

"내가 당신의 영광이라면, 당신은 내게 그 이상입니다. 나의 유일한 희망이고 내 미래의 전부입니다. 당신이 나의 성공을 위해 함께한다면, 나의 불행도 함께하리라 믿었습니다. 그런데 벌써 헤어지다니요."

"나의 행동을 심판하다니, 나를 사랑하지 않는군요." 루이 즈가 말했다. 그러나 뤼시앵이 너무나 괴로운 표정으로 그녀를 바라보았기에, 이렇게 말하지 않을 수 없었다. "이봐요, 뤼시앵, 당신이 원한다면 여기 남겠어요. 그러면 우리는 함께 파멸하게 되겠죠. 의지할 곳 하나 없이 말이에요. 우리 둘 다 비참해지고 사람들로부터 배척당하게 되면, 그리고 실패하여, 모든 경우를 다 예상해야 하니까요, 에스카르바스로 쫓겨 가게 된다면, 사랑하는 이여, 그때가 되면 똑똑히 기억하세요, 나는 이미 그런 결말을 예견했으며, 우선은 사교계의 법칙에 따라 성공할 것을 제안했다는 사실을!"

"루이즈!" 뤼시앵은 그녀를 포옹하면서 말했다. "이토록 현명한 당신을 보니 두려워요. 나는 어린아이에 불과하기에, 전적으로 당신 뜻을 따랐음을 생각해 줘요. 내 힘으로 성공하고 싶었어요. 하지만 나 혼자가 아닌 당신의 도움으로 더 빨리 출세할 수 있다면 내 모든 행운은 당신 덕분이라고 생각하며 기꺼이 당신 신세를 지고자 했지요. 용서하세요! 당신에게 모든 것을 걸었기에, 불안하기만 합니다. 나한테 결별이란 버림받음을 예고하고, 버림받음은 죽음을 의미해요."

“하지만 뤼시앵, 사교계가 당신에게 요구하는 것은 별것 아니에요.” 그녀가 대답했다. “단지 여기서 잠만 자라는 거예요. 그러면 사람들한테 트집 잡힐 일 없고, 이런저런 말을 듣지 않고도 하루 종일 내 집에 머물 수 있어요.”

루이즈의 다정한 애정 표현에 뤼시앵은 어느 정도 진정되었다. 1시간 후, 장티는 샤틀레가 보낸 쪽지를 가져왔다. 바르주통 부인을 위해 뇌브 뒤 뤽상부르가에[15] 아파트 하나를 구했음을 알리는 것이었다. 그곳이 에셸가에서 그리 멀지 않다는 설명을 듣고, 부인은 뤼시앵에게 “우리는 서로 이웃이에요.”라고 말했다. 2시간 후에는 샤틀레가 보낸 마차를 타고 새로 구한 아파트로 갔다. 실내장식 업자들이 가구를 들이고 꾸민 그 아파트는 파리에 단기 체류하는 부유한 지방 의원들이나 명사들에게 빌려주는 것으로, 화려하지만 편하진 않았다. 뤼시앵은 밤 11시가 다 되어 초라한 가야르부아 호텔로 돌아왔다. 파리에서 본 것이라고는 아직 뇌브 뒤 뤽상부르가와 에셸가 사이에 있는 생토노레가의 일부뿐이었다. 작고 누추한 방에 누운 그는 루이즈의 화려한 아파트와 자신의 방을 비교하지 않을 수 없었다. 뤼시앵이 바르주통 부인 댁을 떠나자마자 샤틀레 남작이 도착했다. 외무부 장관 댁에서 오는 길이라는 그는 화려한 무도회 복장을 하고 있었다. 바르주통 부인을 위해 체결한 계약 내용들을 보고하러 왔던 것이다. 루이즈는 불

---

15) 현 캉봉가다. 육필 원고에는 뇌브 뒤 뤽상부르가 13번지라고 명시되어 있었다.[편]

안했고, 그런 사치에 겁이 났다. 지방의 절약하는 관습이 몸에 밴 그녀는 돈 계산에 철저했고, 파리에서는 구두쇠로 통할 만큼 매우 꼼꼼히 따졌다. 어림잡아 4년 체류 생활비 초과분을 충당하려고 세무서장의 어음 2만 프랑어치를 가져왔는데, 그것으로 부족해 빚을 지게 될까 봐 벌써 조마조마했다. 샤틀레는 아파트 월세가 600프랑밖에 되지 않는다고 알려주었다.

"아주 싼 거죠." 그는 나이스가 움찔하는 것을 보고 말했다. "당신이 사용할 전용 마차 한 대도 월 500프랑에 마련했습니다. 집세를 포함하면 50루이입니다.[16] 부인께서는 이제 몸치장에만 신경 쓰시면 됩니다. 상류사회를 드나드는 여성이라면 이 정도는 하셔야 합니다. 만일 당신이 바르주통 씨를 세무서장으로 만들고 싶다거나 왕실에 한자리 얻게 해주고 싶다면, 가난한 티를 내서는 안 됩니다. 이곳에서는 부자들에게만 기회가 옵니다. 부인 곁에 하인 노릇을 할 장티와 옷시중을 들 알베르틴이 있어 다행입니다. 파리에서 하인을 고용했다가는 파산하고 말 테니까요. 이제 사교계에 진출하실 테니, 앞으로 댁에서 식사하실 일은 별로 없을 겁니다."

바르주통 부인과 남작은 파리에 관한 대화를 나누었다. 샤틀레는 최근 소식들을 들려주었고, 파리 사람이라면 알아야 할 온갖 시시콜콜한 것들도 말해 주었다. 나이스에게 필요한

---

16) 루이 금화는 1640년 루이 13세 시대에 처음 주조되어 프랑스 혁명기인 1791년까지 사용되었다. 그 후 나폴레옹이 프랑스 금화 체계를 개편해, 20프랑 가치의 루이 금화가 1914년까지 주조되었다. 실질적인 유통은 1차 세계 대전 전후로 종료된다.

물건들을 살 수 있는 상점에 대한 충고도 아끼지 않았다. 예를 들어 챙 없는 모자는 에르보 상점에서, 챙 넓은 모자나 헝겊 모자는 쥘리에트 상점에서 사라고 했다. 유명한 빅토린을 대체할 만한 의상실 주소도 가르쳐주었다. 이로써 그는 나이스에게 앙굴렘 티를 완전히 벗어버려야 할 필요성을 느끼게 했다. 그리고 재치를 발휘할 수 있음에 기뻐하면서 다음과 같은 말을 남기고 떠났다.

"내일은 아마," 그는 대수롭지 않은 듯 무심히 말했다. "제가 어느 극장 티켓이든 구할 수 있을 겁니다. 부인과 뤼방프레 씨를 모시러 오겠습니다. 두 분께 파리를 구경시켜 드리는 영광을 누리게 해주십시오."

'내 생각보다 훨씬 관대한 사람이네.' 바르주통 부인은 그가 뤼시앵까지 초대하는 것을 보고 생각했다.

6월이[17) 되면 장관이나 대신 들에게 극장표는 처치 곤란이다. 정부 여당의 의원들과 그들을 지지하는 지역구민들은 포도 수확이나 추수에 매달려야 하고, 그들의 가장 까다로운 지인들도 시골에 있거나 여행 중이다. 따라서 그 무렵 파리 극장의 최고급 좌석들에는 온갖 잡다한 관객들이 그득하다. 그들은 단골들에겐 뜨내기들이고, 관객들의 눈에는 낡은 융단처럼 보인다. 이런 상황을 이용해 샤틀레는 큰돈을 들이지 않고도 지방 사람들이 껌뻑 넘어갈 흥밋거리를 제공할 수 있을 것

---

17) 뤼시앵이 처음으로 바르주통 부인 댁에 안내된 것은 1821년 5월이며, 앙굴렘을 떠난 것은 9월이다. 게다가 추수의 계절은 6월이 아니라 9월이다. 퓌른판 출판 당시 시간 오류를 인식하지 못한 듯하다.[편]

으로 생각했다. 다음 날, 뤼시앵은 처음으로 루이즈를 방문했
지만, 그녀를 만나지 못했다. 바르주통 부인은 꼭 필요한 몇 가
지 물건을 사기 위해 외출하고 없었다. 샤틀레가 알려준 대로
여성의 옷차림에 관한 최고 권위자들의 조언을 듣기 위해 나
갔던 것이다. 데스파르 부인에게는 자신의 도착을 알리는 편
지를 보내놓았다. 오랫동안 여왕으로 군림했기에 자신 있었지
만 그래도 촌뜨기로 보일까 봐 두려웠다. 눈치 빠른 그녀는 여
자들끼리의 관계가 첫인상에 좌우된다는 사실을 알았다. 머
지않아 자신도 데스파르 부인처럼 탁월한 여인의 수준에 이
를 수 있다고 믿으면서도, 처음 데뷔할 때는 사람들의 호의가
필요하다는 것을 느꼈기에, 일단 성공을 위한 모든 조건을 갖
추고 싶었다. 그래서 그녀는 파리의 사교계 사람들과 보조를
맞출 방안들을 알려준 샤틀레에게 무척이나 고마웠다. 절묘
한 우연으로 당시 데스파르 부인은 남편의 친척에게 호의를
베푸는 것이 매우 기쁜 상황에 놓여 있었다. 데스파르 후작은
표면상으로는 아무 이유 없이 사교계에서 은퇴했다. 그는 사
업에도 정치에도 가족에도 그리고 아내에게도 관심이 없었다.
아무런 구속도 받지 않게 된 후작 부인은 사교계의 인정을 받
아야 할 필요를 느꼈고, 이 기회에 가문의 보호자를 자처함으
로써 후작을 대신할 수 있어 기뻤다. 잘못은 명백하게 남편에
게 있음을 드러내기 위해 후원 의지를 과시하고자 했던 것이
다. 그녀는 바로 당일에 네그르플리스 가문 출신의 바르주통 부인
에게 다정한 답장을 보냈다. 근사한 격식 탓에 내용의 빈곤함
을 알아보는 데 적잖이 시간이 걸리는 편지였다.

진즉에 들은 바 있어 몹시 뵙고 싶었던 분과 가까워질 기회를 맞이하니 기쁘기 한이 없습니다. 파리에서의 우정이란 그다지 견고한 것이 못 되기에, 이 땅에서 함께 마음을 나눌 수 있는 분을 바라 마지않았습니다. 이런 일이 없었더라면, 이 역시 다른 소망들처럼 그저 땅속에 묻어버릴 한낱 환상에 불과했겠지요. 최선을 다해 사촌을 도와드리겠습니다. 찾아가 뵙는 것이 도리겠으나, 몸이 불편하여 집에 머물러 있어야 한답니다. 하지만 저를 생각해 주셨다니, 감사하는 마음에 벌써 은혜를 입은 심정입니다.

여러 대로들과 라페가를 돌아다니는 동안 뤼시앵은, 처음 파리에 온 사람들이 다들 그러듯, 사람들보다 사물들에 정신이 온통 팔렸다. 파리에서는 우선 사물들의 엄청난 규모와 양에 넋이 나간다. 상점들의 호화로움, 높은 건물들, 몰려드는 마차들, 그리고 극도의 사치와 극도의 가난이 이루는 극명한 대조가 강한 충격을 준다. 뤼시앵은 수많은 인파에 놀랐다. 그 군중 속에서 그는 낯선 이방인에 불과했다. 상상력이 풍부한 이 청년은 그들 사이에서 자신이 한없이 작아지는 것을 느꼈다. 지방에서 나름대로 존경받으며 한 걸음을 내디딜 때마다 자신이 중요한 인물이라는 증거를 만나곤 했던 이들은 자신의 가치가 그토록 빨리 완벽하게 상실되는 상황에 결코 익숙해질 수 없다. 고향에서는 중요 인사였는데 파리에서는 아무것도 아닌 사람으로 전락해 버리는 상황에 중간 지대가 있으면 좋으련만. 이쪽에서 저쪽으로 갑자기 넘어가는 사람들은 일종의 자기상실을 경험하고는 처절한 절망에 빠지고 만다. 자신의 모든 감정에 사람들이 반응하는 것을 느끼고, 자신의 모든 생각에 동조하는 친구를 만나고, 자신의 아주 작은 느낌도 함께 나누는 영혼을 가진 이들로 둘러싸였던 젊은 시인에게 파리는 끔찍한 사막이 되어가고 있었다. 뤼시앵은 아직 그 푸른색 고급 정장을 찾아오지 않았기에, 바르주통 부인이 돌아와 있을 시간에 맞추어 그녀의 집에 갔을 때 누더기라고는 할 수 없지만 초라하고 옹색한 복장인 것이 신경 쓰였다. 그 집에서는 샤틀레 남작이 기다리고 있었다. 남작은 저녁 식사를 하기 위해 두 사람을 '로셰 드 캉칼'[18] 식당에 데려갔다. 뤼시앵은 파리의 엄청난 속도에 어질어질해져서 루이즈에게 아무 말도 못 했다. 세 사람이 함께 마차를 타고 있었음에도 그는 루이즈의 손을 꼭 잡았고, 그녀는 그의 생각을 다 이해한다는 듯 다정하게 응답해 주었다. 저녁 식사 후 샤틀레는 두 사람을 보드빌[19] 극장으로 안내했다. 겉으로 드러내지는 않았지만, 뤼시앵은 샤틀레가 옆에 있는 것이 못마땅했다. 샤틀

---

18) 발자크의 편지에 자주 등장하는 유명한 식당으로, 몽토르게이가 61번지에 있었다. 총재정부 시절인 1804년 문을 연 이 식당은 정치인, 작가, 예술가 들이 모이는 사교의 중심지였다. 1845년에 문을 닫았으나, 같은 거리의 78번지에 '오 로셰 드 캉칼'이라는 이름으로 다시 문을 열어 지금까지 영업 중이다.
19) 1792년에 문을 연 이 극장은 당시 루브르궁 근처 샤르트르가에 있었다. 춤, 노래, 시 등을 곁들인 가벼운 희극을 공연했는데, 이것이 점차 대중화되면서 다양한 볼거리를 추가해 '보드빌(Vaudeville)'이라는 공연 장르로 확장되었다. 북미에서는 버라이어티쇼라고도 한다.

레를 파리로 이끈 우연을 저주했다. 간접세 담당 국장은 자신이 파리로 온 이유는 야망 때문이라고 했다. 그는 행정부의 비서실장으로 임명되어 국사원에 들어가 청원심사관이 되길 바라고 있었다. 예전에 받은 약속의 이행을 요구하러 왔는데, 자기 같은 사람은 지방의 세무국장으로 눌러앉아 있을 인물이 아니라는 것이었다. 그럴 바에는 차라리 아무 일도 안 하든가, 아니면 국회의원이나 외교관이 되는 편이 낫다고 했다. 그는 자신을 근사하게 포장했다. 뤼시앵은 이 늙은 미남에게서 느껴지는, 파리 사정을 잘 아는 사교계 남자로서의 우월함을 얼마간이라도 인정하지 않을 수 없었다. 그 남자 덕분에 파리를 즐기고 있다는 사실이 무엇보다 수치스러웠다. 시인이 불안하고 거북했던 반면, 전직 황실 비서관은 물 만난 물고기였다. 노련한 선원이 항해술에 무지한 초심자를 비웃듯, 샤틀레는 경험 부족한 경쟁자가 망설이고 놀라고 계속 질문하고 실수하는 모습을 보며 웃었다. 정신적 혼란에서 오는 뤼시앵의 불쾌감은 난생처음 파리에서 공연을 보며 느끼는 즐거움으로 상쇄되었다. 그날 저녁은 뤼시앵이 지방 생활에 대해 갖고 있던 생각들 대부분을 부지불식간에 단념하게 되었다는 점에서 특기할 만하다. 활동 범위가 넓어졌고, 사회의 규모도 완전히 달라졌다. 우아하고 생기발랄하게 차려입은 예쁜 파리 여인들 옆에 있다 보니, 나름대로 열심히 꾸몄음에도 바르주통 부인의 낡고 초라한 옷차림이 금방 눈에 띄었다. 옷감도 디자인도 색깔도 모두 유행에 뒤진 것이었다. 앙굴렘에서는 그토록 그를 매혹했던 머리매무새도 저마다 자신의 진가를 보여주는 섬세하고 창의적인 패션 감각에 비하면 형편없는 취향처럼 보였다. '저 여자는 계속 저런 모습으로 남아 있을 건가?' 그것이 그녀가 변신을 위해 하루 종일 고민한 결과인 줄도 모르고 뤼시앵은 그런 생각을 했다. 지방에서는 선택의 여지도 비교할 대상도 없다. 같은 모습을 보는 데 익숙한 지방 사람들은 인습적 아름다움밖에 모른다. 지방에서는 미인으로 통하는 여자도 파리에 데려다 놓으면 아무런 주의를 끌지 못한다. 왜냐하면 그네들은 맹인들의 나라에서는 애꾸눈이가 왕이다라는 속담을 적용해야만 아름답게 보이기 때문이다. 바로 전날 바르주통 부인이 그를 샤틀레와 비교했던 것처럼, 뤼시앵은 부인과 파리 여인들을 비교했다. 바르주통 부인 편에서도 애인에 대해 여러 가지 야릇한 생각에 잠겨 있었다. 놀라운 미모에도 불구하고 가엾은 시인은 도무지 맵시가 나지 않았다. 소매가 깡총한 프록코트와 꼭 끼는 조끼를 입고 촌스러운 장갑을 긴 그는 2층 관람석의 젊은 청년들과 비교되면서, 몹시 우스꽝스러워졌다. 바르주통 부인은 그가 불쌍해 보였다. 샤틀레는 깍듯하게 부인을 신경 쓰고 챙겼다. 그의 태도는 그녀에 대한 깊은 연정을 드러내고 있었다. 우아할 뿐 아니라 극장 무대를 다시 찾은 배우처럼 편안해 보이는 샤틀레는 지난 6개월간 잃었던 세력 기반을 단 이틀 만에 회복했다. 보통 사람들은 감정이 그렇게 돌변할 수 있다는 것을 잘 납득하지 못하지만, 두 연인이 결합했던 것보다 훨씬 빨리 헤어지는 경우가 종종 있음은 분명한 사실이다. 바르주통 부인에게도 뤼시앵에게도 서로에 대한 환멸이 준비되고 있었다. 그리고 그 원인은 파리였다. 루이즈의 눈에 사교계가 새로운 양상을 띠게 된 것처럼, 시인의 눈에는 인생이 확장되고 있었다. 그들을 묶어주던 끈은 단 하나의 사건만으로도 끊어질 판이었다. 뤼시앵에게는 끔찍한 재앙이 될 이 도끼질을 당하는 데에는 그리 오랜 시간이 걸리지 않았다. 바르주통 부인은 시인을 호텔에 내려준 후 샤틀레와 함께 거처로 돌아갔다. 이 가련한 연인에게는 그것이 여간 불쾌하지 않았다.

'저들이 나에 대해 무슨 이야기를 할까?' 그는 누추한 자기 방으로 올라가며 생각했다.

마차 문이 닫히자 샤틀레가 웃으며 말했다. "저 가엾은 친구는 참 성가시네요."

"가슴과 머리에 사상의 세계를 가진 사람들이 다 그렇지요." 뤼시앵을 위해서라기보다 자기 자신을 위해 아직은 뤼시앵을 옹호할 용기를 가진, 네그르플리스 가문 출신의 자존심 강한 여인이 말했다. "오랫동안 꿈꾸어 온 아름다운 작품으로 표현하고 싶은 것이 많은 사람은 재치를 너무 부리려다 그걸 잃어버리고 말게 될 시시한 대화나 교제를 경멸하는 경향이 있으니까요."

"그 점에는 기꺼이 동의합니다." 남작이 다시 말했다. "하지만 우리는 인간과 함께 살지, 책과 함께 살지는 않지요. 그런데 나이스, 당신과 저 친구 사이에는 아무 일도 없군요. 그렇게 보입니다. 그래서 무척 기쁩니다. 만일 누군가에 대한 호감을 가지고 그를 후원함으로써 이제까지 당신의 인생에서 결핍되었던 삶의 의미를 찾고자 한다면, 제발 부탁입니다만, 자칭 천재라고 주장하는 저 친구에게는 그런 희망을 품지 마세요. 며칠 후에는 진정한 인재들, 당신이 만나게 될 진짜 뛰어난 인물들과 저 친구를 비교하면서, 세이렌처럼 아름다운 당신이 빛나는 등에 업고 항구로 데려온 인물이 칠현금을 든 남자가 아니라, 예의도 능력도 없으면서 어리석고 건방지기만 한 꼬마 원숭이라는 걸 알게 되면 어쩌시려고요? 루모에서는 재치 있어 보였지만 파리에서는 평범하기 그지없는 일개 소년에 불과하다는 사실을 말입니다. 여기서는 새로운 시집이 매주 몇 종씩 출판되는데, 그중 가장 시시한 것도 샤르동의 시보다는 훨씬 나아요. 제발 부탁입니다. 기다리면서 비교해 보세요!" 그러고는 마차가 뇌브 뒤 뤽상부르가로 접어들자, 다음과 같이 말했다. "내일은 금요일이니 오페라가 있습니다. 데스파르 부인은 왕실 시종장 전용석을 소유하고 있으니 아마도 당신을 그리 데려갈 겁니다. 당신의 영광스러운 모습을 보기 위해 나는 세리지 부인의 좌석으로 가겠습니다. 지금 『다나이데스』를[20] 공연하고 있습니다."

"안녕히 가세요."

다음 날 아침, 바르주통 부인은 사촌뻘인 데스파르 부인을

---

20) 이탈리아 작곡가 안토니오 살리에리(Antonio Salieri, 1750~1825)의 오페라로, 1784년 오페라 드 파리에서 초연되었다. 원작은 아이스킬로스의 비극 『탄원하는 여인들』로, 다나이데스 즉 '다나오스의 딸들'에 관한 신화를 소재로 하고 있다. 리비아 왕 다나오스와 이집트 왕 아이킵토스는 쌍둥이 형제로, 각자 딸 50명과 아들 50명이 있는데, 아이킵토스가 다나오스에게 자식들의 결혼을 제안한다. 하지만 이 결혼이 불러올 재앙이 두려운 다나오스의 딸들은 아르고스로 달아나 신들에게 파국을 막아달라고 탄원한다.

만나러 가기에 적당한 아침 복장이 무엇일까를 고민하면서 이것저것 입어보고 있었다. 날씨가 약간 추웠기에, 앙굴렘에서 가져온 헌 옷 중에는 다소 튀는, 장식이 많이 달린 초록색 벨벳 드레스 외에 입을 만한 것이 없었다. 한편 뤼시앵은 초라한 프록코트가 끔찍이도 싫었기에 푸른색 예복을 찾으러 갈 필요를 느꼈다. 데스파르 후작 부인을 만날 수도 있고 갑자기 부인 댁에 가게 될지도 모른다고 생각했기에, 잘 차려입은 모습으로 나타나고 싶었던 것이다. 그는 당장 짐을 가져오려고 삯마차를 탔다. 2시간 동안 3~4프랑을 쓰고 나니, 파리 생활에 들어가는 엄청난 비용에 대해 많은 생각을 하게 되었다. 최대한으로 몸치장을 한 후 뇌브 뒤 뤽상부르가에 도착한 그는 문 앞에서 깃털 달린 의상을 근사하게 차려입은 시종과 함께 있는 장티를 만났다.

"댁으로 가려던 참이었구먼요. 마님께서 이 쪽지를 전해 주라셨어요." 존대하는 파리식 예법을 잘 모르는 장티가 익숙한 지방 풍속대로 우직하게 말했다.

데스파르 부인 댁의 시종은 시인이 하인인 줄 알았다. 뤼시앵은 쪽지를 뜯어 보았다. 바르주통 부인이 데스파르 부인 댁에서 낮 시간을 보내다 저녁에는 오페라에 간다고 적혀 있었다. 뤼시앵에게는 그리로 바로 오라고 했다. 데스파르 부인이 젊은 시인에게 박스석의 자리 하나를 허락했고, 그런 즐거움을 제공해 줄 수 있어 그녀 또한 매우 기쁘게 생각한다는 것이었다.

'그러니까 그녀는 날 사랑하는 거야! 쓸데없는 걱정을 했

어.' 뤼시앵은 생각했다. '당장 오늘 저녁에 나를 사촌에게 소개하다니!'

그는 펄쩍펄쩍 뛰고 싶을 만큼 기뻤고, 행복한 공연 시각까지 즐겁게 보내고 싶어졌다. 베리[21] 식당으로 저녁을 먹으러 가기 전까지 산책하기로 하고, 기대에 부풀어 튈르리 공원으로 달려갔다. 행복감으로 들뜬 뤼시앵은 신나게 겅중거리며 쾨양 산책로를 지나 이리저리 돌아다녔다. 그는 산책자들, 애인과 함께 있는 예쁜 여자들, 서로 팔짱을 끼고 지나가며 눈인사를 나누는 우아한 커플들을 유심히 관찰했다. 이 산책로는 앙굴렘의 보리외가와 얼마나 다른지! 근사한 횃대에 앉은 새들조차 앙굴렘의 새들과는 딴판으로 예뻤다! 회색빛의 유럽 새들과 달리, 인도나 아메리카에서 들여온 조류들은 호화찬란한 색채의 사치를 과시하고 있었다. 뤼시앵은 튈르리에서 잔인한 2시간을 보냈다. 그곳에서 불현듯 자신을 돌아보며 스스로를 평가했다. 우선 그 우아한 청년들 중 연미복을 입은 자는 하나도 없었다. 어쩌다 보이는 연미복 입은 사람이라

---

21) 팔레루아얄의 갈르리 드 피에르(석조 회랑) 83번지에 있던 고급 식당이다. 1632년에 완공된 팔레루아얄은 본래 리슐리외 추기경의 대저택으로 지어졌으며, 추기경 사후 왕가에 귀속되면서 '팔레루아얄(왕궁)'이라는 명칭을 얻었다. 1692년 루이 14세는 팔레루아얄을 동생 오를레앙 공작에게 증여, 이때부터 궁은 오를레앙 가문 소유가 된다. 1781년 루이필리프 도를레앙은 막대한 채무를 해결하기 위해 팔레루아얄에 임대업을 계획, 전체 부지 중 1층의 중정을 둘러싼 일부 구역을 카페, 식당, 극장, 서점, 고급 상점가로 개조했다. 이로써 팔레루아얄이 19세기 소비문화의 상징이 되었다. 갈르리 드 피에르는 팔레루아얄의 아케이드 중 석조 구역의 명칭이다.

곧 늙은 노숙자거나 가난뱅이, 아니면 마레 구역에서 온 연금 생활자나 사무실 급사였다. 아침 복장이 있고 저녁 복장이 있다는 것을 깨닫고 충격받은 시인은 매서운 눈썰미로 자기 모습을 돌아보았다. 낡은 옷은 보기 흉했고 결함투성이의 연미복은 우스꽝스럽기 짝이 없었다. 재단은 유행에 뒤떨어졌고, 푸른색은 바랬으며, 깃은 대단히 볼품없었고, 너무 오래 입어서 양쪽 앞자락이 서로 반대편으로 기울었다. 단추들은 녹슬어 불그레했고, 주름을 잡은 곳마다 닳아서 흰 줄이 반들거렸다. 너무 짧은 디자인의 조끼는 실소를 자아낼 만큼 촌스러웠기에 그는 서둘러 연미복 단추를 잠갔다. 난징산 무명 바지를 입은 건 서민들뿐이었다. 신사들은 생전 처음 보는 매력적인 옷감의 바지나, 티끌 하나 없는 흰 바지를 입고 있었다. 게다가 바지에는 하나같이 발밑으로 거는 고리가 달려 있는 데 반해, 그의 바지는 밑단이 장화 뒤축으로 말려 들어가는 바람에 심하게 거슬렸다. 그는 누이가 양쪽 끝에 수를 놓아준 하얀색 스카프식 타이를 목에 감아 매고 있었다. 오투아 씨와 샹두르 씨가 그와 비슷한 넥타이를 맨 것을 보고 서둘러 오빠에게 비슷한 것을 만들어 주었던 것이다. 그런데 근엄한 사람들이나 늙은 금융업자들, 혹은 깐깐한 관리들을 제외하고는 오전에 흰색 타이를 맨 사람은 아무도 없었다. 그뿐이 아니었다. 가엾은 뤼시앵은 철책 반대편 리볼리 거리 인도 위로 머리에 바구니를 이고 가는 식료품점 점원을 보았는데, 그 소년의 넥타이 양쪽 끝에도 수가 놓여 있었다. 그것을 본 앙굴렘 청년은 깜짝 놀랐다. 아마도 사랑하는 여공이 그를 위해 수놓아 준 것이리라. 뤼시앵은 가슴에 큰 타격을 입었다. 가슴이란 아직 명확한 정의가 내려지지 않은 기관으로, 우리의 감수성이 은신하는 곳이다. 감정이 존재하기 시작한 이래로, 인간은 기쁠 때나 극도로 고통스러울 때면 가슴에 손을 대곤 한다. 이런 이야기를 유치하다고 비난하지 마시라! 물론 한 번도 이런 고통을 겪어보지 못한 부자들에겐 유치해 보일 수 있다. 그러나 권력자들과 특권층 사람들의 삶에 일대 혼란을 가져다주는 위기만큼이나 불행한 사람들의 고뇌 또한 관심 갖고 이야기할 가치가 있다. 어느 쪽이건 고통당하기는 마찬가지 아닌가? 고통은 모든 것을 위대하게 만든다. 다른 예를 들어보자. 적당히 그럴싸한 예복 대신, 휘장이나 훈장이나 작위를 대입해 보면? 그저 허울뿐인 이 사소한 것들이 탁월한 인물들의 욕망을 자극하지 않았던가? 게다가 가지지 못한 것을 가진 것처럼 보이게 하고 싶은 사람들에게 옷차림은 대단히 중요하다. 복장이야말로 지금 가지지 못한 것을 훗날 소유할 수 있게 해줄 가장 중요한 수단이기 때문이다. 뤼시앵은 현재의 차림새로 저녁에 왕실 시종장과 친척인 데스파르 후작 부인 앞에 설 것을 생각하니 식은땀이 흘렀다. 그녀의 집은 각계의 명사들과 탁월한 인사들이 드나드는 곳이 아닌가.

"나는 천생 약국집 아들, 진짜 가게 점원의 모습이구나." 멋지게 빼입은 우아하고 세련된 생제르맹 구역의 귀족 청년들을 보면서 부아가 치민 그가 혼잣말을 중얼거렸다. 몸에 밴 특유의 태도로 인해 그들은 모두 비슷해 보였다. 섬세한 윤곽과 고상한 옷차림과 얼굴의 분위기도 흡사했다. 하지만 자신을 돈

보이게 하고자 각자가 선택한 표현 방식으로 인해 그들은 모두 달라 보였다. 파리에서는 여자들뿐 아니라 젊은 남자들도 일종의 연출을 통해 모두가 자신의 장점을 부각시키고 있었다. 뤼시앵은 어머니로부터 소중한 자산인 기품 있는 외모를 물려받았다. 그가 보기에도 외모가 주는 이점은 분명했다. 하지만 그 황금은 아직 광휘를 발휘하지 못한 채 모암(母巖) 속에 머물러 있었다. 이발을 잘못해서 머리매무새는 엉망이었다. 고귀한 그의 얼굴은 부드러운 고래 뼈로 만든 깃에 의해 지탱되는 것이 아니라, 보기 흉한 셔츠 깃 속에 파묻힌 것 같았다. 넥타이에 대한 가눌 길 없는 수치심에 서글퍼진 그는 고개를 숙였다. 앙굴렘에서부터 신고 온 볼썽사나운 장화 속에 그의 예쁜 발이 숨어 있으리라고 그 어떤 여인이 상상할 수 있겠는가? 그 어떤 남자가 그가 이제까지 연미복이라고 믿어온 푸른 자루 속에 감추어진 날씬한 허리를 부러워하겠는가? 그의 눈에는 빛나는 순백의 셔츠에 달린 근사한 단추들이 들어왔지만, 자기 셔츠는 누리끼리했다! 우아한 신사들은 모두 멋진 장갑을 끼고 있었지만, 뤼시앵의 장갑은 헌병들이나 끼는 투박한 것이었다! 이 신사는 보석이 박힌 근사한 지팡이를 휘둘렀고, 저 신사는 예쁜 금장 커프스버튼이 달린 셔츠를 입었다. 어떤 여인에게 말하면서 매력적인 채찍을 비비 꼬고 있는 청년은 흙탕물이 튀어 살짝 얼룩진 바지의 넓은 주름과 소리가 울리는 박차, 몸에 꼭 낄 정도로 작은 프록코트 등으로 보아, 키 작은 젊은 마부가 붙잡고 있는 두 필의 말 중 하나에 곧 오르려는 듯했다. 또 어떤 사람은 조끼 주머니에서 100수짜리 동전처럼 납작한 시계를 꺼내서는, 약속 시간보다 너무 빨리 왔거나 너무 늦게 와서 상대를 못 만난 듯이 시간을 보았다. 지금껏 있는 줄도 몰랐던 예쁜 소품들을 바라보고 있자니, 그의 눈앞에 사치품이 필수인 세계가 펼쳐졌다. 멋쟁이 행세를 하려면 막대한 돈이 필요하다는 현실을 깨닫자 그는 전율했다! 행복하고 자유로워 보이는 그 젊은이들에게 감탄하면 할수록, 그는 자기 모습이 괴상하다는 것을 의식하지 않을 수 없었다. 지금 걷고 있는 길이 어디로 이르는지도 모르고, 팔레루아얄 바로 옆에 있으면서도 팔레루아얄이 어디에 있는지 모르며, 행인에게 루브르궁이 어디냐고 묻고는 "바로 여기요."라는 대답을 듣는 이상한 남자가 바로 자신이었다. 뤼시앵은 자기와 세계 사이에 가로놓인 깊은 심연을 느꼈다. 어떤 방법으로 그 심연을 뛰어넘을 수 있을지 자문했다. 저 날씬하고 세련된 파리의 청년들처럼 되고 싶었던 것이다. 그 귀족들은 전부 완벽하게 차려입고 완벽하게 아름다운 여인들에게 인사했다. 그 여인들과 한 번만이라도 키스할 수 있다면, 쾨니히스마르크 여백작의 시종처럼 죽을 때까지 싸울 수도 있었으리라.[22] 이렇게 멋진 여인들과 비교하니, 어두운 기억 속의 루이

---

22) 스웨덴 태생의 귀족 마리아 아우로라 폰 쾨니히스마르크(Maria Aurora von Königsmarck, 1662~1728)는 훗날 폴란드-리투아니아 국왕이 되는 작센 선제후 프리드리히 아우구스트 2세(1670~1733)의 정부였으며, 그들 사이에서 태어난 아들이 조르주 상드의 증조부인 헤르만 모리츠 폰 작센이다. 하지만 이 이야기는 그녀의 남동생인 필리프 크리스토프(Philip Christophe von Königsmarck, 1665~1694) 백작의 비극적 죽음을 연상케 한다. 스웨덴 장교였던 그는 어린 시절부터 알고 지내던 조피아 도로테아 폰 첼레

즈는 늙은 여자처럼 그려졌다. 그는 훗날 19세기 역사에서 거론될 만한 여자들도 여럿 마주쳤다. 그들의 재치, 그들의 미모, 그들의 사랑은 지난 세기 여왕들과 비교해도 절대 뒤지지 않을 것이며, 훗날 덜 유명하지도 않을 것이다. 그는 경탄을 자아내는 여인이 지나가는 것을 보았다. 카미유 모팽이라는 이름으로 알려진 뛰어난 작가 마드무아젤 데 투슈였다. 탁월한 정신만큼이나 특출한 미모를 지닌 그녀를 보고 행인들은 남녀를 가리지 않고 이구동성으로 그녀의 이름을 속삭였다.

"아!" 뤼시앵이 중얼거렸다. "이것이 바로 시다!"

젊음과 희망과 찬란한 미래가 빛나고, 부드러운 미소와 하늘처럼 넓고 태양처럼 뜨거운 검은 눈을 가진 이 천사에 비하면 바르주통 부인은 무엇이란 말인가! 마드무아젤 데 투슈는 파리에서 가장 매력적인 여자 중 하나인 피르미아니 부인과 담소를 나누며 웃고 있었다. 하나의 목소리가 그에게 외쳤다. "지성은 세상을 움직이는 지렛대다." 그러나 또 하나의 다른 목소리는 그 지성을 지탱하는 것은 돈이라고 외치고 있었다. 그는 파멸의 한복판에도 패배의 무대 위에도 서고 싶지 않았다. 아직 그 동네의 지리를 잘 몰랐기에 길을 물어 팔레루아얄로 가는 길로 접어들었다. 베리 식당에 들어가 파리의 쾌

(Sophia Dorothea von Celle) 여공작의 연인이 되었는데, 당시 그녀는 정략 결혼으로 훗날 영국 왕이 되는 하노버 왕가의 조지 1세의 아내였다. 두 연인은 불행한 결혼 생활 중 탈출을 계획했으나, 1694년 7월 필리프가 하노버 궁에서 돌연 실종되었다. 작가는 이 사건을 떠올린 것으로 보인다.[편]

락에 입문하고자, 방금 느꼈던 절망을 위로할 만한 식사를 주문했다. 보르도 와인 한 병, 오스탕드 굴 한 접시, 생선과 자고새 요리, 마카로니, 과일, 이 정도가 그가 바라는 욕망의 최대치였다. 오늘 저녁 데스파르 후작 부인 앞에서 나의 재치를 증명하리라, 풍부한 지적 능력을 펼쳐 보인다면 괴상한 차림새로 인한 거부감도 만회되리라 생각하면서, 그는 이 작은 방탕을 만끽했다. 그러나 50프랑이라는 금액이 표시된 계산서를 받는 순간 꿈에서 깨어났다. 순식간에 50프랑이 날아갔다. 그 정도면 파리에서 꽤 오래 버틸 걸로 예상한 액수였다. 이날 저녁 식사비는 앙굴렘의 한 달 생활비였다. 이 궁전의 문을 경건히 닫으며 그는 다시는 이곳에 발을 들여놓지 않겠다고 다짐했다.

'에브의 말이 맞았어.' 그는 돈을 더 가져오기 위해 팔레루아얄의 긴 석조 아케이드를 지나 호텔로 돌아가며 생각했다. '파리의 물가는 루모와 다르구나.'

아케이드를 따라 걸으며 그는 고급 부티크들에 감탄했고, 아침에 튈르리 공원에서 본 신사들의 옷차림이 생각났다. 그는 외쳤다. "아니야, 이렇게 흉한 복장으로 데스파르 부인 앞에 나타날 순 없어!' 그는 사슴처럼 빠르게 가야르부아 호텔까지 달려가 방에서 100에퀴를 꺼내 가지고 머리끝에서 발끝까지 단장하기 위해 다시 팔레루아얄로 갔다. 그곳에 점찍어 둔 부츠 가게, 리넨 전문점, 조끼 맞춤점, 이발관 등이 있었다. 미래의 우아함은 열 군데 상점들에 흩어져 있었다. 그가 맨 먼저 들어간 양복점의 양재사는 마음에 드는 정장을 이것저것

골고루 입어보게 하고는, 전부 다 최신 유행이라는 말로 그를 설득했다. 뤼시앵은 200프랑에 초록색 연미복, 하얀 바지, 기발한 디자인의 조끼 등을 산 후 상점을 나왔다. 곧이어 자기 발에 꼭 맞는 우아한 장화 한 켤레를 발견했다. 마침내 필요한 물건을 다 산 후, 이발사를 호텔로 불렀다. 구매한 물건들은 숙소로 배달되었다. 저녁 7시에 그는 삯마차를 타고 오페라로 갔다. 세례자 요한 축일의 퍼레이드 단원처럼 머리를 말고, 조끼를 갖춰 입고, 멋진 넥타이도 잘 맸지만, 생전 처음 상자 같은 걸 뒤집어쓴 사람처럼 어색한 모습이었다. 바르주통 부인이 알려준 대로 그는 왕실 시종장 좌석이 어디인지 물었다. 잔뜩 멋을 부렸지만 어색하기 짝이 없는 그의 모습이 결혼식에서 손님을 접대하는 종업원처럼 보였기에, 개찰원은 그에게 표를 보여달라고 했다.

"표는 없는데요."

"그럼 입장하실 수 없습니다." 개찰원이 무뚝뚝하게 대답했다.

"하지만 저는 데스파르 후작 부인의 일행입니다."

"그런 건 우리가 알 바 아닙니다." 그는 말하면서 웃음을 참지 못하고 개찰구의 동료와 은근슬쩍 미소를 주고받았다.

그때 회랑 밑으로 마차 한 대가 멈추어 섰다. 뤼시앵이 모르는 시종이 사륜마차의 발판을 펼치자, 잘 차려입은 부인 둘이 내렸다. 뤼시앵은 개찰원으로부터 물러서라는 무례한 주의를 듣고 싶지 않아 비켜서면서 두 부인에게 자리를 내주었다.

"저 부인이 바로 당신이 잘 안다고 주장하는 데스파르 후작

부인이십니다, 선생님." 개찰원이 빈정거리는 투로 뤼시앵에게
말했다.

새로 말끔하게 차려입은 그를 바르주통 부인이 알아보지
못하는 것 같아서 뤼시앵은 난감했다. 하지만 그녀 앞으로 다
가가자 부인은 미소 지으며 말했다. "마침 잘 만났네요, 이리
오세요!"

개찰구 사람들이 다시 공손해졌다. 뤼시앵은 바르주통 부
인을 따라갔다. 그녀는 오페라의 넓은 계단을 올라가면서 자
기가 데려온 뤼방프레를 사촌에게 소개했다. 시종장의 박스석
은 홀 안쪽의 좌우 모서리를 깎아 만든 두 개의 발코니 중 하
나에 있었다. 그곳에선 사방을 볼 수 있었으니, 사방에서도 그
곳이 보였다. 뤼시앵은 데스파르 부인 뒤에 있는 의자에 앉으
며 사람들 눈에 띄지 않아 다행이라고 생각했다.

"뤼방프레 씨," 후작 부인은 사람을 기분 좋게 만드는 듣기
좋은 목소리로 말했다. "오페라는 처음이시니, 잘 둘러보실 수
있도록 이 자리에 앉으세요. 당신에게 허락할 테니 앞으로 오
시지요."

뤼시앵은 그녀의 말을 따랐다. 오페라의 1막이 끝났다.

"시간을 잘 활용했군요." 뤼시앵의 변화에 놀란 루이즈가
그의 귀에 대고 속삭였다.

루이즈는 그대로였다. 파리의 바르주통 부인이라 할 수 있
는, 유행의 최첨단을 달리는 데스파르 후작 부인 옆에 있음으
로써 그녀는 큰 손해를 보았다. 찬란한 파리 여인은 지방 여
인의 결점들을 한껏 도드라져 보이게 했다. 화려한 극장 홀이

보여주는 상류사회와 뛰어난 여인 덕분에 이중으로 깨우침을
얻은 뤼시앵은 마침내 파리 사람들 눈에 비치는 현실 속 여인
으로서 이 초라한 아나이스 드 네그르플리스를 보게 되었다.
마르고 큰 키에, 다갈색 머리와 각진 얼굴형, 피부엔 붉은 반
점이 가득한 퇴색한 여인, 행동거지는 부자연스럽고, 잘난 척
거드름 피우고, 지방 사투리로 말하고, 무엇보다도 옷차림이
엉망인 여인을! 파리 사람들의 낡은 옷은 주름에서도 그 나
름의 멋과 취향이 드러나기에 설명이 가능하고, 전에는 어땠
을지 짐작하게 된다. 그러나 지방 사람의 낡은 옷은 설명이 안
된다. 그것은 우스울 따름이다. 바르주통 부인의 경우, 옷이나
사람이나 아무런 매력도 신선함도 없었고, 벨벳 드레스는 그
녀의 안색처럼 얼룩져 있었다. 이런 오징어 뼈같이 생긴 여인
을 사랑했다는 사실이 수치스러워, 뤼시앵은 루이즈가 정조를
언급하기만 하면 그 핑계로 즉시 그녀를 떠나버리기로 마음먹
었다. 눈에 띄는 자리에 앉아 있었기에 오페라글라스들이 이
특별한 귀족석을 향해 있는 것이 잘 보였다. 더없이 세련된 여
인들이 바르주통 부인을 관찰하고 있는 것이 분명했다. 모두
가 서로 이야기를 주고받으며 웃고 있었기 때문이다. 데스파
르 부인은 여자들의 몸짓과 미소를 보고 그들이 빈정거리는
이유를 알아챘지만 전혀 신경 쓰지 않았다. 우선 자기가 데려
온 여인이 파리 사람이라면 다들 아는 골칫거리인, 지방에서
올라온 불쌍한 친척이라는 사실을 그네들도 알 터였다. 사촌
은 이미 옷차림에 대한 고민을 털어놓았더랬다. 그러나 그녀는
아나이스가 일단 잘 차려입기만 하면 파리의 매너는 곧 터득

하게 될 것을 알아보고 그녀를 안심시켰다. 바르주통 부인은 아직 파리 관습에 익숙하지 않았지만, 귀족 여인의 타고난 기품과, 그게 뭐든 간에 우리가 혈통이라 부르곤 하는 어떤 요소를 갖추고 있었다. 따라서 다음 주 월요일이면 설욕의 기회가 올 것이다. 일단 그녀가 자기 친척임을 알게 되면, 사람들은 조롱을 멈추고 그녀를 새롭게 관찰한 후에야 평가를 내릴 것이다. 목에 스카프를 두르고 예쁜 옷을 입고 머리를 우아하게 다듬고 데스파르 부인의 충고를 따른다면, 루이즈라는 인물이 어떻게 변할지 뤼시앵은 짐작도 못 했다. 벌써 계단을 오르는 동안 후작 부인은 손수건을 펼친 채로 손에 들고 있지 말라고 사촌에게 말해 주었다. 취향이 우아한지 천박한지는 이런 사소한 뉘앙스로써 결정되는바, 재치 있는 여자는 그것을 빨리 터득하지만 그렇지 못한 여자들은 아무리 해도 이해하지 못한다. 파리에 오기 전부터 의욕이 넘쳤던 바르주통 부인은 자신의 결점을 금방 깨닫는 영리한 여자였다. 데스파르 부인은 제자가 자신을 명예롭게 하리라 확신했기에, 사촌의 교양 교육을 마다하지 않았다. 서로의 이해관계가 맞아떨어지면서 두 여인 사이에 견고한 계약이 체결되었다. 바르주통 부인은 돌연 이 시대의 우상을 숭배하게 되었다. 데스파르 부인의 태도와 재치뿐 아니라 주변 인물들의 면면에 경탄했고 현혹되었고 매료되었다. 데스파르 부인에게서 야심만만한 귀부인의 보이지 않는 힘을 알아채고서, 이 별의 위성이 되어 출세하기로 마음먹고는, 진심으로 별을 찬미했다. 후작 부인은 손쉽게 장악한 이 순진한 여인에게 호감을 느꼈으며, 사촌이 나약하고 가난한 것을 알고는 더욱더 관심이 생겼다. 후작 부인은 자신의 일파를 형성할 추종자를 두게 된 데에 매우 만족했다. 그녀가 바르주통 부인에게 바라는 것은 말하자면, 옷시중 드는 시녀나 칭찬을 늘어놓는 노예 이상이 아니었다. 그런 존재는 귀한 보석과도 같아서, 파리에서 이런 여자를 찾기란 문학계에서 헌신적인 비평가를 찾는 것보다 훨씬 어렵다. 하지만 호기심으로 술렁이는 분위기가 확연했기에, 방금 상경한 바르주통 부인조차 그것을 눈치채지 않을 수 없었다. 데스파르 부인은 이러한 동요에 대해 적당히 다른 이유를 대면서 사촌을 안심시키려 했다.

"사람들이 인사하러 찾아오면, 저 부인들이 무엇 때문에 우리에게 그토록 관심을 가지는지 알게 될 거예요." 후작 부인이 말했다.

"파리 여인들 눈에, 제 낡은 벨벳 드레스와 앙구무아식 촌스러움이 웃긴가 봐요." 바르주통 부인이 어색하게 미소 지으며 말했다.

"아니에요, 당신이 아니에요. 뭔지는 나도 모르겠지만, 다른 일이 있어요." 이렇게 덧붙이면서 후작 부인은 처음으로 시인을 쳐다보았는데, 그의 요상한 차림새가 유난스럽다고 생각하는 듯했다.

그때 뤼시앵이 세리지 부인의 박스석을 손가락으로 가리키며 말했다. "저기 샤틀레 씨가 있네요." 새 옷을 차려입은 늙은 미남이 방금 그곳으로 들어갔던 것이다.

뤼시앵의 손가락질에 바르주통 부인은 부아가 치밀어 입술을 깨물었다. 후작 부인이 그를 보고 놀라워하며 미소를 숨기지 못했는데, 그것이 '저런 애송이는 어디서 튀어나왔을까?'라고 말하듯 경멸적이었기 때문이다. 루이즈는 자신의 사랑이 모욕당하는 느낌이었다. 프랑스 여인에게 이는 무엇보다도 뼈아픈 감정이기에, 그 원인을 제공한 애인은 절대로 용서받지 못한다. 사소한 것도 큰일로 만드는 사교계에서 신참은 몸짓 하나, 말 한마디로 파멸한다. 상류사회의 고상한 태도와 말투가 갖는 주된 장점은 모든 것이 서로 잘 융화해 예의에 어긋남 없이 조화로운 전체를 이루도록 하는 데 있다. 무지하거나 혹은 어떤 사상에 빠져 그러한 교양의 법칙과 동떨어진 사람들조차 그런 문제에 있어서는, 마치 음악에서 단 하나의 불협화음만으로도 예술 자체가 완전히 부정되듯이, 작은 부조화 하나가 전체를 망친다는 사실을 이해할 것이다. 예술의 모든 조건은 가장 사소한 디테일에서까지 충족되어야 하며, 그렇지 못하다면 예술은 존재하지도 않을 것이다.

"저 신사는 누구죠?" 후작 부인이 샤틀레를 가리키며 물었다. "당신은 벌써 세리지 부인을 알고 계세요?"

"아! 저분이 바로 그토록 숱한 염문을 뿌리면서도 어디서나 환영받는다는 명사 세리지 부인이로군요!"

"놀라운 일이죠." 후작 부인이 대답했다. "설명할 수 있지만, 설명되지 않는! 가장 위험한 남자들이 그녀의 친구들이랍니다. 왜냐고요? 아무도 감히 그 비밀을 알아내려 하지 않으니까요. 그나저나 저 신사는 앙굴렘의 인기남인가요?"

"글쎄요, 샤틀레 남작은," 허영심이 발동한 아나이스는 자신

의 숭배자를 지칭하며, 앙굴렘에서는 줄곧 거부했던 귀족 칭
호를 붙였다. "많은 화제를 몰고 다녔던 사람이에요. 몽리보
장군의 동료로……."

"아! 그 이름을 들으면 유성처럼 사라져버린 가엾은 랑제
공작 부인을[23] 떠올리지 않을 수 없어요." 그렇게 말하며 후
작 부인은 박스석 하나를 가리켰다. "저기 라스티냐크와 뉘싱
겐 부인이 있군요. 부인의 남편은 납품업자이자 은행가이자
사업가에다 골동품 거상(巨商)인데, 막대한 재산 덕분에 파리
사교계에서 인정받는 사람이에요. 그런데 그의 재산 증식 방
법은 별로 양심적이지 않았다더군요. 요즘은 부르봉 왕가에
충성심을 보이려고 엄청나게 공들인답니다. 벌써 우리 집에도
오려고 했었죠. 그의 아내는 랑제 공작 부인의 좌석을 차지하
면 그분의 기품과 재치와 성공도 거머쥘 거라고 생각했겠죠!
공작새의 깃털을 두른 어치 우화라고나 할까요!"

"라스티냐크 댁은 부부 연금을 합쳐도 1000에퀴가 안 될
텐데, 아들의 파리 생활비를 어떻게 감당할까요?" 그 젊은이
의 우아하고 사치스러운 복장에 놀란 뤼시앵이 바르주통 부인
에게 말했다.

---

23) 『13인당 이야기』 중 하나인 『랑제 공작 부인』의 주인공 랑제 공작 부인
은 몽리보 장군을 사랑하면서도 그의 구애를 거절했다. 농락당했다고 생각
한 몽리보는 차갑게 돌아서고, 절망한 공작 부인은 아무도 모르는 곳으로
사라진다. 뒤늦게 몽리보는 그녀를 찾아 온 세상을 헤맨 끝에 1823년 에스
파냐의 발레아레스 수녀원에서 그녀를 발견하지만, 그녀는 그를 본 충격에
죽고 만다. 『잃어버린 환상』의 시간적 배경이 되는 1822년에는 아직 이 비밀
이 밝혀지지 않았다.

"당신들이 앙굴렘에서 올라왔다는 걸 바로 알겠군요." 후작 부인은 오페라글라스를 눈에서 떼지 않은 채 다분히 조롱조로 말했다.

뤼시앵은 박스석들을 둘러보는 데 정신이 팔려서 그 말뜻을 이해하지 못했다. 그는 그곳에서 바르주통 부인에 대한 여러 평가가 내려지고 있으며 자신도 호기심의 대상이라는 사실을 알아챘다. 루이즈는 후작 부인이 뤼시앵의 미모를 그다지 높게 평가하지 않는 것 같아 무척이나 자존심이 상했다. 그녀는 생각했다. '그러니까 내가 생각했던 만큼 미남은 아니구나!' 거기서부터 그의 재능이 보잘것없다고 생각하기까지는 딱 한 걸음이었다. 막이 내렸다. 데스파르 부인 좌석에 인접한 박스석의 카리글리아노 공작 부인을 예방하러 왔던 샤틀레가 바르주통 부인에게 인사했고, 부인은 고개를 까딱여 응답했다. 사교계 여인은 모든 것을 본다. 후작 부인은 샤틀레의 탁월한 옷차림에 주목했다. 그때 네 명의 신사가 연달아 후작 부인의 박스석으로 들어왔다. 모두 파리의 명사들이었다.

제일 먼저 들어온 신사는 앙리 드 마르세였다. 그는 여자들에게 열정을 불러일으키는 것으로 유명했는데, 소녀같이 부드럽고 여성적인 미모를 지녔지만, 호랑이 눈처럼 조용히 쏘아보는 강인한 야수의 시선 때문에 여성적 면모가 중화되었다. 사람들은 그를 사랑했으나, 그는 사람들을 두렵게 했다. 뤼시앵도 아름다웠지만 그의 시선은 지나치게 부드럽고 그의 파란 눈은 너무 투명해서, 수많은 여자를 애타게 만드는 마르세의 힘과 위력을 지닐 수 있을 것 같지 않았다. 게다가 시인의 가치를 돋보이게 할 만한 것이 아직 아무것도 없었다. 반면에 마르세는 재치가 번뜩였고, 사람들의 환심을 산다는 확신이 있었으며, 주변의 경쟁자들을 압도하는 미모에 어울리는 복장을 하고 있었다. 그런 남자 옆에서 몸에 맞지 않는 옷을 입고 점잔을 빼면서 뻣뻣하게 서 있는, 입고 있는 새 옷만큼이나 사교계의 신출내기인 뤼시앵을 상상해 보라. 마르세는 재담에 능할 뿐더러 말하는 태도 또한 더없이 우아했기에 무례한 말도 마음껏 할 수 있었다. 후작 부인이 마르세를 환대하는 것을 보면서 바르주통 부인은 그가 얼마나 중요한 인물인지 알 수 있었다. 두 번째로 들어온 신사는 방드네스 형제 중 더들리 부인과 물의를 일으켰던 펠릭스 드 방드네스였다.[24] 다정하고 재치 넘치고 겸손하기까지 한 그는 마르세가 자랑스레 여기는 모든 장점과는 반대되는 장점들 덕분에 성공한 남자였는데, 후작 부인의 친척인 모르소프 부인의 강력 추천으로 사교계에 들어왔다. 세 번째 남자는 랑제 공작 부인의 파멸을 초래한 장본인 몽리보 장군이었고, 네 번째 신사는 당대 최고의 시인 중 하나인 카날리스로, 아직은 명성의 초기 단계에 있었다. 그는 작가로서의 재능보다 귀족임을 더 자랑스러워했는데, 숄리외 공작 부인에 대한 사랑을 감추려고 데스파르 부인의 **추종**

---

24) 펠릭스 드 방드네스는 『골짜기의 백합』의 주인공으로, 외톨이였던 청년 시절, 연상의 유부녀인 모르소프 백작 부인의 극진한 애정을 받았다. 그러나 파리에 상경한 뒤, 영국 귀족 더들리 경과 결혼한 화류계 출신의 관능적인 더들리 부인과 염문을 뿌려, 상심한 모르소프 부인을 죽음에 이르게 한다.

자를 자처했다. 그런 가식적인 태도 때문에 그의 품위는 손상되었고, 사람들은 그가 거대한 야심을 품고 있음을 알아챘다. 결국 그 야망은 훗날 그를 엄청난 정치적 격동 속으로 몰아넣게 된다. 당시엔 실체가 명확하지 않았지만, 그의 지독한 이기주의와 지칠 줄 모르는 타산적 계략은 귀염성 있는 미모와 애교 넘치는 태도로도 숨겨지지 않았다. 마흔도 넘은 숄리외 부인을 선택함으로써 그는 궁정의 호의와 생제르맹 사교계의 찬사를 한 몸에 받았지만, 동시에 자유주의자들로부터는 교권 옹호 시인이라는 비난을 샀다.

이처럼 뛰어난 네 신사를 보면서 바르주통 부인은 후작 부인이 뤼시앵에게 그토록 무심했던 이유를 알게 되었다. 대화가 시작되자 세련되고 섬세한 정신의 소유자들은 저마다 루이즈가 지방에서 한 달 동안 들었던 것보다 훨씬 더 감각적이고 심오한 말로 자신을 드러냈다. 특히 위대한 시인은 떨리는 목소리로 '우리 시대의 긍정적 면모'를 시적으로 표현했다. 그들의 대화를 들으면서 루이즈는 전날 샤틀레가 한 말을 이해했다. 뤼시앵은 이제 아무것도 아니었다. 모두가 지독히 잔인한 무관심으로 일관하며 가엾은 낯선 이를 바라보았다. 뤼시앵은 그 나라 말을 할 줄 모르는 이방인처럼 그곳에 서 있었기에, 후작 부인은 그가 불쌍해졌다.

"소개해 드릴게요." 그녀가 카날리스에게 말했다. "뤼방프레 씨입니다. 당신은 문학계의 높은 위치에 계시니 기꺼이 이 초심자를 맞아주시겠지요. 뤼방프레 씨는 앙굴렘에서 오셨습니다. 재능을 뽐내는 이들과 교류하려면 아마 당신의 지원이 필요할 겁니다. 이분에게는 아직 적이 없으니, 이분을 공격함으로써 득 볼 사람도 없겠죠. 당신이 증오를 통해 얻은 것을 이분은 우정으로 얻게 한다면 무척 흥미로운 시도가 아닐까요?"

후작 부인이 말하는 동안 신사 넷이 뤼시앵을 쳐다보았다. 신참자의 바로 옆에 있었음에도 마르세는 그를 보기 위해 코안경을 썼다. 그의 눈동자가 뤼시앵에게서 바르주통 부인에게로, 또 부인에게서 뤼시앵에게로 왔다 갔다 했는데, 내심 조롱하면서 두 사람을 한 쌍으로 취급하는 시선이었다. 그의 경멸적 태도에 두 사람은 심한 모욕을 느꼈다. 희한한 두 마리 짐승을 보듯 그들을 관찰하면서 그가 지은 미소는 지방의 위인에게 칼에 찔리는 듯한 고통을 주었다. 펠릭스 드 방드네스는 인정 많은 사람처럼 보였다. 몽리보는 근본까지 알아내려는 듯 뤼시앵에게서 시선을 떼지 않았다.

"부인," 카날리스가 고개를 숙이면서 말했다. "개인적 이해관계가 중요하기 때문에 경쟁자들에게는 호의를 베풀지 않는 법입니다만, 분부대로 하겠습니다. 부인 덕분에 우리는 여러 가지 기적에 익숙해졌으니까요."

"뤼방프레 씨와 함께 월요일 저녁에 우리 집으로 식사하러 오세요. 여기보다는 더 편하게 문학을 논하실 수 있을 테니까요. 문학계의 몇몇 거물들과 문학을 후원하는 명사들, 그리고 『우리카』의 저자와[25] 보수파의 젊은 시인 몇을 모아 볼게요."

---

25) 클레르 드 뒤라스(Claire de Duras, 1777~1828) 후작 부인을 말한다. 복고왕정 시대에 살롱을 열어 많은 인사들과 교류했으며, 특히 샤토브리앙을 깊이 존경하고 그에게 애정을 품었던 것으로 보인다. 샤토브리앙 역시 그

"후작 부인," 마르세가 말했다. "부인께서 재능 때문에 이 청년을 후원하신다면, 저는 그의 미모를 보고 지원하겠습니다. 파리에서 최고로 행복한 멋쟁이가 될 수 있도록 충고하겠습니다. 그런 다음에 시인이 되겠지요, 그가 원한다면."

바르주통 부인은 사촌에게 고마움을 가득 담은 눈빛을 보냈다.

"당신이 재능 있는 사람들을 질투할 줄은 몰랐소." 몽리보가 마르세에게 말했다. "행복은 시를 죽이는 법이지요."

"선생께서는 그래서 결혼하려는 겁니까?" 멋쟁이 신사 마르세가 카날리스에게 물었다. 그 말이 데스파르 부인에게 어떤 효과를 불러일으키는지 보려는 의도였다.

카날리스는 어깨를 으쓱했고, 숄리외 부인의 친구인 데스파르 부인은 미소 지었다.

상자 속에 든 이집트 조각상처럼 새 옷이 어색했던 뤼시앵은 대화에 전혀 낄 수 없어 수치스러웠다. 그가 마침내 부드러운 목소리로 후작 부인에게 말했다. "부인께서 이토록 호의를 베푸시니, 저는 반드시 성공해야겠습니다."

그때 샤틀레가 들어왔다. 그는 파리의 명사 중 하나인 몽리보를 통해 후작 부인과 친해질 기회를 놓치지 않았다. 바르주통 부인에게 인사한 후, 데스파르 부인에게는 마음대로 박스석에 난입한 것에 대해 용서를 구했다. 탐험의 동반자였던 몽

녀의 문학적 재능을 높이 평가했으며, 그녀는 그의 권고로 1824년 『우리카(Ourika)』를 익명으로 출판해 큰 반향을 일으켰다.

리보와 이별한 지 하도 오래라, 그를 보고 반가운 마음에 실례를 무릅썼다는 것이었다. 몽리보와는 사막 한가운데에서 헤어진 후 이날 처음 다시 만난 것이었다.

"사막에서 헤어지고 오페라에서 다시 만나다!" 뤼시앵이 큰 소리로 말했다.

"그야말로 극적인 재회군!" 카날리스가 말했다.

몽리보는 샤틀레 남작을 후작 부인에게 소개했고, 후작 부인은 전직 황실 비서관을 환대했다. 이미 그가 다른 세 개의 박스석에 받아들여진 것을 보았고, 세리지 부인은 지위가 높은 사람만 상대하며, 무엇보다도 몽리보의 동료였으니 반기지 않을 이유가 없었다. 몽리보의 지인이라는 지위는 엄청난 가치를 지녔기에, 네 사람은 이론의 여지없이 샤틀레를 친구로 인정했다. 그들의 말투, 시선, 태도에서 바르주통 부인은 그와 같은 사실을 감지할 수 있었고, 지방에서 샤틀레가 전제군주처럼 굴었던 것이 불현듯 이해되었다. 한참 후에야 샤틀레는 뤼시앵을 보더니 그를 향해 차갑고 무미건조한 인사를 건넸다. 그런 식의 인사는 인사 받는 대상이 사회적으로 낮은 계급 출신임을 사교계 사람들에게 알림으로써 그의 평판에 악영향을 끼친다. 샤틀레의 냉소적 표정은 '저 친구가 왜 여기 있지?'라고 말하는 것처럼 보였다. 사람들은 샤틀레의 의도를 금방 알아챘다. 마르세가 몽리보의 귀에 대고, 남작에게까지 들릴 만큼 큰 소리로, "양복점 입구에 진열된 마네킹처럼 보이는 저 괴상한 젊은이는 도대체 누구인지 물어보세요."라고 말했던 것이다.

샤틀레는 추억을 곱씹는 듯한 표정으로 옛 동료의 귀에 입을 대고 한동안 속삭였다. 필시 자신의 경쟁자를 무참히 깎아내렸으리라. 대답할 때 시의적절하게 발휘되는 재치와 세련미, 소위 화술이라는 것과 그들이 사용하는 어휘들, 그리고 특히 거침없는 말투와 자유롭고 여유로운 태도에 뤼시앵은 완전히 넋이 나갔다. 아침에는 사치품들을 보고 충격에 빠졌다면, 이제는 그 사치를 사상적 관점에서 다시 보았다. 저들에게 무슨 비법이 있기에, 자기는 한참 생각한 후에야 떠올릴 만한 신랄한 지적이나 재치 있는 응답을 아무 준비도 없이 저렇게 바로바로 찾아내는지 알고 싶었다. 다섯 명의 사교계 인사들은 말만 자유자재로 하는 것이 아니라 복장도 편안해 보였다. 그들이 입은 옷은 새 옷도 헌 옷도 아니었다. 두드러져 보이는 것은 아무것도 없었지만, 모든 것이 시선을 끌었다. 그들에게 있어 오늘의 사치는 어제의 사치이며, 내일의 사치이기도 할 것이다. 뤼시앵은 자신이 생전 처음 옷을 갖춰 입은 사람같이 보이고 있음을 깨달았다.

"저것 좀 봐," 마르세가 펠릭스 드 방드네스에게 말했다. "저 라스티냐크라는 친구, 사슴벌레처럼 과감히 뛰어들고 있군! 지금 리스토메르 후작 부인 좌석에 있어. 많이 발전했는걸. 오페라글라스로 우리를 보잖아! 이분을 아나 본데." 멋쟁이 마르세는 뤼시앵을 쳐다보지도 않은 채 그렇게 말했다.

"우리 모두가 자랑스러워하는 위대한 인물의 이름이 그의 귀에 들어가지 않기는 어려웠을 테죠." 바르주통 부인이 대답했다. "최근에 뤼방프레 씨가 대단히 아름다운 시를 우리에게 낭송해 주시는 것을 그의 누이가 들었거든요."

펠릭스 드 방드네스와 마르세는 후작 부인에게 인사한 후 방드네스의 누이인 리스토메르 후작 부인의 박스석으로 갔다. 2막이 시작되었다. 모두 나가고 데스파르 부인과 사촌, 뤼시앵만 남았다. 그곳에 왔던 남자들 중 누군가는 바르주통 부인의 등장에 의구심을 품은 사람들에게 그녀의 존재를 설명해 주러 갔고, 다른 이들은 시인의 출현을 이야기하면서 그의 옷차림을 비웃었다. 카날리스는 다시 숄리외 공작 부인의 좌석으로 돌아가서 오페라가 끝날 때까지 그곳을 떠나지 않았다. 뤼시앵은 즐거운 공연 덕분에 기분이 나아졌다. 그사이 바르주통 부인이 뤼시앵에 대해 품었던 불안감은 샤틀레 남작에게 보인 사촌의 호의로 인해 더욱 커졌다. 그것은 뤼시앵에게 그저 예의상 보여준 관심과는 성격이 달랐다. 2막이 공연되는 동안, 리스토메르 부인의 박스석은 사람들로 가득 찼다. 바르주통 부인과 뤼시앵에 관한 대화로 흥이 고조된 것 같았다. 그곳에서 좌중을 웃기는 분위기 메이커 역할을 하는 청년은 물론 앙굴렘 출신의 라스티냐크였다. 그는 매일매일 새로운 먹잇감을 논쟁의 대상으로 몰아가 순식간에 이전 주제를 낡고 진부한 것으로 만들어버림으로써 파리식 웃음 유발자 역할을 도맡았다. 데스파르 부인은 불안해졌는데, 누군가가 중상모략으로 상처를 줄 경우, 그 내용이 결국은 당사자에게 전해지고 만다는 걸 잘 알았던 것이다. 그녀는 막이 끝나기만 기다렸다. 자신의 감정을 되돌아보게 되면, 짧은 시간 안에 기묘한 일들이 벌어지곤 한다. 빠르게 작용하는 법칙에 따라 도덕 혁명이

일어나는 것이다. 뤼시앵이나 바르주통 부인도 그랬다. 루이즈
는 보드빌 극장에서 돌아오면서 샤틀레가 뤼시앵에 대해 했
던 현명하고 노련한 말들을 떠올렸다. 그의 문장 하나하나가
모두 예언이었고, 뤼시앵은 예언을 전부 이행하려 애쓰는 듯
보였다. 바르주통 부인이 뤼시앵에 대한 환상을 잃었듯이 뤼
시앵도 바르주통 부인에 대한 환상을 잃었다. 그리고 이 가엾
은 젊은이가 데스파르 부인에게 매료되었다는 점에서, 그의
운명은 얼마간 장 자크 루소와 닮은 구석이 있었다.[26] 그는
그녀에게 금방 반했다. 젊은이들이나 젊은 시절의 연정을 기억
하는 사람은 그런 종류의 열정이 지극히 자연스럽고 얼마든
지 가능하다는 것을 이해하리라. 앙굴렘에서 바르주통 부인
이 그 앞에 나타났듯이, 지금 시인 앞에는 사랑스러운 태도와
세련된 말솜씨와 섬세한 목소리를 가진 여인, 날씬하고 고귀
하고 지체 높은 선망의 대상, 사교계의 여왕이 등장했다. 변덕
스러운 그의 성격은 이 지체 높은 여인을 갈망하도록 그를 부
추겼다. 가장 확실한 방법은 여인을 소유하는 것, 그렇게 되면
모든 것을 가지게 되리라! 앙굴렘에서도 성공했는데 파리에서
못 하리란 법이 있나! 그에게는 새롭기만 한 오페라의 마력에

26) 제네바에서 시계공의 아들로 태어난 루소는 16세에 고향을 떠나 방랑
길에 올랐고, 안시(Annecy)에서 신부의 소개로 귀족인 바랑 부인을 처음 만
나게 된다. 태어나자마자 어머니가 사망해 모정을 느껴본 적 없는 루소는
13세 연상의 우아한 바랑 부인에게 사랑의 감정을 느낀다. 자녀가 없던 바
랑 부인은 소년 루소의 후견인을 자처해, 그의 교육에 힘 쏟고 그가 독립적
으로 생계를 꾸릴 수 있도록 여러모로 도움을 주었으며, 결국 그는 그녀의
정부가 된다.

도 불구하고, 자기도 모르게 그의 시선은 계속 아름다운 셀리멘에[27] 끌려 그녀만을 바라보았다. 보면 볼수록 더욱더 보고 싶어지는 것이었다! 바르주통 부인은 뤼시앵의 빛나는 시선을 포착했다. 그를 유심히 관찰한 부인은 그가 공연보다 후작 부인에 더 큰 관심을 드러내고 있음을 간파했다. 50명이나 되는 다나오스의 딸들 때문에 자신이 버림받는 것이라면 그녀는 기꺼이 받아들였을 것이다. 하지만 다른 어떤 시선보다도 야심차고 열정적이고 의미심장한 시선을 통해 부인은 뤼시앵의 마음속에서 무슨 일이 일어나고 있는지 알 수 있었다. 질투심이 일었지만, 그것은 미래가 아닌 과거에 대한 질투였다. 그녀는 생각했다. '저런 눈으로 나를 바라본 적은 한 번도 없어. 세상에! 샤틀레 말이 맞았어!' 그 순간 그녀는 자신의 사랑이 잘못된 것이었음을 깨달았다. 한 여인이 자신의 나약함을 후회하기에 이르면, 그 나약함을 완전히 잊기 위해 스펀지로 깨끗이 과거사를 지워버린다. 뤼시앵의 시선 하나하나에 분노했음에도 그녀는 침착했다. 막간에 마르세가 리스토메르 씨와 함께 다시 왔다. 오자마자 근엄한 신사와 거들먹거리는 젊은이는 오만한 데스파르 부인에게 놀라운 사실을 알려주었다. 불행하게도 후작 부인이 박스석에 초대한 청년, 결혼식에 참석하는 것처럼 나들이옷을 차려입은 그 청년은 유대인이 세례

____

27) 셀리멘은 몰리에르의 희극 『인간 혐오자』의 등장인물이다. 스무 살에 과부가 된, 매력적이고 경박한 귀족 여인으로, 그녀의 추종자인 귀족 남성들은 저마다의 지위와 부를 과시하며 그녀의 연인 자리를 놓고 경쟁한다.

명을 갖지 않는 만큼이나[28] 드 뤼방프레라는 성을 갖고 있지
않으며, 뤼시앵은 샤르동이라는 약제사의 아들이라는 것이었
다. 앙굴렘 소식에 정통한 라스티냐크는 '후작 부인이 사촌이
라 부르는 웬 미라 같은 여자'를 제물 삼아서 벌써 두 개의 박
스석을 웃겼다. 아마도 그 여자는 억지로 꾸민 인생을 약으로
유지하기 위한 대비책으로 약사를 곁에 두고자 하는 것 같다
고 말했던 것이다. 마지막으로 마르세는 파리 사람들이 한순
간 몰두하지만 말해지자마자 곧 잊히고 마는 수많은 농담 중
몇 개를 던졌다. 그리고 이 카르타고적[29] 배신의 배후는 다름
아닌 샤틀레였다.

"루이즈," 데스파르 부인이 바르주통 부인에게 부채로 입을
가리고 말했다. "당신이 보호하는 저 청년의 성이 정말 드 뤼
방프레인가요?"

"어머니 이름을 따랐어요." 당황한 아나이스가 말했다.

"아버지 이름은요?"

"샤르동이에요."

"그 샤르동이란 사람은 뭘 했죠?"

---

28) 초기 기독교 시대에 예수교도들은 과거와의 단절을 상징하는 세례식을
종교의례로 정립했다. 따라서 세례명이 있는지 여부는 예수교도와 유대교
도를 가르는 중요한 차이 중 하나다.
29) 고대에 막강한 부국이었던 카르타고는 로마와 3차에 걸친 포에니전쟁
(기원전 264~146)을 벌였으나, 아스틸락스라는 귀족이 막대한 재산을 받
는 대가로, 난공불락으로 알려진 카르타고 성곽의 도면을 훔쳐 로마에 넘
기는 바람에 한순간에 멸망하고 만다. 이로부터 '카르타고적'이라는 표현이
'배신'을 상징하게 되었다.

"약제사였어요."

"내가 받아들인 여인을 파리 전체가 비웃을 리는 없다고 생각했어요. 내가 약제사 아들과 함께 있다는 사실에 신난 익살꾼들이 몰려드는 걸 보고 싶진 않네요. 나와 같은 생각이라면, 여기서 나갑시다. 지금 당장."

데스파르 부인의 표정은 대단히 거만했다. 그녀의 표정이 왜 그렇게 변했는지 뤼시앵은 알 수 없었다. 그는 자기가 입은 조끼가 촌스럽다고 생각했다. 그것은 사실이었다. 복장의 만듦새가 과장되었다고 생각했다. 그것도 사실이었다. 마음속으로 씁쓸해하면서, 앞으로는 고급 양복점에서 옷을 맞춰 입어야 한다는 사실을 인정하지 않을 수 없었다. 다음 월요일에 후작 부인 댁에서 만나게 될 신사들과 경쟁하려면 내일 당장 가장 유명한 양복점에 가야겠다고 생각했다. 그런 생각에 깊이 빠져 있었음에도, 3막 공연에 열중한 그는 무대에서 눈을 떼지 못했다. 기막히게 멋진 공연의 화려한 장면을 바라보면서 그는 데스파르 부인에 대해 몽상했다. 엄청난 난관이 있을 테지만 그 어떤 어려움도 걱정 없이 극복하리라 다짐하면서도, 뤼시앵은 후작 부인의 돌변한 냉정함에 절망을 느꼈다. 새로운 사랑을 공략하기 위한 무기인 지적 열정이 통하지 않을 것처럼 보였던 것이다. 그는 몽상에서 깨어나 새로운 우상을 다시 보려 했다. 하지만 고개를 돌려보니 혼자였다. 가벼운 소리가 들렸었고, 문이 닫혔었다. 데스파르 부인이 사촌을 데리고 떠난 것이었다. 뤼시앵은 홀연히 버림받은 것에 깜짝 놀랐다. 하지만 오래 생각하지 않았다. 도무지 이유를 파악할 수 없었기 때문이다.

두 여인이 탄 마차가 리슐리외가를 지나 생토노레 구역으로 들어서자, 후작 부인은 화를 억누르며 말했다. "루이즈, 도대체 무슨 생각이에요? 그 약제사 아들에게 관심을 가지기 전에 그가 진짜 유명해지기를 기다리세요. 숄리외 공작 부인은 아직도 카날리스를 인정하지 않아요. 귀족인 데다가 명성을 날리고 있는데도요. 저 청년은 당신 아들도 연인도 아니잖아요?" 그 거만한 여인은 속을 훤히 들여다보는 취조관의 눈으로 사촌을 쳐다보았다.

'그 꼬마를 멀리하고 아무것도 허락하지 않은 것이 얼마나 다행인가!' 바르주통 부인은 생각했다.

후작 부인은 사촌의 눈에 나타난 표정을 대답으로 여기고 말을 이었다. "자, 그러면, 제발 그 청년을 그냥 내버려두세요. 명문의 성을 참칭하다니? 너무나 뻔뻔하고 무엄한 행동이에요. 반드시 사회가 벌할 겁니다. 어머니 성이라 칩시다. 하지만 칙령으로써 그 가문 출신 여인의 아들에게 뤼방프레라는 성을 허락할 권리는 오직 국왕만이 갖고 있어요. 그 여인이 신분 낮은 사람과 결혼했는데도 귀족의 성을 부여받는다면, 그것은 어마어마한 혜택이지요. 그런데 그런 수혜를 누리려면 재산이 아주 많거나, 국가를 위해 충실한 봉사를 했거나, 지체 높은 분의 후원이 필요해요. 상점 점원처럼 차려입은 그 어색한 복장은 그 청년이 부자도 귀족도 아님을 증명합니다. 얼굴은 잘생겼지만, 좀 멍청해 보이더군요. 처신할 줄도 말할 줄도 모르고. 요컨대 귀티가 없어요. 어떤 우연으로 그를 후원하게 되었나요?”

뤼시앵이 마음속으로 그녀를 부인한 것처럼 바르주통 부인도 뤼시앵을 부인했다. 그녀는 사촌이 여행의 진상을 알게 될까 봐 소름 끼치게 두려웠다.

“평판을 해치게 해서 진심으로 유감이에요.”

“내 평판을 해칠 건 없어요.” 데스파르 부인은 웃으면서 말했다. “당신이 걱정될 뿐이죠.”

“하지만 월요일 저녁 식사에 그를 초대하셨잖아요.”

“아프다고 할 거예요.” 후작 부인이 약간의 노기를 띠고 바로 말을 받았다. “그에게 그렇게 알리세요. 성씨가 둘인 사람은 내 집에 출입 금지입니다.”

뤼시앵은 사람들이 막간에 전부 휴게실로 가는 것을 보고 자기도 그곳으로 갈 생각을 했다. 그런데 데스파르 부인의 박스석으로 왔던 사람들 중 아무도 그에게 인사하거나 주의를 기울이지 않았다. 지방에서 온 시인에게는 그것이 아주 이상했다. 샤틀레에게 가까이 가려고 노력했지만, 그는 곁눈으로 뤼시앵의 동정을 살필 뿐 끈질기게 그를 피했다. 휴게실을 드나드는 사람들을 보면서 자기 복장이 우스꽝스럽다는 것을 깨달은 뤼시앵은 다시 좌석으로 돌아와 공연이 끝날 때까지 머물렀다. 지옥 장면으로 유명한 5막의 화려한 발레 공연에 취하기도 했고, 극장 내부 이 좌석 저 좌석 둘러보면서 파리 사교계에 대해 숙고하기도 했다. “여기가 바로 나의 왕국이다!” 그는 중얼거렸다. “이것이 내가 정복해야 할 세계다.” 데스파르 부인의 환심을 사려고 몰려들었던 인물들이 했던 말을 하나

하나 되새기면서, 그는 걸어서 숙소로 돌아왔다. 그들의 태도, 그들의 몸짓, 들어오고 나가는 방식 등 모든 것이 놀랍도록 정확하게 기억났다. 그다음 날 정오경, 그가 맨 먼저 한 일은 당대 최고로 알려진 스토브 양복점에 간 것이었다. 현금으로 계산하겠다며 간청한 덕분에 초대 받은 월요일까지 옷을 지어주겠다는 약속을 받아냈다. 스토브는 결정적인 그날을 위한 멋진 연미복과 조끼와 바지를 제때 만들어놓기로 했다. 뤼시앵은 내의류 상점에서 셔츠와 손수건 등 필요한 일체를 주문한후, 이름난 구둣방에 들러 구두와 장화의 치수를 쟀다. 베르디에 상점에서는 예쁜 지팡이 하나를, 이를랑드 부인의 양품점에서는 장갑과 커프스버튼을 샀다.[30] 요컨대 댄디의 수준까지올라가고자 했다. 이처럼 허황된 욕망을 채우고 나서 뇌브 뒤뤽상부르가로 갔다. 그러나 루이즈는 외출하고 없었다.

"마님께서는 데스파르 후작 부인 댁에서 저녁을 드신 후 늦게 들어오실 거라셨어요." 알베르틴이 말했다.

뤼시앵은 팔레루아얄에 있는 식당에 가서 40수짜리 저녁을 먹고 들어와 일찍 잤다. 일요일에는 오전 11시부터 루이즈를 방문했지만, 그녀는 아직 일어나지 않고 있었다. 2시에 다시 갔다.

"마님은 아직 손님을 안 받으세요." 알베르틴이 말했다. "선생님께 전하라고 제게 편지를 주셨어요."

---

30) 스토브 양복점은 리쉴리외가 92번지에, 베르디에의 지팡이 상점은 리쉴리외가 95번지에, 이를랑드 부인의 양품점은 팔레루아얄의 갈르리 드 피에르 28번지에 있었다.[편]

"아직 손님을 안 받으신다!" 뤼시앵이 그녀의 말을 따라 했다. "하지만 나는 손님이 아닌데……."

"전 몰라요." 알베르틴이 아주 무례하게 말했다.

알베르틴의 대답보다도 바르주통 부인으로부터 편지를 받는다는 사실에 더 놀란 뤼시앵은 길거리에 서서 그 편지에 쓰인 절망적인 문장들을 읽었다.

데스파르 부인께서 몸이 불편하셔서 월요일에 당신을 초대하실 수 없습니다. 나도 몸이 좋지 않습니다만, 옷을 챙겨 입고 부인 댁으로 가 친구가 되어드리려 합니다. 일이 난처하게 되어 유감입니다. 하지만 당신은 재능 있는 분이니 안심이 됩니다. 술수를 쓰지 않고도 두각을 나타낼 테니까요.

'서명도 없어!' 뤼시앵은 중얼거렸다. 그렇게 많이 걸은 것 같지 않았는데 어느새 튈르리 공원까지 와 있었다. 재능 있는 사람들 특유의 투시력으로 그는 이 차가운 편지가 예고하는 장래의 파국을 짐작할 수 있었다. 생각에 잠긴 채, 루이 15세 광장의[31] 기념물을 쳐다보며 앞으로 걸었다. 화창한 날씨였다. 그의 눈앞으로 멋진 마차들이 샹젤리제 대로를 향해 끊임없

---

31) 1763년에 건립된 루이 15세 광장은 대혁명 이후인 1792년에는 혁명 광장으로 불렸으며 바로 이곳에서 루이 16세와 마리 앙투아네트 왕비가 처형되었다. 1795년 콩코르드 광장으로 이름이 바뀌었다가, 1814년 다시 루이 15세 광장이 되었다. 1826년에는 루이 16세 광장으로 바뀌었으나, 1830년 다시 콩코르드 광장이 되었다.[편]

이 지나갔다. 수많은 산책자들을 따라 걸으며, 일요일이면 몰려드는 3000~4000대의 마차들이 일시적으로 롱샹 경마장과 같은 광경을 연출하는 것을 목격했다. 말과 하인들 복장의 호사스러움에 얼이 빠진 채 계속 걷다가 공사 중인 개선문[32] 앞까지 이르렀다. 호텔로 돌아가다가, 놀랄 만큼 멋진 말들이 끄는 사륜마차를 타고 자기 쪽으로 다가오는 데스파르 부인과 바르주통 부인을 보았을 때, 뤼시앵이 얼마나 놀랐겠는가. 마차 뒤로 하인의 깃털이 너울대고 있었다. 금빛 수가 놓인 하인의 초록색 연미복 때문에 뤼시앵이 부인들을 알아보았던 것이다. 마차들이 몰려 혼잡을 이루는 통에 행렬이 멈춰 섰다. 뤼시앵은 딴사람이 된 루이즈의 모습을 보았다. 하마터면 못 알아볼 뻔했다. 피부색을 돋보이게 하는 색깔의 드레스는 매력적이었다. 우아하게 손질한 머리매무새는 그녀에게 잘 어울렸고 세련된 취향의 모자는 유행을 주도하는 데스파르 부인의 모자와 견주어도 손색이 없었다. 모자를 쓰는 데에는 뭐라 설명할 수 없는 그 나름의 방식이 있다. 모자를 너무 뒤로 젖혀 쓰면 뻔뻔해 보이고, 너무 앞으로 내려서 쓰면 엉큼해 보이며, 옆으로 삐딱하게 쓰면 자유분방해 보인다. 하지만 점잖은 여자들은 자기 마음대로 모자를 써도 항상 품위 있어 보인다.

---

32) 나폴레옹은 1806년 아우스터리츠 전투에서 승리한 다음 날 개선문 건립을 결정한다. 그해 8월에 공사를 시작했으나, 1814년 나폴레옹이 폐위되고 엘바섬으로 귀양감으로써 공사는 중단되었다. 1823년 루이 18세는 개선문을 완성하겠다고 선언하지만, 개선문은 루이필리프의 7월왕정이 들어선 뒤인 1836년 7월 29일에야 완공된다.[편]

바르주통 부인은 이 기묘한 문제를 단번에 해결했다. 예쁜 벨트는 그녀의 날씬한 허리를 드러냈다. 그녀는 사촌의 몸짓과 태도를 그대로 따라 했다. 사촌과 똑같이 앉아, 오른손가락 하나에 가는 줄로 매단 우아한 향 케이스를 가지고 놀면서 예쁜 장갑을 낀 가는 손가락을 내보이곤 했다. 손가락을 보여주기 위한 의도적 행동은 아니라는 듯한 표정을 짓는 것도 빼놓지 않았다. 요컨대 그녀는 데스파르 부인과 비슷해졌지만, 그렇다고 원숭이처럼 무조건 그녀를 흉내 내지는 않았다. 그녀는 후작 부인의 당당한 사촌이었으며, 후작 부인은 자신이 키운 제자를 자랑스러워하는 듯 보였다. 길 위의 행인들은 남녀 할 것 없이 두 방패꼴이 서로 등지고 있는 데스파르 가문과 블라몽쇼브리 가문의 문장이 달린 화려한 마차를 바라보았다. 뤼시앵은 엄청나게 많은 사람이 두 여인에게 인사하는 것을 보고도 무척 놀랐다. 20개의 살롱으로 구성된 파리 사교계 전체가 이미 바르주통 부인과 데스파르 부인이 친척 간임을 안다는 사실을 그는 몰랐던 것이다. 말을 탄 청년들이 두 여인을 숲으로 안내하기 위해 사륜마차 곁으로 다가갔다. 그들 중에는 마르세와 라스티냐크도 있었다. 건방진 두 친구의 몸짓으로 보아, 뤼시앵은 그들이 바르주통 부인의 변신에 찬사를 보내고 있다는 것을 쉽게 알 수 있었다. 데스파르 부인은 아주 건강해 보였으며 우아함으로 빛을 발하고 있었다. 그러니까 몸이 아프다는 것은 뤼시앵을 초대하지 않기 위한 핑계였다. 만찬을 다른 날로 미룬다는 말도 없었기 때문이다. 화난 시인은 천천히 사륜마차로 다가가, 두 여인이 보이는 곳에 이르렀을 때 그들에게 인사했다. 바르주통 부인은 그를 보려 하지 않았고, 데스파르 부인은 그를 힐끗 쳐다볼 뿐 그의 인사에 응답하지 않았다. 파리 귀족의 질책은 앙굴렘 상류계급의 질책과는 달랐다. 시골 귀족들은 뤼시앵을 모욕하기 위해 애쓰면서도, 그의 힘을 인정했고 그를 한 인간으로 대했다. 반면 데스파르 부인에게 그는 아예 존재하지도 않았다. 그것은 판결이 아니라 재판 거부였다. 마르세가 오페라글라스로 그를 쳐다보자, 그는 온몸이 오싹해졌다. 파리의 멋쟁이가 오페라글라스를 너무나 독특한 방식으로 떨어뜨렸으므로 뤼시앵에게는 그것이 단두대의 칼날처럼 보였다. 사륜마차가 지나갔다. 멸시당한 남자는 분노와 복수심에 사로잡혔다. 만약 바르주통 부인을 붙들고 있었더라면 그녀를 참수했을 것이다. 데스파르 부인을 단두대로 보내는 기쁨을 맛보기 위해서라면 기꺼이 푸키에 탱빌[33]이 되었을 것이고, 마르세에게는 야만인들이 고안한 정교한 형벌을 받게 했을 것이다. 카날리스가 말을 타고 지나가는 것이 보였다. 그는 시인들 중 가장 애교스러운 사람답게 우아한 모습으로 예쁜 여자들에게 인사하며 지나갔다.

'맙소사! 무엇보다도 돈이다!' 뤼시앵은 생각했다. '돈만이 유일한 힘이다. 세상은 돈의 힘 앞에 무릎을 꿇는다.' 그러나 그의 양심이 소리쳤다. '아니야! 돈이 아니라 명예다! 그리고 명예는 일이다! 일, 그것은 다비드의 말이다. 세상에! 나는 왜

---

33) 앙투안 푸키에 탱빌(Antoine Fouquier-Tinville, 1746~1795)은 프랑스 혁명기의 공포정치 때 설치된 혁명재판소 검사로, 탄압의 집행자가 되어 가혹함과 잔인함의 상징이었다.

여기 있지? 하지만 난 승리할 거야! 종복을 거느린 사륜마차를 타고 이 대로를 지나갈 거야! 수많은 데스파르 후작 부인을 내 여자로 만들 거야!' 분노에 찬 말을 속으로 삼키며 그는 위르뱅 식당에서[34] 40수짜리 저녁을 먹었다. 다음 날 아침 9시에 그는 그녀의 야비한 행동을 비난할 요량으로 루이즈를 찾아갔다. 바르주통 부인은 그를 만나주지 않았을 뿐만 아니라, 문지기는 그를 집으로 들어서지도 못하게 했다. 그는 길거리에서 망을 보며 정오까지 기다렸다. 정오경 샤틀레가 바르주통 부인 댁에서 나오다가 시인을 힐끗 쳐다보고는 그를 피했다. 감정이 상한 뤼시앵은 경쟁자를 따라갔다. 뤼시앵이 다가오는 기척을 느낀 샤틀레가 몸을 돌려 인사했다. 그렇게 격식을 차린 것으로 적당히 넘어가려는 의도가 다분했다.

"샤틀레 씨, 제발 부탁입니다. 잠시만 시간을 내주세요. 할 말이 있어요. 당신은 제게 우정을 보여주셨습니다. 그러니 그걸 생각해서라도 저의 아주 작은 부탁을 들어주세요. 바르주통 부인 댁에서 나오셨으니, 제가 그분과 데스파르 부인의 노여움을 산 이유를 설명해 주시겠어요?"

"샤르동 씨," 샤틀레는 친절한 척 대답했다. "그 부인들이 왜 오페라에서 당신을 버려두고 나왔는지 아십니까?"

"모르겠어요." 가엾은 시인이 대답했다.

"그러니까 뭐랄까, 당신은 처음부터 라스티냐크 씨 때문에 피해를 보았습니다. 사람들이 당신에 관해 묻자, 그 젊은 신사

---

34) 팔레루아얄의 갈르리 드 피에르 65번지에 있던 식당이다.[편]

는 당신의 성이 뤼방프레가 아니라 샤르동이라고 깔끔하게 정리해 버렸지요. 게다가 당신의 어머니는 산파이고, 아버지는 생전에 앙굴렘의 변두리인 루모의 약사였으며, 당신의 누이는 셔츠를 아주 잘 다리는 귀여운 아가씨인데, 세샤르라는 앙굴렘의 인쇄업자와 결혼할 예정이라고 말했지요. 사교계란 그런 겁니다. 사람들 눈에 띄어보세요. 모두가 달려들어 당신에 대해 이러쿵저러쿵 떠들어댈 겁니다. 마르세가 데스파르 부인 좌석으로 가서 당신을 비웃었지요. 그러자 두 부인은 당신과 함께 있다가는 자신들의 평판마저 해칠 수 있다는 생각에 바로 도망쳐 나온 겁니다. 데스파르 부인 댁이든 바르주통 부인 댁이든, 아무 데도 가지 마세요. 바르주통 부인이 계속 당신을 만난다면, 데스파르 부인은 사촌을 받아들이지 않을 겁니다. 당신은 재능이 있어요. 복수하세요. 사교계가 당신을 멸시하니, 당신도 사교계를 멸시하세요. 다락방에 틀어박혀 걸작을 쓰고, 어떤 권력이든 권력을 잡으세요. 사교계는 당신 발아래 무릎을 꿇을 겁니다. 그렇게 되면 사교계가 당신에게 상처를 준 바로 그곳에서 당신이 받은 고통을 되돌려줄 수 있습니다. 바르주통 부인이 당신에게 우정을 표했던 만큼, 그녀는 더욱더 당신을 멀리할 겁니다. 여자의 감정이란 그런 겁니다. 지금은 아나이스의 우정을 되찾으려 노력할 때가 아닙니다. 중요한 것은 그녀를 적으로 만들지 말아야 한다는 것입니다. 내가 그 방법을 알려드리죠. 부인이 당신에게 쓴 편지들이 있지요? 그 편지들을 모두 돌려보내세요. 그녀는 당신의 신사다운 행동에 감동할 것이고, 훗날 그녀의 도움이 필요하더라도 당신에게 적대적이지 않을 겁니다. 나야 당신을 높이 평가하고 당신의 미래를 좋게 보면서 어디서나 당신을 옹호했으니, 지금부터 당신을 위해 무엇인가 할 수 있다면, 언제든 당신을 도울 준비가 되어 있습니다."

뤼시앵은 너무도 침울해졌고 창백해졌으며 얼굴은 일그러졌다. 그래서 파리라는 환경에서 더욱 젊어진 이 늙은 미남의 예의 바르면서도 메마른 인사에 응답도 하지 못했다. 호텔로 돌아오니 양복점 주인 스토브가 직접 와 있었다. 옷을 입혀보기 위해서라기보다 가야르부아 호텔 주인을 통해 이 낯선 고객의 재정 상태를 알아보기 위해서였다. 뤼시앵은 역마차를 타고 도착했고, 지난 목요일에는 바르주통 부인이 보드빌 극장에서 마차로 데려다주었다고 여주인이 말해 주었다. 좋은 정보였다. 스토브는 뤼시앵을 백작님이라 부르면서, 매력적인 외모를 빛내기 위해 자기가 어떤 능력을 발휘했는지 강조했다.

"젊은 분이 이렇게 입으시면 튈르리 공원으로 산책하러 가셔도 됩니다. 보름 안에 부유한 영국 여자와 결혼도 하시겠는데요."

독일인 재단사의 농담과 세련된 옷감으로 만든 완벽한 옷, 거울에 비친 자신의 우아한 모습 등 소소한 것들이 뤼시앵의 우울한 기분을 조금 달래주었다. 파리는 우연의 수도라는 막연한 생각을 하면서, 잠시나마 우연을 믿기로 했다. 그에게는 시집 한 권과 훌륭한 소설 '샤를 9세의 궁수'의 원고가 있지 않나! 그는 자신의 운명에 희망을 품었다. 스토브는 그다음 날까지 프록코트와 나머지 의복들을 완성해 주겠노라 약속했다. 그다음 날, 구둣방 주인과 내의류 상점 주인과 재단사가 모두 청구서를 들고 나타났다. 뤼시앵은 그들을 적당히 돌려보내는 방법을 알지 못했기에, 지방의 관습대로 전부 다 현금으로 지불했다. 그러고 나니 파리에 가져온 2000프랑 중 수중에 남은 돈은 360프랑뿐이었다. 파리에 온 지 일주일밖에 되지 않았는데! 그럼에도 옷을 입고 튈르리 공원의 푀양 산책로를 한 바퀴 돌러 나갔다. 그는 그곳에서 단단히 복수했다. 잘 차려입은 그가 너무도 우아하고 아름다웠기에, 수많은 여자들이 그를 처다보았고, 두세 명의 여인은 그의 미모에 이끌려 다시 뒤돌아보기도 했다. 뤼시앵은 젊은이들의 걸음걸이와 태도를 연구했고, 멋지고 세련된 태도를 학습했다. 그러나 마음속에는 수중에 360프랑밖에 없다는 생각뿐이었다. 저녁에 혼자 방에 있던 그는 절약한다고 믿으며 이곳 호텔에서 가장 간단한 식사를 주문해 먹는 생활을 그만하기로 했다. 이사하겠다는 의사를 밝히고 계산서를 요구했다. 100프랑 정도가 나왔다. 다음 날, 값이 싸다며 다비드가 추천했던 라틴 구역으로 달려갔다. 오랫동안 찾은 끝에 소르본 대학 근처 클뤼니가에 있는 가구 딸린 초라한 호텔을 발견했다. 그곳에 그의 예산에 맞는 방이 있었다. 가야르부아 호텔 주인에게 그동안의 숙박비를 지불한 후, 그날로 클뤼니가에 정착했다. 이사 비용으로는 삯마차 한 대 값을 치렀을 뿐이다.

초라한 방을 숙소로 정한 후, 그는 바르주통 부인에게서 받은 편지를 전부 모아 꾸러미로 만든 후 책상 위에 올려놓았다. 그러고는 그녀에게 편지를 쓰기 전에 운명적이었던 지난 일주일을 돌아보았다. 루이즈가 파리에서 어떻게 변할지 모른 채 경솔하게도 자신이 먼저 사랑을 부인했다는 사실은 생각도 하지 않았다. 자기 잘못은 보지 못하고, 현재 상황만 보았다. 그는 바르주통 부인이 자신을 가르쳐주는 대신 파멸시켰다고 그녀를 비난했다. 분노가 치밀면서 자부심이 끓어올랐다. 극도로 흥분한 상태에서 그는 편지를 쓰기 시작했다.

부인, 사람들이 훗날 환상이라 부를 고귀한 믿음으로 충만했던 어떤 가엾고 수줍은 소년이 마음에 들었던 한 여인에 대해, 그 소년을 유혹해 데려오기 위해 애교를 부리는 호의도 베풀고 세련된 재치도 발휘하고 가장 아름다운 감정인 모성애까지 꾸며낸 그 여인에 대해, 당신은 뭐라고 말씀하시겠습니까? 가장 달콤한 약속도, 그가 감탄한 종이 성채도 그녀에게는 아무 비용이 들지 않습니다. 그녀는 그 소년을 데려와 그를 독점하고는, 믿음이 적다고 비난하기도 하고 그의 비위를 맞추기도 했지요. 소년이 가족을 버리고 맹목적으로 그녀를 따라오자, 그녀는 그를 망망대해로 데려가 미소 지으며 가냘픈 쪽배에 태우고는 아무 도움도 없이 혼자서 폭풍우 속을 헤쳐가라고 떠밀어 보냅니다. 그러고는 바위 위에 서서 웃음을 터뜨리며 행운을 빌어줍니다. 그 여인이 바로 당신이고, 그 소년은 나입니다. 소년의 손에는 당신에 대한 추억이 담긴 기념물이 있습니다. 친절이라는 범죄를 저지른 후 차버리는 호의를 베풀었음을 보여주는 증거들이지요. 혹여 파도와 싸우고 있는 그 소년과 마주치게 된다면, 전에 그 소년을 품에 안았던 것을 생각하며 얼굴을 붉히실지도 모르겠습니다. 이 편지를 읽으신 후에는, 당신 뜻대로 추억의 기념물들을 처리하시겠지요. 모든 것을 잊는 것은 당신의 자유입니다. 당신의 손가락이 하늘을 향해 가리키던 찬란한 희망을 본 후, 이제 나는 파리의 진흙탕 속에서 빈곤이라는 현실과 마주하고 있습니다. 당신이 그 문턱까지 나를 데려온 사교계의 영광을 누리며 찬란하게 빛나고 사랑받을 때, 나는 당신이 내팽개친 비참한 다락방에서 추위에 떨고 있을 겁니다. 어쩌면 파티와 쾌락의 한가운데에서 당신은 후회에 사로잡혀, 깊은 구렁 속으로 빠뜨린 그 소년을 떠올리실지도 모르겠습니다. 하지만 부인, 그를 생각하시더라도 후회는 마십시오! 극도의 불행 속에서도 그 소년은 자신에게 남은 유일한 것, 마지막 시선에 담긴 용서를 당신께 드립니다. 그렇습니다, 부인. 당신 덕분에 내게는 아무것도 남아 있지 않습니다. 아무것도! 하지만 그 아무것도 아닌 것으로부터 이 세상은 만들어지지 않았던가요? 천재는 신을 모방해야 합니다. 신의 권력을 가질 수 있을지 모르겠지만, 신의 관용을 베푸는 것부터 시작하겠습니다. 내가 잘못되지 않는 한 당신은 두려워할 것이 없지만, 만일 내가 잘못된다면 당신은 두려울 겁니다. 당신은 내 잘못의 공범자일 테니까요. 그래요! 나는 일을 통해 영광에 이르겠습니다. 그러나 그 영광의 길에서 당신은 이제 아무것도 아니기에 당신을 동정합니다.

다소 과장되었지만, 스물한 살의 예술가라면 흔히 부풀려 표현하는 우울한 위엄으로 가득한 이 편지를 쓴 후, 뤼시앵의 마음은 가족에게로 돌아갔다. 다비드가 재산 일부를 희생해 장식한 예쁜 아파트가 보였고, 전에 맛보았던 조용하고 조촐한 부르주아적 기쁨이 눈에 어른거렸다. 어머니와 누이와 다비드의 그림자가 그의 주변으로 다가왔다. 떠나는 그에게 들려오던 그들의 울음소리가 되살아났다. 뤼시앵은 눈물이 났다. 친구도 보호자도 없이 파리에 홀로 남겨진 것이었다.

며칠 후, 뤼시앵은 누이에게 편지를 썼다.

사랑하는 에브, 누이는 예술에 헌신하는 제 오라비와 삶을 함께하면서 기쁨보다 비애를 더 많이 느끼는 서글픈 특권을 가진단다. 그래서 나는 너에게 짐이 될까 두려워지기 시작했다. 나를 위해 희생한 식구들 모두에게 벌써 폐만 끼쳤다. 그래도 가정의 기쁨이 넘치던 과거의 추억이 지금의 고독과 싸울 수 있는 힘을 주는구나. 파리 사교계에서 겪은 첫 번째 비참과 실망 이후, 보금자리로 돌아가는 독수리처럼 얼마나 빠른 속도로 우리를 갈라놓은 거리를 뛰어넘어 진정한 사랑의 공간으로 돌아왔는지! 너희들의 불빛은 반짝거리고 있겠지? 난로의 깜부기불은 탁탁 소리를 내며 잘 타고 있겠지? 속삭이는 그 미미한 소리를 듣고 있겠지? 어머니는 "뤼시앵은 우리를 생각하고 있을까?"라고 말씀하시겠지? 그러면 다비드는 "뤼시앵은 사람들과도 일과도 싸우고 있습니다."라고 대답하겠지? 사랑하는 에브, 너에게만 이 편지를 쓴다. 내게 닥칠 좋은 일과 나쁜 일을 너에게만 감히 털어놓으련다. 좋은 일에도 나쁜 일에도 나는 얼굴이 붉어진다. 나쁜 일이 드물어야 하건만, 이곳에서는 좋은 일이 드물기 때문이다. 다음의 몇 마디로 많은 걸 알게 될 거다. 바르주통 부인이 나를 수치스러워하며 나를 부정했고, 나를 버렸고, 파리에 도착한 지 아흐레 만에 나를 쫓아버렸다. 나를 보더니 고개를 돌려버리더구나. 나는 그녀가 밀어 넣고자 했던 사교계로 그녀를 따라갔고, 그곳에 진출하기 위해 앙굴렘에서 그토록 어렵게 구해 가져온 2000프랑 중에서 1760프랑을 써버렸다. 무엇에? 너는 묻겠지. 가엾은 에브, 파리는 돈을 탕진하게 만드는 이상한 곳이다. 여기서는 18수로도 저녁을 먹을 수 있지만, 품위 있는 레스토랑에서는 가장 간단한 식사도 50프랑이나 된다. 4프랑짜리 조끼와 40수짜리 바지도 있지만, 최신 유행의 옷만 만드는 양복점에서는 100프랑 밑으로는 조끼건 바지건 아무것도 만들어주지 않는다. 비가 올 때면, 길거리의 도랑을 지나가기 위해서도 1수를 내야 한다. 마차를 타면 제일 짧은 거리가 32수다. 나는 멋진 동네에서 살다가 지금은 클뤼니가에 있는 클뤼니 호텔에 있다. 클뤼니가는 세 개의 교회와 낡은 소르본 대학 건물들 사이에 끼어 있는, 파리에서 가장 가난하고 가장 어두운 좁은 길 중 하나란다. 그 호텔 5층에 가구 딸린 방을 하나 빌렸다. 더럽고 황량한 방임에도 월 15프랑이나 내야 한다. 2수짜리 작은 빵과 1수짜리 우유로 점심을 때우지만, 저녁에는 소르본 광장에 있는 플리코토라는 식당에서 22수만 내고도 잘 먹는다. 겨울까지는 모두 다 포함해서 월 60프랑 이상 쓰지 않을 작정이다. 그러길 바란다. 그렇게 하면 내게 남은 240프랑은 처음 넉 달의 생활비로 충분할 것이다. 그때까지는 '샤를 9세의 궁수'와 '데이지'를 팔 수 있겠지. 그러니 내 걱정은 조금도 하지 마. 현재는 춥고 헐벗고 초라할지라도, 미래는 푸르고 부유하고 찬란하게 빛날 것이다. 대부분의 위대한 인물들은 불행을 겪는다. 그 불행은 나를 슬프게 하지만 나를 짓누르지는 못한다. 위대한 희극 시인 플라우투스는[35) 방앗간의 하인이었다. 마키아벨리는 낮 동안 노동자들과 어울려 일하고 저녁에 『군주론』을 썼다. 위대한 세르반테스는 레판토 해전에서[36) 그 유명한 날의 승리에 기여하다 한쪽 팔을 잃고는 당대의 작가들한테 '천출의 늙은 외팔이'란 말까지 들었으며, 출판사를 찾지 못했던 숭고한 『돈키호테』는 1부가 나오고 10년이 지나서야 2부가 출간되었다. 우리는 아직 그 정도는 아니잖니. 슬픔과 가난은 무명의 천재들에게만 타격을 줄 수 있다. 하지만 빛을 보게 되면 작가들은 부자가 된다. 그러니 나는 부자가 될 것이다. 게다가 나는 사상에 파묻혀 살고 있다. 하루의 절반을 생트준비에브 도서관에서 보내면서 내게 부족한 지식을 습득하고 있단다. 지식이 없다면 멀리 나아가지 못할 테니 말이다. 지금 나는 행복하다고 할 수 있다. 며칠 사이에 내 처지에 즐겁게 적응했다. 날이 밝는 즉시 좋아하는 일에 몰두한다. 물질적으로는 어려움이 없다. 많이 사색하고 연구한다. 매 순간 자존심에 상

---

35) 티투스 마키우스 플라우투스(Titus Maccius Plautus, 기원전 254~184)는 고대 로마의 희극 작가다. 라틴어 문학 최초의 극작가로, 일반 대중을 위해 그리스 원작을 대담하고 자유롭게 변형, 개작했다. 셰익스피어, 몰리에르 등 후대의 극작가들에게 많은 영향을 주었다.
36) 레판토 해전은 1571년 10월 7일 베네치아 공국, 교황령, 에스파냐 왕국과 제노바 공국, 사보이 공국, 몰타 기사단 등이 연합한 신성동맹 함대와 오스만 제국 사이에서 벌어진 해상 전투로, 오스만 제국이 참패했다.

처받고 고통스러울 수 있는 사교계를 포기했으니, 이젠 상처받지 않을 것이다. 한 시대를 풍미하는 뛰어난 인물들은 세상과 멀리 떨어져 살 수밖에 없다. 그들은 숲속의 새들이 아니겠니? 그들은 노래하면서 자연에 기쁨을 주지만, 아무도 그들을 알아보지 못한다. 마음속에 품은 야심찬 계획을 실현할 수 있다면, 나도 그렇게 하련다. 바르주통 부인에 대해서는 그리운 마음도 섭섭한 마음도 없다. 그렇게 처신하는 여자는 추억할 만한 가치도 없다. 앙굴렘을 떠난 것도 후회하지 않는다. 그 여자가 나를 파리에 던져버리고, 내 능력껏 살게 한 것은 옳은 결정이었다. 파리라는 도시는 작가와 사상가와 시인의 조국이다. 이곳에서만 명성을 얻을 수 있고, 그 명성은 오늘날 훌륭한 작품들을 만들어낸다. 작가들은 오직 이곳에서만 도서관에 있는 책들과 총서들을 통해 과거 시대 천재들의 작품을, 상상력을 북돋고 자극하는 생생한 작품을 만날 수 있다. 오직 이곳에서만 언제나 열려 있는 거대한 도서관이 작가들에게 유용한 정보와 정신적 양식을 제공한다. 요컨대 파리에는 공기 중에도, 아주 사소한 것들에도, 문학 작품 안에서 숨 쉬며 흔적을 남기는 정신이 존재한다. 지방에서 10년 동안 대화한 것보다, 파리의 카페나 극장에서 30분 동안 대화하면서 더 많이 배운다. 정말이지 여기서는 모든 것이 구경거리고, 모든 것을 서로 비교할 수 있고, 모든 것을 통해 지식을 습득한다. 과도하게 싼 것이 있는가 하면, 과도하게 비싼 것이 존재하는 곳, 파리는 바로 그런 곳이다. 벌들은 저마다 자기의 벌집 구멍을 찾아가고, 사람들은 각자 자신에게 어울리는 것을 자기 것으로 만들 줄 안다. 그러니

이 순간 고통당하고 있을지라도, 나는 아무것도 후회하지 않는다. 오히려 내 앞에 펼쳐지려는 아름다운 미래가 한때는 아팠던 내 마음을 기쁘게 한다. 잘 지내렴, 내 동생, 규칙적으로 내 편지를 받을 기대는 하지 말고. 파리의 특징 중 하나는 시간이 어떻게 지나가는지 정말 모른다는 것이다. 이곳에서의 생활 리듬은 끔찍할 정도로 빠르다. 어머니, 다비드, 그리고 너에게 그 어느 때보다도 다정한 키스를 보낸다.

'플리코토'는 많은 작가의 회고록에 남아 있는 식당 이름이다. 복고왕정 초기 12년 동안 라틴 구역에 사는 학생 중에서 이 가난과 기아의 성전을 자주 찾지 않은 자는 별로 없다. 세 접시로 구성된 저녁은 작은 물병 분량의 막포도주와 맥주 한 병을 포함해 18수였고, 병 포도주를 포함한 식사는 22수였다. 젊은이들의 친구인 이 식당이 큰 재산을 모으지 못한 이유는 아마도, 경쟁자들의 광고 전단 사이에 끼어 있는 그 식당 광고지에 굵은 글씨로 인쇄된, 빵은 무제한이라는 문구 때문이었을 것이다. 많은 저명인사들에게 플리코토는 양식을 제공하는 양아버지 역할을 했다. 적지 않은 유명인들이 소르본 광장과 뇌브 드 리슐리외가가 만나는 길모퉁이의 격자창 안 진열장을 보면 뭐라 말할 수 없는 추억에 잠기며 기쁨을 느낄 것이다. 1830년 7월혁명이 있기까지 플리코토 2세와 3세는 그 식당의 갈색 톤을 그대로 유지하면서 과거의 당당한 모습을 존중했다. 변치 않는 그 모습에서는 외양만 번드레하게 치장하는 속임수에 대한 경멸을 느낄 수 있었다. 멋진 외양은 오늘날 대부분의 식당이 배가 아닌 눈을 즐겁게 하려고 만든 광고일 뿐이다. 요리하지도 않을 박제된 사냥 고기 대신에, "멋진 잉어 한 마리 봐뒀는데, 일주일 후에 사 올 생각이야."라는 어릿광대의 말을 정당화하는 듯한 환상적인 물고기 대신에, 하사관과 그의 고향 친구 아가씨를 즐겁게 해주기 위해 진열장에 그럴싸하게 전시해 놓은 만물, 실제로는 시들어빠진 끝물 채소 대신에, 정직한 플리코토는 여기저기에 금 간 샐러드 그릇을 전시했다. 그 안에는 구운 자두가 잔뜩 담겨 있어서 소비자의 눈을 즐겁게 했다. 다른 광고지에서 헤프게 쓰이는 디저트라는 말이 여기서는 헛된 약속이 아님을 확신할 수 있었다. 네 조각으로 자른 6파운드짜리 빵은 '빵은 무제한'이라는 약속을 뒷받침했다. 이런 것들이 이 식당에서 누리는 호사였기에, 몰리에르 시대였다면 그가 예찬을 바쳤을 것이다. 그만큼 그 문구에는 유머러스한 구석이 있었다. 플리코토는 지금도 있다. 학생들이 먹고살기를 원하는 한 그 식당은 살아남을 것이다. 그곳에서는 누구든 더 적게 먹지도 더 많이 먹지도 않는다. 그저 매일매일 일하듯이, 성격이나 상황에 따라 즐겁게 혹은 침울하게 먹는다. 그 유명한 식당은 직각 모양의 길고 좁고 낮은 두 개의 홀로 이루어졌고, 한 홀에는 소르본 광장 쪽으로, 다른 홀에는 뇌브 드 리슐리외 거리 쪽으로 창이 나 있었다. 두 개의 홀에는 각각 기다란 테이블이 있었는데, 테이블 길이에서 뭔가 모르게 수도원의 분위기가 느껴지는 것으로 보아 아마도 어느 수도원의 구내식당에서 그것들을 가져왔을 것이다. 테이블 위에는 식기들과 함께, 번호가 새겨진 물결무늬 링

에 끼운 단골손님들의 냅킨이 준비되어 있었다. 플리코토 1세
는 일주일에 한 번, 매주 일요일에만 식탁보를 갈았다. 하지만
플리코토 2세는 경쟁자들이 그 왕국을 위협하자 일주일에 두
번씩 식탁보를 갈았다고 한다. 그 식당은 이런저런 연장과 집
기를 갖춘 작업장 같은 곳이었지, 우아함과 쾌락의 연회장이
아니었다. 사람들은 누구나 식사를 마치자마자 바로 나간다.
식당 안에서는 모두가 빠르게 움직인다. 보이들은 슬렁거리지
않고 재게 오간다. 꼭 필요한 인원만 있기에 그들은 모두 바쁘
다. 메뉴는 다양하지 않다. 감자는 늘 나온다. 감자 재배의 나
라 아일랜드에 감자 한 톨 없을지라도, 아무 데서도 감자를 구
하지 못할지라도, 플로코토에서는 언제나 감자를 먹을 수 있
다. 30년 전부터 푸른색 다진 채소가 섞인, 티치아노가 좋아
하는 노란색의 감자 요리가 나왔는데, 청년들 사이에서 엄청
난 인기를 누려 여자들이 부러워할 정도였다. 1814년에 먹었
던 감자 요리는 1840년에도 그대로 맛보게 될 것이다. 아침부
터 주문해야 할 정도로 대단히 인기 있는 뇌조나 철갑상어 요
리가 베리 식당의 특별 메뉴라면 양갈비나 소 안심은 플리코
토 식당의 특별 메뉴다. 이 식당에서는 암소 고기를 주로 사
용하고, 송아지는 아주 기발한 모양으로 자주 나온다. 대구나
고등어가 대서양 연안으로 몰려올 때면, 플리코토 식당에서
도 그 생선들이 튀어나온다. 그곳에서는 모든 것이 농산물과
프랑스 기후의 변화에 달려 있고, 부자나 유한계급 그리고 자
연의 변화 과정에 무관심한 사람들은 짐작도 하지 못할 것들
을 배운다. 라틴 구역에 갇힌 학생들은 그곳에서 계절에 대해

가장 정확한 지식을 얻는다. 강낭콩과 완두콩은 언제 수확되는지, 중앙시장에 배추가 넘쳐나는 때는 언제고, 어떤 종류의 샐러드가 많은지, 그리고 비트가 떨어지지는 않았는지 등을 알게 된다. 뤼시앵이 그 식당을 드나들 무렵, 비프스테이크가 나오는 것은 말들이 죽었기 때문이라는 소문이 돌기도 했는데, 그것은 오래된 중상모략이었다. 파리에서 이처럼 멋진 광경을 연출하는 식당은 별로 없다. 그곳에서는 젊음과 신념, 그리고 즐거운 마음으로 견디고 있는 가난만을 본다. 물론 격렬하고 심각한, 침울하고 불안한 얼굴들도 없지 않다. 통상, 복장에는 신경 쓰지 않는다. 그러다 보니 단골손님이 잘 차려입으면 금방 눈에 띈다. 그 특별한 복장이 의미하는 바를 누구나 안다. 애인이 기다리고 있거나, 극장에 가거나, 상류사회를 방문하거나. 이 이야기를 통해 알게 되겠지만, 훗날 이름을 날리게 될 몇몇 학생들이 바로 이곳에서 우정을 쌓았다고 전해진다. 그렇지만 저녁 식사 손님들은, 테이블 끝에 모여 앉은 동향의 젊은이들을 제외하고는, 대부분 과묵한 태도를 선뜻 버리지 못한다. 아마도 물 탄 듯 싱거운 포도주 때문일 터, 이런 엉터리 술을 마시고는 그 어떤 심정도 토로할 수 없으리라. 플리코토를 자주 드나들었던 사람이라면, 2년 동안 그곳에서 식사하다가 갑자기 사라져버린 몇몇 인물들, 극도로 차가운 궁핍의 안개에 둘러싸인 움울하고 신비로운 사람들을 기억할 것이다. 그러나 제아무리 호기심 많은 단골손님도 파리를 어슬렁거리던 그 사람들의 정체는 밝히지 못한다. 플리코토에서 맺은 우정은 근처 카페로 옮겨져 알코올이 들어간 달달한 편치의 불길이나 브랜디 넣은 커피 반 잔의 열기가 더해져야 비로소 돈독해진다.

클뤼니 호텔에 정착한 처음 며칠 동안 뤼시앵은 초심자가 다들 그렇듯 소심했고, 규칙적으로 살았다. 가진 돈을 모조리 빨아들인 우아한 삶의 서글픈 시련을 겪은 후, 초기의 열정을 불태우며 일에 뛰어들었다. 파리에서는 사치하는 사람 가난한 사람 할 것 없이 모든 이들이 난관에 부딪치기도 하고 즐거움을 느끼기도 하는바, 그러한 난관이나 즐거움은 이 초기의 열정을 너무도 빨리 제거해 버린다. 반면에 그런 난관이나 즐거움에 익숙해지려면 진정한 재능을 가진 자의 야성적 에너지 또는 야심가의 엉큼한 의지가 있어야 한다. 뤼시앵은 식당에 일찍 가야 유리하다는 것을 파악했고, 그 이후로는 4시 반경에 플리코토로 가곤 했다. 그 시간에는 음식이 더 다양했고, 좋아하는 요리도 남아 있었다. 시적 영혼을 가진 자라면 누구나 그러듯이 그는 특정한 한 자리를 좋아했는데, 그 선택은 그의 재바른 눈치를 잘 드러냈다. 플리코토에 간 첫날부터 그는 계산대 옆 테이블에 주목했다. 그 테이블에서 식사하는 사람들의 외모와 얻어들은 대화를 통해 그들이 문학계 동료지간임을 알 수 있었다. 게다가 계산대 옆에 앉으면 식당 주인과도 잘 지낼 수 있으리란 걸 그는 본능적으로 알았다. 언젠가는 안면을 트게 될 것이고, 재정 상태가 악화될 경우 어쩌면 외상 거래도 가능할 것이다. 그래서 그는 계산대 옆의 조그만 사각 테이블에 앉았다. 그 테이블에는 단골이 아닌 손님들을 위한 것인 듯한, 고리에 끼우지 않은 두 개의 흰색 냅킨과 두

벌의 식기만 놓여 있었다. 뤼시앵 앞에는 마르고 창백한, 아마
도 뤼시앵만큼 가난한 듯 보이는 젊은이가 앉아 있었다. 이미
시들어버린 그의 아름다운 얼굴을 보면, 사라진 희망들이 그
의 이마를 지치게 했고, 그의 영혼 속 밭고랑에 뿌린 씨앗은
전혀 싹트지 않았음을 알 수 있었다. 뤼시앵은 시적 정취와
거부할 수 없는 공감의 충동으로 그 낯선 청년에게 끌림을 느
꼈다.

앙굴렘 시인이 일주일 동안 소소하게 배려하고, 말을 걸고,
또 서로를 관찰하는 시간을 거쳐, 비로소 몇 마디를 주고받을
수 있었던 첫 번째 인물인 그 청년의 이름은 에티엔 루스토였
다. 뤼시앵처럼 에티엔도 고향인 베리 지방의 어느 도시를 2년
전 떠나 왔다. 활기찬 몸짓, 빛나는 시선, 간간이 내뱉는 짧은
말 등은 문학인이 겪는 쓰라린 삶의 경험을 드러내고 있었다.
에티엔은 뤼시앵의 마음을 사로잡았던 명예와 권력과 돈에 이
끌려, 비극 작품 하나를 주머니에 넣고 상세르를 떠나 파리로
왔다. 며칠 연달아 식당에 오던 그 청년은 얼마 후부터 가끔
씩만 들를 뿐, 거의 나타나지 않았다. 5, 6일 정도 보이지 않던
그 시인이 모습을 드러내자, 뤼시앵은 이튿날에도 그를 볼 수
있기를 바랐다. 하지만 다음 날 그 자리는 다른 낯선 사람이
차지하고 있었다. 전날 만난 젊은이들끼리는 어제 나눈 대화
의 열기가 오늘의 대화에도 그대로 반영된다. 하지만 뜸하게
만나다 보니 매번 어색한 분위기를 깨야 했기에 친해지기가
어려웠다. 그래서 처음 몇 주 동안은 친교에 별 진전이 없었다.
계산대에 있는 부인에게 물어본 결과, 뤼시앵은 그 '미래의 친

구'가 어떤 소신문의[37] 기자이며, 신간 서적에 관한 서평을 쓰기도 하고, 앙비귀 코미크, 게테, 파노라마 드라마티크 등 불바르 극장들이 올리는 공연[38] 평을 쓰기도 한다는 사실을 알게 되었다. 갑자기 뤼시앵의 눈에 그 젊은이가 명사처럼 보였다. 그래서 그와 좀 더 친밀하게 대화를 나눠봐야겠다고 생각했다. 초심자에게는 그런 친구와의 우정이 꼭 필요하니, 그와의 우정을 위해서라면 약간의 희생도 마다하지 않기로 했다. 기자는 보름 동안 나타나지 않았다. 에티엔은 돈이 없을 때만 플리코토에 왔고, 그래서 매번 침울하고 환멸에 찬 표정이었는데, 그때까지만 해도 뤼시앵은 그 사실을 몰랐다. 차갑고 생기 없는 친구와는 대조적으로 뤼시앵은 웃으면서 그의 비위도 맞추고 다정한 말을 건네기도 했다. 그렇지만 이 친구와 사귀려면 심사숙고해야 했다. 그 침울한 기자는 독주와 커피, 펀치와 연극과 야식 등으로 점철된, 생활비가 많이 드는 삶을 영위하는 것처럼 보였기 때문이다. 라틴 구역에 정착한 처음 얼

---

37) 소신문(petit journal)은 대중 독자층을 대상으로 한 저렴한 신문이다. 정치, 스캔들, 범죄, 가십, 뉴스와 연재소설 등을 실었으며, 이목을 끌기 위해 자극적인 내용을 포함하기도 했다.

38) 언급된 곳들은 모두 '불바르 극장(Théâtre de boulevard)'으로 통칭되던, 탕플 대로(boulevard du Temple)의 상업 극장들이다. 정통 극보다는 멜로드라마, 군무, 서커스, 마술, 불꽃쇼 등 다양한 볼거리를 제공했다. 상대적으로 입장권이 저렴해 서민 대중에게 인기를 끌었다. 앙비귀 코미크 극장은 1769년 지어졌다가 1827년 화재로 소실되었다. 게테 극장은 1759년 건립되어 1862년에 문을 닫았다. 파노라마 드라마티크 극장은 1821년부터 1823년까지 영업했다.

마 동안 뤼시앵은 파리에서의 첫 경험 때문에 망연자실한 가
엾은 아이처럼 처신하고 있었다. 그래서 물건 값을 따지고 지
갑 사정을 살펴본 후, 아직도 후회하고 있는 실수를 또 저지
를 것이 두려워 에티엔을 따라 할 엄두가 나지 않았다. 여전히
지방 풍습이라는 신성한 의무의 굴레에 얽매여 있었기에, 조
금만 나쁜 생각을 해도 에브와 다비드라는 두 수호천사가 나
타나 그에 대한 그들의 기대, 나이 드신 어머니의 행복에 대한
책임, 그리고 그의 천재성이 약속한 모든 것을 상기시켰다. 그
는 생트준비에브 도서관에서 역사를 공부하면서 아침나절을
보냈다. 기본적인 연구만으로도 소설 '샤를 9세의 궁수'에 치
명적 오류가 있음을 발견할 수 있었다. 도서관이 닫히면 축축
하고 차가운 방으로 돌아와 작품을 고치기도 하고 다시 쓰기
도 했다. 몇 개의 장을 몽땅 삭제하기도 했다. 플리코토에 가
서 저녁 식사를 마친 후에는, 지성계의 움직임을 파악하기 위
해 코메르스 상점가에 있는 블로스 문학 독서실에서[39] 현대
문학 작품, 신문이나 잡지, 주간지, 시집 등을 읽었다. 그렇게 땔
감도 초도 절약한 후, 자정 무렵 비참한 숙소로 돌아왔다. 독서
는 그의 생각을 엄청나게 변화시켰기에, 꽃에 대한 그의 소중

---

39) 문학 독서실은 18~19세기에 대중이 싼값으로 신문, 잡지, 소설 등을 빌
려 읽던 곳이다. 도서관에 없는 신간도 그곳에서는 볼 수 있었다. 특히 아침
부터 저녁까지 열려 있었기에 가난한 학생들에게는 난방비와 초를 아끼면
서 편안히 공부할 수 있는 공간이었다. 1820년 당시 파리에 있는 32개의 독
서실 중 쿠르 드 코메르스 7번지에 있던 블로스 문학 독서실은 유럽 최고의
독서실 중 하나였다. 1830년 당시 프랑스에는 1500여 개의 문학 독서실이
있었다고 한다.[편]

한 시집 '데이지'를 다시 읽어보고는 완전히 새로 쓰다시피 했다. 그러다 보니 원래 시에서 남은 것은 100행도 되지 않았다. 이렇듯 처음 한동안은 지방에서 온 가난한 소년의 순수하고 순진한 생활을 이어갔다. 그런 소년들은 고향집의 일상적 식사와 비교하면 플리코토의 음식도 사치라 생각하고, 곁눈질로 예쁜 여자들을 힐끔힐끔 쳐다보며 뤽상부르 공원의 오솔길을 산책하면 가슴이 뛰면서 기분이 좋아지고, 자기 동네 밖으로는 나가지 않은 채 미래를 생각하며 경건하게 일에 몰두한다. 하지만 천성이 시인인 뤼시앵은 얼마 지나지 않아 거대한 욕망에 굴복하고 말았다. 극장 포스터의 유혹에는 속수무책이었던 것이다. 테아트르 프랑세, 보드빌, 바리에테, 오페라 코미크 등의 극장[40] 1층 뒷좌석에서 공연을 보고 다니면서 60프랑을 썼다. 어떤 학생인들 탈마라는[41] 배우가 그를 유

---

40) 당시 파리의 극장들은 장르와 관객층에 따라 서열이 나뉘었다. 가장 수준 높은 극장은 비극, 오페라, 발레 등을 공연하는 대극장들로, 관객은 주로 귀족과 상층 부르주아였다. 여기에 해당하는 테아트르 프랑세는 루이 14세의 명으로 1680년 설립된 연극 전용 국립극장으로, 현재는 코메디 프랑세즈라는 명칭이 더 널리 쓰인다. 또 오페라 코미크는 1783년 몰리에르가 창단한 극단에서 출발했으며, 규모가 작은 희극 오페라를 주로 공연했다. 현재는 오페라 드 파리와 더불어 파리의 양대 국립 오페라극장이다. 다음으로, 중산층 이상 관객이 선호한 보드빌 극장과 바리에테 극장은 대극장들보다 서열이 낮았다. 1807년 몽마르트에 개관한 바리에테 극장은 보드빌 극장과 유사하게, 점차 '버라이어티쇼'라는 대중 공연 장르로 보통명사화되었다. 마지막으로 잡다한 통속 공연 위주의 불바르 극장들이 가장 서열이 낮았다. 진지한 작가 지망생 뤼시앵은 아직 불바르 극장들에는 드나들지 않고 있다.
41) 프랑수아 조제프 탈마(François-Joseph Talma, 1763~1826)는 대혁명기와 나폴레옹 제국기에 혁신적인 연기 스타일과 고전 비극에서의 탁월한

명하게 만든 역할을 연기하는 모습을 보고 싶은 유혹에 저항할 수 있겠는가? 뤼시앵은 시적 영혼을 가진 모든 이들의 첫사랑인 연극에 매료되었다. 남자든 여자든 배우들은 모두 당당하고 멋진 인물로 보였다. 무대 난간을 뛰어넘어 그들과 친근하게 만날 수 있다고는 생각도 못 했다. 그에게 커다란 기쁨을 주는 그들은 신문이 국가적 관심사로 다루는 경이로운 존재였다. 극작가가 되어 배우들이 자기 작품을 연기하게 하는 것, 얼마나 달콤한 꿈인가! 카시미르 들라비뉴[42] 같은 대담한 몇몇 사람들은 그 꿈을 실현하지 않았나! 이렇게 희망찬 생각들, 그리고 절망에서 벗어나 믿음을 가지게 된 순간들이 뤼시앵을 고취시켰고, 과격한 여러 욕망이 소리 없이 으르렁거림에도 연구와 절약의 성스러운 길을 가도록 그를 지탱해 주었다. 과할 정도로 신중하고 절도 있는 삶을 영위하면서 그는 스스로 팔레루아얄에 발을 들여놓는 것을 금했다. 그곳은 하루 만에 베리 식당에서 50프랑을, 의복으로 500여 프랑을 쓰게 한 타락의 장소가 아니던가. 그래서 플레리나 탈마, 바티스트 형제나 미쇼 등의 배우들을 보고 싶은 욕망에 굴복했을 때에도, 매표소가 있는 어두운 회랑보다 더 멀리는 가지 않았다. 그곳에서는 사람들이 새벽 5시 반부터 표를 사려고 기다렸으

연기로 이름을 날린 배우다. 나폴레옹은 장교 시절부터 그와 친하게 지냈으며, 1799년 이후 나폴레옹이 총애하는 배우가 되었다.
42) 카시미르 들라비뉴(Casimir Delavigne, 1793~1843)는 19세기 전반기에 활동한 시인, 극작가다. 18세 때부터 두각을 나타내 대중적으로 크게 성공했고, 당대에는 여러 유명 작가들과 어깨를 나란히 했다.

며, 느림보들은 매표소 옆에서 10수를 웃돈으로 주고 사야 했다. 그곳에서 2시간을 기다리고도 더 이상 표가 없습니다라는 소리가 울려 퍼지는 걸 듣고 낙담하는 학생들도 적지 않았다. 공연이 끝나면 뤼시앵은 강렬한 유혹으로 가득한 거리를 쳐다보지 않으려고 눈을 내리깔고 걸었다. 지극히 단순한, 그러나 젊은이의 소심한 상상에서는 큰 자리를 차지하는 사랑의 모험을 만날지도 모르는 일 아닌가. 지갑이 자꾸 얇아지자 당황한 뤼시앵은 어느 날 남은 돈을 세어보았다. 그 결과, 식은 땀이 흐르면서 출판사를 알아보든지 일자리를 구해야 할 필요성을 절감했다. 혼자서 친구로 삼았던 기자는 더 이상 플리코토에 오지 않았다. 뤼시앵은 우연을 기대했지만 그런 일은 없었다. 파리에서 우연은 이름난 사람들에게만 일어난다. 인맥이 넓을수록 모든 면에서 성공의 기회가 높아지고, 마찬가지로 우연 역시 다수의 편이다. 뤼시앵에게는 미래를 대비하는 지방 사람의 습관이 남아 있었기에, 몇 푼 안 남을 때까지 마냥 기다리고 싶지 않았다. 그는 출판업자들에게 과감히 부딪쳐 보기로 했다.

약간 쌀쌀했던 9월의 어느 날 아침, 그는 두 개의 원고 뭉치를 들고 라아르프가로 내려갔다. 오귀스탱 강변로까지 가서는 그 길을 따라 걸으며 센강과 서점들을 번갈아 쳐다보았다. 천사가 그에게 문학에 투신하느니 차라리 강물에 뛰어들라고 충고하는 것만 같았다. 비통한 심정으로 창문 너머로, 또 건물 입구에서, 부드럽거나 유쾌하거나 찡그리거나 즐겁거나 서글픈 얼굴을 하고 있는 사람들을 지켜보며 수없이 망설이다가, 점원들이 책을 포장하느라 분주한 한 상점을 발견했다. 책을 발송하는 중이었고, 벽에는 광고지들이 더덕더덕 붙어 있었다. '판매 중: 다를랭쿠르 자작의 『고독한 사람』, 3판. 빅토르 뒤캉주의 『레오니드』 전 5권, 12절판 고급지에 인쇄, 12프랑. 케라트리의 『도덕적 귀납법』.'[43]

"참으로 행복한 사람들이구나, 저들은!" 뤼시앵이 외쳤다.

광고지는 저 유명한 라드보카의 새롭고 독창적인 발명품이었는데, 당시 처음으로 여러 벽면을 장식했다.[44] 공공 수입원 중 하나이던 이 광고 방식을 모방하는 자들로 인해 파리의 벽들은 순식간에 얼룩덜룩해졌다. 앙굴렘에서는 그토록 위대했으나 파리에서는 너무도 초라해진 뤼시앵은 건물들을 따라 걷다가, 마침내 점원들과 고객들과 서적상들로 북적이는 상점으로 들어갈 용기를 냈다. 그의 가슴은 혈기로 가득했지만 동시에 불안한 마음을 감출 수 없었다. '아마 작가들도 있을 거야.'

"비달 씨나 포르숑 씨를 만나고 싶습니다." 그는 한 점원에게 말했다.

간판 위에 큰 글자로 '비달과 포르숑, 국내외 도서 출판 및

---

43) 『고독한 사람』 3판은 1821년 3월에, 『레오니드』는 1823년에, 『도덕적 귀납법』 2판은 1818년에 출판되었다.[편]

44) 피에르 프랑수아 라드보카(Pierre-François Ladvocat, 1791~1854)는 복고왕정기에 가장 유명했던 출판업자다. 하지만 발자크의 주장과 달리, 라드보카는 광고지를 발명한 사람이 아니다. 이보다 앞서 1799년 출판된 루이 세바스티앵 메르시에(Louis-Sébastien Mercier, 1740~1814)의 책 『새로운 파리(Le nouveau Paris)』에서 이미 파리의 벽마다 알록달록 붙어 있는 광고지들이 언급되었다.[편]

위탁 판매인'이라고 쓰여 있는 것을 보았던 것이다.

"두 분 다 바쁘십니다." 작업 중이던 점원이 대답했다.

"기다리겠습니다."

상점 안에서 기다리면서 그는 쌓여 있는 책들을 살펴보았다. 제목들을 쳐다보고, 책들을 들춰보고, 이곳저곳을 읽어보며 2시간을 기다렸다. 그러다 초록색 작은 커튼이 쳐진 유리창에 몸을 기댔는데, 이 유리창 너머에 비달이나 포르숑이 있을지 모른다는 의심이 들었다. 그의 귀에 이런 대화가 들렸다.

"500부 들여놓으시겠습니까? 그러면 권당 5프랑에 드려요. 그리고 12권당 2권씩 더 드립니다."

"그러면 권당 얼마요?"

"16수 할인됩니다."

"권당 4프랑 4수군." 비달인지 포르숑인지가 책을 납품하려는 사람에게 말했다.

"그렇습니다." 판매자가 답했다.

"외상 결제 됩니까?" 구매자가 물었다.

"농담 마세요! 1년 반 뒤에 만기 12개월짜리 어음을 주시려고요?"

"아니, 바로 발행해 드리리다." 비달인지 포르숑인지가 대답했다.

"만기는요? 9개월?" 출판업자인지 그 책의 저자인지가 물었다.

"그건 아니지, 1년이오." 도서 출판 및 위탁 판매인 두 사람 중 하나가 답했다.

잠시 침묵이 흘렀다.

"그러다간 제가 망해요!" 미지의 인물이 소리쳤다.[45]

"우리가 1년 안에 『레오니드』 500부를 다 팔 수 있을 것 같소?" 빅토르 뒤캉주의 책 발행인에게 위탁 판매인이 말했다. "발행인이 원하는대로 책이 팔린다면 우린 백만장자가 되었을 거요. 하지만 책은 독자들 마음대로라오. 월터 스콧의 소설도 권당 18수라, 4권짜리 전집 한 질 가격은 3리브르 12수요. 그런데 당신 책을 더 비싸게 팔아달라니? 우리가 이 책을 좀 더 적극적으로 팔아주길 바란다면, 내게 더 유리한 조건을 제시하셔야지." 그러고는 "비달!" 하고 동료를 불렀다.

뚱뚱한 한 남자가 귀에 펜대를 꽂은 채 계산대에서 일어나 동료에게 갔다.

"지난번 출장 때 뒤캉주 책을 몇 부나 팔았나?" 포르숑이 물었다.

"『칼레의 작은 노인』을 200부 팔았어. 하지만 그걸 팔려고 마진도 거의 없는 다른 두 작품을 할인해 줘야 했지. 그것들은 아주 예쁜 꾀꼬리가 되어버렸어."

---

45) 93쪽의 광고지에서 빅토르 뒤캉주의 『레오니드』의 권당 소매가는 12프랑이다. 그런데 이 대화에서 발행인은 전 5권인 『레오니드』를 500부, 즉 100세트 납품하면서 권당 5프랑을 부른다. 그리고 12권당 2권을 덤으로 주겠다고 했으므로, 총계 584부일 때 1부당 가격은 4.2프랑이 된다. 즉 발행인의 수익은 소매가의 3분의 1이고, 이는 당시의 현실과 일치한다. 또한 어지러울 정도로 복잡한 대금 지급 방식도 시대상을 그대로 반영한다. 현금 거래가 드물었던 복고왕정기에 출판계에서는 지급기일, 즉 만기가 긴(통상 12~18개월) 어음으로 대부분의 결제가 이루어졌다.[편]

꾀꼬리가 팔리지 않아 서점 구석의 선반 꼭대기에 처박힌 책을 가리키는 은어라는 사실을 뤼시앵은 나중에야 알았다.

"자네도 알다시피," 비달이 말을 이었다. "피카르가[46] 신작을 준비하고 있다지. 우리는 흥행을 목표로, 서점 정상가의 20퍼센트 할인을 예고했네."

"알겠습니다. 1년 만기 어음으로 하세요." 비달이 포르숑에게 준 마지막 은밀한 언질에 말문이 막힌 출판인이 처량하게 대꾸했다.

"얘기 끝난 거죠?" 포르숑이 미지의 인물에게 다짐해 두듯이 물었다.

"네."

출판인이 나갔다. 포르숑이 비달에게 하는 말이 들렸다. "벌써 300부 선주문이 들어와 있네. 저 친구에게는 지불을 6개월 늦추고 『레오니드』를 권당 100수에 팔자. 우리 대금은 6개월 만기 어음으로 받고……."

"그럼 1500프랑 버는 셈이지."

"아! 그 친구 아주 궁색해 보이더군."

"금방 파산할걸! 뒤캉주한테 2000부 인세로 4000프랑을 주고 있다더군."

뤼시앵은 작은 방의 문을 가로막고서 비달을 불러 세웠다.

"선생님들," 그는 두 동업자에게 말했다. "인사드리게 되어

---

46) 루이 브누아 피카르(Louis-Benoît Picard, 1769~1828)는 프랑스의 배우, 극작가, 소설가다.

영광입니다.”

서적상들은 그의 인사를 건성으로 받았다.

“저는 월터 스콧풍의 프랑스 역사소설 저자이고, 책 제목은 ‘샤를 9세의 궁수’입니다. 제 원고를 사주실는지요?”

포르숑은 책상 위에 펜을 내려놓은 후 그에게 차가운 시선을 던졌고, 비달은 그를 사납게 쳐다보면서 답했다. “선생, 우리는 출판업자가 아니라 서적상, 위탁 판매인이오. 우리 돈으로 출판할 때도 있지만, 그건 이름 있는 저자들과 함께하는 작업이고요. 우리는 진지한 책이나 역사책, 개론서 같은 것들만 삽니다.”

“하지만 제 책도 무척 진지합니다. 전제정치를 지지하는 가톨릭파와 공화국을 설립하려는 신교파의 투쟁을 생생하게 그린 소설이거든요.”

그때 점원이 “비달 씨!” 하고 그를 불렀다.

비달이 빠져나갔다.

포르숑이 다분히 무례한 태도로 다시 말했다. “선생의 책이 걸작이 아니라는 말이 아닙니다. 하지만 우리는 이미 출판된 책들만 취급합니다. 루브르궁 옆 코크가에 있는 도그로 영감 같은 원고 매입자에게 가 봐요. 그는 소설을 출판하는 사람 중 하나죠. 조금만 빨리 말씀하셨더라면, 방금 나간 폴레[47] 씨를 만

---

47) 뒤캉주의 소설을 출판한 폴레(Pollet) 출판사는 발자크가 젊은 시절 ‘오라스 드 생토뱅’이라는 가명으로 낸 『아르덴의 보좌신부』(1822)와 『100세 노인』(1824)을 출판했으며, 마레 지구의 탕플가 36번지에 있었다.[편]

나실 수 있었을 텐데요. 도그로 영감이나 갈르리 드 부아의[48]
몇몇 출판업자와 경쟁 관계거든요.”

“시집도 한 권 있습니다만……”

그때 “포르숑 씨!” 하고 부르는 소리가 들렸다.

“시집이라니!” 포르숑이 버럭 소리를 질렀다. “대체 날 뭘로
보는 거요?” 그는 노골적으로 뤼시앵을 비웃으면서 상점 뒤로
사라져버렸다.

뤼시앵은 오만가지 생각에 휩싸여 퐁뇌프 다리를 건넜다.
저들의 상업적 은어를 통해, 책이란 모자 상인이 파는 무명
모자처럼 그저 싸게 사서 비싸게 팔아야 하는 상품일 뿐이라
는 것을 깨달았다.

‘내 생각이 틀렸어.’ 문학이 노골적으로 돈으로 평가되는 실
상에 충격을 받은 뤼시앵은 마음속으로 생각했다. 그는 코크
가에서 이미 그 앞을 지나간 적 있는 허름한 상점을 찾아냈
다. ‘출판업자 도그로’라는 노란색 글씨가 적힌 초록 간판이
붙어 있었다. 블로스 문학 독서실에서 읽었던 여러 소설의 표
지 하단에 새겨져 있던 그 글자를 본 기억이 났다. 상상력이
풍부한 사람들은 한바탕 전쟁을 치르리라는 확신이 들면 불
안에 떨기 마련인데, 뤼시앵 또한 그런 불안에 사로잡혀 점포
로 들어갔다. 안에는 제정기 출판업자 특유의, 괴상하게 생긴
노인이 있었다. 그는 뒷자락이 대구 꼬리처럼 네모지고 커다

---

48) 팔레루아얄에 1786년 조성된 갈르리 드 부아(목조 회랑)는 약 700평에
달하는 아케이드로, 나무판자로 만든 거대한 헛간 같았다. 임시 건축물이
었던 갈르리 드 부아는 40년 만에 헐렸다.

란, 당시 유행하는 스타일의 연미복을 입고 있었다. 알록달록한 색깔의 바둑무늬 조끼는 평범한 천으로 만든 것이었고, 작은 조끼 주머니에 매달린 쇠줄과 구리 열쇠는 검은색 통바지 위에서 흔들거리고 있었다. 회중시계는 양파 크기는 되어 보였다. 그의 복장은 쇳빛을 띤 회색의 주름진 양말과 은장식이 달린 신발로 완성되었다. 노인은 모자를 쓰지 않았는데, 그의 회색 머리칼은 제법 시적으로 헝클어져 있었다. 포르숑이 도그로 영감이라 부른 그 노인은 연미복과 바지와 신발로 보아 문학 교수처럼 보였지만, 조끼나 회중시계나 양말로 보아서는 상인처럼 보였다. 외모 역시 그 괴상한 조합과 잘 어울렸다. 태도는 근엄하면서도 독단적이었고 얼굴은 수사학 교사처럼 움푹 패어 있었지만, 눈의 생기와 의심 많은 입과 막연한 불안감은 출판업자의 것이었다.

"도그로 씨인가요?" 뤼시앵이 물었다.

"내가 도그로입니다만, 무슨 일로……?"

"저는 소설을 한 편 쓴 작가입니다." 뤼시앵이 말했다.

"꽤나 젊으시구먼."

"제 나이는 일과 전혀 상관없습니다."

"그건 그렇지요." 늙은 출판업자는 뤼시앵의 원고를 집어 들고 말했다. "오! '샤를 9세의 궁수'라, 좋은 제목이군요. 이봐요, 젊은이, 이 책에 대해 간략하게 설명해 봐요."

"선생님, 이 작품은 월터 스콧풍의 역사소설입니다. 신교도들과 가톨릭교도들 사이의 투쟁이 서로 다른 통치 체제 간 투쟁으로 표출되고, 이로 인해 왕권이 심각하게 위협을 받습니다. 그리고 저는 가톨릭교도의 편에 서 있습니다.”

“오! 젊은이, 그런 구상이로군. 좋아요, 당신 책을 읽어보리다, 약속해요. 난 개인적으로 래드클리프 부인의[49] 소설 같은 스타일을 더 좋아하지만, 당신이 성실한 작가고, 문체와 개념과 아이디어와 연출의 기술을 가지고 있다면, 당신에게 도움 줄 수 있기를 바랄 뿐이오. 우리에게 필요한 게 무엇이겠소……? 좋은 원고라오.”

“언제 다시 오면 되겠습니까?”

“내가 오늘 저녁 시골에 가니, 내일모레 돌아와 당신 원고를 읽어보지요. 마음에 들면 바로 그날로 계약할 수 있소.”

뤼시앵은 그가 무척 좋은 사람으로 보였기에 시집 ‘데이지’의 원고도 꺼내 보이려는 치명적인 생각을 했다.

“선생님, 시집도 한 권 썼는데요…….”

“저런! 시인이군. 그렇다면 당신 소설도 필요가 없어졌소.” 노인은 그에게 원고를 돌려주며 말했다. “얼치기 시인이 산문을 쓰려고 하면 실패하고 말지. 산문에는 쓸데없는 말이 없어요. 반드시 무엇을 말해야 하니까요.”

“하지만, 선생님, 월터 스콧도 시를 썼지 않습니까.”

“그건 그래요.” 도그로가 부드러워진 말투로 대꾸했다. 그는 젊은이의 궁핍을 알아차리고 원고를 다시 챙겼다. “어디 사시오? 내가 당신을 보러 가리다.”

---

49) 영국의 고딕 소설가 앤 래드클리프(Anne Radcliffe, 1764~1823)의 『우돌포의 비밀』(1794)과 『이탈리아인』(1797)은 1797년에 프랑스어로 번역되어 큰 성공을 거뒀다.[편]

뤼시앵은 그 노인의 저의에 대해서는 추호도 의심하지 않았기에 자기 주소를 건네주었다. 그 노인에게서 구시대의 출판업자, 가난으로 죽어가는 볼테르나 몽테스키외를 다락방에 잡아두고 밖에서 자물쇠를 채우던 시대의 인물을 연상해 내지 못했던 것이다.

"나도 집에 가는 길에 라틴 구역을 지나가지요." 주소를 보고 늙은 출판업자가 말했다.

'좋은 사람이야!' 출판업자에게 인사하면서 뤼시앵은 생각했다. '그러니까 이제야 젊은이의 친구, 무언가를 아는 진정한 전문가를 만난 거야. 그는 어떤 사람일까? 재능 있는 사람은 파리에서 쉽게 성공한다고 내가 다비드에게 말했더랬지.' 뤼시앵은 행복해져서 홀가분한 마음으로 집에 왔다. 그는 영광을 꿈꾸었다. 비달과 포르숑 상점의 계산대에서 그의 귀를 때리던 불길한 말들은 더 이상 생각하지 않은 채, 적어도 1200프랑은 벌어 부자가 된 자기 모습을 그려보았다. 1200프랑이면 파리에서 1년을 살 수 있다. 그 1년 동안 그는 다른 작품을 준비할 것이다. 이런 희망 속에서 그는 얼마나 많은 계획을 세웠던가! 일에 몰두하는 삶을 그려보며 얼마나 많은 달콤한 꿈을 꾸었던가! 정착도 했겠다, 일도 잘 풀렸겠다, 하마터면 뭐라도 사러 갈 뻔했다. 오직 블로스 문학 독서실에서의 끊임없는 독서를 통해 초조함을 달랠 수 있었다. 이틀 후 도그로 영감은 잠재력은 있으나 아직 여물지 않은 월터 스콧이 사는 집을 방문했다. 그는 뤼시앵이 첫 작품에서 사용한 문체에 놀라고, 그 드라마가 전개되던 시기에는 용인되었던 과장된 캐릭터에 매료되고, 첫 구상을 끝까지 밀고 나가는 격렬한 상상력에 강한 인상을 받았다. 도그로 영감은 엉터리가 아니었던 것이다! 그는 1000프랑에 '샤를 9세의 궁수'의 독점 판권을 사고 다른 몇 작품에 대한 계약을 체결해 그를 묶어두기로 결심했다. 그러나 호텔을 보자 늙은 여우의 생각이 달라졌다. '이런 곳에 사는 젊은이는 취향도 수수하고 공부와 일을 좋아하지. 800프랑만 주면 되겠는걸.' 뤼시앵 드 뤼방프레를 찾으니 호텔 여주인은 "5층입니다!"라고 대답했다. 출판업자가 고개를 드니, 5층 위로는 하늘밖에 보이지 않았다. '그 젊은이는 잘생겼어. 정말 대단한 미남이지. 돈을 너무 많이 벌면 낭비하게 될 것이고, 그러면 일하지 않을 거야. 서로의 공동 이익을 위해 600프랑만 줘야겠다. 대신에 어음 말고 현금으로.' 그가 계단을 올라가 뤼시앵의 방을 세 번 노크하자 뤼시앵이 문을 열었다. 방에는 비참할 정도로 아무것도 없었다. 식탁 위에는 우유 한 사발과 2수짜리 바게트 하나가 있을 뿐이었다. 천재의 궁핍은 도그로 영감에게 강한 인상을 주었다.

'이런 수수한 습관과 검소함과 소박한 욕구를 간직해야 해.' 그는 생각했다. "당신을 만나 기쁘군요." 뤼시앵을 보고 도그로 영감이 말했다. "작가님, 장 자크가 바로 이렇게 살았지요. 당신은 여러모로 비슷한 점이 많아요. 이런 숙소에서 천재의 불꽃은 빛을 발하고, 훌륭한 작품이 나오지요. 문인들은 카페나 식당에서 푸짐하게 식사하면서 자신의 시간과 재능, 그리고 우리가 준 돈을 낭비하는 대신 이런 곳에 살아야 해요." 그는 자리에 앉았다. "젊은이, 당신 소설은 나쁘지 않아요. 난 과

거에 수사학 교수였고 프랑스 역사를 좀 알아요. 당신 소설에
는 훌륭한 점이 많더군요. 당신에게는 장래성이 있어요.”

“아! 선생님.”

“아니, 정말이오. 우린 함께 일할 수 있을 겁니다. 당신 소설
을 사겠소.”

뤼시앵의 마음이 밝아졌고, 기쁨으로 가슴이 뛰었다. 이제
그는 문학계에 데뷔하려는 참이었다. 드디어 그의 작품이 인
쇄될 것이다.

“당신의 소설을 400프랑에 사겠소.” 도그로가 큰맘 먹고 후
하게 쳐준다는 표정으로 뤼시앵을 바라보면서 달콤한 어조로
말했다.

“한 권에요?”

“소설 전체요.” 도그로는 뤼시앵의 놀라움에는 끄떡도 않
고 말했다. 그러고는 다음과 같은 말을 덧붙였다. “그 대신 현
금으로 드리겠소. 그리고 6년 동안 매년 두 권의 책을 써 주셔
야 합니다. 6개월 안에 1쇄가 다 팔리면, 그다음부터는 600프
랑을 드리지요. 1년에 두 편씩 쓰신다면 당신은 월 100프랑을
벌게 되고, 그렇게 되면 생활도 안정될 테니 만족하실 겁니다.
내 출판사에는 소설 한 편에 300프랑밖에 못 받는 작가들도
있어요. 영국 소설 번역은 200프랑밖에 지불하지 않지요. 전
에는 그 가격도 엄청난 것이었다오.”

“선생님, 우리는 서로 합의를 볼 수 없겠습니다. 제 원고를
돌려주셨으면 합니다.” 뤼시앵이 차갑게 말했다.

“여기 있습니다.” 늙은 출판업자가 말했다. “당신은 사업을

잘 모르는군요. 한 작가의 데뷔작을 출판하려면 출판사는 위험을 무릅쓰고 인쇄와 종이 비용으로 1600프랑을 투자해야 합니다. 그만한 돈을 마련하는 것보다 소설 하나 쓰는 편이 훨씬 쉽지요. 내게는 100개의 원고가 있지만, 내 금고에 16만 프랑은 없다오. 난 20년 동안 출판업을 해왔지만 안타깝게도 그만한 돈을 벌지 못했어요. 그러니까 소설을 인쇄하는 직업을 가지고는 큰돈을 벌 수가 없단 말입니다. 비달과 포르숑도 우리에게 점점 더 부담되는 조건으로만 책을 가져갑니다. 당신은 시간을 걸지만, 나는 2000프랑을 지출해야 합니다. 만일 우리 생각이 틀리면, 2000프랑이 날아가요. habent sua fata libelli(책에도 운이 있으니)라는 말입니다! 당신이야 우매한 대중에게 송시 한 편 던져버리면 그만이겠지만. 내 말을 곰곰이 생각해 보신 후 다시 나를 보러 오세요." 그러고는 뤼시앵이 보인 오만하기 이를 데 없는 행동에 응수해 권위 있는 태도로 같은 말을 반복했다. "날 보러 다시 오게 될 거요. 당신은 위험을 무릅쓰고 젊은 무명작가에게 2000프랑을 투자할 출판업자를 만나기는커녕, 당신이 휘갈겨 쓴 글씨를 읽는 수고를 해줄 점원 하나 만나지 못할 거요. 나는 당신의 소설을 읽었기에, 프랑스어의 오류 몇 개를 지적해 줄 수 있소. 예를 들어, '관찰하게 하다'라고 사동 표현을 써야 할 부분에 그냥 '관찰하다'라고 했고, '~에도 불구하고(malgré)' 다음에는 보어가 와야 하는데 어절에다 접속부사처럼 썼더군요." 뤼시앵은 모욕당한 느낌이었다. 도그로 영감이 이어서 말했다. "다시 나를 찾아올 때는 100프랑 적게 받게 될 겁니다. 그때는 300프랑만 드릴 테니까." 그는 자리에서 일어나 인사하고는 문 앞에서 또 말했다. "당신에게 재능도 미래도 없다면, 또한 내가 열심히 공부하는 젊은이들에게 아무런 관심이 없다면, 그토록 좋은 조건을 제시하지도 않았을 거요. 월 100프랑이오! 잘 생각해 보시오. 요컨대 서랍 속에 파묻힌 소설은 마구간에 들어 있는 말이 아니지, 빵을 먹지는 않으니까. 하지만 빵을 주지도 않소! 그것이 현실이라오."

뤼시앵은 원고를 들어 바닥에 내던지면서 소리쳤다. "차라리 불살라 버리겠어요!"

"사고방식이 천생 시인이군!" 노인이 말했다.

뤼시앵은 게걸스레 바게트를 뜯어 먹고 우유를 들이마신 후 아래층으로 내려갔다. 그의 방은 그리 넓지 않았기에, 방 안에 머물렀더라면 아마도 동물원 우리 속 사자처럼 제자리를 빙빙 맴돌았을 것이다. 뤼시앵은 생트준비에브 도서관에 갈 생각이었다. 그곳에서 언제나 같은 자리에 앉아 아무것에도 흔들리지 않고 어떤 방해에도 굴하지 않고 꾸준히 집중해서 공부하는 스물다섯 살가량의 청년을 자주 보았더랬다. 그렇게 집중하는 모습에서 그가 진정한 문학도임을 알 수 있었다. 그 청년은 오래전부터 그곳을 다닌 듯, 직원들도 도서관 사서도 그에게 무척 친절했다. 사서는 그에게 책들을 대출해 주었고, 미지의 학구파는 그다음 날이면 책들을 반납했다. 시인은 그 친구에게서 가난과 희망을 보면서 그가 형제처럼 느껴졌다. 작고 마르고 창백한 그 학구파는 다듬지 않은 무성한 검은 머리 아래로 잘생긴 이마를 감추고 있었다. 손도 예뻤다.

로베르 르페브르가 그린 보나파르트 나폴레옹 초상화의 판화
와[50] 어딘가 모르게 닮았기에, 무심한 사람들도 그를 힐끔힐
끔 쳐다보곤 했다. 그 판화는 격렬한 우수와 억제된 야망과 숨
은 활기가 담긴 한 편의 시다. 잘 살펴보시라. 여러분은 그 판
화에서 천재성과 신중함과 섬세함과 위대함을 발견할 것이다.
여자의 눈처럼 그의 눈에서는 재치가 느껴진다. 그의 시선은
넓은 공간을 갈망하고, 극복해야 할 어려움과 마주하기를 고
대한다. 보나파르트라는 이름이 그 밑에 쓰여 있지 않더라도,
당신은 그 작품을 오랫동안 응시할 것이다. 판화 속 인물의 현
신(現身)인 이 젊은이는 평소에 밑창이 두꺼운 신발을 신고,
발을 덮는 바지와 평범한 옷감으로 만든 프록코트와 목까지
단추를 채운 흰색 섞인 회색 조끼를 입었으며, 검은 넥타이
를 매고 값싼 모자를 썼다. 쓸데없는 몸치장을 무시하는 사람
이라는 것이 역력했다. 천재임을 인정하는 도장이 찍힌, 신비
에 싸인 낯선 청년을 뤼시앵은 플리코토 식당에서 종종 마주
치곤 했다. 그는 단골 중에서도 가장 규칙적인 손님이었으며,
식당 음식들에 익숙해진 듯 무슨 음식이든 개의치 않고 살기
위해 먹었다. 음료수로는 물만 마셨다. 도서관에서나 식당에
서나 그는 모든 면에서 위엄을 보였다. 그 위엄은 아마도 위대
한 무엇인가에 열중하는 삶에 대한 의식에서 비롯된 것일 터,

---

50) 로베르 르페브르(Robert Lefèvre, 1755~1830)는 나폴레옹 제정기부터
복고왕정기까지 궁정화가로 활동했으며, 그의 유명한 나폴레옹 초상화를
판화로 옮긴 작가는 오귀스트 부셰 데누아예(Auguste Boucher-Desnoyers,
1779~1857)다.[편]

그것은 그를 접근 불가능한 존재로 만들었다. 그의 시선은 생각에 잠긴 듯했다. 귀족 티가 나는 각지고 아름다운 이마에서는 사색의 흔적이 느껴졌다. 빨리 보고 제대로 파악하는 검고 생기 있는 눈은 사물을 꿰뚫어 보는 그의 습성을 드러냈다. 몸동작은 간결했지만, 태도는 신중했다. 뤼시엥은 자기도 모르게 그에게 존경심을 느꼈다. 그들은 이미 여러 차례, 도서관이나 식당 문을 들어서거나 나오다가 마주쳤을 때, 마치 무슨 말을 하려는 듯 시선을 교환한 바 있었다. 하지만 어느 쪽도 감히 말을 걸지 못했다. 그 조용한 청년은 언제나 홀 깊숙한 곳, 소르본 광장 쪽 후미진 자리에 앉곤 했다. 말로 표현할 수 없는 탁월함의 징후를 드러내는 그 젊은 연구자에게 끌렸음에도, 뤼시엥에게는 그와 가까이할 기회가 주어지지 않았다. 나중에 서로 인정했다시피, 그들 둘 다 천성이 순수하고 소심해서 온갖 두려움에 사로잡혀 있었는데, 고독한 사람들은 그 감정을 은근히 즐기기도 한다. 뤼시엥에게 닥친 재앙의 순간에 그를 우연히 만나지 않았더라면, 그들은 영영 아무 말도 나누지 못했을 것이다. 그런데 그레가로[51] 접어들었을 때, 뤼시엥은 생트준비에브 도서관에서 나오는 그 청년과 맞닥뜨렸다.

"도서관이 닫혔어요. 왠지는 모르겠습니다."

그 순간 뤼시엥의 눈에 눈물이 맺혔다. 그는 말보다 더 웅변

---

51) 그레가는 소르본가와 생자크가 사이에 있는, 지금은 사라진 길이다.[편]

적이어서 상대방의 마음을 열게 만드는 몸짓으로 그 청년에게 감사를 표했다. 두 사람은 그레가를 내려가 라아르프 거리 쪽으로 향했다.

"뤽상부르 공원에 가서 산책이나 하렵니다." 뤼시앵이 말했다. "일단 나오면 다시 들어가 공부하기가 어려워요."

"사고의 흐름이 끊기지요." 미지의 청년이 대답했다. "울적해 보이네요?"

"조금 전에 기막힌 일을 겪었어요."

그는 강변로의 서적상과 출판업자를 방문했던 일과 방금 받았던 제안을 이야기했다. 자기 이름을 밝히고, 현재 상황에 대해서도 몇 마디 덧붙였다. 약 한 달간 생활비로 60프랑을 썼으며, 호텔 비용 30프랑, 극장 관람료 20프랑, 문학 독서실 비용 10프랑을 더해 총 120프랑이 나갔고, 이제 수중에는 120프랑밖에 남지 않았다고도 했다.

"므시외," 미지의 청년이 말했다. "당신 이야기는 내 이야기입니다. 그리고 매년 지방에서 파리로 올라오는 1000~1200명에 달하는 젊은이들의 이야기지요. 그래도 우리는 아직 가장 불행한 편은 아닙니다. 저기 극장 보이죠?" 그는 오데옹 극장의 꼭대기를 가리키며 말했다. "어느 날, 저 광장에 면한 집으로 가난의 구렁에 빠진 재능 있는 친구가 이사 왔어요. 우린 아직 결혼에 따른 불행은 겪지 않는데, 그는 사랑하는 여인과 결혼도 했지요. 또 적은 건지 많은 건지는 모르겠는데, 아이도 둘 있었고요. 빚에 쪼들렸지만 그는 자신의 필력을 믿었습니다. 오데옹 극장에 5막짜리 희극을 제안했는데, 그 작품이 받아들여져 공연이 결정되었죠. 배우들은 연습했고, 극장주는 연습을 독려했지요. 이 다섯 가지 행운은 5막 희곡을 쓰는 것보다 훨씬 더 실현되기 어려운 다섯 편의 드라마였답니다. 여기서도 보이는 저 다락방에 살았던 가엾은 작가는 자기 작품이 연출되는 동안 마지막 남은 돈을 탕진했고, 아내는 공영 전당포에 옷가지를 맡겼으며, 가족들은 빵만 먹고 살았지요. 공연 시작 전날 최종 리허설 즈음에는 동네의 빵집과 우유 가게와 관리인에게 50프랑의 빚을 져야 했어요. 시인은 연미복 한 벌, 셔츠 한 개, 바지 한 벌, 조끼와 장화 등 꼭 필요한 것만 남기고 다 팔았습니다. 성공을 확신한 그는 아내를 꼭 껴안고 자신들의 불행이 끝났음을 알리며 '이제 우리의 행복을 가로막는 것은 아무것도 없어!'라고 소리쳤답니다. 그때 아내가 외쳤어요. '불이야! 저길 좀 봐. 오데옹이 불타고 있어.' 그렇습니다. 오데옹 극장에서 불이 난 겁니다.[52] 그러니까 불평하지 마세요. 당신에게는 입을 옷이 있고, 부양할 아내도 아이도 없어요. 주머니에는 마음대로 쓸 수 있는 돈이 120프랑이나 들었고, 아무에게도 빚진 것이 없잖아요. 훗날 그 작품은 루부아 극장에서 150회나 공연되었지요.

---

52) 1782년 개관한 오데옹 국립극장은 초기에는 테아트르 프랑세의 분관의 성격이었고, 희극 오페라를 주로 공연했다. 보마르셰의 『피가로의 결혼』이 1784년 오데옹에서 초연되어 대성공을 거뒀다. 오데옹 화재는 1799년과 1818년 3월 두 차례 있었고, 신속히 보수되어 1819년 9월 재개장했다. 1829년 이후 음악 요소가 있는 공연들은 오페라 극장들이 전담하게 되고, 오데옹은 정통 연극을 상연한다.

국왕은 작가에게 연금을 하사했어요.[53] 뷔퐁이[54] 말했듯이, 천재에게는 인내심이 필요합니다. 정말이지 인간에게 인내심이란 자연이 창조되는 방식과 가장 유사한 것입니다. 예술이란 무엇인가요? 그것은 응축된 자연입니다."

두 청년은 뤽상부르 공원을 성큼성큼 걸었다. 오래지 않아 뤼시앵은 자기를 위로하려 애쓰는 미지의 청년, 훗날 명성을 떨칠 이의 이름을 알게 되었다. 오늘날 우리 시대의 가장 유명한 작가 중 하나인 다니엘 다르테즈였다. 어떤 시인의 멋진 표현에 따르면, 그는 '뛰어난 재능과 훌륭한 인품의 일치'를 보여주는 극히 드문 예다.

"위대한 사람이 되려면 그만한 값을 치러야지요." 다니엘이 부드러운 목소리로 말했다. "천재는 자기 작품에 눈물을 뿌립니다. 다른 모든 생명체가 그렇듯이, 뛰어난 인재란 병에 걸리기 쉬운 유년기를 보내면서 성장하는 정신적 존재랍니다. 자연은 나약하거나 적응하지 못하는 피조물을 날려 보내죠. 마찬가지로 사회는 불완전한 재능을 냉대합니다. 그러니 남들보

---

53) 발자크가 언급한 작품은 메르빌이라는 예명으로 알려진 피에르 프랑수아 카뮈(Merville; Pierre-François Camus, 1781~1853)의 5막 희극『글리네 가문 혹은 동맹의 서막(La Famille Glinet, ou Les premiers temps de la Ligue)』을 암시하며, 루이 18세는 그에게 1200프랑의 연금을 하사했다.[편]
54) 조르주 루이 르클레르 뷔퐁 백작(Georges-Louis Leclerc, comte de Buffon, 1707~1788)은 프랑스의 수학자, 박물학자, 철학자, 작가다. 1749년부터 1804년까지 44권에 이르는『박물지』를 썼다. 훗날 다윈이 진화론을 주장할 때 이 책에서 아이디어를 가져왔다고 한다.

다 위로 올라가려면 투쟁을 준비해야 하고, 그 어떤 어려움 앞에서도 뒷걸음질하지 말아야 합니다. 위대한 작가는 절대 죽지 않는 순교자와 같습니다. 더 이상 아무 말도 필요 없어요. 당신 이마에 천재성이 번뜩여요." 다르테즈는 뤼시앵에게 그를 감싸는 듯한 시선을 던지면서 말했다. "당신 마음속에 의지가 없다면, 천사의 인내심이 없다면, 기구한 운명으로 목표에서 멀어질지라도 어디에 있든 바다로 돌아가는 거북처럼 그 목표를 향한 무한한 길을 갈 용기가 없다면, 오늘 당장 모든 것을 포기하세요."

"당신은 극심한 고통이나 형벌도 각오하나요?" 뤼시앵이 물었다.

"모든 종류의 시련을 각오하고 있지요. 모함, 배신, 경쟁자들의 부당한 행위, 뻔뻔함, 속임수, 장사꾼들의 탐욕, 그 모든 것을 각오합니다." 젊은이는 다 내려놓은 듯한 목소리로 말했다. "당신 작품이 훌륭하다면, 처음으로 패배를 맛보았다고 해서 문제될 게 뭐가 있겠어요."

"내 작품을 읽고 판단해 주시겠어요?" 뤼시앵이 말했다.

"좋습니다." 다르테즈가 말했다. "나는 카트르방가에 살아요. 우리 시대의 명사이자 최고의 천재 중 하나이고, 과학계의 귀재이자 가장 위대한 외과 의사인 데플랭 박사가 살았던 집이에요. 그는 파리에서 영광을 얻기 전 초창기에 어려움과 싸우면서 극한의 고통을 겪었지요. 매일 저녁, 그분을 기리면서 아침에 필요하다고 느꼈던 만큼의 용기를 얻고 있습니다. 그가 쓰던 방을 쓰고 있거든요. 거기서 그분은 종종 루소처럼,

하지만 테레즈는[55] 없이, 빵과 체리를 드셨지요. 1시간 후에 그리로 오세요. 집에 가 있겠습니다.”

두 시인은 뭐라 말할 수 없는 서글픈 정을 나누면서 악수한 후 헤어졌다. 뤼시앵은 원고를 가지러 갔다. 다니엘 다르테즈는 회중시계를 잡히러 전당포에 갔다. 날씨가 추웠기 때문에, 새로 사귄 친구를 위해 불을 땔 나뭇단 두 개를 사기 위해서였다. 뤼시앵은 정시에 왔다. 그가 묵고 있는 호텔만도 못한 집이었다. 음침한 통로 끝에 어두운 계단이 있었다. 다니엘 다르테즈의 방은 6층이었다. 실내에는 형편없는 두 개의 십자형 유리창 사이로 시커메진 나무 책장이 하나 있었는데, 거기에 분류표를 붙인 서류함이 빼곡히 쌓여 있었다. 학교 기숙사의 간이침대처럼 생긴, 페인트칠한 작고 초라한 목제 침대와 중고 곁탁자 하나, 거칠고 빳빳한 천으로 덮인 두 개의 안락의자가 방 안쪽을 차지하고 있었다. 스코틀랜드 벽지로 도배한 벽은 연기에 그을리고 오래되어 반들반들했다. 두 개 중 하나의 십자형 창과 벽난로 사이에 놓인 기다란 책상 위에도 서류가 한가득이었다. 벽난로 옆에 엉성한 마호가니 옷장이 있었고, 타일 바닥은 전체가 중고 양탄자로 덮여 있었다. 하지만 이러한 최소한의 호사에 난방은 포함되지 않았다. 책상 앞에는 오래 사용해 허옇게 뜬 평범한 붉은 양가죽 의자 하나와 초라한 의자 여섯

---

55) 테레즈 르바쇠르(Thérèse Le Vasseur, 1721~1801)를 말한다. 몰락한 중산층 출신으로, 파리에서 루소가 끼니를 해결하던 호텔에서 청소부로 일하다 서로 알게 되었다. 30년 이상 루소 곁에 머물렀으며, 루소는 사망하기 10년 전인 1768년 그녀와 결혼했다.

개가 있었다. 가구라고는 그것이 다였다. 뤼시앵은 벽난로 위에 놓인, 갓 씌운 낡은 촛대에 초 네 자루가 꽂혀 있는 것을 보았다. 지독한 가난의 징후가 모든 면에서 드러나는데도 양초가 아닌 고급 초를 사용하는 이유를 묻자, 다르테즈는 일반 양초의 냄새를 못 견디기 때문이라고 답했다. 그러한 취향은 그가 대단히 섬세한 감수성과 예민한 감각의 소유자임을 말해 주었다. 낭독은 7시간 동안 계속되었다. 다니엘은 말 한마디 없이, 일체의 해석도 하지 않고 경건하게 듣기만 했다. 그것이야말로 작가들이 보여줄 수 있는 정중한 태도의 증거가 아닌가.

"어떤가요?" 뤼시앵은 원고를 벽난로 위에 놓으면서 말했다.

"당신은 방향을 잘 잡았어요." 젊은이가 신중하게 말했다. "하지만 손을 좀 봐야겠군요. 월터 스콧의 원숭이가 되지 않으려면 그와는 다른 방식을 택해야 하는데, 당신은 그를 모방하기에 급급해요. 당신도 스콧처럼 인물을 제시하기 위해 긴 대화로 시작하죠. 그리고 그 대화가 끝난 후에야 묘사에 이르고 행동에 들어갑니다. 모든 극작품에 필요한 대립은 끝에 가서야 나오고요. 문제되는 이런 사항들의 순서를 바꿔요. 잡담은 스콧의 작품에서는 훌륭하지만 당신 소설에서는 특색 없이 산만하기만 합니다. 잡담을 묘사로 바꿔요. 프랑스어는 묘사에 최적인 언어예요. 대신에 대화로는 당신이 의도한 결론에 이르도록 끌어가고요, 당신이 준비한 것이 그 결과로써 마무리되도록 하는 거지요. 행위는 곧바로 시작돼야 합니다. 반면 주제를 다룰 때는 옆에서 치고 들어가거나, 아니면 맨 마지막에 언급하는 거죠. 요컨대 당신의 구성이 그 무엇과도 같아

지지 않게 만드십시오. 프랑스 역사에 스코틀랜드 작가의 대화체 드라마 형식을 적용함으로써 당신이 새롭고 독창적인 작가가 되는 겁니다. 월터 스콧에게는 열정이 없어요. 그는 열정을 모릅니다. 어쩌면 그 나라의 위선적 풍속이 열정을 금했는지도 모르지요. 스콧에게 여성은 의무의 화신입니다. 극히 소수의 예외를 제외하고, 여주인공들은 항상 똑같죠. 화가들의 표현을 빌리자면, 그의 여성 캐릭터는 오직 하나의 클리셰뿐이에요. 그녀들 전부가 클래리사 할로의[56] 아류입니다. 그는 여성 캐릭터들을 한 가지 생각 속에 가둡니다. 하나의 유형에다 적당히 다른 선명한 색깔들을 입혀 닮은 듯 다양한 인물들을 만들어내는데, 결국 여성은 정념으로 인해 사회에 무질서를 야기하는 존재일 뿐이죠. 하지만 정념은 예측할 수 없는 수많은 사건의 원인입니다. 정념을 그려요. 그러면 근엄한 영국의 모든 가정에서 읽히기 위해 작가 스스로 금지한 방대한 양의 자원을 당신이 가지게 될 겁니다. 프랑스의 경우, 우리 역사에서 가장 열정적이었던 시대에 가톨릭교의 치명적 과오도 있었지만, 그와 더불어 찬란한 풍습이 존재했음을 알게 될 겁니다. 이는 칼뱅주의 신교의 어두운 모습과 대비되지요. 샤를

---

56) 클래리사 할로는 1748년 출간된 잉글랜드 작가 새뮤얼 리처드슨(Samuel Richardson, 1689~1761)의 서간체소설 『클래리사(Clarissa; or, The History of a Young Lady)』의 여주인공이다. 시대와 관습의 억압에 맞서 자유롭게 살고자 했으나, 부유한 탕아인 러브레이스에게 농락당하고 도덕적 신념이었던 순결을 빼앗긴 끝에 병들어 죽고 만다. 프랑스에서는 1751년 아베 프레보(Abbé Prevost, 1699~1763)의 번역으로 출간되었다.

마뉴 대제 이후 각각의 정통 왕조를 그리는 데만도 작품 하나를 온전히 바쳐야 합니다. 어쩌면 네댓 작품이 되어야 할 수도 있겠네요. 루이 14세, 앙리 4세, 프랑수아 1세 등이 통치했던 시대 같은 경우에요. 그렇게 하면 당신은 생동감 있는 프랑스 역사를 기술하게 될 겁니다. 이미 알려진 사실들을 지겹게 나열하는 대신, 시대정신을 부여하면서 의복, 가구, 집, 실내, 그리고 개인의 사생활 등을 그려보세요. 우리 국왕의 대부분을 왜곡하는 통속적 오류를 바로잡음으로써 당신은 독창적인 작가가 될 수 있습니다. 여전히 떠도는 카트린에 대한 편견을 당신도 가지고 계시더군요.[57] 첫 작품에서부터 그녀의 위대하고

----

57) 프랑스 왕 앙리 2세의 왕비 카트린 드 메디치(이탈리아어로는 카테리나 데 메디치, 프랑스식 발음은 카트린 드 메디시스, 1519~1589)를 다른 관점에서 해석해 보라는 요청이다. 뤼시앵이 쓴 역사소설의 중심인물인 샤를 9세의 모친인 카트린은 막대한 부를 통해 귀족의 지위에 오른 메디치가 출신임에도, 당시 프랑스 왕실과 귀족 사회는 조상이 약제상이었던 부르주아가 프랑스 왕비가 된 데 대한 반감을 숨기지 않았다. 카트린은 궁정에서의 수모를 13년 동안 조용히 인내하다가 앙리 2세가 불의의 사고로 사망하자, 세 명의 아들을 프랑스 왕좌에 올리고 섭정을 통해 뛰어난 정치적 역량을 발휘했다. 당시 프랑스에서는 위그노(칼뱅파 개신교)와 가톨릭의 반목이 심화되고 있었는데, 섭정 모후는 양측의 갈등을 중재해 왕권을 안정시키려 노력했다. 그렇지만 젊은 왕 샤를 9세가 가톨릭 귀족 권세가들을 멀리하고 위그노를 측근으로 삼자, 왕권이 위협당할까 두려웠던 모후는 국왕을 개신교도로부터 떼어놓기 위해 여러 전략을 취한다. 그리고 이것이 되레 상황을 악화시키는 결과를 낳아, 1572년 성바르톨로메오 축일에 단행된 위그노 대학살로 정점을 찍었다. 이 때문에 카트린 드 메디치는 흔히 권모술수에 능한 냉혹한 전략가로 묘사되지만, 왕국의 안정과 자녀들의 권력 유지에 힘쓴 어머니였다는 사실 또한 부인할 수 없다.

훌륭한 모습을 과감히 복원해 보세요. 끝으로, 샤를 9세의 경우, 신교도들이 묘사한 것처럼 하지 말고 있는 그대로의 모습을 그리세요. 그렇게 10년을 꾸준히 노력하면 명예와 재산을 가지게 될 겁니다."

9시였다. 뤼시앵은 이 미래의 친구가 남몰래 했던 행동을 따라 했다. 다르테즈를 에동 식당에 초대하고, 그곳에서 12프랑을 쓴 것이다. 저녁을 먹으면서 다니엘은 자신의 희망과 연구에 대한 비밀을 뤼시앵에게 털어놓았다. 다르테즈는 심오한 형이상학적 지식이 결여된 재능은 탁월하다고 인정하지 않았다. 당시 그는 고금의 모든 철학적 지식을 면밀하게 검토하면서 자기 것으로 만들고자 했다. 몰리에르처럼, 극작가가 되기 전에 심오한 철학자가 되고 싶었다. 그리하여 글로 쓰인 세계와 살아 있는 세계, 즉 사상과 사실을 연구했다. 자연사학자, 젊은 의사, 정치 작가, 예술가 등을 친구로 두었는데, 모두가 학구적이고 신중하며 전도유망한 청년들이었다. 다르테즈는 인명사전이나 백과사전 혹은 자연과학 사전에 들어가는, 돈이 안 되는 양심적인 글을 써서 근근이 살았다. 그저 먹고 사는 데 필요한 만큼만, 그리고 자신의 사상을 발전시키는 데 필요한 만큼만 글을 썼다. 상상력에 근거한 작품을 하나 쓰기도 했는데, 그것은 오직 언어의 잠재력을 시험해 보려는 탐구였다. 마음이 내킬 때만 쓰다 말다 해서 아직은 미완성이었지만, 그는 소설 형식을 취한 대단히 수준 높은 이 심리학적 작품을 아주 궁핍한 때를 위해 간직하고 있었다. 다니엘이 겸손하게 자기 생각을 말했음에도, 뤼시앵에게는 그가 거인으로 보였다. 11시에 식당을 나오면서 뤼시앵은 과장 없는 미덕과 스스로는 의식하지 못하는 숭고한 성품을 지닌 그 친구에게 강렬한 우정을 느꼈다. 시인은 다니엘의 충고에 아무런 이의를 제기하지 않은 채 그대로 따랐다. 다른 누가 아닌 바로 자신을 위해, 전대미문의 고독한 비판과 사상으로 한껏 숙성된 그 훌륭한 재능이 불현듯 뤼시앵에게 웅장하고 환상적인 궁전의 문을 열어 보였다. 시골 사람의 입술은 뜨거운 숯에 닿았고[58] 이제 파리 학구파의 말은 앙굴렘 시인의 머릿속에서 새로운 토양을 일구었다. 뤼시앵은 작품을 손보기 시작했다.

　파리라는 사막에서 감정이 통하는 따뜻한 마음을 지닌 사람을 만난 것이 기뻐서, 지방의 위인은 애정에 굶주린 젊은이같이 행동했다. 그는 만성질환자처럼 다르테즈에 집착했다. 도서관에 갈 때도 그의 집에 들렀다 갔고, 날씨가 좋으면 그와 함께 뤽상부르 공원을 산책했으며, 저녁이면 플리코토에서 곁에 앉아 식사한 후 그의 초라한 방까지 그를 데려다주었다. 말하자면 러시아의 얼어붙은 벌판에서 군인이 옆 사람에게 자기 몸을 밀착하듯이 다르테즈 옆에 꼭 붙어 있었다. 다니엘과 알고 지낸 초기에 뤼시앵은 그의 친한 친구들이 모일 때 함께 있으면 뭔지 모를 불편함과 어색함을 느끼면서 서글퍼지곤 했다. 다르테즈가 열광적으로 이야기했던 그 탁월한 인물들

---

58)「이사야서」 6장 6~7절을 연상시키는 구절이다. "그러자 스랍(세라핌)들 가운데 하나가 제단에서 뜨거운 돌을 불집게로 집어가지고 날아와서 그것을 내 입에 대고 말하였다. '보아라, 이제 너의 입술에 이것이 닿았으니 너의 악은 가시고 너의 죄는 사라졌다.'"

은 서로 진한 우정을 나누고 있음이 명백해 보였음에도 상당
히 조심성 있는 태도로 대화에 임했고, 이에 뤼시앵은 배척당
한 기분이 들었다. 그들에 대해 알고 싶었지만, 서로를 세례명
으로 부르는 무리 가운데서 소외의 고통을 느끼며 가만히 자
리를 벗어나곤 했다. 다르테즈와 마찬가지로 그들 모두의 이
마에는 천재의 인장이 찍혀 있었다. 그들 사이에서는 뤼시앵
에 대한 은밀한 반대가 있었다. 그러나 다니엘이 뒤에서 그들
을 설득한 덕분에 마침내 뤼시앵은 그 위대한 정신의 세나클
에 들어올 만하다는 판정을 받았고, 그제야 비로소 뤼시앵은
거의 매일 저녁 다르테즈의 방에 모이는, 강한 유대감과 지식
인의 진지함으로 똘똘 뭉친 친구들을 사귀게 되었다. 모두들
다르테즈가 장차 위대한 작가가 될 것임을 예감하고 있었다.
그들은 이 세나클의 첫 번째 리더를 (그 시대의 가장 뛰어난 지
성 중 하나로, 신비로운 천재였으나 여기서는 설명할 필요 없는 여러
이유로 고향으로 돌아가 버린 루이라는[59] 인물에 대해서는 뤼시앵
도 자주 이야기를 들었다.) 잃은 뒤로, 다르테즈를 자신들의 리
더로 여기고 있었다. 그들 중 여럿이 일찍 죽었지만, 다르테즈
처럼 먼 훗날 온갖 명성을 얻은 인물들만 열거해도 그들이 얼
마나 시인의 흥미와 호기심을 자극했는지 이해하기는 어렵지
않을 것이다.

  오늘날까지 살아 있는 인물 중에는 오라스 비앙숑이 있다.

---

59) 발자크가 1832년 발표한 『루이 랑베르』의 주인공으로, 장래가 촉망되
는 천재 소년이었으나 강경증이라는 광기에 사로잡혀 28세라는 이른 나이
에 죽는다.

당시에는 파리 시립병원의 인턴이었는데, 훗날 파리 학파를 빛내는 인물이 되었으며, 지금은 너무도 유명해서 그의 인물 됨됨이를 묘사한다거나 그의 성격과 정신의 본질을 설명할 필요는 없을 것이다. 그다음으로 심오한 철학자인 레옹 지로가 있다. 대담한 이론가인 그는 모든 학문 체계를 뒤엎고 판별하고 표현하고 공식화하여, 그것을 그가 숭배하는 '인류'를 위해 사용했다. 그의 진실함은 오류마저 고귀하게 만들었기에, 오류를 범할 때조차 위대했다. 이 집요한 학구파, 양심적인 학자는 도덕적이고 정치적인 한 학파의 지도자가 되었으며, 그 학파의 공로에 대해서는 오직 시간이 말해 줄 것이다. 그의 신념은 동료들이 뛰어든 영역과는 다른 영역에서 운명을 개척하고 있었지만, 그럼에도 그는 여전히 그들의 충실한 친구였다. 예술은 조제프 브리도가 대표했다. 그는 새로운 화단(畫壇)의 가장 뛰어난 화가 중 하나였다. 그에 대한 최종적 평가는 아직 이루어지지 않았지만, 과도하게 예민한 감수성 때문에 겪어야 했던 비밀스러운 불행만 없었더라면, 데생은 로마풍이고 색채는 베네치아풍인 그가 이탈리아 화파의 거장들을 뒤이었을 것이다. 그러나 사랑이 그를 죽였고, 그의 마음을 갈기갈기 찢어놓았다. 그뿐이 아니었다. 사랑은 머리에까지 화살을 쏘아 그의 인생을 망치게 했고 참으로 기이한 우여곡절을 겪게 했다. 일시적이었던 그의 애인이 그를 너무 행복하거나 너무 비참하게 만들면, 그는 밑그림에 물감만 두껍게 덧칠했거나 상상 속 슬픔의 무게에 짓눌려 완성하지 못한 작품들을 전시회에 내놓곤 했다. 데생에 지나치게 공들인 나머지 그 그림들에서는 그가 그토록 자유자재로 사용했던 색채를 찾아볼 수 없었다. 그는 계속해서 관객들과 친구들의 기대를 저버리고 있었다. 예술 분야에서 그가 용감하게 밀고 나간 전위성, 기발한 착상, 엉뚱함 등을 보았다면 호프만이라도[60] 그에게 경의를 표했을 것이다. 작품이 완벽할 경우 찬사를 불러일으키고, 그는 그 찬사를 즐긴다. 하지만 실패한 작품에 대해 찬사를 받지 못하면 마음이 상한다. 관객들의 눈에는 보이지 않는 모든 것이 그의 영혼 속 눈에는 보이기 때문이다. 친구들은 심히 엉뚱한 데가 있는 그가 지나치게 공들여 다듬었다며 완성된 작품을 파기하는 것을 본 적이 있다. 그는 말했다. "너무 많이 손댔어, 풋내기 그림 같아." 독창적이고 때로는 숭고하기까지 한 그는 신경이 예민한 사람이 느낄 수 있는 모든 불행과 기쁨을 맛보았다. 그런 사람들에게 완벽함은 병이 되기도 한다. 문학가는 아니었지만 그의 정신은 스턴의[61] 정신과 닮았다. 그가 하는 말과 분출하는 사상은 경이로울 만큼 재치가 넘쳤다. 그는 웅변가인 동시에 사랑할 줄 아는 인물이었지만, 감정적인 면에서

---

60) 독일 낭만파 예술가인 E. T. A. 호프만(E. T. A. Hoffmann, 1776~1822)은 법학을 전공하고 낮에는 판사로 일했으나, 밤이면 몽환적인 기담 소설을 쓰고, 작곡을 했으며, 악단의 지휘자로도 활동했다. 대표작은 차이콥스키의 발레극으로 더 유명한 『호두까기 인형』, 그리고 근대 환상소설의 효시로 평가되는 『악마의 묘약』이 있다.

61) 로런스 스턴(Laurence Stern, 1713~1768)은 아일랜드에서 태어나 요크에서 성직자 생활을 했던 영국 소설가다. 대표작 『트리스트럼 샌디』는 무질서한 구성 때문에 당대에는 논란을 일으켰으나, 오늘날은 '18세기에 출현한 포스트모더니즘 소설'로 높이 평가되고 있다.

나 작업에 있어서나 변덕이 심했다. 부르주아 사회에서라면 결점으로 여겨졌을 바로 이 점 덕분에 그는 세나클에 소중한 존재였다. 마지막으로 필장스 리달이 있다. 그는 희극적 재치를 가장 많이 가진 우리 시대 작가 중 하나다. 명예에 무관심한 시인이었던 그는 연극에 투신하여, 가장 멋진 장면은 자기 자신과 친구들을 위해 머릿속 궁전에 남겨 놓고, 더없이 통속적인 작품들만을 선보였다. 관객에게 요구하는 것은 경제적 자립에 필요한 돈뿐, 딱 그만큼만 벌면 더는 아무 일도 하지 않으려 했다. 로시니처럼 게으르면서도 많은 작품을 썼고, 위대한 희극 시인들, 몰리에르나 라블레처럼 세상만사의 긍정적인 것은 있는 그대로 보고 부정적인 것은 그 이면을 보았다. 그는 회의적이었으며, 모든 것을 비웃을 수 있었고, 비웃었다. 필장스 리달은 위대한 실천철학자였다. 그의 처세술, 관찰력, 그가 과시욕이라 부르는 명예에 대한 멸시 등에도 불구하고, 그의 마음은 조금도 메마르지 않았다. 자신의 이익에 무심한 만큼이나 타인을 위해서는 적극적이었기에, 그가 움직일 때는 언제나 친구를 위한 것이었다. 진정으로 라블레처럼 생긴 얼굴에 걸맞게 미식을 싫어하지 않았지만, 그렇다고 맛있는 음식을 찾아다니며 식도락을 즐기지도 않았다. 우수에 차 있으면서도 명랑했다. 친구들은 세나클에 충실하고 헌신적인 그 젊은이를 군대의 개라[62] 불렀는데, 이 별명만큼 그를 잘 표현한

---

62) 군대의 마스코트로 군인들과 함께 생활하면서 모두의 사랑을 받는 충실하고 헌신적인 개에 빗댄 것이다.

말은 없을 것이다. 앞서 그린 네 명의 인물 못지않게 탁월한 다른 세 사람은 간격을 두고 쓰러졌다. 우선 메이로가 있다. 그는 퀴비에와 생틸레르의 유명한 논쟁을[63] 불러일으킨 후 사망했다. 그 논쟁은 그때까지 생존해 있던, 독일이 숭배하는 범신론자 괴테에 대항하여 엄격하고도 분석적인 과학을 지지했던 퀴비에가 사망하기 몇 달 전에 일어났던 것으로서, 대등한 두 천재를 지지하는 사람들로 과학계를 갈라놓은 중요한 사건이었다. 메이로는 이른 죽음으로 지성계에서 사라져버린 루이 랑베르의 친구였다. 그들은 둘 다 일찍 죽었기에 뛰어난 지식과 재능에도 불구하고 오늘날 별로 알려지지 않았다. 이 두 사람에 미셸 크레티앵을 덧붙여야 한다. 그는 대단한 역량을 가진 공화주의자였다. 유럽 연합을 꿈꾸었으며, 1830년에는 많은 사람을 위해 생시몽주의자들의 정신운동에 참여하기도 했다. 생쥐스트와 당통만큼의 힘을 가진 정치가면서도[64] 소

---

63) 19세기 초 프랑스 생물학계에서 생물학적 구조와 변화를 둘러싸고 일었던 대표적 논쟁이다. 조르주 퀴비에(Georges Cuvier, 1769~1832)는 생물체의 모든 구조를 변화하기 어려운 고정된 체계로 간주해 종의 불변성을 강조한 반면, 조프루아 생틸레르(Geoffroy-Saint-Hilaire, 1772~1844)는 유기적 구성의 통일성을 주장하면서 진화 가능성을 시사했다. 이 논쟁은 1830년에 특히 격화되어, 생물체의 구조와 환경의 관계를 두고 학술적 대립으로 나타났다. 괴테는 생물학적 진화와 연속성을 지지하는 시각을 통해 생틸레르의 이론을 지지했다. 그 후 다윈의 진화론(1859)이 등장하면서 생틸레르의 이론이 더 많은 지지를 받게 된다.

64) 루이 앙투안 드 생쥐스트(Louis Antoine de Saint-Just, 1767~1794)는 프랑스 대혁명 시기의 정치가다. 로베스피에르의 공포정치를 지지하였으며, 정적 숙청에도 적극 가담했다. 1794년 7월 테르미도르 반동 당시 로베스

녀처럼 단순하고 부드러운 그는 환상과 사랑이 넘치는 인물이
었으며, 모차르트나 베버나 로시니를 기쁘게 할 만큼 아름다
운 목소리를 가지고 민중시인 베랑제의[65] 노래를 불러 시와
사랑과 희망이 가득한 사람들의 마음을 취하게 했다. 미셸 크
레티앵은 뤼시앵이나 다니엘이나 다른 친구들처럼 가난했으
며, 디오니소스처럼 무사태평하게 생계를 꾸려갔다. 그는 명저
들의 목록이나 서점의 안내서를 작성했다. 그리고 무덤이 죽
음의 비밀에 대해 침묵하듯, 자신의 교리에 대해 침묵했다. 지
성을 대표하는 이 유쾌한 방랑자, 세상의 양상을 완전히 바꾸
어 놓았을지도 모를 그 위대한 정치가는 7월왕정 전복을 꾀
하는 반란을 일으키다 생메리 수도원에서 일개 병사로 죽었
다.[66] 어떤 상인이 쏜 총알이 프랑스 땅에 살았던 더없이 고귀
한 인물 하나를 죽였다. 그는 자신의 교리가 아닌 다른 교리
를 위해 죽었다. 유럽 귀족들에게 그의 연방론은 공화주의자
들의 선전보다 훨씬 위협적이었다. 그의 주장은 더 합리적이었

피에르와 함께 단두대에서 처형되었다. 조르주 자크 당통(Georges Jacques
Danton, 1757~1794)은 로베스피에르, 마라와 더불어 프랑스 대혁명의 세
거두로 불린다. 공포정치 시절 상대적으로 온건파였던 당통은 부패와 뇌물
수수 및 혁명 배신의 혐의로 로베스피에르파에 의해 1794년 4월 단두대에
서 처형되었다.
65) 피에르 장 드 베랑제(Pierre-Jean de Béranger, 1780~1857)는 시인이자
샹송 작가로, 초기에는 낭만적 연애 가요를 짓다가 나폴레옹 등장 이후 정
치 풍자 위주의 민중가요 작가로 굉장한 인기를 누렸다.
66) 1832년 6월, 7월왕정을 반대한 공화파가 파리의 생메리 수도원에서 일
으킨 반란이다. 양측에서 800여 명의 희생자를 냈다.

고, 국민공회의 후계자임을 자처하는 무분별한 젊은이들이 부르짖는 무한한 자유라는 끔찍한 사상보다 덜 광적이었다. 그를 아는 모든 사람은 이 고귀한 평민의 죽음을 애도했다. 그들 가운데 이 무명의 위대한 정치가를 종종 생각하지 않는 사람은 아무도 없었다.

세나클을 구성하는 인물은 이렇게 아홉 명이었다. 서로를 존중하면서 깊은 우정을 나누었기에, 상반되는 사상과 교리에도 불구하고 그들 사이에는 평화가 유지되었다. 피카르디 출신 귀족인 다니엘 다르테즈는 확고한 신념을 가지고 왕정을 지지했고, 미셸 크레티앵은 그에 못지않은 신념에 따라 유럽 연방을 주장했다. 필장스 리달은 레옹 지로의 철학적 교리를 조롱했으며, 레옹 지로는 다르테즈에게 기독교와 가족주의의 종말을 예고했다. 평등의 신성한 입법자인 그리스도의 종교를 믿었던 미셸 크레티앵은 뛰어난 분석가인 비앙숑의 해부칼에 반대하면서 영혼 불멸을 옹호했다. 그들은 열띤 토론을 벌였지만 다투지는 않았다. 그들 자신이 청중이기도 했기에 허세를 부릴 필요가 없었다. 그들은 각자 자신이 하는 일에 관해 터놓고 이야기했고, 젊은이다운 솔직한 자세로 서로 상의하곤 했다. 심각한 문제가 생기면? 그 경우, 반대자는 자기 의견을 버리고 친구의 생각을 받아들이면서 그 입장에 섰다. 자신의 사상과 상관없는 철학 원리나 작품에 대해서는 공정했던 만큼 친구를 더 잘 도와줄 수 있었던 것이다. 그들은 대부분 온화하고 관대한 기질의 소유자였다. 온화함과 관대함은 그들이 뛰어난 인물임을 증명하는 두 개의 자질이다. 질투란 좌절

된 희망, 펼치지 못한 재능, 이루지 못한 성공, 상처 입은 자존심 때문에 생기는 혐오스러운 유산인바, 그들은 질투를 몰랐다. 게다가 그들은 각자 서로 다른 길을 갔다. 따라서 뤼시앵이 그랬듯이, 그 모임에 받아들여진 사람은 누구나 편안함을 느꼈다. 진짜 재능 있는 사람은 착하고 천진하고 마음이 열려 있으며, 잘난 척하지 않는다. 풍자할 때도 상대의 마음을 헤아리며, 절대로 자존심을 건드리지 않는다. 존경심이 불러일으키는 첫 감동이 사라지면, 사람들은 그 젊은 엘리트들 곁에서 무한한 정겨움을 느끼곤 했다. 친근하다고 해서 각 개인이 가진 능력을 높이 평가하고 인정하는 일을 소홀히 하지 않았으며, 옆 사람을 깊이 존경했다. 모두 누군가의 은인이 될 수 있고 또 동시에 누군가의 신세를 질 수 있다고 느꼈기에, 격식을 따지지 않고 허물없이 서로의 도움을 받아들였다. 매력이 넘치고 지치지 않는 그들의 대화에서는 다양한 주제가 다루어졌다. 화살처럼 가볍게 날아가는 그들의 말은 빠르게 핵심을 찔렀다. 겉으로 보이는 지독한 빈곤은 지적 풍요의 찬란함과 묘한 대조를 이루었다. 간혹 삶의 현실을 생각한다면, 그것은 오로지 정겨운 농담을 끌어내기 위해서였다. 계절에 비해 빨리 추위가 느껴지던 어느 날, 다르테즈의 친구 다섯 명은 모두 같은 생각을 하고 외투 속에 장작더미를 넣어 가지고 왔다. 마치 초대 손님들이 각자 음식을 하나씩 가져가야 하는 전원 식사 때, 모두가 고기파이를 가져온 것과 같았다. 정신적 아름다움은 외모에도 영향을 준다. 그것은 또한 고된 학업과 밤샘 못지않게 젊은이들의 얼굴을 신성한 황금빛으로 물들인다. 천성적으로 정신이 아름다운 그들 모두는 다소간 고뇌에 찬 모습이었지만, 삶의 순수함과 사상의 불꽃은 그 고뇌를 적당히 조절하면서 정화시켜 주었다. 그들의 이마에는 풍부한 시적 감흥이 새겨져 있었다. 생기 넘치고 빛나는 눈은 그들이 오점 하나 없는 생활을 영위하고 있음을 드러냈다. 가난의 고통을 느낄 때면 모두가 그 고통을 기꺼이 견디고 받아들였기에, 아직 심각한 오류를 범하지 않은 젊은이들 얼굴에서 느껴지는 그 특유의 평온함은 고통으로 인해 손상되지 않았다. 참기 힘든 빈곤, 수단과 방법을 가리지 않고 출세하고자 하는 욕망, 배신을 받아들이거나 용서하는 문인들의 안일한 관대함 등은 비열한 거래를 조장하게 되고, 그 경우 얼굴은 퇴색하기 마련이다. 그러나 비열한 타협을 모르는 그들의 얼굴에서는 품위가 훼손된 흔적을 찾을 수 없었다. 우정을 파기하지 못하게 하는 것, 우정의 매력을 배가시키는 것은 서로에 대한 확신인바, 그것은 사랑에는 없는 감정이다. 그들에게는 서로에 대한 확고한 믿음이 있었다. 한 친구의 적은 모두의 적이 되었다. 그들 마음의 성스러운 결속을 다지기 위해서라면 지극히 절박한 이익도 포기했으리라. 비열한 짓은 절대 할 수 없는 그들 모두는 친구들에 대한 그 어떤 비난에도 멋지게 아니요라 말할 수 있고, 차분하게 서로를 옹호할 수 있었다. 모두 똑같이 마음이 고귀하고 감정이 풍부했기에, 학문과 지성에 대한 생각이나 의견을 거침없이 나눌 수 있었다. 그들의 관계는 순수했고, 그들의 대화는 유쾌했다. 서로를 이해한다고 확신했기에 그들의 정신은 편한 마음으로 마음껏 배회했다. 그래서 그들끼리는 격식을 차리지 않고 고통과 기쁨을 서로서로 털어놓았으며, 기탄없이 생각과 고민을 나누었다. 「두 친구」라는 라퐁텐의 우화를 위대한 영혼의 보배로 만드는 쾌할한 섬세함이 그들에게는 일상이었다. 그러므로 새로운 회원을 그들 영역에 받아들이는 데 있어 그들이 보여준 신중함은 이해가 된다. 그들은 자신들의 위대함과 행복을 무엇보다 소중히 여겼기에, 새롭고 낯선 누군가를 받아들임으로써 그 행복을 깨고 싶지 않았던 것이다.

감정과 이익을 공유하는 이 연맹은 충돌도 불만도 없이 20년 동안 지속되었다. 루이 랑베르와 메이로와 미셸 크레티앵을 앗아간 죽음만이 이 고귀한 플레이아드파[67] 시인의 수를 감소시켰다. 1832년 미셸 크레티앵이 사망했을 때 오라스 비앙숑, 다니엘 다르테즈, 레옹 지로, 조제프 브리도, 퓔장스 리달은 위험을 무릅쓰고 생메리 수도원에서 그의 시신을 수습함으로써 정치적 격동의 시기에 친구에 대한 마지막 의무를 다했다. 그들은 밤에 그의 유해를 가지고 페르라셰즈 공동묘지로 갔다. 이 일과 관련된 난관은 오라스 비앙숑이 모두 해결했다. 그는 어떤 어려움 앞에서도 물러서지 않았으며, 숨진 연방주의자와의 오랜 우정을 고백하면서 장관들에게 호소했다. 그것은 이 유명한 다섯 인물을 목격했던 몇 안 되는 친구들의 기억 속에 각인된 감동적인 장면이었다. 품위 있는 그 묘지를

---

67) 16세기 프랑스의 시인 그룹. 피에르 롱사르를 비롯, 일곱 명의 시인으로 구성되었다. 라틴어로부터 해방되어 프랑스어를 완벽하게 다듬고자 한 그들의 시도는 언어를 통해 국가 통합을 이루고자 하는 정치적 목적에 부합했다.

산책하다 보면 영구 임대한 터를 하나 보게 될 것이다. 그곳에는 검은색 나무 십자가가 꽂혀 있는 잔디 무덤이 있고, 그 십자가 위에는 붉은 글씨로 '미셸 크레티앵'이라는 이름이 새겨져 있다. 그런 스타일의 기념비는 그것이 유일하다. 단순했던 그 친구에게는 그렇게 단순한 방식으로 경의를 표해야 한다고 다섯 친구는 생각했던 것이다.

그러니까 이 추운 다락방에서는 가장 아름다운 감정의 꿈이 실현되고 있었다. 학문적으로는 각기 다른 분야에서 똑같이 실력자였던 그 형제들은 모든 것을, 심지어 나쁜 생각까지도 함께 나누며 선의를 가지고 서로를 깨우쳐 주었다. 모두가 방대한 지식의 소유자들이었고, 모두가 빈곤의 시련을 겪고 있었다. 일단 엘리트 그룹에 받아들여지고 그들과 동등한 대우를 받게 되자, 뤼시앵은 그 그룹에서 시와 미를 대표하게 되었다. 그는 자신의 시를 낭독했고 친구들로부터 칭찬 받았다. 그들은 미셸 크레티앵에게 노래를 간청했던 것처럼, 그에게 소네트를 부탁했다. 그리하여 파리라는 사막에서 뤼시앵은 카트르방가의 오아시스를 발견했던 것이다.

10월 초, 뤼시앵은 작품 수정이라는 열정적인 작업에 몰두하는 가운데, 약간의 땔감을 사기 위해 남은 돈을 다 써버리고 나니 앞일이 막막했지만 속수무책이었다. 다니엘 다르테즈는 토탄 덩어리를 태우면서 영웅적으로 가난을 견뎌내고 있었다. 그는 불평하는 법이 없었다. 얼마나 체계적으로 살았던지 노처녀처럼 단정했고 수전노처럼 절약했다. 다르테즈의 의연함은 뤼시앵에게 용기를 주었지만, 세나클의 신입 회원이었던 그로서는 자신의 궁핍을 밝히는 것이 이루 말할 수 없이 싫었다. 어느 날 아침, 뤼시앵은 '샤를 9세의 궁수' 원고를 팔기 위해 코크가로 갔지만, 도그로 영감을 만나지 못했다. 뤼시앵은 위대한 정신을 가진 친구들이 얼마나 관대한지 몰랐다. 그들은 모두 시인 특유의 나약함을 이해했다. 자연을 재현해야 한다는 사명감으로 그 자연을 응시하며 한껏 고조되었던 영혼이 모든 힘을 쏟아부은 후에 느끼는 무력감을 말이다. 자신의 고통에는 꿋꿋했지만, 뤼시앵의 아픔에 대해서는 동정적이었다. 그들은 뤼시앵에게 돈이 없다는 것을 알았다. 그래서 세나클 회원들은 환담과 깊은 명상, 시와 속내 이야기, 그리고 지성의 영역과 국가의 미래와 역사 분야에서 날개를 활짝 편 토론으로 이루어진 감미로운 저녁 시간을 보낸 후, 뤼시앵이 새로운 친구들을 얼마나 이해하지 못하는지를 말해 주는 능숙한 한마디로 모임을 마무리했다.

"뤼시앵," 다니엘이 뤼시앵에게 말했다. "너 어제는 플리코토 식당에 오지 않았더군. 우린 그 이유를 알아."

뤼시앵은 뺨 위로 흐르는 눈물을 주체할 수 없었다.

"너에겐 우리에 대한 신뢰가 부족해." 미셸 크레티앵이 말했다. "벽난로에 십자가를 하나씩 만들 거야. 그리고 우리가 10명이 되면……"

"우리 모두 근사한 일을 찾았어." 비앙숑이 말했다. "나는 데플랭 박사를 대신해서 어떤 부자 환자를 간호했고, 다르테즈는 《백과사전적 월간지》에[68] 기사를 하나 썼대. 크레티앵은

---

68) 실제 잡지명은 《백과사전적 혹은 문학, 과학, 예술 분야의 탁월한 작품

어느 날 저녁 손수건 하나와 네 개의 초를 들고 샹젤리제에서
노래라도 하려 했지만, 정치가가 되려는 사람의 요청으로 팸
플릿을 하나 쓰게 되었지. 그래서 600프랑에 마키아벨리의 전
술을 전해 주었다지. 레옹 지로는 출판사에서 50프랑을 빌렸
고, 조제프는 스케치를 몇 장 팔았어. 퓔장스의 작품은 일요일
에 공연되었는데, 만석이었다는군.”

“자, 여기 200프랑이야.” 다니엘이 말했다. “이걸 받아. 그리
고 앞으로는 우리가 이런 말도 하게 하지 마.”

“아니, 이 친구, 우리를 포옹하려는 거야? 우리가 무슨 엄청
난 일이라도 한 것 같잖아.” 크레티앵이 말했다.

천사의 마음을 가진 살아 있는 백과사전, 각자 연구하는
학문으로부터 끌어낸 다양한 독창성이 몸에 밴 그 젊은이들
사이에서 뤼시앵이 느낀 환희를 이해하기 위해서는, 그가 가
족에게 쓴 편지, 감수성과 선의의 걸작인 동시에 빈곤으로부
터 나온 끔찍한 비명인 그 편지에 대해 그다음 날 받은 답장
을 읽어보면 될 것이다.

다비드 세샤르가 뤼시앵에게

친애하는 뤼시앵, 여기 90일 만기 200프랑 어음 한 장을 동
봉할게. 세르팡가에서 지업사를 하는 메티비에 씨가 파리의 내
거래처니까, 찾아가면 현금으로 바꿔줄 거야. 뤼시앵, 이제 우
리에게는 정말 아무것도 없어. 인쇄소 경영은 아내가 맡기 시작

했는데, 헌신과 인내로 씩씩하게 그 임무를 수행하고 있어. 나는 이런 천사를 내게 보내주신 신께 감사해. 아내도 우리가 너에게 아주 작은 도움도 줄 수 없는 처지에 있다는 사실을 인정했어. 하지만, 친구야, 나는 네가 진정 올바른 길을 가고 있다고 믿어. 그토록 위대하고 고귀한 마음을 가진 이들과 함께 지내면서 다니엘 다르테즈와 미셸 크레티앵과 레옹 지로의 거의 완벽한 지성의 도움을 받고 메이로와 비앙숑과 리달의 충고를 듣는다니, 이제 네가 멋진 운명을 저버리는 일은 없을 거야. 모두 네가 편지로 알려준 인물들이지. 에브 몰래 그 어음에 서명했어. 만기가 되기 전에 그 돈을 갚을 방법을 찾아볼게. 네가 가는 길, 험하지만 영광스러운 그 길에서 벗어나지 마. 내가 유학 시절에 수없이 보았던 파리의 진창에 네가 빠지는 것을 보느니 차라리 내가 모든 불행을 견딜게. 지금처럼, 나쁜 장소나 질 나쁜 사람들, 경솔한 사람들, 그리고 엉터리 문인들을 피할 수 있는 용기를 지켜내야 해. 파리에 있을 때 나는 그 엉터리 문인들의 진짜 가치를 공정하게 평가할 수 있었어. 요컨대 네 설명만으로도 친숙한 느낌이 드는 천사의 영혼을 가진 친구들에 걸맞은 인물이 되라고! 네가 행하는 것이 머지않아 보상 받게 될 테니. 잘 지내, 사랑하는 나의 형제, 너는 내 마음을 기쁘게 했어. 너에게 그런 용기가 있으리라고는 기대하지 않았더랬거든.

다비드

에브 세샤르가 뤼시앵에게

오빠, 오빠의 편지는 우리 모두를 울렸어. 오빠의 수호천사가 오빠를 고귀한 마음을 가진 분들에게 인도한 거야. 그분들이 아셨으면 해, 한 어머니와 한 젊은 여인이 아침저녁으로 그분들을 위해 기도한다는 것을. 너무도 열렬한 그 기도가 주님의 옥좌에까지 이른다면, 오빠와 그분들 모두에게 은총이 내릴 거라는 사실도. 그래, 오빠, 그분들의 이름은 내 가슴에 새겨져 있어. 아! 언젠가 나도 그분들을 뵐 수 있겠지. 오빠에 대한 그분들의 우정에 감사하기 위해서라면 걸어서라도 그곳으로 가겠어. 나의 아픈 상처 위로 그분들의 우정이 향기를 발산하니까. 오빠, 우리는 가난한 노동자처럼 일해. 내 남편은 세상에 알려지지 않은 위대한 인물이야. 매 순간 그의 마음에서 새로운 보물을 발견하면서 점점 더 그를 사랑하게 돼. 그이는 인쇄소 일을 소홀히 하는 경향이 있지만, 나는 그 이유를 알거든. 오빠의 빈곤, 우리의 빈곤, 어머니의 빈곤이 그를 괴롭히고 있어. 사랑하는 우리의 다비드는 날카로운 부리로 쪼아대는 독수리에게 물어뜯기는 슬픈 프로메테우스 같아. 하지만 고귀한 성품을 지닌 그는 그렇게 생각하지 않아. 그에게는 큰돈을 벌 거라는 희망이 있거든. 그는 온종일 종이 제조법에 관한 실험에 매달려 있어. 그래서 내게 인쇄소 일을 봐달라고 부탁했어. 시간이 날 때마다 나를 도와주면서 말이지. 아! 그런데 내가 아이를 가졌어. 이 일로 나는 기쁨에 넘쳐야 하건만, 지금 우리가 처해 있는 상황에서는 나를 슬프게 해. 가엾은 어머니는 젊음을 되찾고 힘을 내어 간병인이라는 고된 일을 다시 시작하셨어. 돈 걱정만 없다면 우리는 참 행복할 거야. 시아버님은 아들에게 한 푼도 주지 않으시려 해. 오빠를 돕기 위해 다비드는 아버님께 돈을 빌리러 갔었어. 오빠의 편지가 그를 절망에 빠뜨렸거든. 그런데 아버님이 "나는 뤼시앵을 잘 안다. 그는 지금 제정신이 아니니 바보짓을 할 게다."라고 말씀하시지 않겠어. 나는 아버님께 화를 내면서 말했어. "제 오빠가 무슨 큰 잘못이라도 했나요? 그럼 제가 죽도록 슬퍼하리란 걸 오빠는 충분히 알 거예요." 다비드 몰래 어머니와 나는 몇 가지 물건을 저당 잡혔어. 어머니에게 돈이 생기는 대로 되찾아 올 거야. 그렇게 해서 마련한 100프랑을 우편환으로 보낼게. 오빠가 처음 보낸 편지에 답장하지 못했다고 나를 원망하지 마. 우리는 며칠 동안 밤샘하는 처지였거든. 난 남자처럼 일해. 아! 나도 내게 이런 힘이 있는지 몰랐어. 바르주통 부인은 영혼도 심장도 없는 여자야. 우리한테서 오빠를 빼앗아 파리라는 무시무시한 바다 한가운데 던져버렸으니, 오빠를 사랑하지 않더라도 언제나 오빠를 보호하고 도와주어야 할 의무가 있는 거 아냐? 그곳은 사람의 물결과 이해관계의 물결 속에서 신의 가호가 있어야만 진정한 우정을 만날 수 있는 곳이잖아. 그녀를 애석해하거나 그리워할 필요 없어. 오빠 곁에 헌신적인 여인, 말하자면 제2의 나 같은 여인이 있기를 바랐어. 그런데 이제 우리와 같은 감정을 가진 친구들이 있으니 안심이야. 날개를 활짝 펴, 사랑하는 나의 아름다운 천재여! 우리의 사랑이듯이, 오빠는 우리의 영광이 될 거야.

에브

사랑하는 아들아! 네 누이가 길게 썼으니 나는 그저 너를 축복할 뿐이다. 그리고 눈앞에 보이는 아이들은 제쳐둔 채 오로지 너만을 위해 기도하고 오로지 너만을 생각한다는 사실을 분명히 말할 뿐이다. 눈에 보이지 않는 자식의 생각이나 행동은 항상 옳다고 여기는 마음이 있기 때문이지. 그것이 네 엄마의 마음이란다.

엄마가

그리하여 이틀 후에 뤼시앵은 친구들이 고맙게도 무상으로 제공해 준 돈을 갚을 수 있었다. 인생이 그보다 더 아름답게 느껴진 적은 없었다. 하지만 친구들의 심오한 시선과 섬세한 감수성은 뤼시앵에게서 자존심이 꿈틀거리는 것을 놓치지 않았다.

"너는 우리에게 뭔가 빚지는 게 두려운 모양이군." 필장스가 외쳤다.

"저렇게 기뻐하다니, 이건 좀 심각해 보이는데." 미셸 크레티앵이 말했다. "뤼시앵에게는 허영심이 있다는 나의 관찰이 틀리지 않았음을 확인시켜 주거든."

"그는 시인이야." 다르테즈가 말했다.

"나의 이런 자연스러운 감정을 탓하는 거야?"

"우리에게 그 감정을 감추지 않았다는 사실은 고려해야겠지." 레옹 지로가 말했다. "아직은 솔직한 거지. 하지만 훗날 우리를 멀리하게 될까 봐 두려운걸."

"왜 그렇게 생각하지?" 뤼시앵이 물었다.

"우리는 네 마음을 읽고 있어." 조제프 브리도가 대답했다.

"네 안에는 악마 같은 정신이 있어서, 아무렇지도 않게 우리의 원칙과 상반되는 것들을 정당화할 것 같아. 관념적 궤변론자가 아닌 행동의 궤변론자가 될 것 같다고.” 미셸 크레티앵이 뤼시앵에게 말했다.

“오! 나도 그게 두려워.” 다르테즈가 말했다. “뤼시앵, 너는 마음속으로 훌륭한 토론을 하고 그 토론에서는 네가 위대할 테지만, 결국 비난받을 만한 행동을 하게 될 거야……. 네 생각과 행동은 결코 일치하지 않겠지.”

“도대체 무슨 근거로 그런 비난을 하는 거지?” 뤼시앵이 물었다.

“네 허영심이지.” 퓔장스가 소리쳤다. “이보게, 시인 친구! 너의 허영심이 너무 커서 우정에까지 영향을 주고 있어! 그런 종류의 허영심은 지독한 이기심을 드러내지. 그런데 이기심은 우정에는 독이거든.”

“오! 세상에!” 뤼시앵이 외쳤다. “내가 너희를 얼마나 사랑하는지 모른단 말인가?”

“우리가 서로 사랑하듯 네가 우리를 사랑한다면, 우리가 그토록 기쁜 마음으로 네게 준 것을 그렇게 서둘러서 그리고 그렇게 허풍을 떨면서 돌려줄 수 있을까?”

“여기서는 아무것도 서로 빌려주지 않아. 서로 주고받을 뿐이지.” 조제프 브리도가 거칠게 말했다.

“우리가 너무 매정하다고 생각하지 마.” 미셸 크레티앵이 말했다. “우리에게는 선견지명이 있어. 우리는 언제고 네가 순수한 우리 우정의 기쁨보다 하찮은 복수가 주는 기쁨을 더 좋아할까 봐 두려워. 괴테의 『타소』를 읽어봐. 훌륭한 천재의 가장 위대한 작품이지. 시인은 번쩍이는 옷과 향연과 승리를 좋아한다는 걸 알게 될 거야. 광기 없는 타소가 되려고 해봐. 사교계와, 사교계의 쾌락이 너를 부르겠지……? 그래도 여기 남아 있어. 네 허영심에 부합하는 것은 모두 관념의 영역으로 보내버려. 광기에는 광기로! 미덕은 행동으로 실천하고, 악덕은 생각으로만 허락해. 다르테즈의 말마따나, 생각은 옳게 하고서 그른 행동을 하지 말라고."

뤼시앵은 고개를 숙였다. 친구들 말이 맞았다.

"고백하건대 난 너희들만큼 강하지 못해." 그는 친구들에게 사랑스러운 시선을 던지며 말했다. "내게는 파리를 지탱하며 용감하게 싸울 허리도 어깨도 없어. 자연은 우리에게 서로 다른 자질과 능력을 주었고, 너희들은 그 누구보다도 미덕과 악덕의 이면을 잘 알아. 솔직히 난 벌써 지쳤어."

"우리가 널 지탱해 줄게." 다르테즈가 말했다. "변함없는 우정이란 바로 그런 데 쓰이는 거야."

"내가 받은 도움은 일시적인 거야. 그리고 우린 모두 가난해. 금방 다시 빈곤에 허덕이게 되겠지. 크레티앵은 닥치는 대로 아무 일이나 하니 출판사와는 관계가 없고, 비앙숑은 출판계와는 거리가 멀지. 다르테즈는 과학 책이나 전문 서적을 다루는 출판사밖에 모르는데, 그 출판사들은 신간 소설 발행에는 전혀 영향력을 발휘할 수 없어. 오라스, 필장스 리달, 브리도는 관념의 차원에서 일하고 있으니, 출판사와는 아주 멀리 떨어져 있고. 나는 내 나름의 방침을 정해야겠어."

"우리의 방침을 따르라고. 고통을 겪는 것이지!" 비앙숑이 말했다. "용감하게 고통을 겪으면서 일을 신뢰하는 것!"

"하지만 너희들에게는 고통일 뿐인 것이 내겐 죽음인걸." 뤼시앵이 격한 어조로 말했다.

"수탉이 세 번 울기 전에," 레옹 지로가 웃으면서 말했다. "이 친구는 일의 대의를 배반하고 게으름과 파리의 악덕에 빠지겠군."

"그 일이라는 것이 너희를 어디로 이끄는데?" 뤼시앵이 웃으면서 말했다.

"파리에서 이탈리아로 갈 때, 그 중간 지점에 로마가 있는 건 아니야." 조제프 브리도가 말했다. "너에겐 완두콩도 처음부터 버터에 볶아진 채로 싹이 터야겠어."

"프랑스 귀족원 의원의 장남에게나 가능한 일이지." 미셸 크레티앵이 말했다. "하지만 우린 말이야, 씨도 뿌리고 물도 주어야만 완두콩이 잘 자라."

대화는 유쾌해졌고 주제도 바뀌었다. 명석한 머리와 섬세한 마음을 가진 그들은 뤼시앵에게 이 사소한 언쟁을 잊게 하려고 노력했다. 뤼시앵은 친구들을 속이는 것이 얼마나 어려운지 깨달았다. 그러자 엄격한 조언자로 여겼던 친구들에게 철저히 숨겨온 내적 절망에 빠졌다. 감정 기복이 큰 남프랑스적 기질로 인해 그는 결국 친구들의 생각과는 완전히 다른 결정을 내렸다.

여러 차례에 걸쳐 그는 언론에 투신하려는 의사를 밝혔었고, 그때마다 친구들은 말했다. "그것만은 제발 멀리해."

"거긴 사랑스러운 미남 청년 뤼시앵의 무덤이 될 거야. 우린

그를 사랑할 뿐만 아니라 그의 기질을 잘 알거든." 다르테즈가
말했다.

"너는 기자들의 삶에 상존하는 쾌락과 일의 대립을 견뎌내
지 못할 거야. 견딘다는 것, 그것은 미덕의 핵심이지. 너는 권
력을 행사할 수 있고, 사상이 담긴 작품에 대한 생사여탈권도
쥐고 있다는 사실에 취한 나머지, 두 달 만에 저널리스트가
되고 말걸. 저널리스트가 된다는 것은 문학 공화국에서 총독
이 되는 것을 의미하지. 무슨 말이든 할 수 있는 사람은 무슨
일이든 할 수 있는 법! 나폴레옹의 격언이었지. 맞는 말이야."

"너희들이 내 곁에 있으면 되잖아?"

"그렇게 되면 우린 더 이상 네 곁에 있지 않을 거야." 퓔장스
의 목소리가 커졌다. "저널리스트가 되고 나면, 넌 우리를 생
각하지 않을 테니까. 빛나고 사랑받는 오페라 여배우가 비단
씌운 마차 안에서 자기 고향 마을이나 소나 나막신을 생각하
지 않듯이 말이야. 너에겐 번득이는 재치와 순발력 있는 사고
등 저널리스트의 자질이 너무 많아. 재치 있는 표현을 자중하
지 않겠지. 그것이 설령 친구를 울릴지라도. 나는 극장 휴게실
에서 저널리스트들을 많이 보는데, 소름이 끼치고 혐오스러
워. 저널리즘은 지옥이고, 타락과 거짓과 배반의 깊은 구렁, 그
냥 지나갈 수 없는 구렁이야. 순수한 상태로 그곳을 통과하려
면 단테처럼 베르길리우스의 신성한 월계관의 보호를 받아야
만 해."

세나클 친구들이 그 길을 가지 못하게 말리면 말릴수록, 뤼
시앵은 점점 더 그 위험의 실체를 알고 싶었다. 뤼시앵은 아무

와도 의논하지 않고 혼자 생각하기 시작했다. 가난과 싸우기 위해 아무것도 하지 않은 채 또다시 궁핍에 빠지는 것은 얼마나 어리석은 일인가! 첫 소설 발표를 위한 시도에 실패한 경험이 있는 그로서는 두 번째 소설을 쓸 엄두가 나지 않았다. 게다가 그걸 쓰는 동안은 어떻게 먹고산단 말인가? 한 달간 궁핍을 겪으면서 그의 인내심은 한계에 달했다. 저널리스트들이 양심도 품격도 없이 하는 일을 고귀하게 할 수는 없을까? 친구들은 그를 불신함으로써 그를 모욕했지만, 그는 자기의 정신력을 그들에게 증명해 보이고 싶었다. 언제고 그는 친구들을 도울 것이며, 그들이 얻게 될 영광의 선구자가 되리라!

"도움이 필요할 때 뒤로 물러서는 우정이란 대체 뭘까?" 레옹 지로와 함께 미셸 크레티앵을 집까지 데려다주던 어느 날 저녁 뤼시앵이 미셸에게 물었다.

"우리는 그 무엇 앞에서도 물러서지 않아." 미셸 크레티앵이 대답했다. "만일 불행하게도 네가 애인을 죽인다면 그 범죄를 은폐하도록 도와줄 것이고, 여전히 너를 존경하겠지. 하지만 네가 밀정이 된다면, 나는 혐오감을 느끼면서 너를 멀리할 거야. 물불을 가리지 않고 비열하고 비굴해질 테니까. 바로 그것이 저널리즘이지. 우정은 실수나 정념으로 인한 경솔한 행동은 용서하지만, 영혼이나 정신이나 사상을 팔아먹는 잘못된 행동이나 결정에 대해서는 냉혹해야 해."

"시집과 소설을 팔기 위해 우선 기자가 되었다가, 금방 신문을 버릴 수는 없을까?"

"마키아벨리라면 그렇게 할 수 있겠지. 하지만 뤼시앵 드 뤼방프레는 아니야." 레옹 지로가 말했다.

"좋아," 뤼시앵이 언성을 높였다. "내가 마키아벨리만 못하지 않다는 것을 증명해 보이겠어."

"아!" 미셸은 레옹의 손을 꼭 잡고 탄식했다. "네가 지금 방금 저 친구를 파멸의 길로 몰아넣었어." 그러고는 뤼시앵에게 말했다. "뤼시앵, 여기 300프랑이야. 그것으로 석 달 동안은 넉넉히 살 수 있어. 그러니 일을 해. 두 번째 소설을 쓰란 말이야. 다르테즈와 필장스가 구상을 도와줄 거야. 너는 성장할 테고, 소설가가 될 거야. 내가 어디든지 사상의 매음굴 속으로 침투해 석 달 동안 저널리스트가 된 후, 어떤 출판사의 출판물들을 공격함으로써 그곳에 네 원고를 팔아볼게. 내가 기사를 쓰고, 너를 위한 지면을 만들어볼게. 우리가 함께 성공을 기획하면 너는 위대한 인물이 될 거야. 그리고 언제까지나 우리의 뤼시앵으로 남을 거고."

"그러니까 너라면 살아남을 수 있는 곳에서 나는 파멸할 거란 말이지. 넌 나를 멸시했어!"

"주여! 그를 용서하소서! 그는 어린애입니다!" 미셸 크레티앵이 외쳤다.

다르테즈의 방에서 저녁 시간을 보내는 동안 지성의 세계에 눈뜨게 된 뤼시앵은 소신문들을 읽으며 농담이며 기사들을 연구하고, 가장 재치 있는 기자들과 적어도 동등한 실력을 갖추었다고 확신하면서 은밀하게 사상을 연마했다. 그리던 어느 날 아침, 언론이라는 시시한 집단의 대장에게 일을 부탁해보리라 마음먹고는, 가장 우아한 옷을 차려입고 의기양양 집

을 나섰다. 작가나 기자나 문필가, 말하자면 미래의 동료들은
일전에 그의 희망을 짓밟았던 서적상이나 출판사보다는 훨씬
상냥하고 공평하리라 생각하면서 다리를 건넜다. 나에게 호
감을 느낄 것이고, 카트르방가의 세나클에서 발견했던 선하고
다정한 우정도 만나게 되리라. 상상력이 풍부한 사람들은 예
감을 좋아하는 법, 뤼시앵은 자신의 예감이 맞을지 틀릴지 궁
금해하면서 몽마르트르 대로 옆에 있는 생피아크르가의 어느
건물 앞에 도착했다. 그곳에 한 소신문사의 사무실이 있었는
데, 그 모습을 보자 뤼시앵은 마치 사창가로 들어가는 젊은이
처럼 가슴이 뛰었다. 그럼에도 중이층에 자리한 사무실로 올
라갔다. 첫 번째 방은 칸막이로 반이 나뉘어 있었는데, 칸막
이의 아래쪽 절반은 판자였고 위쪽 절반은 천장까지 철망으
로 되어 있었다. 뤼시앵은 그 방에서 한 팔을 잃은 퇴역 군인
이 하나뿐인 손으로 여러 개의 종이 뭉치를 머리에 이고, 잇새
에는 인지세 관리국에 보낼 장부를 물고 있는 것을 보았다.[69]
누런 얼굴에 붉은 반점이 박혀 있어 붉은 단호박이라는 별명이
어울리는 그 가엾은 남자는 뤼시앵에게 철망 뒤에 있는 무섭
게 생긴 문지기를 가리켰다. 그 인물은 훈장을 받은 바 있는
늙은 장교로, 코는 회색 콧수염으로 덮여 있었고 머리에는 검
정 실크 모자를 썼으며, 등껍질 밑에 숨은 거북이처럼 커다란
프록코트 안에 파묻혀 있었다.

---

69) 당시 언론에 대한 세금은 무척 비쌌으며, 인쇄된 종이마다 인지세 관리국
의 검인이 찍혀야 했다. 1821년 파리의 신문들에서 거둬들인 세금은 100만
프랑이 넘었다고 한다. 정치신문의 경우 별도의 법이 존재했다.[편]

"며칠부터 구독을 시작하시겠습니까?" 제국 시대의 장교가 뤼시앵에게 물었다.

"저는 구독 신청하러 온 것이 아닙니다." 뤼시앵이 대답했다. 시인은 들어온 문의 맞은편 문 위에 붙은 표지판을 쳐다보았다. '편집실'이라는 글자와, 그 밑에 관계자 외 출입 금지라는 문구가 쓰여 있었다.

"이의 신청을 하러 오셨나 봅니다." 나폴레옹의 병사가 말했다. "예, 그래요! 우리가 마리에트의 극장에 가혹하긴 했지요. 하지만 어쩌겠어요, 난 아직도 그 이유를 모릅니다만, 댁이 그 이유를 묻는다면 응대할 준비는 돼 있지." 그는 검술 검과 권총, 그리고 구석에 모아놓은 현대식 병기를 바라보면서 그렇게 덧붙였다.

"그건 더더욱 아니고요, 선생님, 전 편집장님께 드릴 말씀이 있어서 왔습니다."

"4시 전에는 아무도 없다오."

"이봐요, 지루도 씨, 11단짜리 기사라고요. 단당 100수니까 합이 55프랑이죠. 그런데 40프랑밖에 못 받았으니 15프랑 더 주셔야 합니다. 제가 말씀드렸듯이……."

시커먼 퇴역 군인 뒤에 가려져 있던 어떤 남자의 목소리가 들렸다. 작고 호리호리하고 교활하게 생긴 자였다. 연한 파란색 두 눈이 박힌 그의 얼굴은 덜 익은 달걀 흰자위처럼 맑았지만 무서우리만큼 악의에 차 있었다. 고양이의 울음소리와 천식에 걸린 하이에나의 가쁜 숨소리를 닮은 그의 목소리에 뤼시앵은 소름이 끼쳤다.

"그래요, 민병대원 양반," 퇴역 군인이 말했다. "하지만 당신은 제목하고 여백도 계산에 넣었구려. 난 피노의 분부대로 행수를 전부 더한 후 그것을 각 단에 맞게 정해진 숫자로 나눕니다. 그렇게 당신 원고에 목조르기를 하면 3단이 줄지요."

"여백을 안 쳐주다니, 수전노 같으니라고! 자기는 동업자에게서 여백까지 포함한 총 편집비를 받아내면서.[70] 에티엔 루스토와 베르누를 만나러 가겠어……."

"명령을 어길 순 없소이다." 퇴역 군인이 말했다. "어떻게 15프랑 때문에 당신을 먹여 살리는 사람에게 소리를 지른단 말이오? 내가 시가 하나 피우는 것만큼이나 쉽게 기사를 쓰면서! 친구들에게 펀치 한 잔 덜 사거나, 당구 내기에서 한 판 더 이기면 될 것 아니오!"

"피노는 그렇게 짜게 굴다가 비싼 값을 치르게 될걸." 기자는 그렇게 말하고 일어나서 나갔다.

"자기가 뭐 볼테르나 루소라도 되는 줄 아나?" 경리는 지방 시인을 바라보면서 혼잣말을 했다.

"선생님," 뤼시앵이 말했다. "4시경 다시 오겠습니다."

두 사람 사이에서 언쟁이 벌어지는 동안 뤼시앵은 뱅자맹 콩스탕과 푸아 장군[71] 그리고 17명의 자유주의파 웅변가들의

---

70) 소신문의 주주 겸 편집장인 피노는 편집자 자격으로 단당 100수(5프랑)를 받는다. 그러나 다른 기자들에게는 자기 마음대로 적게 지급한다. 훗날 그의 뒤를 이어 편집장이 된 루스토는 뤼시앵에게 단당 3프랑만 지급한다.[편]

71) 막시밀리앙 세바스티앵 푸아(Maximilien Sébastien Foy, 1775~1825)는

초상화가 정부를 비판하는 풍자화와 함께 벽에 걸려 있는 것을 보았다. 무엇보다도 성소처럼 생각되는 방의 문을 유심히 바라보았다. 문 안에서는 매일 그를 즐겁게 해주고, 국왕이나 가장 심각한 사건들도 조롱할 권리를, 요컨대 재치 있는 말 한마디로 모든 것을 문제 삼을 수 있는 권리를 누리는 재기발랄한 기사들이 만들어지고 있으리라. 그는 산책하러 대로로 나갔다. 산책은 전에는 알지 못한 즐거움이었다. 너무나 매력적인 즐거움이어서 시계점의 괘종시계가 4시를 가리키는 것을 볼 때까지 점심을 먹지 않았다는 것도 느끼지 못했다. 그는 서둘러 생피아크르가로 되돌아가 계단을 올라 문을 열었다. 퇴역 군인은 자리에 없었고, 외팔이만 인지가 붙은 서류를 깔고 앉아 빵부스러기를 먹으면서, 과거에 부역에 익숙했듯이 이제는 신문에 익숙해진 듯 체념한 표정으로 자리를 지키고 있었다. 그는 황제가 속보(速步)를 명하는 이유를 몰랐듯이 신문에 대해 몰랐고 이해하지도 못했다. 뤼시앵은 그 무서운 직원을 속여볼 궁리를 했다. 머리에 모자를 쓰고, 마치 그곳에서 일하는 사람인 양 성전의 문을 열었다. 편집실에 들어가자, 초록색 융단이 깔린 원탁 하나와 아직 새것인 짚이 깔린 빛나무 의자 여섯 개가 호기심 가득한 그의 눈에 들어왔다. 색칠한 바닥에는 사람들이 밟고 지나간 흔적이 없었다. 바닥이 깨끗한 것으로 보아 드나드는 이가 별로 없는 듯했다. 벽난로 위

프랑스 육군 장성으로, 나폴레옹 제국기에 백작 작위를 받았다. 나폴레옹 실각 후 1919년 하원에 당선되어 정치가로 활동했다.

에는 거울 하나, 수북한 먼지로 덮인 싸구려 추시계 하나, 양초 두 개가 아무렇게나 꽂힌 촛대 둘이 놓여 있었고, 명함들도 흩어져 있었다. 테이블 위에는 잉크가 옻처럼 말라붙은 잉크병이 있었고 그 안에는 방사형으로 비틀린 깃펜 몇 자루가 꽂혀 있었으며, 그 주위로 구겨진 신문들이 널브러져 있었다. 그는 너덜너덜해진 종이 끝에 도무지 알아볼 수 없는 상형문자 같은 필체로 쓰인 기사들을 읽었다. 기사의 윗부분은 찢겨 있었는데, 이는 인쇄소 식자공들이 기사의 조판이 끝났음을 알리는 표시였다. 여기저기 널린 회색 종이에 끼적인 풍자화들이 뤼시앵의 감탄을 자아냈다. 아마도 심심한 손을 가만두지 않으려고, 무엇인가를 공격하며 시간을 때우려던 작자가 무척이나 재치 있게 그린 그림들 같았다. 파란 물빛 싸구려 벽지를 바른 벽에는 당시 놀라운 성공을 거두는 바람에 전 유럽에 소개되었던, 그리하여 기자들을 피곤하게 만들었던 『고독자』에 관한 풍자 펜화 아홉 장이 핀으로 꽂혀 있었다.[72] 그 풍자화들의 제목은 이런 식이었다. '『고독자』 지방 출현, 여심을 흔들다' '어느 성에서 읽힌 『고독자』' '『고독자』 애완동물에도 영향을 끼치다' '미개인들을 위한 『고독자』 설명회 대성공' '『고독자』 중국어 번역본, 저자가 베이징 황제에게 제출' '험

---

72) 『고독자』는 1821년 1월 발표된 다를랭쿠르의 소설이다. 부르고뉴 공작 샤를 1세(1433~1477)에 대한 역사소설로, 당해에만 7쇄, 총 13쇄를 찍을 만큼 큰 인기를 누렸다. 다를랭쿠르 자작은 낭만주의의 왕자라는 별명을 얻을 정도로 인기가 높았지만, 그의 적들은 그의 도치법 문체를 문제 삼아 '어순이 거꾸로인 자작'이라 조롱했다.[편]

한 산에서 능욕당한 엘로디'. 이 마지막 풍자는 뤼시앵에게 다분히 외설적으로 보였지만, 웃음이 나왔다. '신문으로 왕좌를 거머쥔 『고독자』, 휘장 아래서 행진 중' '『고독자』 인쇄기 폭발, 수습 인쇄공들 부상' '거꾸로 읽어본 『고독자』, 뛰어난 아름다움에 아카데미 회원들 경악'. 뤼시앵은 신문의 만평란에 모자를 내밀고 있는 편집자를 그린 그림도 보았다. 그림 밑에는 "피노, 내 100프랑은?"이라는 문구와, 나중에 유명해지기는 했지만 저명인사는 되지 못한 한 인물의 서명이 들어 있었다. 벽난로와 십자 유리창 사이로 서류함이 달린 책상 하나, 마호가니 안락의자 하나, 휴지통 하나가 있었으며, 벽난로 앞 깔개라 불리는 기다란 융단도 깔려 있었다. 그 모든 것에 먼지가 수북했고, 창문에는 작은 커튼밖에 없었다. 책상 위에는 하루 동안 제출된 20편가량의 원고, 판화들과 악보, 헌장이 새겨진 코담배 갑, 그 당시 늘 조롱거리였던 『고독자』 9쇄 한 부, 그리고 봉인된 십여 통의 편지가 놓여 있었다. 뤼시앵이 머릿속으로 그 방 집기들의 목록을 작성하면서 깊은 생각에 빠져 있을 때, 5시를 알리는 종소리가 들렸다. 뤼시앵은 외팔이에게 물어보려고 다가갔다. 붉은 단호박은 빵부스러기를 다 먹은 후 인내심을 가지고, 아마도 대로에서 산책하고 있을 훈장 수훈자 군인을 기다리는 중이었다. 그때 계단 쪽에서 드레스 스치는 소리와 여자임을 알 수 있는 가벼운 발소리가 들리더니, 문 앞에 한 여인이 나타났다. 제법 예쁜 여자였다.

"저기요," 그녀가 뤼시앵에게 말했다. "당신들이 왜 비르지니의 모자를 그토록 칭찬했는지 난 알아요. 그래서 나도 1년 구독을 신청하러 왔어요. 조건이나 말해 주세요……."

"마담, 저는 신문사 직원이 아닙니다."

"아! 그렇군요!"

"구독은 10월부터 할까요?" 옆에 있던 외팔이가 말했다.

"마담, 무슨 일로 오셨습니까?" 이때 다시 나타난 퇴역 군인이 말했다.

늙은 장교는 아름다운 장신구 판매업자와 협상에 들어갔다. 기다리다 지치고 초조해진 뤼시앵이 첫 번째 방으로 들어갔을 때, 그의 귀에는 다음과 같은 마지막 말이 들렸다. "그렇게 되면 저로서는 만족이에요. 플로랭틴 양께[73] 우리 가게에 와서 마음에 드는 것을 고르라 하세요. 리본도 취급한답니다. 그렇다면 이제 합의가 잘 되었군요. 비르지니에 대해서는 더 이상 언급도 하지 마세요. 제대로 디자인할 줄도 모르는 형편없는 장사꾼이에요. 저는 제가 직접 디자인한답니다."

뤼시앵은 은화 동전이 금고로 들어가는 소리를 들었다. 군인은 그날 하루의 수입을 계산하기 시작했다.

"저, 선생님, 1시간 전부터 기다리고 있는데요." 시인은 약간 화난 표정으로 말했다.

"그들은 오지 않았소." 나폴레옹 시대의 퇴역 군인은 예의상 걱정하는 척하면서 말했다. "놀라운 일도 아니오. 그들을 못 본 지 한참 되었소만. 아시다시피 지금은 중순이잖소. 그 친구

---

73) 작중 게테 극장의 댄서로, 퇴역 군인 지루도의 애인이며, 비단 상인 카르도에게 후원을 받고 있다.

들은 돈 받을 때인 29일이나 30일이 되어야 와요.”

“피노 씨는요?” 사장의 이름을 기억하고 있던 뤼시앵이 물었다.

“페이도가에 있는 자택에 계시죠. 어이, 붉은 단호박! 검인 찍은 종이들을 인쇄소로 가져가는 길에, 오늘 들어온 원고를 전부 사장님 댁에 가져다드리게.”

“그럼 도대체 신문은 어디서 만들지?” 뤼시앵이 혼잣말처럼 말했다.

“신문?” 신문사 직원은 붉은 단호박으로부터 나머지 인지대를 받으면서 말했다. “신문이라. 허허! 이보쇼, 배달원들이 질주하는 것을 보려면 내일 새벽 6시 인쇄소 앞으로 가 보구려. 신문은 밤 11시에서 12시 사이, 극장 공연이 끝난 후 길거리에서, 필자들 집에서, 인쇄소에서 만들어진다오. 제국 시대에는 말이야, 그런 형편없는 신문들은 있는지도 몰랐다오.[74] 그분이라면 네 사람과 하사 한 명으로 저것들을 다 없애버리고, 글 나부랭이로 귀찮게 하지 못하도록 하셨을 텐데! 하지만 이제 그 이야기는 그만해야지. 내 조카가 신문으로 돈을 벌고, 기자들은 그분의 아들을 위해 기사를 쓴다면, 큼큼! 큼큼! 결국 별로 나쁠 건 없지. 그나저나 구독하겠다는 사람들이 몰려올 것 같지도 않으니, 이제 퇴근해야겠군.”

“선생님, 신문 편집에 대한 사정을 잘 아시나 봅니다.”

---

74) 나폴레옹 제국 시절인 1811년에는 《모니터》《제국신문》《가제트 드 프랑스》《주르날 드 파리》 등 4개의 신문만 남아 있었다.[편]

"돈 문제에 관한 한, 큼큼! 카악!" 군인은 목구멍의 가래를 그러모으면서 말했다. "재능에 따라 여백을 제외하고 40단어 짜리 50행, 즉 1단에 3프랑에서 100수까지 받지요. 기자들이 란 이상한 괴짜들이라오. 나라면 수송부대 병사로도 쓰지 않을 젊은이들인데. 백지에 날파리 다리나 끄적이는 자들이 대 대장으로서 나폴레옹과 함께 유럽 각국의 수도에 입성한 바 있는 황실 근위대 용기병 대위로 퇴역한 나를 무시한단 말이 야……."

푸른색 프록코트를 매만지면서 나가겠다는 의사를 드러내 는 나폴레옹 장교에 의해 문 쪽으로 밀려가던 뤼시앵이 용기 를 내 그를 가로막았다.

"저는 기자가 되려고 여기 왔습니다. 그리고 맹세컨대, 황실 근위대 대위님이나 용감한 분들에 대해 무한한 존경심을 가지 고 있습니다."

"그래야지, 민간인 양반!" 장교는 뤼시앵의 배를 툭 치면서 말했다. "그런데 어떤 등급의 기자가 되길 원하오?" 그 난폭한 군인은 뤼시앵의 배를 스치고 지나가 계단을 내려가면서 물었 다. 그는 관리실 앞을 지나며 시가에 불붙이기 위해 잠깐 멈 춰 섰다. "구독 신청자가 오면 신청서를 받고 노트에 적어놓으 세요, 숄레 어멈." 그러고는 뒤따라온 뤼시앵 쪽으로 몸을 돌 려 말했다. "언제나 구독 신청, 나는 구독 신청밖에 몰라. 피노 는 내 조카요. 나를 살 만하게 만들어준 유일한 가족이지. 그 러니 누구든 피노에게 싸움을 걸면, 이 황실 근위대 용기병 대위, 상브르 에 뫼즈 부대의 일개 기병으로 시작해 5년간 이

탈리아 원정군 제1경기병의 검술 교관을 지낸 이 늙은 지루
도가 가만있지 않아! 헛, 둘, 그리고 불평분자는 거꾸러지노
라!" 그는 길게 찌르는 펜싱 동작을 하며 덧붙였다. "그런데 젊
은이, 기자들에게도 여러 종류가 있소만. 기사를 쓰고 봉급
을 받는 기자들도 있고 기사는 쓰지만 한 푼도 못 받는 기자
들도 있지. 그런 기자들을 우리는 자원병이라 부른다오. 마지
막으로 기사는 하나도 안 쓰지만 바보가 아닌 기자들이 있는
데, 이 부류에 속하는 자들은 절대 오류를 범하지 않아. 작가
를 자처하며 신문사에 소속되어 우리를 저녁 식사에 초대하
고, 극장을 돌아다니며 여배우를 거느리는 행복한 친구들이
오. 어떤 기자가 되고 싶소?"

"많이 일하고 돈도 많이 받는 기자요."

"하고많은 풋내기 신병처럼 프랑스군 총사령관이 되고 싶
다! 이 늙은 지루도의 말을 믿고, 군에 복무했던 저 용감한 사
내처럼 좌측으로 돌아 속보로 개울로 가서 못대가리나 주우
시구려. 저 친구는 군에 복무한 티가 나거든. 대포의 아가리
속을 수없이 드나들던 늙은 군인이 파리에서 못대가리나 줍
는다는 건 그야말로 수치가 아니오? 빌어먹을! 자넨 비렁뱅이
에 불과해, 황제를 지지하지 않았어! 아무튼, 젊은이, 오늘 아
침 당신이 본 그 녀석은 이달에 40프랑을 벌었소. 당신이 그
보다 더 잘할 것 같소? 피노 말에 따르면, 기자들 중 가장 재
치가 넘치는 자라던데."

"상브르 에 뫼즈로 떠날 때, 위험하다는 말을 들으셨겠죠."

"물론이지!"

"그렇다면?"

"그렇다면, 좋아, 내 조카 피노를 만나러 가보시오. 착한 아이지. 앞으로 당신이 만날 사람 중 가장 공정한 사람일 거요. 만날 수만 있다면 말이오. 물고기처럼 돌아다니니까. 그의 직업은 글 쓰는 것이 아니라, 다른 사람들이 글을 쓰게 만드는 것이라오. 그 녀석들은 종이에다 *끄적거리는* 것보다 여배우들과 노는 것을 더 좋아하는 것처럼 보입디다. 하! 정말 괴짜들이라니까! 다시 만나길 바라오."

경리는 뤼시앵을 대로에 남겨둔 채 『게르마니쿠스』의 옹호자들이 휘두르던 그 무서운 납 손잡이 지팡이를 흔들면서 떠났다.[75] 뤼시앵은 비달과 포르숑의 서점에서 문학의 최종 결과를 확인하고 놀랐던 만큼이나 신문사의 광경에 어안이 벙벙해졌다. 뤼시앵은 페이도가에 있는 앙도슈 피노 사장 댁을 열 번이나 찾아가 보았지만 그를 만날 수 없었다. 아침 일찍 가면 아직 들어오지 않았고, 정오에 가 보면 이미 나가고 없었다. "어느 카페에서 점심 식사 중이십니다."라는 말을 듣고 그 카페로 가서 노골적으로 드러내는 혐오감을 견디며 주인에게 피노가 있냐고 물으면, 방금 나갔다고 했다. 너무나 지친 뤼시앵은 마침내 피노는 진위를 알 수 없는 가공의 인물이라고 생각하기에 이르렀다. 그는 플리코토 식당에 에티엔 루스토가

---

75) 『게르마니쿠스』는 앙투안 뱅상 아르노(Antoine Vincent Arnault, 1766~1834)의 5막짜리 비극 극시이다. 1817년 3월 22일, 테아트르 프랑세 공연 당시 물의를 일으켰는데, 연극의 지지자와 반대자 들이 서로 대나무 지팡이를 휘두르며 난투극을 벌였다.[편]

다시 나타나기를 기다리는 편이 낫겠다고 생각했다. 그 젊은 기자라면 아마도 자기가 관여하는 신문의 생리에 대한 비밀을 알려줄 수 있으리라.

뤼시앵은 다니엘 다르테즈를 알게 된 축복받은 그날 이후 플리코토 식당에서 자리를 바꾸었다. 두 친구는 서로 나란히 앉아 식사하면서 고급 문학에 대해, 다루어야 할 주제들에 대해, 그 주제들을 제시하고 착수하고 결말짓는 방식에 대해 낮은 목소리로 이야기하곤 했다. 당시 다니엘 다르테즈는 '샤를 9세의 궁수' 원고를 고쳐주고 있었다. 여러 장을 새로 추가하고, 이미 쓰인 좋은 문장들을 더 다듬고, 그 책을 압도할 정도로 훌륭한 서문을 써주었다. 필시 젊은 문학도들에게 많은 가르침을 줄 서문이었다. 어느 날 뤼시앵이 자신을 기다리고 있던 다니엘 곁에 앉으며 그와 악수하는데, 마침 에티엔 루스토가 식당 문을 열고 들어왔다. 뤼시앵은 잡고 있던 다니엘의 손을 홱 놓고는 종업원에게 예전에 앉던 계산대 옆자리로 가겠다고 말했다. 다르테즈는 뤼시앵에게 비난을 용서로 감싸는 천사의 시선을 던졌다. 그 시선이 시인의 마음을 찔렀기에, 그는 얼른 다니엘의 손을 다시 잡고 꼭 쥐면서 말했다.

"내겐 너무 중요한 일이야, 나중에 말할게."

루스토가 자리를 잡자, 뤼시앵도 옛날에 앉던 자리에 가서 앉았다. 뤼시앵이 먼저 그에게 인사했고 곧이어 대화가 시작되었다. 그들 사이의 대화가 매우 활발하게 진행되어, 뤼시앵은 루스토가 저녁을 먹는 동안 시집 '데이지' 원고를 가지러 갔다. 저널리스트에게 자기의 소네트를 읽어봐 주겠다는 허락을 받아냈던 것이다. 그는 출판사를 소개받거나 신문사에 들어가고 싶은 마음에, 루스토의 겉치레뿐인 호의를 믿었다. 원래 자리로 돌아온 뤼시앵의 눈에 식당 구석에서 팔을 괴고 침울한 눈으로 그를 바라보는 다니엘의 서글픈 모습이 들어왔다. 하지만 가난에 찌들고 야망에 사로잡힌 뤼시앵은 세나클의 형제를 못 본 척하고 루스토를 따라갔다. 날이 지기 전, 저널리스트와 초심자는 천문대의 넓은 산책로에서 우에스트가로 이어지는 쪽의 뤽상부르 공원 나무 그늘 밑에 앉았다. 당시 우에스트가는 기다란 진창길이었고, 도로변엔 채마밭과 웅덩이뿐이었다. 보지라르가를 바라보는 쪽에만 집들이 있을 뿐, 이쪽 길엔 왕래가 뜸했다. 그래서 파리 사람들이 저녁 먹는 시간이면 연인들은 남들 눈에 띌 염려 없이 그곳에서 말다툼도 하고 서로에게 화해의 증거를 보이기도 했다. 흥을 깨는 사람은 우에스트가의 작은 철책에서 보초를 서는 퇴역 군인밖에 없었는데, 존경할 만한 그 군인이 단조로운 산책의 걸음수를 늘려보려 할 때 그랬다. 산책로의 참나무 밑 벤치에서 루스토는 '데이지' 중 뤼시앵이 견본으로 선택해 읽어주는 소네트를 들었다. 2년의 수습 기간을 보낸 후 기자로 발을 들여놓은 에티엔 루스토는 당대의 몇몇 명사들과 친분을 맺고 있었기에, 뤼시앵에게는 매우 중요한 인물로 보였다. 따라서 '데이지' 원고 뭉치를 품면서 지방 시인은 일종의 서문에 해당하는 설명이 필요하다고 판단했다.

"소네트는 시 중에서도 가장 어려운 양식입니다. 이 짧은 시 형식은 흔히 외면당하고 있습니다. 프랑스에서는 페트라르카와 견줄 만한 작가가 아무도 없습니다. 우리의 언어보다 훨씬 유연한 그의 언어는 우리의 실증주의가, 이런 표현을 용서하십시오, 거부한 사상의 유희를 받아들이지요. 그래서 소네트 시집으로 데뷔하는 것이 독창적 발상이라고 생각했습니다. 빅토르 위고는 송시(頌詩)를 택했고, 카날리스는 시사적 내용을 담은 시에 열중했고, 베랑제는 샹송을 장악했고, 카시미르 들라비뉴는 비극을, 라마르틴은 명상시를 독점했지요."

"당신은 고전주의자요 낭만주의자요?" 루스토가 물었다.

뤼시앵의 당황한 표정은 그가 문학 공화국에 대해 정말 아무것도 모른다는 사실을 드러냈기에, 루스토는 그를 깨우쳐 줄 필요가 있다고 판단했다.

"이봐요, 당신은 치열한 전투 한복판에 있어요. 빨리 결정해야 합니다. 문학은 우선 여러 세력권으로 분할되어 있는데, 저명인사들은 대체로 두 진영으로 나뉘지요. 왕정주의자들은 낭만주의자이고 자유주의자들은 고전주의자입니다. 문학 견해의 대립은 정치 견해의 대립과 연결되고, 그 결과 새로이 떠오르는 명성과 실추된 명성 사이에 치열한 전쟁이 벌어집니다. 엄청난 잉크가 소모되고, 뾰족한 펜촉에서 나온 재치 있는 말, 날카로운 비방, 지나치게 조소적인 별명 등이 난무하지요. 이상하게도 낭만주의를 지지하는 왕정주의자들은 문학적 자유와 우리 문학에 적합한 형식을 부여하는 법칙의 개혁을 요구하는 반면, 자유주의자들은 통일성이든가 12음보 율격, 고전적 주제를 지키려 합니다. 그러니까 각 진영에서의 문학 견해는 정치 견해와 어긋나는 거죠. 만약 당신이 절충주의자라면

당신 편을 들어줄 사람은 아무도 없을 겁니다. 어느 편에 서시
겠소?”

“어느 편이 더 강한가요?”

“자유주의파 신문은 왕당파나 여당 신문들보다 구독자가
훨씬 많아요. 하지만 카날리스는 왕정과 종교를 지지하고 궁
정과 성직자들의 보호를 받고 있음에도 두각을 나타내며 명
성을 얻고 있지요.” 루스토는 두 깃발 사이에서 선택해야 한다
는 사실에 놀라 당황하는 뤼시앵을 보면서 말을 이었다. “글쎄
요! 하긴 소네트는 부알로 이전의 문학이죠. 낭만주의자가 되
세요. 낭만주의자들 중에는 젊은이들이 많아요. 고전주의자
들은 구태들이고요. 낭만주의자들이 승리할 겁니다.”

‘구태’라는 단어는 최근에 낭만주의파 언론이 발굴해 낸 것
으로, 고전주의자들을 아주 한심한 자들로 만들어버렸다.

“작은 데이지!” 뤼시앵은 시집의 제목을 설명해 주는 두 편
의 서시(序詩) 중 첫 번째 소네트를 선택해 낭독했다.

들판에 핀 작은 데이지, 그대들의 조화로운 색은
언제나 눈을 즐겁게 하려고 반짝이는 것은 아니다.
그 색은 한 편의 시로 우리의 가장 소중한 소망을 말한다,
그리고 인간은 그 시에서 연민을 배운다.

은 박힌 그대의 황금빛 수술은
인간이 우상화하는 보석들을 드러낸다.
그리고 신비로운 피가 흐르는 그대들의 꽃술은

고통 속에서 느끼는 성공만큼 값지다!

그날 활짝 피기 위해서인가
무덤에 계신 예수께서 더 아름다운 세상에서 부활하시어
날개를 흔들며 미덕의 비를 뿌리시던 그날에,
그대의 작은 하얀 꽃잎이 가을에 다시 피는 것은
우리의 시선에 부정한 쾌락을 말하기 위함인가,
꽃다운 우리의 스무 살을 돌이키기 위함인가?

　　소네트를 낭송하는 동안 루스토가 꼼짝도 하지 않아 뤼시앵은 자존심이 상했다. 그는 아직 산문이나 드라마나 운문에 지친 저널리스트들의 특징인 냉담을 알지 못했다. 상대방을 당황하게 만드는 냉담이었다. 뤼시앵은 갈채를 받는 데 익숙한 시인이었지만 실망감을 드러내지는 않았다. 다음으로는 '그래도 이 소네트를 들으면 몇 마디 하겠지.' 생각하면서 바르주통 부인과 세나클의 몇몇 친구들이 제일 좋아했던 소네트를 읽었다.

소네트 2

데이지

나는 데이지, 가장 아름다웠지
벨벳처럼 부드러운 잔디 위의 빛나는 꽃 중에서.

행복했다, 사람들은 아름다움 때문에 나를 찾았고
나의 나날들은 영원한 청춘을 뽐냈다.

아! 나의 소망에도 불구하고 새로운 미덕이
내 이마 위에 그 숙명의 빛을 뿌렸다.
운명은 내게 진실을 볼 줄 아는 형벌을 내렸으니,
고통당하며 나는 죽어간다, 그 지혜는 치명적이기에.

나에겐 더 이상 침묵도 휴식도 없다.
사랑은 두 마디 말로 내게서 미래를 앗아가고,
내 가슴을 찢는다, 거기서 사랑한다는 말을 읽기 위해.

나는 사람들이 후회 없이 던져버리는 유일한 꽃.
그들은 내 이마의 하얀 왕관을 벗겨버리고,
내 비밀을 아는 즉시 나를 발로 짓이겨 버린다.

낭독을 마친 후 시인은 엄격한 비평가를 쳐다보았다. 에티엔 루스토는 묘판에 심은 묘목처럼 애송이인 시인을 응시하고 있었다.

"어때요?" 뤼시앵이 물었다.

"어떠냐고요? 듣고 있잖아요? 파리에서 아무 말 없이 듣고 있다는 것은 칭찬입니다."

"그만 읽을까요?" 뤼시앵이 말했다.

"계속해 보세요." 저널리스트는 다소 거칠게 말했다.

뤼시앵은 다음 소네트를 읽었지만 의기소침해졌다. 루스토의 이해할 수 없는 냉정함에 주눅이 들어 낭독에 감정을 실을 수 없었다. 문학계에 좀 더 익숙했다면, 그런 상황에서 작가들의 침묵이나 무례한 태도는 훌륭한 작품이 불러일으키는 질투심의 증거요, 칭찬은 그들의 자만심을 만족시키는 졸작이 주는 기쁨의 발로임을 알았을 것이다.

소네트 30

동백꽃

꽃들은 저마다 자연이라는 책에 담긴 단어를 말한다.
장미는 사랑이고 아름다움을 경축하며,
제비꽃은 정겹고 순수한 영혼을 내뿜으며,
백합은 그 소박함으로 빛난다.

하지만 동백꽃은, 꽃밭의 괴물,
향기 없는 장미, 위엄 없는 백합,
그 꽃은 추운 계절에 피는가 보다
숫처녀의 요염한 권태를 위해.

그렇지만 극장 칸막이 좌석 가장자리에서,
나는 보고 싶다, 순백의 꽃잎이 벌어지는
하얀 동백꽃의 수줍은 화관을

순수한 사랑을 영혼에 불어넣을 줄 아는,
페이디아스의 그리스 조각상[76] 같은
아름다운 소녀들의 검은 머리칼 위에서.

"보잘것없는 저의 소네트에 대해 어떻게 생각하십니까?" 뤼시앵이 예의 바른 태도로 물었다.

"진실을 알고 싶소?" 루스토가 말했다.

"저는 젊습니다. 그러니 진실을 알고 싶습니다. 너무도 성공하고 싶기에, 진실을 말해 주시면 화는 나겠지만 그렇다고 절망하지는 않을 겁니다." 뤼시앵이 대답했다.

"그렇다면 좋아요. 첫 번째 소네트의 모호한 표현은 앙굴렘에서 쓴 것 같은데, 아마도 너무 공을 들였기에 포기하지 못할 겁니다. 두 번째와 세 번째 소네트에서는 벌써 파리 냄새가 나는군요. 하나 더 읽어보실래요?" 지방 위인에게는 더없이 매력적으로 보이는 몸짓을 하면서 그가 덧붙였다.

그 요구에 힘이 난 뤼시앵은 더 큰 자신감을 가지고 다르테즈와 브리도가 아마도 그 문체의 특성 때문에 제일 좋아했던 소네트를 읽었다.

---

76) 고대 그리스 황금기의 조각가 페이디아스(Phidias, 기원전 490~430)는 파르테논 신전 재건을 비롯해 수많은 걸작을 만들었다. 특히 신상 조각에 탁월해 '신들의 조각가'로 칭송된다.

튤립

나는 튤립, 네덜란드의 꽃,

내 미모가 뛰어나기에 구두쇠 플랑드르 사람도

내 구근 한 개를 다이아몬드보다 더 비싸게 산다,

내 속이 순수하다면, 내가 곧고 크다면.

겉모습은 봉건적이고, 욜랑드 여공작처럼[77]

풍성하고 긴 주름치마를 입었고,

옷에는 문장들이 새겨져 있다,

가운데 은빛 띠를 두른 빨간 문장, 또는 자줏빛 줄무늬의 금
색 문장이.

숭고한 정원사는 손가락으로 실을 잣는다,

햇살과 국왕의 색인 자줏빛 천으로

부드럽고 섬세한 옷을 지어 내게 주려고.

---

77) 욜랑드 여공작(Yolande d'Aragon, 1381~1442)은 아라곤 왕국의 왕위
요구자이자 명목상 여왕이며 나폴리 왕국의 왕비다. 앙주 공작 부인인 동시
에 프로방스 여백작이기도 하다. 백년전쟁을 승리로 이끈 샤를 7세(Charles
VII, 1403~1461, 재위 1442~1461)가 왕태자이던 시절, 그를 보호하고 정
치적 지원을 아끼지 않았으며, 자신의 딸 마리 당주와 샤를의 결혼을 주선
해 앙주 가문과 발루아 왕조 간 동맹을 강화했다.

정원에 핀 그 어떤 꽃도 나의 찬란함을 따를 수 없다.
그러나 오! 자연은 향기를 주지 않았구나,
중국 화병처럼 생긴 나의 꽃받침 속에.

"어떻습니까?" 무척이나 길게 느껴졌던 침묵의 순간이 지난 후 뤼시앵이 물었다.

"이봐요," 에티엔 루스토는 뤼시앵이 앙굴렘에서 가져온 다 닳아빠진 장화 코를 보면서 진지하게 말했다. "광택제를 아끼려면 잉크로 구두를 검게 칠하고, 플리코토 식당에서 나와 이 공원의 아름다운 오솔길에서 산책할 때면 저녁을 먹었다는 표시로 펜대의 깃털로 이를 쑤셔요. 그리고 일자리를 하나 찾아보도록 해요. 인정이 많다면 집행관의 서기가, 허리가 튼튼하다면 가게 점원이, 군대 음악을 좋아한다면 군인이 되세요. 당신은 시인으로서의 자질을 충분히 갖추고 있어요. 하지만 먹고살기 위해 시에만 의존한다면 명성을 얻기도 전에 최소 여섯 번은 굶어 죽을 겁니다. 그런데 철없는 당신의 말을 들어보니 펜과 잉크로 돈을 벌겠다는 생각인 것 같군요. 나는 당신의 시를 평가하지 않습니다. 당신의 시는 서점의 창고를 가득 채우고 있는 다른 시들보다 훨씬 훌륭합니다. 독피지를 사용한 덕분에 한때는 다른 책들보다 좀 더 비싸게 팔렸던 우아한 책들도 선반 꼭대기에 박혀 있다가 이내 센 강변의 노점으로 몰려나오죠. 언제고 노트르담 다리에 있는 제롬 영감의 진열대에서 퐁루아얄까지 센강을 따라 교훈적 순례를 해보고 싶다면, 그곳으로 가서 그 책들에 실린 노래들을 연구해

보세요. 모든 종류의 시적 에세이, 계시록, 영적 고양(高揚)시, 성가, 민요시, 발라드, 송시 등 7년 전부터 쏟아져 나온 신인들의 시와 노래를 만나게 될 겁니다. 먼지로 뒤덮이고, 지나가는 마차가 튀기는 흙탕물을 뒤집어쓰고, 표제화(標題畵)를 보려는 행인들이 들춰대서 더럽혀진 시의 여신들이지요. 당신은 아는 사람이 아무도 없고, 아는 신문도 없습니다. 그러니 당신의 '데이지'는 아무도 손대지 않은 채 지금 당신이 가지고 있는 그대로 접혀 있을 겁니다. 갈르리 드 부아의 왕인 그 유명한 출판업자 도리아가 아낌없이 돈을 써서 꽃문양으로 장식한, 이윤이 많이 나는 책들 사이에서 광고의 빛을 받으며 피어나는 일은 절대로 없을 겁니다. 이봐요, 딱한 양반, 나도 당신처럼 가슴에 환상을 가득 품고, 예술에 대한 사랑에 떠밀리고 영광에 대한 물리칠 수 없는 충동에 사로잡혀 이곳에 왔습니다. 그러나 직업의 현실과 출판의 어려움과 궁핍이라는 현실을 알게 되었지요. 지금은 흥분이 가라앉았지만, 처음에는 너무나 열광하고 흥분했기에 이 세계의 메커니즘을 볼 수 없었어요. 그것을 보아야 했습니다. 온갖 톱니바퀴에 부딪치고, 굴대에 걸려 넘어지고, 기름으로 더럽혀져야 했고, 쇠사슬과 핸들의 덜컹거리는 소리도 들어야 했습니다. 나처럼 당신도 알게 될 겁니다. 꿈꾸는 모든 아름다운 것들 뒤에는 인간과 열정과 빈곤이 요동치고 있다는 것을. 어쩔 수 없이 작품 대 작품, 인간 대 인간, 당파 대 당파의 끔찍한 싸움에 말려들게 될 것이고, 그 싸움에서 같은 편 사람들에게 버림받지 않으려면 처절하게 싸워야 합니다. 그 비열한 싸움은 영혼에 환멸을 심고,

마음을 타락시키며, 쓸데없이 지치게 만듭니다. 왜냐하면 당신의 노력은 종종 당신이 증오하는 사람이나, 당신의 생각과 달리 천재라고 소개되는 이류 재주꾼이 왕관을 쓰는 데 이용되기 때문이지요. 극장에 무대 뒤가 있듯이 문학계에도 보이지 않는 흑막이 있습니다. 뜻밖의 성공이건 당연한 성공이건, 성공해야 객석의 갈채를 받습니다. 그러나 무대 뒤에는 언제나 추악한 수단, 화려하게 차려입은 단역들, 박수부대, 종업원들이 감추어져 있지요. 당신은 아직 객석에 있습니다. 아직 시간이 있으니, 수많은 야심가가 서로 싸우는 왕좌의 첫 계단에 발을 들여놓기 전에 단념하십시오. 그리고 나처럼 먹고살기 위해 명예를 더럽히지 마세요.(이때 한줄기 눈물이 에티엔 루스토의 뺨을 적셨다.) 내가 어떻게 사는지 압니까?" 그가 격한 어조로 물었다. "가족이 내게 줄 수 있었던 약간의 돈은 금방 바닥났습니다. 테아트르 프랑세에 희곡 하나를 팔고는 다시 무일푼이 되었고요. 테아트르 프랑세에서 특혜를 받으려면 제후나 왕실 시종장의 후원만으로는 충분하지 않습니다. 배우들은 자존심을 위협하는 자들에게만 굴복합니다. 만일 젊은 주연 배우에게 천식이 있다거나, 젊은 여주인공 배우에게 치질이 있다거나, 하녀 역 배우의 구취가 심하다는 소문을 퍼뜨릴 수 있을 만큼의 힘이 당신에게 있다면, 당신 작품은 당장 내일이라도 공연될 겁니다. 지금 당신에게 이런 이야기를 하는 나도, 2년 후에는 그와 유사한 힘을 가지게 될지도 모르겠습니다. 그러기 위해서는 친구가 아주 많아야 합니다. 문제는 어디서 어떻게 빵 값을 버느냐입니다. 허기에 시달리면서 스스로

던지는 질문이죠. 이것저것 시도해 보다가 익명의 소설을 써서 200프랑을 받고 도그로에게 판 후에, 사실 그 영감도 큰돈을 벌지는 못했지요, 저널리즘만이 나를 먹여 살릴 수 있음을 깨달았습니다. 하지만 어떻게 그 안으로 들어가나요? 그동안의 여러 시도, 헛된 간청, 6개월 동안 임시직으로 일하면서 실제로는 내가 구독자들을 끌어들였음에도 구독자들을 놓쳤다는 비난을 듣던 일 등에 대해서는 말하지 않겠습니다. 그런 모욕에 대해서는 넘어갑시다. 지금은 피노의 신문에서 거의 무료로 불바르 극장들에 대한 공연 평을 쓰고 있습니다. 그 뚱보는 아직도 한 달에 두세 번은 카페 볼테르에서,[78] 당신은 절대 그곳에 가지 마세요!, 점심을 먹지요. 피노는 편집장입니다. 나는 신문에 호의적으로 써달라고 극장 사장들이 주는 극장표나, 서평을 부탁하는 출판사가 보내주는 책을 팔아 생계를 유지합니다. 그러니까 일단 피노가 허락하면, 업자들이 내게 갖다 바치는 현물들을 암거래하는 거죠. 그들을 위해 나는 호의적이거나 악의적인 기사를 씁니다. 장 가스 배출액, 술탄의 크림, 머릿기름, 브라질 특효약[79] 등에 대한 웃기는 기사를 하나 쓰면 20프랑이나 30프랑을 받아요. 신문사에 증정본을 보내

---

78) 카페 볼테르는 당시 오데옹 광장 1번지에 있었다.[편]

79) 장 가스 배출액, 술탄의 크림 등의 화장품과, 머리칼이 나게 하는 머릿기름은 발자크의 『세자르 비로토』에 등장하는 화장품 상점 주인 세자르 비로토가 개발해 성공한 제품들이다. 브라질 특효약은 실제 판매되었던 성병 치료제로, 발자크가 인쇄소를 경영할 당시 광고지 1000부를 인쇄했었다.[편]

지 않으려는 출판사에는 화를 내며 욕설을 퍼부어야 합니다. 두 부는 신문사가 가져가고 피노는 그걸 팝니다. 내게도 팔아먹을 수 있는 두 부가 필요하지요. 걸작을 출판했다 해도 증정본에 인색한 출판사는 박살이 납니다. 역겨운 일입니다만, 난 그걸로 먹고삽니다. 남들처럼 나도 그런단 말입니다! 정치계가 이런 문학계보다 훨씬 깨끗하다고 생각하지 마세요. 이 두 세계에서는 모두가 타락했습니다. 모두가 매수인이거나 매수자입니다. 조금 큰 출판사의 경우, 출판업자는 공격받을 것이 두려워 아예 돈을 줍니다. 따라서 내 수입은 어떤 팸플릿을 쓰느냐에 따라 달라지지요. 내 글이 피부 발진처럼 마구 퍼지면 주머니로 돈이 쏟아져 들어오고, 친구들한테 한턱냅니다. 출판사 일이 없으면 플리코토에 가서 저녁을 먹지요. 여배우들도 찬사를 받기 위해 비용을 대죠. 가장 능숙한 여배우들은 비판에 대해서도 대가를 지불합니다. 그네들이 가장 두려워하는 것은 침묵이니까요. 다른 신문에서 반박당할 만하게 쓴 비판 글은 내일이면 잊히고 말 무미건조한 찬사보다 훨씬 가치 있고 비싸게 팔립니다. 논쟁은 명성의 받침대예요. 사고의 검객, 산업계와 문학계와 연극계에서 평판을 좌지우지하는 검객이라는 직업을 가진 나는 한 달에 50에퀴를 벌고, 소설 한 권을 500프랑에 팔 수 있게 되었습니다. 그렇게 해서 무서운 사람으로 통하기 시작했지요. 영국 신사라도 되는 양 거드름 피우는 약품상이 세를 내주는 플로린의 집이 아닌 내 집에서 살게 되고, 큰 신문사에 들어가 문예란을 맡는다면, 플로린은 대배우가 될 겁니다. 그다음에 내가 무엇이 될지는 아무도 모릅니다. 장관이든 사교계 신사든, 아직은 뭐든지 될 수 있습니다. (자부심을 잃은 채 숙이고 있던 머리를 쳐들면서 그는 나뭇잎을 향해 누군가를 비난하는 듯 무서운 절망의 시선을 던졌다.) 멋진 비극 한 편을 팔기도 했습니다! 내 원고 중에는 세상에 나오지도 못한 채 죽어버릴 한 편의 시도 있지요! 나도 좋은 사람이었습니다! 순수한 마음을 가졌더랬죠. 그런데 지금은 파노라마 드라마티크의 여배우를 정부로 두고 있습니다. 상류사회에서 가장 멋진 여인과의 아름다운 사랑을 꿈꾸었던 내가 말입니다! 출판사가 신문사에 주기를 거절한 견본 한 부 때문에 결국 훌륭하다고 생각하는 책에 대해 악평을 쓰고 있다고요!"

눈물이 날 만큼 감동한 뤼시앵은 에티엔의 손을 꼭 잡았다.

"문학계 밖에서는," 저널리스트는 자리에서 일어나 천문대 산책로를 향해 걸으면서 말했다. 두 시인은 허파에 더 많은 공기를 불어넣으려는 듯 대로를 걸었다. "이런 끔찍한 모험담을 아는 사람이 아무도 없어요. 그 모험을 통해 사람들은 재능에 따라 인기, 유행, 명성, 평판, 명망, 대중의 호평 등으로 불리는 것에 도달하는데, 이 다양한 등급은 영광에 이르는 길이지만 그 어떤 것도 영광을 대치하진 못해요. 찬란하게 빛나는 그 정신 현상은 너무나 빠른 속도로 변화하는 수많은 사건으로 이루어지기에, 똑같은 방법으로 출세한 사람은 하나도 없습니다. 카날리스와 나탕은 서로 다른 두 경우인데, 앞으로 다시는 그들 같은 작가가 나타나지 않을 겁니다. 일하느라 기진맥진한 다르테즈는 언제고 다른 우연에 의해 유명해지겠지요. 사람들이 갈망하는 명성은 대부분의 경우 왕관을 쓴 매춘부와 다르지 않습니다. 그렇습니다. 저질 문학에게 명성이란 길 모퉁이 구석에서 얼어붙은 가엾은 소녀요, 이류 문학에게 명성은 저널리즘이라는 매음굴 출신의 정부와 같은데, 나는 지금 그 정부의 기둥서방 노릇을 하고 있습니다. 훌륭한 문학의 경우 명성이란 가구를 갖춘 집에 살면서 국가에 세금도 내고, 사교계의 명사들을 접대하면서 그들을 환대하기도 하고 박대하기도 하며, 하인과 마차를 가지고 있고, 돈벌이에 혈안이 된 채권자들을 기다리게 할 수 있는, 거만하고 재치 넘치는 화류계 여인에 비유될 수 있습니다. 전에는 내게 그랬고 오늘은 당신에게 그렇듯이, 많은 이들에게 명성이란 알록달록한 날개를 달고 하얀 옷을 입고, 한 손에는 초록색 종려나무 잎을, 다른 한 손에는 반짝이는 검을 든 천사입니다. 그 천사는 깊은 우물 속에 사는 신화적 추상물이나 변두리에 유배된 순결하고 가엾은 소녀와 닮았습니다. 고귀한 노력을 통해 미덕의 빛으로만 돈을 벌고, 순결하게 다시 하늘로 승천하겠지요. 가난한 사람들의 수레바퀴 속에서 더럽혀지고, 파헤쳐지고, 능욕당하고, 잊히고 죽지 않는다면 말입니다. 그러나 강철처럼 굳센 의지를 지닌 머리와, 경험이라는 눈보라를 맞으면서도 여전히 뜨거운 가슴을 간직한 사람은 우리가 발 딛고 있는 이 세상에서는 찾아보기 매우 힘듭니다." 그는 저물녘의 안개 덮인 대도시를 가리키며 말했다.

　세나클 친구들의 이미지가 뤼시앵의 눈앞에 빠르게 스쳐가면서 잠시 감회에 젖었지만, 뤼시앵의 마음은 무시무시한 한탄을 계속하는 루스토에게 더 끌렸다.

"그런 사람은 아주 드뭅니다. 파리라는 발효통 속에 드문드
문 박혀 있을 뿐이죠. 연인들의 세계에 진정으로 사랑하는 사
람이, 금융계에 정직한 재산가가, 언론계에 순수한 사람이 희
귀하듯이요. 지금 당신에게 한 이 말을 내게 해주었던 선배의
경험이 아무 소용없게 되었듯이, 내가 한 말도 아마 당신에게
아무 도움도 되지 않을 겁니다. 여전히 매년 똑같은 열정을 가
지고, 더 늘어난다고는 못 해도 최소한 같은 숫자의 풋내기 야
심가들이 지방에서 이곳으로 몰려옵니다. 그들은 머리를 꼿꼿
이 들고 도도하게 인기를 쟁취하고자, 말하자면 칼리프의 아
들이 되어 『천일야화』의 투란도트를[80] 쟁취하고자 달려듭니
다. 하지만 아무도 수수께끼를 풀지 못합니다. 모두가 불행의
구렁에, 신문이라는 진흙탕에, 출판사라는 늪에 빠지지요. 그
비렁뱅이들은 전기기사나 장황한 이야기나 신문의 파리 소식
란, 혹은 팔려면 너무 오래 걸리는 걸작보다는 보름 만에 팔
아치울 수 있는 허튼소리를 선호하는 실리적인 서적상이 주
문한 책 같은, 일류 작가나 기자라면 쳐다보지도 않을 시시한
글을 쓰면서 삽니다. 나비가 되기도 전에 으깨지는 이 애벌레
들은 수치와 치욕 속에서 살지요. 《르콩스티튀시오넬》《라코

---

80) 18세기 서유럽에서 유행한 오리엔털리즘은 앙투안 갈랑(Antoine
Galland, 1646~1715)이 번안한 『천일야화』(1704~1717)에 크게 빚지고 있
다. 특히 이탈리아 극작가 카를로 고치(Carlo Gozzi, 1720~1806)가 「'칼
리단의 자식들의 섬'의 왕자 카마르알자만과 중국 공주 바두르의 사랑 이
야기」를 모티프로 개작한 희곡 『투란도트』가 1762년에 초연되어 큰 성공
을 거두며 널리 알려지게 되었다. 이후 프리드리히 실러(Friedrich Schiller,
1759~1805)가 1802년 독일어로 번역해 다시 한번 그 위상을 높였다.

티디엔》《데바》의 편집장들 명령에 따라,[81] 출판사들의 신호에 따라, 어떤 질투심 많은 동료 작가의 부탁으로, 혹은 많은 경우 저녁 한 끼를 위해서, 신진 작가를 물어뜯거나 칭찬할 준비가 되어 있습니다. 수많은 난관을 극복한 사람은 초기의 불행을 잊어버립니다. 지금 당신에게 이런 말을 하는 나 자신도, 처음 6개월 동안 내 영혼의 정수를 담아 어떤 불쌍한 친구를 위해 기사들을 썼습니다. 한데 그는 그 기사를 자기가 썼다고 우겼고, 그 기사들 덕분에 문예란의 기자가 되었습니다. 하지만 나를 공동 집필자로 인정하지 않았고, 심지어 내게 100수도 주지 않았습니다. 그럼에도 나는 그에게 손을 내밀어 그의 손을 잡을 수밖에 없었습니다."

"왜요?" 뤼시앵이 거만하게 물었다.

"그의 문예란에 10행이라도 껴들어야 할 필요가 언제든 있을 수 있으니까요." 루스토가 차갑게 말했다. "요컨대 문학계에서 돈 버는 비결은 일을 열심히 하는 것이 아니라, 남이 한 일을 착취하는 겁니다. 신문 소유주들은 건축업자고 우리는 석공입니다. 그래서 무능한 사람일수록 빨리 출세하는 겁니다. 그런 사람은 모욕을 참을 줄 알고, 모든 것을 체념할 줄 알

---

81) 《르콩스티튀시오넬(입헌당원)》은 1815년 창간되었다. 복고왕정 당시 정부에 반대하고 자유주의파와 보나파르트파를 지지하는 야당지로서, 1830년 당시 발행 부수가 2만 부에 달했던 가장 대중적인 신문이다. 이 신문이 주도한 샤를 10세 반대 운동은 1830년 7월혁명에 큰 영향을 끼쳤다. 《라코티디엔(일간지)》은 1790년에 창간된 왕당파 잡지다. 《데바(토론)》는 1789년부터 1944년까지 발행되었으며, 주간지로 시작해 일간지가 되었다.

고, 문학계 군주들의 졸렬하고 저질스러운 열정에 아첨할 줄 아니까요, 리모주 출신의 풋내기 엑토르 메를랭처럼. 그 친구는 벌써 중도우파 신문에서 정치 기사를 쓰고, 우리의 소신문에서도 일합니다. 언젠가 편집장의 모자가 떨어지자 얼른 그것을 주워 주더군요. 그 친구는 아무도 기분 상하지 않게 하면서, 경쟁적인 두 야심가가 서로 싸우는 동안 그 사이로 비집고 들어갈 겁니다. 당신이 참 안됐습니다. 당신에게서 과거의 나를 봅니다. 확신하건대, 1~2년 뒤 당신은 지금의 나처럼 될 겁니다. 쓸쓸한 내 충고에 은밀한 질투심이나 개인적 이해관계가 깔려 있지 않나 의심스러울 겁니다. 하지만 이 말은 더이상 이 지옥을 떠날 수 없는 저주받은 자의 절망에서 나오는 충고입니다. 가슴에 병이 든 남자가 고통스럽게 외치는 이런 말을 해줄 사람은 아무도 없습니다. 거름 더미에 올라앉아 '이것이 내 부스럼이다!' 하고 외치는 욥의 신세입니다.[82]"

"이 전쟁터에서 싸우건 다른 곳에서 싸우건, 난 싸워야겠어요." 뤼시앵이 말했다.

"그렇다면 이것만은 알아두십시오. 만일 당신에게 재능이 있다면, 그 싸움에 휴전은 없을 겁니다. 최고의 행운은 무능한 자에게 돌아갈 테니까. 당신의 양심은 아직 순수하고 엄격하지만, 당신의 성공을 쥐락펴락할 사람들 앞에서 꺾이고 말겁니다. 그 사람들은 한마디 말로 당신을 살릴 수 있지만, 그

---

82) 「욥기」 2장에서, 신과 내기한 사탄이 욥의 전신에 부스럼이 나게 하자, 욥은 불평 없이 잿더미 위에 앉아 깨진 질그릇 조각으로 가려운 데를 긁는다. 신의 뜻에 순종하는 욥은 아내에게조차 이해받지 못한다.

말을 하지 않으려 할 겁니다. 왜냐하면 말이죠, 잘 들으세요, 인기 작가는 신진 작가들에게 가장 무자비한 출판업자보다 훨씬 더 무례하고 가혹하거든요. 출판업자는 손해를 볼 뿐이지만, 작가는 경쟁자를 두려워합니다. 그래서 출판업자는 당신을 그냥 돌려보내지만, 작가는 당신을 짓밟습니다. 좋은 작품을 만들기 위해서는 죽어라 펜에 잉크를 묻혀가며 가슴으로부터 애정과 정기와 에너지를 끌어내 그것들을 감정과 문장으로 표현해야 합니다! 그렇습니다. 당신은 행동하는 대신 글을 쓸 것이고, 싸우는 대신 노래할 겁니다. 사랑하고 미워하면서 당신의 책과 더불어 살아갈 겁니다. 하지만 훌륭한 문체만 생각하며 돈을 아끼고, 작중인물에 열중하느라 금장식도 고급 양복도 마다한 채 당신의 인생과 위를 망쳐가면서, 아돌프, 코린, 클래리사, 마농 같은 캐릭터들과 경쟁해도 손색없을 인물들을 창조하고 생명을 불어넣었음을 기뻐하면서 누더기를 걸치고 파리의 거리를 산책한다면, 당신 작품은 언론인들에 의해 모함당하고 배신당하고 매수되고 망각의 호수로 추방될 것이며, 가장 친한 친구들에 의해 매장될 겁니다. 당신의 작품이 누군가에 의해 깨어나 세상에 나올 때를 기다릴 수 있나요? 누구에 의해? 언제? 어떻게? 불신의 탄식이라 할 수 있는 『오베르망』이라는[83] 훌륭한 책이 있습니다. 그러나 그 책은

---

83) 『오베르망』은 세낭쿠르(Etienne Pivert de Sénancourt, 1770~1841)가 1804년 발표한 서간체소설로, 청년의 염세적 권태와 실존적 불안을 토로한다. 프랑스 낭만주의의 선구적 작품이지만 발표 당시에는 빛을 보지 못했고, 1830년에 이르러 작가들에게 큰 영향을 주었다.

아무도 찾지 않은 채 서점 구석에서 이리저리 쫓겨 다녔기에, 서적상들은 그 책을 '나이팅게일'이라고 빈정거립니다. 팔리지 않는 책을 뜻하는 은어죠. 언제 그 작품에 부활절이 도래할 것인가? 아무도 모릅니다! 무엇보다도 과감히 당신의 '데이지'를 간행해 줄 출판사를 찾아보세요. 중요한 것은 인세를 받는 게 아니라 책을 출판하는 겁니다. 그러고 나면 신기한 장면들을 보게 될 겁니다."

가차 없이 내뱉는 긴 독백, 그 말에 담긴 열정을 다양한 억양으로 쏟아내는 장광설이 뤼시앵의 가슴으로 눈사태처럼 쏟아졌기에, 그의 가슴은 얼음장처럼 차가워졌다. 그는 잠시 아무 말 없이 서 있었다. 수많은 난관을 늘어놓는 무서운 시적 연설에 자극받아 가슴이 터질 것 같았다. 뤼시앵은 루스토의 손을 꼭 잡고 외쳤다. "나는 성공하렵니다!"

"좋죠!" 저널리스트가 말했다. "또 한 명의 기독교도가 짐승들에게 몸을 바치러 투기장(鬪技場)으로 내려가는군요. 이봐요, 오늘 저녁 파노라마 드라마티크에서 초연(初演)되는 연극이 한 편 있어요. 공연은 8시에나 시작합니다. 지금 6시니까, 집에 가서 제일 좋은 옷을 차려입고 오십시오. 단정한 복장을 하란 말입니다. 그리고 나를 데리러 와요. 라아르프가의 세르벨 카페 건물 5층에 삽니다. 우선 도리아 출판사에 들러봅시다. 끝까지 버틸 겁니까? 좋습니다. 오늘 저녁, 출판계의 황제 한 사람과 몇몇 언론인을 만나게 해드리겠습니다. 공연이 끝나면 친구들과 내 애인 집에 가서 밤참을 먹을 겁니다. 우리가 먹은 저녁은 식사로 칠 수 없으니까요. 그곳에서 우리 신문의 편집장이자 소유주인 피노를 만날 수 있을 겁니다. 보드빌 극장의 여배우 미네트의 대사 '시간은 위대한 말라깽이'를[84] 들어봤습니까? 그래요. 우리에게는 우연도 위대한 말라깽이입니다. 시도해 봐야죠."

"오늘을 절대 잊지 않을 겁니다."

"원고를 가져오세요. 그리고 말끔한 정장을 입으세요. 플로린 때문이 아니라 출판업자 때문입니다."

시인의 격렬한 외침으로 문학계의 전쟁을 묘사한 후에 보여준 동료의 친절은 바로 같은 장소에서 다르테즈가 신중하고 종교적인 말로 그를 감동시켰던 것만큼이나 뤼시앵에게 큰 감동을 주었다. 당장 벌어질 사람들과의 싸움을 그려보며 한껏 고무된 이 경험 없는 젊은이는 기자가 알려준 정신적 불행의 현실에 대해서는 짐작도 못 했다. 그는 자신이 두 갈래 길에, 세나클과 언론으로 대표되는 두 체제 사이에 놓여 있다는 사실을 알지 못했다. 하나는 길고 명예롭고 확실한 길이고, 다른 하나는 암초가 깔려 있고 위험하며 양심을 더럽혀야만 하는 진흙투성이 치욕의 길이다. 그의 기질은 가장 짧고 외관상 가장 아름다워 보이는 길을 택하고, 결정적이고 빠른 수단을 붙잡도록 그를 이끌었다. 그 순간 그는 다르테즈의 고귀한 우정과 루스토의 가벼운 동지애 사이에서 아무런 차이도 보지 못했다. 변덕스러운 기질의 소유자인 뤼시앵은 신문이야말로 자

---

84) '시간은 위대한 말라깽이(Le temps est un grand maigre)'는 코르네유의 희곡 『르시드』에 나오는 유명한 대사 'Le temps est le grand maître(시간은 위대한 스승)'을 패러디한 것이다.

기 손이 미치는 곳에 있는 무기임을 알아챘다. 그 무기를 능숙하게 다룰 수 있다고 믿으며, 그걸 손에 넣고 싶었다. 새로 사귄 친구의 제안에 혹한 그가 어떻게 알았겠는가, 장군에게 병사가 필요하듯 언론이라는 군대에서는 누구나 친구를 필요로 한다는 사실을! 그의 손을 툭 치는 루스토의 스스럼없는 태도마저 친절로 보이지 않았던가. 뤼시앵이 결심하는 것을 본 루스토는 그를 자기 옆에 붙들어두려고, 병사를 모집하듯 감언이설로 그를 꼬드겼다. 뤼시앵이 처음으로 보호자를 만나게 되었듯이, 저널리스트는 처음으로 친구를 얻게 된 것이다. 한 사람은 하사가, 다른 한 사람은 졸병이 되고 싶었다. 신참은 기쁜 마음으로 호텔로 돌아와, 전에 오페라 극장에서 데스파르 부인의 좌석에 멋지게 등장하고 싶었던 그 불행한 날만큼 정성스럽게 단장했다. 그의 복장은 벌써 그날보다 그에게 더 잘 어울렸고 몸에 딱 맞았다. 꼭 끼는 밝은색의 멋진 바지와 연미복을 입고, 40프랑 주고 산 술 장식 달린 장화를 신었다. 숱 많고 가는 금발을 곱슬곱슬하게 지지고, 향수를 뿌리고, 둥글게 말아 풍성하게 흘러내리게 했다. 그의 이마는 자신의 가치와 미래에 대한 자신감에서 나온 대담성을 과시했다. 여자 손처럼 섬세한 손은 잘 다듬어져 있었고, 아몬드 모양의 손톱은 깨끗했으며 분홍빛을 띠었다. 검은색 새틴 깃 위로 둥글고 하얀 턱이 반짝였다. 라틴 구역의 언덕을 이렇게 멋진 청년이 걸어 내려온 적은 없었다.

그리스 신처럼 잘생긴 뤼시앵은 삯마차를 타고 7시 15분 전에 카페 세르벨 건물 앞에 도착했다. 문지기 여인이 매우 복잡한 지형을 설명하면서 5층까지 올라가라고 했다. 그 정보를 가지고도 그는 고생 끝에 길고 어두운 복도 막다른 곳에 문 하나가 열려 있는 것을 발견했다. 라틴 구역에서 흔히 볼 수 있는 전형적인 방이었다. 클뤼니가의 자기 집, 다르테즈의 집, 크레티앙의 집 등 어디에서나 그랬듯이 여기서도 젊은이의 가난과 마주했다. 하지만 가난이란 언제나 그 가난을 겪는 사람의 성격에 따라 진가가 드러난다. 그 방의 빈곤은 불길했다. 휘장 없는 호두나무 침대 하나가 있고, 그 밑에는 형편없는 중고 융단이 구겨져 있었다. 창문에는 잘 빠지지 않는 벽난로 연기와 담배 연기로 누렇게 변색된 커튼이 달려 있었다. 벽난로 위에는 플로린이 선물한, 아직은 전당포에 잡히지 않은 카르셀 램프가[85] 놓여 있었다. 그 밖에 빛바랜 마호가니 서랍장과 서류로 가득한 책상이 하나 있었는데, 책상 위에는 깃털이 곤두선 두세 개의 깃펜이 놓여 있었다. 전날이나 그날 가져온 책들 외에 다른 책은 없었다. 이것이 값나가는 물건은 하나도 없는 방의 가구 전부였다. 한쪽 구석에는 다 해진 장화 한 켤레가 하품하고 있었고, 레이스처럼 얇아진 낡은 양말이 내던져져 있었으며, 다른 한쪽 구석에는 짓이긴 담배꽁초와 더러운 손수건, 두 뭉치로 말아놓은 셔츠들과 색깔만 다른 넥타이 세 개가 볼썽사나운 모습을 연출하며 나뒹굴었다. 요컨대 그곳은 형편없는 물건들로 채워진, 상상할 수 있는 한 가장 괴

---

85) 카르셀 램프는 시계공 기욤 카르셀(Guillaume Carcel, 1750~1818)이 1800년에 발명한 기름등이다. 램프 본체의 버너 아래에 기름통을 두었다.[편]

이하고 황량한 문학 야영지였다. 오전 중에 읽은 것으로 보이는 책들이 가득 쌓인 곁탁자 위에는 인(燐)이 든 부싯깃 상자가 반짝였다. 벽난로 위 장식 선반에는 면도칼과 빵 두 조각, 시가 케이스가 놓여 있었다. 벽난로 위쪽 장식판에 걸린 펜싱용 마스크 밑으로 펜싱 검 두 자루가 엑스자로 교차되어 세워져 있었다. 그 외에는 그 거리의 가구 딸린 초라한 호텔에 어울리는 의자 세 개와 안락의자 두 개가 다였다. 더럽고 음울한 그 방은 휴식도 존엄도 없는 삶을 드러내고 있었다. 잠을 자고, 서둘러 일하고, 마지못해 살지만 떠나고만 싶은 그런 방이었다. 이 추잡스러운 무질서와 다르테즈의 깨끗하고 품격 있는 가난은 얼마나 다른가! 그러나 뤼시앵의 귀에는 기억 속에 가라앉은 충고가 들리지 않았다. 그대로 노출된 악덕을 감추기 위해 에티엔이 농담을 걸어왔기 때문이다.

“보시다시피 이것이 내 개집이오. 체면 유지를 위한 공간은 봉디가에, 우리의 친애하는 약품상이 플로린을 위해 마련해 준 새 아파트에 있습니다. 오늘 저녁 집들이를 하지요.”

에티엔 루스토는 검은 바지와 목까지 단추를 채운 연미복을 입고 잘 닦은 장화를 신었다. 아마도 플로린이 갈아입혔을 것이 분명한 셔츠는 벨벳 깃으로 가려져 있었다. 그는 새것처럼 보이게 하려고 모자에 솔질도 했다.

“갑시다.” 뤼시앵이 말했다.

“아직요. 돈을 받으려고 서적상을 기다리고 있어요. 이따가 분명 카드 게임을 하게 될 텐데, 지금 내겐 한 푼도 없거든요. 게다가 장갑도 필요해요.”

그때 두 친구의 귀에 누군가의 발소리가 복도로부터 들려왔다.

"왔네요." 루스토가 말했다. "이제 보게 될 겁니다. 시인에게 구세주가 나타날 때 어떤 모습인지. 영광에 둘러싸인 멋쟁이 도리아의 모습을 보기 전에, 당신은 오귀스탱 강변로의 서적상을 보는 겁니다. 그는 어음할인업자 서적상이자 문학계의 고물상인데, 노르망디 출신의 전직 청과상이랍니다. 오셨습니까, 지독한 수전노 양반?" 루스토가 소리 질렀다.

"왔습니다." 그는 깨진 종처럼 갈라진 목소리로 말했다.

"돈 가지고?"

"무슨 돈? 서점에는 돈이 한 푼도 없는걸." 안으로 들어서며 대답한 젊은이가 호기심 어린 눈으로 뤼시앵을 쳐다보았다.

"일단, 당신은 내게 50프랑의 빚이 있지요." 루스토가 다시 말했다. "여기 『이집트 여행』이 두 권 있는데, 사람들 말로는 경이롭다네요. 삽화도 많으니 잘 팔리겠죠. 피노는 내가 쓰기로 한 그 책에 대한 두 편의 기사 고료를 벌써 받았습니다. 또 마레 지구의 유명 작가 빅토르 뒤캉주의 신작 소설도 두 권 있지요. 같은 장르의 소설을 쓰는 폴 드 코크라는 상업 작가의 두 번째 작품도 두 권, 지방을 다룬 귀여운 작품 『이쾨 드 돌』도 두 권 있고요.[86] 다 해서 정가 100프랑인데 그냥 50프

---

86) 빅토르 뒤캉주(Victor Ducange, 1783~1833)는 프랑스의 소설가이자 극작가다. 폴 드 코크(Paul de Kock, 1793~1871)는 소설가이자 드라마 작가로, 풍속소설과 희극적 이야기로 대중적 인기를 끌었다. 『이쾨 드 돌』의 원작자는 12세기 말~13세기 초에 활동한 르노 드 보쾨(Renaut de Beaujeu)

랑만 받을게요. 그러니까 내게 빚진 것을 더해서 100프랑 주
시죠. 친애하는 바르베 씨."

바르베는 책을 위아래로 또 표지까지 찬찬히 검사했다.

"아! 책들은 완벽한 상태로 잘 보관되었습니다." 루스토가
외쳤다. "『이집트 여행』은 출판된 상태 그대로 낱장을 뜯지도
않았습니다.[87] 폴 드 코크와 뒤캉주의 책, 그리고 벽난로 위
에 있는 저 『상징에 관한 고찰』도 다 새것입니다. 저건 거저 드
릴게요. 신화는 너무 지루하니까, 저기서 좀벌레가 수천 마리
나오는 것을 안 보려고 드리는 겁니다."

"그러면," 뤼시앵이 말했다. "기사는 어떻게 씁니까?"

바르베는 몹시 놀란 듯한 시선을 뤼시앵에게 던졌다. 그러
고는 비웃으면서 에티엔에게 눈길을 돌렸다. "이분은 문인이라
는 불행한 처지에 있지 않나 봅니다."

"아니긴요, 바르베, 이분은 시인입니다. 카날리스, 베랑제,
들라비뉴를 제압할 위대한 시인이에요. 물에만 뛰어들지 않는
다면 그들을 능가해 더 멀리 갈 겁니다. 설사 물에 빠진다 해

다. 그러나 여기서는 레오나르 뒤지예(Léonard Dusillet, 1769~1857)가 일
명 『튀르팽 연대기』(8세기 말)를 참조해 19세기 식으로 다시 쓴 『이죄 드
돌』(1828)을 가리킨다.

87) 오늘날 책은 전지(全紙)에 앞뒤로 여러 페이지를 인쇄한 후 종이를 접
어, 제본될 한쪽 면(책등)만 남기고 삼면을 재단한다. 따라서 독자가 보는
책은 모든 페이지가 낱장 상태로 제본되어 있다. 반면 과거에는 접지된 전
지를 재단하지 않고 제본했기 때문에, 새 책의 경우 책의 옆면 또는 윗면이
막혀 있었다. 따라서 낱장이 뜯긴 책은 온전한 새 책이 아니다. 독자는 직접
종이칼로 낱장을 뜯어가며 책을 읽어야 했다.

도 생클루까지는 가겠지요.[88]"

"신사 분께 충고를 하나 할 수 있다면, 시는 버리고 산문을 시작하라고 말씀드리겠습니다. 강변 책방에서는 이제 아무도 시를 원하지 않습니다."

바르베는 단추가 하나만 달리고 깃에는 기름때가 묻은 꾀죄죄한 프록코트 차림에 모자를 쓰고 단화를 신었다. 앞이 살짝 벌어진 조끼 사이로 질긴 천으로 만든 두툼한 셔츠가 보였다. 얼굴은 둥글고 두 눈은 탐욕스러웠지만 착해 보이기도 했다. 하지만 그의 시선에서는 돈을 가지고 있고, 그러다 보니 늘 돈 달라는 말을 들어온 사람의 막연한 불안을 느낄 수 있었다. 그는 솔직하고 까다롭지 않은 사람처럼 보였는데, 뚱뚱한 몸이 그의 술책을 가려주었기 때문이다. 가게 점원이었던 그는 2년 전부터 강변에 허름한 작은 책방을 열었다. 기자들, 작가들, 인쇄업자들에게 달려들어 그들이 기증받은 책을 싸게 사들인 후 그것을 팔아 하루에 10~20프랑을 벌었다. 절약하여 돈을 모은 그는 직감으로 사람들의 욕구를 알아차렸고, 좋은 사업이 없나 염탐했다. 궁색한 작가들로부터 그들이 출판사에서 받은 어음을 15~20퍼센트 할인한 가격에 사들였다. 그러고는 그다음 날 바로 그 출판사에 가서 주문받은 몇몇 좋은 책들을 현금으로 사겠다며 값을 깎은 후, 실제로는 현금 대신 그 출판사가 발행한 어음을 돌려주곤 했다.[89] 공부도 한

---

88) 파리 서쪽, 센강 하류 지역인 생클루에는 보(洑)가 설치되어 있어, 물에 빠진 사람들이 이곳에서 건져진다.
89) 당시 프랑스에는 정부가 발행하는 공식 지폐가 거의 없었다. 1840년까

사람이었는데, 그가 받은 교육은 철저하게 시나 현대 소설을 피하게 하는 데 도움을 주었다. 그는 일을 크게 벌이는 것은 싫어했기에, 1000프랑에 독점 판권을 사서 마음대로 활용할 수 있는 실용서를 좋아했다. 예를 들어 『어린이를 위한 프랑스 역사』『회계 관리법 20강』『소녀들을 위한 식물학』 같은 것들이었다. 저자를 20번이나 자기 가게로 찾아오게 하고도 원고를 살 결심을 하지 못해, 좋은 책을 놓친 경우도 두세 번 있었다. 사람들이 그를 소심하다고 비난하면, 어떤 유명한 소송의 재판 과정을 담은 이야기책을 보여주곤 했는데, 여러 신문에서 발췌한 그 원고는 비용이 거의 들지 않았기 때문에 그 책으로 2000~3000프랑을 벌었다. 바르베는 겁이 많은 사람이었다. 그는 호두와 빵으로 살고, 어음을 거의 발행하지 않았으며, 청구서의 금액을 조금씩 깎아 부당하게 소소한 이득을 보고, 어디론가 책을 가져가서 그곳에서 자기가 직접 팔고 돈을 받아오는 사람이었다. 그를 어떻게 다루어야 할지 모르는 인쇄업자들에게 그는 공포의 대상이었다. 인쇄 대금을 어음할인가로 지급하고, 그들의 급한 사정을 알아내 그들이 제시한 청

지 500프랑 이하 지폐를 발행하지 않았고, 유통되는 현금의 80퍼센트는 금화 은화 등의 금속화폐였다. 현금이 부족한 상황에서 어음 거래가 일상화된 이유다. 원칙상 어음은 대금의 결제를 미루는 대신 지급을 보증하는 증서로서 발행되지만, 작품 속에서는 사실상 모든 거래가 어음으로만 이루어지는 상황이다. 돈이 궁한 작가는 어음의 지급기일을 기다릴 수 없기에, 어음할인업자를 찾아가 어음에 표기된 금액에서 일정 비율을 수수료로 뗀(할인된) 금액을 현금으로 받았다. 어음의 할인율은 통상 대출 금리를 따라가는데, 이 시대의 할인율을 보면 고리대금업과 구분되지 않는 것을 알 수 있다.

구서 금액을 깎았다. 그러고는 함정이 걸려들까 두려워 한 번 바가지를 씌운 업자들과는 다시 거래하지 않았다.

"자, 이제 사업 이야기를 계속할까요?"

"이봐요, 친구." 바르베가 친근하게 말했다. "우리 가게에는 팔아야 할 책이 6000권이나 있어요. 그런데 어떤 늙은 서적상의 말마따나 책이 곧 돈은 아니지요."

"뤼시앵," 에티엔이 말했다. "저 사람의 가게에 가면, 어느 포도주 상인의 파산 경매로 나온 떡갈나무 계산대 위에 심지를 자르지 않은 초 한 자루가 있는 것을 보게 될 겁니다. 그래야 초가 덜 타거든요. 그 희미한 불빛 사이로 비어 있는 선반들이 보일 겁니다. 그 텅 빈 방을 지키려고 푸른 옷을 입은 소년이 손가락을 호호 불고 발을 동동 구르면서 추위를 견디고 있고요. 자기 자리를 지키는 마부처럼 손으로 몸을 비비기도 하지요. 상상이 되나요? 여기보다 책이 더 많지 않아요. 거기서 무슨 장사를 어떻게 하는지는 아무도 모른답니다."

"자, 3개월 만기 100프랑 어음이올시다." 바르베가 말했다. 거래에 만족했던 그는 주머니에서 인지가 붙은 종이 한 장을 꺼내면서 미소 짓지 않을 수 없었다. "당신 책을 가져가겠소. 아시다시피, 현금으로 지불할 순 없습니다. 판매가 워낙 어려워서요. 당신에게 내가 필요할 거라고는 생각했지만, 돈이 한 푼도 없었어요. 그래서 어음을 가져왔지요. 당신에게 엄청난 호의를 베푼 겁니다. 난 어음에 서명하는 것을 좋아하지 않거든요."

"그러니까, 그렇게 하고도 여전히 나의 존경과 감사를 원하신다?" 루스토가 말했다.

"감정을 가지고 어음을 지불하진 않지만, 그래도 당신의 존경은 기꺼이 받아들이리다." 바르베가 대답했다.

"하지만 내게는 장갑이 필요해요. 그리고 화장품 상인들은 치사하게도 당신의 어음을 거절할 겁니다." 루스토가 말했다. "자, 저기 옷장 맨 위 서랍에 멋진 판화가 있어요. 80프랑 나가는 겁니다. 제목 글자를 새겨 넣기도 전에 기사부터 나온 거예요. 내가 익살스러운 걸로 하나 써줬죠. 「아르타크세르크세스의 선물을 거절하는 히포크라테스」는90) 물어뜯기 딱 좋은 작품이었거든요. 어때요? 이 멋진 판화는 파리 권력자들의 과도한 선물을 거절하는 모든 의사에게 어울리지요. 그 판화 밑에는 30편 정도의 연가도 있습니다. 자, 그걸 다 가져가시고 40프랑만 주세요."

"40프랑이라니!" 서적상은 겁에 질린 암탉처럼 소리를 지르면서 말했다. "기껏해야 20프랑이지. 게다가 그걸 못 팔면 난 그 돈을 다 잃잖소." 바르베가 덧붙였다.

"그 20프랑은 어딨습니까?" 루스토가 물었다.

"어디 보자. 20프랑이 있는지 모르겠네." 바르베가 주머니를 뒤지면서 말했다. "아, 여기 있다. 내 가죽을 벗기는구먼. 당신한텐 당할 수가 없다니까……."

"자, 이제 갑시다." 루스토가 말했다. 그러고는 뤼시앵의 원

---

90) 지로데가 1792년 발표한 유명한 역사화를 토대로, 판화가 장 마사르 (Jean Massard, 1777~1824)가 제작한 동판화 작품이 있다. 아르타크세르크세스는 기원전 5세기 페르시아의 왕이다.[편]

고를 집어 원고를 묶은 끈 밑에 잉크로 선을 그어 표시했다.

"또 뭐가 있어요?" 바르베가 물었다.

"이젠 아무것도 없소, 샤일록 양반. 당신에게 멋진 일거리를 하나 만들어 드리리다." 그러고는 바르베가 듣지 못하도록 뤼시앵에게 이렇게 속삭였다. "넌 그걸로 3000프랑을 손해 보게 될 거다. 네가 나를 등쳐먹은 값이지."

"그런데 기사는요?" 팔레루아얄로 달려가면서 뤼시앵이 물었다.

"그거야! 당신은 기자들이 기사를 얼마나 날림으로 해치우는지 모릅니다. 『이집트 여행』의 경우, 나는 책 표지를 열고, 낱장은 뜯지도 않은 채, 이곳저곳 훑어보는 것만으로 프랑스어 오류를 열한 군데 찾아냈어요. 이걸로 기사 한 단을 완성할 겁니다. 작가가 오벨리스크라 불리는 이집트 돌에 새긴 오리 모양 문자는 배웠는지 몰라도 모국어에는 무지하다, 그 증거가 바로 이것이다. 그러고는 우리에게 박물학이나 고미술품에 대해 말하는 대신 이집트의 미래나 문화의 발전, 이집트를 프랑스령으로 돌려놓을 방법 등을 언급했어야 한다고, 정신적 영향력을 발휘해 정복했다가 잃어버린 이집트와 다시 결합해야 한다고 덧붙입니다. 애국적인 논평을 길게 늘어놓고, 마르세유, 레반트 지역, 우리의 무역 정책 등에 관한 장광설도 삽입하고요."

"저자가 이미 그런 말을 다 했으면 어떡하죠?"

"그렇다면 이렇게 쓸 겁니다. 정치로 우리를 지치게 하지 말고, 예술을 다루고, 그 나라의 아름다운 경치와 국토를 묘사했어야 한다고. 그러고 나서 비평가는 탄식합니다. 정치가 넘쳐나 우리를 지루하게 만든다, 어디서나 정치 이야기뿐이다. 항해의 어려움, 운하를 빠져나갈 때의 매력, 적도를 통과할 때의 희열, 요컨대 절대 여행하지 않을 사람들이 알고 싶어 하는 것들을 설명해 주는 매력적인 기행문이 없음을 한탄할 겁니다. 그들의 의견에 동의하면서, 철새며 날아다니는 물고기, 고기잡이, 지리적으로 높은 지대, 유명한 분지 따위를 굉장한 사건인 양 찬양하는 여행가들을 비웃지요. 그러고는 도저히 의미를 알 수 없는 과학적 지식이 담긴 내용을 요구합니다. 그것은 심오하고 신비스럽고 이해할 수 없는 모든 것처럼 매혹적이니까요. 그런 기사들은 구독자들을 웃게 합니다. 대접을 받은 거죠. 소설의 경우, 플로린은 세상에서 가장 훌륭한 독자라서 그녀가 내게 소설을 분석해 주면, 그녀의 의견에 따라 대충대충 기사를 씁니다. 그녀가 저자의 문장이라 이름 붙인 유식한 척하는 문장이나 미사여구에 짜증을 내면, 오히려 그 책을 눈여겨보고 높이 평가하는 글을 쓴 뒤 출판사에 추가 증정본을 요청합니다. 그러면 출판사는 호의적인 기사에 기분이 좋아 다시 한 권을 보내주지요.”

“맙소사! 그러면 비평은, 신성한 비평은요!” 세나클의 교리에 젖어 있는 뤼시앵이 말했다.

“이것 봐요. 비평이란, 얇은 천에는 사용할 수 없는 옷솔 같은 겁니다. 마구 사용했다간 옷을 다 망가뜨리죠. 자, 직업 이야기는 이쯤 해둡시다. 이 표시가 보여요?” 루스토는 ‘데이지’ 원고를 보여주면서 말했다. “잉크를 조금 묻힌 끈으로 원고를 묶었어요. 만일 도리아가 당신 원고를 읽는다면, 이 끈을 원래 상태 그대로 돌려놓기는 불가능합니다. 그러니까 당신 원고는 봉인된 것이나 다름없습니다. 이건 앞으로 당신이 하고자 하는 일에 도움이 될 겁니다. 그리고 도리아의 가게에 추천인도 없이 혼자 가는 건 아니라는 사실을 명심하세요. 의자를 권하는 서점 하나를 만나기 위해 열 군데나 돌아다녀야 하는 가엾은 젊은이들과는 다르단 말입니다……."

뤼시앵은 이미 경험을 통해 그런 사소한 현실을 파악하고 있었다. 루스토는 마차 요금으로 3프랑을 냈다. 뤼시앵은 그가 그토록 가난에 허덕이면서도 이렇게 낭비하는 것을 보고 경악했다. 두 친구는 신간 서적이 많기로 유명한 서점이 군림하고 있는 갈르리 드 부아로 들어갔다. 당시 갈르리 드 부아는 가장 흥미로운 파리 명소 중 하나였다. 따라서 이 더러운 상점가를 묘사하는 것이 무용하지 않으리라. 36년 동안 이곳은 파리 생활에서 무척 중요한 역할을 해왔으니, 젊은이들은 이해할 수 없는 이 묘사가 대부분의 사십 대들에게는 여전히 즐거움을 줄 것이다. 지금은 일종의 꽃 없는 온실이라 할 수 있는 춥고 높고 넓은 갈르리 도를레앙이 들어섰지만,[91] 당시에는 그곳에 가건물들이, 좀 더 정확히 말하자면 지붕이 허술하기 짝이 없는 작은 판잣집들이 들어서 있었다. 안마당과 정원 쪽으로 십자 유리창이라 불리는, 파리 외곽의 선술집 유리창과 유

----

91) 1828년 갈르리 드 부아가 철거된 후 1831년에 개장한 갈르리 도를레앙은 도리아 양식을 본뜬 기둥이 늘어서 있고, 지붕의 일부 구간(70미터)은 유리로 덮인 최신식 쇼핑몰이었다.

사한 채광창이 있었지만, 햇빛은 거의 들지 않았다. 상점들이 통로를 따라 석 줄로 늘어서서 회랑을 이뤘는데, 천장 높이는 대략 3.5미터였고, 가운뎃줄에 자리한 상점은 양쪽 회랑으로 통했다. 그곳은 공기가 나빠 악취가 풍겼고, 지붕에 낸 창은 항상 더러웠기에 위에서는 빛이 거의 들지 않았다. 이런 벌집 구멍들인데도 워낙 사람들이 몰려들다 보니 임대료가 무척 비쌌다. 가로 1.8미터, 세로 2.5~3미터에 불과한 좁은 점포도 월세가 1000에퀴나 되었다. 정원과 안뜰에서 빛이 드는 상점들은 초록색 철망을 둘러 보호했다. 아마도 사람들이 지나다니다 상점 뒤쪽의 엉성한 회반죽벽을 건드려 무너뜨리지 않도록 하기 위해서일 것이다. 그래서 그 사이로 1미터 남짓 공간이 생겼는데, 그곳에는 학문적으로 알려지지 않은 아주 이상한 식물들이 무성하게 자라나, 그 식물들만큼이나 겹겹이 포개져 있는 공산품들과 뒤섞여 있었다. 장미나무에 덮인 간지(間紙) 한 장 때문에 그 수사학의 꽃들은 돌보지는 않으면서 악취 나도록 물만 주는 정원에서 제대로 피지도 못한 채 시든 꽃의 역한 냄새를 풍겼다. 이파리들 사이에는 온갖 색깔 리본과 광고 전단이 잔뜩 끼어 있었다. 유행하던 옷들이 지금은 쓰레기가 되어 식물들을 질식시켰다. 당신이 초록색 덩어리 위에서 리본 매듭을 보고는 달리아인 줄 알고 그 아름다움을 찬미했다면, 그게 꽃 모양의 새틴 리본 뭉치임을 알고는 크게 실망할 것이다. 정원 쪽과 마찬가지로 안뜰 쪽에서 보아도 이 기이한 궁궐의 광경은 연한 색으로 칠한 벽, 덧바른 회반죽, 오래된 페인트, 환상적인 플래카드 등 파리의 더러움이 만들어낼 수 있는 가장 괴이한 것들을 모두 보여주었다. 요컨대 정원 쪽에서건 안뜰 쪽에서건 파리 사람들은 초록색 철망을 열심히 더럽혔다. 이렇게 양쪽으로 형성된 더럽고 냄새나는 테두리는 일견 우아한 멋쟁이가 갈르리 드 부아로 다가오는 것을 가로막을 것이라 예상된다. 하지만 멋쟁이들은 요정 이야기에 나오는 왕자가 자신과 공주를 갈라놓기 위해 악령이 몰아오는 용이나 장애물 앞에서 물러나지 않는 것 이상으로, 이 끔찍한 것들 앞에서 물러서지 않았다. 이 아케이드에는 지금처럼 중앙 통로가 나 있었고, 그때도 사람들은 지금처럼 대혁명 전에 시작되었다가 돈이 없어 공사가 중단된 두 회랑을 통해 그곳으로 들어갔다. 테아트르 프랑세로 통하는 멋진 석조 회랑은 그 당시 너무 높고 좁은 통로를 형성했는데, 지붕이 제대로 덮여 있지 않아 종종 비가 샜다. 목조인 갈르리 드 부아와 구별하기 위해 사람들은 그 통로를 갈르리 비트레(유리 회랑)라고 불렀다. 게다가 그 누추한 건물의 지붕은 상태가 아주 나빴기 때문에 건물주인 오를레앙가(家)는 하룻밤 동안에 엄청난 액수의 상품이 손상된 것을 발견한 유명한 캐시미어 포목상으로부터 소송을 당하기도 했다. 그 상인은 소송에서 이겼다. 몇 군데는 이중 방수포로 덮여 있기도 했다. 갈르리 드 부아와, 당시 잘나가던 슈베의 식료품점이[92] 있던 갈르리 비트레의 바닥은 원래 파리에서 흔히 볼 수 있는 흙으로 덮

---

92) 갈르리 비트레 220번지에 있던 슈베(German Charles Chevet, ?~1832)의 식료품점은 특히 나폴레옹 제국 시대에 고기 요리와 푸아그라 등으로 이름을 날렸다.

여 있었다. 그런데 행인들의 장화나 단화에 묻어온 온갖 흙들
로 인해 바닥이 점점 두꺼워졌다. 행인들은 진흙 더미가 굳으
면서 울퉁불퉁해지고 움푹 파인 바닥에 발을 찧기 일쑤였다.
상인들은 열심히 그것들을 쓸어냈지만, 처음 오는 사람들이 그
곳을 걸으려면 어느 정도 그 바닥에 익숙해져야 했다.

　울적한 진흙 더미, 비와 먼지로 때가 잔뜩 낀 유리창, 바깥
은 누더기로 덮인 초라한 판잣집, 근래에 쌓기 시작한 더러
운 담, 집시 천막 같은 건물들의 집합체, 시장의 가건물, 짓지
도 않은 파리 기념물들을 둘러싼 가설물 등 눈살을 찌푸리
게 하는 외관은 추잡하고 염치없으며 소음과 광적인 쾌활함으
로 가득한 이 헛간 같은 곳에서 우글거리는 다양한 상점들과
무척 잘 어울렸다. 1789년 대혁명부터 1830년 7월혁명이 일어
날 때까지 그곳에서는 엄청난 사건들이 벌어졌다. 20년 동안
증권거래소는 갈르리 드 부아 앞 팔레루아얄 건물 1층에 있
었다.[93] 그리하여 이곳에서는 정치와 금융 관련 사건이 활발
히 일어났을 뿐 아니라 여론이나 평판도 생겼다가 없어지곤
했다. 사람들은 증시가 열리기 전이나, 증시가 끝난 후에 이곳
회랑에서 만나곤 했다. 팔레루아얄의 안뜰은 종종 파리의 은

---

93) 1826년 브롱니아르 증권거래소가 완공되기 전까지 파리의 증권 거래는
품목별로 각기 다른 장소에서 이루어졌다. 이에 나폴레옹이 흩어진 거래소
들의 통합 및 확장의 필요성을 인식하고, 1808년 건축가 알렉상드르 브롱니
아르(Alexandre Brongniart, 1770~1847)에게 전용 거래소 설계를 지시했
다. 나폴레옹 실각 후 샤를 10세 때 완공된 브롱니아르궁은 1998년까지 증
권거래소로 쓰였다. 지금은 다양한 문화행사를 위한 장소로 사용된다.

행가들과 상인들로 혼잡을 이루었고, 비가 오는 날이면 그들은 비를 피해 회랑으로 몰려들었다. 어떻게 해서 이곳에 불쑥 세워졌는지 알 수 없는 이 건물은 그 특성상 이상한 울림 현상을 자아냈다. 그곳에서는 격렬한 웃음소리가 끊이지 않았다. 한쪽에서 싸움이 벌어지면 반대편 끝에 있는 사람도 무엇 때문에 싸우는지 알 수 있었다. 그곳에는 서적상들, 시와 정치와 산문, 의상실 주인들, 그리고 저녁때만 나타나는 매춘부들뿐이었다. 소식들과 서적들이 넘쳤고, 새롭거나 오래된 영광이 가득했으며, 의회 연단의 음모와 출판계의 거짓이 난무했다. 신간 서적이 팔렸고, 대중은 고집스럽게 그곳에서만 신간을 샀다. 그곳에서는 하룻저녁에 폴 루이 쿠리에의 이런저런 풍자글이나,[94] 오를레앙가가 루이 18세의 헌장에[95] 퍼부은 첫 번째 공격인 「어느 국왕 딸의 모험담」[96] 같은 팸플릿이 수천

---

94) 폴 루이 쿠리에(Paul-Louis Courier, 1772~1825)는 고전학자이자 정치 평론가다. 자유주의자인 동시에 반교권주의자로, 당시 그의 풍자문은 상당히 인기 있었다.[편]

95) 1814년 왕정이 복고된 후 프랑스의 혼란을 수습하고 군주제를 확립하려는 시도로 부르봉 왕가의 루이 18세가 발표한 헌장으로, 군주제를 유지하되 대혁명과 나폴레옹의 정신을 이어받아 양원제 의회를 도입하고 개인의 자유를 보장하며, 법치주의와 소유권을 보장한다는 내용이 담겨 있다. 이는 루이 18세의 온건적이고 타협적인 태도를 보여주는 것이었기에 과격 왕당파들은 이에 격렬히 반대했다.

96) 시인이자 작가로, 국회의원과 아카데미 회원을 역임한 장 바투(Jean Vatou, 1792~1848)의 글이다. 1822년 오를레앙 가문의 도서관 사서였던 그는 1830년 7월혁명으로 입헌군주가 된 루이필리프가 1848년 2월혁명으로 폐위된 후 그의 망명길에 동행했을 정도로 그에게 충실했다. 「본인이 직접 말한 어느 국왕 딸의 모험담」에서 '국왕 딸'은 루이 18세가 서명한 1814년 프

부쩍 팔렸다. 뤼시앵이 그곳에 첫발을 들이던 무렵, 몇몇 상점들은 우아한 진열대와 유리창을 갖추고 있었다. 그 상점들은 안뜰이나 정원으로 향하는 열에 있었다. 건축가 퐁텐이 망치로 이 이상한 촌락을 부숴버릴 때까지[97] 두 회랑 사이에 있던 상점들은 모두 개방형이었고 지방의 시장처럼 기둥들이 받치고 있어서, 사람들은 지나가면서 물건들 사이로 혹은 유리창을 통해 두 회랑에 눈길을 주곤 했다. 화재가 발생하면 절대 안 되었기에, 아무리 추워도 상인들은 이동식 발난로로 만족하면서 스스로 소방대원을 자처했다. 판자들은 햇볕에 건조되어 바싹 말랐고, 이미 매춘으로 불붙어 있는 데다, 사방에 가스와 모슬린 옷감과 종이가 널렸으며, 가끔 바람으로나 환기가 되는 이 판자 공화국은 조금만 부주의해도 15분이면 전체로 불이 번질 위험이 있었다. 모자 가게에는 팔기 위해서라기보다 진열을 위한 것처럼 보이는 괴상하게 생긴 모자들이 가득했다. 끝이 버섯 모양인 꼬챙이에 다량으로 꽂힌 모자들은 회랑을 온갖 색으로 장식했다. 20년 동안 이곳을 지나다닌 사

랑스 헌장을 의미하며, 이 상징적이고 익살스러운 우화는 1820년에 출판되어 큰 성공을 거두었다.

97) 갈르리 드 부아 자리에 새로 지은 갈르리 도를레앙은 건축가 피에르 퐁텐(Pierre Fontaine, 1762~1853)과 그의 동업자 샤를 페르시에(Charles Percier, 1764~1838)가 설계와 시공을 맡았다. 파리를 황제의 도시로 만들고 한복판에 로마 왕궁을 짓고자 했던 나폴레옹은 그 전체적인 설계를 퐁텐에게 맡긴 바 있으나, 나폴레옹의 추락으로 계획은 무산되었다. 퐁텐은 총재정부 시절부터 나폴레옹 3세의 제2제정기까지 프랑스의 수많은 공공건물을 설계했다.

람들은 저 먼지투성이 모자들은 대체 누구의 머리 위에서 자신의 임무를 완수할까 의아하게 생각하곤 했다. 평균적으로 인물은 없어도 수완이 좋은 여점원들은 관습에 따라, 시장 특유의 말투로 간사를 떨며 여성 고객들을 현혹했다. 눈에 가득한 활기만큼이나 혀도 빨리 돌아가는 점원 하나가 발받침 위에 올라가 집요하게 행인들을 공략했다. "부인, 예쁜 모자 하나 사실래요?" "그럼 다른 상품이라도 사주세요, 아저씨, 네?" 풍부하고 특이한 그들의 어휘는 그들 목소리의 억양과 시선 그리고 행인들에 대한 그들 나름의 평가에 따라 달라진다. 서적상과 옷장수들은 서로 잘 지낸다. 꽤나 호사스럽게 들리는 갈르리 비트레라는 이름의 아케이드에는 정말로 특이한 상점들이 많았다. 그곳에는 복화술사를 비롯해 온갖 종류의 사기꾼들이 있었으며, 볼 게 아무것도 없는 공연도, 온 세상을 보여주는 공연도 있었다. 시장들을 떠돌며 70~80만 프랑을 번 사람이 처음으로 자리 잡은 곳도 바로 이곳이다. 그의 간판은 검은 테로 둘려 있고 그 안에는 돌아가는 태양이 그려져 있으며, 그 주위로 다음과 같은 문장이 빨간색으로 쓰여 있었다. 신이 볼 수 없는 것을 이곳에서는 인간이 본다. 가격: 2수. 호객꾼은 목청 높여 손님을 불렀는데, 절대 혼자 들여보내지도 동시에 둘 이상도 받지 않았다. 그 안에 들어가면 먼저 커다란 거울과 마주하게 된다. 그리고 돌연 베를린 사람 호프만도 깜짝 놀라게 할 목소리가 용수철에 밀려 팅겨 나오는 기계처럼 튀어나온다. "자, 여러분, 보십시오, 신도 영원히 볼 수 없는 것, 바로 여러분 자신과 똑같이 생긴 사람을! 신과 똑같이 생긴 신은 없지 않습니까!" 사람들은 차마 자신의 어리석음을 털어 놓지도 못하고 수치를 느끼며 떠나갔다. 이곳저곳의 작은 문들에서 엇비슷한 목소리가 흘러나왔다. 그 목소리들은 코스모라마를,[98] 콘스탄티노플의 경치를, 인형극에서 체스를 두는 자동인형들을,[99] 그리고 모여든 군중 속에서 가장 예쁜 여자들을 골라내는 강아지를 보면서 탄성을 질렀다. 복화술사 피츠 제임스도 공과대학생들과 함께 몽마르트르에서 죽기 전, 그곳의 카페 보렐에서 이름을 날렸었다. 그곳에는 과일 가게와 꽃집, 그리고 유명한 양복점도 있었는데, 그 양복점에서 만든 군복의 자수 장식은 저녁이면 태양처럼 빛을 발했다. 아침부터 오후 2시까지 갈르리 드 부아는 조용하고 어둡고 황량했다. 상인들은 자기 집에서처럼 그곳에서 수다를 떨었다. 파리 사람들은 증권거래소가 활기를 띠는 오후 3시나 되어야 그곳에서 만날 약속을 잡았다. 군중이 밀려들기 시작하면 문학에 목마르고 돈은 없는 젊은이들이 서점의 진열대에서 공짜로 책을 읽었다. 진열된 책을 감시하는 점원들은 관대했기에 가난한 사람들이 책을 보도록 내버려두었다. 『스마라』『피에

---

98) 코스모라마는 세계 각국의 주요 도시를 보여주는 일종의 광학렌즈 혹은 그것을 보여주는 장소를 말한다. 19세기 당시 갈르리 비트레 231번지에 코스모라마가 있었고, 매일 저녁 7시에서 10시까지 열렸으며, 입장료는 1.5프랑이었다고 한다.[편]

99) 인형극을 공연하던 세라핀 극장은 갈르리 드 피에르 121번지에 있었다. 그곳에서는 재미있는 인형극을 공연했고, 관객들은 함께 대화를 암송하거나 노래를 불렀다고 한다. 공연 후에는 그림자놀이 연극을 보여주었다. 아이들과 하녀들이 애용했다. 입장료는 75, 60, 40상팀이었다.[편]

르 슐레밀』『장 스보가르』『조코』[100] 같은 문고본 200쪽 정도
는 두 번만 들르면 다 읽을 수 있었다. 당시에는 아직 독서실
이 없었기 때문에,[101] 책을 읽으려면 그걸 사야만 했다. 따라
서 소설책은 지금으로서는 믿기 어려울 만큼 많이 팔렸다. 지
식을 갈구하는 가난한 젊은이들에 대한 이러한 온정에는 모
종의 프랑스다움이 있다. 이 놀라운 난장판의 시적 정취는 해
질 무렵에 절정을 이루었다. 인접한 거리 곳곳에서 소녀들이
숱하게 몰려나와 이리저리 배회했으며, 아무런 제약 없이 돌
아다닐 수 있었다. 매춘부들은 자신의 **궁전**을 짓기 위해 파리의
전 지역에서 몰려들었다. 갈르리 드 피에르에는 아케이드 사이
나 정원과 연결되는 자리에 공주처럼 차려입은 여자들을 전시
할 권리를 산 후, 그 특권을 누리는 집들이 늘어서 있었다. 반
면 갈르리 드 부아는 매춘을 위한 공공장소, 그야말로 그 당
시 매춘의 전당을 의미하는 궁전이었다. 여자들은 그곳에 와
서 먹잇감을 찾은 후 그를 데리고 괜찮아 보이는 곳으로 갈

---

100) 『스마라』와 『장 스보가르』는 샤를 노디에(Charles Nodier,
1780~1844)의 작품으로 1821년과 1818년에 각각 출판되었고, 『조코』는 샤
를 푸장(Charles Pougens, 1755~1833)이 1824년에 발표했다. 『피에르 슐
레밀』은 프랑스 혁명으로 독일에 망명한 프랑스 귀족 출신 작가 아델베르
트 폰 샤미소(Adelbert von Chamisso, 1781~1838)의 소설인데, 본 작품의
시간적 배경이 되는 복고왕정 시절에는 그 번역본이 서점에 등장하지 않았
다.[편]
101) 발자크의 오류로 보인다. 복고왕정기에도 독서실은 많이 있었고, 점점
그 수가 늘어났다. 1821년만 해도 파리에 10여 개의 독서실이 있었다고 한
다. 앞에서 뤼시앵이 블로스 독서실에 드나들었다고 한 서술과도 배치된
다.[편]

수 있었다. 밤이면 그런 여자들 때문에 많은 인파가 몰렸기에, 예배 행렬이나 가면무도회가 있을 때처럼 사람들은 천천히 걸을 수밖에 없었다. 느린 발걸음을 불편해하는 사람은 아무도 없었다. 오히려 사람들을 관찰하기에 좋았다. 그 여자들은 지금은 존재하지 않는 옷차림을 하고 있었다. 등 한복판까지 파이고 앞가슴도 깊이 파인 옷을 입었고, 사람들의 시선을 끌기 위해 고안된 머리매무새도 괴상했다. 이 여자는 노르망디 코(Caux) 지방 여인들 같았고, 저 여자는 에스파냐풍이었으며, 누구는 복슬강아지처럼 머리를 볶았고, 또 누구는 반들반들한 머리띠를 두르고 있었다. 하얀 스타킹으로 조인 다리는 어떻게 그럴 수 있는지는 모르겠지만 항상 적당히 노출되어 있었다. 이러한 온갖 추악하고 파렴치한 시적 정취가 지금은 모두 사라졌다. 외설스러운 질문들과 답변들, 장소와 잘 어울리는 이 공공연한 파렴치는 이제 가장무도회에서도, 오늘날 개최되는 유명한 무도회에서도 찾아볼 수 없다. 그것은 혐오스러웠지만 유쾌하기도 했다. 대부분 칙칙한 남자들의 옷 사이에서 어깨와 목의 빛나는 살결은 멋진 대조를 이루었다. 와글거리는 소리와 산책자들의 소음이 뒤섞여 웅성거림이 되었고, 정원 한가운데서부터 들리는 그 웅성임은 매춘부들의 커다란 웃음소리나 어쩌다 들리는 싸움 소리와 함께 저음부를 이루며 계속되었다. 점잖은 사람들이나 저명인사들도 그곳에서는 흉악범들과 옷깃을 스치고 지나간다. 이 괴상한 조합에는 묘한 짜릿함이 있어서, 가장 무감각한 사람들도 감정의 동요를 느끼곤 한다. 그래서 파리 사람들 모두 마지막 순간까지 그곳에 모여들었다. 그들은 건축가가 지하층 공사를 하는 동안 그 위에 설치한 나무판자 위를 산책했다. 볼썽사나운 나무 판때기가 사라졌을 때 사람들은 너나없이 몹시 애석해했다.

며칠 전, 라드보카 서점이 아케이드들을 둘로 나누는 통로 모퉁이, 도리아 서점 바로 앞에 자리 잡았다. 도리아는 지금은 잊혔지만 무척이나 대담한 젊은이였는데, 그는 훗날 경쟁자인 라드보카가 두각을 나타낸 새로운 길의 개척자였다. 도리아의 상점은 정원을 향해 줄지어 있는 상점 중 하나였고, 라드보카의 상점은 안뜰을 바라보고 있었다. 도리아의 가게는 두 부분으로 나뉘어, 한쪽 칸은 거대한 서점이고 다른 한쪽은 사무실로 사용되고 있었다. 그날 저녁 처음 갈르리 드 부아에 온 뤼시앵은 그곳의 광경을 보고 얼이 빠졌다. 지방 사람들이나 젊은이들은 그 광경을 보고 놀라지 않을 수 없을 것이다. 그는 금방 안내자를 놓치고 말았다.

매춘부 하나가 뤼시앵을 가리키며 노인에게 말했다. "당신이 저 청년처럼 잘생겼다면 당신에게 잘해 줄 텐데."

뤼시앵은 맹인의 안내견처럼 수치심을 느꼈다. 그는 얼빠진 상태였음에도, 설명할 수 없는 흥분에 사로잡혀 군중에 밀려 그들을 따라갔다. 여자들의 집요한 시선 공격을 받고, 하얗고 포동포동한 그들의 몸매와 대담하게 노출되어 눈부시게 하는 그들의 젖가슴에 자극받으면서도, 누가 훔쳐갈까 봐 원고를 꼭 붙들고 있었다. 순진한 친구 같으니!

"아, 네, 선생님." 누가 자기 팔을 붙잡는 것을 느낀 뤼시앵은 자신의 시가 어떤 작가의 호기심을 유발했나 보다 생각하고 외쳤다. 루스토였다. 그가 말했다. "당신도 결국은 이곳을 거쳐 가게 될 줄 알았지!" 시인은 바로 서점 문 앞에 있었던 것이다. 루스토가 그를 안으로 들어가게 했다. 그곳에는 출판계의 술탄과 만나려고 기다리는 사람들로 가득했다. 인쇄업자, 제지업자, 삽화가 들이 점원들 주위에 모여 진행되고 있거나 계획 중인 사업에 대해 질문을 던졌다.

"자, 저기 피노가 있군요. 우리 신문사 사장이에요. 재능 있는 젊은이와 이야기를 나누고 있네요. 펠리시앵 베르누라고, 성병처럼 고약한 친구지요."

"아참! 오늘 저녁 새로 시작하는 공연이 하나 있네, 친구." 피노는 베르누와 함께 루스토에게 다가오면서 말했다. "그리고 박스석은 처분했어."

"그걸 브롤라르에게 팔았나?"

"그랬지. 아무럼 어때, 자리는 또 얻어 줄게. 도리아에게는 무슨 부탁을 하러 왔어? 아, 그리고 우리가 폴 드 코크를 밀어 주기로 했네. 도리아가 그의 책을 200부 찍었어. 그런데 빅토르 뒤캉주가 도리아에게 소설 한 편 써주기를 거절했다는군. 도리아는 같은 장르의 신예를 발굴할 작정이야. 그러니 자네는 폴 드 코크를 뒤캉주보다 우수한 작가로 만들라고."

"하지만 게테 극장 상연작인 뒤캉주 희곡에 대해 써야 하는데." 루스토가 말했다.

"그래? 그럼 그 친구에게 그 기사는 내가 썼다고 해. 나는 혹독한 기사를 쓴 것으로 하고, 자네가 그 기사를 부드럽게 완화하면, 뒤캉주는 자네에게 고마워하겠지."

“나한테 100프랑짜리 어음이 있는데, 도리아의 회계 담당한
테 할인을 좀 받아줄 수 있겠나?” 에티엔이 피노에게 말했다.
“알고 있지? 플로린의 새 아파트 집들이하는 거? 함께 밤참을
먹을 거야.”

“아! 맞다, 자네가 우릴 초대하기로 했지.” 기억하려고 애쓰
는 표정을 지으며 피노가 말했다. “이봐, 가뷔송, 나를 봐서 이
분께 90프랑 드리게.” 피노가 경리에게 바르베의 어음을 건네
며 말했다. “여기에 배서하게, 친구.”

경리가 돈을 세는 동안 루스토는 그가 내민 펜으로 어음
뒷면에 서명했다. 뤼시앵은 눈을 크게 뜨고 귀를 쫑긋 세우고
그들이 나눈 대화를 한마디도 놓치지 않고 들었다.

“이게 다가 아냐, 친구.” 에티엔이 피노에게 다시 말했다. “평
생 갈 친구 사이니, 고맙다는 말은 않겠어. 그리고 이분을 도
리아에게 소개해야 해. 도리아가 우리 말을 듣도록 자네가 좀
나서 주게.”

“무엇에 관한 책인가?” 피노가 물었다.

“시집입니다.” 뤼시앵이 대답했다.

“아!” 피노는 움찔했다.

베르누가 뤼시앵을 쳐다보며 말했다. “이분은 출판계에 드
나든 지 얼마 안 되셨나 봅니다. 아니면 진작에 그 원고를 자
기 집 가장 구석진 데다 처박아 뒀겠죠.”

그때 잘생긴 청년 하나가 들어왔다. 무척 수준 높은 기사
로 《데바》에 막 데뷔한 에밀 블롱데라는 자였다. 그는 피노와
루스토에게 악수를 청했고, 베르누에게는 가볍게 인사했다.

“오늘 자정에 플로린 집으로 밤참 먹으러 와.” 루스토가 그에게 말했다.

“그래.” 젊은이가 말했다. “그런데 누구누구 오나?”

“아! 플로린, 약품상 마티파, 플로린에게 자기 데뷔작의 배역을 준 극작가 브뤼엘, 땅딸보 카르도 영감과 그의 사위 카뮈조, 그리고 피노……” 루스토가 말했다.

“자네가 말한 그 약품상은 눈치껏 처신할 줄 아나?”

“우리에게 약을 주진 않겠죠.” 뤼시앵이 말했다.

“재치가 많은 분이군.” 블롱데가 뤼시앵을 쳐다보면서 진지하게 말했다. “이분도 야회 모임에 오시나, 루스토?”

“그럼.”

“많이 웃게 되겠군.”

뤼시앵은 귀까지 빨개졌다.

“오래 걸리나, 도리아?” 블롱데가 도리아 사무실 위로 나 있는 유리창 문을 두드리면서 말했다.

“다 됐네, 친구.”

“저걸 봐요.” 루스토가 자신의 피보호자에게 말했다. “저 청년, 당신만큼이나 젊습니다. 그런데 《데바》에 글을 씁니다. 비평계의 왕자 중 하나로 두려움의 대상이지요. 도리아가 그의 비위를 맞추기 위해 이리로 올 겁니다. 그때를 이용해 출판계와 인쇄계의 황제에게 우리 용건을 꺼낼 수 있을 겁니다. 아니면 11시가 되어도 우리 차례는 안 옵니다. 면담이 점점 많아질 테니까요.”

뤼시앵과 루스토는 블롱데와 피노와 베르누 가까이 가서

서점 한쪽 끝에 한 무리를 형성했다.

"사장님은 지금 뭘 하시나?" 블롱데가 자기에게 인사하려고 일어난 경리부장 가뷔송에게 물었다.

"주간지를 하나 사고 계십니다. 그것을 재건해서, 막무가내로 에메리 편만 드는 《라미네르브》의 영향력은 물론이고, 맹목적으로 낭만주의적인 《르콩세르바퇴르》에도 대항하겠다고 하십니다."[102]

"원고료는 잘 쳐주겠지?"

"늘 그러듯이…… 지나치게 주죠!" 경리가 말했다.

그때 한 청년이 들어왔다. 그는 최근에 멋진 소설을 하나 냈는데 순식간에 팔려서 대단한 성공을 거두었고, 도리아의 출판사에서 중쇄를 찍었다. 예술가적 기질을 드러내는 비범하면서도 묘한 외모의 그 청년은 뤼시앵에게 강한 인상을 주었다.

"저 친구가 바로 나탕입니다." 루스토가 지방 시인의 귀에다 대고 속삭였다.

나탕은 자신의 용모에 대해 무례하리만치 긍지를 가진 작가지만, 당시만 해도 아주 젊었다. 그는 모자를 벗고 기자들에게 다가가 아직은 그저 안면을 튼 정도인 블롱데에게 깍듯하게 인사했다. 블롱데와 피노는 모자를 벗지 않았다.

---

102) 알렉스 에메리(Alex Eymery, 1774~1854)는 프랑스 작가이자 출판업자로, 19세기 교육 서적을 많이 출판했다. 《라미네르브(미네르바)》는 1818년부터 발행된 자유주의 성향의 신문이며, 역시 1818년부터 발행된 《르콩세르바퇴르(보수주의자)》는 과격 왕당파를 지지하는 정치신문이다.

"선생님, 이렇게 우연히 뵙고……."

"저 친구 너무 흥분해서 횡설수설하는군." 펠리시앵이 루스토에게 말했다.

"저를 위해 기꺼이 《데바》에 써주신 훌륭한 기사에 이렇게 감사를 표하게 되어 대단히 기쁩니다. 제 성공의 반은 선생님 덕분입니다."

"아니요, 아니요." 블롱데는 후원자가 아닌 척 친절하게 말했다. "당신에게는 재능이 있습니다. 정말입니다. 작가님을 알게 되어 기쁩니다."

"선생님의 기사가 나왔으니, 전 더 이상 권력에 아부하는 사람으로 보이지 않을 겁니다. 이제 우리는 서로 편하게 대할 수 있게 되었고요. 내일 저녁 저와 함께 식사하는 영광과 기쁨을 베풀어 주시겠습니까? 피노도 올 겁니다. 루스토, 자네도 거절하지 않겠지?" 나탕이 에티엔과 악수하며 이렇게 덧붙였다. 그러고는 블롱데에게 이어서 말했다. "선생님은 성공 가도를 달리고 계십니다. 뒤소, 피에베, 조프루아 등 비평계 거목들의 뒤를 잇고 계시지요. 호프만은 자기 제자이자 제 친구이기도 한 클로드 비뇽에게 선생님에 대해 말하면서, 이제 편히 죽을 수 있겠다고, 《주르날 데 데바》는 영원할 거라고 말했답니다.[103] 선생님

---

103) 장 조제프 뒤소(Jean Joseph Dussault, 1769~1824), 조제프 피에베(Joseph Fiévée, 1769~1839), 장루이 조프루아(Jean Louis Geoffroy, 1743~1814), 프랑수아 브누아 호프만(François Benoît Hoffman, 1760~1828)은 《주르날 데 데바》의 기둥이었던 저널리스트, 작가, 비평가들이다. 1789년에 창간된 《주르날 데 데바》는 정부가 바뀜에 따라 여러 이름

은 원고료를 엄청나게 받으시지요?"

"한 단에 100프랑입니다." 블롱데가 말했다. "비싼 게 아니죠. 많은 책을 읽어야 하니까요. 당신의 책처럼 관심 가질 만한 책을 발견하려면 100권은 읽어야 하거든요. 당신 소설은 재미있었어요. 정말입니다."

"덕분에 작가는 1500프랑을 벌었지." 루스토가 뤼시앵에게 말했다.

나탕이 말을 이었다. "선생님은 정치도 하시죠?"

"네, 여기저기에서 간간이 합니다." 블롱데가 대답했다.

뤼시앵은 유충처럼 그곳에 붙어 서 있었다. 나탕의 책에 감탄했기에 그 작가를 신처럼 존경하고 있었다. 그런데 그 작가가 자기는 이름도 모르고 얼마나 영향력이 큰지도 모르는 한 비평가 앞에서 그토록 비굴하게 구는 것을 보고 어안이 벙벙해졌다. 그는 생각했다. '나도 저렇게 행동하게 될까? 자존심은 다 버려야 하는구나! 나탕, 모자를 써라! 너는 훌륭한 책을 썼고, 비평가는 기사 하나를 썼을 뿐이다.' 그런 생각을 하니 혈관 속의 피가 거꾸로 솟았다. 뤼시앵은 시시각각 가난한 작가로 보이는 소심한 젊은이들이 가게로 들어와 도리아와의 면담을 요청하는 것을 보았다. 그러나 그들은 가게가 사람으로 꽉 찬 것을 보고, 면담이 안 될 거라는 생각에 절망하면서

으로 바뀌면서 1944년까지 지속된 일간지다. 복고왕정 초기에는 보수주의적 성향이 강했다가, 샤를 10세의 극우 정책에 반대하며 자유주의 성향을 띠게 된다. 1830년 당시 자유주의 성향의 《르콩스티튀시오넬》 다음으로 많은 부수를 발행했다.

"다시 오겠습니다." 하고는 서점을 나갔다. 정계의 명사들이 모여 있는 곳에서 두세 명의 정치인들이 의회의 소집과 공무에 관해 이야기를 나눴다. 도리아가 취급하는 주간지에서는 정치를 논할 수 있었다. 당시에 신문을 발행하려면 정부의 사전 허가가 필요했기 때문에 신문의 논단은 점점 더 귀해졌다.[104] 신문이 가진 특권은 극장의 특권만큼이나 자명했다. 《르콩스티튀시오넬》의 가장 영향력 있는 주주 중 하나는 정치인 그룹에서 중요한 인물이었다. 루스토는 안내인 역할을 기가 막히게 잘했다. 그의 한마디 한마디에 귀를 기울일수록 뤼시앵의 머릿속에서 도리아는 점점 더 위대한 인물이 되었다. 정치와 문학이 이 상점으로 모이고 있는 것을 보았기 때문이다. 추잡한 회랑 밑에서 매춘부가 모욕당하며 몸을 팔듯, 탁월한 시인이 뮤즈를 기자에게 팔며 예술을 모독하는 것을 보고 지방 위인은 무시무시한 교훈을 얻었다. 돈! 그것이 모든 수수께끼에 대한 답이었다. 자신은 혼자이고 무명이며, 자신의 성공과 행운은 오로지 수상쩍은 우정의 끈에만 달려 있음을 느꼈다. 진정한 우정을 나누었던 세나클의 다정한 친구들이 가짜 색으로 칠한 세상을 그려주었을 뿐 아니라, 손에 펜을 들고 그 난투극 속으로 뛰어들지 못하게 막은 것을 원망했다. '그랬더라면 나도 일찌감치 블롱데처럼 되었을 텐데.' 그는 마음속으로 외쳤다. 뤽상부르 공원의 언덕에서 상처 입은 독수

---

104) 1820년 3월 31일과 1821년 7월 26일 법령에 따라, 모든 주간지는 사전 승인 제도를 따라야 했다. 도리아는 정부가 새로운 야당지의 창간을 허가하지 않을 것을 내다보고, 기존 잡지의 경영권을 사려는 것이다.[편]

리처럼 외쳐대던, 그에게 그토록 위대해 보였던 루스토가 이
제는 대수롭지 않게 보였다. 유행의 첨단을 달리는 서적상,
모든 사람의 생계를 좌지우지하는 그 사람이 중요한 인물로
보였다. 원고를 손에 쥔 시인은 공포와 유사한 불안감을 느꼈
다. 상점 한가운데에는 대리석 무늬를 칠한 나무 받침대 위에
바이런과 괴테와 카날리스의 흉상이 놓여 있었다. 도리아는
카날리스로부터 원고를 받고 싶었던 것이다. 카날리스는 이
가게에 와서 그 흉상을 보고 서적상이 자기를 얼마나 높이
평가하는지 알 수 있었다. 부지불식간에 뤼시앵은 자신의 가
치를 잃었고 용기는 약해져 갔다. 도리아라는 사람이 자기 운
명에 끼칠 영향을 가늠해 보면서 그가 나타나기를 애타게 기
다렸다.

"자, 이보게들!" 몸집이 크고 뚱뚱한 키 작은 남자가 나와서
말했다. 생김새는 로마 총독 같았지만 친절한 태도로 인해 부
드러운 인상을 풍겼기에, 피상적으로만 보는 사람들은 그가
호인인 줄 알았다. "내가 드디어 우리가 살 수 있는 유일한 주
간지의 소유주가 되었네. 구독자가 2000명이야."

"허풍쟁이! 인지 매수를 보면 700부 정돈데,[105] 하긴 그것
도 대단한 숫자지." 블롱데가 말했다.

"맹세코 말하지만, 1200부는 되네. 내가 2000이라고 한 이
유는," 도리아가 목소리를 약간 낮춰 덧붙였다. "저기 있는 제

---

105) 과거에는 인쇄물의 낱권마다 인지를 붙였기 때문에, 인지 발행 매수로
실제 판매 부수를 알 수 있었다.

지업자들과 인쇄업자들 때문인데," 그러고는 다시 목소리를 키워 말을 이었다. "이보게, 꼬마 친구, 자넨 눈치가 그렇게 없나."

"동업자를 구하실 겁니까?" 피노가 물었다.

"그건 상황에 따라 다르지." 도리아가 말했다. "4만 프랑에 3분의 1의 지분을 사겠나?"

"좋습니다. 필진으로 여기 이들을 받는다면. 에밀 블롱데, 클로드 비뇽, 스크리브, 테오도르 르클레르, 펠리시앵 베르누, 제, 주이, 루스토……."

"뤼시앵 드 뤼방프레는 왜 안 되나요?" 지방 시인이 피노의 말을 끊고 대담하게 말했다.

"그리고 나탕도……?" 피노는 하던 말을 끝냈다.

"길거리를 돌아다니는 저 사람들은 왜 아니고?" 서적상이 눈살을 찌푸리며 '데이지'의 저자를 돌아보고 말했다. "그런데 실례지만 누구신지?" 그는 뤼시앵을 거만하게 쳐다보았다.

"잠깐만요, 도리아." 루스토가 대답했다. "제가 이 친구를 데려왔습니다. 피노가 당신 제안을 고민하는 동안 제 말을 들어보세요."

무서운 출판계 거물이 차갑고 못마땅한 태도를 보이자 뤼시앵의 등에서는 식은땀이 흘렀다. 존대하는 피노에게 반말하고, 사람들이 두려워하는 블롱데를 '꼬마 친구'라고 부르고, 나탕에게는 친밀함을 드러내며 위엄 있게 악수하는 사람 아닌가.

"새로운 일거리인가, 꼬마 친구?" 도리아가 언성을 높였다. "그런데 자네도 알다시피 내겐 1100편이나 되는 원고가 있어! 그렇소이다, 여러분! 우리 출판사에 들어와 있는 원고가 1100편이오. 가뷔송에게 물어들 보시게. 조만간 내게 맡긴 원고들을 관리하는 부서에다, 원고 검토용 독서실까지 필요하게 생겼어. 원고의 가치에 대해 투표하는 회의도 열어야 하고, 회의 참석자들에게 수당도 줘야겠지. 내게 보고서를 가져올 상근 비서도 있어야 하고. 이러다 프랑스 학술원의 분원이 되겠어. 학술원 회원은 아마 학술원보다 이곳 갈르리 드 부아에서 돈을 더 많이 받게 될걸."

"좋은 생각인데요." 블롱데가 말했다.

"나쁜 생각이지." 도리아가 말을 이었다. "내 일은 여러분 중에서 자본가도 구둣방 주인도 하사관도 하인도 행정가도 집행관도 되지 못해 문학의 길로 들어서는 자들의 시답잖은 글을 면밀하게 검토하는 것이 아니란 말이오! 이미 명성을 가진 사람만이 이곳에 들어올 수 있소! 유명해지시오, 그러면 황금이 밀려올 겁니다. 2년 동안 나는 위인 셋을 만들어냈는데, 결국 배은망덕한 놈 셋을 키운 꼴이 되었지! 나탕은 자기 책의 중쇄 인세로 6000프랑을 요구하고 있소. 그 책에 관한 기사를 쓰게 하느라 3000프랑이 들었는데, 내가 번 돈은 1000프랑도 안 돼. 블롱데의 기사 두 편에 1000프랑 썼고, 저녁 값으로 500프랑을……."

"하지만 사장님, 모든 출판업자가 사장님처럼 말씀하신다면, 작가들은 어떻게 데뷔작을 출판할 수 있습니까?" 뤼시앵이 물었다. 도리아가 《주르날 데 데바》의 기사에 대한 사례비로 블롱데에게 그렇게 많은 돈을 주었음을 알게 되자, 블롱데의 가치가 크게 떨어져 보였다.

"그건 내가 알 바 아니지." 환심을 사려는 태도로 자기를 바라보는 미남 청년 뤼시앵에게 도리아는 악의 가득한 눈빛으로 말했다. "나는 재미로 책을 출판하지 않아. 2000프랑 벌자고 2000프랑을 투자하지는 않지. 나는 문학으로 도박을 하는 거야. 팡쿠케, 보두앵처럼[106] 40종을 1만 부씩 찍지. 나의 권력과 내가 획득한 기사들 덕분에, 겨우 2000프랑 투자해서 책 한 권을 내는 대신 10만 에퀴짜리 사업이 돌아가게 하고 있다고. 지금은 큰돈이 되지만『해외 명작 희곡선』이나『승리, 정복』혹은『대혁명에 관한 회고록』같은 책들을 성공시키기 위해 무진 애썼어. 신인의 책을 이름나게 하려면 그만큼 힘들지. 나는 미래의 영광을 위한 발판이 되기 위해서가 아니라, 돈을 벌고 그 돈을 유명 작가들에게 지불하기 위해 여기 있는 거요. 10만 프랑에 사들이는 원고가 무명작가가 내게 팔려는 600프랑짜리 원고보다 비싼 게 결코 아니야! 내가 전적으로 문학 후원자는 아닐지라도, 문학인들로부터 감사를 받을 권리는 있지. 원고료를 두 배로 올려놓았으니까. 댁한테 이런 말이라도 해주는 건, 댁이 루스토의 친구라서야. 안 그래? 꼬마

---

106) 샤를 조제프 팡쿠케(Charles-Joseph Panckoucke, 1736~1789)는 작가이자 서적상, 출판인, 편집인이다. 1817년부터 1821년까지『승리, 정복, 재앙, 패배 그리고 프랑스 내전』을 출판했다. 장 프랑수아 보두앵(Jean-François Baudouin, 1759~1835)은 출판인, 편집인, 인쇄업자, 정치가다. 그의 아들들은 1820년부터 1827년까지『프랑스 대혁명에 관한 회고록』을 출판했다. 많은 인기를 얻었던『해외 명작 희곡선』은 출판인이자 편집인이었던 라드보카의 출판사에서 발행되었다.[편]

친구!" 도리아는 불쾌하기 짝이 없는 친밀한 동작으로 시인의 어깨를 툭 치면서 말했다. "책을 출판해 주기를 바라는 모든 작가와 이렇게 이야기를 나눈다면, 나는 가게 문을 닫아야 해. 무척 유쾌하지만 너무 비싸게 먹히는 대화로 내 시간을 다 써야 할 테니까. 하지만 나는 작가들이 저마다 잘났다고 떠들어대는 독백을 들어줄 만큼 부자가 아니라오. 그런 것은 고전 비극을 공연하는 극장에서나 보는 것이지."

지방 시인의 눈에 이 무시무시한 도리아의 화려한 복장은 잔인할 정도로 논리적인 그의 말을 더욱 설득력 있어 보이게 했다.

"그나저나 도대체 어떤 원고인가?" 도리아가 루스토에게 물었다.

"훌륭한 시집입니다."

그 말을 듣자 도리아는 탈마처럼 위엄 있게 가뷔송을 향해 몸을 돌렸다. "이보게, 가뷔송, 오늘부터 내게 원고를 가져오는 사람은 누구든지…… 자네들도 잘 듣고 있지?" 그는 자기의 손톱과 예쁜 손을 들여다보며, 사장의 화난 목소리를 듣고 책 더미에서 빠져나온 다른 세 명의 점원을 향해서도 말했다. "누구든 원고를 가져오면, 시인지 산문인지부터 물어봐. 그리고 시라고 하면 즉시 쫓아버리도록 해. 시라는 벌레는[107] 출판사를 갉아먹을 테니."

"브라보! 멋진 말이었어요, 도리아." 기자들이 외쳤다.

---

107) 시(vers, 베르)와 동음이의어인 벌레(ver)로 언어유희를 하고 있다.

　"정말이네." 출판업자는 뤼시앵의 원고를 손에 들고 가게를 성큼성큼 걸어 다니면서 외쳤다. "이보게들, 자네들은 바이런 경, 라마르틴, 빅토르 위고, 카시미르 들라비뉴, 카날리스, 베랑제의 성공이 가져온 폐해를 잘 몰라. 그들의 명성이 우리에게는 야만인들의 침략과 맞먹는다네. 분명히 말하지만, 지금도 우리 서점에는 추천받은 시집이 1000편이나 되는데, 다들 중단된 이야기로 시작하고, 바이런의 『해적』이나 『라라』를 모방하면서 두서없이 횡설수설하지.[108] 독창적이라는 평계 아래 젊은이들은 도무지 알 수 없는 구절들을 남발하거나, 혹은 들리유처럼 새로운 유파를 형성했다 믿으면서[109] 운문 서사에 몰두하거든! 2년 전부터 시인 수가 풍뎅이처럼 엄청나게 늘어났다니까. 작년에도 2만 프랑이나 손해를 봤어! 가뷔송한테 물어봐. 이 세상에는 불멸의 시인도 있겠지." 그러고는 뤼시앵을 향해 말했다. "아직 수염도 나지 않은 발그레한 얼굴의 신참내기 시인들도 있고. 하지만 젊은이, 서점에는 네 명의 시인밖에 없네. 베랑제, 카시미르 들라비뉴, 라마르틴 그리고 빅토르 위고. 왜냐하면 카날리스…… 그 친구는 신문 기사가 만든 시인이거든."

---

108) 『해적』과 『라라』는 영국의 낭만주의 시인 바이런(Georges Gorden Byron, 1788~1824)이 1814년에 발표한 운문 서사집이다. 『해적』은 판매 첫날 1000부가 팔릴 정도로 인기가 있었고, 다음 세기까지 오페라, 음악, 발레 등에 영감을 주었다.

109) 자크 들리유(Jacques Delille, 1738~1813)는 고전 번역가, 운문 서사시인이다. 18세기 말에서 19세기 초에 각광받았던 시 유파의 수장이었다.

뤼시앵은 신나게 웃고 있는 영향력 있는 사람들 앞에 나서서 당당히 맞서거나 자존심을 내세울 용기가 나지 않았다. 웃음거리가 될 것이 뻔했기 때문이다. 하지만 서적상의 목으로 달려들어, 모욕을 느낄 만큼 단정하게 감아 묶은 넥타이의 매듭을 풀어버리고, 가슴에서 번쩍이는 금줄을 끊어버리고, 회중시계를 짓밟고, 그를 갈기갈기 찢어놓고 싶은 강렬한 욕망에 사로잡혔다. 상처받은 자존심이 복수의 욕구를 불러일으켰다. 죽을 때까지 그 서적상을 증오하리라 결심하면서도, 뤼시앵은 그를 향해 미소를 유지하고 있었다.

"시는 태양과 같아서 무한히 자라나는 숲을 키우지만 모기 파리 날벌레도 길러내죠." 블롱데가 말했다. "모든 미덕의 이면에는 악덕이 존재하기 마련이니까요. 문학은 서적상이라는 악을 만들어내지요."

"신문기자들도!" 루스토가 말했다.

도리아가 웃음을 터뜨렸다.

"그런데 이건 도대체 뭔가?" 도리아가 원고를 가리키면서 말했다.

"페트라르카를 부끄럽게 만들 소네트 시집입니다." 루스토가 말했다.

"자네가 그걸 어떻게 아나?" 도리아가 물었다.

"누구라도 알아볼 만하니까요." 사람들의 입가에 스치는 가벼운 미소를 보면서 루스토가 말했다.

뤼시앵은 화를 낼 수도 없었다. 옷 속으로는 땀이 흘렀다.

"그렇다면 한번 읽어보지." 도리아는 엄청난 양보라도 하는 양 근엄한 몸짓을 하면서 말했다. "자네의 소네트가 19세기의 수준에 걸맞을 만큼 탁월한 것이라면, 자네를 위대한 시인으로 만들어주겠네. 꼬마 친구."

"저 친구에게 그 외모만큼의 재능이 있다면, 사장님은 위험을 감수하지 않아도 될 겁니다."《르콩스티튀시오넬》의 기자이기도 한《르미네르브》편집장과 대화를 나누고 있던 의회의 명연설가가 말했다.110)

"장군님," 도리아가 말했다. "명성이란 1만 2000프랑어치의 기사와 1000에퀴의 저녁 식사가 만드는 것입니다. 『고독자』의 저자에게 물어보세요. 그리고 뱅자맹 콩스탕 씨께서 저 젊은 이의 시에 관한 기사를 하나 써주시겠다면, 난 당장에라도 계약하겠습니다."

장군이라는 말과 저명한 뱅자맹 콩스탕의 이름을 듣자, 지방에서 온 위인에게 그 상점은 올림포스산만큼이나 거대해 보였다.

"루스토, 자네에게 할 말이 있네. 이따가 극장에서 만나세." 피노가 말했다. "도리아, 당신 제안대로 동업하겠소. 하지만 조건이 있어요. 사무실로 들어가서 이야기합시다."

"친구, 이리 오겠나?" 도리아는 피노를 자기 앞으로 지나가게 했으며, 그를 기다리고 있는 10명 남짓한 사람들에게는 바쁜 내색을 했다. 도리아가 사라져버리려 하자, 초조해진 뤼시

---

110)《르미네르브》편집장은 뱅자맹 콩스탕이고, 의회의 명연설가는 푸아 장군을 가리킨다.

앵이 그를 멈춰 세우고 말했다.

"제 원고를 가지고 계시지요. 언제쯤 답을 주실 수 있나요?"

"이보게, 꼬마 시인, 사나흘 후 다시 오게. 그때 보세."

뤼시앵은 루스토에게 끌려 나왔다. 루스토는 그에게 베르누, 블롱데, 라울 나탕, 푸아 장군, 그리고 최근 백일천하에 관한 책을 출판한 뱅자맹 콩스탕과 인사할 시간도 주지 않았다.[111] 뤼시앵은 콩스탕의 금발 머리와 타원형의 섬세한 얼굴, 총명해 보이는 두 눈, 매력적인 입을 얼핏 보았을 뿐이었다. 러시아 여제 예카테리나 2세의 총애를 받았던 포템킨처럼, 20년 넘게 스탈 부인의 사랑을 받은 그는 나폴레옹과 싸운 후에는 부르봉 왕가와도 용감히 맞섰으며, 자신의 승리에 압도되어 죽어야 했던 인물이다.

"대단한 서점이군요!" 뤼시앵은 이륜마차를 타고 루스토의 옆자리에 앉아 소리쳤다.

"파노라마 드라마티크 극장으로 갑시다. 어서요! 빨리 가면 30수 주겠소." 루스토가 마부에게 말했다. "도리아는 괴짜지만, 연간 150~160만 프랑어치의 책을 팔아치웁니다. 문학부 장관이나 다름없죠." 자존심이 충족돼 기분이 좋아진 루스토가 뤼시앵 앞에서 스승 행세를 하며 말했다. "바르베처럼 탐욕

111) 백일천하는 나폴레옹이 유배되었던 엘바섬을 탈출해 파리로 돌아와 재집권했다가 워털루 전투에서 패배한 후 세인트헬레나에 감금되기까지의 기간(1815년 3월~6월)을 가리킨다. 뱅자맹 콩스탕의 『백일 천하에 관한 회고록』은 1819년부터 《르미네르브》에 연재되기 시작했고, 책으로는 1820년에 1부가, 1822년에 2부가 출판되었다.[편]

스럽지만, 도리아의 탐욕은 대중들에게 엄청난 영향을 미칩니다. 그에게는 자기 나름의 처세술이 있어요. 너그러우면서도 건방지죠. 그의 지성으로 말하자면, 주위에서 주워들은 것이 워낙 많아요. 그의 서점은 자주 들락거리기에 아주 좋은 장소지요. 그곳에서는 당대의 저명인사들을 만나 이야기를 나눌 수 있거든요. 거기서는 말이죠, 10년 동안 얼굴이 창백해지도록 책을 읽어야 알 수 있는 것들을 1시간 만에 터득하게 됩니다. 기사에 대해 논하고, 작품 주제도 연구하고, 저명인사들이나 우리에게 도움을 줄 만한 영향력 있는 사람들과 교제도 할 수 있지요. 오늘날 성공하려면 많은 사람과 친분을 맺을 필요가 있습니다. 아시다시피 모든 것은 우연이니까. 가장 해로운 일은 재능을 가지고 혼자 구석에 처박혀 있는 겁니다."

"하지만 어쩜 저렇게 거만하죠!" 뤼시앵이 말했다.

"그러게요! 우린 모두 도리아를 비웃고 있죠." 에티엔이 대답했다. "하지만 당신에게는 그 사람이 필요하니 그가 당신을 마음껏 짓밟는 것이고, 그에게는 《주르날 데 데바》의 지면이 필요하니 에밀 블롱데가 그를 마음대로 조종할 수 있는 거지요. 오! 당신도 문학계에 들어오면 이것 말고도 여러 가지를 알게 될 겁니다! 이런! 내가 쓸데없는 말을 했나?"

"아니, 당신 말이 맞아요." 뤼시앵이 대답했다. "그 서점에서 나는 당신이 해준 말로 예상했던 것보다 훨씬 혹독한 고통을 받았어요."

"뭣 때문에 고통을 받습니까? 우리의 목숨을 바치는 일, 우리 뇌가 녹을 지경으로 밤새워 연구하는 주제, 사고의 영역을 헤매며 우리의 피로 구축한 기념물이 출판사에는 그저 이익이 되는 좋은 사업 아니면 손해 보는 나쁜 사업, 둘 중 하나입니다. 그들에게는 책방에서 당신 책이 팔리느냐 안 팔리느냐, 그것만이 문제죠. 즉 책이란 위험을 감수해야 하는 투자에 불과해요. 훌륭한 책일수록 잘 팔릴 가능성이 낮습니다. 탁월한 인물들은 대중보다 높이 있으니, 그런 이들의 작품이 성공하려면 그 작품이 평가되기까지 시간이 필요합니다. 하지만 출판업자는 기다리기를 싫어합니다. 오늘날 책은 출판되는 바로 그다음 날 팔려야 합니다. 이런 시스템 아래서 출판사는 서서히 좋은 평가를 받게 될 중요한 책들을 거절하는 겁니다.”

“다르테즈의 말이 맞아!” 뤼시앵이 외쳤다.

“다르테즈를 아세요?” 루스토가 물었다. “그 사람처럼 세상을 자기편으로 끌어들일 수 있다고 믿는 고독한 정신의 소유자만큼 위험한 건 없다고 봐요. 사후의 영광을 추구하는 그런 사람들은 우리가 마음속으로 느끼는 거대한 힘을 부추기면서 그 힘을 믿게 만들어 젊은이들이 열광적으로 상상하도록 만들어놓고는, 그들이 자기에게 이익이 되는 활동을 활발히 할 수 있는 나이에 이르러도 행동하지 못하게 막습니다. 나는 무함마드의 교리에 찬성합니다. 그는 산을 향해 자기 앞으로 다가오라고 명령한 후 이렇게 외쳤다지요. ‘네가 나에게 오지 않는다면, 내가 네게로 가리라!’”

날카로운 이성이 번득이는 격한 감정의 토로를 들으면서 뤼시앵은 세나클 친구들이 설교했던 가난에 순종하자는 교리와 루스토가 제시하는 전투적 교리 사이에서 망설였다. 앙굴렘의 시인은 탕플 대로에 이를 때까지 침묵을 지켰다.

지금은 그 자리에 주택이 들어섰지만, 당시 파노라마 드라마티크 극장은 탕플 대로에 있던 매력적인 극장으로, 샤를로 가를 마주 보고 있었다. 포티에의[112] 뒤를 이은 배우 중 하나인 비뇰과, 5년 후에는 무척 유명해진 여배우 플로린이 그곳에서 데뷔했음에도, 두 명의 극장 경영자는 성공하지 못하고 쓰러졌다. 인간처럼 극장도 운명에 굴복할 수밖에 없다.[113] 파노라마 드라마티크는 앙비귀 극장, 게테 극장, 포르트 생마르탱 극장, 그리고 몇몇 보드빌 극장들과 경쟁해야 했는데, 그 극장들의 술책에 대항할 수 없었다. 게다가 파노라마 극장이 보유한 독점 레퍼토리들에는 한계가 있었고, 좋은 작품도 부족했다. 극작가들은 미래가 불확실한 극장을 위해 다른 극장들과 사이가 틀어지는 것을 바라지 않았다. 경영자는 새로운 작품에 기대를 걸고 있었다. 그것은 일종의 희극적 멜로드라마로, 몇몇 유명 작가들과 합작한 경험이 있는 브뤼엘이라는 젊은 작가가 혼자 썼다고 주장하는 작품이었다. 그때까지 게테 극장에서 단역을 맡았던 플로린이 이 작품으로 데뷔할 예정이었다. 플로린은 게테 극장에서 1년 동안 작은 역할을 맡아 주목받았지만, 전속 계약은 못 하고 있었다. 그러자 파노라마가 이

---

112) 샤를 가브리엘 포티에(Charles-Gabriel Potier, 1774~1838)는 복고왕정기에 가장 큰 명성을 떨쳤던 희극배우다.[편]
113) 1400석을 갖췄던 파노라마 드라마티크는 탕플 대로 48번지에서 1821년 4월에 문을 연 후 1824년 4월 파산 신고를 했다. 경영주는 실제로 중간에 한 번 바뀌었다.

웃 극장에서 그녀를 빼내 온 것이다. 다른 여배우 코랄리도 그곳에서 데뷔하기로 되어 있었다. 두 친구가 도착했을 때, 뤼시앵은 언론이 가진 권력에 놀라움을 금치 못했다.

"이분은 나와 함께 왔소." 허리 굽혀 공손히 인사하는 검표원에게 에티엔이 말했다.

"자리 잡기가 무척 어려우실 겁니다." 검표원이 말했다. "사장님 전용 박스석밖에 남은 자리가 없습니다."

에티엔과 뤼시앵은 복도를 돌아다니며 좌석 안내원들과 입씨름하느라 시간을 꽤 소비했다.

"객석으로 갑시다. 사장한테 이야기하면 그의 지정석에 앉게 해줄 겁니다. 그리고 오늘 저녁의 여주인공 플로린에게 당신을 소개하리다."

루스토가 눈을 찡긋하자, 오케스트라의 문지기가 작은 열쇠를 가지고 두꺼운 벽 속에 숨어 있는 문을 열어주었다. 뤼시앵은 친구를 따라 환한 복도에서 갑자기 어두운 굴 같은 곳으로 들어갔다. 거의 모든 극장에서 그런 공간은 객석과 무대 뒤 사이를 연결하는 통로로 사용된다. 축축한 계단 몇 개를 올라가자 무대 뒤에 이르렀는데, 그곳에서는 무척이나 기이한 광경이 지방의 시인을 기다리고 있었다. 무대장치의 협소함, 극장 천장의 높이, 기름등이 달린 사다리, 가까이서 보니 너무도 흉측한 장식들, 두껍게 분칠한 배우들, 조잡한 옷감으로 만든 괴상한 의상들, 기름때에 찌든 옷을 입은 종업원들, 늘어진 밧줄들, 모자를 쓰고 오가는 무대감독, 앉아서 기다리는 단역배우들, 매달려 있는 배경막, 소방수들 등 익살스럽고 서글프고 더럽고 끔찍하고 번쩍거리는 그 모든 것들이 극장 객석에서 보았던 것과는 너무도 달랐기에 뤼시앵의 놀라움은 이루 말할 수 없었다. 『버트럼』이라는 묵직한 멜로드라마가 막 끝나고 있었다. 그것은 노디에와 바이런 경과 월터 스콧이 극찬했으나 파리에서는 전혀 성공을 거두지 못했던 매튜린의 비극을 모방한 것이었다.[114]

에티엔이 뤼시앵에게 말했다. "함정에 빠지거나, 머리에 숲을 뒤집어쓰거나, 궁전을 뒤엎거나, 초가집에 걸려 넘어지지 않으려면 내 팔을 꼭 잡아요." 그러고는 배우들의 대사에 귀를 곤두세우고 무대로 나갈 준비를 하는 한 여배우에게 물었다. "안녕 예쁜이, 플로린은 자기 방에 있지?"

"네, 전에 나에 대해 잘 말해 줘서 고마워요. 플로린이 이곳에 온 후론 당신이 더 친절해졌네요."

"자, 꼬마 아가씨, 연기의 효과를 한껏 살려 봐." 루스토가 그녀에게 말했다. "어서, 다리를 높이 들고! 멋지게 말하는 거야. '그만해요, 불쌍한 사람!' 그 한마디에 2000프랑이 달렸다고!"

뤼시앵은 여배우가 자세를 바꾸고는 그를 공포에 질리게 하는 태도로 "그만해요, 불쌍한 사람!" 하고 외치는 것을 보자 아

---

114) 아일랜드 출신 작가 찰스 로버트 매튜린(Charles Robert Maturin, 1780~1824)의 비극 『버트럼 혹은 세인트알도브랜드의 성(Bertram; or The Castle of St. Aldobrand)』(1816)은 1822년에 프랑스에서 공연되었다. 발자크의 주장과 달리 이 연극은 큰 성공을 거두었다. 매튜린의 비극은 샤를 노디에와 이시도르 테일러(Isidore-Justin Severin Taylor, 1789~1878)에 의해 번역되었으며, 노디에는 이 희곡의 각색에도 참여한 것으로 보인다.[편]

연실색했다. 조금 전과는 완전히 다른 여인이 되었던 것이다.

"이게 바로 연극이군요!" 그는 루스토에게 말했다.

"갈르리 드 부아의 상점이나 문학에 있어서의 신문사와 다르지 않아요. 엉망진창이죠." 그의 새로운 친구가 말했다.

나탕이 나타났다.

"누구 때문에 여기까지 온 겁니까?" 루스토가 나탕에게 물었다.

"괜찮은 일거리가 들어올 동안 《가제트》의[115] 소극장 섹션을 맡고 있어요." 나탕이 대답했다.

"아하! 오늘 야식 먹으러 와요. 그리고 플로린에 대해 잘 좀 써줘요. 언젠가는 나도 당신을 도울게요." 루스토가 말했다.

"그렇게 하지요." 나탕이 대답했다.

"아세요? 그녀는 지금 봉디가에 살고 있어요."

"당신과 함께 온 저 미남 청년은 대체 누구예요, 내 사랑 루스토?" 여배우 하나가 무대에서 물러 나와 뒤편으로 가면서 말했다.

"아! 위대한 시인이지. 곧 유명해질 거야. 나탕 씨, 오늘 저녁에 야식을 함께할 테니, 먼저 뤼시앵 드 뤼방프레 씨를 소개하죠."

"멋진 이름이군요." 라울이 뤼시앵에게 말했다.

"뤼시앵, 라울 나탕 씨입니다." 에티엔이 새로운 친구에게 나탕을 소개했다.

"세상에, 선생님, 이틀 전에 당신 책을 읽었습니다. 그런 소

---

115) 《가제트 드 프랑스》는 왕당파 일간지다.[편]

설과 그런 시집을 쓰신 분이 기자 앞에서 그토록 겸손하시리라고는 생각지 못했습니다."

"당신의 첫 작품을 기대합니다." 나탕은 엷은 미소를 띠면서 대답했다.

"저런, 저런! 과격 왕당파와 자유주의자가 악수하는군." 세 사람이 함께 있는 것을 보고 베르누가 말했다.

"아침에 저는 우리 신문의 견해에 동의합니다." 나탕이 말했다. "하지만 저녁에는 내 맘대로 생각하죠. 밤이면 기자는 모두가 회색이 되노라!"

"에티엔." 펠리시앵이 루스토에게 다가와 말했다. "피노와 같이 왔는데, 자네를 찾아. 아, 저기 있네."

"아! 여기들 있었군. 자리가 없나?" 피노가 말했다.

"당신은 항상 우리의 가슴속에 자리 하나를 가지고 계시지요." 여배우가 피노에게 매력적인 미소를 던지며 말했다.

"저런! 나의 귀여운 플로르빌, 벌써 사랑의 상처가 치유되었나 보군. 러시아 왕자가 너를 유괴해 갔다고들 하던데."

"요즘도 여자를 유괴하나요?" 플로르빌이 말했다. 그녀는 그만해요, 불쌍한 사람!을 연기한 배우였다. "우리는 열흘 동안 생망데에 머물렀어요. 나의 왕자님이 그동안 극장이 손해 본 것에 대한 보상금을 지불하셨죠." 플로르빌은 웃으면서 덧붙였다. "사장님은 러시아 왕자들이 많이 오게 해달라고 하느님께 기도하실 거예요. 그분들이 내는 보상금 덕분에 비용을 들이지 않고도 흥행 수입을 올릴 수 있으니까요."

"어이, 귀염둥이!" 피노는 그들 말을 듣고 있는 한 시골 출신

아가씨에게 말했다. "네 귀에 있는 다이아몬드 귀걸이는 대체 어디서 훔쳤어? 인도 왕자라도 잡았나?"

"아니요. 구두약 장수인 영국 사람인데, 벌써 떠났어요. 플로린이나 코랄리처럼 가정생활이 권태로운 백만장자 상인들이면 좋겠지만. 그 여자들은 행복하겠죠?"

"이러다 너 들어갈 차례를 놓치겠다, 플로르빌." 루스토가 외쳤다. "네 친구의 구두약 장수 이야기가 너를 흥분시키나 보구나."

"성공하고 싶으면 말이야," 나탕이 플로르빌에게 말했다. "그가 살아났다!라는 대사를 표독스럽게 외치지 말고, 있는 그대로 들어가 무대 앞 조명이 집중되는 곳까지 가서는 가슴에서 우러난 소리로 그가 살아났다!라고 해봐. 『탄크레디』에서 파스타가 오! 조국이여!라고 하듯이.[116] 자! 이제 가봐!" 그는 그녀를 무대로 떠밀면서 덧붙였다.

"너무 늦었어. 그녀는 효과를 내지 못할 거야." 베르누가 말했다.

"저 아이가 도대체 뭘 한 거야? 객석에서 떠나갈 듯이 갈채를 보내고 있잖아." 루스토가 말했다.

"무릎을 꿇고 가슴을 보여주었거든요. 그게 그녀의 무기예

---

116) 이탈리아의 소프라노 성악가 주디타 파스타(Giuditta Pasta, 1797~1865)는 복고왕정기에 최고의 명성을 구가했다. 1821~1822년에 파리의 이탈리아 극장에서 상연된 로시니의 오페라에 출연했다. 1813년 베네치아에서 초연된 로시니의 오페라『탄크레디』는 볼테르가 1760년 초연한 5막 운문 비극『탕크레드(Tancrède)』를 각색한 것이다.

요." 구두약 장수의 옛 애인이 말했다.

"극장주가 우리에게 자기 좌석을 내주겠대. 이따가 거기서 만나세." 피노가 루스토에게 말했다.

루스토는 뤼시앵을 데리고 무대 뒤와 복도와 계단의 미로를 통해 작은 방으로 갔다. 그들 뒤로 나탕과 펠리시앵 베르누가 따라왔다.

"안녕, 안녕, 여러분." 플로린이 말했다. 그러고는 구석에 있는 뚱뚱하고 키 작은 남자를 향해 몸을 돌리고 말했다. "사장님, 이분들은 내 운명의 심판자들이랍니다. 나의 미래가 이분들 손에 달려 있죠. 바라건대 이분들은 내일 아침 우리 집 식탁 밑에 누워 있을 겁니다. 루스토 씨가 아무것도 잊지 않으셨다면……."

"잊다니요? 《데바》의 블롱데도 올 겁니다!" 에티엔이 플로린에게 말했다. "진짜 블롱데, 블롱데 바로 그 블롱데가!"

"오! 사랑스러운 루스토! 자, 당신에게 키스해 줄게요." 그녀가 루스토의 목에 뛰어오르며 말했다.

이 광경을 보고 뚱보 마티파는 근엄한 표정을 지었다. 열여섯 살인 플로린의 몸은 마른 편이었다. 그녀의 미모는 만개했을 때의 아름다움을 예상할 수 있는 꽃봉오리 같아서, 완성된 그림보다 스케치를 더 좋아하는 예술가들에게만 호감을 줄 수 있었다. 이 매력적인 여배우의 이목구비는 섬세함이 특징이었다. 그런 점에서 그녀는 괴테의 미뇽을 닮았다. 롱바르가에서 약품 잡화점을 운영하는 부유한 마티파는 불바르 극장의 삼류 여배우라면 별로 비싸게 먹히지 않을 걸로 생각했다. 그런데 지난 11개월 동안 플로린에게 6만 프랑이나 들었다. 손

바닥만 한 좁은 방 한구석에 테르미누스 신처럼[117] 앉아 있는 정직하고 성실한 상인의 존재가 뤼시앵에게는 불가해했다. 예쁜 벽지로 도배한 그 방에는 기다란 거울과 안락의자 한 개와 의자 두 개가 있었고, 양탄자가 깔려 있었으며, 벽난로와 여러 개의 가구가 배치되어 있었다. 하녀 하나가 여배우에게 에스파냐풍 의상 입히기를 막 끝낸 참이었다. 공연작은 복잡한 구성의 희곡이었는데, 플로린은 이 작품에서 백작 부인 역을 맡고 있었다.

"5년 후 이 여자는 파리에서 가장 아름다운 여배우가 될 거야." 나탕이 펠리시앵에게 말했다.

"아! 드디어 오셨군요. 친애하는 여러분." 플로린이 세 명의 신문기자를 향해 몸을 돌리고 말했다. "내일 저에 관해 좋은 기사 써주시길 부탁드려요. 그리고 오늘 밤에는 마차들을 잡아놓았어요. 사육제 전날처럼 여러분을 완전히 취하게 만들 테니까요. 마티파가 좋은 와인을 준비했답니다. 오! 루이 18세가 마실 법한 훌륭한 포도주예요. 마티파는 프로이센 공사의 요리사도 불렀어요."

"저분을 뵈니 엄청난 파티가 기대되는군요." 나탕이 말했다.

"저분은 파리에서 가장 위험한 인물들을 대접한다는 사실을 알고 계시거든요." 플로린이 대답했다.

---

117) 테르미누스는 로마 신화 속 경계(境界)의 신이다. 로마인들은 그가 국가의 영토와 토지 소유권을 보장해 준다고 믿었다. 국경의 수호신으로서, 발이 없어 한 번 세워진 장소에서 움직이지 않는 고정성, 부동성을 상징하기도 한다.

마티파는 불안한 표정으로 뤼시앵을 쳐다보았다. 젊은이의 뛰어난 미모가 질투심을 유발했기 때문이다.

"그런데 제가 모르는 분이 계시네요?" 플로린이 뤼시앵을 발견하고 그렇게 말했다. "도대체 누가 벨베데레의 아폴론 상을 피렌체에서 이리로 가져왔지요?[118] 지로데의 그림처럼[119] 매력적이군요."

"아가씨, 이분은 지방에서 오신 시인입니다. 소개하는 것을 잊었군요." 루스토가 말했다. "오늘 저녁 당신이 너무 아름다워 아주 기본적이고 정중한 예의조차 생각할 겨를이 없었습니다."

"시를 쓰신다니, 부자신가요?" 플로린이 물었다.

"욥처럼 가난합니다." 뤼시앵이 대답했다.

"그건 우리 같은 여자들에게는 매력이죠." 여배우가 말했다.

그때 불쑥 그 연극의 작가인 브뤼엘이 들어왔다. 그는 프록코트를 입고 있었는데, 키가 작고 몸은 호리호리했으며, 관료나 지주 같기도 하고 주식중개인처럼 보이기도 했다.

"자, 플로린, 당신 역할을 잘 알죠? 대사를 잊어버리면 안 돼요. 2막의 장면에 좀 더 신경을 써요. 앙칼지면서도 정교하게!

---

118) 플로린은 미켈란젤로가 조각한 피렌체의 다비드 상을 가리키려 한 듯 보인다. 벨베데레의 아폴론 상은 그리스 청동상을 대리석으로 복제한 2세기경의 로마 조각으로, 15세기에 로마 남쪽 지역에서 발굴된 뒤 1511년부터 바티칸궁에 설치되었다.
119) 지로데가 1791년에 선보인 「엔디미온의 잠」을 가리키는 것으로 보인다.[편]

자, 우리가 맞춰본 대로, 저는 당신을 사랑하지 않아요라고 한번 해봐요."

"왜 그런 대사가 있는 역할을 맡지?" 마티파가 플로린에게 말했다.

약품상의 그러한 지적에 모두가 웃음을 터뜨렸다.

"그게 당신과 무슨 상관이죠? 당신한테 하는 말이 아니잖아요, 바보!" 플로린이 작가들을 쳐다보면서 말했다. "이 양반은 바보 같은 말로 나를 즐겁게 해준답니다. 맹세코, 저분이 허튼소리를 할 때마다 돈을 드리고 싶다니까요. 그로 인해 파산만 하지 않는다면 말이죠."

"알았어요. 하지만 그걸 연기할 때처럼, 나를 쳐다보면서 그 말을 할 것 같단 말이오. 그것이 날 두렵게 해요." 약품상이 말했다.

"아, 그렇다면, 나의 귀여운 루스토를 쳐다보겠어요." 플로린이 대답했다.

복도에서 종이 울렸다.

"자, 이제 모두 나가주세요." 플로린이 말했다. "대사를 다시 읽으면서 내 역할을 이해하도록 노력해 봐야겠어요."

뤼시앵과 루스토가 맨 마지막으로 나왔다. 루스토는 플로린의 어깨에 입을 맞추었고, 뤼시앵은 여배우가 하는 말을 들었다. "오늘 저녁은 안 돼. 저 영감태기가 자기 부인한테 시골에 간다고 말했대."

"저 여자 귀엽지 않아요?" 루스토가 뤼시앵에게 물었다.

"하지만, 저 마티파는……." 뤼시앵이 큰 소리로 말했다.

"아! 순진하기는! 당신은 아직 파리 생활을 모릅니다." 루스토가 말했다. "어쩔 수 없이 받아들여야 하는 것들이 있지요. 결혼한 여자를 사랑하는 것이나 마찬가지, 그뿐입니다. 체념하고 받아들여야 해요."

에티엔과 뤼시앵은 1층 무대 앞의 박스석 안으로 들어갔다. 그곳에 극장주와 피노가 있었다. 반대편 박스석에는 마티파가 있었는데, 그는 코랄리를 후원하는 비단 상인 카뮈조, 그리고 카뮈조의 장인인 키 작고 점잖은 노인과 함께 있었다. 그세 명의 부르주아는 객석의 소란을 걱정하면서 오페라글라스의 유리알을 닦았다. 박스석들은 초연을 보러 온 요상한 무리로 가득했다. 신문기자들과 그들의 애인들, 정부를 거느린 남자들, 초연 관람을 고집하는 극장의 단골손님들, 그리고 그런 감흥을 좋아하는 사교계 사람들 등이었다. 첫 번째 박스석에는 극장 총지배인과 그의 가족들이 있었다. 그는 브뤼엘을 어떤 금융기관에 취직시켜 주었고, 통속극 작가는 그곳에서 한직의 봉급을 받고 있었다. 저녁 식사 후 벌어진 모든 광경이 뤼시앵에게는 놀랍기만 했다. 두 달 전부터 그토록 헐벗고 가난해 보였던 문학 생활, 루스토의 방에서는 그토록 끔찍했으며 갈르리 드 부아에서는 그토록 비참하게 모욕당했던 문학 생활이 기이한 양상 아래 이해할 수 없을 만큼 화려하게 전개되었다. 고상함과 저속함, 양심과의 타협, 우월함과 비굴함, 배신과 쾌락, 권세와 굴종의 뒤엉킴 앞에서 그는 믿기지 않는 광경을 보고 있는 사람처럼 어안이 벙벙했다.

"브뤼엘의 작품으로 돈을 좀 벌 것 같소?" 피노가 극장주에게 물었다.

"이 작품은 브뤼엘이 보마르셰를 모방한 연극입니다. 통속극 관객들은 이런 유의 연극을 별로 좋아하지 않아요. 그들은 감정이 풍부한 작품을 좋아하죠. 흥분과 감정에 푹 빠지기를 바라거든요. 여기서는 재치를 높이 평가하지 않아요. 오늘 저녁, 모든 것은 우아하고 매력적이고 아름다운 플로린과 코랄리에 달려 있습니다. 두 여배우가 아주 짧은 치마를 입고 에스파냐 스텝의 춤을 추면 관객을 사로잡을 수 있을 겁니다. 이 공연은 일종의 도박입니다. 신문들이 재치 있는 기사를 몇 개 써준다면 성공할 것이고, 그렇게 되면 10만 에퀴는 벌 수 있습니다."

"아, 알겠소. 성공한다 해도 그건 인기에 따른 성공일 뿐이란 말이군." 피노가 말했다.

"이웃 극장 셋이 작당 모의를 하고 있어요. 휘파람 불면서 야유하는 사람들이 있을 겁니다. 하지만 그런 고약한 계획이 실패하도록 손써 놓았습니다. 나와 싸우라고 그들이 보낸 박수부대에게 훨씬 더 많은 돈을 주었지요. 그들은 야유하면서 휘파람을 불긴 하겠지만 아주 서툴게 할 겁니다. 저기 장사치 셋이 코랄리와 플로린의 성공을 위해 각각 100장씩 표를 샀고, 박수부대를 내쫓게 할 힘 있는 지인들에게 표를 나눠주었어요. 이중으로 돈을 받은 박수부대는 순순히 밖으로 나갈 겁니다. 이런 장면이 관객들에게는 항상 좋은 인상을 주지요."

"티켓을 200장이나![120] 아주 소중한 분들일세!" 피노가 소

---

120) 세 사람이 100장씩 샀으면 300장이어야 한다. 하지만 카뮈조의 장인

리쳤다.

"그렇습니다. 플로린이나 코랄리처럼 비싸게 관리되는 예쁜 여배우가 둘만 더 있다면, 나는 곤궁에서 벗어날 겁니다."

2시간 전부터 뤼시앵이 들은 모든 일이 돈으로 해결되었다. 극장에서처럼 서점에서도, 서점에서처럼 신문에서도, 예술이나 명성이 문제가 아니었다. 그의 머리와 가슴에 조폐국의 거대한 프레스기가 내리 떨어지듯 타격을 가하며 그를 괴롭혔다. 오케스트라가 서막을 연주하는 동안, 그는 소동이 벌어지는 객석의 박수나 휘파람 소리와 다비드의 인쇄소에서 맛보았던 조용하고 순수한 시적 장면을 비교하지 않을 수 없었다. 그 시절 두 사람은 마음속으로 예술의 경이로움과 천재의 고귀한 승리와 하얀 날개를 단 영광을 그려보지 않았던가. 세나클 친구들과의 저녁을 떠올리자 시인의 눈에서 눈물이 흘렀다.

"왜 그래요?" 에티엔 루스토가 그에게 물었다.

"시궁창에서 시를 보고 있어요."

"저런! 당신은 아직도 환상을 품고 있군."

"저 뚱뚱보 마티파나 카뮈조 같은 자들에게 굽실거리면서 참고 견뎌야 하는 건가요? 여배우가 신문기자에게 아부하고, 우리가 출판업자들에게 굽실거리듯이요?"

"이봐요." 에티엔이 피노를 가리키면서 뤼시앵의 귀에 대고 말했다. "저 뚱뚱한 친구를 잘 보세요. 재치도 재능도 없지만

카르도는 초판에는 없다가 퓌른판에서 처음 등장하는데, 이때 작가가 티켓 매수 수정하는 것을 잊은 듯하다.[편]

탐욕스러워서, 무슨 대가를 치르든 한밑천 잡으려 하지요. 사업에 능해서, 도리아 서점에서는 내게 은혜를 베풀어 주는 척하며 40퍼센트나 빼앗아 가지 않았던가요? 그 사람 앞에는 편지들이 수북이 쌓여 있습니다. 장래가 촉망되는 천재 작가들이 100프랑을 위해 저 사람 앞에 무릎을 꿇는 내용이 담긴 편지들이죠.”

뤼시앵의 얼굴이 혐오감으로 일그러졌다. 가슴이 조이듯 아팠다. 편집실의 초록색 융단 위에 떨어져 있던 풍자화 속의 ‘피노, 내 100프랑은?’이라는 문구가 떠올랐다.

“차라리 죽는 편이 낫겠어요.” 그가 말했다.

“차라리 사는 편이 낫지요.” 루스토가 응수했다.

막이 오르자 극장주는 몇 가지 지시를 내리러 무대 뒤로 가기 위해 박스석을 떠났다.

그때 피노가 에티엔에게 말했다. “이봐, 도리아가 내게 주간지 지분의 3분의 1을 사라는 제안을 했어. 편집장 겸 사장이 되는 조건으로 현금 3만 프랑에 계약했네. 멋진 거래야. 블롱데의 말에 의하면 언론에 대한 제한법이 준비되고 있다니, 기존의 신문들만 살아남게 될 걸세.[121] 6개월만 지나면 새 신문을 창간하는 데 100만 프랑은 들 거야. 그래서 지금 내게는 1만 프랑밖에 없는데도 그 제안을 받아들였어. 잘 듣게. 내 몫의 반을 팔아준다면, 그러니까 신문사 지분의 6분의 1을 마티파가

---

121) 소설의 배경인 1822년은 언론 제한법이 이미 공포된 후였다. 1820년 3월 31일의 법은 정치적 정기간행물에 대한 검열에 국한되었지만, 1821년 7월 26일의 법은 그 범위를 모든 정기간행물로 확대했다.[편]

3만 프랑에 사게 해주면, 자네에게 내 소유인 소신문의 편집장 자리를 주겠네. 월급은 250프랑이야. 자네가 나의 명의 대리인이 되는 거지. 편집진 관리는 내가 계속할 거야. 표면상으론 아무런 직책도 없지만 이익금은 모두 챙길 거거든. 모든 기사에 대해 단당 100수 줄게. 자네는 다른 기사 하나에 3프랑만 지불하고 공짜 기사도 적절히 활용하면서 하루에 15프랑의 초과 수입을 올릴 수 있을 걸세. 월 450프랑은 될 거야. 신문이 어떤 사람이나 사건을 공격하거나 방어하는 결정권은 넘기지 않을 셈이네. 단, 내 정치에 누가 되지 않는 한에서, 자네는 신문을 이용해 마음대로 누구를 미워하거나 누구와 우정을 나누어도 좋아. 여당을 지지할지 과격 왕당파가 될지는 아직 모르겠네. 하지만 비밀리에 자유주의자들과의 관계도 유지하고 싶어. 자네는 좋은 친구니, 모든 것을 다 이야기하는 걸세. 어쩌면 신문에서 내가 맡고 있는 의회 관련 보고서를 자네에게 맡겨야 할지도 모르겠군. 그 일을 내가 계속하기는 어려울 테니까. 그러니 이 작은 사기에 플로린을 잘 이용해 봐. 그녀에게 약품상을 몰아치라고 해. 48시간 내에 지불을 못 하면 계약이 취소되거든. 도리아는 나머지 3분의 1 지분을 자기가 거래하는 인쇄업자와 지업사 사장에게 3만 프랑에 팔았어. 한마디로 그는 공짜로, 아니 정확히는 1만 프랑을 받고서 3분의 1 지분을 가지게 된 거지. 신문 인수에 총 5만 프랑밖에 들지 않았거든. 하지만 1년 후 궁정에 팔 때는 그 신문의 가치가 20만 프랑은 될걸. 사람들이 주장하듯, 궁정이 신문을 죽이려는 올바른 생각을 하고 있다면."

"자네, 운이 틔었군." 루스토가 목청을 높였다.

"내가 보낸 비참한 세월을 자네가 겪었다면 그런 말은 못 할 걸. 알다시피, 지금도 나는 치유할 수 없는 불행을 기꺼이 짊어지고 있다네. 어쨌거나 난 코크가에서 모자를 파는 상인의 아들이란 말이야. 오직 혁명만이 내게 출셋길을 열어줄 거야. 만일 사회가 전복되지 않는다면, 나는 백만장자가 되어야 해. 이 둘 중에는 혁명이 더 쉬울지도 모르겠네. 자네 친구처럼 귀족의 이름을 가졌다면 훨씬 유리한 상황이겠지. 쉿, 극장주가 오고 있군. 난 그만 갈게." 피노가 일어나면서 말했다. "오페라에 가보려고. 어쩌면 내일 심각한 싸움이 벌어질지도 몰라. 나는 장군들의 애인인 무용수 둘을 공격하는 치명적인 기사를 내면서, 'F'라고 이니셜을 쓸 거야. 오페라를 아주 박살 내겠어."

"오! 저런!" 극장주가 말했다.

"그렇소. 다들 나한테 인색하게 굴거든." 피노가 대답했다. "하나는 내 박스석을 빼앗았고, 다른 하나는 구독자 50명을 만들어 달라는 내 청을 거절했지. 오페라에 최후통첩을 보냈소. 이제 내가 원하는 것은 구독자 100명에, 매달 박스석 네 자리요. 그들이 조건을 수락한다면 내 신문은 서비스 구독자 800명에 현금 구독자 1000명 달성이오. 그 밖에도 구독자 200명쯤 더 확보할 방안도 있고. 1월이면 구독자는 1200명이 되고……."

"당신은 언젠가는 우리도 파산시키고 말겠군요." 극장주가 말했다.

"당신네 극장에 우리 신문 구독자는 10명밖에 되지 않아요. 그런데도 그렇게 말하다니 제정신이오?《르콩스티튀시오널》에 좋은 기사를 두 개나 써주었는데?"

"오! 선생께 불평하는 거 아닙니다." 사장이 외쳤다.

"내일 저녁에 보세, 루스토." 피노가 말했다. "내 제안에 대해서는 테아트르 프랑세에서 답해 주게. 거기서 초연하는 작품이 있어. 나는 기사를 쓸 수 없으니, 자네가 내 신문사 좌석을 이용하게. 난 자네를 선택했어. 그동안 나를 위해 많이 애써줘서 고마워하고 있어. 펠리시앵 베르누가 1년 동안 봉급을 적게 받겠다며, 그 대신 2만 프랑에 내 지분 중 3분의 1을 팔라고 제안했네. 하지만 나는 누구와 주도권을 나눌 생각이 없네. 그럼 이만."

"저 사람 이름이 피노인 데는 다 이유가 있군요."[122] 뤼시앵이 루스토에게 말했다.

"오! 교수형에 처해진대도 제 갈 길을 갈 사람이지." 에티엔은 박스석의 문을 닫고 나가는 교활한 자가 듣든 말든 상관없이 말했다.

"저 사람?" 극장주가 말했다. "그는 백만장자가 될 거요. 모든 이들의 존경도 받을 것이고, 아마 친구들도 많이 생길 겁니다……."

"거참!" 뤼시앵이 말했다. "악당들의 소굴이군! 그런데 당신은 저 매력적인 아가씨를 통해 그렇게 더러운 거래를 할 참인가요?" 그들에게 추파를 던지고 있는 플로린을 가리키며 뤼시

---

122) 피노(Finot)는 '교활하고 음흉하다'라는 뜻의 피노(finaud)와 발음이 같다.

앵이 물었다.

"그녀는 성공할 겁니다. 당신은 저 예쁜 여자들의 헌신과 술책을 몰라요." 루스토가 대답했다.

극장주가 말을 받았다. "저런 여자들은 자신의 모든 결점을 만회할 수 있습니다. 사랑하고 있을 때는 무한히 넓은 사랑으로 그들의 모든 잘못을 지워버려요. 여배우의 열정적 사랑은 그 주변 사람들의 사랑과 현저한 대조를 이루는 만큼 더욱 아름답지요."

"마치 진흙탕에서 최고의 권위를 자랑하는 왕관을 장식할 다이아몬드를 발견하는 것처럼." 루스토가 응수했다.

"저런, 코랄리가 넋이 나갔네." 극장주가 말했다. "선생 친구가 본의 아니게 코랄리를 저 지경으로 만들어 놨군요. 연기를 제대로 살리지도 못하고, 대사도 다 까먹었어요. 두 번이나 프롬프터를 놓쳤어. 선생님, 부탁입니다. 저 구석으로 좀 가세요." 그가 뤼시앵에게 말했다. "혹시나 코랄리가 당신에게 반했다면, 그녀에게 당신이 벌써 가버리셨다고 말하렵니다."

"어! 아니에요." 루스토가 소리쳤다. "이분이 야회에 참석하실 거라고 말해요. 그러니 하고 싶은 대로 하라고. 그러면 마드무아젤 마르스처럼[123] 멋지게 연기할 겁니다."

극장 사장이 자리를 떴다.

"아니, 친구!" 뤼시앵이 루스토에게 말했다. "어떻게 그런 생

---

123) 마드무아젤 마르스는 테아트르 프랑세의 전속 단원으로 활약하며 명성을 날린 여배우로, 본명은 안 프랑수아즈 이폴리트 부테(Anne-Francoise-Hippolyte Boutet, 1779~1847)다.

각을 해요? 플로린 양을 이용해 피노가 산 몫의 반을 약품상에게 팔면서, 피노가 치러야 할 3만 프랑 전액을 요구하다니. 그러고도 아무런 양심의 가책을 못 느끼나요?"

루스토는 뤼시앵이 끝까지 논쟁할 시간을 주지 않았다.

"도대체 어느 나라에서 왔나, 순진한 양반? 저 약품상은 인간이 아니라 사랑이 보내준 금고요."

"하지만 당신의 양심은?"

"이봐요, 양심이란 각자 이웃을 후려치기 위한 몽둥이 같은 겁니다. 자기 자신에게는 절대 사용하지 않는 거요. 쯧쯧! 당신은 그 양심을 얻다 쓰려고 갖고 있소? 내가 2년 동안 기다린 기적이 당신에게는 하루아침에 우연히 찾아왔는데, 쓸데없이 방법에 대해 따져 묻기나 하고! 어쩔 셈인지! 당신은 재치가 있어 보이니, 우리가 사는 이 세상에서 지적 모험가들이 가져야 할 사상의 독립을 쟁취할 수 있을 겁니다. 그런데 욕망에 사로잡혀 달걀을 먹었다고 자책하는 수녀처럼 양심의 가책 속에서 방황하고 있을 텐가요……? 만일 플로린이 성공한다면, 나는 편집장이 되어 250프랑의 고정 수입을 가지게 됩니다. 그러면 대극장들의 기사만 쓰고, 보드빌 극장들 기사는 베르누에게 맡길 겁니다. 그다음엔 당신의 데뷔를 도와서, 내 뒤를 이어 불바르 극장들을 일괄 담당하게 하려고요. 당신은 단당 3프랑을 받게 될 것이고, 하루에 하나씩 30꼭지의 기사를 쓰면 월 90프랑입니다. 또 증정본을 바르베에게 팔면 60프랑 손에 쥐죠. 그리고 당신이 맡은 극장 네 곳에서 매달 10장씩 총 40장의 티켓을 받아서 뒷거래상에게, 바르베 같은 자들이죠, 40프랑에 팝니다. 그 사람은 내가 소개할게요. 이렇게 하면 월 200프랑 벌이예요. 무엇보다, 피노에게 유용한 사람이 되면, 그가 새로 산 주간지에 100프랑짜리 기사를 쓸 수 있을 겁니다. 탁월한 재능을 펼칠 수 있다면 말입니다. 왜 냐하면 그런 기사에는 기자의 실명을 쓰고, 소신문과 달리 일 단 먹잇감을 발견하면 끝까지 물고 늘어져야 하니까요. 그렇게 되면 당신은 월 100에퀴를 벌게 됩니다. 이봐요, 세상에는 재 능 있는 사람이 널렸습니다. 매일 저녁 플리코토에서 밥 먹는 가엾은 다르테즈도 그런 인물입니다. 그런데도 그들이 300프 랑을 벌려면 10년은 기다려야 할 겁니다. 하지만 당신은 펜 하 나로 연 4000프랑을 벌 수 있어요. 당신 책이 출판될 경우, 출 판사에서 받는 인세는 제외하고도 말입니다. 군수는 겨우 월 급 1000에퀴를 받으면서 자기 군에서 흥청망청 방탕한 생활 을 즐깁니다. 공짜로 극장에 들어가는 즐거움에 대해서는 말 하지 않겠습니다. 그 즐거움은 곧 피로로 바뀔 테니까요. 어쨌 든 당신은 극장 네 곳의 무대 뒤를 마음대로 드나들게 될 겁 니다. 처음 한두 달 동안은 모질고 신랄한 기사를 쓰세요. 그 러면 온갖 초대며 여배우들과의 파티로 들볶일 겁니다. 여배 우들의 정부들도 당신의 비위를 맞추려 애쓰겠지요. 주머니에 30수밖에 없을 때나 시내에 약속이 없을 때만 플리코토에 가 는 겁니다. 오늘 저녁 5시까지만 해도 뤽상부르 공원에서 머 리가 복잡했던 당신이 지금은 프랑스에서 여론을 조성하는 특권을 가진 100명의 인사 중 하나가 되려 하고 있습니다. 사 흘 후 우리가 성공한다면, 당신은 30개의 멋진 단어를 하루에 세 번꼴로 인쇄함으로써 한 남자가 인생을 저주하게 만들 수 있습니다. 거래하는 극장의 모든 여배우 집에서 쾌락을 누리는 특권도 가질 수 있지요. 좋은 작품을 망하게 할 수도, 나쁜 작품을 보려고 파리 전체가 극장으로 몰려들게 할 수도 있을 겁니다. 도리아가 한 푼도 안 주면서 '데이지' 출판을 거절한다면, 겸손하고 유순해진 그를 당신 집으로 불러 그 원고를 2000프랑에 사게 만들 수 있습니다. 재능을 발휘해 도리아가 투자하고 있는 몇몇 사업에, 혹은 그가 기대하고 있는 책에 막대한 피해를 줄 만큼 위협적인 기사를 각각 다른 신문 세 곳에 갈겨보세요. 그는 당신의 다락방으로 기어 올라와 당신 바짓가랑이를 잡고 애원할 겁니다. 당신 소설도 마찬가지입니다. 지금은 출판업자들이 전부 정중하게 거절하지만, 그때가 되면 그들은 당신 집 앞에 줄을 설 겁니다. 도그로 영감이 400프랑으로 평가한 그 원고의 가격도 4000프랑까지 올라갈 테죠! 바로 그것이 신문기자라는 직업이 가진 특권입니다. 그래서 우리는 신문에 신출내기가 접근하는 것을 막는 겁니다. 달리 말하자면, 언론계로 뚫고 들어가는 데는 무한한 재능뿐 아니라 행운이 따라야 합니다. 그런데 당신은 지금 자기 행운에 대해 왈가왈부하고 있군요……! 아시겠어요? 우리가 오늘 플리코토에서 만나지 않았더라면, 당신은 앞으로도 3년 동안 길거리에 서서 마냥 기다리든지, 아니면 다르테즈처럼 다락방에서 굶어 죽었을지도 모릅니다. 다르테즈가 벨처럼[124] 박식해지고

---

124) 피에르 벨(Pierre Bayle, 1647~1706)은 작가이자 계몽주의 철학자, 개

루소처럼 위대한 작가가 되었을 때, 우리는 재산을 모았을 것이고, 그의 재산과 그의 명성을 지배할 만큼 되어 있을 겁니다. 피노는 국회의원이 될 것이고, 대신문의 소유주가 될 겁니다. 그리고 우리는 말이죠, 우리는 무엇이든 우리가 원했던 사람이 될 겁니다. 프랑스 귀족원 의원이 되든지, 아니면 빚 때문에 생트펠라지에[125] 갇히게 되겠지요."

"그리고 피노는 자기의 대신문을 값을 제일 많이 쳐줄 장관들에게 팔아먹겠지요. 비르지니 양을 헐뜯으면서 바스티엔 부인을 찬양하는 기사를 팔아먹듯이. 전에는 그토록 칭찬했던 비르지니 양의 모자보다 바스티엔 부인의 모자가 훨씬 멋지다고 주장하겠지요!" 뤼시앵은 자신이 목격했던 장면을 떠올리면서 큰 소리로 말했다.

"당신은 정말 바보군." 루스토가 냉정하게 말했다. "3년 전만 해도 피노는 다 떨어진 장화를 신고 다녔고, 타바르 식당에서 16수짜리 저녁을 먹었고, 10프랑짜리 광고 전단을 닥치는 대로 썼어요. 그가 연미복을 입는 것은 성모수태의 신비만큼이나 불가해한 수수께끼였죠. 그런데 지금은 그 가치가 10만 프랑으로 추산되는 신문을 단독 소유하고 있어요. 공짜가 아니라 돈을 내는 진짜 구독자들의 구독료에다 그의 삼촌이 벌

신교 사상가다. 회의주의적 경향이 강했으며, 낙관론이나 유신론을 날카롭게 공격하고 이교도나 무신론자에 대한 관용을 주장했다. 주요 저서로는 『역사 및 비평 사전』이 있다.

125) 클레가 14번지에 있던 채무자 감옥이다. 빚을 갚지 못해 유죄판결을 받은 사람을 감금했다.[편]

어들이는 간접적인 수입을 합하면 연간 2만 프랑이죠. 매일 저녁 세상에서 가장 호화로운 식사를 하고, 한 달 전부터는 이륜마차도 소유하게 됐고. 그런데 내일이면 주간지의 주주 중 하나가 되는 거라고요. 돈 한 푼 안 들이고 6분의 1의 소유권을 가지고 500프랑의 월급을 받고, 자기는 쓰지도 않은 기사의 원고료로 1000프랑을 더 받으면서 말이죠. 실제로 그 돈을 내는 건 동업자들이고요. 만일 피노가 장당 50프랑 주겠다고 제의한다면, 제일 먼저 기꺼이 그에게 기사 세 개를 공짜로 써줄 사람은 바로 당신일 텐데요. 당신이 그와 비슷한 지위에 있다면 그를 비판해도 좋습니다. 동류의 사람들에게만 비판받을 수 있으니까. 만일 당신이 지위의 차이에서 비롯된 증오심에 맹목적으로 편승해, 피노가 '공격하라!' 하면 공격하고 '칭찬하라!' 하면 칭찬한다면, 당신에겐 찬란한 미래가 펼쳐질 겁니다. 만일 당신이 누군가에게 복수하고 싶으면, '루스토, 우리가 그놈을 죽여 버리자!' 하고는 매일 아침 우리 신문에 한 문장씩 넣어주기만 하면, 친구건 적이건 사정없이 때려잡을 수 있고, 주간지에 큰 기사를 써서 그 희생자를 다시 죽여 버릴 수도 있어요. 마지막으로, 그것이 당신에게 정말 중요한 일이라면, 피노는 1만 2000명 내외의 구독자를 가진 대신문이 최후의 일격을 가하게 해줄 겁니다, 피노에게 당신이 쓸모 있는 인물인 한은."

"그러니까 당신은 플로린이 그 거래를 약품상이 받아들이게 할 수 있다고 생각하는군요?" 루스토의 말에 현혹되어 얼떨떨해진 뤼시앵이 말했다.

"그렇게 생각합니다. 막간이군요. 먼저 몇 마디 해둬야겠습니다. 오늘 밤에 결론이 날 겁니다. 일단 말을 꺼낸 후에는 플로린과 내가 기지를 잘 발휘해야죠."

"저 정직한 상인은 입을 헤벌리고 플로린을 찬미하면서 자기가 3만 프랑을 강탈당하리라고는 생각지도 못하고 있을 텐데……!"

"또 바보 같은 소리! 누가 그의 돈을 훔친답니까?" 루스토가 소리쳤다. "이봐요, 내각이 신문을 사들인다면, 약품상은 3만 프랑을 투자해서 6개월 만에 5만 프랑을 벌게 됩니다. 게다가 마티파에게 신문은 중요하지 않아요. 그에게 중요한 것은 플로린이 얻는 이득이죠. 마티파와 카뮈조가, 그들은 사업을 공유하니까, 어떤 잡지의 소유자라는 사실이 알려지면 모든 신문은 플로린과 코랄리에게 호의적인 기사를 싣겠죠. 플로린은 유명해질 것이고, 아마도 다른 극장에서 1만 2000프랑의 전속 계약을 하게 될 수 있어요. 결국 마티파는 기자들을 위한 선물이나 식사 비용으로 들어가는 월 1000프랑을 절약하는 셈이죠. 당신은 사람도 사업도 모르는군요."

"불쌍한 사람!" 뤼시앵이 말했다. "멋진 밤을 기대하고 있을 텐데."

"그리고," 루스토가 덧붙였다. "그가 피노로부터 소유권의 6분의 1을 취득하겠다는 의사를 밝히기 전까지는 플로린이 온갖 구실로 그를 괴롭힐 겁니다. 일단 그가 결심하면 그다음 날로 나는 편집장이 되고 월 1000프랑을 벌게 되지요. 드디어 내 가난이 끝나는구나!" 플로린의 애인이 외쳤다.

생각에 잠겨 멍한 상태로 있는 뤼시앵을 남겨두고 루스토
는 밖으로 나갔다. 뤼시앵은 있는 그대로의 세상 위를 날아다
니고 있었다. 갈르리 드 부아에서 출판계의 요령과 명성을 얻
는 방법을 보고 극장 무대 뒤를 돌아다닌 뒤에, 시인은 양심
의 이면과 파리 생활이라는 톱니바퀴의 움직임과 세상만사
의 메커니즘을 알게 되었다. 무대 위의 플로린에 감탄하면서
루스토의 행복이 부러웠다. 잠깐 사이에 이미 마티파는 잊었
다. 그곳에 머문 시간은 아주 짧았다. 아마 5분 정도밖에 되
지 않았을 것이다. 그러나 그것은 영원처럼 느껴졌다. 붉은색
아이새도로 강조한 음탕한 눈길을 보내고, 눈부신 젖가슴을
드러내고, 선정적으로 주름 잡힌 바스크풍의 짧은 치마를 입
고, 가장자리를 초록색으로 수놓은 빨간 스타킹을 신은 다리
를 내보이며, 아래층 객석을 흥분의 도가니로 몰아넣을 수 있
도록 소리 나는 굽 달린 구두를 신고 있는 여배우들의 공연
을 보면서 관능이 불타올랐고, 뜨거운 상념은 그의 영혼에 불
을 질렀다. 홍수가 나면 두 개의 물줄기가 하나로 합쳐지듯이,
나란히 달리던 두 가지 타락이 박스석 구석에 팔꿈치를 괴고,
붉은 벨벳 팔걸이에 팔을 얹고, 손은 늘어뜨린 채 무대를 응
시하고 있는 시인을 집어삼켰다. 시인은 자기도 모르게 그 타
락에 빠져들었다. 근면하고 어둡고 단조로운 밤을 보내던 생
활 후에 맛보는 것인 만큼, 번개와 구름이 뒤섞인 삶에 매혹되
기는 더욱 쉬웠다. 갑자기 사랑에 빠진 빛나는 시선이 무대의
막을 뚫고 뤼시앵의 무심한 눈에 들어왔다. 무감각 상태에서
깨어난 시인은 코랄리의 불타는 시선이 자신을 향하고 있음

을 깨달았다. 그는 고개를 숙였다. 마침 맞은편 박스석으로 들어오는 카뮈조가 눈에 들어왔다. 이 애호가는 부르도네가에서 비단 포목점을 운영하는 뚱뚱하고 기름진 사람으로, 상사법원 판사고,[126] 네 아이의 아버지이며, 두 번 결혼한, 8만 리브르의 연금을 가진 부자였다. 그러나 쉰여섯 살이었고, 머리는 회색 모자를 쓴 듯 희끗희끗했으며, 장사꾼으로서 온갖 모욕을 참고 견딘 후 이제 멋진 쾌락을 맛보지 않고 이대로 죽을 수는 없다는 생각에 여생을 즐기려는 위선자의 표정을 짓고 있었다. 신선한 버터색 이마와 수도승처럼 혈색 좋은 두 뺨은 극도로 벅찬 환희를 모두 담기에는 너무 좁아 보였다. 카뮈조는 부인과 함께 오지 않았다. 그는 코랄리를 위해 객석이 떠나가도록 박수를 칠 생각이었다. 코랄리는 이 부자 상인의 자랑거리였으며, 코랄리의 집에서 그는 옛 시절의 대영주처럼 굴었다. 당시에 그는 이 여배우의 성공이 절반은 자기 덕이라고 생각했다. 돈으로 성공을 샀던 만큼 더욱 그렇게 생각했다. 장인 카르도와 함께 있는 것으로 보아, 그의 외도는 승인 받은 듯했다. 카르도는 머리에 분을 칠하고 음탕한 시선을 던지는 작은 노인이었지만, 그래도 위엄이 있었다. 뤼시앵의 혐오감이 되살아났다. 그는 1년 동안 바르주통 부인에 대해 품었던 순수하고 열정적인 사랑을 떠올렸다. 곧이어 시인의 사랑이 하

126) 1808년 프랑스 상법 4권 1장 618~620조에 따르면, 상사법원의 판사는 선출직으로, 동료 상인들이 뽑은 명망 있는 상인이 맡았다. 판사의 자격은 5년 이상의 경력을 가진 30세 이상의 지역 상인이었고, 재판장은 판사를 역임한 경험이 있는 40세 이상의 상인이었다.

얀 날개를 펼치자, 수많은 추억이 푸른빛을 띤 지평선처럼 앙굴렘의 위인을 감쌌고, 그는 다시 몽상에 빠졌다. 막이 올랐다. 코랄리와 플로린은 무대 위에 있었다.

코랄리가 자기 대사를 읊는 동안 그 옆에서 플로린이 그녀에게 낮은 소리로 말했다. "얘, 그분은 너한테 아무 관심도 없어."

뤼시앵은 웃음을 참을 수 없었다. 코랄리를 유심히 보았다. 그녀는 가장 매력적이고 관능적인 파리의 여배우 중 하나로, 페랭 부인이나 플뢰리에 양의 경쟁자였는데, 그들과 모습도 닮았고 운명도 비슷했다. 그녀는 마음대로 남자들을 홀릴 수 있는 유형이었다. 금빛 상아색을 띠는 갸름한 타원형 얼굴에서는 유대인의 신비와 고귀함이 느껴졌고, 입술은 석류처럼 붉었으며, 턱은 술잔의 테두리처럼 가늘고 섬세했다. 까만 눈동자로 인해 불타는 듯 보이는 눈꺼풀과 말려 올라간 속눈썹 밑으로는 사랑에 번민하는 시선이 숨겨져 있음을 짐작할 수 있었다. 그 순간 그 시선에서는 사막의 타는 듯한 열기가 뿜어져 나왔다. 올리브색으로 둥글게 그림자 진 눈 위에는 활 모양으로 휜 짙은 눈썹이 그려져 있었다. 니스 칠한 것처럼 빛나는 새카만 밴드 두 줄을 두른 갈색 이마에는 천재라고 믿게 만드는 웅장한 사상이 자리하고 있는 듯 보였다. 하지만 많은 여배우들이 그렇듯이, 코랄리는 무대 뒤에서의 농담에는 익숙했지만 재치는 없었고, 응접실에서의 경험은 많지만 교육은 받지 못했기에, 사랑에 빠진 여인 특유의 감각적 능력과 착한 마음씨밖에는 가진 것이 없었다. 게다가 둥글고 윤기 나는 팔과 날씬하게 다듬은 손가락과 금빛 어깨, '노래 중의 노래'인 「아가서」를[127] 부를 때의 앞가슴, 생기 넘치는 굽은 목, 빨간 스타킹을 신은 우아하고 사랑스러운 다리 등으로 시선을 사로잡을 때, 누가 윤리나 도덕을 생각할 수 있을까? 진정 동양적이라 할 수 있는 그녀의 시적 아름다움은 극장에 어울리는 에스파냐 의상에 의해 더욱 두드러져 보였다. 코랄리는 객석에 기쁨을 주었다. 그곳에서 모든 이들의 시선은 에스파냐 의상으로 꽉 졸라맨 그녀의 허리를 떠날 줄 몰랐고, 선정적인 무늬가 찍힌 안달루시아풍 치마 아래 엉덩이를 어루만졌다. 오로지 자기만을 위해 연기하는 이 여인을 보면서 뤼시앵은 천국의 아이가 사과 껍질을 걱정하듯 카뮈조가 걱정되면서도, 순수한 사랑보다 관능적인 사랑을, 욕망보다 쾌락을 우위에 놓았다. 그러자 음란의 악마가 그에게 끔찍한 생각을 불어넣었다. 그는 생각했다. '나는 맛있는 음식이나 술이나 물질의 향락 속에서 뒹구는 사랑을 모른다. 이제까지는 사실이 아닌 사상에 의해서만 살았다. 하지만 모든 것을 그리려 하는 사람은 모든 것을 알아야 한다. 오늘이 나의 첫 번째 호사스러운 야식이고, 낯선 이들과의 첫 번째 향연이다. 지난 세기에 대영주들이 부정한 여인들과 함께 살면서 빠져들었던 그 대단한 희열을 나라고 해서 한번 맛보지도 말란 법은 없지 않나? 매춘부들이나 여배우들에게서 사랑의 환희, 완벽함, 격정, 능력, 섬세함 등을 배워 진정한 사랑의 아름다운 영역으로 옮겨 가려

---

127) 구약성경의 「아가서」에는 '가장 아름다운 솔로몬의 노래'라는 표제가 붙어 있다.

할 뿐인데, 왜 그런 것들을 알아서는 안 된단 말인가? 결국 그 것은 감각의 시가 아닌가? 두 달 전만 해도 저 여인들은 무서 운 용들이 지키는 범접할 수 없는 여신들처럼 보였더랬다. 그 런데 루스토를 부러워하게 만들었던 플로린보다도 더 아름다 운 한 여인이 내 앞에 있다. 대영주들은 저런 여인과의 하룻밤 을 위해 막대한 보물을 썼는데, 나를 욕망하는 저 여인의 환 상을 이용하면 왜 안 된단 말인가? 대사(大使)들은 이런 깊은 구렁에 발을 들여놓으면서 전날 밤에 대해서도 다음 날에 대 해서도 걱정하지 않는다. 왕자들보다 더 조심스럽다면, 난 멍 청이일 것이다. 무엇보다 나는 아직 아무도 사랑하지 않는다!' 뤼시앵은 더 이상 카뮈조를 생각하지 않았다. 가장 추악한 공 유에 대해 루스토에게 심한 혐오감을 표명했던 뤼시앵 스스 로 그 구덩이에 빠졌다. 그는 열정이라는 위선에 이끌려 욕망 속을 헤엄치고 있었다.

"코랄리가 당신한테 푹 빠졌군요." 루스토가 들어오면서 말 했다. "그리스의 가장 유명한 대리석 조각상과 맞먹는 당신 미 모가 무대 뒤를 뒤집어 놨네요. 당신은 행운아입니다. 열여덟 살의 코랄리는 며칠 내로 그 미모 덕분에 연 6만 프랑은 벌게 될 겁니다. 그녀는 아직 신중하게 처신하고 있어요. 3년 전 제 어미에 의해 6만 프랑에 팔린 후 지금까지 슬픔만 알았던 그 녀는 이제 행복을 찾아가는 중입니다. 절망 속에서 연극계에 발을 디딘 코랄리는 처음 그녀를 샀던 앙리 드 마르세를 몹시 미워했지요. 그러다 댄디의 왕으로 불리는 마르세가 그녀를 놔주어 비참한 처지에서 벗어났을 때, 마음 좋은 카뮈조를 만나게 된 겁니다. 그를 사랑하진 않지만, 아버지처럼 대해 주니 참고 견디며 그의 사랑을 받아들인 거죠. 벌써 여러 차례 무척 비싼 제안을 거절했는데, 그래도 카뮈조와의 관계는 잘 유지해 오고 있어요. 카뮈조가 그녀를 괴롭히진 않으니까요. 말하자면 당신이 그녀의 첫사랑인 겁니다. 거참! 당신을 보자마자 가슴에 총을 맞은 것 같았답니다. 그래서 당신의 냉정함 때문에 지금 분장실에서 울고 있는 그녀를 플로린이 달래는 중이죠. 이러다간 공연을 망치게 생겼어요. 코랄리는 자기 역할이 뭔지도 잊어버렸어요. 이러면 카뮈조가 그녀를 위해 그토록 애썼던 짐나즈 극장과의 계약도 끝장입니다!"

"세상에, 가엾은 여자!" 뤼시앵이 말했다. 루스토의 말이 그의 허영심을 만족시켰고 마음은 자만심으로 부풀어 올랐다. "내가 18년 동안 살면서 겪었던 것보다 더 많은 사건이 하룻저녁 사이에 벌어지고 있어요."

뤼시앵은 바르주통 부인과의 사랑과 샤틀레 남작에 대한 증오를 이야기했다.

"그것 참 잘됐군. 지금 신문은 먹잇감이 필요합니다. 그 양반을 붙들고 두드려 패 봅시다. 그 남작은 제정 시대의 멋쟁이고 정부 여당을 지지하죠. 우리에게 딱 맞는 대상입니다. 오페라에서 종종 그를 보았습니다. 당신의 그 귀부인이 누구인지 알 만합니다. 데스파르 후작 부인의 박스석에 자주 나타나더군요. 남작은 그 오징어 뼈 같은, 당신의 옛 정부에게 계속 작업을 걸고 있습니다. 앗, 잠깐만! 방금 피노가 급히 사람을 보냈는데, 신문에 실을 카피가 없다네요. 동료 기자 중 하나인

엑토르 메를랭이라는 괴이한 젊은 녀석이 그를 골탕 먹인 거
죠. 그가 쓴 기사의 여백을 원고료에서 제했거든요. 피노는 절
망에 빠져 부랴부랴 오페라를 비난하는 기사를 대충 쓰고 있
답니다. 자, 친구, 이 작품에 관한 기사를 하나 써요. 작품을
잘 보고 어떻게 기사를 쓸지 생각하는 겁니다. 나는 사장실에
가서 당신이 증오하는 그 남자와 당신의 그 아름답고 건방진
여인에 대한 3단 기사를 구상하겠어요. 내일이면 그들은 아주
난처한 처지에 놓이게 될 겁니다."

"그런데 신문은 어디서 어떻게 만들어지나요?" 뤼시앵이 물
었다.

"항상 이렇게!" 루스토가 대답했다. "10개월 전부터 신문사
에 있었지만, 밤 8시에는 신문 카피가 나왔던 적이 한 번도 없
어요."

인쇄 업계의 은어로 '카피'는 조판 전 원고를 말하는데, 기
자들이 항상 자기 기사의 사본만을 보내기 때문에 생겨난 말
로 추정된다. 혹은 라틴어 코피아(풍요)의 냉소적 번역어인지도
모른다. 카피는 항상 부족하니까!

"몇몇 호에 실릴 기사를 미리 확보하는 것은 결코 실현될
수 없는 거대한 계획입니다." 루스토가 말했다. "지금이 벌써
10시인데, 기사는 아직 한 줄도 없어요. 그러니 이번 호를 빛
나게 마무리하려면, 국회의원들, 대법관 크뤼조에,[128] 장관들,

---

128) 복고왕정기 대법관 샤를 앙리 당브레(Charles-Henri Dambray,
1760~1829)의 별명이다. 어느 날 루이 18세는 누군가 문을 노크하자 자
신의 정부인 조에 탈롱 카일라 백작 부인(Zoé Talon, comtesse de Cayla,

필요에 따라서는 친구들이라도 조롱하는 풍자 기사 20편 정도를 베르누와 나탕에게 써달라고 할 겁니다. 그 경우 아버지라도 살육해야죠. 우리는 죽지 않기 위해서라면 노획물로 빼앗은 금화라도 대포에 장전하는 해적입니다. 재치 있는 기사를 쓰세요. 그러면 피노에게 깊은 인상을 줄 겁니다. 계산에 따라 감사하는 사람이거든요. 그것이야말로 가장 단단하고 확실한 감사죠. 물론 전당포의 감사보단 못하지만……."

"도대체 신문기자란 어떤 사람들입니까?" 뤼시앵이 언성을 높였다. "식탁에 앉아서도 재치를 부려야 한다니……."

"기름등에 불을 붙이는 것과 완벽하게 똑같죠. 등불은 기름통이 바닥날 때까지 타고, 우리는 재치가 바닥날 때까지 글을 쓰고."

루스토가 박스석의 문을 열자, 극장주와 브뤼엘이 들어왔다.

"선생님," 작품을 쓴 작가가 말했다. "야회가 끝난 후 당신이 그녀와 함께 갈 거라고 코랄리에게 말하게 해주십시오. 그러지 않으면 제 작품은 실패합니다. 저 가엾은 아가씨는 자기가 무슨 말을 하는지 무엇을 하는지도 모릅니다. 웃어야 할 때 울고, 울어야 할 때 웃을 것만 같습니다. 관객들이 벌써 휘파람 불면서 야유하고 있어요. 선생께서 도와주신다면, 아직은 작품을 구할 수 있습니다. 선생을 기다리고 있는 쾌락이 선생께 불행은 아니잖습니까."

1785~1852)이라 여겨 "들어와요, 조에!"라고 외쳤다. 하지만 이때 들어온 이는 대법관 당브레였고, 이 일화를 가지고 소신문들이 '크뤼조에(Cru-Zoé, 조에라고 착각)'라는 별명을 붙여 그를 조롱하는 기사들을 썼다.[편]

"하지만 작가님, 저는 경쟁자를 가지는 데 익숙하지 않습니다." 뤼시앵이 대답했다.

"그녀에게는 절대 그런 말 마세요." 극장주가 작가를 쳐다보며 큰 소리로 말했다. "코랄리는 카뮈조를 창문 밖으로 던져버릴 수도 있는 여자예요. 그렇게 자신을 파멸시키겠죠. 저 의젓한 '황금 고치' 점주는 코랄리에게 월 2000프랑을 주고 그녀의 의상과 박수부대 비용도 대고 있다고요."

"나는 당신이 한 약속과 전혀 상관없으니, 당신이 알아서 이 작품을 성공시키세요." 뤼시앵이 거만하게 말했다.

"최소한 저 매력적인 아이를 혐오하는 것 같은 태도는 보이지 말아주십시오." 브뤼엘이 애원하듯 말했다.

"그러니까 나는 당신 연극에 관해 기사도 써야 하고, 당신의 주연 여배우에게 미소도 지어야 하는군요. 좋습니다!" 시인이 큰 소리로 말했다.

작가는 코랄리에게 무슨 신호를 보낸 후 사라졌고, 그 이후 그녀는 완벽하게 연기했다. 늙은 에스파냐 판사 역할을 맡아 처음으로 노인 역에 재능을 보여준 부페가 우레와 같은 박수갈채를 받으며 무대 가운데로 나와서 말했다. "여러분, 우리가 여러분께 선보인 극은 라울 씨와 퀴르시[129] 씨의 작품입니다."

"뭐? 나탕의 작품이라고!" 루스토가 말했다. "이제야 그가 왜 여기에 왔는지 이해되는군."

"코랄리! 코랄리!" 흥분한 관객들이 소리쳤다. 두 상인이 있

---

129) 브뤼엘의 필명이다.[편]

는 박스석으로부터 커다란 함성이 흘러나왔다. "플로린, 플로린, 코랄리!" 그러자 몇몇 사람들이 그걸 따라 외쳤다. 무대 막이 다시 올라가고, 부페가 두 여배우와 함께 다시 나타났다. 마티파와 카뮈조는 각각 플로린과 코랄리에게 화관을 던졌다. 코랄리는 자기 화관을 집어 뤼시앵을 향해 내밀었다. 극장에서 보낸 이 2시간은 뤼시앵에게 꿈만 같았다. 무대 뒤의 모습은 불쾌하고 흉측했지만, 바로 그곳으로부터 매혹적인 작품이 시작되는 것이다. 아직은 순진했던 시인은 그곳에서 무질서의 바람과 관능의 공기를 마셨다. 기계장치로 가득하고 기름등 냄새를 풍기는 더러운 복도에는 영혼을 갉아먹는 페스트 같은 것이 퍼져 있다. 그곳에서는 삶이 성스럽지도 현실적이지도 않다. 사람들은 진지한 것을 비웃는다. 그곳에서는 불가능한 것들도 사실로 보인다. 뤼시앵에게는 그 모든 것이 마취제 같았다. 그리고 마침내 코랄리는 그를 행복한 도취에 빠지게 했다. 천장의 등이 꺼졌다. 이제 극장 안에는 좌석 안내원들만 남아 이상한 소리를 내면서 작은 의자들을 치우고 박스석의 문을 닫았다. 한 자루의 양초가 꺼지듯 순식간에 꺼진 무대 앞 조명에서는 고약한 냄새가 났다. 막이 걷어 올려졌다. 천장에서 램프가 내려왔다. 소방수들이 잡역부들과 함께 순찰을 돌았다. 무대 위의 요정극, 예쁜 여자들로 가득했던 박스석, 눈부신 조명과 무대 장식과 새로운 의상의 화려한 마술, 그 뒤에 남은 것은 냉기와 공포와 어둠과 공허함이었다. 무시무시한 광경이었다.

뤼시앵은 이루 말할 수 없는 충격에 사로잡혔다.

“자, 이리로 오겠나, 친구?” 루스토가 무대 위에서 말했다.
“이리로 뛰어오르게.”

뤼시앵은 껑충 뛰어 무대 위로 올라갔다. 무대의상을 벗고
평범한 실내복에 외투를 걸치고, 검은 베일 모자를 쓴, 그러니
까 애벌레 상태로 돌아간 나비 같은 플로린과 코랄리를 뤼시
앵은 겨우 알아보았다.

“팔짱을 껴도 되나요?” 코랄리가 달달 떨면서 뤼시앵에게
물었다.

“기꺼이.” 뤼시앵은 말했다. 여배우의 심장이 뛰는 것이 가슴
으로 느껴졌다, 새를 잡으면 그 새의 심장박동이 느껴지듯이.

여배우는 시인에게 바싹 몸을 붙이고는, 부드럽고도 격렬하
게 주인의 다리에 몸을 비벼대는 암고양이의 관능을 맛보았다.

“야식 먹으러 같이 가요!” 그녀가 뤼시앵에게 말했다.

넷은 밖으로 나왔다. 포세 뒤 탕플가를 향해 있는 배우 출
입구 앞에 삯마차 두 대가 대기하고 있었다. 코랄리는 뤼시앵
을 마차에 태웠다. 그 마차에는 이미 카뮈조와 그의 장인 카
르도 영감이 타고 있었다. 그녀는 브뤼엘에게 네 번째 자리를
권했다. 극장주는 플로린, 마티파, 루스토와 함께 떠났다.

“이런 삯마차는 창피해!” 코랄리가 말했다.

“어째 전용 마차가 없어요?” 브뤼엘이 물었다.

“왜 없을까요?” 화난 그녀가 언성을 높였다. “사위를 조종하
고 계실 것이 분명한 카르도 씨 앞에서 이런 말을 하고 싶진
않지만, 카르도 씨는 키도 작고 늙었으면서 플로랑틴에게 월
500프랑밖에 주지 않는다면 믿으시겠어요? 그걸로는 겨우 집

세를 내면서 식비와 나막신을 살 수 있어요. 60만 리브르의 연금을 가진 로슈기드라는 늙은 후작이 두 달 전부터 제게 쿠페 마차를 제안하고 있어요. 하지만 전 예술가지 그렇고 그런 여자가 아니에요."

"내일모레면 마차를 소유하게 될 겁니다, 마드무아젤." 카뮈조가 진지하게 말했다. "하지만 당신은 내게 그런 것을 한 번도 요구하지 않았잖소?"

"그런 걸 꼭 말로 해야 하나요? 한 여자를 사랑한다면서, 그녀가 진창 속을 걷거나, 걷다가 다리가 부러져도 괜찮아요? 옷이 진흙투성이가 되는 걸 좋아할 사람은 옷감 장수들뿐일 걸요."

카뮈조의 마음을 아프게 하는 신랄한 말을 하면서, 코랄리는 뤼시앵의 다리를 찾아 자기 다리 사이에 끼고 누르면서 그의 손을 꼭 잡았다. 그녀는 아무 말도 하지 않은 채 무한한 쾌락 속에 빠져든 것처럼 보였다. 그 쾌락은 가엾은 여인들에게 지나간 슬픔과 불행을 보상해 주며, 쾌락과 슬픔 사이의 격렬한 대조를 모르는 여인들은 알지 못할 시적 정취를 그네들의 영혼 속에 꽃피운다.

"결국 마드무아젤 마르스처럼 멋진 연기를 해냈어요." 브뤼엘이 코랄리에게 말했다.

"맞아요." 카뮈조가 말했다. "처음에는 뭔가 언짢은 기색이 있었는데, 2막 중간부터 신들린 듯 연기했지요. 작가님 성공의 반은 여배우 덕분입니다."

"그녀 성공의 반도 내 덕이지요." 브뤼엘이 말했다.

“당신들과는 아무 상관도 없는 것을 가지고 서로 싸우고 계시네요.” 코랄리가 아까와는 다른 목소리로 말했다.

코랄리는 잠시 어두워진 틈을 타 자기 입술에 뤼시앵의 손을 가져다 대고, 그 손을 눈물로 적시면서 키스했다. 뤼시앵은 뼛속까지 밀려드는 감동을 느꼈다. 사랑에 빠진 화류계 여인의 겸손함에는 천사보다도 너그러운 마음이 깃들어 있었다.

“선생님께서 기사를 쓰실 겁니다.” 브뤼엘이 뤼시앵을 가리키며 말했다. “우리의 사랑스러운 코랄리를 위해 멋진 기사를 써주시겠죠.”

“오! 제발 그렇게 해주십시오.” 카뮈조는 뤼시앵 앞에 무릎이라도 꿇을 기세로 말했다. “변함없는 종복이 되어 선생님을 위해 무엇이든 하겠습니다.”

“제발 이분이 마음대로 하도록 내버려두세요.” 여배우가 화를 내며 말했다. “이분은 본인이 쓰고 싶으신 대로 쓰실 거예요. 카뮈조 아빠, 내게 찬사를 보내지 말고 마차를 사줘요.”

“별 어려움 없이 찬사 받으실 겁니다.” 뤼시앵이 대답했다. “저는 아직까지 신문에 기사를 쓴 적이 없어서 언론계의 생태를 잘 모릅니다만, 저의 첫 기사는 아가씨를 위한 것이 될 겁니다……”

“재밌겠는데!” 브뤼엘이 말했다.

“봉디가에 도착했소.” 코랄리의 무례한 말에 충격을 받았던 카르도 영감이 말했다.

“당신이 내게 첫 기사를 주신다면, 나는 당신께 나의 첫 마음을 드리겠어요.” 마차에 둘만 남게 된 짧은 순간에 코랄리가 말했다.

코랄리는 미리 보내놓은 의상으로 갈아입으러 플로린의 침실로 들어갔다. 뤼시앵은 벼락부자가 되어 인생을 즐기려는 상인들이 여배우나 정부의 집에서 과시적으로 펼치는 사치를 알지 못했다. 마티파는 동료 상인 카뮈조만큼 큰 재산가는 아니었기에 꽤 인색한 편이었음에도, 뤼시앵은 식당과 거실을 보고 깜짝 놀랐다. 식당은 예술적으로 장식되어 있었다. 벽은 금칠한 못대가리로 장식한 녹색 천으로 덮였고, 아름다운 램프들이 실내를 환하게 밝혔으며, 창가에는 꽃이 가득 담긴 화분들이 놓여 있었다. 거실 벽지는 갈색 장식이 돋보이도록 노란 비단이 사용되었고, 유행하는 가구들과 토미르[130] 상점의 샹들리에와 페르시아 스타일 양탄자가 찬란하게 빛났다. 괘종시계, 촛대, 벽난로 등 모든 것이 고급 취향이었다. 마티파는 자기 집을 설계했던 그랭도에게 실내장식을 일임했는데, 젊은 건축가는 이 아파트가 누구를 위한 것인지 잘 알았기에 각별히 신경 썼다. 천생 상인인 마티파는 아주 적은 액수를 지출할 때도 신중했고, 자기 앞에 놓인 계산서의 숫자를 끊임없이 쳐다보는 듯했다. 그는 호사스러운 집기들을 보석 상자에서 함부로 꺼낸 보석인 양 바라보았다.

'나도 플로랑틴을 위해 이 정도는 해주어야겠지.' 카르도의 눈에서는 이런 생각을 읽을 수 있었다.

---

130) 피에르 필리프 토미르(Pierre-Philippe Thomire, 1751~1843)는 나폴레옹 제국기의 가장 유명한 청동 조각가이자 청동 제품 제작자다.

문득 뤼시앵은 사랑받는 기자 루스토가 자기 숙소의 상태
는 안중에 없는 것이 이해되었다. 이 파티의 숨은 주인공 루
스토는 아름다운 모든 것들을 즐겼다. 그는 집주인처럼 벽난
로 앞에 편하게 자리 잡고서 브뤼엘을 축하하는 극장주와 이
야기를 나눴다.

"카피! 카피!" 피노가 뛰어 들어오며 소리쳤다. "신문사에 카
피가 하나도 없어. 식자공이 지금 내 기사를 조판 중인데 그
것도 곧 끝난다고."

"우리가 후딱 써주지." 에티엔이 말했다. "플로린의 응접실에
테이블이 있고 불이 지펴져 있을 거야. 마티파 씨가 종이와 잉
크를 가져다주신다면, 플로린과 코랄리가 옷을 갈아입는 동안
우리가 뚝딱 신문을 만들겠네."

깃펜과 펜촉 깎는 칼, 그리고 두 작가에게 필요한 모든 것
을 급하게 구하기 위해 카르도와 마티파와 카뮈조는 서둘러
나갔다. 그때 그 시대의 가장 아름다운 무용수 중 하나인 튈
리아가 거실로 뛰어 들어왔다.

"이봐요," 그녀가 피노에게 말했다. "당신 신문의 구독자
100명을 구했어요. 극장 경영진에는 전혀 부담이 안 될 거예
요. 합창단, 오케스트라, 무용단에 이미 다 할당되었거든요.
당신 신문은 재치가 넘치니까 아무도 불평하지 않을 거예요.
여러 개의 전용 박스석도 받게 될 거예요. 자, 여기 첫 3개월분
구독료예요." 그녀는 은행 지폐 두 장을 내밀면서 말했다. "그
러니까 나를 혹평하지 말아요!"

"큰일이군." 피노가 소리쳤다. "야비한 독설을 삭제하면 이번

호 머리기사가 없어져 버리는데……."

"이 얼마나 아름다운 행동인가, 성스러운 나의 라이스!"[131] 나탕, 베르누와 함께 무용수를 따라 들어온 블롱데가 외쳤다. 블롱데에 이끌려 클로드 비뇽도 왔다. "너도 우리와 함께 야식을 먹자, 사랑스러운 아가씨. 안 그러면 나비를 짓밟듯, 나비 같은 너를 짓밟아 버릴 거야. 너는 무희니까 재능에 있어서는 여기 있는 그 누구에게도 경쟁심을 불러일으키지 않을 테고, 미모로 말하자면, 너희들 모두 현명하니 공공연히 질투하진 않겠지."

"세상에! 이보게 친구들! 브뤼엘, 나탕, 블롱데, 나 좀 살려 주게." 피노가 소리쳤다. "기사 다섯 단이 필요해."

"제가 연극에 관해 2단 기사를 쓸게요." 뤼시앵이 말했다.

"내가 구상해 놓은 주제로도 1단은 쓸 수 있어." 루스토가 말했다.

"그럼, 나탕, 베르누, 브뤼엘, 자네들은 말단의 조롱 기사를 좀 써주게. 친절한 블롱데는 1면에 짧은 기사로 2단을 써줄 수 있겠지. 난 인쇄소로 달려가네. 잘됐다. 튈리아, 너 마차로 왔지?"

"네, 하지만 공작님이 독일 공사님과 함께 타고 계세요."

"공작과 독일 공사도 초대하면 되지." 나탕이 말했다.

"독일 사람은 잘 마시고 남의 말도 잘 듣지. 우리가 그에게

---

131) 라이스(Lais)는 고대 그리스 최초의 헤타이라(hctaira, '여성인 친구'라는 뜻)로 알려진 기원전 5세기 코린토스 출신 여성이다. 헤타이라는 프랑스어의 쿠르티잔(courtisane, 고급 매춘부, 화류계 여성)과 종종 비견되지만, 실제로는 그 위상이 더 높았고, 자유민으로서 지성인들의 대등한 연인이자 예술가, 연회의 진행자였다.

선정적인 말을 많이 해주면 그는 그걸 자기네 궁정에 써 보내겠지." 블롱데가 말했다.

"우리 중 누가 내려가서 그에게 말할 수 있을 만큼 진지한 인물인가?" 피노가 말했다. "자, 브뤼엘, 자네는 관직에도 있으니 레토레 공작과 독일 공사를 모셔오게. 튈리아에게 팔을 내줘. 세상에! 튈리아는 오늘 밤 못내 아름답구나!"

"다 합해서 13명이야!" 마티파가 창백해지면서 말했다.

"아니, 14명이죠." 플로랑틴이 들어오면서 말했다. "난 마이로트 카르도트, 나의 주군 카르도 경한테서 한시도 눈을 떼면 안 되거든요!"

"클로드 비뇽도 있습니다, 블롱데가 데려온." 루스토가 말했다.

"내가 술 마시자고 데려왔지." 블롱데가 잉크병을 집으며 말했다. "자, 여러분, 우리가 마실 포도주 56병에 값하려면 재치를 발휘해야지." 그는 나탕과 베르누에게 말했다. "특히 브뤼엘을 자극해 봐. 그는 통속극 작가니까 신랄하게 비꼬면서 공격할 수 있어. 멋진 말을 찾아낼 때까지 몰아붙이자고."

뤼시앵은 이 명사들에게 자신의 실력을 보여주고 싶은 욕심에 한껏 고무되어서는, 플로린의 응접실 둥근 테이블에 앉아 마티파가 비춰주는 분홍 불빛 아래에서 첫 기사를 썼다.

파노라마 드라마티크

3막극 '당황한 에스파냐 판사' 초연 — 플로린 양의 데뷔 — 코랄리 양 — 부페

들어오고, 나가고, 돌아다니고, 무언가를 찾지만, 아무것도 발견하지 못하고 시끄러운 소리뿐이다. 에스파냐 판사는 딸을 잃었는데, 자기 모자만 찾는다. 그런데 모자가 맞지 않는다. 도둑의 모자가 틀림없다. 도둑은 어디 있는가? 들어오고, 나가고, 말하고, 돌아다니고, 더 열심히 찾는다. 에스파냐 판사는 마침내 한 남자를 찾았는데 그 옆에 딸은 없다. 그다음에는 딸을 찾았는데 역시 혼자다. 판사는 만족하지만, 관객들은 그렇지 않다. 다시 조용해지고, 판사는 그 남자를 신문하려 한다. 늙은 판사는 에스파냐 법복 소매를 바로잡으며 판사석에 앉는다. 에스파냐는 커다란 옷소매에 집착하는 판사들이 있는, 그리고 판사들이 목 주위에 주름 장식깃을 달고 있는 유일한 나라다. 파리의 극장에서 에스파냐 판사 역을 맡은 배우의 반은 그 주름 장식을 달고 있다. 천식이 있는 노인의 종종걸음으로 이리저리 돌아다니는 판사 역을 맡은 배우는 부페다. 포티에의 후계자인 부페는 젊은 배우임에도 노인 역의 연기를 기막히게 하는 바람에 나이 많은 노인들까지도 웃겼다. 벗겨진 이마와 떨리는 목소리, 제롱트[132] 같은 노인의 휘청대는 다리 등에서는 수많은 노인의 미래 모습이 보인다. 이 젊은 배우는 너무 늙어 보였기에 사람들을 오싹하게 만든다. 그의 노쇠가 전염병처럼 번질까 봐 두렵기까지 하다. 얼마나 놀라운 판사인가! 그의 불안한 미소는 얼마나 매력적인가! 얼마나 미련한 거드름인가! 판결을 얼마나 망설이는가! 모든 거짓은 진실이 될 수 있고, 모든 진실은 거짓이 될 수 있다는 것을 그 남자는 어떻게 그리 잘 아는가!

---

132) 몰리에르의 희극 『스카팽의 간계』 등에 등장하는 노인으로, 부유하지만 우둔하고 남의 말에 쉽게 속는 인물이다.

입헌군주국의 대신(大臣)으로 얼마나 잘 어울리는가! 판사가 질문할 때마다 낯선 남자는 오히려 그에게 되묻는다. 그리고 부페는 답한다. 그리하여 자백을 듣는 대신 신문받는 처지가 된 판사는 자기 신문을 통해 모든 것을 밝힌다. 몰리에르의 향취가 느껴지는 이 장면, 무척이나 희극적인 장면은 관객을 즐겁게 한다. 무대 위의 모든 사람이 그 결과에 동의한 듯 보이지만, 나는 무엇이 분명하고 무엇이 불확실한지 말할 수 있는 처지가 못 된다. 판사의 딸이 등장한다. 에스파냐 여인의 눈매, 에스파냐 여인의 피부, 에스파냐 여인의 몸매; 에스파냐 여인의 걸음걸이, 이 모든 것으로 보아 그녀는 진짜 안달루시아 여자, 진짜 에스파냐 여자다. 스타킹을 고정하는 고무 밴드에는 단도를 꽂고, 가슴에는 사랑을 품고, 목에 건 리본 끝에는 십자가를 단, 그야말로 머리끝에서 발끝까지 에스파냐 여자. 1막이 끝나갈 무렵, 누군가 내게 이 작품이 어떤지 물었다. 나는 대답했다. "저 여자는 초록색 무늬의 빨간 스타킹을 신었고, 에나멜 구두 속에는 요만한 발이 들어가 있고, 안달루시아에서 가장 예쁜 다리를 가지고 있군요!" 아! 저 판사의 딸은 입가에 사랑을 머금게 하고, 지독한 욕망을 불러일으킨다. 사람들은 무대 위로 뛰어올라 자기의 초가집과 마음을, 혹은 3만 리브르의 연금과 글을 바치고 싶어진다. 그 안달루시아 여인은 파리에서 가장 아름다운 여배우. 이름으로 말하자면 코랄리, 백작 부인도 바람기 있는 젊은 여공도 될 수 있는 배우다. 어떤 역할을 관객들이 더 좋아할지는 모르겠다. 그녀는 원하는 인물이 될 수 있고, 모든 역할을 다 소화할 수 있는 배우로 태어났다. 불바르 극장의 여배우에게 이보다 더한 찬사가 있을까?

2막이 시작되자 이목구비가 또렷하고 균형 잡힌 얼굴에 뇌쇄적 눈빛을 가진 파리의 에스파냐 여자가 등장한다. 이번에는 내가 묻는다. 그녀는 어디에서 왔느냐고. 옆 사람이 답하길, 그녀는 무대 뒤에서 나왔고, 이름은 플로린이란다. 그런데 세상에! 나는 도무지 믿을 수가 없다. 그녀의 동작은 열정적이고, 그녀의 사랑은 격렬하다. 판사 딸의 경쟁자인 그녀는 통속극에 흔히 등장하는 대귀족 100명과 맞먹을 권세를 가진 알마비바 백작과[133] 비교해도 손색없을 대귀족의 아내다. 그녀는 초록색 무늬의 빨간 스타킹도 에나멜 구두도 신지 않았다. 머리에는 검은 스카프를 둘렀는데, 그 스카프 다루는 솜씨가 경탄을 자아낸다. 귀부인이 아닌가! 암호랑이는 암고양이로 변할 수 있음을 그녀가 보여준다. 두 에스파냐 여인이 주고받는 신랄한 대화를 통해 나는 그들 사이에 어떤 질투의 드라마가 존재함을 알아차린다. 이어 만사가 잘 해결되려는 순간, 판사의 어리석음으로 모든 것이 또 뒤엉키고 만다. 횃불을 든 사람들, 부자들, 시종들, 피가로 같은 하인들, 대귀족들, 법관들, 아가씨들, 부인들, 이들 모두가 다시 찾고, 오고, 가고, 돌아다니기 시작한다. 다시 한번 상황이 전개되는데, 나는 더 이상 이야기에 관심이 없다. 질투에 불타는 플로린과 행복한 코랄리, 저 두 여인의 치맛주름과 검은 스카프가 나를 휘감고, 그들의 작은 발이 내 눈 속으로 진격해 오고 있으니.

경찰이 개입할 필요도 객석이 소란해지는 불상사도 없이, 3막이 시작된다. 이 순간 나는 공중도덕이나 종교적 윤리의 힘을 믿게 된다, 설령 의회의 의원님들께서 이제 프랑스에는 더 이상 도덕이 없다며

---

133) 알마비바 백작은 보마르셰의 『피가로의 결혼』에 등장하는 교활하고 부패한 바람둥이 귀족이다.

열변을 토할지라도. 내가 이해한 바에 따르면, 이 연극은 두 여인을 사랑하지만 사랑받지 못하거나, 아무도 사랑하지 않지만 두 여인의 사랑을 받는 한 남자, 판사들을 싫어하거나 판사들이 싫어하는 어떤 남자의 이야기다. 그러나 그는 분명 누군가를 사랑하는 선량한 대귀족인바, 자기 자신을 사랑했거나, 부득이 누군가를 선택해야 한다면 신을 사랑했다. 수도사가 되었으니 말이다. 그다음을 알고 싶다면 파노라마 드라마티크로 달려가시라. 이제 충분한 예비지식을 갖추었으니, 우선은 의기양양한 초록색 무늬의 빨간 스타킹과 많은 걸 약속하는 조그만 발, 햇빛이 새어드는 듯한 눈, 안달루시아 여자로 변장한 파리 여인, 파리 여인으로 변장한 안달루시아 여인의 날씬한 몸매에 적응하기 위해, 그리고 두 번째로는, 노인 역할을 한 배우 때문에 죽도록 웃고 사랑에 빠진 대귀족 앞에서는 눈물을 흘리기 위해 그곳으로 가야 한다. 이 작품은 두 가지 면에서 성공을 거둔 듯하다. 풍문에 따르면, 우리 시대의 가장 위대한 시인 중 하나와 합작한 이 작품의 작가는 사랑에 빠진 여인들을 각각 양손에 쥐고서 성공하리라는 야심을 품었다. 그래서 흥분한 1층 관객들이 미치도록 좋아하게 극을 만들었다는 것이다. 두 여배우의 다리는 작가보다 더 재치가 넘쳐 보인다. 그렇지만 두 경쟁자가 무대를 떠난 후에도 재치 넘치는 배우들의 대사는 여운을 남긴다. 이것이 결정적으로 이 극의 우수성을 증명해 준다. 극장을 설계한 건축가를 불안하게 만들 만큼 우레와 같은 박수갈채 속에서 작가의 이름이 소개된다. 그런데 샹들리에 불빛 아래에서 베수비오 화산처럼 부글부글 끓어오르는 관객들의 환호에 익숙한 작가는 태연하다. 그는 퀴르시 씨다. 두 명의 여배우가 저 유명한 세비야의 볼레로를 춘다. 아슬아슬하게 퇴폐적인 동작에도 불구하고 이 춤은 오래

전 공의회 신부로부터 축복받았고 검열도 통과했다. 볼레로는 희미해
져 가는 정욕에 어쩔 줄 모르던 노인들의 시선을 사로잡는다. 그들에
게 내 조언을 전한다. 오페라글라스의 렌즈는 꼭 깨끗이 닦아두시길.

뤼시앵이 새롭고 독창적인 방식을 제시함으로써 언론계에
혁명을 일으킨 이 글을 쓰고 있는 동안, 루스토는 '철지난 멋
쟁이'라는 제목으로 소위 풍속기사라는 것을 쓰고 있었다. 그
기사는 이렇게 시작된다.

나폴레옹 제국기의 멋쟁이는 여전히 키가 크고 날씬하고 젊
어 보이며, 코르셋을 입고 레지옹도뇌르 훈장을 달고 있다. 이
름이 포틀레인가, 아무튼 그러하다. 이 제국 남작은 오늘날 궁
정에 진출하기 위해 자기 이름에 귀족 칭호 뒤를 붙였다. 그래
서 그는 뒤 포틀레가 되었다. 혁명이 터지면 뒤를 빼고 포틀레
로 돌아가면 그만이다. 이름처럼 양면 작전을 펴는 그 남자는,
조심스러워 그 이름을 밝힐 수는 없는 어떤 남자의 누이동생
비위를 맞추면서 명예롭고 유용한 비서 역할을 충실히 하더니,
이제는 생제르맹 구역에 추파를 던지고 있다. 뒤 포틀레가 황녀
를 위해 봉사한 것은 부인할지라도, 여전히 그 내밀한 후원자의
연가를 부르고 있음은……

이 기사는 당시 유행하던, 유력인사들에 대한 가십으로, 어
리석기 짝이 없는 내용이었다. 그럼에도 그 장르는 《피가로》
같은 잡지에서 놀랄 만큼 세련된 글들로 발전했다. 그 기사에

서 샤틀레 남작이 꾸준히 공들이고 있는 바르주통 부인은 익살스럽게도 오징어 뼈에 빗대졌는데, 그 둘을 모르는 사람들도 그들을 조롱하면서 즐거워했다. 샤틀레는 왜가리에 비유되었다. 오징어를 삼킬 수가 없어 떨어뜨린 결과, 그만 세 조각이 나버렸다는 왜가리의 사랑 이야기에 사람들은 웃음을 참지 못했다. 이 농담은 여러 개의 기사로 나뉘어 여기저기에 실리는 바람에, 생제르맹에 어마어마한 반향을 일으켰음은 주지의 사실이다. 그것은 언론법 제정에 엄격한 기준을 적용하게 만든 여러 이유 중 하나가 되었다. 1시간 후, 블롱데와 루스토와 뤼시앵이 거실로 돌아왔다. 그곳에선 공작과 독일 공사, 네 여인과 상인 셋, 극장주와 피노 그리고 세 명의 작가까지, 초대 손님들이 이야기를 나누고 있었다. 종이 모자를 쓴 수습공은 벌써부터 신문에 실릴 기사를 받으러 와 있었다.

"아무것도 가져가지 못하면 직공들이 다 퇴근해 버릴 겁니다요." 수습공이 말했다.

"자, 10프랑이야. 이걸 주고 기다리라고 해." 피노가 말했다.

"사장님, 이 돈을 주면 그들은 술만 퍼마실 겁니다. 그러면 신문은 끝장이죠."

"이 아이의 총명함은 나를 두렵게 하는군." 피노가 말했다.

세 명의 필자가 복귀한 것은 공사가 그 꼬마의 밝은 미래를 예언하고 있을 때였다. 블롱데는 낭만주의를 공격하는 무척이나 재치 있는 기사를 낭독했다. 루스토의 기사는 웃음을 자아냈다. 레토레 공작은 생제르맹 사람들이 너무 불쾌하지 않도록 데스파르 부인에 대해서는 간접적인 찬사를 슬쩍 집어넣으라고 충고했다.

"자, 당신도 방금 쓴 기사를 읽어보시오." 피노가 뤼시앵에게 말했다.

뤼시앵이 두려움에 달달 떨면서 기사 읽기를 마치자, 거실에는 박수갈채가 울려 퍼졌다. 여배우들은 신임 기자에게 키스를 퍼부었고, 세 명의 상인은 그를 숨이 막힐 정도로 껴안았으며, 브뤼엘은 그의 손을 잡고 눈물을 글썽였다. 극장주는 그를 저녁 만찬에 초대했다.

"이제 더 이상 아이는 없다." 블롱데가 말했다. "샤토브리앙은 빅토르 위고에게 숭고한 아이라는 말을 사용한 바 있지요. 나는 그저 겸손하게 말하겠소. 당신은 재치와 가슴과 문체를 가진 어른이라고."

"이분은 이제 우리 신문사에서 일하실 겁니다." 피노가 에티엔에게 감사를 표하면서, 그리고 뤼시앵에게는 착취자의 간교한 시선을 던지며 말했다.

"자네들은 무슨 얘기를 준비했나?" 루스토가 블롱데와 브뤼엘을 보며 물었다.

"자, 이건 브뤼엘의 기사들이네." 나탕이 말했다.

대중의 관심이 A 자작에게 집중되고 그에 관한 기사가 쏟아져 나오자, 데모스텐 자작은 어제 이렇게 말했다. "아마도 저들이 나는 가만히 놔둘 거야."[134]

---

134) A 자작은 소신문들에서 조롱당하는 『고독한 사람』의 저자인 다

드카즈의 방식을 그대로 따른 것이라며 파스키에 씨의 연설을 비난하는 과격 왕정주의자에게 어떤 부인이 말했다.[135] "그래요, 하지만 그 사람 장딴지가 아주 제왕적이더군요."

"그렇게 시작된다면 더 들을 필요도 없겠네. 다 잘 되었어." 피노가 말했다. "어서 이 원고들을 가져다줘라." 수습공에게 지시한 후 그가 말을 이었다. "이번 신문은 재기가 넘치지만 약간 경박합니다. 그래서 최고의 호가 될 겁니다." 이렇게 말하면서 그는 작가들을 둘러보았다. 그들은 벌써 뤼시앵에게 음흉한 시선을 던지고 있었다.

"재주가 있어, 저 친구." 블롱데가 말했다.

"기사가 좋던데." 클로드 비뇽이 말했다.

"식사 준비가 되었습니다." 마티파가 외쳤다.

공작은 플로린에게 팔을 내주었고, 코랄리는 뤼시앵의 팔을 잡았다. 무희는 한쪽은 블롱데와, 다른 쪽은 독일 공사와 팔

를랭쿠르 자작을 말하며, 데모스텐 자작은 그와 서로 누가 더 어리석은 지를 다투던 과격 왕당파 정치가 소스텐 드 라로슈푸코(Sosthène de la Rochefoucault, 1785~1864) 자작을 지칭하는 것이다.[편]

135) 엘리 드카즈(Elie Décazes, 1780~1860)는 프랑스의 정치가이자 사업가다. 루이 18세의 신임을 받아 왕정복고 시대에 경찰청장, 경찰부 장관, 내부무 장관, 국사원장, 영국 대사 등을 역임했다. 과격 왕당파가 권력을 장악한 후에는 사업가로 변신하여 제련소와 광산 등을 운영했다. 에티엔 드니 파스키에(Etienne-Denis Pasquier, 1767~1862)는 프랑스의 정치가다. 나폴레옹 제국기에는 경찰청장, 법무부 장관, 외무부 장관 등을 역임했으며, 왕정복고기에는 국회의장을, 7월왕정기에는 귀족원 의장을 지냈다.

짱을 꼈다.

"당신이 왜 바르주통 부인과 샤틀레 남작을 공격하는지 모르겠소. 사람들 말로는 남작이 샤랑트 도지사에다 국사원 청원심사관까지 되었다던데."

"바르주통 부인이 건달을 내쫓듯 뤼시앵을 쫓아버렸답니다." 루스토가 말했다.

"저렇게 잘생긴 청년을!" 공사가 말했다.

무늬가 들어간 고급 천으로 만든 식탁보를 깔고, 새로운 은식기와 세브르 자기에 서빙되는 야식은 무척이나 사치스럽고 화려했다. 음식은 슈베 식당에서 준비했고, 포도주는 생베르나르 강변에서 가장 유명한 포도주 상인이 골라주었다. 그는 카뮈조와 마티파와 카르도의 친구였다. 파리의 호사를 처음 본 뤼시앵은 연신 놀라웠지만, 블롱데의 말마따나 재치와 가슴과 문체를 가진 인물답게 놀라움을 잘 숨겼다.

거실을 지나가면서 코랄리가 플로린의 귀에 대고 속삭였다. "카뮈조가 완전히 취하게 만들어줘. 잠이 들어서 너의 집에 남을 수밖에 없게."

"벌써 그 기자랑 **통한** 거야?" 플로린은 그런 여자들끼리 쓰는 은어로 물었다.

"아니, 그냥, 그 남자를 사랑하거든." 코랄리는 귀엽게 어깨를 으쓱하면서 대답했다.

칠죄종 중 다섯 번째 대죄가 속삭이듯,[136] 이 말은 뤼시앵

---

136) 그리스도교에서 모든 죄의 근원으로 꼽는 일곱 가지 대죄인 칠죄종은

의 귀에 울려 퍼졌다. 코랄리는 매우 아름답게 차려입었는데, 그 의상은 그녀만의 특별한 아름다움을 돋보이게 했다. 모든 여성은 자기만의 고유한 아름다움을 가지게 마련이니까. 코랄리도 플로린도 비단 모슬린이라 불리는, 아직 시중에 유통되지 않은 부드러운 천으로 만든 옷을 입고 있었다. 그것이 가능했던 이유는, 신상품이 나오면 리옹 공장의 물건을 파리에 유통시키는 독점권을 가진 카뮈조가 황금 고치 상점 주인 자격으로 얼마 동안 그것을 점유할 수 있었기 때문이다. 행복한 코랄리의 매력은 여인의 화장품과 향수라 할 수 있는 사랑과 옷치장 덕분에 더욱 빛을 발했다. 기다림 끝에 얻게 되는 쾌락, 더 이상 떠나지 않을 것 같은 쾌락은 젊은이들에게 엄청나게 유혹적이다. 어쩌면 쾌락에 대한 확신이 젊은이들을 환락가로 이끄는 것은 아닐까? 오랫동안 사랑에 충실할 수 있는 비밀도 바로 그것이 아닐까? 순수하고 진정한 사랑, 요컨대 그 가엾은 여인들을 자극하는 환상적 열정과 합쳐진 첫사랑, 그리고 뤼시앵의 굉장한 미모가 자아내는 감탄이 코랄리에게 연애 감정을 불러일으켰다.

"당신이 추남이고 환자일지라도 당신을 사랑할 거야!" 그녀는 식탁에 앉으면서 뤼시앵의 귀에 대고 속삭였다.

시인에게는 얼마나 의미심장한 말인가! 이제 카뮈조는 안중에 없었다. 코랄리를 바라보고 있으려니 카뮈조는 더 이상 그의 눈에 들어오지 않았다. 지방의 단조로움이 지긋지긋해

교만, 식욕, 시기, 분노, 음욕, 탐욕, 나태 순이다.

서 파리의 신비에 이끌렸으나, 파리에서 가난에 지치고 강요된 금욕에 고통받고 클뤼니가에서의 수도사 같은 삶과 성과 없는 공부에 지쳐 있던 그였다. 그러나 그는 원래 향락을 좋아하고 쉽게 감격하는 사람이었으니, 눈앞에서 벌어지는 이 빛나는 향연을 어찌 거부할 수 있겠는가? 한쪽 다리는 코랄리의 침대에 올려놓고, 다른 쪽 다리는 그토록 부지런히 쫓아다녔지만 접근할 수 없었던 신문이라는 끈끈이 속에 담그고 있었다. 상티에가에서 열심히 망을 보며 서성거렸건만 아무도 만나지 못했던 그가 지금은 신문 관계자들과 함께 식탁에 앉아 즐겁게 술을 마시고 있는 것이다. 기사 하나로 그동안 견뎌온 모든 고통에 복수했다. 내일이면 그 기사는 두 사람의 마음에 커다란 상처를 줄 것이다. 자기가 겪은 분노와 고통을 그들 가슴에 쏟아붓고 싶었으나 지금껏 실패만 하지 않았던가. 루스토를 쳐다보면서 뤼시앵은 '진정한 친구야!'라고 생각했다. 그러나 루스토는 벌써 위험한 경쟁자가 된 그를 겁내고 있다는 사실을 그는 알지 못했다. 뤼시앵이 자기 재능을 다 보여준 것은 큰 실수였다. 시원찮은 기사였다면 그에게 훨씬 유리했을 것이다. 루스토는 질투심에 사로잡혔지만, 블롱데가 피노에게 저 정도로 재능 있는 자와는 타협해야 한다고 말하는 것을 들으면서 질투심을 가라앉혔다. 블롱데의 이 의견은 결정적으로 루스토가 향후 취해야 할 방침의 방향을 제시했다. 그는 뤼시앵의 친구로 남아, 피노와 결탁해 이 위험한 신출내기를 착취하면서, 그가 가난한 상태에 머물러 있도록 만들기로 마음먹었다. "그 친구 재능이 있던데." "요구가 점점 더 많아지겠지." "오!" "괜찮아." 이렇게 귓속말을 주고받으며 둘 사이에 전반적 합의가 이루어졌고 그에 따라 신속한 결정이 내려졌다.

"프랑스 기자들의 야회에 참석하면 나는 언제나 두렵습니다." 독일 공사가 몽코르네 백작 부인 댁에서 본 적이 있는 블롱데를 쳐다보며 차분하고 품위 있고 친절하게 말했다. "블뤼허가 한 말이 있습니다만, 그의 말대로 되느냐 마느냐는 여러분께 달려 있습니다."

"무슨 말인데요?" 나탕이 물었다.

"1814년 대(對)프랑스동맹 군대가 파리를 함락시켰을 때, 프로이센의 장군 블뤼허는 자켄이 이끄는 러시아 군단과 함께 몽마르트르 언덕에 이르렀습니다. 여러분께 그 비운의 날을 떠올리게 해서 죄송합니다만, 성격이 난폭한 자켄은 '이제 우리가 파리를 불태울 것이다!'라고 했습니다. 그러자 블뤼허는 '그러지 마시오. 프랑스는 바로 저것 때문에 멸망할 테니.'라고 말하며, 그들 발밑으로 센강 기슭에서 타오르며 연기를 내뿜는 파리라는 거대한 악성 종기를 가리켰다고 합니다. 나는 우리 나라에 신문이 없다는 사실에 신께 감사드립니다." 그러고 나서 공사는 잠시 쉬었다가 다시 말을 이었다. "나는 아직도 종이 모자를 쓴 조금 전의 그 소년이 불러일으킨 공포에서 벗어나지 못했습니다. 열 살밖에 안 되었음에도, 그 아이는 늙은 외교관의 분별력을 가졌더군요. 그래서 오늘 저녁 나는 발톱을 감추고 있는 사자나 표범 들과 함께 식사하고 있는 것 같은 느낌입니다."

"분명한 것은요," 블롱데가 말했다. "우리는 공사님께서 오늘 밤 뱀 한 마리를 토해 내셨고, 그 뱀으로 프랑스에서 가장 아름다운 무희 튈리아 양을 유혹하려다 실패했다고 전 유럽에 말할 수 있으며 또한 그것을 증명할 수도 있다는 겁니다. 그러고 나서 이브나 성경이나 최초의 죄악과 최후의 죄악에 관한 주석도 덧붙일 수 있지요. 하지만 걱정 마세요, 공사께선 우리의 손님이니까요."

"그거 재미있겠는데!" 피노가 말했다.

"우리는 외교관 집단에 접근하기 위해 인간의 마음과 몸에서 발견되는 모든 종류의 뱀에 대한 과학 논문을 발표할 수 있습니다." 루스토가 말했다.

"우리는 체리로 만든 브랜디 병에도 어떤 뱀이 들어 있다는 것을 보여드릴 수 있을 겁니다." 베르누가 공사에게 말했다.

"그러면 결국 공사님도 그 말을 믿게 되실 겁니다." 비뇽이 외교관에게 말했다.

"여러분, 잠자고 있는 여러분의 발톱을 깨우지 마세요." 레토레 백작이 외쳤다.

"신문의 영향력과 권력은 아직 시작에 불과합니다." 피노가 말했다. "저널리즘은 유년기에 있지만, 앞으로 성장할 겁니다. 10년 후에는 모두가 선전이나 광고에 굴복할 겁니다. 사상이 모든 것을 밝히게 될 겁니다. 사상은……."

"모든 것을 말라죽게 하겠지요." 블롱데가 피노의 말을 가로막으며 말했다.

"그것도 맞는 말이지." 클로드 비뇽이 말했다.

"사상은 왕도 만들 수 있습니다." 루스토가 말했다.

"왕정을 무너뜨릴 수도 있지요." 외교관이 말했다.

"그러니까," 블롱데가 말했다. "언론이 존재하지 않는다면, 굳이 만들어낼 필요는 없어요. 하지만 신문은 이렇게 존재하고, 우리는 그걸로 먹고살지요."

"당신들은 그걸로 죽게 될 겁니다." 공사가 말했다. "여러분이 대중을 계몽한다고 칩시다. 대중의 우월함을 깨우쳐 주면 그들은 스스로를 위대하다 여길 것이고, 그러면 상황은 더욱 어려워집니다. 하층민의 마음에 이성의 씨를 뿌리면 반항이라는 결실을 보게 될 겁니다. 당신들이 그들의 첫 번째 희생자가 되겠지요. 파리에서 폭동이 일어나면 무엇이 부서지죠?"

"가로등이죠." 나탕이 말했다. "하지만 우리는 보잘것없는 사람들이라 두려워할 것도 없어요. 조금 다칠 뿐이겠죠."

"당신들은 지나치게 재기발랄한 국민이라서 어떤 정부라도 발전하게 놔두지 않아요." 공사가 말했다. "그것만 아니라면, 당신들은 칼로 이루지 못한 유럽 정복을 펜으로 다시 시작할 수 있을 겁니다."

"신문은 악입니다." 클로드 비뇽이 말했다. "그 악을 잘 활용할 수도 있을 텐데 정부는 신문이라는 악과 싸우려고만 하지요. 결국 투쟁이 벌어질 겁니다. 누가 쓰러질까요? 바로 그것이 관건입니다."

"정부지요." 블롱데가 말했다. "나는 그 말을 죽어라 외치고 있어요. 프랑스는 그 무엇보다도 재기가 강한 나라입니다. 그리고 신문은 재치 있는 모든 이들의 재기와 더불어 그 이상의 것, 다름 아닌 타르튀프의 위선까지 가지고 있지요.”

“블롱데! 블롱데!” 피노가 말했다. “자네 말은 지나쳐. 여기 구독자들도 계시는데.”

“자네야 독설을 쌓아놓은 창고의 주인이니 걱정되겠지. 하지만 나는 자네들의 가게가 어찌 되든 상관없거든. 비록 내가 그걸로 먹고살지만 말이야!”

“블롱데 말이 맞아요.” 클로드 비뇽이 말했다. “신문은 성스러운 직업이 아니라 진영 간 싸움을 위한 수단이 되어버렸어요. 그 수단을 가지고 장사를 하지요. 모든 장사가 그렇듯이, 신념도 법도 없어요. 블롱데가 말한 것처럼, 모든 신문은 자기가 원하는 색깔의 말을 대중에게 파는 일종의 상점입니다. 곱사등이의 신문이 존재한다면, 그 신문은 아침저녁으로 곱사등이의 아름다움과 선량함과 필요성을 증명할 겁니다. 신문은 이제 사실을 알리기 위해서가 아니라 여론을 부추기고 여론에 영합하기 위해 만들어지지요. 그러니 얼마간의 시간이 지나면 모든 신문은 비열하고 위선적이고 야비하고 허위적이고 살인적으로 될 것이고, 사상과 제도와 인간을 죽일 겁니다. 그리고 그렇게 함으로써 번영하겠지요. 모든 이성적 존재의 특권을 누리게 될 겁니다. 악이 자행되지만, 잘못한 사람은 아무도 없어요. 나 비뇽이나 자네들 루스토, 블롱데, 피노는 아리스토텔레스, 플라톤, 카토, 플루타르코스의 영웅들처럼 될 겁니다. 우리는 모두 무죄예요. 어떤 파렴치한 짓을 해도 우리는 책임지지 않습니다. 나폴레옹은 도덕적이든 비도덕적이든 그런 현상의 이유를 자신이 국민공회를 연구하며 얻은 다음과 같은 숭고한 한마디 말로 요약했답니다. 공동의 범죄는 누구에게도 책임을 물을 수 없다. 신문은 극도로 잔혹한 행위도 저지를 수 있지만, 개인적으로는 아무도 그런 행위로 자기 손이 더러워졌다고 생각하지 않아요."

"하지만 당국에서 언론 탄압법을 만들 겁니다." 브뤼엘이 말했다. "이미 준비 중이에요."

"쳇! 프랑스 정신에 대해 법이 무엇을 할 수 있겠어요? 풍속을 어지럽히는 것들 가운데 가장 교묘한 것이 바로 프랑스 정신인데." 나탕이 말했다.

"사상만이 사상을 제압할 수 있어요." 비뇽이 다시 말했다. "공포정치와 전제정치만이 암시와 중의적 표현에 적합한 언어를 가진 프랑스의 정신을 질식시킬 수 있습니다. 그러나 법이 언론을 탄압할수록 프랑스 정신은 폭발할 겁니다. 밸브로 막은 기계에서 증기가 터져 나오듯이 말입니다. 예를 들어 왕이 선정을 베풀고 있다고 칩시다. 그런데도 신문이 왕을 공격하면 장관이 모든 일을 다 한 것이 될 테고, 그 역도 성립하겠지요. 신문이 파렴치한 모략을 꾸며 낼 때는 그저 누군가에게 들었다고 하면 됩니다. 누군가 기사에 대해 항의한다면, 표현의 자유가 너무 과했다고 사과하면 그만이고요. 법정에 서게 되면, 정정 보도를 요구하지 않았다고 항의하는 거죠. 정정을 요구하면? 기자는 웃으면서 정정 보도를 거부하고, 자신의 범죄를 하찮은 것으로 취급해 버립니다. 결국 자신의 희생자가 법정에서 이기더라도, 그를 조롱하면서 망신 주지요. 만일 처벌을 받거나 과도한 벌금을 물어야 한다면, 고소인을 자유와 국가와 계몽주의의 적으로 만들어버릴 겁니다. 자신이 왜 왕국에서 가장 정직한 사람인지 설명하면서 아무개는 사기꾼이라고 말하는 거지요. 그렇게 해서 기자의 범죄는 하찮은 것이 되어버리고, 그를 공격한 사람들은 괴물이 되는 겁니다! 그렇게 일정 시간이 지나고 나면, 매일매일 신문을 읽는 독자들은 신문이 하는 말을 모두 다 믿게 됩니다. 그리하여 맘에 들지 않는 것은 그 무엇도 애국적일 수 없고, 신문은 절대 틀리지 않는 것이 되는 겁니다. 종교를 공격하기 위해 종교를 이용하고, 국왕을 공격하기 위해서는 국왕의 헌장을 이용하죠. 사법부가 신문의 기분을 상하게 하면 사법부를 조롱하고, 대중의 격정에 동조하면 칭찬합니다. 구독자를 늘리기 위해 무척이나 감동적인 이야기를 꾸며내서 그 이야기를 가지고 보베슈처럼[137] 광대극을 합니다. 독자들의 흥미를 끌거나 즐겁게 하기 위해서는 아버지라도 가차 없이 농담 소재로 써먹을 겁니다. 신문이란 진짜로 울기 위해 유골 속에 아들의 재를 뿌리는 배우요, 사랑하는 남자를 위해 모든 것을 희생하는 정부랍니다.”

"요컨대 2절판 종이 안에 들어 있는 국민이네요.” 비뇽의 말을 가로막으며 블롱데가 큰 소리로 말했다.

"관대하지 못하고 위선적인 국민이죠.” 비뇽이 다시 말을 이었다. “이 국민은 아테네가 아리스토텔레스를 추방했듯이, 자기 나라에서 재능을 몰아낼 겁니다. 처음에는 존경받는 사람

---

137) 보베슈(Bobèche)란 이름으로 알려진 앙투안 망들라르(Antoine Mandelard, 1791~1841)는 나폴레옹 제정기와 복고왕정기에 이름을 날린 광대다.[편]

들에 의해 관리되던 언론이 나중에는 훌륭한 재능을 가진 이
들에게는 없는 인내심과 탄성 좋은 고무 같은 비열함을 지닌
하찮은 사람들의 손에 넘어갈 겁니다. 아니면 펜을 매수할 만
큼의 돈을 가진 속물들에게 넘어가겠죠. 이미 그런 조짐이 보
입니다! 그러나 10년 후면, 학교를 갓 졸업한 어린 소년이 스스
로 위대하다 느끼면서 신문의 지면을 통해 선배들을 모욕할 겁
니다. 발로 선배들을 밀어내고 그들의 자리를 빼앗겠지요. 나
폴레옹의 언론 탄압은 잘한 일이었어요. 단언컨대, 야당 신문
들이 세운 정부 치하에서 그 정부가 그들의 요구를 하나라도
거절하는 순간, 그 신문들은 오늘날 국왕을 공격하는 것과 똑
같은 이유를 들며, 똑같은 기사로 그 정부를 맹렬히 공격할 겁
니다. 기자들에게 양보하면 할수록, 신문은 더 많은 걸 요구할
겁니다. 출세한 기자들은 굶주리고 가난한 기자들로 대체될 것
입니다. 그 상처는 치유할 수 없기에 점점 더 악성이 될 것이고,
그들은 점점 더 뻔뻔해질 겁니다. 그로 인한 해악이 커질수록
그 악행은 묵인될 것이며, 급기야는 바빌론에서 그랬듯이 넘치
는 신문들 때문에 혼란이 일어날 겁니다. 우리 모두 잘 알다시
피, 신문은 배은망덕한 왕을 능가할 것이고, 투기와 계산의 측
면에서 가장 치사한 장사꾼보다도 더 지독할 것이기에, 매일 아
침 독자들의 뇌를 적실 독한 술을 팔기 위해 우리의 지성을 갉
아먹을 겁니다. 그럼에도 우리는 모두 죽을 줄 알면서도 광산
에서 수은을 채굴하는 사람들처럼 글쓰기를 멈추지 않을 겁니
다. 저기, 코랄리 옆에 있는 젊은 친구를 보세요. 이름이 뭐더
라? 뤼시앵이라고 했지요. 미남이고 시인이고, 게다가 재치도

있지요. 그런데 말입니다, 저 친구는 신문이라 부르는 사상의 매음굴로 들어가게 되겠지요. 자신의 가장 훌륭한 생각들을 거기에 쏟아부을 것이고, 그럼으로써 그의 뇌는 말라버릴 것이고, 영혼은 타락하게 될 것이고, 익명으로 온갖 비열한 짓을 하게 되겠지요. 사상의 전쟁에서 그런 비열한 행동은 **용병들** 간의 전쟁에서 볼 수 있는 계략, 약탈, 방화, 침로 변경 같은 것이지요. 다른 많은 이들처럼 그가 주주들의 이익을 위해 훌륭한 재능을 낭비하고 나면, 그 독극물 장사치들은 그가 목이 마르면 굶어 죽게 하고, 배가 고프면 목말라 죽게 할 겁니다."

"그런 말을 해주다니, 고맙기도 해라." 피노가 비웃으며 말했다.

"그렇지만," 클로드 비뇽이 말했다. "나라고 모르겠어요, 나 역시 감옥에 갇힌 몸이니, 새로운 죄수가 들어오면 기쁘죠. 블롱데와 나는 우리의 재능을 이용하는 이런저런 사람들보다 더 강한데도 그들에게 늘 착취당합니다. 우리의 지성 아래엔 순수한 마음이 있어요. 우리에게는 착취자의 난폭한 기질이 없거든요. 게으르고 관조적이고 명상적이고 비판적이니, 우리의 골을 다 파먹은 후에는 우리보고 행실이 나쁘다고 비난하겠죠!"

"여러분이 이보다는 재미있는 사람들인 줄 알았어요." 플로린이 소리쳤다.

"플로린 말이 맞아." 블롱데가 말했다. "국민의 질병 치료는 사기꾼 정치가들에게 맡기자고. 샤를레가[138] 말했죠, '수확한

---

138) 니콜라 투생 샤를레(Nicolas-Toussaint Charlet, 1792~1845)는 화가

포도에 침을 뱉으라고? 절대 안 되지!'"

"비뇽의 말을 들으면서 내가 무슨 생각을 했게요?" 루스토가 뤼시앵을 가리키면서 말했다. "고등학생에게 '꼬마야, 넌 여기 오긴 아직 너무 어려.'라고 하는 펠리캉가의[139] 뚱보 여자가 떠올랐죠."

그의 재기 발랄한 농담은 사람들을 웃겼고, 코랄리의 마음에 들었다. 상인들은 기자들의 말을 들으면서 먹고 마실 뿐 아무 말도 하지 않았다.

"이처럼 많은 선과 악이 공존하는 이 나라는 대체 어떤 나라인가요!" 공사가 레토레 공작에게 말했다. "여러분, 여러분은 낭비벽이 심한 탕아들이지만 완전히 망하지는 않겠군요."

이렇듯 우연이라는 행운 덕분에 뤼시앵은 그가 떨어지려고 하는 낭떠러지의 경사에 대한 교육을 제대로 받을 수 있었다. 다르테즈는 장애를 물리칠 수 있는 감정을 일깨워 줌으로써 시인을 고귀한 연구의 길로 들어서게 했더랬다. 루스토 역시 이기적인 생각에서였지만, 언론과 문학을 있는 그대로 보여줌으로써 그를 거기서 멀어지게 하려고 노력했다. 뤼시앵

이자 판화가로, 나폴레옹 관련 그림과 판화를 많이 남겨 그를 전설적 인물로 만드는 데 기여했다.

139) 13세기 중엽 루이 9세는 파리 시내에서 매춘을 금지하고, 대신 파리 성곽 밖에 매춘 허가 구역을 조성했다. 푸알오콩(Poil-au-con, 음부의 털)가는 그 연속선에서 필립 4세 시절인 1305년 형성된 매춘 구역이다. 혁명 초기인 1792년 매춘부들을 추방하면서 퓌르제(Purgée, 정화된)가로 이름을 바꿨지만, 매춘부들은 여전히 그곳에 남아 있었다. 1806년에 푸알오콩과 발음이 비슷한 펠리캉(Pélican)가로 이름이 바뀌었다.

은 그토록 많은 부패가 숨어 있다고 믿고 싶지 않았다. 하지만 마침내 기자들이 자신의 악행을 토로하는 소리를 들었고, 자신을 길러준 신문을 단죄하면서 미래를 예견하는 것을 보았다. 그날 저녁 모든 것을 있는 그대로 보았다. 그러나 블뤼허가 그토록 잘 평가한 파리 타락의 핵심을 눈앞에서 보면서도 공포에 사로잡히기는커녕, 술에 취해 넋을 잃은 채 이 재치 넘치는 사회를 마음껏 즐겼다. 악덕이라는 금장식 달린 갑옷을 입고 냉철한 분석이라는 빛나는 투구를 쓴 그 비범한 사람들이 근엄하고 진지한 세나클 친구들보다 더 우월해 보였다. 처음으로 부유함이 주는 희열을 맛보았고, 호사의 매력과 진수성찬의 위력에 빠져들었다. 변덕스러운 본능이 깨어났다. 난생처음 고급 포도주를 마셨고, 고급 식당의 진미도 맛보았다. 외교관과 공작 그리고 공작의 정부인 무희가 신문기자들과 어울리면서 기자들의 잔인한 권력을 찬미하는 것을 보았다. 이 제왕들의 세계를 지배하고 싶다는 욕망이 마구 솟구쳤다. 자기에게는 그들을 이길 힘이 있다고 굳게 믿었다. 그리고 비로소 자기가 몇 마디 말로 행복하게 해주었던 코랄리를 자세히 살펴보았다. 향연의 촛불 아래서, 요리가 내뿜는 김과 취기 사이로 보이는 그녀는 숭고했다. 사랑이 그녀를 더욱 아름답게 만든 것이다! 게다가 그녀는 파리에서 가장 귀엽고 가장 예쁜 배우였다. 고상한 지성의 천국인 세나클도 그토록 완벽한 유혹 앞에서는 무너지고 말았을 것이다. 전문가들은 뤼시앵에게 작가 특유의 허영심을 부추겼고, 경쟁자들도 그를 칭찬했다. 기사의 성공과 코랄리의 쟁취는 이중의 승리였다. 뤼시앵보다 더 성숙한 청년일지라도 그런 승리 앞에서는 머리가 돌아버렸을 것이다. 토론이 지속되는 동안 사람들은 모두 놀라우리만큼 잘 먹고 잘 마셨다. 카뮈조 옆에 앉은 루스토는 아무도 눈치채지 못하게 두세 번에 걸쳐 카뮈조 잔에 버찌 브랜디를 섞었다. 그러고는 카뮈조가 술을 많이 마시도록 그의 자존심을 자극했다. 이 책략이 너무도 능숙했기에, 자기 분야에서는 신문기자들만큼이나 교활하다고 자부하는 사람이었음에도 비단 장수는 아무것도 알아채지 못했다. 디저트로 단 과자와 포도주가 돌아가자, 원색적인 농담이 시작되었다. 재치 있는 사람들 사이에서 벌어질 그로테스크한 장면을 예고하는 외설스러운 이야기가 들리자, 눈치 빠른 외교관은 공작과 무희에게 신호를 보냈고, 세 사람은 사라졌다. 요란한 연회는 으레 그런 장면들로 끝나기 마련이다. 카뮈조가 정신을 잃자, 연회 내내 열다섯 살짜리 연인처럼 행동하던 코랄리와 뤼시앵은 계단을 통해 도망친 후 마차로 뛰어들었다. 카뮈조가 식탁 밑에 널브러져 있었기에 마티파는 그가 여배우와 함께 사라졌다고 생각했다. 그는 담배를 피우고, 술을 마시고, 웃고 떠들며 논쟁하는 손님들을 내버려둔 채 플로린이 자러 갈 때 그녀를 따라갔다. 날이 밝으면서 햇살이 투사들을 비추었다. 그 햇빛을 받은 이는 홀로 끈질기게 마시고 있던 집요한 술꾼 블롱데뿐이었다. 말할 수 있는 유일한 사람이었던 그는 잠자고 있는 친구들에게 아침 하늘을 장밋빛으로 물들이는 여명을 위해 건배하자고 소리쳤다.

뤼시앵은 파리의 통음 난무에 익숙하지 않았다. 계단을 내려갈 때까지만 해도 정신이 있었지만, 바람을 쐬자 끔찍한 취기가 올라왔다. 코랄리와 하녀 베레니스는 시인을 방돔가의 멋진 건물 2층에 있는 코랄리의 집까지 끌고 올라가야 했다. 계단에서 뤼시앵은 기절할 뻔했고, 지독하게 아팠다.

"베레니스, 빨리!" 코랄리가 소리쳤다. "차를, 차를 좀 끓여 줘!"

"괜찮아요. 찬 공기 탓입니다. 게다가 이렇게 많이 마셔본 적이 없거든요." 뤼시앵이 말했다.

"가엾어라! 어린 양처럼 순진하기도 하지!" 베레니스가 말했다. 그녀는 코랄리가 아름다운 것만큼이나 못생기고 뚱뚱한 노르망디 여자였다.

마침내 뤼시앵은 어느 틈엔가 코랄리의 침대에 눕혀졌다. 베레니스의 도움을 받으면서 여배우는 사랑하는 아이를 돌보는 어머니처럼 정성스럽게 시인의 옷을 벗겼다. 그는 계속해서 "괜찮아, 아무것도 아냐, 찬 공기 탓이야, 고마워요, 엄마."라는 말을 되뇌었다.

"엄마라고 부르네!" 코랄리가 그의 머리에 키스하며 소리쳤다.

"이렇게 천사 같은 분을 사랑하시다니, 얼마나 기쁘세요! 그런데 아가씨, 어디서 이런 분을 낚으셨어요? 아가씨만큼이나 예쁜 남자가 이 세상에 존재한다는 것을 믿을 수가 없군요." 베레니스가 말했다.

뤼시앵은 자고 싶었다. 그는 자기가 어디 있는지도 몰랐고 아무것도 볼 수 없었다. 코랄리는 그에게 차를 몇 잔 마시게 한 후 재웠다.

"문지기 여자든 누구든 우리를 본 사람 아무도 없겠지?" 코
랄리가 물었다.

"없어요, 제가 아가씨를 기다리고 있었어요."

"빅투아르는[140] 아무것도 모르지?"

"전혀 몰라요." 베레니스가 말했다.

10시간이 지난 정오경, 뤼시앵은 코랄리의 시선을 받으면서
눈을 떴다. 시인은 그녀가 줄곧 그의 잠자는 모습을 지켜보았
음을 알 수 있었다. 여배우는 어젯밤에 입었던 예쁜 옷차림 그
대로였다. 보기 흉하게 더러워진 그 옷을 그녀는 추억의 기념
물로 간직할 참이었다. 뤼시앵은 진정한 사랑의 헌신과 세심
한 배려를 느꼈다. 그 사랑은 보상을 원하고 있었다. 그는 코
랄리를 바라보았다. 코랄리는 순식간에 옷을 벗고 뤼시앵 곁
으로 뱀처럼 미끄러져 들어왔다. 5시가 되었다. 그때까지도 시
인은 신성한 쾌락에 빠져 자고 있었다. 그는 여배우의 방을 얼
핏만 보았다. 그런데 그곳은 간밤에 플로린의 방에서 경탄했
던 것을 능가할 만큼 경이롭고 아담하게 꾸며진, 흰빛과 장밋
빛의 사치품으로 가득한 매혹적인 세상이었다. 코랄리는 일어
나 있었다. 안달루시아 여인 역을 연기하기 위해서는 7시까지
극장에 가야 했다. 그녀는 쾌락 속에 잠든 시인을 다시 바라
보았다. 감각과 마음, 마음과 감각을 하나로 이어 함께 고양시
키는 고귀한 사랑을 마음껏 누릴 수는 없었지만, 그녀는 도취
상태에 빠져들었다. 지상에서는 둘이 되어 서로를 느끼고 천

---

140) 코랄리 집의 요리사다.

상에서는 하나가 되어 사랑할 수 있으리라는 예감이 들자, 모든 죄를 용서받는 듯한 감격이 밀려왔다. 게다가 뤼시앵의 초인간적 미모는 누구에겐들 핑계가 되지 않겠는가? 침대에 꿇어앉아 사랑 그 자체에 행복해하면서, 여배우는 자신이 성스러워짐을 느꼈다. 하나 그녀의 환희는 베레니스에 의해 방해받고 말았다.

"카뮈조가 왔어요. 아가씨가 여기 계신 걸 알아요." 베레니스가 큰 소리로 외쳤다.

천성적으로 배려심 있는 뤼시앵은 코랄리에게 피해를 주면 안 된다는 생각에 벌떡 일어났다. 베레니스가 커튼을 젖혔다. 뤼시앵은 감미로운 분위기의 파우더룸으로 들어갔다. 베레니스와 코랄리는 놀라우리만큼 민첩하게 뤼시앵의 옷을 그곳으로 가져왔다. 비단 장수가 나타났을 때, 시인의 장화가 코랄리의 눈에 들어왔다. 베레니스가 슬쩍 가져다가 구두약을 칠한 후, 말리려고 벽난로 앞에 놔두었던 것이다. 하녀와 여주인은 범죄의 단서가 될 장화를 잊고 있었다. 베레니스는 여주인과 불안한 시선을 주고받은 후 밖으로 나갔다. 코랄리는 2인용 소파에 비스듬히 앉아 카뮈조에게 앞에 있는 곤돌라 의자를 권했다. 코랄리를 열렬히 사랑하는 이 선량한 남자는 장화를 보면서 차마 정부를 향해 눈을 들지 못했다.

'이 장화 한 켤레 때문에 벌컥 화를 내고, 코랄리를 떠나야 하나? 그러면 별것도 아닌 것으로 화를 내는 꼴이 된다. 장화는 어디에나 있을 수 있어. 저 장화가 구둣방 진열장이나 대로를 산책하는 남자의 발에 신겨 있다면 더 좋았겠지. 하지만 이곳에 벗겨진 채로 있으니, 저 장화는 코랄리가 내게 충실하지 않다는 것을 말해 주고 있어. 난 지금 쉰 살이야. 그건 사실이지. 그러니 사랑에 눈이 멀듯, 이 장화를 보고도 못 본 것으로 해야 해.'

이 비겁한 독백은 변명의 여지가 없었다. 그 한 켤레의 장화는 오늘날 많이들 신는, 그래서 어지간히 무심한 사람이라면 못 보고 지나갈 그런 반장화가 아니었다. 그것은 유행의 첨단을 달리는 긴 장화로, 매우 우아하고 술 장식이 달리고, 대개는 몸에 꼭 끼는 밝은색 바지 위에서 반짝거리는 장화였으며, 거기에 사물이 비칠 만큼 반들거렸다. 그러다 보니 이 장화는 정직한 비단 장수의 눈에 확 띄었고, 그의 마음을 아프게 했다.

"왜 그러세요?" 코랄리가 말했다.

"아무것도 아니오." 그가 말했다.

"종을 울려 베레니스를 불러주세요." 코랄리가 카뮈조의 비굴함을 비웃으며 말했다. "베레니스," 그녀는 노르망디 여인이 들어오자 말했다. "저 빌어먹을 장화를 다시 한번 신어보게 구둣주걱 좀 가져다줘. 오늘 밤 잊지 말고 저걸 내 분장실로 가져와."

"아니, 저게……? 당신 장화요……?" 카뮈조가 안도의 한숨을 내쉬면서 말했다.

"도대체 무슨 생각을 하신 거예요?" 그녀는 거만하게 물었다. "바보 같은 양반, 설마 당신……." 그러고는 베레니스에게 "오! 세상에, 이분은 그렇게 생각했나 봐."라고 했다. "어떤 작품에서 남자 역할을 맡았거든요. 그런데 난 한 번도 남자 복

장을 해본 적이 없어요. 극장의 구둣방 주인이 걷는 연습을
해보라고 저 장화를 가져왔어요. 내 치수에 맞는 장화가 나올
때까지 말이에요. 그 사람이 내게 저걸 신겨 주었는데, 발이
너무 아파서 벗어놓았던 거예요. 하지만 다시 신어야 해요."

"아프면 신지 말아요." 장화 때문에 마음이 불편했던 카뮈
조가 말했다.

베레니스가 끼어들었다. "아가씨가 아까처럼 발을 학대하지
말고 그 장화를 안 신으셨으면 좋겠어요. 아까는 막 우셨거든
요, 사장님! 제가 남자라면 절대로 사랑하는 여자가 울게 내
버려두지 않을 거예요! 아가씨는 얇은 모로코가죽으로 만든
장화를 신는 게 나을 텐데. 하지만 극장 경영진은 너무 인색해
요! 사장님, 사장님이 아가씨한테 장화를 주문해 주셔야겠어
요……."

"알았네, 알았어." 상인이 말했다. 그러고는 코랄리에게 "이
제 일어나요."라고 했다.

"사방으로 당신을 찾아다니다가 6시가 다 되어 들어왔다고
요. 당신 때문에 7시간이나 마차를 타고 있었어. 나에 대한 당
신의 배려라는 게 이런 식이라니! 술 마시느라고 나를 잊어버
려요? 이젠 내가 나를 돌봐야겠어. 오늘부터 '에스파냐 판사'
가 흥행하는 한, 매일 저녁 무대에 설 테니까요. 그 젊은 기자
의 기사를 거짓되게 하고 싶지 않아요."

"그 친구, 미남이더군." 카뮈조가 말했다.

"그렇게 생각하세요? 난 그런 남자 별로던데. 너무 여자같
이 생겼잖아요. 그리고 그런 남자는 당신같이 나이 든 상인처

럼 사랑할 줄 몰라요. 당신들은 인생이 따분하니 우리 사랑이
절실하잖아요!"

"사장님, 아가씨와 함께 저녁 드시겠어요?"

"아니, 아직도 속이 얼얼해."

"어제 완전히 취했더군요. 그런데 카뮈조 아빠, 무엇보다도
난 술 마시는 남자를 좋아하지 않아요……."

"그 젊은이에게 선물 하나 하지." 상인이 말했다.

"아! 그래요. 난 플로린처럼 하는 것보다 그렇게 보상하는
것이 더 좋아요. 자, 사랑하는 영감님, 이제 가세요. 아니면 내
가 시간을 절약할 수 있도록 마차를 사주시든가……."

"내일 극장주와 로셰 드 캉칼로 저녁 먹으러 갈 때는 당신
마차를 타고 갈 수 있을 거요. 일요일에는 새 작품 공연이 없
으니."

"이리 와요, 난 저녁 먹을래요." 코랄리가 카뮈조를 데려가
면서 말했다.

1시간 후 뤼시앵은 베레니스에 의해 구출되었다. 코랄리의
어린 시절 친구인 베레니스는 뚱뚱했지만 섬세하면서도 눈치
가 빠른 여자였다.

"여기 계세요. 코랄리는 혼자 돌아올 겁니다. 그녀는 카뮈
조가 기자님을 성가시게 하면 그 사람을 쫓아버릴 생각까지
하고 있어요. 하지만 그녀의 사랑을 받는 기자님은 천사 같은
마음씨를 가지셨으니, 그녀를 파산시키지는 않으시겠죠. 그녀
가 말했어요. 모든 걸 다 버리고, 이 낙원을 떠나 기자님의 다
락방에 가서 살기로 결심했다고. 오! 맞아요. 기자님을 질투

하고 시기하는 사람들이 기자님은 무일푼이고 라틴가에 살고 있다고 말했거든요. 그렇게 되면 물론 저도 두 분을 따라가 살림을 해드릴 거예요. 하지만 저는 저 가엾은 아이를 달래주었어요. 기자님, 기자님은 현명하시니 그런 바보 같은 짓은 안 하시겠지요, 그렇죠? 아! 곧 아시게 되겠지만, 저 뚱보 영감은 시체나 다름없어요. 그리고 기자님은 극진히 사랑받는 애인이고 그녀가 영혼을 바치는 우상이랍니다. 제가 코랄리에게 연기 연습을 시킬 때, 그 아이가 얼마나 귀여운지 아신다면! 정말 사랑스러운 아이예요! 하느님이 기자님 같은 천사를 보내주실 만해요. 그녀는 자기 삶을 혐오하고 있었거든요. 어머니와 함께 살 때 불행했어요. 그 아이 엄마는 그녀를 때렸고, 결국 팔아먹었죠. 아! 기자님, 엄마가 어떻게! 자기 딸인데! 만일 제게 딸이 있다면 나의 귀여운 코랄리처럼 보살필 텐데! 저는 코랄리를 제 딸로 삼았답니다. 그녀가 행복해하는 걸 처음 보았어요. 그렇게 박수를 받은 것도 처음이지요. 기자님이 쓰신 기사를 보고, 두 번째 공연에는 유명 박수부대를 동원할 건가 봐요. 기자님이 주무시는 동안 브롤라르가 그녀와 협의하러 다녀갔어요."

"누구? 브롤라르요?" 그 이름을 어디서 들어본 것 같아 뤼시앵이 물었다.

"박수부대 대장이죠. 코랄리는 자기 역할이 집중 조명되는 장면이 어디인지 알려주었고, 그 장면에서 브롤라르가 어떻게 할지 의논했어요. 친구인 척하지만, 플로린은 코랄리를 골탕 먹이고 성공을 독차지할 수도 있어요. 기자님의 기사 때문에 극장 전체가 난리라네요. 자, 이건 왕자님의 사랑을 위해 준비된 멋진 침대랍니다……." 베레니스는 레이스 달린 침대보를 덮으면서 말했다.

그녀가 촛불을 켰다. 불빛 아래에서 어리둥절해진 뤼시앵은 마치 요정들의 궁전에 있는 느낌이었다. 카뮈조가 손수 고른 황금 고치 상점의 최고급 천으로 벽지를 발랐고 창문의 휘장을 달았다. 시인은 호화스러운 양탄자 위를 걸었다. 자단목 가구에 새겨진 조각의 홈 사이로 반짝이는 불빛이 아른거렸다. 하얀 대리석으로 된 벽난로 위에는 값비싼 물건들이 반짝였다. 침대 바닥깔개는 담비 모피로 가장자리를 댄 백조 털로 되어 있었다. 주홍색 비단으로 안을 댄 검은 벨벳 슬리퍼는 '데이지'의 시인에게 다가올 쾌락을 예고했다. 비단으로 도배한 천장에 우아한 램프가 매달려 있었다. 여기저기에 놓인 멋진 화분에는 엄선된 꽃들, 하얗고 예쁜 꽃이 핀 히스, 향기 없는 동백이 심겨 있었다. 사방에 순진무구한 이미지들이 살아 숨 쉬었다. 그곳에서 어떻게 여배우와 극장의 풍습을 상상할 수 있겠는가? 베레니스는 뤼시앵이 깜짝 놀라는 것을 보았다.

"예쁘죠?" 그녀는 상냥한 목소리로 말했다. "사랑하기에는 여기가 다락방보다 낫지 않겠어요? 코랄리가 경솔한 결정을 내리지 않게 해주세요." 그녀는 뤼시앵 앞에 음식이 가득한 작은 원탁을 가져다 놓으면서 말했다. 요리사가 애인의 존재를 눈치채지 못하도록 코랄리의 저녁에서 살짝 빼돌린 음식들이었다.

뤼시앵은 조각된 은 식기와 개당 1루이나 하는 채색 접시로 베레니스가 시중을 들어주는 저녁을 아주 맛있게 먹었다. 이런 호사는 살을 드러내고 흰색 스타킹을 팽팽히 당겨 신은 거리의 여자가 고등학생의 마음을 움직이듯 그의 영혼을 뒤흔들었다.

"카뮈조란 사람은 얼마나 행복할까!" 뤼시앵이 큰 소리로 말했다.

"행복이요?" 베레니스가 말했다. "아, 그 사람은 기자님 입장에 설 수 있고, 자신의 늙은 잿빛 머리칼을 기자님의 젊은 금발 머리와 바꿀 수만 있다면, 전 재산이라도 내놓을걸요."

그녀는 뤼시앵에게 보르도 사람들이 영국의 최고 부자들을 위해 공들여 제조한 고급 포도주를 마시게 한 후, 코랄리를 기다리는 동안 잠깐이라도 눈을 붙이라고 권했다. 사실 뤼시앵은 그토록 감탄한 그 침대에서 잠을 자고 싶었다. 시인의 눈에서 그런 마음을 읽은 베레니스는 여주인이 기뻐할 것을 생각하며 행복했다. 10시 반에 되었을 때, 뤼시앵은 사랑이 가득 담긴 시선을 받으며 눈을 떴다. 코랄리는 대단히 관능적인 잠옷을 입고 그 앞에 있었다. 잠을 실컷 잤기에 술에서 완전히 깬 뤼시앵은 이제 사랑에 취할 뿐이었다. 베레니스가 자리를 비켜주며 물었다. "내일은 몇 시에 올까요?"

"11시. 아침은 침대로 가져다줘. 2시까지는 아무도 들이지 마."

다음 날 오후 2시에 여배우와 그녀의 애인은 옷을 갖추어 입고서 마주 보고 앉았다. 마치 시인이 자기가 칭찬했던 여배우를 방문한 것 같은 풍경이었다. 코랄리는 뤼시앵을 목욕시키고, 머리를 빗기고, 그에게 옷을 입혔다. 그녀는 콜랭 상점에 사람을 보내 셔츠 열두 벌, 넥타이 열두 개, 손수건 열두 장, 그리고 삼나무 상자에 든 장갑 열두 켤레를 가져오게 했다. 문에서 마차 소리가 들리자 코랄리는 뤼시앵과 함께 창가로 달려갔다. 두 사람은 근사한 쿠페형 마차에서 내리는 카뮈조를 지켜보았다.

"내가 어떤 남자와 호사를 이토록 증오하리라고는 생각도 못 했어……"

"난 너무 가난해서 당신이 파산하는 길을 택하도록 부추길 수가 없어요." 뤼시앵은 이 굴욕적인 상황에 굴복하며 말했다.

"가엾은 사람!" 코랄리는 뤼시앵을 가슴에 꼭 안으면서 말했다. "그러니까 당신도 나를 진짜 좋아하는 거네?" 이윽고 카뮈조가 나타나자 코랄리는 뤼시앵을 가리키면서 말했다. "이분께 아침에 와달라고 부탁했어요. 마차 시승을 위해 샹젤리제로 산책하러 나갈 것 같아서요."

"두 분만 가세요." 카뮈조가 처량하게 말했다. "오늘 저녁을 같이할 수 없게 되었어요. 아내 생일인데 잊고 있었거든요."

"가엾은 뮈조! 얼마나 지루하실까!" 그녀는 상인의 목에 매달리면서 말했다.

그 멋진 마차를 뤼시앵과 단둘이 시승하고 숲으로 산책하러 갈 생각에 코랄리는 기뻐 어쩔 줄 몰랐다. 행복에 겨운 그녀는 카뮈조를 사랑하는 것처럼 보일 정도로 그에게 키스를 퍼부었다.

"매일매일 당신에게 마차를 사줄 수 있으면 좋겠어." 가엾은 남자가 말했다.

"가요, 기자님, 2시예요." 여배우는 뤼시앵에게 말했다. 그가 부끄러워하는 것을 보고 그녀는 다정한 몸짓으로 그의 수치심을 덜어주었다.

코랄리는 뤼시앵을 끌고 계단을 뛰어 내려갔다. 그들과 합류할 수 없는 상인이 바다표범처럼 그들 주위를 어슬렁거리며 내려오는 소리가 뤼시앵의 귀에 들렸다. 시인은 의기양양한 쾌감을 느꼈다. 행복에 취해 숭고하리만치 아름다워진 코랄리는 고급 취향의 우아한 복장을 하고 있었고, 사람들은 모두 넋을 잃고 그녀를 바라보았다. 샹젤리제의 파리 사람들은 두 연인에게 찬사를 보냈다. 불로뉴 숲 산책길에서 그들의 쿠페형 마차는 데스파르 부인과 바르주통 부인이 탄 사륜마차와 만났다. 두 여인은 놀란 표정으로 뤼시앵을 쳐다보았지만, 뤼시앵은 그들에게 경멸의 시선을 던졌다. 그는 자신의 성공을 예감했고 앞으로 가지게 될 권력을 이용할 것이었다. 그토록 그를 괴롭혔기에 그의 가슴속에는 두 여인에 대한 복수심이 가득했었다. 그런데 단 한 번의 시선으로 그들에게 복수심을 드러냈으니, 그것은 그의 인생에서 가장 감미로운 순간이었다. 아마도 그 순간 그의 운명이 결정되었을 것이다. 복수의 여신은 그에게 자신감을 되찾아 주었다. 그는 다시 사교계에 나타나 멋지게 앙갚음하고 싶었다. 전에는 세나클의 일원이자 연구자로서 무시해 버렸던 사교계의 시시한 것들이 그의 머릿속으로 들어왔다. 그때 그는 자기를 위해 루스토가 쓴 공격 기사의 효과를 절감했다. 루스토는 그의 정열에 도움을 주었다.

반면 세나클이라는 집단의 스승들은 권태로운 미덕과 연구를 위해 그 정열을 짓눌러 버리지 않았던가. 뤼시앵에게는 이제 미덕이나 연구 같은 것들이 필요 없어 보이기 시작했다. 공부! 쾌락을 갈망하는 영혼을 가진 사람에게 그것은 죽음이 아닌가? 그러니 작가들은 얼마나 쉽게 무위도식과 맛있는 음식, 그리고 여배우들이나 화류계 여자들의 사치스러운 삶에서 느끼는 감미로움에 빠져드는가! 뤼시앵은 이틀 동안의 광기 어린 삶을 계속하고 싶다는 저항할 수 없는 욕망에 사로잡혔다. 로셰 드 캉칼에서의 저녁 식사는 훌륭했다. 뤼시앵은 플로린의 집에서 보았던 회식자들을 다시 만났다. 독일 공사와 레토레 공작과 무희와 카뮈조는 빠졌지만, 대신에 유명 배우 둘과 엑토르 메를랭이 있었다. 그는 애인인 발노블 부인과 함께 왔는데, 그녀는 당시 파리에서 특별한 사회를 구성하고 있던, 로레트라고[141] 점잖게 불리는 여인들 중 가장 아름답고 우아한 여인이었다. 지난 48시간을 천국에서 보낸 뤼시앵은 자신이 쓴 기사가 성공했음을 알아차렸다. 축하뿐 아니라 선망의 대상이 된 것을 느낀 시인은 자신감을 되찾았다. 그의 재치가 번뜩였고, 뤼시앵 드 뤼방프레가 되어 여러 달 동안 문학계와 예술계

---

141) 로레트는 매춘부나 바람기 있는 여공은 아니지만, 일정 직업 없이 남자들에게 부양받는 젊고 세련된 멋쟁이 여인들을 지칭한다. 그 명칭은 파리 9구의 노트르담 드 로레트 교회에서 유래했는데, 7월왕정 당시 그들이 이 동네에 살았다고 하여 붙여진 이름이다. 당시 신축 아파트들이 들어섰으나 위생 문제가 해결되지 않아 주민들은 입주를 거부했고, 궁여지책으로 그런 여인들을 그곳에 살게 했다.

에서 빛을 발했다. 재능을 알아보는 남다른 감의 소유자인 피노는 신선한 살코기 냄새를 맡은 식인귀처럼 그의 재능을 탐지했고, 뤼시앵의 비위를 맞추면서 자기가 좌지우지하는 신문 기자 무리에 그를 끌어들이려 했다. 뤼시앵은 그의 감언이설에 걸려들었다. 코랄리는 정신을 소모시키는 데 명수인 그의 술책을 눈치채고 뤼시앵에게 조심하라고 경고했다.

"걸려들지 마." 그녀는 시인에게 말했다. "기다려. 저들은 당신을 착취할 생각만 하거든. 저녁에 다시 이야기해."

"쳇!" 뤼시앵이 대답했다. "나도 저들만큼 냉혹하고 교활해질 수 있어."

피노는 여백의 원고료 때문에 엑토르 메를랭과 약간의 불화가 있었지만 그렇다고 사이가 완전히 틀어지지는 않았던 모양으로, 뤼시앵에게는 메를랭을 메를랭에게는 뤼시앵을 소개했다. 코랄리는 발노블 부인과 자매같이 지내면서 서로 호의를 가지고 배려해 주곤 했다. 발노블 부인은 뤼시앵과 코랄리를 저녁 식사에 초대했다. 엑토르 메를랭은 그날 저녁 식당에 있던 기자 중 가장 위험한 인물이었다. 앙다문 입에 키가 작고 몸은 말랐으며, 과도한 야심과 한없는 질투를 가슴에 품고 있었다. 주위 사람들의 불행을 기뻐했고, 분열을 유도하고 이용했으며, 재치는 많으나 의욕은 없었기에 의지 대신 돈과 권력이 있는 곳으로 끌리는 출세주의자의 본능에 충실했다. 뤼시앵과 엑토르는 서로가 마음에 들지 않았다. 그 이유를 설명하는 것은 어렵지 않다. 불행히도 엑토르는 뤼시앵이 속으로 생각하는 것을 큰 소리로 내뱉는 위인이었던 것이다. 디저트가 나올 때쯤 되자, 회식자들은 각자 자기가 더 잘났다고 생각하면서도 겉으로는 모두 강력한 우정으로 맺어진 것처럼 보였다. 그들은 모두 듣기 좋은 이야기로 신참인 뤼시앵을 추켜세웠다. 모두들 마음을 터놓고 이야기를 나누었다. 웃지 않는 사람은 엑토르 메를랭뿐이었다. 뤼시앵이 그 이유를 물었다.

"보아하니 당신은 환상을 품고 문학계와 언론계에 뛰어들었군요. 당신은 친구들을 믿지만, 우리는 모두 상황에 따라 친구도 되고 적도 됩니다. 적을 칠 때에만 사용해야 하는 무기를 가지고 제일 잘나가는 사람을 치죠. 오래지 않아 당신도 훌륭한 감정으로는 아무것도 얻을 수 없다는 것을 깨닫게 될 거요. 당신이 착한 사람이라면 악인이 되시오. 타산적이고 공격적인 사람이 되라고. 아무도 이런 제일의 법칙을 말해 주지 않았다면, 내가 지금 알려줄 테니 새겨들으시오. 그렇다고 시시한 속내 이야기까지 하지는 않겠소. 사랑받고 싶다면 애인을 어지간히 울리기 전에는 절대로 그녀를 떠나지 마시오. 문학으로 성공하고 싶으면 언제나 모두에게 상처를 입히시오, 설령 당신 친구들이라 할지라도. 그들 자존심을 무너뜨리란 말이오. 그러면 다들 당신 비위를 맞추며 아첨할 거요."

엑토르 메를랭은 뤼시앵의 표정에서 자기 말이 이 신참의 가슴을 비수처럼 찔렀음을 보고 기분이 좋았다. 도박판이 벌어졌다. 도박이라곤 해본 적도 없으면서 카드놀이에 끼어든 뤼시앵은 가진 돈을 다 잃었다. 그는 코랄리에게 끌려 나왔다. 사랑의 달콤함이 도박에서 느꼈던 끔찍한 흥분을 잊게 해주었다. 그러나 훗날 그는 결국 도박의 제물이 될 터였다. 다음 날, 뤼시앵은 코랄리의 집을 나와 라틴가로 돌아가다가 전날 잃은 판돈이 지갑에 들어 있는 것을 보았다. 처음에는 그러한 배려가 그를 슬프게 했기에 여배우 집으로 돌아가 그 모욕적인 선물을 돌려주려 했다. 그러나 이미 라아르프가까지 와버렸으므로 클뤼니가의 집 쪽으로 계속 갔다. 걸어가면서 코랄리의 마음 씀씀이를 곰곰이 생각해 보고, 거기에서 모성애의 증거를 발견했다. 그런 부류의 여성에게는 사랑의 감정에 모성애가 뒤섞이곤 한다. 그녀들에게 열정이란 모든 감정을 포괄하는 것이었다. 이 생각 저 생각하다가 뤼시앵은 마침내 그녀의 호의를 받아들여도 되는 이유를 찾아냈다. '나는 그 여자를 사랑해. 우리는 부부처럼 살 것이고, 난 절대 그녀를 버리지 않을 거야!' 그가 중얼거렸다. 디오게네스가[142] 아니라면 누군들 진흙투성이의 냄새 나는 계단을 올라가, 끽끽 소리 나는 열쇠로 방문을 열고, 끔찍하게 가난하고 헐벗은 자기 방의 더러운 바닥과 비참한 벽난로를 다시 마주하는 뤼시앵의 마음을 이해하지 못하겠는가? 방에 들어가니 테이블 위에 놓인 자기의 소설 원고와 다니엘 다르테즈의 쪽지가 보였다.

　친애하는 시인, 우리 친구들은 당신의 작품에 거의 만족합니다. 당신은 더 큰 자신감을 가지고 친구들이나 적들에게 그것을 보여줄 수 있을 겁니다. 우리는 파노라마 드라마티크의 연

---

142) 기원전 4세기 그리스의 견유(犬儒)학파 철학자 디오게네스는 행복을 외적 조건이 아닌 내적 의지로 욕망을 통제함으로써 이르게 되는 상태로 보아, 문명과 통례를 거부하고 본성에 따른 자연 상태의 삶을 살았다.

극에 대한 당신의 흥미로운 기사를 읽었습니다. 그것이 우리에게 유감을 자아낸 만큼이나 당신은 문학계에서 선망과 질시를 유발하겠지요.

다니엘

"유감이라니! 무슨 말을 하고 싶은 거지?" 뤼시앵은 쪽지에 담긴 지극히 공손한 어조에 놀라며 소리쳤다. 그러니까 나는 세나클의 이방인이었단 말인가? 무대 뒤의 이브가 내민 달콤한 과일을 먹어치운 후, 카트르방가 친구들의 존경과 우정에 더욱더 애착을 가지고 있었건만. 그는 잠시 생각에 잠겨 이 방에서의 현재와 코랄리 방에서의 미래를 그려보았다. 명예와 타락 사이를 오가며 망설이던 그는 자리에 앉아 친구들이 자기 작품을 어떤 상태로 만들어놨는지 살펴보기 시작했다. 그는 얼마나 경탄했던가! 이 장 저 장을 읽어보니, 아직은 무명인 위대한 인물들이 능숙하고도 헌신적인 펜 놀림으로 그의 빈약한 글을 기막히게 훌륭한 글로 바꾸어 놓았던 것이다. 그가 썼던 대화는 빈틈없고 촘촘하면서도 간결하고 활력 있는 대화로 바뀌어 있었다. 그제야 그는 시대정신이 숨 쉬는 그 담화와 비교할 때 자신이 쓴 것은 그저 수다에 불과했음을 깨달았다. 느슨하게 그려졌던 묘사는 강렬하게 표현되고 윤색되었고, 모든 것은 생리학적 관찰을 통해 인간 삶의 흥미로운 현상들과 연결되었다. 필경 외과 의사 비앙숑 덕분일 것으로 보이는 생리학적 관찰들은 알찬 내용과 사실적 표현으로 채워져, 너스레에 불과했던 뤼시앵의 묘사를 정밀하면서도 생생하게 만들었다. 옷도 제대로 못 입은 시원찮은 아이를 그들에게 보냈더니 벨트 달린 하얀 원피스에 분홍 스카프를 두른 매력적인 소녀가 되어 돌아온 것이다. 밤이 되었다. 그는 친구들의 위대함에 큰 충격을 받았다. 그들의 가르침이 얼마나 값진 것이었는지 절감하면서, 그리고 4년 동안의 독서와 비교와 연구보다 문학과 예술에 대해 더 큰 깨우침을 준 그 수정 작업에 감탄하면서 뤼시앵은 눈물범벅이 되었다. 구상이 잘못된 그림을 수정해 주는 것, 습작에 가해지는 대가의 터치는 언제나 이론이나 관찰보다 훨씬 많은 것을 말해 준다.

"얼마나 좋은 친구들인가! 얼마나 고운 마음씨인가! 난 얼마나 행복한가!" 그는 원고를 끌어안고 울부짖었다.

그는 격렬한 감정에 이끌려 다니엘의 집으로 달려갔다. 시적이고 변덕스러운 사람들은 아주 쉽게 그런 흥분에 사로잡힌다. 그러나 계단을 오르면서도, 자기는 무슨 일이 있더라도 결코 명예로운 좁은 길을 벗어나지 않을 그 친구들만큼 의연한 사람은 못 된다고 생각했다. 다니엘은 설사 코랄리를 사랑했더라도 카뮈조 같은 사람이 옆에 있다면 절대 그녀를 받아들이지 않았을 거라고 말하는 누군가의 목소리가 들리는 듯했다. 또한 그는 세나클 친구들의 언론에 대한 깊은 혐오감을 잘 알고 있었다. 그러나 자신이 이미 어느 정도 기자가 되었다는 사실도 알았다. 그곳에는 전에 자리를 뜬 메이로를 제외하고 친구들이 모두 모여 있었는데, 뤼시앵은 그들의 얼굴을 보자마자 다들 절망에 빠져 있음을 느꼈다.

"무슨 일이 있나?" 뤼시앵이 물었다.

“좀 전에 끔찍한 소식을 들었어. 우리 시대 최고의 지성, 우리가 가장 아끼는 친구, 2년 동안 우리의 등불이었던……”

“루이 랑베르?” 뤼시앵이 물었다.

“그 친구가 강경증 상태에 빠졌는데 희망이 없어.” 비앙숑이 말했다.

“육체는 무감각해지고 정신은 하늘에 있는 상태로 죽을 거야.” 미셸 크레티앵이 엄숙하게 말했다.

“그는 자기가 살아왔던 것처럼 죽겠지.” 다르테즈가 말했다.

“두뇌의 거대한 제국 속에 불덩이처럼 던져진 사랑이 그를 불태웠어.” 레옹 지로가 말했다.

“아니면 그 사랑이 그의 정신을 높은 경지에 올려놓아, 그로 하여금 우리가 볼 수 없는 지경에까지 이르게 한 건지도 몰라.” 조제프 브리도의 말이었다.

“동정 받아야 할 사람은 우리야.”

“분명 치유될 거야.” 뤼시앵이 외쳤다.

“메이로 말에 의하면, 치료는 불가능하다는군. 그의 뇌에서는 의사들이 아무 힘도 쓸 수 없는 현상들이 마구 일어나고 있다네.”

“하지만 약을 쓰면 되지 않나.” 다르테즈가 말했다.

“물론 그렇지.” 비앙숑이 말했다. “그런데 지금은 강경증 상태일 뿐이지만, 약을 잘못 쓰면 바보가 될 수도 있어.”

“악의 정령에게 그의 머리 대신 다른 머리를 줄 수 없다니! 할 수만 있다면 기꺼이 내 머리를 내놓을 텐데!” 미셸 크레티앵이 소리쳤다.

“그러면 유럽 연방은 어떻게 되겠나?” 다르테즈가 말했다.

“아! 그렇군.” 미셸 크레티앵이 응수했다. “하나의 인간이기 전에 우리는 인류에 속하니까.”

“난 자네들 모두에게 깊이 감사하는 마음을 가지고 이곳에 왔어. 너희가 나의 구리 동전을 금화로 바꿔놓았어.” 뤼시앵이 말했다.

“감사라니! 우리를 어떻게 생각하기에 그런 말을 하는 건가?” 비앙숑이 말했다.

“우리가 즐거웠는걸.” 퓔장스가 말했다.

“그건 그렇고, 이제 기자가 되셨는가?” 레옹 지로가 말했다. “선생의 데뷔 소문이 라틴 구역까지 파다하더군.”

“아직은 아냐.” 뤼시앵이 대답했다.

“아, 그래? 다행이군.” 미셸 크레티앵이 말했다.

“내가 너희들에게 말하지 않았나.” 다르테즈가 말을 받았다. “뤼시앵은 순수한 양심의 가치를 아는 친구라고. 저녁이면 베개에 머리를 대고 이렇게 중얼거리겠지. ‘나는 남의 작품을 심판하지 않았어. 나는 누구도 슬프게 하지 않았어. 나의 재치가 비수가 되어 순수한 마음을 찌른 적은 없어. 나의 농담은 아무도 불행하게 만들지 않았고, 어리석은 행동을 하면서 행복해하는 사람들을 나무라지도 않았어. 천재를 부당하게 괴롭히지도 않았지. 독설로 쉽게 승리하는 것을 경멸하기도 했어. 요컨대 나는 결코 나의 신념을 배반하지 않았어.’라고. 그런데 그것은 스스로 용기를 내기 위한 구실이 아닐까?”

“하지만 신문기자로 일하면서도 그렇게 될 수 있다고 생각

해.” 뤼시앵이 말했다. “그것밖에 다른 생계 수단이 없다면, 그
럴 수밖에 없지 않나.”

“오! 오! 오!” 퓔장스가 감탄사를 연발할 때마다 어조를 높
여가며 말했다. “우리는 항복할게.”

“저 친구는 신문기자가 될 거야.” 레옹 지로가 심각하게 말
했다. “아! 뤼시앵, 네가 우리와 함께하고 싶다면 내 말을 들어
봐. 우리도 신문을 하나 창간하려 해. 진리나 정의가 침해받지
않고, 인류에게 유익한 교리를 확산시킬 수 있는 신문을 발행
할 거야. 아마⋯⋯.”

“아마 구독자는 한 명도 없겠지.” 뤼시앵이 레옹의 말을 가
로막으며 마키아벨리처럼 말했다.

“500명은 될 거야. 50만의 가치가 있는 500명이지.” 미셸 크
레티앵이 응수했다.

“많은 자본이 필요할 거야.” 뤼시앵이 말했다.

“아니.” 다르테즈가 답했다. “필요한 건 헌신이지.”

“향수 가게 냄새가 나는걸.” 미셸 크레티앵이 코믹한 몸짓
으로 뤼시앵의 머리 냄새를 맡으면서 큰 소리로 말했다. “사람
들 말이, 네가 왕자님의 정부인 코랄리와 함께 멋진 말이 끄는
번쩍거리는 마차를 타고 가는 것을 보았다던데.”

“그래서, 그게 무슨 잘못이지?” 뤼시앵이 물었다.

“네가 그걸 잘못인 듯이 말하고 있잖아.” 비앙송이 언성을
높였다.

“뤼시앵을 위해서는 베아트리체 같은 여인을 바랐는데.” 다
르테즈가 말했다. “그의 삶을 지탱해 줄 수 있는 고귀한 여자

를……."

"하지만 다니엘, 어디서나 사랑은 다 비슷하지 않을까?" 시인이 말했다.

"아!" 공화주의자 미셸 크레티앵이 말했다. "난 그 점에 있어서는 귀족적이야. 관객 앞에서 남자 배우가 뺨에 키스하고, 무대 뒤에서는 반말을 듣고, 1층 객석 앞에서 미소 지으며 절하고, 치마를 걷어 올리며 춤추고, 나 혼자만 보고 싶은 것을 보여주려고 남자처럼 행동하는 그런 여인을 사랑할 수는 없어. 만일 그런 여자를 사랑하게 된다면, 그녀가 극장을 떠나게 하고, 사랑으로 그녀를 깨끗이 정화하겠어."

"그 여자가 무대를 떠날 수 없다면?"

"슬픔과 질투와 형언할 수 없는 고통으로 죽고 말겠지. 마음에서 사랑을 지우는 것은 이를 뽑듯 간단한 일이 아니니까."

뤼시앵은 우울해졌고, 생각에 잠겼다. '내가 카뮈조를 참고 견디는 것을 알게 된다면 저 친구들은 나를 경멸하겠지.'

"이보게!" 사교적이지 못한 공화주의자는 과할 정도로 우직하게 말했다. "자네는 위대한 작가가 될 수 있어. 그러니 절대로 시시한 어릿광대에 불과한 인간은 되지 마." 그는 모자를 들고 밖으로 나가버렸다.

"저 친구는 너무 가혹해." 시인이 말했다.

"가혹하지만 유이하지. 치과 의사의 집게처럼." 비앙숑이 말했다. "미셸은 네 미래를 보는 거야. 아마 지금쯤 너를 생각하며 길거리에서 울고 있을걸."

다르테즈는 다정하게 그를 위로했다. 뤼시앵에게 용기를 북돋아 주려고 애썼다. 1시간 후, 시인은 스스로를 책망하는 양심의 소리를 들으며 세나클을 떠났다. 마녀가 맥베스에게 "너는 왕이 될 거다."라고 외치듯, 그의 양심이 그에게 "너는 신문기자가 되고 말겠구나!" 하고 외쳤다. 길을 걸으면서 그는 인내심 많은 다르테즈의 방을 올려다보았다. 그 방의 십자 유리창으로부터 희미한 불빛이 어른거렸다. 뤼시앵은 서글픈 마음과 불안한 영혼을 달래며 집으로 돌아왔다. 일종의 예감이 마지막으로 진정한 친구들의 품에 안겼었다고 말해 주고 있었다. 소르본 광장을 거쳐 클뤼니가로 들어서자 코랄리의 마차가 보였다. 잠시라도 시인을 만나 안녕이라는 말 한마디를 하고 싶어, 여배우는 탕플 대로를 지나 소르본까지 온 것이었다. 뤼시앵은 자기의 다락방을 보고 애인이 눈물 흘리는 것을 보았다. 그녀는 사랑하는 사람처럼 가난해지고 싶었다. 형편없는 서랍장에 셔츠와 장갑과 넥타이와 손수건을 챙겨 넣으면서 울었다. 그녀의 절망은 너무나 크고 참으로 진실했으며 진정한 사랑을 드러내고 있었기에, 사람들이 여배우를 애인으로 삼았다고 비난할지라도 뤼시앵은 코랄리에게서 가난의 고행을 짊어지려는 성녀의 모습을 보았다. 이곳에 오기 위해 이 사랑스러운 여인은 카뮈조와 코랄리와 뤼시앵 팀이 마티파와 플로린과 루스토 팀에게 보답하기 위해 야회를 열 것임을 그에게 알리고, 초대할 사람이 있는지 물어보겠다는 핑계를 찾아냈던 것이다. 뤼시앵은 루스토와 상의해 보겠다고 말했다. 잠시 후 여배우는 카뮈조가 밑에서 기다린다는 사실은 감춘 채 황급히 돌아갔다. 이튿날 8시가 되자마자 뤼시앵은 에티엔을 만나러 갔으나 그가 집에 없자 플로린의 집으로 달려갔다. 신문기자와 여배우는 부부처럼 지내고 있는 예쁜 침실에서 그를 맞이했고, 그들 세 사람은 그곳에서 근사한 아침 식사를 했다.

"그런데 말이야 자네," 그들이 식탁 앞에 앉고 뤼시앵이 코랄리가 주관할 야회에 관한 이야기를 시작하자 루스토가 말했다. "나와 함께 펠리시앵 베르누를 만나러 가는 게 좋겠어. 그를 야회에 초대해. 그런 괴짜와도 가능한 한 친분을 맺도록 해. 펠리시앵은 어쩌면 자네에게 정치신문에 글을 쓰게 해줄지도 모르거든. 그 친구가 정치신문의 문예란을 좌지우지하니, 그 신문 상단에 멋진 기사를 써서 자네 재능을 마음껏 발휘할 수 있을 거야. 우리 신문처럼 그 신문도 자유주의파에 속해. 그러니 자네도 자유주의자가 될 걸세. 그게 대중에게 인기 있는 당파거든. 게다가 만일 자네가 정부를 지지하는 당으로 가고 싶으면, 무서운 사람이 될수록 유리한 조건으로 그 당으로 들어갈 수 있게 되지. 그나저나 엑토르 메를랭과 그의 정부인 발노블 부인이 자네와 코랄리를 만찬에 초대하지 않았나? 그들 집에는 대귀족이며 젊은 댄디들, 백만장자들이 많이 드나들어."

"그래, 플로린과 자네도 초대 받았잖나."

뤼시앵과 루스토는 지난 금요일의 얼근한 상태에서, 그리고 일요일에 저녁을 먹으면서 자연스럽게 서로 말을 놓게 되었던 것이다.

"좋아. 신문사에서 메를랭을 만나게 될 거야. 그자는 피노 옆에 꼭 붙어 따라다니지. 그 친구에게 신경을 좀 써. 자네의 야회에도 그를 정부와 함께 초대하고. 얼마 안 있어 자네에게 유용한 인물이 될 거야. 증오에 찬 이들은 모든 사람을 필요로 하니까. 필요하다면 자네 펜을 이용하기 위해서라도 자네에게 도움을 줄 거야.”

“작가님의 데뷔는 무척 큰 반향을 일으켰으니, 앞으로 아무런 장애도 없을 거예요.” 플로린이 뤼시앵에게 말했다. “그런 상황을 빨리 이용하세요. 그러지 않으면 금방 잊히고 말아요.”

“이보게, 중요한 거래가 성사되었어!” 루스토가 다시 말했다. “피노란 작자는 재능이라고는 눈곱만큼도 없으면서 도리아의 주간지 대표 겸 편집장이 되었다고. 돈 한 푼 안 들이고 잡지 소유권의 6분의 1을 차지했는데 600프랑의 월급도 받아. 그리고 나는 오늘 아침부터 우리 소신문의 편집장이야. 그날 저녁 내가 예상한 대로 됐지. 그 거래를 위해 플로린이 큰 역할을 해줬어.[143] 탈레랑 공작보다[144] 한 수 위지 뭔가.”

“우리는 남자들의 쾌락을 무기로 그들을 휘어잡는답니다.” 플로린이 말했다. “외교관은 자존심만 가지고 사람들을 대하죠.

---

143) 자기가 산 잡지 지분 3분의 1의 절반에 해당하는 6분의 1을 마티파에게 팔려던 피노의 계획이 플로린의 활약 덕분에 성사된 것이다.[편]

144) 샤를 모리스 드 탈레랑 페리고르(Charles-Maurice de Talleyrand-Périgord, 1754~1838) 공작은 대대로 장군을 배출한 명문 무관(武官)집에서 태어났으나 한쪽 다리를 절어 군인이 되지 못하고 랭스 대주교인 삼촌의 영향으로 성직에 입문, 오툉 주교가 되었다. 그러나 이듬해 프랑스 혁명이 발발하자 삼부회 일원이 되어 교회 재산의 국유화를 주장하는 등 혁명정부를 지지했다. 대혁명 때부터 나폴레옹 제국과 왕정복고, 그리고 7월왕정에 이르기까지 정치가와 외교관으로 이름을 날렸다.

외교관들은 사람들이 체면 차리는 모습을 보지만, 우리는 그들이 바보짓 하는 걸 보거든요. 그러니까 우리가 훨씬 강해요.”

“결론적으로 마티파는 그의 약품상 인생에서 다시는 하지 못할 멋진 말을 했다네. ‘이 거래도 내 사업의 일환이야!’라고 했지.”

“플로린이 그렇게 말하라고 그에게 속삭인 것 같은데?” 뤼시앵이 말했다.

“그러니까 이제 자네도 성공의 길로 들어선 거야.”

“기자님은 행운을 타고나셨어요.” 플로린이 말했다. “얼마나 많은 젊은이들이 신문에 기사 하나 못 실은 채 파리에서 몇 년 동안 기다리기만 하는지 아세요? 기자님도 에밀 블롱데처럼 되실 거예요. 지금부터 6개월 후면 잘난 척하면서 머리를 꼿꼿이 세우고 다니시겠죠.” 그녀는 자기들의 은어를 쓰는 동시에 비웃는 듯한 미소를 던지며 말했다.

“난 파리에 온 지 3년이나 됐는데,” 루스토가 말했다. “어제서야 피노는 내게 월급 300프랑의 편집장 자리를 주었고, 1단에 100수, 주간지 신문 한 장에 100프랑을 지불하기로 했단 말이지.”

“어째 통 말씀이 없으세요?” 플로린이 뤼시앵을 보면서 목소리를 높였다.

“지켜보자고요.” 뤼시앵이 말했다.

“이봐,” 기분이 상한 표정으로 루스토가 말했다. “나는 자네를 형제처럼 생각하고 자넬 위해 모든 것을 주선해 줬어. 하지만 피노에 대해서는 책임 못 져. 앞으로 이틀 내에 최소 60명의 건달이 그를 찾아와 온갖 제안을 헐값에 하려 들 거야. 내가 자넬 위해 그에게 약속했지만, 내키지 않으면 거절하면 그만이야." 그러고는 잠시 후 말을 이었다. "자넨 자신이 얼마나 행복한지 잘 모르는 것 같아. 자네는 이제 한 당파의 일원이 되는 거라고. 모름지기 동료들이라면 여러 신문에서 당의 적들을 공격하고, 같은 편끼리는 서로 도와야지."

"우선 펠리시앵 베르누를 만나러 가자." 뤼시앵이 말했다. 가능한 한 빨리 위험한 맹금과 친교를 맺고 싶었던 것이다.

루스토는 이륜마차를 부르러 보냈고, 두 친구는 망다르가로 갔다. 그 동네 골목길에 있는 아파트 3층에 베르누가 살았다. 뤼시앵은 신랄하고 거만하고 잘난 체하는 비평가가 그토록 형편없는 식당에 있는 것을 보고 적잖이 놀랐다. 같은 간격으로 이끼 무늬가 그려진 번쩍거리는 싸구려 벽지를 바른 벽에는 금빛 액자에 담긴 복제 수묵화가 걸려 있었다. 그는 본처가 아니라기에는 너무 못생긴 여자와, 개구쟁이를 붙들어두기 위해 울타리를 치고 다리를 높인 의자에 앉혀 놓은 어린아이 둘과 함께 식탁에 앉아 있었다. 부인의 옷을 만들고 남은 인도산 옷감으로 지은 실내복을 입고 있다가 갑작스러운 방문을 받은 펠리시앵은 못마땅한 표정을 지었다.

뤼시앵에게 의자를 권하며 그가 물었다. "아침은 먹었나, 루스토?"

"플로린 집에서 오는 길인데, 거기서 먹었네." 에티엔이 대답했다.

뤼시앵은 베르누 부인을 계속 관찰했다. 그녀는 하녀나 뚱뚱한 요리사같이 보였고, 피부는 하얬지만 얼굴은 지극히 평범했다. 베르누 부인은 끈 달린 나이트캡 위로 머플러를 두르고 있었는데, 끈을 너무 세게 조여서 뺨이 삐져나와 있었다. 허리띠는 없고 목둘레에 달린 단추 하나로만 여민 실내복은 크게 주름을 이루며 퍼졌지만, 몸을 다 덮지 못해서 말뚝에 빗댈 만한 모양새였다. 거의 보랏빛 혈색에, 손가락은 순대처럼 생긴 것이 건강도 나빠 보였다. 그 부인을 보며 뤼시앵은 사회에서 베르누가 보인 불편한 태도를 이해할 수 있었다. 결혼 생활이 불행함에도 아내와 아이들을 버릴 용기는 없고, 그러면서도 언제나 그로 인해 고통받을 만큼 시인의 면모를 지닌 이 작가는 그 누구의 성공도 용서할 수 없을 것이고, 자기 자신에게도 늘 불만족하며 매사에 못마땅해할 것이다. 시기심 많은 얼굴을 얼어붙게 만드는 매서운 표정, 말대답 속에 배어 있는 신랄함, 비수처럼 항상 날카롭게 다듬어진 문장에 서린 독기 등이 모두 수긍되었다.

"내 서재로 가세." 펠리시앵이 일어나면서 말했다. "문학에 관한 일이겠지."

"그렇기도 하고 아니기도 해." 루스토가 대답했다. "야회에 관한 일이야."

"코랄리를 대신해 선생을 초대하러 왔습니다……." 뤼시앵이 말했다.

그 이름을 듣자 베르누 부인이 고개를 들었다.

"일주일 후에 코랄리 집에서 야회가 있습니다." 뤼시앵이 계속했다. "지난번 플로린 집에서 만났던 분들이 오실 것이고,

그 외에 발노블 부인과 메를랭, 그리고 다른 몇몇 분도 참석하실 겁니다. 카드놀이도 할 거고요."

"하지만 여보, 그날은 마우도 부인 댁에 가야 해요." 베르누 부인이 말했다.

"그래서! 그게 무슨 상관이야?" 베르누가 말했다.

"우리가 안 가면 그 부인이 노발대발할 거예요. 당신도 출판사에서 받은 어음을 할인하려면 그 부인을 만나는 게 좋잖아."

"이렇다니까. 야회는 자정에나 시작되니 11시에 끝나는 저녁 만찬에는 아무 지장도 주지 않는다는 걸 이 여자는 몰라. 이런 여자 옆에서 내가 일하고 있어."

"상상력이 정말 풍부하신가 봐요!" 무심코 뱉은 이 한마디로 뤼시앵은 베르누의 숙적이 되었다.

"자, 그럼 오는 거지? 그게 다가 아니야. 뤼방프레 씨는 이제 우리 편이 되었네. 그러니 자네 신문에서도 일할 수 있게 그를 좀 밀어줘. 고급 문학을 할 능력이 있는 친구라고 소개해 주게. 한 달에 적어도 기사 두 편은 쓸 수 있도록 해주게나."

"알았어. 우리 편이 되어 우리가 이 친구의 적들을 공격하듯 우리의 적들을 공격하고 우리 편 친구들을 방어할 의향이 있다면, 오늘 밤 오페라에서 이 친구에 대해 말해 볼게." 베르누가 대답했다.

"좋아, 그러면 내일 보자고." 루스토가 진한 우정의 표시로 베르누의 손을 꼭 잡고 말했다. "자네 책은 언제 나오나?"

"그거야 도리아에 달렸지." 집안의 가장인 베르누가 말했다.

"원고는 끝냈어."

"기쁜가?"

"글쎄, 그렇기도 하고 아니기도 하고……."

"자네의 성공을 위해 우리가 불을 때주지." 루스토는 그렇게 말하면서 자리에서 일어나 동료의 아내에게 인사했다.

두 아이가 서로 싸우고 숟가락을 팽개치고 버터 수프를 상대방 얼굴에 던지면서 징징거렸기 때문에 그들은 서둘러 자리를 떠야 했다.

"봤지? 한 여자가 본의 아니게 문학에 큰 피해를 주고 있는 현장을." 밖으로 나오면서 루스토가 뤼시앵에게 말했다. "가엾은 베르누는 아내 때문에 우릴 용서할 수가 없는 거야. 그 친구에게서 그녀를 떼어버려야 할 텐데. 물론 공익을 위해서. 그래야 다른 이들의 성공이나 행운에 대한 독설이나 잔인한 기사가 홍수처럼 밀려오는 것을 막을 수 있지 않겠나. 저 끔찍한 두 사내아이를 데리고 저런 부인과 산다면 어떻게 될까? 자네도 피카르의 『복권 판매소』에 등장하는 리고댕을 보았겠지.145) 리고댕처럼 베르누는 본인이 싸우지 않고 남들을 싸우게 만들어. 절친한 친구의 두 눈을 뽑기 위해서라면 자기 눈 하나쯤은 뽑을 수 있는 작자야. 모든 시체 위에 발을 올려놓고, 모든 불행에 미소 짓고, 왕자나 공작이나 후작 등의 귀족을 공격하지. 자기는 평민이니까. 아내 때문에 고통받는 그는

---

145) 『복권 판매소』는 1817년 12월, 오데옹 극장에서 초연된 피카르의 희곡이다. 리고댕은 익살스러운 꼽추 지식인으로 사람들끼리 서로 싸우도록 부추긴다.[편]

명망 있는 독신자들을 공격하고, 매번 도덕을 언급하며 가정의 행복과 시민의 의무를 강조해. 요컨대 저 도덕적인 비평가는 아무한테도, 심지어 아이들에게도 친절하지 않아. 그는 망다르가에서 『서민귀족』에 나오는 튀르크인 고관처럼[146] 구는 아내와 좀나방처럼 못생긴 두 아이와 함께 살고 있어. 절대 발을 들여놓지 못할 생제르맹 구역을 조롱하고 싶어서 공작 부인들도 자기 아내처럼 말하게 하지. 예수회원들에게 욕설을 퍼붓고, 궁정을 모욕하고, 궁정이 봉건적 권리나 장자상속권을 복구시키려 한다고 비난하고, 평등을 위한 십자군 전쟁 같은 것을 권장하는 인간이 바로 저 작자야. 그러면서도 정작 자기는 누구와도 평등하지 않다고 생각하지. 총각이고, 사교계를 출입하고, 레지옹도뇌르 훈장을 달고 있고, 연금을 받는 왕당파 시인의 삶이었다면, 저 친구도 낙천적인 사람이 되었겠지. 언론인들에게는 수많은 출발점이 있지만 대부분 경우가 엇비슷하지. 저 친구는 사소한 증오에 따라 발사되는 투석기 같아. 이걸 보고도 결혼할 마음이 생기나? 베르누에게는 심장이 없어. 원한이 그의 모든 것을 휩쓸어 버렸거든. 그래서 그는 뛰어난 기자, 격노한 그의 펜으로 모든 것을 찢어발기는 손을 가진 호랑이가 되었지."

"아내 때문에 화가 났군!" 뤼시앵이 말했다. "재능은 있나?"

"재치가 있지. 그는 기고가야. 그에게는 항상 기삿거리가 넘

---

146) 1670년 루이 14세 앞에서 초연된 몰리에르의 코미디발레 『서민귀족』은 상류층이 되고 싶은 벼락부자 이야기인데, 여기에 가짜 오스만튀르크 귀족이 등장한다.

치거든. 언제나 쓸 기사가 있고, 기사 외에는 아무것도 못 쓰겠지. 아무리 끈질기게 노력해도 그의 문장을 가지고는 결코 책을 쓸 수 없을 걸세. 펠리시앵은 작품을 구상하고, 전체를 적절히 배치하고, 이야기를 시작하고 엮어가면서 핵심 사건을 향해 나아가는 능력, 플롯 아래서 인물들을 조화롭게 연결하는 능력이 없어. 아이디어는 있는데, 실상을 몰라. 그의 캐릭터들은 철학적이거나 자유주의적인 이상주의자들이 되지. 한 가지 더, 그의 문체는 독창적이지만 지나치게 과장되어 있어서, 부풀린 그의 문장은 비평이 바늘로 한 번 찌르기만 해도 바람이 빠져버릴 거야. 그래서 그는 신문을 몹시 두려워하지, 물 위에 떠 있기 위해서는 엉터리일지라도 칭찬이라는 호리병이 필요한 사람들처럼."

"자네가 지금 멋진 기사를 쓰고 있는걸!" 뤼시앵이 외쳤다.

"이런 것들은 말로만 해야지, 글로 써서는 절대 안 돼."

"편집장이 다 되셨군." 뤼시앵이 말했다.

"어디에 내려주면 되나?"

"코랄리 집 앞에."

"아! 우리는 사랑에 빠진 남자들이야!" 루스토가 말했다. "큰 잘못이지! 내가 플로린에게 하듯이 코랄리도 살림하는 여자로 만들어봐. 하지만 우리에겐 무엇보다 자유가 중요하네!"

"자네는 성자도 지옥에 떨어뜨리겠어." 뤼시앵이 웃으면서 말했다.

"악마를 지옥에 떨어뜨리진 않지." 루스토가 대답했다.

새로운 친구의 가볍고 재치 넘치는 말투, 인생을 대하는 태도, 파리의 권모술수가 담긴 금언과 뒤섞인 역설 등은 부지중에 뤼시앵에게 영향을 미쳤다. 이론적으로는 그런 것들의 위험성을 인식했지만, 잘 활용하기만 하면 유용하리라 생각했다. 탕플 대로에 이른 두 친구는 5시에서 6시 사이에 신문사에서 만나기로 하고 헤어졌다. 엑토르 메를랭도 분명 그곳에 올 터였다. 뤼시앵은 화류계 여인의 진정한 사랑이 주는 쾌락에 빠져 있었다. 그네들은 모든 욕망에 믿을 수 없을 만큼 유연하게 순응하며, 상대방이 무기력한 습관을 갖도록 부추긴 후에는 그에게 영향력을 발휘함으로써 그 영혼의 가장 약한 곳을 움켜잡는다. 그는 벌써 파리의 쾌락에 목말랐기에 여배우가 제공한 쉽고 풍요롭고 화려한 삶이 좋았다. 집으로 들어가니 코랄리와 카뮈조가 기쁨에 젖어 있었다. 짐나즈 극장이[147] 다가오는 부활절 공연을 위한 계약을 제안했는데, 통상적 약관에 따라 명시된 조건은 코랄리의 기대를 뛰어넘는 것이었다.

"우리의 성공은 기자님 덕분입니다." 카뮈조가 말했다.

"오! 정말이에요. 이분이 아니었다면 '에스파냐 판사'는 망했을 거예요. 기사가 하나도 없었다면 난 앞으로도 6년은 더 대로변 극장에서 굴렀겠죠.[148]"

그녀는 카뮈조 앞에서 뤼시앵의 목에 매달렸다. 여배우의 재빠른 감정 표현에는 뭔가 모를 다정함이, 그녀의 충동적 행

---

147) 보드빌 극장 중 하나인 짐나즈 드라마티크는 1820년 본누벨 대로 38번지에 개관했고, 1824년 문을 닫았다가 1830년 다시 문을 열었다.[편]
148) 탕플 대로의 불바르 극장에서 그보다 윗길인 보드빌 극장으로 옮겨가게 되었으므로 배우로서 코랄리의 위상이 높아진 것이다.

동에는 뭔가 모를 달콤함이 깃들어 있었다. 그녀는 사랑하고 있었다! 극심한 고통을 겪는 남자들이 그러듯이 카뮈조는 눈을 내리깔았다. 그러자 뤼시앵이 신은 장화의 솔기를 따라 유명 제화점에서 사용하는 색실이 그의 눈에 들어왔다. 반짝이는 검은 장화 목 위로 짙은 황색 실이 선명했다. 코랄리의 벽난로 앞에 놓여 있던 장화 한 벌을 보고 도무지 이해할 수 없어 혼자 중얼거리는 동안, 워낙 독특해서 그의 마음을 사로잡았던 바로 그 색이었다. 그는 장화 안창의 하얗고 부드러운 가죽 위에 검은 글씨로 '게, 미쇼디에르가'라고 쓰인 것을 보았더랬다. 당시 유명했던 제화점 주소였다.

"기자님," 그는 뤼시앵에게 말했다. "장화가 아주 멋지십니다."

"이분이 가진 건 다 멋져요." 코랄리가 대답했다.

"저도 기자님이 맞춘 제화점에서 한 켤레 사고 싶군요."

"오!" 코랄리가 말했다. "부르도네가에 상점을 가지고 계시면서 다른 상인의 주소를 물으시다니요! 젊은이들의 장화를 신으시려고요? 귀여운 총각이 되시겠네요. 그냥 윗부분이 접힌 단정한 장화나 신으세요. 아내와 아이들과 정부까지 둔 유부남에게는 그게 어울려요."

"아무튼 장화 한 짝만 벗어봐 주시면 대단히 고맙겠습니다." 카뮈조가 집요하게 말했다.

"구둣주걱이 없으면 다시 신기 어려워서요." 뤼시앵이 얼굴을 붉히며 말했다.

"베레니스가 사다 드릴 겁니다. 구둣주걱이야 많아도 상관

없으니까요." 상인이 대단히 빈정대는 투로 말했다.

"카뮈조 아빠." 코랄리가 잔인하리만치 경멸적인 시선을 던지면서 그에게 말했다. "용기 있게 당신의 비열함을 드러내세요! 자, 당신의 생각을 말해 봐요. 기자님 장화가 내 것과 비슷하다고 생각하시는 거죠? 기자님, 장화를 벗지 마세요. 그래요, 카뮈조 씨. 맞아요. 이 장화는 그날 우리 집 벽난로 앞에 놓여 있던 바로 그 장화예요. 저분은 내 의상실에 숨어 장화를 기다리고 있었고, 우리 집에서 밤을 보냈어요. 당신이 생각하는 게 이거죠, 아닌가요? 그렇게 생각하세요. 그러길 바랍니다. 완벽한 사실이니까요. 당신을 속였어요. 그래서 어쩔 셈이냐고요? 난 이 상태가 좋아요!"

그녀는 화도 내지 않고 너무나 태연하게 카뮈조와 뤼시앵을 바라보면서 자리에 앉았다. 그러나 두 남자는 감히 서로 쳐다볼 수 없었다.

"나는 당신이 원하는 대로만 생각할 거요." 카뮈조가 말했다. "농담하지 말아요. 내가 잘못했소."

"나는 한순간 이분에게 반해 버린 야비하고 음탕한 여자거나, 아니면 처음으로 모든 여자가 소망하는 진정한 사랑을 느낀 여자거나 둘 중 하나겠지요. 어느 쪽이건 당신은 나를 떠나든지 아니면 있는 그대로의 나를 받아들여야 할 거예요." 그녀는 상인을 납작하게 만들어버리는 지배자의 오만한 태도로 말했다.

"그게 사실인가요?" 상인은 뤼시앵의 태도에서 코랄리의 말이 농담이 아님을 알아챘으면서도 그 말이 거짓이라고 해주길 애원하듯 물었다.

"저는 코랄리 양을 사랑합니다." 뤼시앵이 말했다.

감격한 목소리로 그렇게 말하는 것을 듣고 코랄리는 시인의 목으로 뛰어들어 두 팔로 그를 끌어안았다. 그러고는 비단 장수 쪽으로 고개를 돌려 뤼시앵과 함께 멋진 커플의 모습을 보여주었다.

"가엾은 뮈조, 당신이 내게 주신 모든 것을 다 가져가세요. 당신에게서 아무것도 받고 싶지 않아요. 나는 이 남자를 미칠 듯이 사랑해요. 재치 때문이 아니라 미모 때문에요. 당신과 함께 백만장자로 사느니 이분과 가난하게 사는 게 더 좋아요."

카뮈조는 소파에 쓰러져 두 손으로 머리를 감싼 채 아무 말도 하지 않았다.

"우리가 이 집에서 나가길 원하세요?" 그녀는 놀라울 정도로 잔인하게 말했다.

뤼시앵은 한 여자를, 한 여배우를, 한 가정을 떠맡게 되었다는 생각에 등골이 오싹해졌다.

"그냥 있어, 다 가져, 코랄리." 상인은 마음 깊은 곳에서 흘러나오는 약하고 고통스러운 목소리로 말했다. "아무것도 가져가고 싶지 않아. 가구 값만 해도 6만 프랑은 될 거야. 하지만 나의 코랄리가 가난해진다는 생각은 참을 수 없을 것 같아. 머지않아 당신은 가난해질 거야. 저분이 아무리 재능이 많다 해도, 재능만으로는 당신의 생활을 보장해 줄 수 없어. 아! 우리네 노인들의 운명은 바로 이런 거야! 코랄리, 가끔씩 당신을 보러 올 수 있는 권리만은 남겨줘. 당신한테 도움이 될 거야. 고백하건대 난 당신 없이는 살 수 없을 것 같아.”

가장 행복하다고 믿고 있던 순간 모든 것을 빼앗겨버린 그 불쌍한 남자의 온화함이 뤼시앵에게 진한 감동을 주었다. 하지만 코랄리에게는 그렇지 않았다.

“오세요, 가엾은 뮈조, 오고 싶으면 언제든 오세요. 당신을 속이지 않아도 되니, 당신을 더 좋아할 거예요.”

카뮈조는 지상의 낙원에서 추방되지 않았다는 사실에 만족한 것 같았다. 물론 지금은 고통스러울 것이다. 그러나 파리 생활의 우연이나 뤼시앵을 둘러쌀 온갖 유혹을 기대하면서 훗날 자신의 권리를 되찾기를 내심 바랐다. 교활한 늙은 상인은 언제고 그 미남 청년이 코랄리를 배신할 것으로 생각했다. 그래서 그를 감시하기 위해, 그리고 코랄리의 마음에서 그가 떠날 때를 위해 그들의 친구로 남기로 했다. 진정한 열정에서 나오는 그런 비루함에 뤼시앵은 소름이 끼쳤다. 카뮈조는 팔레루아얄의 베리 식당에 그들을 초대했고, 그들은 그의 초대를 받아들였다.

“아! 너무 행복해!” 카뮈조가 떠나자 코랄리가 소리쳤다. “이제 라틴가의 다락방에서 살지 마. 여기 있어. 우리 떨어지지 말자. 그래도 이목이 있으니 샤를로가에 작은 아파트 하나를 얻어야겠다. 될 대로 되라지!”

그녀는 신이 나서 에스파냐 춤을 추기 시작했다. 그녀의 활기는 주체할 수 없는 열정을 드러내고 있었다.

“열심히 일하면 한 달에 500프랑은 벌 수 있어.” 뤼시앵이 말했다.

“나도 극장에서 그만큼은 벌어. 출연 수당 말고도. 카뮈조가 옷은 사줄 거야. 그 남자는 나를 사랑하거든! 월 1500프랑이면 백만장자처럼 살 수 있어.”

“그럼, 말은요? 마부는? 하인은?” 베레니스가 말했다.

“빚지면 되지.” 코랄리가 외쳤다.

그녀는 뤼시앵과 함께 격렬하게 춤추기 시작했다.

“당장 피노의 제안을 받아들여야겠군.” 뤼시앵이 큰 소리로 말했다.

“자, 옷 갈아입고 당신을 신문사에 데려다줄게. 대로에 마차를 세우고 그 안에서 기다릴게.”

뤼시앵은 소파에 앉아 여배우가 치장하는 것을 바라보면서 심각한 고민에 빠졌다. 결혼과 비슷한 이런 생활의 의무에 코랄리를 묶어두기보다는 자유롭게 살도록 놔두는 것이 더 좋을 것 같았다. 그러나 그녀는 너무 아름다웠고, 몸매도 날씬했고, 너무도 매력적이었기에, 그는 보헤미안적 삶의 화려한 모습에 이끌려 운명의 여신에게 도전장을 내밀었다. 베레니스는 뤼시앵의 이사와 입주를 도와주라는 명령을 받았다. 아름답고 행복한 코랄리는 사랑하는 연인인 시인을 이끌고 의기양양하게 파리를 가로질러 생피아크르가로 갔다. 뤼시앵은 천천히 계단을 올라가, 신문사 사무실에 주인처럼 들어갔다. 평소대로 머리에 인지 용지를 덮어쓴 붉은 단호박과 지루도 영감은 여전히 위선적으로 아무도 출근하지 않았다는 거짓말을 했다.

“하지만 기자들은 신문에 대해 협의하기 위해 어디엔가 모여 있을 텐데요."

"그럴지도 모르지요. 하지만 기사 편집은 나하고는 아무 상
관없소." 전직 황실 근위대 대위가 말했다. 그러고는 늘 그러
듯이 크렁크렁 소리를 내면서 신문 묶는 띠를 확인하기 시작
했다.

그 순간 때마침 피노가 나타나 지루도에게 자신이 거짓으
로 사임했다는 사실을 알리고, 앞으로도 계속 자신의 수입을
잘 챙기도록 지시했다. 이 우연은 뤼시앵에게 다행이었을까 불
행이었을까?

"이분에게는 수완을 부릴 필요 없어요. 우리 신문사 사람이
거든요." 피노는 뤼시앵의 손을 잡고 악수하면서 자기 삼촌에
게 말했다.

"아! 이분이 신문사 사람이라고?" 조카의 행동에 놀란 지루
도가 소리쳤다. "그러니까 선생은 꽤나 수월하게 신문사에 들
어왔구려."

"당신이 루스토에게 속아 넘어가지 않도록 당신을 위한 자리
를 만들어주겠소." 피노는 교활한 표정으로 뤼시앵을 쳐다보
며 말했다. "이분께는 연극 평을 포함한 모든 기사에 대해 단
당 3프랑을 지급하세요."

"네가 이제껏 그런 조건을 제시한 사람은 아무도 없는데."
지루도는 놀란 표정으로 뤼시앵을 바라보며 말했다.

"이분이 불바르 극장 네 개를 맡을 겁니다. 삼촌은 누가 이
분의 좌석을 가로채지 않게 해주시고, 티켓도 이분에게 잘 전
달되도록 챙겨주세요." 그러고는 몸을 돌려 뤼시앵에게는 "티

켓을 꼭 집으로 배달하도록 시켜요."라고 했다. "기자님은 비평 외에도 1년 동안 월 50프랑에 2단 정도의 다양한 기사 열 꼭지는 쓰시겠죠. 동의하십니까?"

"좋습니다." 뤼시앵은 상황에 이끌려 마지못해 대답했다.

"삼촌," 피노가 경리에게 말했다. "계약서 좀 작성해 주세요. 내려가서 서명할 테니까요."

"대체 이분은 누구시냐?" 지루도가 일어서서 검은 실크 모자를 벗으며 물었다.

"뤼시앵 드 뤼방프레 씨입니다. '에스파냐 판사' 공연 평을 쓰신 분이죠." 피노가 말했다.

"젊은이!" 늙은 군인은 뤼시앵의 이마를 가볍게 치면서 큰 소리로 말했다. "당신은 여기에 금광을 가지고 있군요. 난 문학은 모릅니다만, 당신의 기사를 읽었는데 아주 재미있었다오. 그 이야기 좀 해봐요! 유쾌한 기사였어. 그래서 내가 말했지. 구독자 좀 끌겠는데! 실제로 그랬다오. 50부 팔았거든."

"에티엔 루스토와의 계약서 두 부는 만드셨어요? 곧 서명할 거예요." 피노가 자기 삼촌에게 물었다.

"그럼." 지루도가 대답했다.

"이분과의 계약서는 어제 날짜로 해주세요. 그래야 루스토도 이분과의 계약 조건을 엄수할 테니까." 피노는 친근한 척 신임 기자의 팔을 잡고 계단 쪽으로 가며 말했다. 그의 이런 태도가 시인의 마음을 사로잡았다. "이렇게 해서 당신 자리는 확실해졌소. 당신을 우리 기자들에게 소개하지요. 그리고 저녁에는 루스토가 여러 극장에 공식적으로 기자님을 소개할 거요. 루스토가 관리할 우리 소신문에서 월 150프랑을 벌게 될 테니, 루스토와 잘 지내도록 해요. 그 친구는 벌써부터 당신을 제 마음대로 다루지 못하게 된 것을 두고 나를 원망하겠죠. 하지만 당신에겐 재능이 있소. 그래서 나는 당신이 편집장에게 휘둘리지 않게 해주고 싶은 거요. 우리끼리 하는 말이지만, 내 주간지에도 한 달에 두 지면 정도는 기사를 쓸 수 있을 겁니다. 그럼 200프랑 드리지. 이런 밀약은 절대 함구해야 합니다. 신참자의 행운 때문에 상처받은, 자존심 강한 자들 모두가 나에 대한 복수심에 사로잡히게 될 테니까. 당신에게 할애된 지면 두 장에 들어갈 기사들은 네 꼭지로 나눠서, 두 꼭지는 본명으로 쓰고 다른 두 꼭지는 필명으로 게재해요. 다른 사람들의 빵까지 당신이 다 먹어치우는 듯 보이면 안 되니까. 당신이 이런 지위를 얻게 된 것은 당신에게서 장래성을 본 블롱데와 비눙 덕분이오. 그러니 그들의 이름을 욕되게 하면 안 됩니다. 특히 친구들을 조심해요. 우리 둘은 앞으로도 잘 지냅시다. 나를 이용해요, 나는 당신을 이용할 테니. 당신은 박스석과 티켓을 받을 거고, 그걸 팔면 40프랑 더 벌 수 있소. 그리고 증정본을 세탁하면 60프랑은 됩니다. 그것들과 기사 고료를 합하면 월 450프랑은 벌 거요. 머리만 잘 쓰면, 그 외에도 출판사에서 기사나 광고문에 대한 수고비 조로 월 200프랑은 받을 수 있을 거고. 하지만 당신은 내 사람이오. 안 그렇소? 당신을 믿겠소."

뤼시앵은 기쁨에 넘쳐 열광적으로 피노와 악수했다.

"우리가 서로 합의했다는 내색은 하지 맙시다." 피노는 건물

6층의 긴 복도 끝에 있는 다락방 문을 밀면서 뤼시앵에게 귓속말로 이야기했다.

그곳에는 루스토, 펠리시앵 베르누, 엑토르 메를랭, 그리고 뤼시앵이 모르는 기자가 둘 있었다. 그들은 모두 따뜻한 불 앞, 초록색 융단이 깔린 테이블 주위에 모여, 의자나 소파에 앉아 담배를 피우거나 웃고 있었다. 테이블 위에는 원고들이 널렸고, 잉크가 가득 든 잉크병과 좋지는 않아도 기자들이 요긴하게 사용하는 펜들이 있었다. 신임 기자는 바로 그곳에서 위대한 작품이 만들어진다는 것을 알 수 있었다.

"여러분," 피노가 말했다. "이렇게 오시라고 한 이유는 내가 부득이 사직할 수밖에 없는 신문의 편집장 자리에 우리의 친애하는 루스토를 임명하기 위해서입니다. 여러분도 그 운명을 알고 계신 잡지의 편집장으로 가자면 어쩔 수 없이 내 의견이 바뀌겠지만, 나의 신념은 변하지 않을 테니 우리는 친구로 남을 겁니다. 나는 여러분 사람입니다, 여러분이 내 사람이듯이. 상황은 변할 수 있지만, 원칙은 확고합니다. 원칙이란 정치 척도의 바늘이 돌아가는 축이니까요."

기자들이 모두 웃음을 터뜨렸다.

"누가 그런 문장을 가르쳐주었나?" 루스토가 물었다.

"블롱데가." 피노가 대답했다.

"바람이 불거나 비가 오거나 폭풍우가 몰아치거나 날씨가 맑거나, 우리는 모두 함께 난관을 헤쳐 나가리라." 메를랭이 말했다.

"자, 은유 속에서 헤매지 말자고." 피노가 다시 말했다. "내게 가져올 기사가 있는 분들은 다시 피노를 찾아오십시오. 언제나 그랬듯이 피노는 앞으로도 여러분의 기사를 환영합니다.” 그러고는 뤼시앵을 소개했다. “이분은 우리 편 사람입니다. 이분과 계약했네, 루스토.”

모두가 피노의 출세와 그의 새로운 운명을 축하했다.

“이제 자네는 아군과 적군 사이에 양다리를 걸치게 되었군!” 뤼시앵은 모르는 두 기자 중 하나가 피노에게 말했다. “자넨 야누스가 되는 거야……”

“자노만 아니면 되지.”[149] 베르누가 말했다.

“사장, 우리가 적들을 마음껏 공격하게 놔둘 거지?”

“자네들 마음대로 하게.” 피노가 말했다.

“그래?” 루스토가 말했다. “아무튼 신문은 물러설 수 없어. 샤틀레가 화났더군. 그래도 일주일 동안은 그를 그냥 놔둘 생각이 없어.”

“무슨 일이 있었나?” 뤼시앵이 물었다.

“샤틀레가 결투를 신청했어.” 베르누가 말했다. “제국 시절 미남 양반이 신문사에 왔다가 지루도 영감을 만났대. 영감은 이 세상 그 누구보다도 침착하게 그 기사를 쓴 기자는 필리프

---

149) 자노(Janot)는 야누스(Janus)와 운을 맞춘 언어유희인데, 루이 프랑수아 아르샹보(Louis François Archambault, 필명 도르비니, 1742~1812)가 1799년 발표해 큰 성공을 거둔 희곡 『자노, 혹은 패자들 벌금을 물다』에 등장하는 익살스러운 하인이다. 문장의 뜻을 애매하게 만드는 어순의 잘못이라는 뜻의 '자노티즘'이라는 단어의 뿌리다.

브리도라고 했고,[150] 필리프는 남작에게 결투 시간과 무기를 물어보았다는 거야. 상황은 일단 여기서 중지야. 우리는 내일 신문에서 남작에게 사과할 계획이지. 하지만 문장 하나하나는 비수가 될 거야."

"그 친구를 확실히 물어버려. 그럼 나를 찾아오겠지." 피노가 말했다. "나는 자네들을 진정시키면서 그에게 도움을 주는 척할게. 그는 정부와 가까우니 뭐라도 따낼 수 있을 거야. 대리 교수 자리나 담배 가게 같은 거라도. 그 일에 열받아 끝장을 보려 한다면 우리에겐 잘된 일이지. 자네들 중 누가 내가 새로 맡은 신문에 나탕에 대한 기획 기사를 써주겠나?"

"뤼시앵에게 맡겨봐." 루스토가 말했다. "엑토르와 베르누는 각자 자기들 신문에 쓸 테니."

"여러분, 잘들 가게나. 바르뱅의 집에서 각각 따로 만납시다."[151] 웃으면서 피노가 말했다.

뤼시앵은 무시무시한 기자단에 받아들여진 것에 대해 몇몇 사람들의 축하를 받았다. 루스토는 그를 믿을 만한 친구라고 소개했다.

"여러분, 뤼시앵이 여러분 모두를 야회에 초대한답니다, 그의 애인인 아름다운 코랄리 집에서요."

---

150) 필리프 브리도는 세나클의 일원인 화가 소제프 브리도의 형이다. 나폴레옹 시절 군인으로 파렴치한 기회주의자인 그는 1821년경부터 피노 신문의 공격적인 기사에 대한 명의대여인 역할을 한다.
151) 1672년에 팔레루아얄 극장에서 공연된 몰리에르의 희곡 『학식을 뽐내는 여인들』 3막 5장에 나오는 대사를 인용한 것이다.[편]

"코랄리가 짐나즈 극장에 출연하게 됐어." 뤼시앵이 루스토에게 말했다.

"그렇다면 여러분, 당연히 우리가 코랄리를 밀어줘야죠, 그렇죠? 여러분들의 신문에 그녀의 계약에 대해 몇 줄 써주고, 그녀의 재능을 언급해 주세요. 짐나즈 극장 경영진은 성공 가능성에 대한 촉이 있고 경영 능력도 훌륭하다고 해줍시다. 그들에게 재치가 있다고까지 말해도 될까요?"

"재치가 있다고 써주자." 메를랭이 말했다. "프레데릭이 스크리브와[152] 함께 대본을 하나 썼거든."

"아! 그렇다면 짐나즈 극장 대표는 누구보다도 선견지명이 있고, 최고로 통찰력 있는 투자를 할 줄 아는군." 베르누가 말했다.

"그래, 좋아! 그리고, 나탕의 책에 관해 우리가 서로 합의하기 전에는 아무 기사도 쓰지 마. 왜냐하면," 루스토가 말했다. "우리가 신입에게 도움을 줘야 하니까. 뤼시앵에게는 출판하고 싶은 원고가 두 편 있어. 시집 하나랑 소설 하나. 짤막한 기사로 그를 석 달 안에 위대한 시인으로 만들어야 해. 우리가 뤼시앵의 '데이지'를 이용해서 송가, 발라드, 명상시집 등 모든 낭만주의 시를 깎아내리는 거지."

"하지만 저 친구 시집이 시원찮으면 웃기는 일이 될 텐데.

---

152) 외젠 스크리브(Eugène Scribe, 1791~1861)는 복고왕정 이후 19세기에 가장 인기 있던 극작가다. 여러 작가와 협업을 많이 했다. 1834년 아카데미 프랑세즈 회원으로 선출되기도 했다. 특히 짐나즈 극장과는 전속 계약을 맺었다고 한다.

자네 시집에 대해 어떻게 생각하나, 뤼시앵?" 베르누가 물었다.

"그러게요. 어떻게 생각하십니까?" 낯선 기자 한 사람이 물었다.

"여러분, 뤼시앵의 시는 단언컨대 훌륭합니다." 루스토가 말했다.

"그렇다면, 난 좋아." 베르누가 말했다. "나를 피곤하게 만드는 교권 옹호파 시인들 발밑에 그의 시를 던져주겠어."

"오늘 저녁 도리아가 '데이지' 출판을 수락하지 않으면 우린 나탕을 공격하는 기사를 동시다발적으로 뿌리겠어."

"그럼 나탕이 뭐라고 할까요?" 뤼시앵이 외쳤다.

다섯 명의 기자는 웃음을 터뜨렸다.

"좋아하겠지." 베르누가 말했다. "우리가 일을 어떻게 처리하는지 지켜보라고."

"자, 그러니까 이분은 우리 편인 거지?" 뤼시앵이 모르는 두 명의 기자 중 하나가 말했다.

"그래그래, 프레데릭, 농담이 아닐세." 루스토는 그렇게 말한 후 이번에는 신참에게 말했다. "봤지, 뤼시앵, 우리가 어떻게 자네와 한 편이 되어 움직이는지? 그러니 자네도 그럴 일이 생겼을 때 뒤로 물러서면 안 되는 거야. 우리는 모두 나탕을 좋아하지만 그를 공격하려 해. 자, 이제 알렉산드로스제국을 나누어 가집시다. 프레데릭, 자네가 테아트르 프랑세와 오데옹을 맡겠나?"

"여러분이 동의하신다면."

모두가 고개를 끄덕였다. 하지만 뤼시앵은 부러움과 시기심

이 담긴 눈빛들이 번뜩이는 것을 보았다.[153]

"나는 오페라 극장, 이탈리아 극장, 오페라 코미크를 맡겠네." 베르누가 말했다.

"좋아, 그럼 보드빌 극장들은 엑토르 몫이야." 루스토가 말했다.

"그럼 나는? 내가 맡을 극장은 없나?" 뤼시앵이 모르는 또 다른 기자가 소리쳤다.

"흠, 그럼 엑토르가 바리에테를 넘기고, 뤼시앵은 포르트 생마르탱을 양보해." 그러고는 뤼시앵에게 말했다. "뤼시앵, 포르트 생마르탱을 저 친구에게 줘. 파니 보프레한테 홀딱 빠져 있거든. 대신에 시르크 올림피크 극장을 가져. 난 보비노, 퓌낭뷜, 마담 사키 극장을 맡을게. 내일 실을 기사는 뭐가 있지?"

"아무것도 없어."

"아무것도."

"아무것도!"

"여러분, 내 신문의 첫 호를 위해 재치를 발휘해 봐요. 샤틀레 남작과 그의 오징어에 관한 기사는 일주일도 안 갈 겁니다. 『고독자』의 저자 관련 이야기도 식상하고."

"소스테네스니 데모스테네스니 하는 것도 이젠 약발이 떨어졌어."[154] 베르누가 말했다. "이놈 저놈 다들 우리 것을 베껴

---

153) 극장의 서열에 따라 배우나 연출자뿐 아니라 담당 기자의 위상도 달라지기 때문이다.

154) 소스테네스(공동번역 성서 표기, 소스테네)는 「사도행전」(18:17)에 등장하는 인물로, 코린토스의 유대교 회당장이다. 그는 사도 바울의 전도 활

썼잖아.”

“맞아! 새로운 희생양이 필요해!” 프레데릭이 말했다.

“여러분, 우파의 도덕군자들을 웃음거리로 만들면 어떨까요? 보나르 씨한테서 심한 발 냄새가 난다고 하면?” 루스토가 소리쳤다.

“여당 웅변가들에 대한 묘사로 시작해 볼까?” 엑토르 메를랭이 말했다.

“그거 괜찮겠다, 한번 해봐.” 루스토가 말했다. “자넨 그들을 잘 알고 또 같은 당파에 속하지 않나. 내면의 증오심을 만족시킬 수 있을 걸세. 뵈뇨, 시리에 드 메리나크,[155] 그리고 다른 사람들에게 마음껏 욕설을 퍼부어 보게. 기사는 미리 준비될 것이고, 우리는 기사가 없어 당황하는 일은 없을 테니.”

“적잖이 심각한 상황에서 매장을 거부당했다는 이야기를 꾸며내면 어떨까?” 엑토르가 말했다.

“사제들에 관해서라면, 입헌파 주요 신문들이 오리로 가득

동으로 인해 갈등이 빚어지자 동족인 유대인들에게 폭행당했다. 데모스테네스는 기원전 4세기 아테네의 정치가이자 법정 변호사였던 인물로, 당시 신흥 세력인 마케도니아의 위협에 맞서 아테네인들의 단결을 부르짖은 연설로 유명하다. 알렉산드로스제국이 성립된 뒤 사형을 선고 받고 음독자살했다. 본문에서 두 사람은 '희생양'을 상징한다.
155) 자크 클로드 뵈뇨(Jacques-Claude Beugnot, 1761~1835)는 법률가이자 정치가로서 혁명기의 국민공회 때부터 복고왕정기까지 다양한 직책을 수행하면서 각 체제에 발 빠르게 적용했던 사람으로 꼽힌다. 시리에 드 메리나크(Sirieys de Mayrinhac, 1775~1831)는 프랑스 왕당파 정치가다. 발자크에 의하면, 그는 재능 있는 훌륭한 행정가였다. 그러나 그에게 원한을 품은 《피가로》의 기자들은 그를 조롱하는 기사를 썼다.[편]

한 문서 파일들을 선점하고 있으니까 그치들과 경쟁하지 말자고."

"오리가 뭔가?" 뤼시앵이 물었다.

"신문의 파리 관련 기사가 생기 없고 진부할 때 흥미를 돋우기 위해 꾸며내는, 그럴듯해 보이지만 가짜인 뉴스를 언론인들끼리 부르는 은어야." 엑토르가 대답했다. "벤저민 프랭클린에서 유래했는데, 말하자면 그는 피뢰침과 오리와 합중국의 발명자라 할 수 있지.156) 그가 바다 저편의 가짜 뉴스를 가지고 백과전서파를 완벽하게 속였기 때문에, 『인도 철학사』를 쓴 레날은157) 플랭클린의 두 오리를 사실로 굳게 믿었어."

"그건 몰랐는데." 베르누가 말했다. "레날이 믿은 가짜 뉴스 둘이 뭐였나?"

"하나는, 돈을 더 많이 받으려고 자기가 해방시킨 흑인 노예를 임신시킨 후 팔아먹었다는 영국인에 관한 이야기고, 다른 하나는 그 임신한 아가씨가 탁월한 변론으로 자신의 재판에서 이겼다는 것이지. 프랭클린이 파리에 왔을 때, 네케르의 집

---

156) 미국 독립선언서 작성자 중 한 사람인 벤저민 프랭클린(Benjamin Franklin, 1706~1804)은 인쇄업자 집안의 막내아들로 태어나, 어릴 때부터 형이 발행하는 잡지에 익명 기사를 썼으며, 독립해서는 《펜실베이니아 가제트》를 인수해 발행인이 되었다. 그는 뛰어난 발명가이기도 해서, 1752년 피뢰침을 발명한 것으로 유명하다.

157) 기욤 토마스 레날(Guillaume-Thomas Reynal, 1713~1796)은 사제였으나 계몽주의 사상을 설파해 파문되었다. 이후 철학자, 역사학자, 저술가로 활동했으며, 언급된 책에서는 서아시아, 아프리카, 아메리카에서 유럽이 전개한 식민지 정책을 다각도로 비판했다.

에서 자신이 가짜 뉴스를 유포했다고 고백했고,[158] 이에 프랑스 철학자들은 크게 당황했었지. 이렇게 신대륙은 두 번이나 구대륙을 기만한 거야."

"신문은 조금이라도 그럴듯해 보이면 전부 사실로 간주하지. 우리는 거기서 출발하는 거야." 루스토가 말했다.

"형사재판도 다르지 않아." 베르누가 말했다.

"자, 그러면 오늘 밤 9시에 여기서 다시 모이세." 메를랭이 말했다.

모두 자리에서 일어나 악수했다. 편집회의는 참으로 감동적인 친밀함을 보여주며 마무리됐다.

"피노와 계약을 체결했다니, 도대체 어떻게 한 거야?" 계단을 내려가면서 루스토가 뤼시앵에게 물었다. "피노가 개인적으로 친분을 맺는 경우는 거의 없거든. 네가 유일해."

"나? 아무것도 안 했어. 그냥 피노가 내게 제안하던데." 뤼시앵이 말했다.

"여하튼 자네가 그와 협의를 잘했다니 나도 기쁘군. 우리 둘 다 더 강해질 테니까."

1층에서 에티엔과 뤼시앵은 피노를 만났다. 피노는 루스토를 따로 데리고 명목뿐인 편집실로 갔다.

---

158) 자크 네케르(Jacques Necker, 1732~1804)는 스위스 제네바 출신의 은행가로, 작가 스탈 부인의 아버지이며, 루이 16세 치하에서 재무장관을 역임했다. 이때 미국 독립전쟁을 지원한 프랑스의 군비 확보를 위해 공채를 발행했다. 또 프랑스 국가 재정의 파탄 상태를 타개할 목적으로 삼부회를 소집, 이것이 프랑스 대혁명의 도화선이 되었다.

그 사이 지루도는 뤼시앵에게 인지가 붙은 계약서 두 부를 내밀면서 말했다. "새 편집장이 볼 때 어제 계약된 것으로 믿을 수 있도록 얼른 계약서에 서명하세요."

계약서를 읽으면서 뤼시앵은 피노와 루스토가 신문의 현물 수익에 대해 격렬한 논쟁을 벌이는 소리를 들었다. 루스토는 지루도가 벌어들이는 간접적인 수입에서 자기 몫을 요구하고 있었다. 두 사람이 완전히 동의한 듯한 표정으로 사무실을 나오는 것으로 보아, 피노와 루스토 사이에 타협이 이루어진 것 같았다.

"8시에 갈르리 드 부아의 도리아 서점에서 봐." 에티엔이 뤼시앵에게 말했다.

기자를 지망하는 한 젊은이가, 전에 뤼시앵이 그랬듯이, 소심하고 불안한 표정으로 신문사로 들어왔다. 지루도가 빈정거리며 신참자를 갖고 노는 모습을 뤼시앵은 은밀한 쾌감을 느끼며 지켜보았다. 자신의 이해관계가 걸리다 보니, 선택된 기자들만 들어가는 다락방과 초심자 사이에 뛰어넘기 거의 불가능한 장벽을 설치할 필요성에 그 또한 공감했고, 그것을 위한 술책을 이해하게 되었다.

"지금도 기자들에게 줄 돈이 별로 없죠?" 뤼시앵이 지루도에게 한 말이다.

"기자들 수가 많아지면 그만큼 각자의 몫은 적어지는 거죠. 그러니까 어쩔 수 없어요!" 퇴역 대위가 말했다.

퇴역 군인은 크렁크렁 소리를 내고 납땜한 지팡이를 돌리면서 밖으로 나갔다. 그는 뤼시앵이 대로에 서 있는 멋진 마차에 오르는 것을 보고 깜짝 놀란 듯했다.

"이젠 당신들이 군인이고, 우리는 민간인이구려." 퇴역 군인이 말했다.

"맹세컨대 저 젊은이들은 이 세상에서 가장 좋은 사람들 같아." 뤼시앵이 코랄리에게 말했다. "난 이제 기자가 되었어. 말처럼 열심히 일하면 월 600프랑은 확실히 벌 수 있을 거야. 또 내 원고 두 편도 곧 출판될 테고, 다른 작품들도 써야지. 친구들이 나의 성공을 도와줄 테니까! 그러니 나도 코랄리 당신처럼 말하겠어, 될 대로 되라지!"

"내 사랑, 당신은 성공할 거야. 하지만 당신이 미남인 만큼 착해서는 안 돼. 그러면 파멸이야. 사람들에게는 모질게 굴어야 해. 그게 좋아."

코랄리와 뤼시앵은 마차를 타고 불로뉴 숲으로 갔다. 그곳에서 그는 데스파르 부인, 바르주통 부인, 샤틀레 남작과 다시 마주쳤다. 바르주통 부인은 어떤 신호로 여겨질 수도 있는 유혹적인 표정으로 뤼시앵을 바라보았다. 카뮈조는 최고의 저녁 메뉴를 주문해 놓았다. 그 노인에게서 벗어났다고 생각한 코랄리는 가엾은 비단 상인에게 더없이 상냥하게 대했다. 그들이 관계를 맺었던 지난 14개월 동안 그녀가 그토록 상냥하고 매력적인 적은 없었다.

'그래, 좋아. 어쨌든 이렇게라도 이 여자와의 관계를 유지하자!' 그는 생각했다.

카뮈조는 코랄리에게 은밀히 제안했다. 만약 그녀가 계속 그의 정부로 남는다면, 뤼시앵과의 사랑을 묵인하면서 아내 모르게 국채 대장에 6000리브르의 연금을 등록해 주겠다는 것이었다.

"저런 천사 같은 사람을 배신하라고요……? 하지만 저 남자를 한번 보세요, 가엾은 추남 아저씨, 그리고 당신 자신을 좀 봐요!" 그녀는 카뮈조가 권한 술을 받아 마시고 살짝 취해 있는 시인을 가리키며 말했다.

카뮈조는 그녀가 과거에 가난 때문에 그에게 넘겨졌던 것처럼, 또다시 가난이 그녀를 자신에게 돌려줄 때를 기다리기로 했다.

"이제 난 당신 친구에 불과하군." 코랄리의 이마에 키스하면서 그가 말했다.

뤼시앵은 코랄리와 카뮈조를 남겨두고 갈르리 드 부아로 돌아갔다. 신비로운 신문의 세계에 입문함으로써 그의 정신은 얼마나 많은 변화를 겪었던가! 그는 아무 두려움 없이 회랑 건물로 들어가, 그곳을 왕래하는 수많은 군중과 뒤섞였다. 애인이 있다는 사실에 그는 기가 살았다. 이제는 기자 신분이므로 거리낌 없이 도리아 서점으로 들어갔다. 아는 얼굴들이 여럿이었다. 뤼시앵은 블롱데, 나탕, 피노, 그리고 일주일 전부터 우정을 나누게 된 모든 문인들과 악수했다. 스스로 명사라고 생각했고, 자신이 동료들보다 뛰어나다는 생각에 우쭐했다. 약간의 술기운이 그를 자극해 재치를 발휘하는 데 기막히게 도움을 주었다. 그는 늑대처럼 울부짖을 수 있음을 보여주었다. 그러나 무언의 칭찬이건 말로 하는 칭찬이건, 내심 기대했던 칭찬은 받지 못했다. 그는 그 세계 사람들 사이에 존재하는 질투심을 알아챘다. 그들은 불안해했다기보다 호기심에 차 있었다. 탁월한 재능을 가진 이 신참이 어떤 자리를 차지할 것인지, 그리고 신문의 전체 수익 중 얼마를 그가 먹게 될지를 알고 싶어 했다. 시인을 향해 웃고 있는 사람은 피노와 루스토 뿐이었다. 그러나 피노는 뤼시앵을 착취의 대상으로 여겼고, 루스토는 뤼시앵을 좌지우지할 권리를 자신이 가졌다고 생각했다. 루스토는 벌써 편집장답게 굴면서 도리아의 사무실 유리창을 세게 두드렸다.

출판업자는 초록색 커튼 위로 머리를 들어 루스토를 알아보고는 "금방 가겠네, 친구."라고 답했다.

금방 오겠다던 사람은 1시간이나 지나서 나타났다. 두 친구는 성역 같은 그의 사무실 안으로 들어갔다.

"우리 친구에 관한 일은 좀 살펴보셨습니까?" 신임 편집장이 말했다.

"물론." 도리아가 술탄 같은 자세로 소파에 기대며 말했다. "시집을 훑어보았고, 글을 보는 안목 있는 사람에게 한번 읽어보라고도 했지. 내가 그 분야를 잘 안다고는 할 수 없으니까. 그런데 말이지, 나는 이미 만들어진 명성을 사는 사람이야. 돈으로 사랑을 사는 영국인처럼. 당신은 잘생긴 외모만큼이나 훌륭한 시인이기도 한 것 같소. 이건 출판업자로서 하는 말이 아니오. 아시겠소? 확실히 당신 소네트는 훌륭해요. 억지로 꾸민 티도 없고 영감과 활력이 넘치는데, 이런 작품은 아주 드물지. 말하자면 당신은 운율을 가지고 놀 줄 알아요. 그건 새로운 유파의 장점 중 하나죠. 당신의 '데이지'는 훌륭합니다. 하지만 사업은 안 돼요. 나는 큰 사업만 취급하지. 내 신념에 따라, 당신의 소네트는 출판하지 않겠소. 투자한 만큼 벌어들이지 못할 책을 밀어줄 순 없소. 더군다나 당신이 계속 시를 쓸 것도 아니니, 그 시집은 고립되겠지요. 젊은이, 당신은 아직 어려요. 작가라면 다들 학교 졸업 무렵에 쓰곤 하는 습작을 내게 들이밀었소. 처음에는 무척이나 애착을 갖지만, 나중에는 신경도 쓰지 않을 그런 시집이지. 당신 친구 루스토도 아마 낡은 양말 속에 시 한 편쯤은 숨겨놨을걸. 루스토, 자네도 전에는 훌륭하다고 믿었던 시 한 편쯤 있지 않나?" 도리아는 루스토에게 공모자의 교활한 시선을 던지면서 말했다.

"에이, 그랬다면 내가 어떻게 산문을 쓸 수 있겠어요?" 루스토가 말했다.

"거봐요. 이 친구는 내게 시에 대해 한마디도 꺼낸 적이 없소. 출판사나 사업에 대해 잘 아니까." 그러고는 뤼시앵을 어르면서 말했다. "나한테는 말입니다, 당신이 위대한 시인인지 아닌지는 하등 중요치 않소. 당신은 물론 재능이 아주 많겠지. 만일 내가 출판업을 막 시작했다면, 당신 책을 출판하는 실수를 저질렀을 거요. 하지만 지금은 아니오. 우선 물주들과 투자자들이 내 밥줄을 끊을걸. 작년에 2만 프랑 손해 본 것으로 족해. 그들은 이제 더 이상 시집 출판에 관해서는 입도 뻥긋 못 하게 해요. 나를 지배하는 주인님들이지. 하지만 진짜 문제는 그게 아니오. 당신이 위대한 시인이라 칩시다. 그런데 계속 많은 작품을 쓸 겁니까? 규칙적으로 소네트를 써낼 수 있소? 10권 정도 쓸 수 있어요? 그렇다 쳐도 사업이 될까? 아니. 당신은 멋진 산문 작가가 될 수 있소. 재능이 많으니 운을 맞추려고 뜻 없는 단어를 끼워 넣어 글을 망치는 일은 없을 거요. 신문에 글을 쓰면 연 3만 프랑은 벌 수 있지. 그러니 율격에 맞도록 절이나 구를 짜 넣는 시답잖은 일로 골머리를 앓으면서 어렵게 버는 3000프랑과 그 3만 프랑을 바꾸지는 못할 거요!"

"도리아, 아시다시피 이 친구는 신문사에서 일하게 되었어요." 루스토가 말했다.

"알지. 그의 기사를 읽었네. 그의 이익을 위해서도 나는 '데이지' 출판을 거절하네. 그래요, 선생. 팔리지 않을 당신 시집보다, 지금부터 6개월 후에 내가 부탁하게 될 기사의 원고료로 더 많은 돈을 드릴 겁니다."

"그러면 명성은요?" 뤼시앵이 외쳤다.

도리아와 루스토는 웃음을 터뜨렸다.

"저런!" 루스토가 말했다. "자넨 아직도 환상에 빠져 있군."

"명성은 말이오," 도리아가 말했다. "10년의 집요함이 필요한 일이자, 10만 프랑의 이익이냐 손실이냐를 두고 출판사가 내리는 결단의 결과요. 설사 당신 시를 출판해 줄 어떤 미친놈을 만난다 해도, 그 결과를 본다면 1년 안에 당신은 나를 존경하게 될 거요."

"제 원고 갖고 있으시죠?" 뤼시앵이 차갑게 말했다.

"여기 있소, 친구." 도리아가 말했다. 뤼시앵을 대하는 그의 태도는 벌써 대단히 부드러워져 있었다.

뤼시앵은 끈이 묶인 상태는 살펴보지도 않고 원고 뭉치를 집어 들었다. 도리아가 정말로 '데이지'를 읽은 듯이 말했기 때문이다. 뤼시앵은 낙담하거나 불만스러운 티를 내지 않고 루스토와 함께 사무실을 나왔다. 도리아는 자기 신문과 루스토의 신문에 관해 이야기하면서 서점까지 두 친구를 배웅했다. 뤼시앵은 아무 생각 없이 '데이지' 원고를 만지작거렸다.

"도리아가 자네 소네트를 읽었거나 다른 이들에게 읽혔다고 생각하나?" 에티엔이 뤼시앵의 귀에다 속삭였다.

"그럼."

"원고를 묶었던 끈과 잉크 자국을 봐."

잉크와 끈은 봉인된 상태 그대로였다.

뤼시앵은 분노로 창백해져서 서적상에게 물었다.

"어떤 소네트를 특별히 눈여겨보셨나요?"

"전부 다 훌륭하더군요. 특히 데이지에 관한 소네트가 아주 매력적이었소. 세련되고 섬세한 사상으로 끝나더군요. 그걸 보고 당신 산문이 성공하리라 예감했소. 그래서 당장 피노에게 당신을 추천했고. 우리 신문에 기사를 써줘요. 값은 잘 쳐드리리다. 물론 명성을 추구하는 것은 대단히 아름다운 일이오. 하지만 확실하고 견고한 것을 소홀히 하지 말고, 일이 생기면 무엇이든 마다하지 마시오. 시는 부자가 되고 난 다음에 쓰면 돼요."

시인은 분노가 폭발할까 봐 서둘러 사무실을 나왔다. 몹시 화가 났다. 루스토가 그를 따라 나오면서 말했다. "이봐, 진정해. 사람들을 있는 그대로 받아들여. 그들은 수단에 불과하니까. 복수하고 싶나?"

"기필코!" 시인이 말했다.

"여기 나탕 책 견본이야. 조금 전에 도리아가 내게 줬어. 중쇄가 내일 나온다네. 이 책을 다시 읽고 이걸 혹평하는 기사를 한번 써보겠나. 펠리시앵 베르누는 나탕을 아주 싫어해. 나탕의 성공은 훗날 자기 작품의 성공에 방해가 된다고 생각하거든. 그런 소인배들의 강박관념 중 하나는 하늘 아래 두 개의 태양은 있을 수 없다는 거지. 그러니까 그는 자기가 일하고 있는 대신문에 자네 기사를 싣게 해줄 거야."

"하지만 그 책을 비난하는 글을 어떻게 써? 훌륭한 작품인데." 뤼시앵이 언성을 높였다.

"저런! 이 친구야, 자네 직업을 좀 정확히 알라고." 루스토가 웃으면서 말했다. "아무리 걸작이라도, 자네 펜대 아래에서는 엉터리가 될 수도, 위험하거나 불건전한 작품이 될 수도 있는 거야."

"하지만 어떻게?"

"장점을 결점으로 바꾸는 거지."

"난 그런 곡예는 못 해."

"이봐, 신문기자란 곡예사야. 불편한 상황에도 익숙해져야 해. 아니, 나도 좋은 사람이야! 자, 이런 경우에는 이렇게 처리하는 거야. 잘 들어, 친구! 우선 훌륭한 작품이라는 칭찬으로 시작해. 그리고 이어서 자네 생각을 재미있게 써. 그러면 독자들은 말하겠지, '이 비평가는 질투심이 없으니 아마도 공정할 것이다.'라고. 자네의 비평이 양심적이라고 독자를 믿게 만들고 독자들의 좋은 평가를 얻은 다음에, 이렇게 말하는 거야.

이런 종류의 책 때문에 프랑스 문학 체계를 비난하게 되어 유감이다. 프랑스는 전 세계의 지성을 지배하고 있지 않은가. 오늘날까지, 수 세기 동안 프랑스 작가들은 문체의 힘과 사상에 부여하는 독창적 형식을 통해 유럽을 분석과 철학적 검토의 길로 잘 이끌어왔다. 이쯤에서 부르주아 독자들을 위해 볼테르, 디드로, 몽테스키외, 뷔퐁에 대한 찬사를 늘어놔. 프랑스에서 언어가 얼마나 준엄한지 설명하고, 언어는 사상에 칠해진 니스임을 증명하는 거지. 프랑스에서 위대한 작가는 항상 위대한 인간이다. 위대한 작가는 언제나 언어로 사고해 왔다. 다른 나라에서는 그렇지 않다 등등, 공리를 주워섬겨. 독일의 풍자적 모럴리스트인 라베너를 라브뤼예르와[159] 비교하면서 자네의 주장을 증명해 보이는 거지. 비평가의 평판을 높이기엔 대중이 잘 모르는 외국 작가를 언급하는 것만큼 쉬운 게 없네. 빅토르 쿠쟁은 칸트를 발판으로 삼았지.[160] 일단 그렇게 말하고 나서는, 지난 세기 프랑스 천재들의 체계를 멍청이들에게 요약 설명해 주고, 그들의 문학을 관념문학으로 지칭해. 그 단어로 무장하고는, 죽은 유명 작가들을 생존 작가들 앞에 내던지는 거지. 오늘날에는 새로운 문학이 생겨나고 있는데,

---

159) 고틀리프 빌헬름 라베너(Gottlieb-Wilhelm Rabener, 1714~1771)는 독일의 산문 풍자 작가이며, 장 드 라브뤼예르(Jean de la Bruyère, 1645~1696)는 프랑스의 철학자, 모럴리스트, 정치 풍자 작가다.

160) 철학자이자 정치가였던 빅토르 쿠쟁(Victor Cousin, 1792~1867)은 프랑스에서 철학사 연구 전통의 창시자이자, 고교 철학 교육의 개혁자로 평가된다.

이 작품들에는 가장 손쉬운 문학 형식인 대화와 통찰에 근거하지 않은 묘사가 남발되고 있다는 설명을 늘어놔. 모든 것을 이미지로 표현하는, 즉 월터 스콧이 과장되게 극화한 현대 소설과, 내용이 알차고 신랄한 볼테르, 디드로, 스턴, 르사주 등의 소설을 대비시켜. 이런 장르의 글에는 창의성이 풍부한 자에게만 자리가 있다, 그런데 스콧풍 소설은 하나의 장르일 순 있으나 양식은 아니다, 라고 해. 관념을 장황하게 늘어놓고는 그 관념들을 무참히 짓밟는 그 해로운 장르에 대해 호통을 치란 말일세. 누구나 접근할 수 있는 장르고, 그런 장르의 작가는 누구나 쉽게 될 수 있는데, 이 장르를 자네는 이미지의 문학이라고 이름 붙이는 거야. 그리고 이 논리를 나탕에 적용하는 거지. 그는 재능이 있어 보일 뿐 모방자에 불과하다고. 그의 책에는 18세기의 촘촘하고 위대한 문체가 결여되어 있다고 지적하고, 감정을 표현하는 대신 사건을 열거했다는 것을 증명해 보여. 움직임은 생명이 아니고, 묘사는 관념이 아니다! 이런 선고를 내리면 독자들은 너도나도 그 말을 따라 하겠지. 여러 장점들에도 불구하고 그 책이 자네에게는 치명적이고 위험하게 보이지만, 대중에게는 명예의 전당 문을 활짝 열어준다고 하는 거야. 그리고 너무도 쉬운 그 형식을 모방하기 바쁜 일련의 군소 작가들을 한 걸음 떨어져서 보게 만드는 거지. 또 이쯤에서 취향의 타락에 대한 한탄을 쏟아내면서, 에티엔, 주이, 티소, 고스, 뒤발, 제, 뱅자맹 콩스탕, 에냥, 바우르 로르미앙, 빌맹 등 나폴레옹 자유주의파의 주역들에 대한 찬사를 슬그머니 집어넣으라고. 그 사람들은 베르누의 신문을 보호하고 있거든. 17인의 좌파 웅변가들이 국가를 위해 과격 왕당파와 싸우듯이, 이 영광스러운 부대가 낭만주의의 침공에 저항하고, 이미지와 잡담에 맞서 관념과 문체를 지키고, 볼테르 학파를 계승하면서 영국과 독일의 학파에 대항하는 것을 보여주게. 언제나 좌파 야당 편인 다수의 프랑스인에게 존경받는 이름들의 보호를 받으면 자네는 나탕을 거꾸러뜨릴 수 있어. 뛰어나게 아름다운 작품이지만, 그의 소설은 프랑스에서 사상 없는 문학에 시민권을 부여하고 있다고 해. 그러면 이제 나탕이나 나탕의 책은 더 이상 문제되지 않아. 알겠어? 중요한 것은 프랑스의 영광이다, 정직하고 용기 있는 작가들의 의무는 이런 외국 수입품에 강력하게 반발하는 것이다, 이렇게 말하면서 구독자들의 비위를 맞추는 거야. 프랑스는 영리하고 빈틈없는 아낙네와 같아서 속이기 쉽지 않다고 말하는 거지. 굳이 언급하고 싶지 않은 어떤 이유로 출판사가 술수를 써서 성공을 거둔다 해도, 진정한 독자들은 아둔한 선발대원 500명이 양산한 오류를 곧 바로잡곤 했다고 말하는 걸세. 그 책의 초판이 매진되는 행운을 얻은 후 출판사는 대담하게도 중쇄를 찍으려 하고 있다, 그렇게 유능한 출판인이 프랑스인의 직관에 무지한 것이 유감이다, 이것이 자네가 쓸 전체 내용일세. 이런 논리에 자네의 재치를 삽입하고 약간의 초를 쳐서 맛을 내봐. 그러면 도리아는 기사들 때문에 어찌할 바를 모르겠지. 하지만 기사를 끝내면서 잊지 말아야 할 것이 있어. 나탕의 오류를 한탄하는 척하면서, 그가 지금 추구하는 노선을 버린다면 그 덕분에 현대 문학에서도 훌륭한 작품들이 나올 것이라고 덧붙여야 해."

뤼시앵은 루스토가 하는 말을 들으면서 어안이 벙벙했다. 기자의 말에 그는 진실을 깨달았다. 짐작조차 하지 못했던 문학적 진리를 발견했던 것이다.

"자네의 말은 이치에 맞고 정확해." 그는 큰 소리로 말했다.

"그렇지 않다면 나탕의 책을 맹렬하게 공격할 수 있겠어? 이보게, 바로 이것이 작품 하나를 망가뜨리기 위해 사용하는 기사의 첫 번째 형식이야. 비평가의 곡괭이지. 하지만 다른 양식도 많아! 자네도 차차 알게 될 거야. 자네가 좋아하지 않는 누군가에 대해 쓰지 않을 수 없을 때는, 신문사 소유주나 편집장으로서는 종종 그래야 할 때가 있으니까, 우리가 기획 기사라 부르는 것을 부정하는 내용을 늘어놓으면 돼. 기자들이 다뤄주었으면 하고 그들이 바라는 책의 제목을 기사 앞에다 놓고, 그리스인이나 로마인에 대한 일반적 고찰로 시작한 후, 맨 마지막에 이렇게 말하는 거야, 이러한 고찰은 누구누구의 책에 대해 생각하게 한다, 그것은 다음 기사의 내용이 될 것이다. 하지만 다음 기사는 영원히 나오지 않고, 이렇게 두 약속 사이에서 그 책은 사장되는 거지. 이번에 진짜 공격 대상은 나탕이 아니라 도리아야. 한 번쯤 곡괭이를 휘둘러 줘야 해. 훌륭한 작품은 곡괭이질을 해도 상처가 나지 않지만, 나쁜 책이라면 심장까지 파고들거든. 좋은 책의 경우 출판사에만 상처를 주지만, 나쁜 책은 결과적으로 독자들에게 좋은 일을 하는 거지. 문학 비평의 형식은 정치 비평에도 똑같이 적용될 수 있어."

에티엔의 잔인한 교훈은 뤼시앵의 상상 속에 있던 칸막이

들을 다 걷어치웠다. 뤼시앵은 신문기자라는 직업을 완벽하게 이해했다.

"신문사로 가자." 루스토가 말했다. "거기 가면 친구들을 만날 거야. 그들과 함께 나탕에 관한 일을 의논해서 빨리 결정하자고. 그들도 좋아할 거야. 두고 봐."

생피아크르가에 도착한 두 사람은 신문이 만들어지는 다락방으로 올라갔다. 뤼시앵은 동료들이 신나서 나탕의 책을 망가뜨리는 일에 동참하는 것을 보고 놀랍기도 하고 기쁘기도 했다. 엑토르 메를랭은 네모난 종이 한 장을 집어 다음과 같이 몇 줄의 기사를 쓴 후 자기 신문사로 가져갔다.

나탕 씨 책의 중쇄가 예고되었다. 우리는 이 작품에 대해 침묵을 지키려 했지만, 성공의 징후가 보이니 그 책에 관한 기사를 쓰지 않을 수 없게 되었다. 그러나 그것은 그 작품 자체에 관해서라기보다는 새로운 문학 경향에 관한 기사가 될 것이다.

이튿날 신문의 유머 코너 머리기사에 루스토는 다음과 같은 구절을 실었다.

도리아 출판사가 나탕 씨의 책 중쇄에 들어간다고? 그렇다면 출판사는 'NON BIS IN IDEM(일사부재리)'라는 법언(法諺)을 모른단 말인가. 불행한 용기에 경의를 표한다!

양심이나 영감보다 도리아에 대한 복수심이 우선이었던 뤼시앵에게 에티엔의 이 말은 횃불과도 같았다. 그는 사흘 동안 코랄리의 방에 처박혀 벽난로 옆에서 기사를 썼다. 베레니스가 시중을 들었고, 지칠 때는 코랄리의 세심하고 조용한 애무를 받았다. 정신을 가다듬고 집중해 3단짜리 비평 기사를 작성했는데, 놀랄 만큼 수준이 높았다. 그는 신문사로 달려갔다. 밤 9시였다. 기자들을 발견한 그가 기사를 낭독했다. 그들은 모두 진지하게 들었다. 말없이 듣고만 있던 펠리시앵이 갑자기 원고를 집어 들고 계단을 뛰어 내려갔다.

"저 친구, 왜 저래?" 뤼시앵이 소리쳤다.

"자네 원고를 인쇄소로 가져가는 거야!" 엑토르 메를랭이 말했다. "단어 하나 뺄 것도 없고, 문장 한 줄 추가할 것도 없는 걸작이야."

"자네한테는 길만 알려주면 되는군!" 루스토가 말했다.

"나탕이 내일 이 기사를 읽고 어떤 표정을 지을지 보고 싶네." 다른 기자가 말했다. 그의 얼굴에서는 은근한 만족감이 드러났다.

"당신과는 친구가 되어야겠어요." 엑토르 메를랭이 말했다.

"그러니까 기사가 괜찮은 겁니까?" 뤼시앵이 흥분한 어조로 물었다.

"블롱데와 비뇽은 불편하겠지." 루스토가 말했다.

"여기 여러분을 위해 대충 써본 기사도 하나 있어요. 이 기사가 성공하면 비슷한 종류의 기사들을 계속 쓸 수 있을 겁니다." 뤼시앵이 다시 말했다.

"그럼 한번 읽어보게." 루스토가 말했다.

뤼시앵은 훗날 소신문에 행운을 가져다준 재미있는 여러 기사 중 하나를 읽었다. 그 기사에서 그는 파리 생활의 사소한 세부 사항, 즉 어떤 형상, 어떤 유형, 어떤 보통 사건이나 특이점 등을 2단 기사로 묘사했다. '파리의 행인들'이라는 제목의 이 견본 기사는 단어들의 충돌에서 사상이 싹트고, 부사와 형용사의 경쾌한 울림이 독자의 주의를 끄는, 새롭고 독창적인 방식으로 쓰여 있었다. 몽테스키외의 『페르시아인의 편지』가 그의 『법의 정신』과 다른 만큼이나, 이 기사는 나탕에 관한 무겁고 심오한 기사와는 확연히 달랐다.

"자넨 신문기자로 태어났어." 루스토가 그에게 말했다. "이 기사는 내일 나갈 거야. 이런 기사라면 쓰고 싶은 만큼 얼마든지 써줘."

"저런!" 메를랭이 말했다. "도리아는 우리가 자기 출판사에 던진 두 개의 포탄에 노발대발하고 있어. 거기서 오는 길이거든. 저주를 퍼붓고 있더라고. 피노에게 화를 내고 있었어. 피노가 자네한테 신문을 팔았다고 말했거든. 그래서 내가 그를 따로 불러 귓속말로 속삭여주었지. '데이지'는 당신에게 비싸게 먹힐 겁니다! 재능 있는 작가가 당신에게 찾아갔는데, 당신은 그를 쫓아버렸지요. 그리고 우리는 두 팔 벌려 그를 환영했습니다, 라고 말이야."

"우리가 방금 들은 자네 기사를 보면 도리아는 기절할 거야." 루스토가 뤼시앵에게 말했다. "친구, 이제 알겠어? 신문이 어떤 것인지? 그나저나 자네 복수는 잘 진행되고 있네! 샤틀레 남작이 오전에 자네 주소를 물어보러 왔었어. 오늘 아침 그에 관한 혹독한 기사가 실렸거든. 과거의 미남이 겁을 먹었더라고. 그는 절망하고 있어. 자네는 신문을 못 봤지? 기사는 아주 재미있어. 보겠나? '오징어가 애도하는 왜가리의 장례 행렬'이라는 제목일세. 바르주통 부인은 이제 사람들 사이에서 확실하게 오징어 뼈라고 불리고 있고. 샤틀레는 왜가리 남작이라고만 불린다네."

뤼시앵은 신문을 집어 들고 베르누가 쓴 시시한 농담의 걸작을 읽으면서 웃음을 터뜨리지 않을 수 없었다.

"그들은 항복할 거야." 엑토르 메를랭이 말했다.

뤼시앵은 유쾌하게 몇몇 재치 있는 단어나 표현을 사용해 신문을 마무리하는 데 동참했다. 기자들은 한담을 나누거나 담배를 피웠고, 그날 하루 동안 있었던 일이나 동료들에 대한 조롱거리 혹은 동료들의 성격에 대한 새로운 세부 사항 등을 이야기했다. 무척이나 냉소적이고 재치 있으며 고약한 이런 대화를 통해 뤼시앵은 문학계의 풍습과 문학계 인사들의 면면을 알게 되었다.

"사람들이 신문을 만드는 동안, 자네와 함께 한 바퀴 돌면서 극장의 검표원들과 무대 뒤 사람들을 전부 소개해 주겠네. 자네도 이젠 무대 뒤를 마음대로 출입하게 되었으니까. 그런 다음 파노라마 드라마티크에 가서 플로린과 코랄리를 만나 그들의 박스석에서 실컷 즐기자고."

두 친구는 서로 팔짱을 끼고 이 극장 저 극장을 돌아다녔다. 극장 출입 기자로 데뷔한 뤼시앵은 극장 대표들의 찬사를 받았고, 여배우들은 그에게 추파를 던졌다. 그가 작성한 기사한 편의 위력을 알았기 때문이다. 그 기사 덕분에 코랄리는 짐나즈 극장과 연봉 1만 2000프랑의 계약을, 플로린은 파노라마 극장과 연봉 8000프랑의 계약을 체결하게 되지 않았나. 이런 작은 환호만으로도 뤼시앵은 스스로 위대하다고 느꼈고, 자신의 위력을 실감했다. 밤 11시에 그들은 파노라마 드라마티크에 도착했다. 그곳에서 뤼시앵은 아주 방자하게 굴었다. 나탕도 와 있었다. 나탕은 뤼시앵에게 손을 내밀었고, 두 사람은 악수했다.

"아이고, 나의 주인님들!" 그는 뤼시앵과 루스토를 보면서 말했다. "그러니까 당신들은 나를 매장할 작정인가요?"

"내일까지 기다려 봐. 뤼시앵이 자네를 어떻게 공격했는지 알게 될 거야! 맹세코 말하지만, 자네는 만족할걸. 비평이 그것처럼 진지하면 책에는 이득이 되거든."

뤼시앵은 창피해서 얼굴에 붉어졌다.

"혹독한가?" 나탕이 물었다.

"진지하지." 루스토가 말했다.

"그럼 나쁠 게 없는 거야?" 나탕이 다시 물었다. "보드빌 극장 휴게실에서 엑토르 메를랭이 말하길, 내가 심하게 두들겨 맞았다던데."

"그렇게 말하게 내버려두고, 기다려 보세요." 그렇게 외치면서 뤼시앵은 매혹적인 의상을 입고 무대에서 내려오는 코랄리를 따라 그녀의 박스석으로 도망쳤다.

이튿날, 뤼시앵이 코랄리와 함께 점심을 먹고 있을 때, 마차 소리가 들렸다. 한적한 거리에서 분명하게 들리는 것으로 보아 민첩한 말이 끄는 고급 마차임을 알 수 있었고, 말이 멈춰 서는 방식은 그 말이 순종임을 드러냈다. 창문을 통해 뤼시앵이 본 것은 과연 도리아와 그의 멋진 영국산 말이었다. 그는 마차에서 내리면서 마부에게 고삐를 넘겨주고 있었다.

"출판사 사장이야." 뤼시앵이 애인에게 소리쳤다.

"기다리시라고 해." 코랄리가 얼른 베레니스에게 말했다.

뤼시앵은 그와 자신의 이해관계를 놀랍도록 일치시키는 이 여인의 침착함에 미소 지었다. 그러고는 자리로 돌아가 진심을 담아 그녀를 안아주었다. 그녀는 재치가 있었다. 거만한 출판업자의 신속한 반응, 이 협잡꾼 두목의 갑작스러운 비굴함은 지금은 거의 자취를 감춘 특별한 상황에 기인했다. 그만큼 출판업은 지난 15년간 극심한 변화를 겪었다. 1816년부터 1827년 사이에,[161] 처음에는 신문 독자들을 위해 문을 열었던 독서실이 유료로 신간 서적을 읽을 수 있게 하는 사업에도 손을 대게 되고, 정기간행물에 대한 조세법에 따라 세금 부담이 가중됨에 따라 신문광고가 생기기 시작했다. 그때까지 출판사는 신간 서적의 출판을 알리려면 신문의 문예란이나 본문에 관련 기사를 싣는 수밖에 없었다. 1822년까지 프랑스 신문은 너무도 빈약한 지면으로 발행되었기에, 메이저 신문이라 해도 지금의 소신문보다 약간 큰 정도에 불과했다. 신문기자

---

161) 이 부분의 내용은 실제와 차이가 있다. 이미 1788년에 신문과 책을 읽을 수 있는 독서실이 케 그랑 오귀스탱, 튈르리, 팔레루아얄 등에 존재했다. 신문광고 역시 1827년이 아니라 그보다 훨씬 전부터 존재했다. 1824년 발자크가 관여했던 문예지에는 광고의 가격이 제시되기도 했다.[편]

들의 횡포에 저항하기 위해 도리아와 라드보카는 처음으로 광고 전단을 만들어 파리인들의 관심을 끌었다. 그들은 거기에 환상적인 글자나 기이한 색깔, 장식 컷, 그리고 나중에는 석판화까지 집어넣음으로써 그 광고 전단들은 그림으로 된 시처럼 보였고, 수시로 문학 애호가들의 지갑을 털어가곤 했다. 더없이 독창적인 광고 전단은 수집가라 불리는 편집광들을 양산했다. 그들은 파리에서 발행된 광고 전단을 샅샅이 사 모았다. 처음에는 서점의 유리창이나 대로의 진열장에만 붙어 있다가 프랑스 전체로까지 퍼져나간 이 방식은 얼마 후 신문광고로 대체되었다. 신문광고와 광고된 작품은 사람들에게 잊힐지언정, 광고 전단만은 여전히 대중의 눈길을 사로잡으며 언제까지고 살아남을 것이다. 특히 광고를 벽에 그릴 수 있는 방법을 찾게 되면서부터는 더욱 그러하다. 돈만 있으면 누구나 신문광고를 할 수 있었기에 신문의 첫 4면은 광고로 뒤덮이게 되었고, 그 결과 국세청이나 투자자들에게는 큰 이익을 가져다주었다. 그러나 신문광고는 인지대와 우편료와 보증금이라는 엄격한 조건 아래서 탄생했다. 정부가 신문을 널리 보급하려 했다면 오히려 신문들은 타격을 입었을지 모른다. 하지만 빌렐[162] 장관 시절 제정된 엄격한 제한 조건들은 새로운 신문 창간을 거의 불가능하게 만들었고, 덕분에 기존 신문들이 일

---

162) 조제프 빌렐 백작(Joseph comte de Villèle, 1773~1854)은 복고왕정기 과격 왕당파의 중심인물로 1821년부터 1828년까지 총리를 지냈다. 특히 그는 혁명정부가 몰수한 망명 귀족의 재산을 돌려주는 망명 귀족 배상법, 일명 10억 프랑 배상법을 제정했다.

종의 특권을 누리게 되었다. 1821년에 신문들은 사상에 대한 견해를 좌지우지했고 출판사에 대한 생사여탈권을 장악했다. 그러다 보니 파리 관련 기사에 몇 줄의 광고를 끼워 넣기 위해서는 무시무시하게 비싼 값을 치러야 했다. 저녁이면 인쇄소는 전쟁터가 되었고, 어떤 기사를 싣고 어떤 기사를 뺄 것인가를 결정하는 레이아웃 시간마다 편집실에서는 갖은 술수가 난무했다. 대형 출판사는 적은 수의 단어로 많은 내용을 압축한 단신 작성을 위한 작가를 고용하기도 했다. 기사가 실린 후에야 원고료를 받는 이 익명의 기자들은 종종 밤새도록 인쇄소에 남아, 아무도 모르게 입수한 중요 기사나, 훗날 레클람(선전)이라는 이름이 붙은 몇 줄의 기사가 인쇄되는 것을 살펴보곤 했다. 오늘날 문학과 출판계의 풍습은 너무 많이 변했기에 대다수 사람들은 출판사들, 작가들, 영광의 순교자들, 영원히 성공을 좇아야 할 운명의 도형수들이 신문에 광고를 싣고자 기울였던 그 엄청난 노력, 유혹, 비열함, 모략 등을 터무니없는 이야기로 취급할 것이다. 그러나 당시에는 실제로 기자들을 상대로 만찬 접대, 아부, 뇌물 등 모든 것이 동원되었다. 다음의 일화는 비평과 출판사의 밀접한 관계를 그 어떤 주장보다도 잘 설명해 줄 것이다.

정치를 꿈꾸는, 문체가 고상한 남자가 있었다. 젊은 호색한으로 메이저 언론사 기자였던 그는 어떤 유명 출판사가 가장 아끼는 작가가 되었다. 어느 일요일, 부유한 출판업자는 주요 신문기자들을 시골로 초대해 파티를 열었다. 당시 젊고 예뻤던 그 집의 여주인은 그 유명 작가를 공원으로 데려갔다. 그 출판사의 총괄 사무장은 냉정하고 진지하고 논리정연하고 일밖에 모르는 독일인이었는데, 어떤 문예 기자와 팔짱을 끼고 사업에 대한 의견을 나누면서 산책했다. 이야기를 나누다 보니 그들은 공원을 벗어나 숲에 이르게 되었다. 그런데 숲의 덤불 깊숙한 곳에서 독일인은 여주인과 비슷하게 생긴 누군가를 발견했다. 그는 코안경을 갖다 대더니, 젊은 기자에게 조용히 그곳을 떠나자는 신호를 했다. 그러고는 그 자신도 조심스레 오던 길로 되돌아갔다. "무엇을 보셨나요?" 기자가 물었다. "별것 아닙니다." 그가 대답했다. "우리에게 유리한 훌륭한 기사가 잘 통과되고 있어요. 내일이면 《데바》에 적어도 3단짜리 기사가 실릴 겁니다."

또 다른 사실 하나도 기사의 위력을 설명해 줄 것이다. 스튜어트 가문의 후손에 관한 샤토브리앙의 책이 어느 서점에서 팔리지 않고 있었다. 그런데 《주르날 데 데바》에 실린 젊은 기자의 기사 하나로 그 책은 일주일 만에 다 팔렸다. 빌려볼 수 없었기에 책을 읽고 싶으면 반드시 사야만 했던 시절에, 자유주의파 저서들은 야당지들이 일제히 찬양하면 1만 부가 팔리기도 했다. 게다가 그때는 아직 벨기에 해적판도 없었다. 뤼시앵의 친구들이 작성한 예비 공격 기사와 뤼시앵의 기사는 나탕의 책 판매가 중단되는 결과를 가져왔다. 하지만 나탕은 자존심만 상했을 뿐, 실제로는 아무것도 잃을 것이 없었다. 판매 부수가 아닌 발행 부수에 따라 인세가 지급되었기에 이미 돈을 다 받았던 것이다. 반면에 도리아는 3만 프랑을 날릴 처지였다. 이른바 신간 서적의 사업이라는 것은 결국 다음과 같은 방식으로이 이루어진다. 전지 1연은 15프랑인데, 책으로 제작된 후의 성공 여부에 따라 그 가치는 100수(5프랑)가 되기도 하고 100에퀴(300프랑)가 되기도 한다. 그 시절에는 칭찬 기사나 비판 기사 하나만으로 이러한 재정 문제가 결정되었다. 그러니까 500연어치 책을 찍은 도리아로서는 뤼시앵과 타협하기 위해 달려올 수밖에 없었다.[163] 술탄이었던 출판업자는 노예가 되었다. 웅얼거리고, 온갖 시끄러운 소리를 내고, 베레니스와 실랑이하면서 한참을 기다린 후에야 그는 뤼시앵을 만날 수 있었다. 거만한 출판업자는 궁정에 들어가는 고관대작처럼 미소 지었지만, 그의 태도에는 자만심과 친절함이 뒤섞여 있었다.

"그냥 계세요, 사랑스러운 연인들! 사랑하는 젊은 남녀는 귀엽기도 하지! 한 쌍의 비둘기 같아! 아가씨, 저렇게 소녀처럼 생긴 남자가 한 사람의 명성을 찢어버리는 쇠 발톱을 가진 호랑이라고 누가 믿겠어요? 저 친구는 아가씨가 실내복을 서둘러 벗지 않으면 그것도 찢어버릴 겁니다." 그러고는 농담을 끝내기도 전에 스스로 웃음을 터뜨렸다. "이보게," 그는 뤼시앵 옆에 앉으면서 하던 말을 중단하고 자기를 소개했다. "아가

---

163) 연(連)은 재단하지 않은 인쇄용 전지를 세는 단위로, 1연은 500장이다. 1연으로 인쇄할 수 있는 책 부수는 전지에 앉혀지는 페이지 수에 따라 결정된다. 작품 내에서 종종 언급되는 12절판 500쪽짜리 소설이라고 가정할 경우, 전지 1연으로는 24부를 찍고, 500연이면 1만 2000부를 찍는다. 즉 도리아가 당대의 평균적인 초판 부수보다 훨씬 많은 부수를 찍었음을 알 수 있다.

씨, 제가 도리아입니다.”

출판업자는 코랄리가 자신을 별로 환대하지 않는 것을 보고 자기 이름을 밝힐 필요가 있다고 판단했던 것이다.

“사장님, 점심 식사는 하셨나요? 우리와 함께 드시겠어요?” 여배우가 말했다.

“네, 좋지요. 식탁에서는 더 편하게 이야기할 수 있을 겁니다. 게다가 아가씨로부터 대접받았으니, 내 친구 뤼시앵과 아가씨를 저녁 식사에 초대할 권리가 생길 테고요. 이제 우리는 서로 둘도 없는 친구가 되어야 하니까요.”

“베레니스! 굴과 레몬과 신선한 버터, 그리고 샴페인을 부탁해.” 코랄리가 말했다.

“당신은 명민한 분이니 내가 여기까지 온 이유를 모르지 않겠지요.” 도리아가 뤼시앵을 쳐다보며 말했다.

“저의 소네트 시집을 사러 오신 것 아닌가요?”

“그래요.” 도리아가 대답했다. “우선, 서로 무기부터 내려놓읍시다.”

그는 주머니에서 멋진 지갑을 꺼내 1000프랑 지폐 석 장을 집어 접시 위에 올려놓은 후, 비굴한 태도로 그것을 뤼시앵 쪽으로 밀면서 말했다. “이거면 만족하시죠?”

“좋습니다.” 시인은 예상치 못했던 액수에 놀라 이제껏 느껴본 적 없는 낯선 행복에 젖어 말했다.

뤼시앵은 노래하고 싶고 뛰어오르고 싶은 마음이 가득했지만 꾹 참았다. 그는 요술 램프와 마법사의 존재를, 요컨대 자신의 재능을 믿었다.

"그러면 이제 '데이지' 판권은 내가 가지는 거죠?" 출판업자가 말했다. "앞으로는 우리 출판사 책을 공격하면 안 됩니다."

"'데이지'는 당신 것이 되었지만, 제 펜까지 저당 잡힐 수는 없습니다. 친구들의 펜이 제게 속하듯이, 제 펜도 친구들의 것이니까요."

"하지만 결국 당신은 우리 출판사 작가가 되지 않았소. 우리 출판사 작가들은 모두 내 친구라오. 그러니까 우리를 공격해야 할 경우가 생기면, 그에 대비할 수 있도록 미리 알려주셔야 합니다. 그래야 내 사업이 손해를 안 보죠."

"알겠습니다."

"당신의 영광을 위하여!" 도리아는 술잔을 들고 말했다.

"제 '데이지'를 읽으셨다는 것을 잘 압니다." 도리아가 원고를 읽지 않았다는 사실을 꼬집어 뤼시앵이 냉소적으로 말했다.

그러나 도리아는 당황하지 않았다.

"내용도 모르면서 '데이지'를 산다는 것은 출판업자가 할 수 있는 최고의 아첨입니다. 6개월 후, 당신은 위대한 시인이 될 겁니다. 당신 책에 관한 기사도 쏟아져 나오겠지요. 모두 당신을 두려워하니까요. 그러니 난 당신 책을 팔기 위해 애쓸 필요가 없어요. 나흘 전이나 지금이나 나는 똑같은 장사꾼입니다. 변한 건 내가 아니라 당신이지요. 지난주에는 당신 원고 가치가 배춧잎만도 못했지만, 지금은 당신 지위가 그 시집을 『메세니아의 여인들』로[164] 만들었단 말입니다."

---

164) 1818~1819년 라드보카 출판사가 발행, 2만 5000부가 팔린 들라비뉴

"제 소네트는 읽지 않았어도 제가 쓴 기사는 읽으셨나 봅니
다." 뤼시앵이 말했다. 예쁜 애인을 가진 군주 같은 기쁨과 성
공에 대한 확신은 그를 냉소적이고 무례하게 만들었다.

"그럼요. 안 그랬으면 이렇게 서둘러 찾아왔겠소? 게다가 불
행하게도 그 끔찍한 기사는 무척이나 훌륭하더군요. 아! 당신
은 엄청난 재능을 가졌어요. 정말입니다. 그러니 당신의 인기
를 이용하세요." 그는 친절하게 말했다. 그러나 그 친절함 뒤에
는 극도의 무례함이 숨어 있었다. "작가님은 그 신문을 받으셨
나요? 기사를 읽어보셨어요?"

"아직입니다." 뤼시앵이 말했다. "아무튼 긴 산문을 발표한
것은 이번이 처음입니다. 아마 엑토르가 샤를로가의 제 집으
로 보냈을 겁니다."

"자, 여기 있으니 읽어보시게." 도리아는 『만리우스』를[165]
연기한 배우 탈마를 흉내 내 말했다.

뤼시앵이 신문을 집어 들자 코랄리가 그것을 채갔다.

"당신의 데뷔작은 제 것이에요, 아시다시피." 그녀가 웃으면
서 말했다.

도리아는 놀랄 만큼 아첨하면서 비위를 맞추었다. 그는 뤼

의 시집이다. 오스만튀르크에 항복한 그리스 메세니아에 대한 애가였는데,
당시 대(對)프랑스동맹에 패배하고 파리를 점령당했던 프랑스인들의 애국심
을 자극했다.
165) 앙투안 드 라포스(Antoine de La Fosse, 1653~1708)의 희곡 『만리
우스 카피톨리누스(Manlius Capitolinus)』는 1698년 초연되었을 때보다
1806년 유명 배우 탈마가 출연한 공연 이후 훨씬 더 유명해졌다.

시앵이 두려웠다. 그래서 주말쯤 기자들을 위해 열기로 되어 있는 만찬에 코랄리와 그를 초대했다.

도리아는 계약서를 준비해 놓을 테니 아무 때나 갈르리 드 부아에 들러 계약서에 서명하라고 "나의 시인"에게 말하고는 '데이지' 원고를 가져갔다. 언제나 관대한 태도로 속물들을 압도하면서 출판업자가 아닌 후원자로 통하고 싶은 사람답게 영수증도 받지 않고 3000프랑을 남겼다. 무심한 척, 뤼시앵이 주는 수령증도 받지 않았다. 그러고는 코랄리의 손에 입을 맞춘 후 집을 나갔다.

"내 사랑, 만일 당신이 클뤼니가의 동굴 속에 살면서 생트준비에브 도서관의 책들에 파묻혀 있었다면, 이렇게 많은 지폐를 구경이나 할 수 있었겠어?" 코랄리가 말했다. 뤼시앵은 자기가 그동안 어떻게 살았는지를 그녀에게 전부 이야기했던 것이다. "세상에! 내가 볼 때 카트르방가의 당신 친구들은 진짜 멍청이들 같아!"

세나클의 형제들이 멍청이들이라니! 하지만 뤼시앵은 그와 같은 판결을 듣고도 웃기만 했다. 그는 인쇄된 기사를 읽었다. 작가로서의 이루 말할 수 없는 환희를, 자존심을 만족시키는 최초의 희열을 맛볼 수 있었다. 그러나 그런 희열은 딱 한 번 마음을 어루만져 줄 뿐이다. 기사를 읽고 또 읽으면서, 그는 기사의 영향력과 그 영향력이 미치는 범위를 더 잘 느낄 수 있었다. 인쇄된 작품과 원고의 관계는 연극 공연과 여배우의 관계와 같다. 인쇄되고 나면 원고의 훌륭한 점과 결점이 극명하게 보인다. 그것은 원고를 살리기도 하고 죽이기도 한다. 훌륭한 사상이 잘 보이는 것만큼이나, 결점도 확연히 드러난다. 도취한 뤼시앵은 나탕에 대해서는 생각도 하지 않았다. 나탕은 그의 성공을 위한 발판이었다. 그는 기쁨에 넘쳤고, 부자가 된 자신을 보았다. 예전에 앙굴렘에서 초라한 모습으로 보리외의 비탈길을 내려가 루모의 포스텔 약방에 딸린 다락방으로 돌아가던 소년에게 도리아가 가져온 돈은 포토시의 은광이었다.[166] 그때는 가족 전체가 연간 1200프랑으로 살아가지 않았던가. 여전히 생생하긴 해도 지속되는 파리 생활의 향락으로 점점 잊어가던 그 추억이 뤼시앵을 뮈리에 광장으로 이끌었다. 아름답고 고귀한 누이 에브, 다비드, 그리고 가엾은 어머니가 떠올랐다. 그는 즉시 베레니스를 보내 지폐 한 장을 바꾸어 오게 했다. 그사이 가족에게 간단한 편지를 썼다. 그러고 나서 더 지체하다간 어머니에게 보내려고 마음먹은 500프랑을 보내지 못하게 될까 봐 서둘러 베레니스를 운송회사로 보냈다. 사실상 빌린 돈을 갚은 것뿐이었음에도 뤼시앵과 코랄리는 이를 무슨 대단한 선행인 양 생각했다. 여배우는 뤼시앵을 껴안았다. 이런 유의 행위는 마음이 너그러운 착한 여자들을 기쁘게 하는 법이다. 그녀는 그를 아들과 형제의 모범적 전형으로 떠받들며 그에게 키스를 퍼부었다.

"우리는 이제 일주일 동안 매일 저녁 멋진 식사를 할 수 있어." 코랄리가 말했다. "조그만 파티를 열어야겠다. 당신은 그

---

166) 남미 볼리비아의 포토시(Potosi)는 16~18세기 동안 유럽에 막대한 양의 은을 공급하던 에스파냐 식민지였다. 오늘날에도 여전히 세계 최대 규모의 은 매장지 중 하나다.

동안 일을 너무 많이 했어."

코랄리는 모든 여성이 부러워할 만큼 잘생긴 남자의 애인이라는 기쁨을 만끽하고 싶어 그를 스토브 양복점으로 데려갔다. 뤼시앵의 복장이 시원찮다고 생각했던 것이다. 그들은 양복점 다음에는 불로뉴 숲으로 갔다가 만찬에 참석하러 발노블 부인 집으로 갔다. 그곳에서 뤼시앵은 라스티냐크, 비지우, 뤼포, 피노, 블롱데, 비뇽, 뉘싱겐 남작, 보드노르, 필리프 브리도, 위대한 음악가 콩티 같은 예술가들, 투기꾼들, 위대한 작품에 위대한 감정으로 맞서고자 하는 사람들을 모두 만났다. 다들 뤼시앵을 열렬히 환영했다. 자신감이 생긴 뤼시앵은 재치를 팔아먹는 게 아니라는 듯이, 자연스럽게 재치를 발휘했다. 사람들은 그를 강자라며 추켜세웠는데, 그것은 당시 동료들 사이에서 유행하던 찬사였다.

"오! 저 친구의 뱃속에 무엇이 들었는지 봐야겠어." 테오도르 가야르가 궁정의 보호를 받는 한 시인에게 말했다. 그는 훗날 《르레베이》라는[167] 이름으로 불리게 될 왕당파 소신문 창간을 구상 중이었다.

만찬이 끝난 후, 두 기자는 애인들과 함께 메를랭이 박스석을 가지고 있는 오페라 극장으로 갔다. 모두가 그곳에 모여 있었다. 이렇듯 뤼시앵은 몇 달 전 처참하게 무너졌던 곳에 기세등등하게 다시 나타났던 것이다. 그는 메를랭과 블롱데와 팔짱을 끼고 휴게실로 가서, 전에 그를 기만했던 멋쟁이 청년들

---

167) le Réveil. 기상나팔, 각성, 부흥 등의 뜻이다.

을 똑바로 바라보았다. 샤틀레는 이제 그의 발밑에 있었다! 그때 마르세, 방드네스, 마네르빌 등 그 시대의 멋쟁이들이 샤틀레와 오만한 시선을 주고받았다. 그들은 분명 데스파르 후작 부인의 박스석에서 멋지고 우아해진 뤼시앵을 화제에 올렸을 것이다. 라스티냐크가 그곳에 오래 머물렀고, 후작 부인과 바르주통 부인은 코안경으로 코랄리를 관찰했기 때문이다. 뤼시앵은 바르주통 부인의 마음속에 후회의 감정을 불러일으켰을까? 시인은 이 생각에 사로잡혔다. 앙굴렘의 코린을[168] 보자, 전에 샹젤리제에서 그 여자와 그녀의 사촌으로부터 멸시당했던 날이 떠올라 가슴 밑바닥으로부터 복수심이 끓어올랐다.

"자네는 고향에서 부적이라도 가지고 왔나?" 며칠 후 오전 11시경, 아직 잠자리에 있던 뤼시앵의 방으로 들어오면서 블롱데가 물었다. "이 친구의 미모가 말이죠," 그는 코랄리의 이마에 키스한 후 뤼시앵을 가리키면서 말했다. "이 친구의 미모 때문에 지하실에서 다락방까지, 위에서 아래까지 난리가 났어요. 이봐, 자넬 차출해 가려고 왔어." 그가 시인과 악수하면서 말했다. "어제 이탈리아 극장에서 몽코르네 백작 부인이 자네를 소개해 달라며, 자기 집으로 모셔오라는 분부를 내렸네. 젊고 매력적인 부인의 청을 거절하진 않겠지? 게다가 그녀의

---

168) 스탈 부인의 소설 『코린』의 여주인공 코린은 이탈리아 출신의 재능 있고 열정적인 시인이자 음악가로, 사회적 관습에 얽매이지 않는 여성이다. 1권에서 바르주통 부인은 앙굴렘 사교계에서 여왕으로 군림하면서 스스로를 우월하다고 여겼는데, 작가는 그녀의 이러한 지적 예술적 허영심을 코린의 아류로 빗대 조롱했다. 1권 104쪽 참조.

집에서는 상류사회 명사들도 만나게 될 거야.”

“뤼시앵이 친절한 남자라면,” 코랄리가 말했다. “당신이 말하는 백작 부인 댁에는 가지 않을 거예요. 그이가 사교계에서 이리저리 끌려다닐 필요가 있나요? 거기 가면 지루할 거예요.”

“아가씨는 이 친구를 불법 감금할 생각인가요?” 블롱데가 말했다. “상류사회 여인들을 질투하세요?”

“그래요,” 코랄리가 언성을 높였다. “그 여자들은 우리보다 더 나빠요.”

“그걸 어떻게 알지? 귀여운 아가씨?”

“그 여자들의 남편을 보면 알지요. 잊으셨나요? 나는 6개월 동안 마르세의 여자였어요.”

“내가 당신 애인처럼 잘생긴 남자를 몽코르네 백작 부인 댁에 데려가지 못해 안달이라고 생각합니까? 당신이 그렇게 싫다면 내가 아무 말도 안 한 걸로 칩시다. 하지만 내 생각에 이건 여자 문제라기보다, 신문에서 놀림감이 된 그 가엾은 남자와 관련해 뤼시앵의 자비와 화해를 얻어내기 위한 목적입니다. 샤틀레 남작은 바보처럼 그 기사를 아주 심각하게 받아들이고 있어요. 데스파르 후작 부인이나 바르주통 부인, 그리고 몽코르네 백작 부인의 살롱은 왜가리에 관심이 많으니, 내가 라우라와 페트라르카, 그러니까 바르주통 부인과 뤼시앵을 화해시키겠다고 약속해 버렸거든요.”

“아, 그래!” 뤼시앵이 소리쳤다. 그의 모든 혈관에서 원기 왕성한 피가 솟구쳤다. 그는 복수를 완수했다는 생각에 황홀한 희열을 느꼈다. “그러니까 이제 내 발로 그들을 짓밟고 있는 거야! 자네들 덕분에 나의 펜과 나의 친구들과 언론의 치명적인 권력을 숭배하게 되었어. 아직 오징어와 왜가리 관련 기사는 쓰지도 않았어. 좋아, 가겠어." 그는 블롱데의 허리를 잡으면서 말했다. "그래, 갈 거야. 하지만 너무도 가벼운 이 펜의 무게를 그 두 사람이 느낀 후에 갈 거야!" 그는 나탕의 기사를 썼던 펜을 집어 들고 그것을 휘두르며 말했다. "내일 내가 작은 2단 기사를 그들 면전에 던져주지. 그런 다음에 보자고. 코랄리, 아무 걱정 하지 마. 사랑이 아니라 복수를 위해서야. 완벽하게 복수하고 싶어."

"진짜 남자답군!" 블롱데가 말했다. "뤼시앵, 무감각해진 파리 사교계에서 그런 폭발적인 반응을 찾아보기 어렵다는 걸 안다면, 자네 자신을 높이 평가할 수 있을 걸세. 자넨 오만한 괴짜가 될 거야." 그는 좀 더 센 표현을 덧붙였다. "자넨 권력으로 향하는 길에 들어섰네."

"뤼시앵은 성공할 거예요." 코랄리가 말했다.

"이 친구는 지난 6주 사이에 벌써 엄청나게 발전했어요."

"만일 저이가 왕홀에 이르기 위해 시체 하나만큼의 거리가 필요하다면, 이 코랄리는 기꺼이 죽어 발판이 되어드릴 거예요."

"당신들은 황금시대 사람들처럼 사랑하는군요." 블롱데가 말했다. 그러고는 뤼시앵을 바라보면서 말을 이었다. "자네의 훌륭한 기사에 찬사를 보내네. 새로운 시도가 가득해. 자넨 이제 거물이 되었어."

루스토가 엑토르 메를랭과 베르누와 함께 뤼시앵을 보러

왔다. 뤼시앵은 친구들의 관심 대상이 된 것이 무척 기뻤다. 펠리시앵이 기사 원고료로 100프랑을 가져왔다. 신문사는 이 작가를 붙들어두기 위해, 그렇게 잘된 기사에 대해서는 두둑하게 보수를 지급할 필요가 있다고 생각했던 것이다. 코랄리는 기자들이 이야기 나누는 모습을 보고는 가장 가까운 곳에 있는 카드랑 블뢰[169] 식당에 식사를 주문하러 사람을 보냈다. 베레니스가 식사 준비가 되었음을 알리자, 코랄리는 기자들을 자신의 멋진 식당으로 안내했다. 식사 도중 모두가 샴페인으로 얼근해지자, 동료들이 뤼시앵을 찾아온 이유가 비로소 드러났다.

"자네도 나탕을 적으로 만들고 싶지는 않겠지?" 루스토가 말했다. "나탕은 기자야. 친구도 많고. 자네가 첫 책을 내면 그때는 나탕이 자네를 공격할 거야. '샤를 9세의 궁수'를 팔아야 하지 않나? 우리가 오늘 아침 나탕을 만났는데 절망에 빠져 있더군. 그러니까 그 친구를 칭찬하는 기사 하나 써주면 좋겠어."

"뭐라고? 자네들은 나더러…… 그의 책을 공격하는 기사를 쓰자마자……?" 뤼시앵이 물었다.

에밀 블롱데, 엑토르 메를랭, 에티엔 루스토, 펠리시앵 베르누 등 모두가 웃음을 터뜨리는 바람에 뤼시앵의 말이 중단되었다.

---

169) 카드랑 블뢰 식당은 탕플 대로 27번지와 샤를로가가 만나는 곳에 있었다. 뤼시앵과 코랄리가 사는 방돔가 바로 근처다.[편]

"모레 야회에 그를 초대하지 않았나?" 블롱데가 말했다.

"자네는 기사에 서명하지 않았어." 루스토가 말했다. "자네만큼 어수룩하지 않은 펠리시앵이 기사 밑에 C라고 적어 넣는 것을 잊지 않았다네. 그러니까 이제부터 자네는 순수 좌파 신문인 그의 신문에는 C라고 서명하면 돼. 우리는 모두 야당이야. 그런데 펠리시앵은 신중한 친구라서 앞으로의 자네 의견을 구속할 생각이 없네. 그러니 자네는 중도 우파인 엑토르의 신문에는 L이라고 쓸 수 있지. 공격할 때는 익명으로, 칭찬할 때는 본명으로."

"서명 같은 건 신경 쓰지 않아. 하지만 난 그 책에 대해 호의적으로 말할 게 없는데."

"그러면 자네는 기사에 쓴 대로 생각하는 거야?" 엑토르가 뤼시앵에게 물었다.

"물론이지."

"세상에나! 난 자네가 훨씬 더 단단한 줄 알았는데!" 블롱데가 말했다. "이보게, 맹세코 나는 자네의 이마에서 위대한 정신의 소유자들이 가지는 것과 같은 전능함을 봤네. 그런 사람들에게는 만사를 이중적으로 고찰하는 능력이 있지. 문학에서 각각의 사상에는 표면과 이면이 있어. 아무도 어떤 것이 이면이라고 확신할 수 없지. 사상의 영역에서는 모든 것이 양면적이야. 관념은 이원적이거든. 야누스는 비평의 신화요, 천재성의 상징이라네. 삼위일체는 신에게만 있어! 몰리에르와 코르네유의 탁월함은 알세스트와 옥타브에게는 예라고 말하게 하고, 필랭트와 신나에게는 아니요라고 답하게 만드는 능력에 있지 않은가?[170] 루소는 『신엘로이즈』에서 결투에 찬성하는 편지도 썼고 반대하는 편지도 썼어. 자네는 그 둘 중 어떤 것이 그의 진짜 의견이라고 감히 단정할 수 있나? 우리 중 누군들 클래리사와 러브레이스, 헥토르와 아킬레우스 중 누가 옳다고 말할 수 있겠는가? 누가 호메로스의 주인공이고, 무엇이 리처드슨의 의도인가? 비평은 작품을 다양한 측면에서 바라볼 줄 알아야 하네. 그러니까 우리는 작품의 취지를 설명하는 훌륭한 보고자인 거지."

"그러니까 자네는 자기가 쓰는 글에 애착을 가지고 있단 말이지?" 베르누가 조롱하듯 말했다. "하지만 우리는 문장을 파는 장사꾼이고, 그걸로 먹고살아. 위대하고 훌륭한 작품, 말하자면 멋진 책을 쓰고 싶으면, 자네 사상과 영혼이 담긴 그 책에 전념하고 또 그 책을 방어해야겠지. 하지만 오늘 읽고 내일은 잊어버리는 신문 기사는 원고료 이상의 가치가 없다는 게 내 생각이야. 그런 터무니없는 것에 중요성을 부여한다면, 자넨 광고 전단 하나를 쓰기 위해서도 십자가를 긋고 성령에 기도해야 되겠지!"

뤼시앵이 양심의 가책을 느끼는 것을 보고 기자 친구들은 모두 놀라는 것 같았다. 결국 그들은 자주색 띠를 두른 귀족의 법복을 갈가리 찢어버리고, 그에게 저널리스트의 남자다운 옷을 입혀 주었다.

---

170) 몰리에르의 『인간 혐오자』 속 알세스트는 세상의 위선을 혐오하는 인물인 반면, 필랭트는 타협적이고 외교적이다. 코르네유의 『신나』 속 옥타브는 열정적이고 감성적인 인물인 데 반해, 신나는 냉철하고 결단력 있다.

"나탕이 어떤 말로 자신을 위로했는지 아나?" 루스토가 물었다.

"그걸 내가 어떻게 알겠어?"

"나탕은 이렇게 외쳤지. '시시한 기사는 사라지지만 위대한 작품은 영원히 남는다!' 그렇지만 이틀 뒤면 그 친구는 야회에 참석하기 위해 이곳에 와서, 자네 발밑에 무릎을 꿇고 발가락에 입맞춤하며 자네를 위대한 인물이라고 할 걸세."

"거참 재미있겠는데." 뤼시앵이 말했다.

"재미있지." 블롱데가 말을 이었다. "하지만 그 친구로선 그럴 수밖에 없어."

"알겠네, 친구들." 얼근해진 뤼시앵이 말했다. "하지만 어떻게 하지?"

"좋아." 루스토가 말했다. "메를랭의 신문에 실을 것으로, 자네 기사를 반박하는 3단 정도의 멋진 기사를 써보도록 해. 나탕의 분노를 실컷 즐긴 후, 우리는 그에게 말했거든. 치열한 논쟁 덕분에 일주일 안에 그 책이 다 팔리도록 할 테니, 결국 우리에게 고마워해야 할 거라고. 그의 눈에 지금은 자네가 밀정이나 악당이나 건달처럼 보이겠지만, 모레면 자네는 위대한 인물, 뛰어난 두뇌의 소유자, 플루타르코스의 영웅이 될 거야! 나탕은 자네를 막역한 친구라도 되는 양 끌어안을 걸세. 도리아가 찾아왔고, 자네는 1000프랑짜리 지폐 석 장을 받았어. 골려주기 위한 장난은 이제 끝났네. 앞으로 자네에게는 나탕의 존경과 우정이 필요해. 출판사만 골탕 먹이면 돼. 우리가 제물로 바치고 괴롭히는 대상은 우리의 적들에 국한되어야 하거든. 우리의 도움 없이 명성을 얻었거나, 우리에게 성가신 존재라 없애 버려야 할 재능 있는 자라면, 혹독한 비평만 할 뿐 그 비평을 반박하는 기사는 쓰지 않을 거야. 하지만 나탕은 우리 친구야. 블롱데는 《메르퀴르》에 자기 책을 공격하는 기사를 쓰게 하고, 《데바》에서 기꺼이 그 기사를 반박하게 했지. 그래서 그의 책 초판이 매진되지 않았나!"

"친구들, 정말이지 난 그 책에 대해서 한 줄의 찬사도 못 쓰겠어."

"또 100프랑을 받을 텐데?" 메를랭이 말했다. "먼저 나탕이 자네에게 20프랑짜리 루이 금화 10개를 가져올 거야. 게다가 피노의 잡지에 쓸 기사도 하나 있지. 그러면 도리아는 100프랑 줄 거고, 잡지사에서도 100프랑 주겠지. 다 합하면 20루이 야!"

"하지만 뭐라고 쓰지?" 뤼시앵이 물었다.

"자, 어떻게 해낼 수 있을지 잘 들어봐." 블롱데가 잠시 생각하더니 이렇게 말했다. "맛있는 과일에 벌레가 꼬이듯, 모든 훌륭한 작품에 따라붙게 마련인 질투가 그 책을 물어뜯으려 했다, 이렇게 시작하는 거야. 그 책의 결점을 찾아내기 위해 그 비평가는 여러 이론을 만들어내지 않을 수 없었는데, 그것은 두 종류의 문학, 즉 관념에 몰두하는 문학과 이미지에 전념하는 문학을 구분한 것이었다. 여기서 말일세, 자네는 문학이라는 예술의 최고 단계는 관념을 이미지 속에 새겨 넣는 것이라고 말하는 거지. 그러고는 이미지야말로 시의 모든 것임을 증명하려고 노력하면서, 우리의 언어로 쓰인 시가 별로 없다는 사실을 개탄하는 거야. 우리의 문체가 실증주의적이라고 비난하는 외국 비평가들을 언급한 후, 우리의 언어를 탈산문화함으로써 프랑스에 기여한 카날리스와 나탕의 공로를 찬양하게. 18세기에 비해 우리가 진보해 있음을 보여주고, 자네의 앞선 논리를 짓눌러 버리라고. 진보라는 단어의 새로운 쓰임을 만들어내란 말일세! 진보란 부르주아들을 현혹하기 좋은 단어가 아닌가. 그러고는 다음과 같이 말하는 거야. 우리의 젊은 문학은 극이나 드라마 같은 모든 장르가 응축된 장면들을 통해 전진하는데, 그 속에는 흥미로운 이야기에 대한 화려한 수사가 가미된 묘사, 캐릭터, 대화가 모두 녹아 있다. 감정과 문체와 이미지를 중시하는 소설은 가장 방대한 현대의 창조물이다. 소설은 극을 계승했지만, 극은 낡아빠진 법칙들 때문에 현대의 풍습에서 존속하기 어렵다. 소설은 라브뤼예르의 정신과 그 엄격한 도덕, 몰리에르만큼 능숙하게 다룬 인물의 성격, 셰익스피어의 위대한 걸작들과 우리 선배들이 남겨준 유일한 보물인 열정에 대한 섬세한 묘사 등이 요구되는 창작물 속에 사실과 관념을 두루 아우른다. 고로 소설은 18세기의 냉정하고 수학적인 논쟁이나 건조한 분석보다 우월하다. 이렇게 말하고는 거드름을 피우면서, 소설은 재미있는 서사시라고 말하는 거야. 『코린』을 인용해 스탈 부인에 기대는 거지. 18세기는 모든 것에 문제 제기를 했지만, 19세기는 결론을 낼 책임이 있다. 그리하여 19세기는 현실에 근거해 결론을 내리는데, 그 현실은 여전히 살아 작동하는 현실이어야 한다. 결론적으로 19세기는 볼테르가 몰랐던 열정을 움직이게 한다.

이때 볼테르를 반박하는 장광설을 늘어놓는 거야. 루소의 경우, 그는 이성적 사유와 그 체계를 그럴듯하게 포장했을 뿐이다. 쥘리나 클레르는 단순한 지각만을 가진 단자, 즉 엔텔레키다.[171] 그들에게는 살도 뼈도 없다. 이 주제에 대해서는 이쯤에서 슬쩍 넘어가고, 젊고 독창적인 문학은 평화와 부르봉 왕가 덕분에 탄생했다고 말하는 거야. 왜냐하면 이 기사는 중도 우파 신문에 실릴 테니까. 체계를 만드는 이들을 조롱하라고. 그러고는 멋지게 외치는 거야. 우리 동료들의 글에는 얼마나 큰 오류와 거짓이 담겨 있는가! 그들은 왜 그랬을까? 훌륭한 작품을 깎아내리기 위해서, 독자들을 속이기 위해서, 팔리는 책이 팔리지 않는다는 결론에 이르기 위해서였다. 오, 슬퍼라, Proh pudor! Proh pudor!(이 수치여! 수치여!)라고 내뱉어 보게. 그 정중한 욕설은 독자들을 흥분시키지. 마지막으로 비평의 타락을 예고해! 문학은 오직 하나, 재미있는 문학이다. 이렇게 결론 내리는 거야. 나탕은 새로운 길로 들어섰고, 자기 시대를 이해했고, 시대의 요구에 부응했다. 시대가 요구하는 것은 드라마다. 정치가 끝없는 무언극이 된 이 세기에 사람들은 드라마를 원한다. 우리는 20년 동안 대혁명, 총재정부, 제국, 복고

---

171) 쥘리와 클레르는 루소의 『신엘로이즈』 속 등장인물들이다. 또한 '엔텔레키'는 라이프니츠(Gottfried Wilhelm Leibniz, 1646~1716)가 『단자론』에서 정의한 개념으로, 실체를 이루는 가장 낮은 '단자'다. 라이프니츠에 있어 '단자'는 대상을 이루는 가장 작은 단위로, '이데아' 또는 '원자'와 유사한 개념이다. 감각이 없는 단순 지각은 엔텔레키, 감각 있는 단자는 영혼 또는 이성을 가진 실체 등으로 구분된다.

왕정이라는 네 개의 드라마를 목격하지 않았던가? 이렇게 말한 다음, 그때부터 찬사를 줄줄 늘어놓으면, 중쇄는 날개 돋친 듯 팔리겠지. 이렇게 해보게. 다음 주 토요일에는 우리 잡지에 한 장짜리 기사를 하나 쓰고, 드 뤼방프레라고 분명히 서명하는 거야. 그 기사에서는 이렇게 말하는 거지. 훌륭한 작품의 특징은 많은 논쟁을 불러일으키는 것이다. 이번 주에 어느 신문에서는 나탕의 책에 대해 이런 말을 했고, 다른 신문에서는 그 기사에 대해 격렬하게 반응했다. 그러면서 C와 L의 비평 두 개를 다 비판하고, 내가 《데바》에 처음 쓴 기사를 예의상 지나가듯이 언급한 다음, 나탕의 책은 이 시대의 가장 훌륭한 책이라고 확신하면서 글을 마치는 거야. 이러면 자네는 거의 아무 말도 안 한 거나 다름없어. 우린 모든 책에 대해 그렇게 한다네. 어느 지면에선가는 일면의 진실을 쓴다는 기쁨은 차치하고라도, 자네는 일주일 동안 400프랑을 버는 거야. 분별 있다는 사람들은 C나 L이 아니면 뤼방프레가 옳다고 서로 주장하거나, 아니면 셋 다 옳다고 주장하겠지! 분명 인간의 가장 위대한 발명품의 하나인 신화가 진실을 우물 깊숙한 곳에 빠뜨렸으니, 그것을 꺼내려면 양동이가 필요하지 않겠나? 자네는 하나가 아닌 세 개의 양동이를 독자들에게 선사하는 거지! 자, 이제 잘해 보게.”

뤼시앵은 어안이 벙벙했다. 블롱데는 그의 양쪽 볼에 키스하면서 말했다. “난 내 공방으로 가겠네!”

모두 각자의 공방으로 갔다. 이 능력자들에게 신문사는 하나의 공방에 불과했다. 저녁에는 모두 갈르리 드 부아에서 만나기로 했다. 뤼시앵도 그곳에 가서 도리아 출판사와의 계약서에 서명할 예정이었다. 플로린과 루스토, 뤼시앵과 코랄리, 블롱데와 피노는 팔레루아얄에서 저녁을 먹었다. 그곳에서는 브뤼엘이 파노라마 드라마티크 극장주에게 저녁을 대접하고 있었다.

코랄리와 단둘이 남게 되자 뤼시앵이 말했다. "그들 말이 맞아! 강한 사람들 사이에서는 어느 편도 들지 말고 중간에 있어야 해. 기사 세 개에 400프랑이라니! 예전에 도그로 영감은 내가 2년 동안 쓴 책을 그 값에 사려고 했는데."

"그러니까 비평 기사를 써." 코랄리가 말했다. "그리고 즐겁게 놀아! 난 말이야, 오늘 저녁에는 안달루시아 여자, 내일은 보헤미아 여자, 또 다른 날에는 남자 역할을 연기하잖아? 자기도 나처럼 해. 저들에게 돈에 값하는 온갖 표정을 보여주고 행복하게 살자."

뤼시앵은 논리적 모순에 빠져, 페가수스와 발람의 암나귀 사이에서 태어난 변덕스러운 노새의 등에 정신을 맡겨버렸다. 숲을 산책하는 동안 오만가지 생각에 휩싸였다. 그러고는 블롱데의 논리에서 참신한 매력을 발견했다. 그는 행복한 사람들처럼 저녁을 먹은 후, 도리아의 출판사에서 '데이지' 원고의 소유권을 완전히 넘기는 계약서에 서명했다. 계약서에 담긴 독소 조항은 전혀 알아채지 못했다. 신문사를 둘러보고, 그 자리에서 2단짜리 기사를 후딱 써서 넘긴 후 방돔가로 돌아왔다. 다음 날 아침, 재능을 별로 쓰지 않아 아직 재기가 번득이는 모든 이들이 그렇듯이, 뤼시앵의 머릿속에서는 전날 생각했던 여러 아이디어가 떠올랐다. 새로운 기사에 대해 이런저런 궁리를 하면서 무척이나 즐거웠다. 그는 열성을 다해 기사를 썼다. 그의 펜 아래에서는 모순들이 오묘한 매력을 빚어내고 있었다. 글은 재치가 넘쳤고, 냉소적이었으며, 문학에서의 감정과 관념과 이미지에 대해 새로운 고찰을 하는 데까지 이르렀다. 창의력이 뛰어나고 명민한 뤼시앵은 나탕을 칭찬하기 위해 쿠르 뒤 코메르스의 문학 독서실에서 그의 책을 처음 읽었을 때 느꼈던 생각들을 떠올렸다. 무자비하고 가혹하고 빈정거리던 비평가는 다시 시인으로 돌아갔고, 마지막 문장들은 향으로 가득한 향로처럼 제단을 향해 위풍당당하게 피어올랐다.

"코랄리, 이게 100프랑짜리야!" 그는 코랄리가 옷을 입는 동안 작성한 원고 여섯 장을 보여주면서 말했다.

시적 감흥이 충만해진 그는 블롱데에게 약속한, 샤틀레와 바르주통 부인에 관한 끔찍한 기사도 몇 줄 썼다. 그날 아침 그는 언론인의 은밀한 쾌감을 맛보았다. 그것은 날카로운 독설을 퍼붓고, 희생자의 가슴에 꽂을 칼에 광을 내고, 독자들을 위해 그 손잡이에 조각을 새기면서 느끼는 쾌감이었다. 대중은 이처럼 손목이 재치를 부리며 만들어내는 작업을 찬양할 뿐, 기사 뒤에 숨은 악의를 알지 못한다. 교묘한 술책과 수많은 공격으로 자존심이 망가지고 상처받았기에, 복수심에 사로잡혀 재담의 칼날을 휘두르고 있다는 사실을 모르는 것이다. 증인도 없이 혼자서 음미하는 그 어둡고 무시무시한 쾌감은 있지도 않은 사람을 멀리서 펜대로 죽이는 결투에서 느끼는 쾌감이다. 신문기자란 아랍 우화에서 소망을 이루어주는 환상적인 힘을 부여하는 부적을 가진 존재라도 되는 양, 그는 그 쾌락을 음미했다. 사랑이 선한 자질을 모두 한데 모으듯, 증오는 악한 정념을 모두 이어받는다. 독설은 그 증오를 재치 있게 표현한 것이다. 따라서 사랑의 기쁨을 느끼지 않는 사람이 없듯이, 복수하면서 재치를 발휘하지 않는 사람도 없다. 이런 가볍고 저속한 재치가 프랑스에서는 항상 환영받는다. 뤼시앵의 기사는 그 신문이 악의적이고 냉혹하다는 평판이 절정에 이르도록 해야만 했는데, 실제로 그렇게 되었다. 그 기사는 두 사람의 마음속 깊이까지 파고들어, 과거 자신의 라우라였던 바르주통 부인과 연적인 샤틀레 남작에게 극심한 상처를 입혔다.

"자, 이제 숲으로 나들이 가자. 말도 준비됐어. 말들이 앞발로 땅을 걸어차고 있어. 무리하면 안 돼."

"나탕 관련 기사를 엑토르의 신문사에 갖다주자. 정말이지 신문이란 상처를 입히고 또 그 상처를 치유해 주는 아킬레우스의 창 같아." 뤼시앵이 몇 가지 표현을 고치면서 말했다.

집을 나선 두 연인은 과거에 뤼시앵을 버렸지만 이제 그에게 관심을 두기 시작한 파리에 화려하게 등장했다. 이 도시가 얼마나 거대한지, 그리고 그곳에서 무엇인가가 된다는 것이 얼마나 어려운지 깨달은 그는 파리가 자신에게 관심을 보인다는 사실에 황홀한 기쁨을 느꼈고, 그 기쁨은 그를 취하게 했다.

"뤼시앵," 여배우가 말했다. "양복점에 들러서 당신 옷을 빨리 해달라고 하자. 혹시 다 되었으면 입어보고. 만일 그 아름다운 부인들 집에 가게 된다면, 당신이 그 괴물 같은 마르세,

못된 라스티냐크, 아주다 팽토, 막심 드 트라유, 방드네스 형
제 같은 멋쟁이들을 훨씬 능가했으면 좋겠어. 그래도 당신 애
인은 코랄리라는 걸 잊으면 안 돼! 절대로 나를 배신하지 마,
알았지?”

그다음 날, 즉 뤼시앵과 코랄리가 친구들을 초대한 야회 바
로 전날, 앙비귀 극장에서는 신작 연극을 개막했고, 뤼시앵
이 그 공연 평을 맡게 되었다. 저녁 식사 후 뤼시앵과 코랄리
는 방돔가에서 튀르크 카페 쪽의 탕플 대로를 지나 파노라마
드라마티크까지 걸어갔다. 당시 그곳은 인기 있는 산책 코스
였다. 뤼시앵은 사람들이 그의 행복과 애인의 미모를 칭찬하
는 소리를 들었다. 어떤 이들은 코랄리가 파리에서 가장 아름
다운 여인이라 했고, 또 어떤 이들은 뤼시앵이 그녀와 잘 어울
린다고 했다. 시인은 자기가 있어야 할 자리에 있다고 느꼈다.
이런 삶이야말로 그의 삶이었다. 세나클 친구들의 모습은 이
제 그의 뇌리에서 거의 사라졌다. 두 달 전에는 그토록 감탄했
던 그 위대한 정신의 소유자들이 이제는 관념이나 청교도주의
만 고집하는 바보들이 아닌가 하는 생각이 들 정도였다. 코랄
리가 아무 생각 없이 내뱉은 멍청이들이라는 단어가 뤼시앵의
마음속에서 싹을 틔웠고 어느새 벌써 열매를 맺었다. 그는 코
랄리를 배우 대기실로 들여보낸 후, 무대 뒤를 술탄처럼 어슬
렁거렸다. 그곳에 있는 모든 여배우가 불타는 눈빛과 아양 떠
는 말로 그에게 수작을 걸었다.

“저는 앙비귀 극장으로 일하러 가야 합니다.” 뤼시앵이 말
했다.

앙비귀 극장에 도착하니 객석이 꽉 차서, 뤼시앵은 자리를 잡을 수 없었다. 그는 무대 뒤로 가 강하게 항의했다. 뤼시앵이 누군지 아직 몰랐던 무대감독은 신문사 몫으로 이미 박스석 두 자리를 보내줬다며 그를 쫓아냈다.

"아, 그래요? 그럼 그냥 보고 들은 대로만 쓰면 되겠군요." 기분이 상한 뤼시앵이 말했다.

"당신 바보예요?" 주연 여배우가 무대감독에게 말했다. "바로 저분이 코랄리 애인이란 말이에요!"

무대감독은 얼른 뤼시앵을 향해 돌아서며 말했다. "기자님, 사장님께 가서 말씀드리겠습니다."

이렇듯 아주 사소한 것들을 통해 뤼시앵은 신문의 위력을 절실히 느꼈고, 그것들이 그의 허영심을 만족시켰다. 사장이 나와 무대 전면의 박스석에 있는 레토레 공작과 수석 무용수 튈리아 양에게서 뤼시앵과 합석해도 좋다는 허락을 받아냈다. 뤼시앵을 알아본 공작이 흔쾌히 동의했던 것이다.

"기자님이 두 분을 절망에 빠뜨리셨더군요." 젊은 공작이 샤틀레 남작과 바르주통 부인 이야기를 꺼냈다.

"내일은 어떻게 될까요?" 뤼시앵이 말했다. "지금까지는 내 친구들이 선발대로 나섰지만, 오늘 밤에는 제가 혹독하게 공격할 겁니다. 내일이면 우리가 왜 포틀레를 조롱하는지 아시게 될 겁니다. 기사 제목은 '1811년의 포틀레에서 1821년의 포틀레로'죠. 샤틀레는 은혜를 저버리고 부르봉 왕가에 붙어먹는 사람의 전형이 되겠죠. 내가 아는 모든 것을 기사로 써서 많은 것을 느끼게 한 후, 몽코르네 부인 댁으로 가려고요."

뤼시앵은 젊은 공작과 재치가 번뜩이는 대화를 나누었다.
데스파르 부인과 바르주통 부인이 자기를 경멸한 것이 얼마나
큰 실수였는지를 이 대귀족에게 증명하려고 안간힘을 썼다.
그러나 레토레 공작이 다분히 악의적으로 그를 샤르동이라고
부르자, 뤼시앵은 자기에게 뤼방프레라는 이름에 대한 권리가
있다고 주장하면서 본심을 드러냈다.

"그러면 왕당파가 되셔야지요." 공작이 말했다. "당신이 재
능 있는 분임은 충분히 보여주셨으니, 이제는 양식 있는 분이
되세요. 당신이 모계 쪽 조상의 작위와 이름을 사용할 수 있
는 유일한 방법은 왕실에 봉사하고 그 봉사에 대한 대가로 국
왕의 칙령을 요구하는 것입니다. 자유주의자들은 절대로 당신
을 백작으로 만들어주지 않아요! 그래요, 복고왕정은 결국 유
일하게 두려운 권력인 언론을 눌러 이길 겁니다. 벌써 너무 많
이 기다렸지요. 언론을 탄압해 그 입을 봉해야 합니다. 무시
무시한 존재가 되기 위해 당신에게 남은 마지막 자유의 시간
을 마음껏 활용하세요. 몇 년만 있으면, 프랑스에서 이름과 작
위는 재능보다 훨씬 더 확실한 재산이 될 겁니다. 그렇게 되면
당신은 모든 것을 다 가지게 되는 거죠. 재능, 귀족 칭호, 그리
고 미모까지, 당신은 무엇이든 될 수 있을 겁니다. 지금은 자
유주의 편에 서세요. 그래야만 앞으로 당신의 왕정주의를 더
유리하게 팔 수 있으니까요."

공작은 뤼시앵에게 전에 플로린 집의 야회에서 만났던 독
일 공사의 초대가 있을 테니, 이를 받아들이라고 권했다. 뤼시
앵은 순식간에 그 귀족의 말에 현혹되었고, 몇 달 전만 해도

영원히 추방되었다고 생각했던 사교계의 문이 다시 활짝 열리는 상상을 하자 기뻐 어쩔 줄 몰랐다. 그는 사상의 힘을 찬미했다. 그러니까 언론과 지성은 현대 사회에서 중요한 수단이었다. 어쩌면 지금쯤 루스토는 그에게 신전의 문을 열어준 것을 후회하고 있을지도 모른다고 뤼시앵은 생각했다. 그는 벌써 자신을 지키기 위해서는 지방에서 파리로 밀려오는 야심가들에게 뛰어넘지 못할 장벽을 세울 필요를 절감하고 있었다. 그 자신이 루스토의 품에 뛰어들었던 것처럼, 어떤 시인이 그에게 다가올지도 모른다. 그런데 그런 시인을 어떻게 대해야 할지는 생각할 엄두조차 나지 않았다. 젊은 공작은 뤼시앵이 깊은 생각에 잠기는 것을 보고는 그 원인을 제대로 알아맞혔다. 마귀가 예수에게 세상의 부와 영광을 보여주었던 것처럼,[172] 기자들이 신전 위에서 문학계와 그 세계의 화려함을 보여주었던 것처럼, 공작은 확고한 의지는 없으면서 욕망은 결코 적지 않은 이 야심가에게 미래의 정치 전망을 말해 주었다. 뤼시앵은 그 당시 신문 때문에 상처 입은 사람들이 그에 대해 음모를 꾸미고 있다는 사실도, 그 음모에 레토레 공작이 가담하고 있다는 사실도 알지 못했다. 젊은 공작은 뤼시앵의 빛나는 재치를 언급하면서 데스파르 부인의 살롱을 불안하게 했더랬다. 그리고 마침 뤼시앵을 조사해 달라는 바르주통 부인의 부탁을 받아, 앙비귀 코미크 극장에서 그를 만나기를 고대했다. 그런데 사교계 사람들이나 언론인들이나 깊이 생각하는 사람들

---

172) 「마태복음」 4장 8~9절, 「누가복음」 4장 5~7절 참조.

은 아니기에, 그들이 아주 치밀한 계획에 따라 배신을 준비했다고 믿기는 어렵다. 사교계도 언론계도 확실한 결정은 하지 않는다. 그들의 권모술수란 그저 그날그날에 따라 달라지는 것이며, 그들은 언제나 모든 것에 대비하고, 선의건 악의건 이용할 준비가 되어 있으며, 열정 때문에 한 남자가 그들의 먹잇감이 되는 순간을 엿본다. 플로린 집의 야회에서 이미 뤼시앵의 성격을 파악한 젊은 공작은 그의 허영심을 이용할 계략을 꾸며 자신의 수완을 시험해 보고자 했다. 연극이 끝나자마자 뤼시앵은 생피아크르가로 달려가 연극에 관한 기사를 썼다. 다분히 의도적인 그의 기사는 신랄하고 날카로웠다. 그는 자신의 권력을 시험해 볼 생각에 즐거웠다. 그 멜로드라마는 파노라마 드라마티크의 연극보다 좋은 작품이었다. 그러나 그는 사람들이 그에게 말했던 것처럼, 좋은 작품도 죽일 수 있고 나쁜 작품도 성공시킬 수 있는지 확인하고 싶었다. 다음 날, 아침을 먹으면서 코랄리에게 앙비귀 코미크 극장의 연극을 혹평했다고 말한 후, 신문을 펼쳤다. 그런데 기사를 보고 깜짝 놀랐다. 바르주통 부인과 샤틀레에 관한 기사 다음에 읽은 앙비귀 극장의 공연 평은 그 어조가 밤사이 너무도 완화되어, 그의 재치 있는 분석은 보존되었지만, 결론은 아주 우호적으로 바뀌어 있었다. 연극은 극장의 금고를 채워줄 것이다. 그는 이루 말할 수 없는 분노가 치밀었다. 루스토에게 한마디해야겠다고 생각했다. 벌써 자신이 꼭 필요한 사람이 되었다고 믿었다. 그래서 바보처럼 지배당하거나 착취당하지 않겠다고 다짐했다. 자신의 권력을 확고히 하기 위해, 도리아와 피노의 주간지에 실을 기사로, 나탕의 책을 논한 여러 기사들을 요약, 비교하는 칼럼을 썼다. 그러고는 발동이 걸린 김에 소신문에 써주기로 한 '잡문'도 하나 써 갈겼다. 젊은 기자들은 처음 맛보는 흥분 속에서 애정을 가지고 기사를 쓴다. 그러다 보면 경솔하게도 자신의 재능을 모두 쏟아붓는다. 파노라마 드라마티크 극장주는 플로린과 코랄리가 그들의 심야 파티를 편하게 즐길 수 있도록, 어떤 통속극의 첫 공연에 출연해 야회 시간 전에 공연을 마치게 해주었다. 뤼시앵은 이번 호 신문 편집에 대한 루스토의 걱정을 덜어주려고, 그 소극의 총연습을 보고 미리 기사를 써두었고, 루스토는 그 기사를 받으러 왔다. 뤼시앵은 신문사에 큰 수입을 올려주고 있던 파리의 특이한 풍경에 관한 흥미롭고 소소한 이야기가 담긴 기사를 루스토에게 읽어주었다. 에티엔은 그의 눈에 입을 맞추면서 뤼시앵을 신문의 구세주라고 불렀다.

"그런데 왜 내 기사의 취지를 자네 멋대로 바꿔버렸나?" 뤼시앵이 물었다. 그는 오직 자신의 불만을 더 강하게 전달하기 위해 그토록 빛나는 기사를 썼던 것이다.

"내가!" 루스토가 외쳤다.

"아니면 누가 내 기사를 마음대로 고치겠어?"

"이 친구야," 에티엔이 웃으면서 말했다. "자넨 아직 이 바닥이 어떻게 돌아가는지 잘 몰라. 앙비귀 극장 측의 우리 신문 구독 신청이 20건이야. 그중 9건이 사장, 오케스트라 지휘자, 무대감독, 그들의 애인들과 투자자 세 사람 몫이지. 모든 불바르 극장들이 이런 식으로 신문에 800프랑씩을 지불한단 말일

세. 또 배우들이나 작가들의 구독료를 제외하고도, 피노에게
주는 좌석으로도 그 정도 벌지. 그러니까 피노 저 작자는 불
바르 극장들에서 8000프랑을 긁어 들이는 거야. 소극장에서
나오는 수입이 이 정도니, 대극장들의 수입은 어떨지 예측해
보게! 알겠어? 우리는 좀 더 관대해져야 해.”

“내가 생각한 대로 자유롭게 쓸 수 없다는 말이군……..”

“아니, 돈만 벌면 됐지, 다른 게 뭐 중요해!” 루스토가 큰 소
리로 말했다. “대체 그 극장에 불만이 뭐야? 어제의 연극을 그
토록 혹평하려면 뭔가 이유가 있어야지. 그저 혹평을 위한 혹
평을 했다가는 우리 신문의 평판만 해치고, 그러면 신문이 아
무리 공정하게 공격해도 효과가 없게 돼. 극장 사장이 자네에
게 무슨 잘못이라도 했나?”

“내 자리를 마련해 두지 않았어.”

“알았네. 사장에게 자네 기사를 보여주면서 내가 자네를 잘
달랬다고 말할게. 그 기사를 내지 않은 것이 자네에게도 더 잘
된 일이라는 걸 나중에 알게 될 거야. 내일 사장에게 티켓을
요구하게. 자네에게 매달 백지 티켓 40장에 서명해 줄 거야.
그걸 팔아줄 사람은 내가 소개해 줄게. 그 사람이 반값에 티
켓을 전부 사줄 거야. 극장표도 책과 마찬가지로 암거래가 이
뤄져. 바르베 같은 사람을 또 한 명 만나게 될 걸세. 박수부대
두목이야. 여기서 멀지 않은 곳에 살아. 시간도 있으니 가 볼
래?”

“그러니까 피노는 사상의 영역에서 뒷돈을 챙기며 간접적인
수입을 올리는 그런 파렴치한 짓을 하고 있단 말인가? 그러다

조만간······."

"이것 참! 자넨 도대체 어디서 왔나?" 루스토가 언성을 높였다. "넌 피노를 어떤 사람이라고 생각해? 그의 위선적인 호의와 튀르카레 같은 태도와 무식하고 바보 같은 표정 밑에는 모자 상인의 교활함이 감춰져 있어. 전직 모자 상인이거든. 골방 같은 그의 신문사 사무실에서 그의 삼촌인 제정 시대의 퇴역 군인을 보지 않았나? 그 지루도 삼촌은 정직한 사람인 데다, 다행스럽게도 멍청이로 통하지. 그가 모든 금전 거래를 담당해. 파리에서는 위험을 무릅쓰고 금전 문제를 처리해 주는 사람을 곁에 둔 야심가라야 부자가 될 수 있어. 언론계뿐 아니라 정치계에서도 우두머리는 어떤 사건에도 결코 연루되지 않는 경우가 많아. 만일 피노가 정치를 한다면, 지루도는 비서가 되어 그의 사무실에 앉아, 조카를 위해 큰 사업에서 생기는 배당금 챙기는 일을 할 거야. 겉은 멍청해 보이지만 그 속을 알 수 없게 교활한 자라, 피노의 공모자가 되기에 부족함이 없지. 지루도는 독자들의 불평이나 항의, 혹은 신참들에게 괴롭힘 당하는 것을 잘 막아주고 있어서 우리 기자들에게 인기가 좋아. 다른 신문사에는 그런 사람이 없을 거야."

"자기 역할을 잘하더군." 뤼시앵이 말했다. "그 사람이 그런 일을 하는 걸 본 적 있어."

에티엔과 뤼시앵은 포부르 뒤 탕플가로 갔다. 그곳에서 편집장 에티엔은 외관이 근사한 어떤 집 앞에 멈추었다.

"므시외 브롤라르 계십니까?" 그는 문지기에게 물었다.

"므시외라니? 박수부대 두목을 '므시외'라고 불러?"

"이 친구야, 브롤라르는 연금 소득이 2만 프랑이야. 그는 불바르 극장의 드라마 작가들에게 절대적 영향력을 행사해. 극작가들에게 그는 일종의 은행이야. 그에게서 현금을 가져다 쓰거든. 작가가 받은 티켓이나 초대권도 뒷거래를 하는데, 브롤라르가 그 표들을 팔아주고 있어. 약간의 통계를 좀 내보자고. 통계란 남용만 하지 않는다면 아주 유용한 학문이거든. 각 공연마다 하룻저녁의 초대권이 50장이라고 치자. 극장이 다섯 개니 하루에 250장이지. 초대권 한 장이 평균 40수라면, 그는 이런저런 비용을 제한 후 작가들에게 125프랑을 주고, 자기도 그만큼을 벌어. 그렇게 해서 작가들이 받은 표로만 월 4000프랑 가까이 버니까, 1년이면 4만 8000프랑인 거야. 표를 매번 다 팔 수 있는 건 아니니, 실제로는 2만 프랑쯤 적겠지만."

"왜?"

"아! 매표소에서 티켓을 산 사람들과 초대권을 가진 사람들을 동시에 들여보내거든. 초대권에는 예약석이 없고, 좌석 배정은 극장 권한인데, 공연이 잘되는 날도 있고 시원찮은 날도 있으니까. 아무튼 브롤라르는 입장권만으로도 아마 연 3만 프랑은 벌 거야. 게다가 그에게는 박수부대가 있잖아. 또 다른 사업이지. 플로린과 코랄리는 그에게 많이 의존하고 있다네. 만일 그에게 조공을 바치지 않으면, 배우들이 등장하거나 퇴장할 때 아무도 박수하지 않을 거야."

루스토는 계단을 올라가면서 작은 목소리로 그런 설명을 해주었다.

"파리는 정말 이상한 곳이군." 사방 어디에나 이해관계가 도

사리고 있음을 깨달은 뤼시앵이 말했다.

말쑥하게 차려입은 하녀가 두 기자를 브롤라르에게 안내했다. 뚜껑 달린 커다란 책상 앞의 사무용 의자에 앉아 있던 티켓 장수가 루스토를 보고 일어났다. 회색 플란넬 프록코트에 발등까지 덮는 바지를 입은 브롤라르는 의사나 소송대리인처럼 빨간 슬리퍼를 신고 있었다. 그의 평범한 얼굴, 교활함이 번득이는 회색 눈, 박수부대의 손, 비가 쏟아져 내린 지붕처럼 통음 난무의 흔적이 역력한 낯빛, 반백의 머리칼, 그리고 둔탁한 목소리에서 뤼시앵은 부자가 된 하층민의 모습을 보았다.

"댁은 아마도 플로린 때문에 오셨고, 저분은 코랄리 때문에 오셨겠지요." 그가 뤼시앵에게 말했다. "기자님을 잘 압니다, 걱정하지 마세요. 내가 짐나즈 극장의 고객들을 매수하고 있으니, 기자님 애인을 잘 챙겨드리지요. 혹시 누가 그녀에게 못된 장난이라도 칠 것 같으면 미리 알려드리겠습니다."

"그렇게 해주시면 정말 고맙지요, 브롤라르 선생님." 루스토가 말했다. "그런데 우리는 불바르 극장들이 신문사에게 주는 티켓에 대해 상의 드리러 왔습니다. 저는 편집장으로서, 이분은 각 극장의 연극 평을 쓰는 기자로서요."

"아, 그렇지! 피노가 자기 신문을 팔았다지요. 나도 압니다. 피노가 잘한 거지요. 이번 주말 저녁에 피노를 초대했소이다. 두 분도 오실 수 있으면 영광이겠어요. 부인들도 함께 모시고 오시지요. 흥청망청하는 진수성찬 파티가 될 겁니다. 아델 뒤 퓌, 뒤캉주, 프레데릭 뒤 프티 메레, 그리고 나의 애인 미요 양이 참석합니다. 실컷 웃고 실컷 마십시다!"

"뒤캉주는 좀 불편하지 않을까요. 재판에서 졌잖아요."[173]

"내가 뒤캉주에게 1만 프랑을 빌려줬어요. 『칼레』가 성공해야 그 돈을 갚겠지요. 그래서 그를 응원하고 있소! 뒤캉주는 재치 있는 사람이고, 능력도 있어요."

뤼시앵은 이 남자가 작가의 재능을 평가하는 말을 들으면서 꿈을 꾸고 있는 느낌이었다.

"코랄리는 성공했습니다." 브롤라르는 유능한 판사라도 되는 양 그렇게 말했다. "코랄리가 착한 아이라면, 짐나즈 극장에서 데뷔할 때 고약한 음모로부터 그녀를 은밀히 보호해 줄 생각입니다. 어떻게 할지 들어보시겠소? 관람석으로 잘 차려입은 사람들을 들여보내, 그들이 웃기도 하고 속삭이기도 하면서 청중의 박수갈채를 유도하는 겁니다. 바로 이것이 여배우의 평판을 높이는 술책이지요. 코랄리는 내 맘에 들어요. 기자 양반도 그녀에게 만족하실 거요. 코랄리에겐 감정이 있지. 거 아시오, 내가 마음만 먹으면 누구든 실패하게 만들 수 있다는 거……."

"그건 그렇고, 티켓 문제를 매듭짓지요." 루스토가 말했다.

"좋소. 매월 초에 내가 이분 댁으로 표를 가지러 가지요. 이

---

173) 빅토르 앙리 조제프 브라앵 뒤캉주(Victor-Henri-Joseph Brahain Ducange, 1783~1833)는 1820년에 발표한 소설 『발랑틴』이 공중도덕을 위반하고 종교 윤리를 모욕했으며 내전을 부추겼다는 이유로 중죄 재판소에 회부되어 1821년 6월 26일, 5개월의 징역과 500프랑의 벌금형을 받았다. 1821년은 부르봉 왕정기고, 『발랑틴』은 왕당파가 나폴레옹주의자들을 무참히 학살해 300~500명의 사망자를 낸 사건을 소재로 하고 있다.

분은 당신 친구니, 당신과 똑같이 대우하겠소. 당신이 맡은 극장이 다섯 개니까 30장 받으실 겁니다. 그러면 월 75프랑 정도 되겠네요. 아마도 선불을 원하시겠죠?" 티켓 장수는 책상으로 가더니 에퀴 은화가 가득 담긴 금고를 열었다.

"아니요, 아닙니다." 루스토가 말했다. "그 돈은 우리 형편이 나빠졌을 때를 위해 남겨두겠습니다."

"기자님," 브롤라르가 뤼시앵에게 말했다. "코랄리와 협력하겠소. 우리는 서로 잘 맞을 겁니다."

뤼시앵은 책장과 판화와 적절한 가구를 갖춘 브롤라르의 서재를 보고 놀라지 않을 수 없었다. 거실을 지나면서 그는 저속하지도 너무 사치스럽지도 않은 실내장식에 주목했다. 그가 보기에는 식당이 가장 잘 꾸며진 것 같았다. 그래서 그것에 대해 농담했다.

"브롤라르는 미식가야. 그의 재력에 걸맞은 이 집 식탁은 극문학에 인용될 정도로 훌륭하다네."

"제겐 좋은 포도주들도 있어요." 브롤라르가 겸손하게 말했다. "아, 우리의 바람잡이들이 오고 있군." 계단에서 쉰 목소리와 이상한 발소리가 들리자 그가 큰 소리로 말했다.

방을 나가면서 뤼시앵은 역겨운 박수부대 일당과 티켓 장수들이 그의 앞으로 줄지어 가는 것을 보았다. 모두들 챙 달린 모자를 쓰고, 헐어빠진 바지에 다 해진 프록코트를 입었으며, 푸르스름하고 지저분한 악당 같은 얼굴에 수염이 텁수룩했고, 사나우면서도 아첨하는 듯한 눈매를 가지고 있었다. 이 소름 끼치는 족속은 파리의 대로들 구석구석으로 번식해 나갔다. 오전에는 길에서 방범용 사슬이나 금으로 된 장신구를 25수에 팔았고, 저녁이면 샹들리에 밑에서 박수를 쳤다. 그들은 파리의 온갖 지저분한 욕구를 채워주는 일을 마다하지 않았다.

"로마 병정들 같군!" 루스토가 웃으면서 말했다. "바로 저 사람들이 여배우들과 극작가들의 명성을 만든다네. 가까이서 보니 우리의 명성보다 더 나을 것도 없군."

집으로 돌아가며 뤼시앵이 대꾸했다. "파리에서는 무엇인가에 대해 환상을 간직하는 게 불가능해. 모든 곳에 세금을 매기고, 모든 것이 돈으로 팔리고, 모든 것을 돈으로 만들어. 성공까지도."

뤼시앵이 초대한 사람들은 파노라마 극장주, 마티파와 플로린, 카뮈조, 루스토, 피노, 나탕, 엑토르 메를랭과 발노블 부인, 펠리시앵 베르누, 블롱데, 비뇽, 필리프 브리도와 마리에트, 지루도, 카르도와 플로랑틴, 비지우 등이었다. 뤼시앵은 세나클의 친구들도 초대했다. 사람들 말에 따르면, 브뤼엘에게는 그리 쌀쌀맞게 굴지 않는다는 무희 튈리아도[174] 초대 손님 중 하나였지만, 공작은 오지 않았다. 나탕과 메를랭, 비뇽과 베르누가 속한 신문사 소유주들도 왔다. 회식자는 30명가량 되었다. 코랄리의 식당에는 그 이상 들어갈 수도 없었다. 8시경 샹들리에의 불이 켜지자, 그 집의 가구며 벽지며 꽃들이 축제 분위기를 띠었고, 파리의 사치에 몽환적 요소를 더했다. 뤼시

---

174) 훗날 튈리아는 브뤼엘의 애인이 되고, 두 사람은 1829년에 결혼한다.

앵은 자기가 이런 집의 주인이라 생각하니 더없이 행복했고 허영심이 충족되었으며 희망에 부풀었다. 어떻게 누구에 의해 마술 지팡이가 두드려졌는지 그는 도무지 이해할 수 없었다. 플로린과 코랄리는 여배우답게 화려한 복장을 지나칠 정도로 공들여 차려입고서, 꿈의 궁전 문을 열어주는 임무를 맡은 두 천사처럼 지방의 시인에게 미소 지었다. 뤼시앵에게는 모든 것이 꿈만 같았다. 몇 달 만에 인생이 격변했다. 극도의 빈곤에서 극도의 호사로 순식간에 이동했기에, 마치 꿈을 꾸면서 언젠가 그 꿈에서 깰 것임을 잘 아는 사람처럼 문득문득 불안해지기도 했다. 그러나 이 아름다운 현실 앞에서 그의 눈은 자신감을 드러내고 있었다. 그를 시기하는 사람들은 이를 가리켜 교만이라 불렀으리라. 그의 외모도 변했다. 행복한 하루하루 속에서 그의 낯빛은 창백해져 갔고, 눈빛은 축축한 무기력에 젖어들었다. 데스파르 부인의 말마따나 그는 사랑받는 자가 되어 있었다. 그의 미모는 위력을 발휘했다. 사랑과 경험 덕분에 밝아진 그의 얼굴에는 권위와 영향력에 대한 자각이 드러났다. 자신이 문학계와 사교계에서 지배자로 군림할 수 있다고 믿으며 그는 두 세계를 정면으로 응시했다. 불행의 무게에 짓눌릴 때만 숙고하는 시인에게 현재는 아무 걱정도 없는 것처럼 보였다. 성공은 그가 탄 쪽배의 돛을 한껏 부풀렸다. 그는 자신의 계획에 필요한 모든 요건을 다 갖추고 있었다. 멋진 집, 파리 전체가 부러워하는 애인, 마차, 그리고 잉크병 안의 펜을 휘두르기만 하면 생겨나는 막대한 돈. 그의 영혼과 마음과 정신은 변했다. 이렇게 멋진 결과 앞에서 더 이상 수단

에 대해 고민할 생각은 하지 않았다. 파리 생활을 경험한 경제
학자가 보기에 그의 생활 습관은 매우 우려스럽다고 할 수 있
을 터, 비록 사소한 것일지라도 여배우와 시인이 누리는 물질
적 행복의 근거를 살펴보는 일이 무의미하지는 않을 것이다.
카뮈조는 개입하지 않는 척하면서, 납품업자들에게 적어도 석
달 동안은 코랄리가 원하는 대로 외상 거래를 해주라고 지시
했다. 따라서 말이며 하인들이며 그 밖의 모든 것을 감미롭게
즐기기 바쁜 두 젊은 남녀에게는 만사가 요술처럼 잘 풀렸다.
코랄리는 연극적인 몸짓으로 뤼시앵의 손을 잡고서 휘황찬란
한 식기와 40개의 초가 꽂힌 촛대로 장식된 식당에서부터 온
갖 정성을 들인 디저트와 슈베 식당의 메뉴까지 그에게 미리
보여주었다. 뤼시앵은 코랄리를 가슴에 꼭 껴안고 그녀의 이
마에 키스했다.

"난 반드시 성공할 거야. 그리고 당신의 이런 사랑과 헌신에
보답할 거야."

"아이참! 만족해?"

"아니라면 난 까다로운 사람이겠지."

"됐어, 그 미소면 됐어." 그녀는 뱀처럼 찰싹 달라붙어 그의
입술에 키스하면서 말했다. 두 사람은 플로린, 루스토, 마티파,
그리고 카뮈조가 있는 곳으로 갔다. 그들은 카드놀이 테이블
을 정리하고 있었다. 뤼시앵의 친구를 자처하는 모든 이가 모
여들었다. 그들은 9시부터 자정이 될 때까지 카드놀이를 했다.
다행히도 뤼시앵은 아무 게임도 할 줄 몰랐다. 하지만 루스토
는 1000프랑을 잃었고, 친구의 부탁을 거절할 수 없다고 생각

한 뤼시앵이 그에게 돈을 빌려주었다. 10시경, 세나클 친구 중 미셸과 퓔장스와 조제프가 왔다. 뤼시앵은 구석으로 가서 그들과 이야기를 나누었다. 그는 친구들의 얼굴에서 어색하지는 않지만 냉정하고 심각한 표정을 읽었다. 다르테즈는 책을 마무리하느라 올 수 없었고, 레옹 지로는 잡지 창간호 준비에 정신이 없다고 했다. 세나클 친구들은 이렇게 요란한 파티에 참석하더라도 다른 친구들보다는 덜 낯설어 할 세 명의 예술가를 보냈던 것이다.

"자, 친구들!" 뤼시앵은 약간의 우월감을 내보이면서 말했다. "너희는 이제 시시한 익살꾼이 위대한 정치가가 되는 것을 보게 될 거야."

"내 생각이 틀렸기를 바랄 뿐." 미셸이 말했다.

"상황이 나아지길 기다리면서 코랄리와 함께 지내는 거야?" 퓔장스가 물었다.

"그래." 뤼시앵이 순진해 보이려는 표정으로 말했다. "코랄리에게는 그녀를 흠모하는 가엾은 늙은 상인이 있는데, 그녀가 쫓아버렸어. 나는 마리에트를175) 어떻게 다룰지 모르는 자네 형 필리프보다는 훨씬 행복하다네." 그는 조제프 브리도를 쳐다보면서 말했다.

"결국, 넌 완전히 다른 사람이 되었구나. 이제 네 길을 가."

---

175) 마리에트는 발자크의 『인간극』에 등장하는 캐릭터 중 하나로, 본명이 마리 고데샬인 파리의 무용수다. 1819년 필리프 브리도와 비공식적으로 결혼했으나, 1820년 포르트 생마르탱 극장에 데뷔해 성공을 거둔 이후 막강한 영향력을 가진 모프리뇌즈 공작의 정부가 된다.

필장스가 말했다.

"어떤 상황에 있더라도 너희들에게는 언제나 변함없을 거야." 뤼시앵이 대답했다.

미셸과 필장스는 서로를 바라보며 실소를 금치 못했다. 그것을 본 뤼시앵은 자기가 한 말이 얼마나 우스꽝스러운지 깨달았다.

"코랄리는 정말 아름답군." 조제프 브리도가 탄성을 질렀다. "초상화를 그리면 얼마나 멋질까!"

"착하기도 해." 뤼시앵이 말했다. "정말이지, 코랄리는 천사야. 조제프, 그녀의 초상화를 그려봐. 네가 원한다면 지금 그리고 있는 '어느 노파가 상원의원에게 데려간 베네치아 여인'의 모델로 써도 좋아."

"사랑에 빠진 여자는 누구나 천사지." 미셸 크레티앵이 말했다.

그때 라울 나탕이 뤼시앵에게 달려와 그의 손을 꽉 쥐며 격렬한 우정을 표했다.

"내 소중한 친구, 당신은 위대할 뿐 아니라 마음씨도 따뜻하군요. 요즘 세상에 그런 사람은 천재보다도 더 귀하지요. 당신이 친구들에게 헌신적이니, 나도 언제까지나 당신 편이 되겠습니다. 지난 일주일 동안 당신이 나를 위해 해준 일을 절대 잊지 않을게요."

나탕 같은 명사가 자기에게 아부하자 뤼시앵은 극도의 쾌감을 느끼면서 우월감을 가지고 세나클 친구들을 쳐다보았다. 나탕이 그렇게 요란을 떨면서 들어온 것은 뤼시앵이 쓴 호의적인 기사의 교정쇄를 메를랭이 미리 보여주었기 때문이다. 그 기사는 그다음 날 신문에 실렸다.

"내가 당신 책을 공격하는 기사를 쓰는 데 동의한 것은요," 뤼시앵이 나탕의 귀에 대고 말했다. "그에 대한 반박 기사도 내가 쓴다는 조건하에서였습니다. 나는 당신 편입니다."

조금 전 필장스가 비웃었던 자기의 말을 증명해 보인 상황에 즐거워하며 뤼시앵은 세나클 친구들에게 돌아갔다.

"다르테즈의 책이 나오면, 나는 그에게 도움을 줄 만한 위치에 있어. 그런 기회를 가질 수 있다는 이유만으로도 나는 언론계에 남아야 해."

"이 세계에서 너는 자유로운가?" 미셸이 말했다.

"누군가 꼭 필요한 사람일 경우, 그는 자유롭지. 나도 그만큼은 자유롭다네." 뤼시앵은 겸손한 척 대답했다.

자정 무렵, 회식자들이 식탁에 앉았고 요란한 연회가 시작되었다. 대화는 마티파의 집에서보다 뤼시앵의 집에서 더 자유로웠다. 세 명의 세나클 대표단과 언론계 인사들 사이에 존재하는 감정의 차이를 눈치챈 사람은 아무도 없었다. 찬반 논쟁의 습관에 젖어 타락한 그 재능 있는 젊은이들은 서로 격돌했고, 당시 언론이 만들어내던 숱한 '판례' 가운데 가장 소름끼치는 법리들을 무기 삼아 상대방을 공격했다. 비평에는 엄숙함이 필요하다고 생각하는 클로드 비뇽은 소신문에서 개인에 대한 인신공격을 일삼는 경향에 반대했다. 그렇게 되면 나중에 작가들은 결국 스스로에 대한 신뢰를 잃게 되리라는 것이었다. 그러자 루스토와 메를랭과 피노는 언론계 은어로 '조롱'이라고 불리는 그 체제를 적극 옹호했다. 그들은 그것이야말로 재능을 알아볼 수 있게 해주는 품질보증 도장 같은 것이라고 주장했다.

"그런 시련을 견뎌내는 사람이 진정한 강자가 되는 거야." 루스토가 말했다.

"게다가," 메를랭이 외쳤다. "위대한 인물이 박수갈채를 받을 때 그의 주위에는 비난의 합창이 필요하지. 로마인들이 개선장군을 욕설로 맞이했던 것처럼.[176]"

"그렇다면!" 뤼시앵이 말했다. "조롱당하는 사람들은 모두 자신의 승리를 믿겠군!"

"그건 바로 자네 이야기가 아닌가?" 피노가 소리쳤다.

"네게는 소네트가 있잖아!" 미셸 크레티앵이 말했다. "그 소네트가 페트라르카의 승리를 가져다주지 않겠어?"

"하긴, 벌써 황금과 엮여 있긴 하지."[177] 도리아의 이 말장난은 모든 사람의 환호를 자아냈다.

"Faciamus experimentum in anima vili(가치 없는 존재로 실험을 해보자)." 뤼시앵이 웃으면서 라틴어로 응수했다.

"저런! 데뷔하자마자 신문에서의 논쟁도 없이 월계관을 쓰

---

176) 로마 공화정기의 개선식 퍼레이드에서는 승자가 환호하는 군중에 도취되지 않도록 일부러 악담하는 노예를 고용했다고 한다. '메멘토 모리(네 죽음을 기억하라)'라는 경구가 이로부터 유래했다는 설이 있다.

177) 페트라르카의 라우라는 프랑스어로는 로르(Laure)가 된다. 그런데 이 이름은 황금(l'or)과 발음이 같다. 뤼시앵과 바르주통 부인을 페트라르카와 라우라에 빗댄 말장난이다.

는 자는 불행할지어다! 그는 성자처럼 자기 집에 처박혀 있게 되고, 그러면 아무도 그에게 관심을 두지 않겠지." 베르누가 말했다.

"자기 부인을 마냥 사랑스럽게 쳐다보는 장리스 후작에게 샹스네츠가 말했듯이, 사람들은 그에게 말하겠지. '그냥 가세요. 당신에게는 이미 드렸잖아요.'[178]" 블롱데가 말했다.

"프랑스에서는 성공하면 파멸하게 되지." 피노가 말했다. "우리는 서로서로 끔찍이 질투하기 때문에, 타인의 성공을 잊고 싶어 하고 다른 사람들도 그것을 잊어주길 바라거든."

"사실 문학에서는 반론이 생명을 부여하기도 해." 클로드 비뇽이 말했다.

"자연에서도 마찬가지야. 자연에서도 두 개의 원칙은 서로 싸우잖아." 퓔장스가 큰 소리로 말했다. "한쪽의 승리가 다른 쪽에게는 죽음이지."

"정치도 그래." 미셸 크레티앵이 덧붙였다.

"우리가 방금 그것을 증명했잖아." 루스토가 말했다. "도리아는 이번 주에 나탕의 책을 2000부는 팔 거야. 왜냐고? 공격받았던 책을 옹호하는 기사가 나갈 테니까."

---

178) 시인이자 기자였던 니콜라 샹포르(Nicolas Chamfort, 1740~1794)의 책에 나온 일화를 잘못 기억해 쓴 내용이다. 실제 책 내용은 다음과 같다. "스무 살 때처럼 여전히 아내를 사랑하는 샤스텔뤼 후작은 아내가 저녁 시간 내내 젊고 잘생긴 외국인 청년에게 열중하는 것을 보고 그녀에게 다가가 가볍게 나무랐다. 그러자 장리스 후작이 그에게 말했다. 그냥 가세요. 당신에게는 이미 드렸잖아요."[편]

"이런 기사가 나오면 매진되지 않을 책이 어디 있겠어?" 메를랭은 다음 날 자기 신문에 실릴 기사의 교정쇄를 집어 들고 말했다.

"그 기사를 읽어주겠소?" 도리아가 말했다. "나는 어디에서건, 야식을 먹을 때조차 출판인이거든."

메를랭은 자신감 넘치는 뤼시앵의 기사를 읽었고, 뤼시앵은 그곳에 모인 모든 이에게 갈채를 받았다.

"첫 번째 기사가 없었더라면 이런 기사가 나올 수 있었겠어?" 루스토가 말했다.

도리아는 주머니에서 세 번째 기사의 교정쇄를 꺼내 읽었다. 피노는 자기 잡지의 두 번째 호에 실릴 예정인 기사의 낭독을 주의 깊게 들었다. 그러고는 편집장의 관점에서라며, 과하다 싶을 만큼 열광했다.

피노가 말했다. "여러분, 보쉬에가[179) 우리 시대에 살아 있다 해도 다르게 쓰지 않았을 겁니다."

"나도 그렇게 생각합니다." 메를랭이 말했다. "지금이었다면 보쉬에도 신문기자가 되었을 겁니다."

"보쉬에 2세를 위하여!" 클로드 비뇽이 술잔을 들고 빈정거리듯 뤼시앵을 쳐다보며 외쳤다.

"나의 크리스토퍼 콜럼버스를 위하여!" 뤼시앵이 도리아를 향해 잔을 들어 보이며 응수했다.

---

179) 자크 베니뉴 보쉬에(Jacques-Bénigne Bossuet, 1627~1704)는 가톨릭 신학자이자 17세기의 대표적 산문가 중 하나다. 고대문학의 숭고함을 추구할 것을 주장했다.

“브라보!” 나탕이 소리쳤다.

“그건 별명인가?” 메를랭이 피노와 뤼시앵을 동시에 바라보며 짓궂게 물었다.

“자네들이 이렇게 농담을 계속하면 우리는 따라갈 수가 없네.” 도리아가 말했다. 그러고는 마티파와 카뮈조를 가리키면서 덧붙였다. “이분들은 자네들이 하는 말을 하나도 이해하지 못할 거야. 농담이란 솜과 같아서 너무 가늘게 뽑으면 끊어져 버리지. 나폴레옹이 한 말일세.”

“여러분!” 루스토가 말했다. “우리는 생각지도 못할, 믿을 수 없는, 실로 경이로운 사건의 증인들입니다. 우리 친구가 이렇게 빠르게 시골 청년에서 신문기자로 변신한 것이 놀랍지 않습니까?”

“저 친구는 타고난 기자야.” 도리아가 말했다.

그때 피노가 일어나 샴페인 잔을 들고 말했다. “여러분, 우리는 모두 우리 주인공의 데뷔를 밀어주고 격려해 주었습니다. 그런데 그는 우리의 기대를 넘어섰습니다. 두 달 만에, 우리가 익히 아는 멋진 기사로 능력을 증명해 보였습니다. 해서, 나는 그를 정식 기자로 임명할 것을 제안합니다.”

“이중의 승리를 기리는 장미 화관이 있어야겠어!” 비지우가 코랄리를 쳐다보며 외쳤다.

코랄리가 베레니스에게 눈짓을 하자, 베레니스는 여배우의 상자에 들어 있는 낡은 조화를 찾으러 갔다. 뚱뚱한 하녀가 조화를 가져오자, 만취한 친구들은 그걸로 각자 자기 머리를 괴상하게 장식했다. 화관은 금방 만들어졌다. 피노는 대사제가 되어 아름다운 뤼시앵의 금발 머리 위로 샴페인을 몇 방울 떨어뜨리고는 그윽하고 엄숙한 목소리로 다음과 같이 축성했다. "인지와 보증금과 벌금의 이름으로, 그대를 기자로 명하노니, 그대의 기사는 유쾌할지어다!"

"여백도 공제하지 않고 지불되기를!" 메를랭이 말했다.

그 순간 뤼시앵은 미셸 크레티앵, 조제프 브리도, 퓔장스 리달의 서글픈 표정을 보았다. 그들은 모자를 집어 들고, 저주의 연호를 받으며 나갔다.

"정말 이상한 기독교 신자들 아냐?" 메를랭이 말했다.

"퓔장스는 좋은 친구였어." 루스토가 말했다, "그런데 그들이 그의 정신을 타락시켰지."

"누가?" 클로드 비뇽이 물었다.

"카트르방가의 초라한 카페에 모여 철학과 종교를 논하는 근엄한 젊은이들 말이야. 그들은 그곳에서 전 인류의 존재 의미를 근심하고 있다네⋯⋯." 블롱데가 말했다.

"아! 아! 아!"

"그곳에서 그들은 인류가 제자리걸음을 하고 있는지 진보하고 있는지를 알아보고자 한다는군." 블롱데가 말을 이어갔다. "그들은 직선과 곡선 사이에서 매우 난처해하고 있어. 성경의 삼위일체를 상징하는 삼각형도 무의미하다고 생각해. 그런데 그들 앞에 나선형을 찬성하는 어떤 예언자가 나타난 거지."

"사람들이 모이면 더 위험한 바보짓도 생각해 낼 수 있어." 뤼시앵은 세나클 친구들을 옹호하고 싶어 큰 소리로 말했다.

"자네는 그 이론이 한가한 말에 불과하다고 생각하는군."

펠리시앵 베르누가 말했다. "하지만 그것이 총격이나 단두대로 변하는 순간이 올걸?"

"하지만 그들이 여전히 찾고 있는 것은 샴페인에 대한 신의 섭리, 긴바지의 인본주의적 의미,[180] 그리고 세상을 움직이는 작은 짐승 같은 것들이라네." 비지우가 말했다. "그들은 비코, 생시몽, 푸리에처럼 추락한 위인들을 그러모으고 있지. 그들이 우리의 가엾은 조제프 브리도의 머리를 돌게 하지나 않을까 걱정이네."

"나와 동향이고 학교 친구인 비앙숑이 나를 차갑게 대하는 것도 그들 때문이야." 루스토가 말했다.

"그곳에서는 정신 훈련뿐 아니라 정신 개조도 하나?" 메를랭이 물었다.

"그럴 수도 있지." 피노가 대답했다. "비앙숑도 그들과 함께 공상에 빠져 있으니까."

"그래도 그는 위대한 의사가 될 거야." 루스토가 말했다.

"그들의 가시적 지도자는 다르테즈가 아닌가?" 나탕이 말했다. "우리 모두를 삼켜버릴 키 작은 젊은 친구 말일세."

"그는 천재야!" 뤼시앵이 외쳤다.

"난 셰리주 한 잔이 더 좋아." 클로드 비뇽이 웃으면서 말했다.

사람들은 각자 자신의 개성을 옆 사람에게 설명하고 있었다. 재치 있는 사람들이 이해받고 싶고 마음을 터놓고 싶을

---

180) 구체제 시절 귀족들은 짧은 바지와 스타킹을 신었다. 긴바지는 귀족이 아닌 평민을 의미한다.

때는 확실히 많이 취했을 때다. 1시간 후, 회식자들은 모두 세상에서 가장 친한 친구가 되어 서로를 위인으로, 강한 사람으로, 미래가 보장된 사람으로 대우했다. 뤼시앵은 집주인으로서 계속 맨 정신을 유지했다. 친구들의 궤변을 들으면서 충격받았지만, 결국 그 자신도 도덕적으로 타락한 인간이 되고 말았다.

"여러분!" 피노가 말했다. "자유주의파는 논쟁거리를 만들어야 합니다. 지금은 정부에 대해 반박할 말이 별로 없어요. 그러니까 여러분은 야당이 얼마나 곤란한 처지에 놓여 있는지 아실 겁니다. 여러분 중 누가 장자상속권의 부활을 요구하는 팸플릿을 쓰지 않겠소? 그래야 궁중의 은밀한 계획에 반대를 외치는 목소리가 나올 테니까. 원고료는 두둑이 주겠소."

"내가 쓰겠네. 게다가 그건 내 의견이기도 하니까." 엑토르 메를랭이 말했다.

"하지만 그러면 자네 당에서는 자네가 당을 위태롭게 만들었다고 할 걸세." 피노가 대답했다. "펠리시앵, 그 팸플릿은 자네가 맡게. 출판은 도리아가 할 테고 우리는 비밀을 지키지."

"얼마나 줄 건가?" 베르누가 물었다.

"600프랑! C 백작이라고 서명해."

"좋아!" 베르누가 대답했다.

"그러니까 자네들은 이제 허위 보도를 정치에까지 끌어들이려는 건가?" 루스토가 물었다.

"이건 샤보의 싸움을[181] 사상의 영역으로 옮겨놓는 일이

---

181) 프랑수아 샤보(François Chabot, 1756~1794)는 대혁명 당시 프랑스

야.” 피노가 다시 말했다. “정부에 여러 의도가 있다고 주장해서 정부에 반대하는 여론을 일으키는 거지.”

“나는 정부가 우리 같은 건달들에게 사상의 지휘권을 넘기는 것을 보면 항상 놀라움을 금치 못하겠어.” 클로드 비뇽이 말했다.

“내각이 어리석게도 논쟁의 장에 뛰어든다면, 우리는 여론몰이로 갖고 노는 거지.” 피노가 말을 이었다. “내각이 화를 내면, 상황을 악화시켜서 대중이 학을 떼게 만들 거고. 신문은 아무것도 잃을 게 없지만, 정부는 항상 모든 것을 잃을 수 있으니까.”

“법이 신문을 비호하는 한, 프랑스는 무력해.” 클로드 비뇽이 피노에게 말했다. “당신네 기자들은 시시각각 진보하고 있어. 신앙도 확고한 사상도 규율도 없고 서로 단결도 하지 않는, 예수회원 같은 위선자가 될 거야.”

각자 카드놀이 테이블로 돌아갔다. 여명을 알리는 희미한 빛이 촛불을 흐릿하게 만들었다.

“카트르방가의 당신 친구들은 사형수들처럼 슬퍼 보이더라.” 코랄리가 뤼시앵에게 말했다.

“그들은 우리를 심판하는 판사들이었어.”

“판사는 그 친구들보다 훨씬 재미있어.”

한 달 동안 뤼시앵은 밤참, 만찬, 점심, 야회로 시간을 다 빼

앗겼고, 물리칠 수 없는 어떤 흐름에 이끌려 쉬운 작업과 쾌락의 소용돌이에 휩싸였다. 그는 더 이상 계산을 하지 않았다. 복잡하게 뒤얽힌 삶의 한가운데에서 계산하는 능력은 강인한 의지의 증거다. 그러나 시인이나 나약한 사람, 혹은 순전히 재치만 있는 사람들은 그런 의지를 절대로 흉내 내지 못한다. 대부분의 기자들처럼 뤼시앵은 그날그날 살았고, 버는 대로 써 버렸으며, 뜨내기들에게는 큰 부담인 파리 생활에 드는 고정 비용은 생각도 하지 않았다. 그의 옷차림과 맵시는 가장 유명한 댄디의 것과 비교해도 손색이 없었다. 모든 광신도가 그러듯이 코랄리도 제 우상을 꾸며주고 싶어 했다. 그녀는 사랑하는 시인에게 그가 처음 튈르리 공원을 산책하며 그토록 부러워했던 멋쟁이들의 우아한 장신구들을 사주느라 돈을 펑펑 썼다. 뤼시앵은 근사한 지팡이, 세련된 오페라글라스, 다이아몬드가 박힌 단추, 오전에 매는 넥타이를 위한 링, 가문의 이름이 새겨진 반지, 그리고 양복 색깔과 어울리는 여러 벌의 화려한 조끼 등을 갖게 되었다. 그는 금방 댄디로 통했다. 독일 외교관이 초대한 만찬에서 그의 변신은 그곳에 있던 젊은이들, 마르세, 방드네스, 아주다 팽토, 막심 드 트라유, 라스티냐크, 모프리뇌즈 공작, 보드노르, 마네르빌 등, 유행의 왕국에서 최고의 자리를 차지하는 청년들의 부러움을 샀다. 사교계 남자들은 여자들처럼 서로를 질투한다. 몽코르네 백작 부인과 그날 만찬의 주인공인 데스파르 후작 부인은 뤼시앵을 가운데에 놓고 온갖 교태를 다 부렸다.

"왜 사교계를 떠나셨어요?" 후작 부인이 물었다. "사교계는 당신을 맞아들이고, 당신을 축하할 준비가 되어 있었건만. 당신에게 좀 따져야겠어요! 우리 집을 한번 방문하기로 되어 있었잖아요. 나는 아직도 당신의 방문을 기다리고 있답니다. 저번에 오페라에서 당신을 보았는데, 우리 좌석으로 인사하러 오지도 않더군요."

"부인의 사촌께서 제게 분명하게 결별을 통고하셨……."

"당신은 여자를 몰라요." 데스파르 부인이 뤼시앵의 말을 끊고 말했다. "내가 아는 한 가장 천사 같은 마음과 가장 고귀한 영혼에 당신이 상처를 준 겁니다. 루이즈가 당신을 위해 무엇을 하려고 했는지, 그리고 얼마나 조심스럽게 자기 계획을 이행하려 했는지 당신은 모르시겠죠."

뤼시앵이 침묵으로 그녀의 말을 거부하자 후작 부인이 말을 이었다. "오! 루이즈는 성공할 수 있었을 거예요. 소화불량으로 그렇게 되리라 모두가 예상한 대로 이제 그녀의 남편이 돌아가셨으니, 그녀는 자유를 얻게 되지 않겠어요? 당신은 그녀가 샤르동 부인이 되고 싶었을 것으로 생각하세요? 뤼방프레 백작 부인이라는 칭호는 얻기 위해 애쓸 만한 가치가 있지요. 아시겠어요? 사랑은 커다란 자존심이에요. 그리고 그것은 다른 자존심과도 조화를 이루어야 한답니다. 특히 결혼에서는요. 설사 내가 미치도록, 그러니까 당신과 결혼할 만큼 당신을 사랑한다 해도, 샤르동 부인으로 불리는 것은 무척이나 힘들 겁니다. 그건 동의하시죠? 이제 당신도 파리 생활의 어려움을 아셨으니, 목표에 이르려면 얼마나 많은 길을 돌아가야 하는지도 아실 겁니다. 어쩜! 재산 한 푼 없는 무명인에게 루이즈가 불가능에 가까운 특혜를 얻어주기를 얼마나 간절히 바랐는지는 인정하시죠. 그 때문에 루이즈는 아무것도 소홀히 할 수 없었던 겁니다. 당신은 재능이 많은 분이에요. 하지만 사랑에 빠지면 우리네 여자들은 남자들보다 훨씬 더 지혜로워진답니다. 내 사촌은 그 어리석은 샤틀레를 이용하려 했죠……. 그나저나 덕분에 무척 즐거웠습니다. 그를 공격하는 당신의 기사가 나를 많이 웃게 해주었거든요!" 그렇게 말하고 나서 그녀는 입을 다물었다.

뤼시앵은 그 말을 어떻게 생각해야 할지 몰랐다. 언론계의 배신과 불신에 대해서는 많이 알게 되었지만, 사교계의 배신과 불신에는 무지한 그였다. 그러니 아무리 총명할지라도 그에게는 사교계에 대한 혹독한 교육이 필요했다.

"그런가요?" 강력한 호기심에 이끌려 그가 물었다. "하지만 부인께서는 왜가리를 보호하고 계시지 않나요?"

"이 세계에서는 가장 잔인한 적에게도 예의를 갖추어야 하고, 지루한 사람들과도 즐거운 척해야 해요. 그리고 친구들에게 더 큰 도움이 되기 위해 겉으로는 그 친구들을 희생시키기도 하죠. 당신은 정말 아무것도 모르는군요! 작가라는 분이 어떻게 사교계에 만연하는 술수를 모르세요? 내 사촌은 당신에게 절실한 그의 영향력을 이용하려고 당신을 버리는 척, 왜가리와 가까이 지낸 거예요. 그 남자는 현 정부에 아주 잘 보이고 있거든요. 그래서 우리는 언젠가 당신이 그와 화해할 수 있도록, 당신의 공격은 오히려 어느 정도 그에게 도움이 된다고 말해 주었답니다. 그는 당신에게 괴롭힘을 당한 만

큼 보상도 받았거든요. 뤼포가 장관들에게 말했다시피, 샤틀
레가 조롱당하는 동안은 신문이 내각을 건드리지 않았으니
까요."

뤼시앵은 생각에 잠겼고, 후작 부인은 그런 뤼시앵을 내버
려둔 채 다른 곳으로 갔다. 그때 몽코르네 백작 부인이 그에게
다가와 말을 걸었다. "당신이 우리 집을 방문하실 거라는 희
망을 블롱데 씨가 주었어요. 우리 집에 오시면 예술가들과 작
가들도 만나실 수 있어요. 그리고 당신을 열렬히 만나고 싶어
하는 여인이 있어요. 마드무아젤 데 투슈라고, 우리네 여자들
중에서 아주 드문 재능을 가진 분이죠. 아마 그분 댁도 방문
하시게 될 겁니다. 마드무아젤 데 투슈는, 아, 필명은 카미유
모팽이에요, 파리에서 가장 훌륭한 살롱을 가지고 있고, 엄청
난 부자기도 합니다. 당신이 미남인 만큼 재능도 뛰어나다는
소문을 들은 그녀가 당신을 무척 뵙고 싶어 한답니다."

뤼시앵은 그저 고맙다는 말만 되풀이하면서, 백작 부인의
연인인 블롱데를 부러운 눈으로 쳐다보았다. 몽코르네 백작
부인처럼 높은 품격과 지위를 갖춘 여인과 코랄리 사이에는
코랄리와 거리의 여자 사이만큼이나 커다란 차이가 존재했다.
젊고 아름답고 재치가 넘치는 백작 부인은 북쪽 지방 여성 특
유의 하얀 피부를 가진 미인이었다. 그녀의 어머니가 셰르벨
로프 공주였기에, 공사는 저녁 식사 전에 그녀에게 최대한의
경의를 표했고, 이를 무시하려는 듯 후작 부인은 거만하게 닭
날개 한쪽을 먹어치우지 않았던가.

후작 부인이 뤼시앵에게 말했다. "가엾은 루이즈가 당신을

얼마나 아꼈는데! 그녀는 내게 속마음을 털어놨죠. 당신을 위해 그녀가 꿈꾸는 미래에 대해 말했어요. 힘든 일들을 많이 견뎌냈을 겁니다. 그런데 당신은 그녀가 보낸 편지를 모두 돌려줌으로써 그녀에게 얼마나 큰 모멸감을 주었는지! 잔인함은 용서할 수 있어요. 우리에게 상처를 입히려는 것은 그래도 우리에게 관심이 있다는 뜻이니까요. 하지만 무관심은……! 무관심이란 극지의 얼음과도 같아서 모든 것을 마비시켜 버리지요. 자, 이제 아시겠어요? 당신 잘못으로 당신은 보물을 잃은 겁니다. 왜 헤어지셨어요? 설사 조금 무시당했을지라도, 당신은 성공도 해야 하고 이름도 다시 찾아야 하지 않나요? 루이즈는 그 모든 것을 생각했던 겁니다."

"그런데 왜 제게는 아무런 말도 하지 않았죠?" 뤼시앵이 물었다.

"어머나, 세상에! 당신에게 속내 이야기는 하지 말라고 충고한 사람이 바로 저예요. 자, 우리끼리 얘기지만, 사교계를 너무 모르는 당신을 보고는 이만저만 걱정이 아니었답니다. 당신의 미숙함과 경솔한 열정이 루이즈의 계산과 우리의 계획을 망치거나 방해할까 두려웠어요. 당신이 그때 어땠는지 기억나요? 솔직히 말해 보세요. 지금의 당신과 꼭 닮은 어떤 사람이 그런 행색을 한 것을 본다면, 당신도 나처럼 생각할 겁니다. 그때의 당신과 지금의 당신은 완전히 달라요. 당신을 못 알아본 것이 우리의 유일한 잘못이죠. 하지만 그렇게 재능이 풍부하고, 감정과 사고를 훌륭하게 조화시키는 능력까지 갖춘 사람이 천 명에 하나나 있을까요? 당신이 그토록 놀라운 예외적

인물일 거라고는 생각도 못 했어요. 너무도 빨리 변신하셨고, 너무도 쉽게 파리의 방식을 배우셨기에 한 달 전 불로뉴 숲에서는 당신을 알아보지 못했답니다."

뤼시앵은 이 귀부인의 말을 들으면서 이루 말할 수 없는 기쁨을 느꼈다. 그녀는 아부에 가까운 듣기 좋은 말을 하면서 그를 무척 신뢰하는 듯 명랑하고 순진한 태도를 보였다. 후작 부인이 진심으로 자기에게 관심을 가지는 것처럼 보였기에, 뤼시앵은 파노라마 드라마티크의 첫 번째 파티에서와 유사한, 일종의 기적을 믿었다. 행복했던 그날 저녁 이후 모두가 그에게 미소 짓지 않았던가. 그는 자신의 젊음에 부적과도 같은 힘을 부여했다. 그래서 속아서는 안 된다고 다짐하면서 후작 부인을 떠보려 했다.

"그렇다면 부인, 지금은 헛된 꿈이 되어버린 그 계획이라는 것이 대체 무엇이었습니까?"

"루이즈는 당신이 뤼방프레라는 작위와 이름을 가질 수 있도록 국왕께 칙령을 받아내 주고 싶어 했어요. 샤르동이라는 이름을 땅속에 파묻어 버리고 싶었던 거죠. 그때는 쉽게 얻어 낼 수 있었을, 하지만 지금은 당신의 정치적 견해 때문에 거의 불가능해진 그 첫 시도가 성공했다면, 당신에게 큰 재산이 되었을 겁니다. 당신은 이런 생각을 망상이나 쓸데없는 짓으로 치부하겠지요. 하지만 우리는 인생을 좀 알아요. 우아하고 매력적인 젊은이에게 붙은 백작이라는 칭호가 얼마나 강력한 힘이 되는지 잘 알고 있답니다. 당장 지금이라도, 백만장자 영국 여인이나 상속녀에게 샤르동 씨 또는 뤼방프레 백작의 내방을 알린다고 가정해 보세요. 전혀 다른 두 가지 반응을 보게 되겠죠. 빚투성이여도 백작은 환대 받을 것이고, 그의 빛나는 미모는 화려한 장신구에 박힌 다이아몬드와 같을 겁니다. 반면에 샤르동 씨라면 거들떠보지도 않을 거예요. 이런 관념을 우리가 만든 건 아니지만, 어디에서나 심지어 부르주아들 가운데에도 이런 관념은 팽배해 있어요. 그러니까 당신은 지금 출세에 등돌리고 있는 겁니다. 저 잘생긴 청년, 펠릭스 드 방드네스 자작을 봐요. 국왕의 특임 비서 두 사람 중 하나죠. 국왕께서는 재능 있는 젊은이들을 무척 좋아하십니다. 저 청년이 지방에서 처음 올라왔을 때 그의 가방은 당신 것보다 더 묵직하지 않았어요. 당신은 그보다 재능이 훨씬 많아요. 하지만 당신은 귀족 가문 출신인가요? 귀족의 이름을 가지고 있나요? 뤼포를 아시죠? 그의 이름도 당신 이름과 비슷한 샤르댕이에요. 하지만 그는 백만금을 준대도 뤼포 가문 소유지를 팔지 않을 겁니다, 데 뤼포라는 이름을 간직해야 하니까요. 언젠가 그는 뤼포 백작이 될 테고, 그의 손자는 아마도 대귀족이 되겠지요. 하지만 당신의 경우, 지금 들어선 잘못된 길로 계속 간다면 실패할 겁니다. 당신과 비교할 때 에밀 블롱데 씨는 당신보다 훨씬 현명하지 않나요? 그분은 정부를 지지하는 신문에서 일하고 있고, 현재의 모든 권력자에게 잘 보이고 있어요. 자유주의자들과도 아무 문제없이 어울리고요. 그는 올바른 사상을 가졌어요. 그러니 그는 언제고 출세할 겁니다. 정치적 견해나 후원자들을 선택하는 법을 아니까. 당신 옆에 있는 저 귀여운 여인은 두 명의 상원의원과 두 명의 하원의

원을 배출한 트루아빌 가문 출신이에요.[182] 그녀는 이름 덕분에 부유한 남자와 결혼했지요. 많은 사람을 초대하고 있으니 큰 영향력을 발휘하게 될 것이고, 사랑스러운 에밀 블롱데를 위해 정계도 움직일 수 있을 거예요. 그런데 코랄리는 당신을 어디로 끌고 갈까요? 몇 년 지나면, 코랄리 때문에 빚에 허덕이고 쾌락에 지치는 상태에 이를 겁니다. 당신은 사랑에 있어 투자를 잘못했고, 삶을 잘 꾸려나가지 못하고 있어요. 이것은 당신이 기쁜 마음으로 상처 입힌 바로 그 여인이 저번에 오페라에서 내게 한 말입니다. 당신이 재능과 아름다운 젊음을 남용하는 것을 안타까워하면서, 그녀는 자기가 아닌 당신을 걱정하더군요."

"아! 부인이 하신 말씀이 사실이라면!" 뤼시앵이 외쳤다.

"내가 거짓말을 해서 무슨 이득을 얻겠어요?" 후작 부인은 뤼시앵에게 거만하고 냉정한 시선을 던지며 말했다. 뤼시앵은 망연자실했다.

어안이 벙벙해진 뤼시앵은 대화를 이어가지 못했고, 감정이 상한 후작 부인도 그에게 더 이상 아무 말도 하지 않았다. 뤼시앵은 자존심이 상했지만, 자기가 서툴고 미숙했음을 알아차리고 그것을 만회해야겠다고 생각했다. 그는 몽코르네 부인을 향해 돌아서서 블롱데에 대해 말하면서 그 젊은 작가의 장점을 칭찬했다. 백작 부인은 그를 상냥하게 대했고, 데스파르 부

---

182) 몽코르네 백작 부인을 말한다. 에밀 블롱데와 어린 시절 친구인 그녀는 몽코르네 장군과 결혼했으나, 지속적으로 블롱데를 후원했으며, 홀로된 1838년에는 그와 결혼한다.

인의 신호에 따라 그를 집으로 초대했다. 그러고는 상중이지만 바르주통 부인도 올 테니, 그녀를 만나보지 않겠냐고 물었다. 대규모의 파티가 아니라 친구들만 모이는 작은 모임이라는 것이었다.

"후작 부인께서는 모든 잘못이 제게 있다고 하시는데, 그분의 사촌이야말로 제게 호의를 베푸셔야 하지 않나요?"

"이제 바르주통 부인에 대한 터무니없는 공격은 그만두세요. 게다가 부인은 그 기사 때문에 그녀가 우습게 여기는 한 남자와 깊이 엮여 평판을 해치게 되었어요. 당신이 공격을 멈추면 평화조약에 서명하는 것과 같아요. 사람들 말이, 당신은 그녀가 당신을 가지고 놀았다고 생각한다던데, 나는 당신에게서 버림받은 후 무척이나 슬퍼하는 부인을 보았답니다. 그런데 부인이 당신을 위해서 당신과 함께 고향을 떠나왔다는 게 사실인가요?"

뤼시앵은 감히 아무 대답도 하지 못한 채 미소 지으며 후작 부인을 바라보았다.

"당신을 위해 그런 희생을 한 여인을 어떻게 의심할 수 있었나요! 게다가 그토록 아름답고 재치 있는 여인이라면 어쨌든 사랑받았어야 해요. 바르주통 부인은 당신보다 당신의 재능을 사랑했어요. 내 말을 믿으세요. 여자들은 미모를 사랑하기 전에 재능을 사랑한답니다." 그렇게 말하며 그녀는 은근슬쩍 블롱데를 바라보았다.

공사의 집에서 뤼시앵은 상류사회와 최근에 그가 몸담은 특별한 세계 사이에 놓인 커다란 차이를 깨달았다. 둘 다 화려

했지만, 두 세계에 사이에는 그 어떤 유사성도 접점도 없었다. 생제르맹의 가장 부유한 저택에 속하는 그 집의 천장 높이와 각 방의 배치, 살롱의 오래된 금도금, 여유로운 실내장식, 화려하면서도 무게 있는 소품들, 이 모든 것이 그에게 낯설고 새로웠다. 그러나 이미 빠른 속도로 사치스러운 것들에 젖어든 뤼시앵은 그런 호사를 보고도 그다지 놀란 기색을 내비치지 않았다. 환심을 사려고 비굴하게 굴지도 않았지만, 과도한 자신감을 표출하거나 지나치게 거드름을 피우지도 않았다. 시인의 태도는 훌륭했다. 그래서 그의 혜성 같은 사교계 데뷔는 물론이고 성공과 미모에 질투를 느끼는 많은 젊은이들과 달리, 그에게 적대적일 이유가 없는 사람들은 그를 좋아했다. 식탁에서 일어나면서 그는 데스파르 부인에게 팔을 내밀었고, 부인은 그 팔을 잡았다. 라스티냐크는 데스파르 부인이 뤼시앵에게 호감을 표하는 것을 보고 그에게 다가와 동향임을 내세우면서, 발노블 부인 집에서의 첫 만남을 상기시켰다. 이 귀족 청년은 지방의 위인과 친교를 맺고 싶어 하는 것처럼 보였다. 그는 언제 자기 집에서 점심이나 같이하자며 사교계의 멋쟁이들을 소개해 주겠다고 했다. 뤼시앵은 그의 제안을 받아들였다.

"블롱데도 올 겁니다." 라스티냐크가 말했다.

공사는 롱크롤 후작, 레토레 공작, 마르세, 몽리보 장군, 라스티냐크, 그리고 뤼시앵이 모여 있는 곳으로 다가와 그들과 합류했다.

"아주 잘되었습니다." 그는 독일인다운 친절을 보이면서 말했다. 그러나 그 밑에는 무서운 간계가 숨어 있었다. "데스파르 부인과 화해하셨군요. 부인께서는 당신에 대해 대단히 만족하셨습니다." 그러고는 주변 사람들을 돌아보며 말했다. "우리는 모두 잘 알지요, 부인 마음에 드는 게 얼마나 어려운 일인지."

"맞아요." 라스티냐크가 말했다. "하지만 부인은 재치를 좋아하시고, 저명한 나의 동향 친구는 그걸 팔고 있지요."

"이 친구는 머지않아 자신이 잘못된 길을 가고 있음을 알게 될 겁니다." 블롱데가 강력하게 말했다. "조만간 우리 편이 될 거고요."

뤼시앵을 둘러싼 사람들이 그 문제를 놓고 저마다 한마디씩 했다. 근엄한 사람들은 독재자 같은 말투로 격렬한 말들을 쏟아냈고, 젊은이들은 자유주의파를 비웃었다.

"분명히 말하는데," 블롱데가 말했다. "뤼시앵은 좌파냐 우파냐를 동전 던지기로 정했을 겁니다. 하지만 이제 곧 선택을 하겠죠."

뤼시앵은 루스토와 뤽상부르 공원에서 만나 이야기를 나누던 장면을 떠올리면서 미소 지었다.

블롱데가 계속 말했다. "저 친구는 에티엔 루스토란 인물을 안내자로 삼았어요. 기사 1단에 100수 받는 소신문의 논객인데, 정치적으로는 나폴레옹의 귀환을 믿고 있지요. 내가 보기에 가장 어리석은 것은 그가 좌파 인사들의 안목과 애국심을 믿는다는 점이에요. 뤼방프레로서 뤼시앵의 성향은 귀족적이어야 합니다. 그리고 신문기자로서도 그는 정부 편이어야 하지요. 그러지 않으면 그는 뤼방프레도 서기장도 될 수 없습니다."

외교관은 뤼시앵에게 휘스트 게임을 제안했다. 그러나 카드 놀이를 할 줄 모른다는 뤼시앵의 말에 사람들은 모두 놀랐다.

"저기요," 라스티냐크가 그의 귀에 대고 속삭였다. "변변찮은 식사지만 우리 집에 오실 때 좀 일찍 오시면 휘스트 게임을 가르쳐 드릴게요. 휘스트도 할 줄 모르다니, 유서 깊은 우리 앙굴렘의 명예를 훼손시키고 있군요. 탈레랑의 말을 인용해 한마디하자면, 그 노름을 모르는 당신은 대단히 불행한 노후를 맞게 될 겁니다."

하인이 뤼포의 도착을 알렸다. 그는 신망 받고 있는 청원심사관이자, 내각의 비밀 임무도 수행하고 있었으며, 어디에나 끼어드는 교활하고 야심찬 인물이었다. 그는 발노블 부인의 집에서 한 번 만난 적 있는 뤼시앵에게 알은체를 했다. 어찌나 친근하게 인사하던지 뤼시앵은 그의 거짓 우정에 속을 수밖에 없었다. 그 누구에게도 불시에 습격당하지 않기 위해 정치적으로 모두와 친구로 지내는 그 남자는 그곳에 젊은 기자가 있는 것을 보고, 뤼시앵이 사교계에서도 문학계에서 못지않게 성공을 거뒀음을 알아챘다. 그는 젊은 시인에게서 야망을 보았다. 그래서 우정과 관심을 과장되게 드러내며 마치 오래전부터 알고 지낸 사이인 양 굴었고, 자신의 약속과 말의 가치에 대해 뤼시앵이 속아 넘어가도록 했다. 그는 경쟁자라고 생각되는 사람을 망가뜨리고자 할 때 먼저 상대를 철저히 알아야 한다는 원칙을 가지고 있었다. 이렇듯 뤼시앵은 사교계에서 환대 받았다. 그것이 레토레 공작과 독일 공사, 데스파르 부인과 몽코르네 백작 부인 덕분임을 잘 알았기에, 뤼시앵은 그곳을 떠나기 전에 두 부인과 각각 얼마 동안 대화를 나누고, 부인들을 위해 매력적인 재치를 한껏 펼쳐 보였다.

"거만하기 짝이 없군요!" 뤼시앵이 자리를 뜨자 뤼포가 데스파르 부인에게 말했다.

"저 친구는 익기도 전에 썩어버릴 겁니다." 마르세가 웃으면서 말을 보탰다. "부인께서 저 친구의 판단을 흐리게 하시려는데에는 필시 숨은 이유가 있겠지요."

뤼시앵은 안뜰에 있는 마차 안에서 코랄리를 보았다. 그를마중하러 온 것이었다. 그녀의 배려에 감동한 그는 그날 저녁있었던 일들을 이야기해 주었다. 그런데 놀랍게도 여배우는뤼시앵의 머릿속에서 맴돌고 있는 새로운 생각에 찬성하면서,내각의 편에 서기를 강력히 권했다.

"자유주의자들과 한편에 있다가는 공격만 당할 뿐이야. 그들은 툭하면 음모나 꾸미고, 베리 공작도 죽였어.[183] 그들이정부를 타도할 수 있을 것 같아? 절대로 못 해! 그들과 함께있으면 당신은 아무것도 될 수 없어. 그 반대편에 서면 뤼방프레 백작이 될 거야. 당신은 그들에게 도움을 줄 수 있고, 그러

---

183) 샤를 페르디낭 다르투아, 베리 공작(Charles Ferdinand d'Artois, duc de Berry, 1778~1820)은 루이 18세의 동생으로 1824년 국왕 샤를 10세가 되는 다르투아 백작의 둘째아들이다. 권위적이고 교권적인 왕정 체제를 옹호했으며 과격 왕당파의 강력한 지지를 받았으나, 1820년 공화파 노동자에 의해 암살당했다. 과격 왕당파는 그의 죽음을 구실로 자유파와 공화파의 탄압을 정당화했다.[편]

면 귀족원 의원이 되어 부유한 여인과 결혼도 할 수 있어. 과
격 왕당파가 되도록 해. 게다가 왕당파들의 취향이 더 고급이
잖아." 코랄리는 자신에게 가장 중요한 이유인 '취향'이라는 단
어를 던지고는 말을 이었다. "발노블 부인의 만찬에 갔었는데,
그 부인 말로는, 테오도르 가야르가 당신의 신문이나《미루아
르》지의 야유에 반격을 가하려고 기어이《르레베이》라는 왕당
파 소신문을 창간한대. 그녀가 말하기로는, 빌렐 씨와 그의 당
이 1년 이내에 내각을 차지할 거래.[184] 그들이 아직 실권을 갖
기 전에 그들과 같은 편이 돼서 이런 변화를 이용해야지. 하지
만 에티엔이나 다른 친구들한테는 아무 말도 하지 마. 그들이
알면 당신을 해코지할 거야. 그러고도 남을 사람들이야."

　일주일 후, 뤼시앵은 몽코르네 백작 부인 댁에 갔다. 그곳
에서 그토록 사랑했던 여인, 조롱 가득한 기사로 상처 입혔던
그 여인을 보자 격렬한 마음의 동요를 느꼈다. 루이즈도 완전
히 변했다! 그녀는 귀부인이 되어 있었다. 지난날 지방에서 살
지 않았더라면 진즉에 이런 모습이었을 것이다. 상복을 입었
음에도 매력적이었을 뿐 아니라 정성스레 멋을 부린 것으로
보아, 혼자된 뒤로 무척 행복한 삶을 영위하고 있음을 짐작케
했다. 뤼시앵은 그녀가 자기를 의식해서 교태를 부린다고 생
각했다. 그의 생각은 틀리지 않았다. 하지만 이미 젊고 싱싱
한 육체를 맛본 식인귀처럼 그는 저녁 내내 예쁘고 사랑스럽

---

184) 빌렐이 총리가 된 것은 베리 공작 암살 이후인 1821년 12월 12일이
다.[편]

고 관능적인 코랄리와 삐쩍 마르고 거만하고 매정한 루이즈 사이에서 갈팡질팡했다. 마음의 결정을 내릴 수 없었다. 귀부인을 위해 여배우를 희생할 수 없었다. 반면에 그토록 재치 있고 아름다운 뤼시앵을 보자 다시 사랑을 느낀 바르주통 부인은 바로 그 희생을 기대하며 저녁 내내 그의 결정을 기다렸다. 은밀한 말과 교태 어린 표정으로 그의 환심을 사려고 애썼지만, 끝내 그녀는 돌이키지 못할 복수심을 불태우며 살롱을 나왔다.

"이봐요, 뤼시앵." 그녀는 파리 여인의 우아함과 기품이 넘치는 태도로 선심 쓰듯 친절하게 말했다. "당신은 나의 자랑거리가 되었어야 했습니다. 그런데 당신은 나를 당신의 첫 번째 희생자로 삼았지요. 그럼에도 당신의 복수에 조금이나마 사랑이 남아 있을 거라는 생각에 당신을 용서했습니다."

바르주통 부인은 위엄 있는 이 몇 마디 말로 자신의 지위를 되찾았다. 아무리 생각해도 자신이 옳다고 여겼던 뤼시앵은 불현듯 자신이 잘못했다는 생각이 들었다. 이제는 이별을 통보했던 그 끔찍한 편지도, 결별의 이유도 문제되지 않았다. 상류사회 여인들에게는 농담을 통해 자기들의 잘못을 별것 아닌 것으로 만들어버리는 놀라운 재주가 있다. 그들은 단 한 번의 미소나 놀란 척하며 던지는 단 하나의 질문으로 모든 걸 지워버리는 능력이 있고, 실제로 그렇게 한다. 그들은 아무것도 기억하지 못한다. 하지만 모든 것을 다 설명하고, 아연실색하고, 질문하고, 논평하고, 과장하고, 말싸움하다가, 결국 약간의 비누칠로 얼룩을 지우듯 자기의 잘못을 지워버린다. 당신은 그네들이 사악하다고 생각했는데, 다음 순간이면 그들은 완전히 순진하고 결백한 여자가 되어 있다. 반면에 당신은 용서받지 못할 엄청난 죄를 짓지 않은 것을 다행으로 여기며 행복해한다. 순식간에 뤼시앵과 루이즈는 과거에 서로에 대해 가졌던 환상을 되찾고서 다정한 말들을 주고받았다. 그러나 충족된 허영심에 취하고, 또 솔직히 말해서 그에게 안락한 삶을 제공해 준 코랄리에 취한 뤼시앵은 루이즈가 한숨을 내쉬며 머뭇거리듯 "행복하세요?" 하고 묻는 말에 분명하게 답할 수 없었다. 우울한 어조로 '아니'라고 한마디만 했더라면 그의 운명을 달라졌을 것이고, 그는 출세 가도를 달렸을 것이다. 그는 코랄리에 대해 설명하면서 자신이 재치 있다고 생각했다. 사랑받고 있다고 말했고, 요컨대 홀딱 빠진 남자들이 내뱉는 온갖 어리석은 말을 떠들어댔다. 바르주통 부인은 입술을 깨물었다. 그녀의 표정은 모든 것을 말하고 있었다. 데스파르 부인이 몽코르네 부인과 함께 사촌 곁으로 다가왔다. 뤼시앵은 자기가 그날의 주인공임을 느꼈다. 그 세 여인은 갖은 기교를 부리면서 그의 비위를 맞추고, 달콤한 말로 그를 어르고 환대했다. 빛나고 화려한 이 사교계에서의 성공은 언론계에서의 성공만 못하지 않았다. 데스파르 부인과 바르주통 부인은 카미유 모팽이라는 필명으로 유명한 미모의 마드무아젤 데 투슈에게 뤼시앵을 소개했고, 그녀는 어느 수요일 만찬에 그를 초대했다. 그녀는 소문대로 출중한 뤼시앵의 용모에 놀란 것 같았다. 뤼시앵은 자신의 용모보다 재능이 더 뛰어나다는 사실을 증명하려고 애썼다. 마드무아젤 데 투슈는 순진한

쾌활함과 열광적인 우정을 보이면서 감탄을 연발했다. 파리에
서는 향락이 습관적이고 지속적이기에 늘 새로움을 갈망하는
데, 파리 생활을 잘 모르는 사람들은 파리 여인들의 그런 열
광적인 우정에 쉽게 걸려들기 마련이다.

"내가 그녀를 좋게 생각하는 만큼 그녀도 내게 호감을 보인
다면, 둘이서 짧은 소설 하나쯤 같이 쓸 수 있을 텐데……." 뤼
시앵은 라스티냐크와 마르세에게 말했다.

"두 사람이 공저(共著)를 하기에는 당신들 둘 다 소설을 너
무 잘 써요." 라스티냐크가 대답했다. "작가들끼리 서로 사랑
할 수 있을까요? 서로 상처 주는 신랄한 말을 하는 순간이 있
게 마련인데요."

"나쁜 꿈은 아닐 것 같군요." 마르세가 웃으면서 말했다. "저
매력적인 여인은 서른 살이 맞습니다. 하지만 그녀에게는 8만
리브르에 달하는 연금이 있어요. 그녀의 변덕조차 매력적이
죠. 그녀의 미모는 오래 유지될 겁니다. 이봐요, 코랄리는 맹하
지만, 당신을 돋보이게 하니 곁에 두기엔 좋은 아이죠. 잘생긴
남자는 애인이 없으면 안 되니까. 하지만 사교계에서 멋진 여
인을 쟁취하지 못한다면, 여배우는 결국 당신에게 해가 될 겁
니다. 자, 잠시 후 카미유 모팽과 함께 노래할 콩티 자리를 빼
앗아 보세요. 시는 음악보다 늘 우위였으니."

하지만 마드무아젤 데 투슈와 콩티가 함께 부르는 노래를
들으면서 뤼시앵은 그 희망을 버렸다.

"콩티는 노래를 너무 잘하네요." 그는 뤼포에게 말했다.

뤼시앵은 바르주통 부인에게 돌아갔고, 부인은 그를 후작

부인이 있는 살롱으로 데려갔다.

"부인, 이분께 관심 좀 가져주시겠어요?" 바르주통 부인이 사촌에게 말했다.

"하지만 샤르동 씨가 아무 문제없이 후원자의 보호를 받을 처지가 되어야 말이죠." 후작 부인이 거만하면서도 다정하게 말했다. "아버지의 비천한 이름을 버리고 어머니 이름을 따르도록 허가하는 칙령을 얻겠다면 적어도 우리 편이어야 하지 않을까요?"

"두 달 안에 모두 정리하겠습니다." 뤼시앵이 말했다.

"그렇다면 국왕을 모시는 제 아버님과 숙부님을 만나보겠어요. 그분들이 법무부 장관께 말씀해 주실 겁니다." 후작 부인이 말했다.

공사와 두 여인은 뤼시앵의 가장 민감한 부분을 정확히 짚었다. 귀족의 광채에 매료된 시인은 하인이 손님의 도착을 알릴 때 울려 퍼지는 귀족 작위와 이름을 가진 사람들만 살롱으로 들어오는 것을 보면서, 자신이 샤르동으로 불리는 것에 이루 말할 수 없는 수치심을 느꼈다. 며칠 동안 가는 곳 어디에서나 그 고통은 반복되었다. 게다가 코랄리의 마차와 하인들 덕분에 남부럽지 않은 모습으로 사교계에 갔다가, 그다음 날 자기 직업으로 돌아올 때면 기분이 여간 불쾌하지 않았다. 승마도 배웠다. 데스파르 부인과 마드무아젤 데 투슈, 그리고 몽코르네 백작 부인의 마차 문 옆으로 나란히 달리기 위해서였다. 그것은 그가 파리에 도착했을 때 무척이나 부러워했던 특권이다. 피노는 자기 신문의 주요 필자에게 기꺼이 오페라 초대권을 마련해 주었고, 뤼시앵은 그곳에서 숱한 저녁 시간을 허비했다. 이제 그는 당대 멋쟁이 신사들의 특수 집단에 속하게 되었다. 그런데 시인은 라스티냐크와 그 사교계 친구들을 위해 화려한 오찬을 준비하면서 그들을 코랄리의 집으로 초대하는 실수를 저지르고 말았다. 그는 어떤 행동을 취함에 있어서 그 섬세함과 미묘함을 알기에는 너무 젊었고, 너무 시인이었고, 너무 거만했다. 마음은 착하지만 교육받지 못한 여배우가 그에게 인생을 가르칠 수 있었겠는가? 이 시골 청년은 자기에게 악의만 잔뜩 품고 있는 그 젊은이들에게 여배우와 자기 사이에 존재하는 이해관계의 결탁을 확실히 증명해 보였다. 젊은이들은 그런 관계를 은밀히 질투하면서 비방한다. 그날 저녁 그 관계에 대해 가장 잔인하게 조롱한 사람은 바로 라스티냐크였다. 사실상 라스티냐크도 그와 같은 방식으로 사교계에서 잘 버티고 있었지만,[185] 겉으로는 그런 내색을 전혀 하지 않았기에 뤼시앵과 코랄리의 관계를 흉볼 수 있었다. 뤼시앵은 휘스트 게임을 금방 배웠다. 노름은 그의 열정이 되었다. 누구와도 경쟁하고 싶지 않았던 코랄리는 뤼시앵을 비난하기는커녕, 오직 현재만 바라보며 순간의 향락을 위해 모든 것을, 심지어 미래마저도 희생하는 맹목적인 사랑으로 낭비를 조장했다. 진정한 사랑의 특징은 유년기의 특징과 아주 유

---

185) 『고리오 영감』에서 먼 친척인 보제앙 자작 부인의 도움으로 힘들게 사교계에 첫발을 디딘 라스티냐크는 은행가이자 대부호인 뉘싱겐의 부인과 연인 사이가 된 덕분에, 루이필리프의 7월왕정기에는 공공사업부 장관, 내무부 장관, 귀족원 의원을 맡는 등 사회 지도층 인사가 된다.

사하다. 몰지각하고, 경솔하고, 낭비가 심하며, 웃음과 눈물이 공존한다.

당시에는 부자건 가난뱅이건 아무 일도 하지 않는 도락가라 불리는 젊은이들이 많았다. 그들은 사실 믿을 수 없을 만큼 무사태평하게 살았고, 뻔뻔한 미식가였으며, 더 뻔뻔한 술꾼이었다. 다들 낭비가 심했고, 광적으로 보이는 격렬한 삶을 살면서 거칠게 야유를 퍼붓곤 했다. 그 어떤 불가능 앞에서도 후퇴할 줄 몰랐고, 악행을 자랑스러워했다. 그래도 그 악행에 어느 정도 한계를 두기는 했다. 독특한 재치가 일탈을 가려주었기에, 사람들은 그들의 행동을 용인하지 않을 수 없었다. 사실 왕정복고가 당시 젊은이들에게 강요한 무지몽매의 상태를 그보다 더 잘 보여주는 예는 없다. 가지고 있는 힘을 어디에 쓸지 몰랐던 젊은이들은 그 힘을 언론이나 음모, 문학이나 예술에 쏟았을 뿐 아니라, 온갖 기이한 방종과 무절제한 생활에 소모하고 있었다. 그만큼 프랑스의 젊은이들에게는 활기와 능력이 넘쳤다. 아름다운 젊은이 중 부지런한 이들은 권력과 쾌락을 원했고, 예술가들은 보물을 원했으며, 무위도식하는 자들은 그들의 열정이 자극되기를 바랐다. 요컨대 그들은 하나의 지위를 원했지만, 정치는 그들에게 아무 자리도 내주지 않았다. 대부분 도락가는 능력이 출중한 자들이었다. 그중 누군가는 무기력한 삶 속에서 제 능력을 잃었고, 또 누군가는 그런 삶에 저항했다. 도락가들 가운데 가장 유명하고 가장 재치 있었던 라스티냐크는 마르세의 인도 하에 마침내 진지한 경력을 쌓게 되었고, 거기서 두각을 나타냈다. 젊은이들이 열을 올

렸던 농담은 몇몇 통속극의 소재로 사용될 만큼 유명해지기
도 했다. 블롱데를 통해 이 낭비가들의 모임에 끼게 된 뤼시앵
은 비지우와 더불어 이름을 날렸다. 비지우는 당시 가장 고약
한 재치를 발휘해 지칠 줄 모르고 빈정대는 익살꾼 중 한 명
이었다. 겨울 내내 뤼시앵의 삶은 간단한 신문 기사를 쓰느라
중단되기도 했지만, 도취의 연속이었다. 시리즈로 가벼운 기사
를 썼고, 가끔은 많이 생각하면서 훌륭한 비평문을 쓰기 위
해 엄청난 노력을 기울이기도 했다. 그러나 연구는 극히 드물
어졌고, 꼭 필요한 경우에만 어쩔 수 없이 했다. 오찬, 만찬, 쾌
락의 파티, 사교계의 야회, 도박에 시간을 다 썼고, 그나마 남
은 시간은 코랄리가 차지했다. 뤼시앵은 내일을 생각하지 않
기로 했다. 그의 친구를 자처하는 이들도 모두 그렇게 처신하
며 살아가고 있지 않나. 미래를 걱정하지 않고, 비싸게 쳐주는
출판사 도서 홍보문이나 위험한 투기를 권장하는 기사를 써
주고 특별수당을 받아 그날그날 먹고살았다. 일단 대등한 입
장에서 언론계와 문학계에 받아들여지고 난 후 그들보다 더
높이 올라가려면 엄청난 난관을 극복해야 한다는 사실을 뤼
시앵은 깨달았다. 모두가 그를 동등하게 대하는 데에는 동의
했지만, 아무도 그의 우월함을 인정하려 들지는 않았던 것이
다. 그래서 그는 정치적 출세가 더 쉽다고 생각하면서, 부지불
식간에 서서히 문학적 영광을 포기하기에 이르렀다.

"모략은 재능보다 사람들의 적대감을 덜 불러일으킵니다.
암암리에 이루어지는 모략에는 아무도 주의를 기울이지 않
으니까요." 어느 날 샤틀레가 뤼시앵에게 말했다. 그들은 서로

화해했던 것이다. "뿐만 아니라, 모략은 재능보다 한참 우위에 있습니다. 아무것도 아닌 걸 가지고도 무엇인가를 만들어 내잖아요. 뛰어난 재능은 사람들을 불행하게 만들 뿐입니다."

계속되는 통음 난무 속에서 다음 날은 전날 밤의 뒤를 따라가는 생활, 하지만 약속된 일은 또 없는 생활을 이어가면서 뤼시앵은 한 가지 생각에 사로잡혀 있었다. 사교계를 열심히 드나들면서 바르주통 부인과 데스파르 후작 부인과 몽코르네 백작 부인의 마음에 들려고 부단히 노력했으며, 마드무아젤 데 투슈의 야회에는 한 번도 빠지지 않았다. 작가들이나 출판업자들이 주최하는 만찬에 갔다가 사교계에 갔고, 그곳을 나와서는 쾌락적인 파티에 참석했다. 살롱에서 나오면 도박에서 번 돈으로 야회 모임에 갔다. 파리에서의 대화와 도박은 무절제한 삶에서 그나마 남은 약간의 생각과 힘을 다 앗아갔다. 벼락출세자는 항상 주위를 살피고 매 순간 세련된 재간을 발휘해야 하는데, 그에 필요한 통찰력과 냉철한 뇌가 그에게는 이제 없었다. 그는 바르주통 부인이 그에게 되돌아온 순간도, 상처받아 돌아선 순간도, 그를 용서한 순간도, 그리고 다시 저주한 순간도 포착하지 못했다. 연적에게 아직 기회가 남아 있음을 안 샤틀레는 뤼시앵이 방탕한 생활을 지속하면서 에너지를 몽땅 써버리도록 그의 친구가 되었다. 동향인을 질투한 라스티냐크는 뤼시앵보다 남작이 더 확실하고 유용한 친구가 되리라 판단하고 샤틀레와 한편이 되었다. 그리하여 앙굴렘의 페트라르카와 라우라가 재회하고 며칠 후, 라스티냐크는 로셰 드 캉칼의 호화로운 야식 자리에서 시인과 제정 시대 미남 노

신사를 화해시켰다. 날마다 새벽에 귀가해 한낮에나 일어나는 뤼시앵은 언제나 집에서 기다리고 있는 코랄리의 사랑에 저항할 수 없었다. 자신이 처한 상황을 명확히 파악하는 순간이면 굳게 결심하지만, 그 결심을 무용지물로 만드는 게으름 때문에 의지는 점점 박약해져 힘을 발휘하지 못했고, 곧이어 빈곤의 강력한 압박에도 무감각해져 갔다. 뤼시앵이 즐기는 것을 보며 코랄리는 행복을 느꼈다. 그가 낭비를 계속하는 한 애정이 지속될 테고, 그녀가 제공하는 생활의 안락함이 둘의 관계를 유지해 줄 것으로 믿었기에, 그의 낭비를 부추기기도 했다. 그러나 그렇게 부드럽고 다정했던 코랄리조차 용기를 내어 연인에게 일을 소홀히 하지는 말라고 충고했고, 여러 차례에 걸쳐 이번 달에는 그가 번 돈이 별로 없다고 말하지 않을 수 없었다. 두 연인의 빚은 놀라운 속도로 늘어갔다. '데이지'의 원고료 중 남은 1500프랑과 뤼시앵이 처음 번 500프랑은 순식간에 사라졌다. 석 달 동안 시인이 기사를 써서 번 돈은 1000프랑도 되지 않았다. 그런데도 그는 자기가 일을 엄청나게 많이 한다고 믿었다. 뤼시앵은 벌써 빚에 대한 도락가들의 괴상한 전례를 따르고 있었다. 스물다섯 살 젊은이에게 빚은 꽤나 근사하지만, 나중에는 아무도 그들이 빚지는 것을 용납하지 않는다. 진정으로 시적인 영혼을 가졌지만 의지는 약한 사람은 감각을 이미지로 표현하기 위해 느낌에만 치중한 나머지, 본질적으로 관찰에 반드시 수반되어야 하는 도덕성을 제대로 갖추지 못한다는 사실에 주목할 필요가 있다. 시인은 다른 사람들이 느끼는 감정의 메커니즘을 연구하는 것보다 자기가 마음속으로

느끼는 여러 인상을 그대로 받아들이기를 더 좋아한다. 뤼시
앵은 도락가들 중 누군가 사라져도 왜 그런지 알려 하지 않았
고, 친구를 자처하는 이들의 미래를 생각해 보지도 않았다. 어
떤 친구들에게는 유산이 있었고, 어떤 친구들에게는 확실한
희망이 있었으며, 또 어떤 친구들은 인정받는 재능을 가졌고,
또 다른 친구들은 자기 운명에 대한 집요한 신념과 더불어 법
망을 피해 갈 방법까지도 미리 계산하고 있었다. 그러나 뤼시
앵은 블롱데의 심오한 공리에 기대어 자신의 미래를 굳게 믿
었다. "모든 것은 결국 해결된다. 아무것도 가지지 못한 자에게
는 아무 일도 생기지 않는다. 우리가 잃어버릴 것이라고는 손
에 넣으려 애쓰는 행운뿐이다! 흐름을 따라가다 보면 결국은
어딘가에 이르게 된다. 재능 있는 사람이 사교계에 발을 들여
놓으면, 원하기만 하면 언제든 출세할 수 있다!"

쾌락으로 충만했던 그 겨울은 테오도르 가야르와 엑토르
메를랭에게 《르레베이》 창간을 위한 자본 마련에 필요한 시간
이었다. 창간호는 1822년 3월에야 나왔다.[186] 그 일은 발노블
부인의 집에서 이루어졌다. 자신의 호화로운 아파트를 보여주
면서 "바로 이곳이 천일야화의 '콩트'랍니다."[187] 하는 재치 있
고 우아한 이 화류계 여인은 은행가와 대귀족과 왕당파 작가들

---

186) 왕당파의 소신문인 《르레베이, 과학과 문학과 풍속과 연극과 예술에 관
한 신문》은 실제로 1822년 8월 1일에 창간호가 나왔으며, 1823년 3월 30일
까지 발행되었다.[편]
187) 프랑스어로 계좌(compte)와 이야기(conte)의 발음은 둘 다 '콩트'다. 즉
잡지 창간(이야기)을 위한 자금(계좌) 마련을 돕겠다는 의미의 언어유희다.

에게 적잖이 영향력을 발휘했고, 따라서 뭔가 담판 지을 일이
있을 때면 그들은 습관적으로 그녀 집에 모였다. 그런 일은 그
곳에서만 논의될 수 있었다.《르레베이》의 편집장 자리를 약속
받은 엑토르 메를랭은 그사이에 단짝이 된 뤼시앵에게 오른팔
을 맡기려 했다. 한데 뤼시앵에게는 또 다른 친정부 잡지의 문
예란도 얘기가 되어 있었다. 이러한 변절은 향락적인 생활 가운
데서 암암리에 이루어졌다. 어린애처럼 단순한 뤼시앵은 자신
의 전향을 숨기면서 스스로 거물 정치인이라도 된 기분이었다.
그러고는 친정부 파가 인심을 후하게 써서, 자기 빚도 갚고 코
랄리의 내밀한 걱정도 해결해 주기를 기대했다. 여배우는 언제
나 미소 지으며 궁핍을 감췄지만, 한결 직설적인 베레니스는 뤼
시앵에게 상황을 알렸다. 시인들이 흔히 그러듯이, 앞날이 창창
한 이 위인은 그 순간에는 파산을 걱정하며 열심히 일하겠노라
약속하지만 금세 잊어버렸고, 방탕 속에 순간의 근심을 묻어두
었다. 연인의 이마에 그늘이 드리워진 것을 발견한 날이면 코랄
리는 베레니스를 꾸짖었고, 시인에게는 모든 것이 다 잘 해결되
었다고 말하곤 했다. 한편, 데스파르 부인과 바르주통 부인은
샤틀레를 통해 장관에게 청탁을 넣었으며, 개명 허가 칙령을 받
기 위해 뤼시앵의 전향을 기다리고 있다고 말했다. 이에 뤼시
앵은 시집 '데이지'를 데스파르 부인에게 바치겠다고 약속했다.
부인은 작가가 일종의 권력자가 되고부터는 매우 드물어진 그
러한 특별 대접을 받는 것이 기쁜 듯 보였다. 그날 저녁 뤼시앵
은 도리아를 찾아가 시집 출판 일정을 물어보았다. 출판업자는
출판이 지연되고 있는 이유를 줄줄이 늘어놓았다. 지금 이런저

런 일에 시간을 온통 빼앗기고 있다는 것이었다. 카날리스의 신작이 출판될 예정인데 그것과 충돌해서는 안 되며, 라마르틴의 두 번째 『명상시집』이 인쇄 중인데 중요한 시집 둘이 동시에 나와서도 안 된다는 것이었다. 그리고 무엇보다 저자는 출판사의 노련함을 신뢰해야 한다고 했다. 형편이 너무나 어려웠던 뤼시앵은 피노에게 기사 몇 편에 대한 고료를 선불로 받았다. 그날 저녁 야식 시간에 시인이자 신문기자인 뤼시앵이 도락가 친구들에게 자신의 상황을 털어놓자 그들은 농담으로 응수하며, 그의 불안을 차가운 샴페인 속에 푹 담가버렸다. 빚이라! 빚 없는 실력자는 없다! 빚은 충족된 욕구요, 필요악이다. 인간은 필요라는 강력한 힘에 떠밀려야만 성공할 수 있다 운운.

"전당포는 위인들에게 감사하라!" 블롱데가 외쳤다.

"모든 것을 원하는 것은 모든 것을 빚지는 것이다." 비지우가 말했다.

"아니야, 모든 것을 빚진다는 것은 이미 모든 것을 가졌다는 거지!" 뤼포가 대답했다.

도락가들은 어린아이 같은 이 청년에게 빚이란 성공의 마차를 끄는 말에게 가하는 황금 박차임을 증명해 보였다. 그러고는 늘 그러듯이, 4000만 프랑의 빚을 졌던 카이사르, 아버지에게 매달 1두카트를 받았던 프리드리히 2세,[188] 그 외에도

---

188) 프로이센 왕 프리드리히 2세(Friedrich II, 1712~1786)는 청소년기에 부친인 프리드리히 1세와 성격차로 인한 갈등이 심했다. 군인의 엄격함과 검소함을 강요한 부친과 달리, 프랑스인 가정교사에게 교육받은 프리드리히 2세는 문학을 사랑하고 음악 연주에 심취했다. 국왕으로 즉위한 후에는 '군

전능한 용기와 비범한 발상이 아니라 악행을 통해 위대한 인물로 비쳐지게 된 온갖 유명한 타락자들의 사례를 들먹였다. 마침내 코랄리의 마차와 말들과 가구들이 몇몇 채권자들에 의해 압류되었다. 부채 총액은 4000프랑이었다. 루스토에게 빌려주었던 1000프랑 어음을 돌려받고자 달려가 보니, 루스토는 코랄리와 같은 처지에 놓인 플로린의 집으로 날아든 공문서들을 보여주었다. 그래도 뤼시앵에게 고마운 마음을 잊지 않고 있던 루스토는 '샤를 9세의 궁수' 원고를 팔기 위해 출판사와 교섭해 보겠다고 했다.

"플로린은 어쩌다 그 지경까지 된 거야?" 뤼시앵이 물었다.

"마티파가 겁을 먹었어." 루스토가 대답했다. "우리는 그를 잃었어. 하지만 플로린이 마음만 먹으면 그는 우리를 배반한 값을 톡톡히 치르게 될 거야! 그 이야기는 나중에 해줄게."

루스토를 찾아갔다 빈손으로 돌아온 날로부터 사흘 후, 두 연인은 아름다운 침실 벽난로 구석에서 쓸쓸하게 점심을 먹고 있었다. 요리사도 마부도 하인들도 모두 떠났기에, 베레니스가 벽난로 불로 달걀 요리를 만들어 주었다. 압류된 가구는 사용할 수 없었다. 살림 중에 금은 제품이나 값진 물건은 하나도 남아 있지 않았다. 많은 교훈이 담긴 8절지의 작은 책자가 된 전당포 증서들이 모든 것을 말해 주었다. 베레니스는 식

주는 국가의 첫 번째 종복'이라고 선언해, 독일 최초의 계몽군주로 일컬어진다. 두카트는 13세기부터 주조된 베네치아 금화로, 유럽 각국이 독자적 금화를 발행하기 전까지 기축통화 역할을 했다. 18세기부터 영향력이 점차 쇠퇴했다. 19세기에 1두카트의 가치는 10프랑 정도였다.

기 두 벌을 지켰다. 그나마 소신문은 뤼시앵과 코랄리가 양복점, 양장점과 계속 거래하는 데 큰 도움이 되었다. 상인들은 공개적으로 상점들을 비방할 수 있는 신문기자를 화나게 할까 봐 불안했던 것이다. 식사 도중 루스토가 달려와 외쳤다. "야호! '샤를 9세의 궁수' 만세! 출판사에서 받은 기증본들은 100프랑에 세탁했어. 반씩 나눌까?"

루스토는 코랄리에게 50프랑을 주면서 베레니스를 보내 영양가 많은 음식을 사 오도록 하라고 했다.

"어제 엑토르 메를랭과 내가 어떤 출판업자들과 저녁을 먹었어. 우리는 네 책을 팔아보기로 계획을 세우고 그들에게 넌지시 눈치를 줬네. 그는 도리아와 거래하고 있는데, 인색한 도리아는 2000부에 대해 4000프랑 이상 주지 않으려 한다, 그런데 그는 6000프랑을 원한다, 이렇게 말했지. 우리가 너를 월터 스콧보다 두 배는 더 위대한 작가로 만들었어. 그의 배 속에는 타의 추종을 불허하는 소설들이 가득하다, 그는 책 한 권을 파는 게 아니다, 이건 말하자면 사업이다, 그는 그럭저럭 참신한 소설 한 편의 저자가 아니라, 총서를 쓸 위인이다! 이 총서라는 말이 제대로 먹혀들었어. 그러니까 네 역할을 잊지 말라고. 너는 '라그랑드 마드무아젤 혹은 루이 14세 치하의 프랑스' '코티용 1세 혹은 루이 15세의 소년기' '여왕과 추기경 혹은 프롱드 난 당시 파리 풍경' '콘치니의 아들 혹은 리슐리외의 음모' 등을 집필 중인 거야![189] 이 작품들은 표지에 예

---

189) 뤼시앵이 '샤를 9세의 궁수'라는 역사소설을 썼으므로, 차기작 또한 실

고될 걸세. 이런 전략을 '흥행을 위한 헹가래질'이라고 하지. 책들이 유명해질 때까지 그 작가의 책 표지에 계속 노출하는 거야. 그러다 보면 이미 나온 책보다 아직 쓰지도 않은 책으로 더 유명해지기도 한다네. 인쇄 중이라는 말은 문학적 담보거든! 자, 이제 좀 웃어볼까? 이거야말로 샴페인을 터뜨릴 만한 일이지. 알겠나, 뤼시앵, 우리의 출판업자들 눈이 받침 접시만큼 커다래졌지. 그런데 너희 집 받침접시들은 다 어디 갔어?"

"압류됐어요." 코랄리가 말했다.

존인물들을 소재로 한 역사물 시리즈로 보이기 위해 허구의 제목들을 제시하고 있다. 라그랑드 마드무아젤은 루이 13세의 조카인 안 마리 루이즈 도를레앙(Anne Marie Louise d'Orléans, 1627~1693)을 부르는 호칭으로, 높은 신분으로 평생 독신이었음을 나타낸다. 그녀는 몽팡시에 여공작인 왕족이었음에도, 프롱드의 난 당시 반왕당파 편을 들어 루이 14세와 사이가 틀어지기도 했다. 코티용 1세는 마리 안 드 마이 네슬(Marie Anne de Mailly-Nesle)을 가리킨다. 네슬 가문의 다섯 자매 중 넷이 루이 15세의 정부였는데, 막내인 마리는 1742년부터 1744년 사망할 때까지 왕의 총애를 받았다. '치마'라는 뜻의 '코티용'이라는 별명은 행실이 가벼운 궁정여인을 가리키는 멸칭이다. 프롱드 난(La Fronde, 1648~1653)은 루이 14세가 다섯 살의 나이에 즉위한 후 섭정인 모후 앙 도트리슈와 재상 마자랭을 중심으로 하는 궁정파에 대항하여 일어난 귀족들의 반란이다. 콘치노 콘치니(Concino Concini, 1569~1617)는 피렌체 출신으로 루이 13세의 모후 마리 드 메디치의 총신이었던 앙크르 원수를 가리키며, 그의 아내는 마리 드 메디치의 젖형제였다가 시녀가 된 레오노라 갈리가이(Léonora Galigaï, 1568~1617)다. 아홉 살에 즉위한 루이 13세를 대신해 모후인 마리 드 메디치가 섭정하자, 앙크르 원수 부부는 모후를 등에 업고 막강한 정치적 영향력을 행사한다. 그로 인해 루이 13세와 궁정 대신들은 앙크르 원수에게 적대적이었으며, 결국 국왕의 명령으로 암살된다.

"그렇군. 하여간," 루스토가 말을 이었다. "네 원고를 하나만 보면 업자들은 다른 원고들도 다 신뢰할 거야. 출판사는 원고를 보여주면 읽어보겠노라 장담하지. 출판업자들이 거들먹거리게 놔두자고. 그들은 절대로 원고를 읽지 않아. 일일이 원고를 검토하면서 어떻게 그렇게나 많은 책을 내겠나! 엑토르와 나는 아마 네가 2쇄 3000부까지 5000프랑이면 계약할 거라고 암시를 해뒀어. '궁수'의 원고를 주게. 모레 출판업자들과 점심을 먹기로 했으니, 잘해 보자고!"

"그게 누군데?" 뤼시앵에 물었다.

"팡당과 카발리에라는 두 동업자인데, 일처리는 아주 정확한 좋은 친구들이야. 한 친구는 비달과 포르숑 출판사의 1등 점원 출신이고, 다른 친구는 오귀스탱 강변로에서 가장 유능한 외판원인데, 둘 다 1년 전부터 새로운 사업을 시작했어. 영국 소설 몇 권을 번역 출판했다 어지간히 손해를 봐서 이제는 국내 소설을 발굴해 출판하려 한대. 들리는 말로는, 그 책 장수 둘이 오로지 남의 자본만 가지고 사업을 한다더군. 하지만 이건 내 생각인데, 누구 돈인지가 무슨 상관인가. 너는 주는 돈을 받기만 하면 그만이지."

이틀 후, 두 신문기자는 세르팡트가에 점심 초대를 받았다. 그 동네는 전에 뤼시앵이 살았던 곳이고, 루스토는 여전히 라아르프가에 방을 얻어 가지고 있었다. 친구를 데리러 간 뤼시앵은 그 방이 자기가 문학계로 들어서던 날 저녁과 하나도 달라진 것 없이 그대로인 것을 목격했다. 그러나 뤼시앵은 놀라지 않았다. 그동안의 교육이 변화무쌍하고 불안정한 언론인의 삶을 익히 알게 해주었던 것이다. 이제 그에게는 만사가 다 이해할 만한 일이었다. 지방의 위인은 몇 개의 기사를 써서 원고료를 받았는데, 노름으로 그 돈을 다 날리고는 기사를 쓸 의욕마저 잃어버렸다. 전에 라아르프가에서 팔레루아얄로 내려가면서 루스토가 가르쳐주었던 교묘한 방식으로 몇 단의 기사를 쓰기도 했다. 바르베와 브롤라르에게 의존하게 된 그는 책들과 극장표를 뒷거래해 부수입을 챙겼다. 마침내 그는 그어떤 찬사도 공격도 마다하지 않게 되었다. 또 이제는 자유주의자들을 등지기 전까지 루스토를 최대한 이용하는 것에 모종의 쾌감마저 느꼈다. 그들에 대해 많이 연구했던 만큼 더잘 공격할 작정이었다. 한편, 루스토는 프랑스의 스콧을 찾고있는 두 출판업자에게 미래의 월터 스콧을 알선한 중개료 명목으로 뤼시앵 몰래 팡당과 카발리에 출판사로부터 500프랑을 챙겼다.

당시에 우후죽순처럼 생겨났던 대다수 출판사들과 마찬가지로, '팡당과 카발리에' 또한 자본금 한 푼 없이 설립된 출판사였다. 도박이나 다름없는 도서 발행을 일고여덟 번 할 때까지 지업사나 인쇄소가 외상 거래를 해주는 한, 앞으로도 그런 출판사는 계속해서 생겨날 것이다. 그 시절에도 오늘날처럼 출판사는 지급기일이 6개월, 9개월 12개월인 어음으로 원고를 사들였는데, 이는 책을 거래하는 서적상들이 그보다 훨씬 더 만기가긴 어음으로 대금을 결제하는 관행과 맞물려 있었다. 출판업자들 역시 같은 방식으로 지업사와 인쇄소에 대금을 치렀으므로, 결과적으로 1년 동안은 12권에서 20권을 내는 출판사를 공짜로 소유할 수 있었고, 그중 두세 권만 성공해도 안 팔린 책으로 입은 손실을 만회했다. 실패한 책을 성공한 책에 끼워팔기 하면서 버티기도 했다. 판매가 저조하거나, 진정한 독자들이 읽고 좋은 평가를 받은 후에나 팔릴 훌륭한 책을 만나는 불운에 처하거나, 어음할인 비용을 너무 많이 썼거나, 그들 자신이 파산할 경우, 그런 결말에 대비해 미리 준비해 둔 대차대조표를 조용히 제출하고 아무 걱정 없이 파산 신고를 하면 그만이었다. 이렇듯 모든 상황이 그들에게 유리했다. 그들은 자기 자본이 아니라 타인의 자본으로 도박판을 벌였다. 팡당과 카발리에의 상황이 바로 그랬다. 카발리에는 수완을 발휘했고, 거기에 팡당의 술책이 더해졌다. 자본금은 그들의 정부(情婦)들이 힘겹게 모은 돈이었으니 공동출자나 다름없었다. 그중 꽤 많은 액수가 각자의 봉급으로 책정되었고, 작가들이나 기자들을 초대하는 만찬에, 혹은 그들 말에 따르면 주로 사업이 성사되는 극장 관람에 지극히 '양심적으로' 사용되었다. 반은 사기꾼인 그들은 둘 다 노련한 자로 통했는데, 팡당이 카발리에보다 더 교활했다. 카발리에는 이름에 걸맞게 여기저기 출장을 다녔고,[190] 팡당은 파리에서 사업을 경영했다. 두 서적상이 항시 서로 경쟁하듯이, 이들의 협업 또한 대결이었다. 두 동업자는 세르팡트가의 낡은 저택 1층을 쓰고 있었는데, 출판사 사무실은 점포로 개조한 넓은 거실 한쪽 끝에 있었다. 그들은 이미 『북쪽 지방의 탑』 『바라나시의 상인』 『무덤가의 샘』 『테켈리』, 그리고 프랑스에서는

---

190) 카발리에는 기사(騎士)라는 뜻이다.

인기를 얻지 못한 영국 작가 골트의[191] 소설들 등을 다수 출판했다. 월터 스콧의 성공이 출판계에 영국 소설에 대한 관심을 불러일으켰기에, 출판업자들은 진정한 노르망디인으로서 영국 정복에 전념했다.[192] 그들은 영국에서 스콧풍 소설들을 뒤졌다. 그것은 마치 자갈밭에서 훗날의 아스팔트를 찾고, 늪지에서 역청을 찾고, 아직 계획 중인 철도에 투자해 이득을 보려는 것과 같았다. 파리에서 사업하는 사람들의 어리석은 행동 중 하나는 유사품으로 한몫 잡으려는 것이다. 실제로는 그 반대가 성공하기 마련이다. 특히 파리에서는 성공이 성공을 죽인다. 그런데 팡당과 카발리에는 '슈트렐리츠 공국 혹은 100년 전 러시아'라는 소설의 제목 밑에다가도 호기롭게 월터 스콧 계열이라는 문구를 커다랗게 써 넣었다. 팡당과 카발리에는 성공에 목말라 있었다. 좋은 책 하나면 산더미처럼 쌓인 재고를 팔아 치우는 데 도움이 될 터였다. 그래서 신문에 신간 관련 기사를 낼 수 있다는 전망에 마음이 끌렸다. 당시 책 판매에 가장 중요한 조건은 신문 기사였다. 어떤 책이 그 고유의 가치를 인정받아 팔리는 경우는 아주 드물고, 출판은 거의 언제나 그 책의 장점과는 무관한 여러 이

---

191) 존 골트(John Galt, 1779~1839)는 스코틀랜드 태생의 사업가, 정치인, 사회평론가다. 식민지 캐나다의 토지 개발 회사 보좌관으로 파견되었다 귀국한 뒤, 스코틀랜드를 배경으로 한 다수의 세태풍자 소설을 썼다.
192) 근대 기준으로는 프랑스인인 노르망디 공작 윌리엄 1세(William I, 1028~1087)가 1066년 잉글랜드를 정복, 최초의 잉글랜드 왕가를 세운 사실을 환기하고 있다.

유로 이루어졌기 때문이다. 팡당과 카발리에는 뤼시앵을 신문기자로, 그의 책을 하나의 상품으로 보았고, 물건이 초반에만 잘나가도 월말 결산은 수월해질 걸로 예상했다. 신문기자들은 두 동업자를 그들의 사무실에서 만났다. 계약서는 작성되어 있었고, 어음에는 서명이 되어 있었다. 그 신속함에 뤼시앵은 감탄을 금치 못했다. 팡당은 키가 작고 말랐으며 인상이 험악했다. 칼미크인의 체구,[193] 좁고 판판한 이마, 움푹 들어간 코, 앙다문 입, 민첩하게 굴러가는 작고 검은 눈, 불안해 보이는 얼굴 윤곽, 눈에 거슬리는 안색, 깨진 종소리 같은 음성, 한마디로 완벽히 사기꾼 같은 외모였다. 하지만 그는 이런 단점들을 달콤한 화술로 보완하고 대화를 통해 목적을 달성했다. 카발리에는 통통한 몸집으로 출판업자라기보다 역마차의 마부처럼 보였다. 다갈색에 가까운 금발에 상기된 얼굴, 두툼한 목, 그리고 외판원다운 능숙한 말솜씨를 가지고 있었다.

"우리로서는 따지고 말고 할 것도 없습니다." 팡당이 뤼시앵과 루스토에게 말했다. "선생님의 소설을 읽었습니다. 매우 문학적이고, 우리의 취지에 맞는 작품이라 벌써 인쇄소에 원고를 넘겼습니다. 계약서는 관례에 따라 작성했습니다. 무엇보다 우리는 우리가 정한 조건을 수정할 생각이 없습니다. 어음 만기는 6개월, 9개월, 12개월이고, 원하신다면 어음할인도 문제

---

193) 칼미크인은 러시아 남서부 칼미키야 공화국의 원주민으로, 티베트 불교를 믿는 몽골계 부족이다.

없을 겁니다. 할인 수수료는 나중에 우리가 상환해 드리겠습니다. 작품 제목에 대한 권리는 우리가 갖겠습니다. 다른 제목을 붙일 생각입니다. '샤를 9세의 궁수'라는 제목은 마음에 들지 않아요. 독자의 호기심을 충분히 자극하지 않거든요. 샤를이라는 이름의 왕은 여럿이고, 또 중세에는 궁수도 많이 있지 않았습니까! 아! '나폴레옹의 병사'면 몰라도 '샤를 9세의 궁수'라? 지방에서 책 한 권을 팔 때마다 카발리에는 프랑스 역사를 강의해야 할 판이에요."

"우리가 상대하는 고객이 어떤 사람들인지 아신다면!" 카발리에가 큰 소리로 말했다.

"'성바르톨로메오'가 나을 것 같네요." 팡당이 말했다.

"'카트린 드 메디치, 혹은 샤를 9세 치하의 프랑스'가 월터 스콧의 소설 제목과 더 비슷할 것 같군요." 카발리에가 말했다.

"아무튼 제목은 책이 인쇄된 다음에 정하겠습니다." 팡당이 다시 말했다.

"좋으실 대로 하십시오." 뤼시앵이 말했다. "제 마음에 드는 제목이기를 바랍니다."

계약서를 읽었고, 서명했고, 양측이 계약서를 교환했다. 뤼시앵은 더할 나위 없이 만족하여 어음을 주머니에 넣었다. 네 사람은 모두 팡당의 방으로 올라가 굴, 비프스테이크, 샴페인을 넣어 요리한 콩팥, 브리 치즈 등으로 구성된 지극히 평범한 식사를 했다. 그러나 포도주 외판원과 친분 있는 카발리에 덕분에 포도주는 최고급으로 곁들였다. 식탁에 앉자, 소설의 인쇄를 맡은 인쇄업자가 나타나 교정 중인 책의 첫 두 페이지를 가져오는 것을 보고 뤼시앵은 깜짝 놀랐다.

"우리는 일을 빨리 진행하고 싶습니다." 팡당이 뤼시앵에게 말했다. "작가님의 소설에 기대가 큽니다. 반드시 성공해야 하거든요."

정오경에 시작한 점심 식사는 5시가 되어서야 끝났다.

"어디 가서 이 어음을 현금으로 바꾸지?" 뤼시앵이 루스토에게 물었다.

"바르베에게 가보자."

술에 취해 다소 흥분한 두 친구는 오귀스탱 강변로 쪽으로 내려갔다.

"코랄리는 플로린이 그 지경으로 돈을 날린 것에 정말 충격을 받았어. 그녀가 어제서야 코랄리에게 말했다던데, 그런 불행이 닥친 것은 자네 탓이라고. 자네와 헤어질 생각을 할 만큼 화가 많이 난 것 같대." 뤼시앵이 루스토에게 말했다.

"맞아." 루스토는 신중함을 유지하지 못하고 뤼시앵에게 속내를 터놓았다. "있잖아 친구, 너는 내 친구니까 그렇게 부를게. 뤼시앵, 너는 내게 1000프랑을 빌려주고도 갚으라는 말을 한 번밖에 하지 않았어. 도박을 조심해. 도박만 하지 않았다면 나도 행복했을 거야. 난 여기저기 빚투성이야. 지금 집행관에게 쫓기고 있어. 팔레루아얄까지 가는 데도 곶을 피해 돌아가야 할 처지야."

파리의 도락자들이 쓰는 은어 중에 '곶을 돌아가다'는 채권자 앞을 지나가지 않기 위해, 또는 채권자와 마주칠 만한 장소를 피하고자 길을 우회한다는 뜻이다. 뤼시앵도 아무 길이나 신경 쓰지 않고 다닐 수 있는 처지가 아니었기에, 그 표현은 몰랐을지라도 그런 술책은 알고 있었다.

"빚이 많아?"

"소소해!" 루스토가 말했다. "1000에퀴만 있으면 싹 해결될 텐데. 나는 건실하게 살고 싶었어. 도박도 끊고. 그래서 채무를 청산하려고 공갈 사업을 살짝 했지."

"공갈 사업이라니?" 그것은 뤼시앵에게 생소한 말이었다.

"공갈 사업은 영국 언론이 발명한 것인데, 최근 프랑스에도 도입되었어. 공갈 선수는 보통 신문을 좌지우지할 수 있는 지위에 있어. 하지만 신문사 사장이나 편집장이 작업에 직접 관여하는 건 아니야. 그럴 필요가 없지. 지루도나 필리프 브리도 같은 자를 고용하고 있으니까. 말하자면 자객인데, 그들은 어떤 특별한 목적을 갖고서, 세간의 이목을 끌고 싶지 않은 인물을 찾아가는 거야. 대다수 사람은 양심에 비추어 어느 정도는 가벼운 죄를 짓고 있거든. 파리에는 합법이긴 해도 종종 범죄적인 술책을 통해 축적된 수상쩍은 재산이 많이 있고, 그것들은 재미있는 일화를 제공하지. 가령, 영국 은행권 위조의 내막을 모르는 경찰청장의 첩보원들이 경찰부 장관 푸셰의 비호를 받는 비밀 인쇄업자들을 잡으러 가려다, 오히려 장관의 헌병대에게 포위당한 이야기라든가[194] 갈라티온 공작의 다이아

---

194) 나폴레옹 전쟁 중이던 19세기 초, 프랑스는 영국의 국력을 약화시킬 목적으로 파운드화를 위조해 시장을 교란하는 공작을 벌인 바 있다. 당시 경찰부 장관 푸셰와 그의 후임자 안 장 마리 르네 사바리(Anne Jean Marie René Savary, 1774~1833)가 그 작전을 관리했다. 조제프 푸셰(Joseph

몬드 이야기, 모브뢰이 사건, 퐁브르통의 상속[195] 등이 있지. 공갈 선수는 중요한 서류나 문서를 손에 넣은 후, 벼락부자가 된 사람에게 만남을 요구하는 거야. 어떤 일에 연루된 인물에게 신문을 보여주면서, 일정 금액을 주지 않으면 명예를 실추시킬 비밀을 언제든지 폭로할 수 있다고 말하지. 그러면 그 재력가는 겁을 먹고 돈을 내놓는다네. 공갈이 통한 거지. 또 누군가 어떤 위험한 작업을 맡게 되었는데 그와 관련해 일련의 기사가 쏟아져 나온다면, 일이 틀어질 위험이 커지겠지. 이럴 때 공갈 선수를 보내 그에게 기사들을 사라고 제안하는 거야. 장관들에게도 공갈 선수를 보낸다네. 그러면 장관들은 인신공격은 말고 정치적 행위만 공격하는 조건으로 협박범과 협약을 맺지. 혹은 자기 자신을 내주면서 자기 애인은 봐달라고 부탁하기도 하고. 너도 아는 그 잘생긴 청원심사관 뤼포는 언제나 신문기자들과 그런 종류의 협상을 해. 그자는 이렇게 맺은 인맥을 통해 권력의 중심에서 한자리를 차지하고 있지. 언론의 대리인인 동시에 장관들의 대사랄까. 그는 자존심을 사고파는 장사를 정치 영역으로까지 확장하고 있어. 입찰 경쟁도

Fouché, 1759~1820)는 프랑스 대혁명기에는 로베스피에르의 측근이었으나, 테르미도르 반동을 주도했으며, 총재정부 시절부터 나폴레옹 제정기 동안 경찰부 장관을 지냈다. 냉혹하고 태세 전환이 빠른 기회주의자로, 정보를 무기로 권력을 유지했다.
195) 갈라티온 공작과 퐁브르통 후작 이야기는 발자크가 지어낸 허구다. 모브뢰이 백작(comte de Maubreuil, 1784~1868)은 실존 인물로, 1814년 탈레랑은 그에게 베스트팔렌 왕비의 다이아몬드와 보석을 가로채는 임무를 맡겼고, 그는 그 전리품 중 일부를 착복했다.[편]

공모(公募)도 없이 받은 이권 사업이나 정부 대출에 대해 신문이 침묵하기로 하는 약조를 약조를 받아내고, 거기서 나오는 수익금 일부가 자유주의파 은행 살쾡이들 몫으로 돌아가게 해주지. 너도 이미 도리아에게 공갈을 좀 쳤잖아. 나탕에 대한 비방 기사를 막으려고 그가 네게 1000에퀴를 줬으니까. 언론이 아직 유아 단계에 있던 18세기에는 팸플릿을 통해 협박이 이루어졌고, 그걸 무력화시키려고 돈을 쓴 이들은 왕의 애첩들이나 대귀족들이었지. 공갈의 창시자는 아레티노라는 걸출한 이탈리아인인데,[196] 오늘날 신문이 배우들을 쥐락펴락하듯 그는 국왕들 위에 군림했다네."

"네게 필요한 1000에퀴를 뜯어내기 위해 마티파를 협박한 방법이 뭔데?"

"여섯 개의 신문이 플로린을 공격하도록 만들었지. 그러자 플로린이 마티파 앞에서 신경질을 냈고. 마티파는 브롤라르에게 공격의 이유를 알아봐 달라고 했네. 브롤라르도 피노한테 당한 적이 있거든. 나는 피노를 위해 공갈을 친 건데, 피노는 네가 코랄리를 위해 플로린을 꺾어버리려 한다고 약품상한테 말했어. 그런 다음 지루도가 마티파를 찾아가, 그가 보유한 피노의 잡지 지분 중 6분의 1을 1만 프랑에 판다면 만사가 다 잘될 거라고 은밀히 귀띔했어. 일이 성사되면 피노가 내게

---

196) 16세기 이탈리아의 작가 피에트로 아레티노(Pietro Aretino, 1492~1556)는 당대의 유력 정치인, 군주, 교황 들을 풍자하는 팸플릿으로 인기를 구가했으며, 키지(Chigi), 메디치 등 부유한 가문의 후원을 받았다. 말년에는 전 유럽의 명문가를 상대로 갖가지 협박과 갈취를 일삼았다.

1000에퀴를 떼 주기로 되어 있었지. 피노의 잡지가 잘 안 팔린다는 이야기를 얼마 전부터 플로린한테서 듣고 있던 약품상은 무모한 투자로 보였던 3만 프랑 중 1만 프랑이라도 건질수 있어 다행이라는 생각으로, 일을 그렇게 매듭지으려 했어. 배당금을 받기는커녕 새로운 투자자를 끌어와야 할 판이었거든. 그런데 하필 이때 파노라마 드라마티크 극장주가 파산 신고를 하기 전에 미리 얼마간의 융통어음을 양도할 필요가 생겼지. 그는 마티파에게 그 어음들을 넘기고 싶어서 피노가 잡지사 지분을 매입할 때 약품상에게 농간을 부렸다는 사실을 폭로해 버렸다네. 빈틈없는 장사꾼인 마티파는 플로린을 차버리고는, 잡지사 지분 6분의 1을 움켜쥔 채 우리에게 닥친 일을 구경만 하고 있어. 피노와 나는 절망의 아우성을 치고 있어. 우리는 자기 정부에게 애착이 없는 남자, 가슴도 영혼도 없는 파렴치한 인간을 공격했던 거야. 불행하게도 마티파의 사업은 언론의 먹잇감이 아니라서, 아무리 공격해 봐야 수익에 영향을 끼치지 못해. 모자나 패션, 극장이나 예술 사업을 비판하듯이 약품상을 비판할 수는 없는 노릇 아닌가. 코코아, 후춧가루, 물감, 염색약, 아편 따위를 비하할 수는 없잖아. 플로린은 궁지에 몰려 있어. 내일이면 파노라마 극장은 문을 닫을 것이고, 그다음에는 어떻게 될지 몰라.”

“극장이 문을 닫으면, 코랄리가 며칠 후 짐나즈 극장에서 데뷔할 테니까, 플로린에게 도움을 줄 수 있을 거야.” 뤼시앵이 말했다.

“그럴 일은 절대 없을걸.” 루스토가 말했다. “코랄리가 맹하긴 해도 자기가 나서서 경쟁자를 만들 만큼 바보는 아니야! 우리 일은 완전히 망했어! 지금 피노는 자기가 마티파에게 판 6분의 1 지분을 거둬들이려고 안달인데……."

"왜?"

"멋진 사업을 계획 중이야. 신문을 30만 프랑에 팔 기회가 있어. 그렇게 되면 피노는 그중 3분의 1을 받을 것이고, 그에 더해 동업자들이 내는 중개료까지 받을 수 있지. 중개료는 뤼 포와 나누어가질 테지만. 그래서 이번엔 지난번과 다른 공갈 사업을 피노에게 제안할 생각이야."

"그 공갈로 노리는 게…… 돈이야 목숨이야?"

"더 심하지." 루스토가 말했다. "돈이냐 명예냐의 문제니까. 이틀 전, 어떤 소신문의 소유주가 신용기금을 신청했다 거절 당하는 일이 있었어. 그러자 그 신문은 수도의 한 저명인사가 소장한 다이아몬드 박힌 회중시계가 기이한 경로를 거쳐 어 느 왕실 근위대의 손에 들어갔다는 기사를 실으면서, 『천일야 화』에 버금갈 이 사건의 후속 보도를 예고했네. 저명인사는 황급히 신문사 편집장을 초대했어. 편집장은 분명 어떤 소득 이 있었겠지. 그리고 다이아몬드 시계 일화는 우리 시대의 역 사에서 사라져버렸다네. 언론이 어느 권력자를 맹렬히 공격한 다면, 그 이면에는 틀림없이 거절당한 어음할인이나 들어주지 않은 청탁 같은 것이 있었겠구나 생각해도 좋아. 영국 부자들 이 가장 두려워하는 것은 사생활에 관한 협박이야. 그런 공갈 은 영국 신문의 은밀한 수입원이 되고 있지. 영국 언론은 우리 보다 훨씬 타락했어. 그에 비하면 우리는 풋내기들이야! 영국에서는 흥정용 협박 편지를 5000~6000프랑에 사들여 되팔기도 해."

"그래서 마티파를 잡기 위해 어떤 방법을 쓰려고?"

"그 늙다리 약품상이 플로린에게 아주 희한한 편지를 보낸 적이 있어. 맞춤법, 문체, 생각, 어느 하나 빠지지 않고 웃겼지. 마티파는 마누라를 몹시 무서워 해. 우리가 그의 이름은 언급하지 않으면서, 그가 안전하다고 믿는 집 안 한복판에 기사를 투척한다면 그에게 타격을 줄 수 있지. 이름을 밝히지 않았으니, 그는 불평할 수도 없어. 그가 쓴 편지들을 신문의 편집자들이 우연히 손에 넣게 되었다고 앞서 밝힌 다음, '어느 약품상의 사랑' 정도의 제목으로 짧은 풍속소설 1화를 게재했을 때, 그가 얼마나 펄펄 뛸지 상상이 되지 않나. 편지에서 그는 연애의 신 큐피드 운운하고, '절대'를 '절때'라고 쓰고, 플로린에 대해서는 인생이라는 사막을 건너는 데 도움을 준 여인이라고 썼지. 그렇다면 그는 플로린을 낙타로 여긴다는 말 아닌가. 요컨대 무척 재미있는 그 편지에는 보름 동안 구독자들이 웃음보를 터뜨릴 이야깃거리가 한가득이지. 아마 그는 누군가 익명 투서를 보내, 이 웃기는 일의 진상을 자기 아내에게 알릴지 모른다고 겁을 먹겠지. 그런데 플로린은 자기가 마티파를 괴롭히고 있는 것처럼 보이고 싶을까? 그녀에게는 나름대로 여러 원칙이 있어. 아직 희망이 있다고 보는 거지. 분명 그녀는 마티파가 보낸 편지를 보관하고 있을 테니, 자기 몫을 챙기려 할 거야. 교활하거든. 내 제자니까. 하지만 그녀도 집행관의 압류 절차가 그저 해프닝이 아니라는 사실을 직시하고, 또 피노

가 그녀에게 적당한 선물이나 출연 계약에 대한 희망을 준다
면, 편지를 넘겨줄 거야. 난 그 편지를 피노에게 팔아 돈을 챙
기고, 피노는 그걸 자기 삼촌에게 건네고, 지루도는 약품상을
무릎 꿇리겠지."

루스토의 속내 이야기를 듣자, 뤼시앵은 술이 확 깼다. 우
선 자기 옆에 있는 친구들이 극도로 위험한 자들이라는 생각
이 들었고, 그다음에는 이 친구들과 사이가 나빠져서는 안 되
겠다고 생각했다. 데스파르 부인과 바르주통 부인과 샤틀레가
약속을 지키지 않을 경우, 친구들의 무시무시한 영향력이 필
요할 수도 있었다. 에티엔과 뤼시앵은 강변에 있는 바르베의
초라한 가게 앞에 도착했다.

에티엔이 서적상에게 말했다. "바르베, 우리에게는 팡당과
카발리에 출판사의 어음 5000프랑이 있어요. 6개월, 9개월,
12개월 만기죠. 이 어음들을 할인해 주시겠어요?"

"1000에퀴 드리겠소." 바르베가 냉정하면서도 침착하게 말
했다.

"1000에퀴라니!"[197] 뤼시앵에 외쳤다.

"그 어음을 살 사람은 아무도 없을 겁니다." 서적 상인이 말
했다. "그 두 사람은 석 달 안에 파산할 겁니다. 그 출판사는
안 팔리지만 좋은 책을 두 종 갖고 있어요. 하지만 그들은 못
기다릴 겁니다. 나는 그것들을 사들일 생각인데, 현금 대신 그

---

197) 19세기에 1에퀴는 통상 5프랑 은화와 같았지만, 발자크 소설에서는
주로 3프랑의 의미로 사용된다. 따라서 여기서 1000에퀴는 3000프랑이다.

들이 발행한 이 어음으로 값을 치를 겁니다. 그러면 그 두 책의 판권을 2000프랑 싸게 손에 넣는 거지요."

"2000프랑 손해 볼 텐가?" 에티엔이 뤼시앵에게 물었다.

"안 돼!" 처음 당하는 일에 놀란 뤼시앵이 다급히 소리쳤다.

"잘못 생각하는 거야." 에티엔이 대답했다.

"어디를 가도 그들의 어음을 인수하려 들지 않을 겁니다." 바르베가 말했다. "작가님의 책은 팡당과 카발리에의 마지막 카드입니다. 그런데 그들이 책을 찍는 것까지는 할 수 있다 쳐도, 인쇄 대금을 못 치르면 책은 인쇄소에 묶여 있을 겁니다. 설사 책이 성공한대도 그들은 6개월밖에 못 버팁니다. 왜냐하면 조만간 파산할 테니까요! 그 사람들은 책을 파는 일보다 술 마시기를 더 열심히 합니다! 그들의 어음은 나한텐 사업 아이템이에요. 그래서 서명 하나하나가 각각 얼마의 가치가 있는지를 따지는 어음할인업자들보다 많이 쳐드리는 겁니다. 어음할인업자에게 중요한 것은, 사업자가 파산할 경우 서명한 지급보증인 셋이 각각 30퍼센트를 낼 수 있는지 파악하는 겁니다. 그런데 선생이 받은 어음에는 서명자가 두 명뿐이고, 각각의 서명은 10퍼센트씩의 가치도 없어요."

유식한 척하는 그 남자가 어음할인의 특성을 몇 마디로 명쾌하게 요약하는 것을 듣고 두 친구는 너무 놀라 서로를 쳐다보았다.

"할 말이 없군요, 바르베." 루스토가 말했다. "그럼 우리는 어떤 어음할인업자를 찾아가 볼 수 있을까요?"

"생미셸 강변로에 사는 샤부아소 영감한테 가보세요. 아시

는지 모르겠지만, 그 양반이 팡당의 마지막 월말 결산을 했거
든요. 내 제안을 거절하겠다면, 그 양반한테 가보는 수밖에요.
하지만 다시 내게 돌아올 겁니다. 그때는 2500프랑밖에 못 드
려요.”

　에티엔과 뤼시앵은 생미셸 강변로의 골목에 있는 작은 집
으로 갔다. 그곳에 출판계의 어음할인업자인 샤부아소가 살
고 있었다. 그들은 건물 3층에 있는 무척이나 독특하게 꾸며
진 아파트에서 그를 만났다. 하급 금융업자지만 백만장자인
그는 그리스 양식을 좋아했다. 천장과 벽을 연결하는 돌출 마
감도 그리스풍이었다. 역시 그리스풍으로 벽을 따라 느슨히
드리운 자줏빛 천은 다비드의 그림 배경을 연상시켰으며, 매
우 단순한 형태의 침대형 의자는 나폴레옹 제국 시대의 것이
었다. 그 당시에는 모든 것이 그런 취향으로 만들어졌더랬다.
아마도 가구점에서 인내심을 가지고 신중하게 골랐을 것으로
보이는 소파와 테이블과 램프와 촛대와 심지어 사소한 장식들
에서도 섬세하고 날카롭지만 우아한 고대 문명의 매력이 풍겼
다. 신화적이면서도 경쾌한 실내장식은 어음할인업자의 생활
습관과는 기이한 대조를 이뤘다. 돈 장사에 몰두하는 사람 중
에 이렇게 괴상한 사람들이 있다는 것은 주목할 만하다. 어떻
게 보면 그들은 사상의 방탕아라고 할 수 있다. 모든 것을 소
유할 수 있기에 결국 무감각해진 그들은 무기력에서 벗어나기
위해 엄청나게 노력한다. 제대로 연구하기만 하면 그들에게서
예외 없이 마음 한구석에 도사린 어떤 집착을 발견해 내, 그
것을 통해 그들에게 접근할 수도 있을 것이다. 샤부아소는 고

대 유물들로 구축한 난공불락의 진지에 들어앉아 있는 듯 보였다.

"저 영감은 자기 집 간판과 어울리는 인물인 것 같아." 에티엔이 웃으면서 뤼시앵에게 말했다.

머리에 분칠한 키 작은 샤부아소는 푸르스름한 프록코트에 담갈색 조끼와 검은 바지를 입고, 알록달록한 색실로 짠 양말과 발밑에서 딱딱 소리를 내는 구두를 신고 있었다. 그는 어음을 들고 살펴본 후 정중하게 뤼시앵에게 돌려주었다.

"팡당 씨와 카발리에 씨는 좋은 분들이죠. 머리도 좋고요. 하지만 난 돈이 없어요." 그는 부드럽게 말했다.

"제 친구는 할인에 대해 까다롭게 굴지 않을 겁니다." 에티엔이 말했다.

"조건이 아무리 좋아도 저는 그 어음을 사지 않겠습니다." 키 작은 남자의 대답은 단두대의 칼이 목 위로 떨어지듯 루스토가 제안한 말 위로 떨어졌다.

두 친구는 물러났다. 샤부아소는 조심스레 대기실까지 그들을 배웅했다. 그곳을 지나던 뤼시앵은 과거 서적상이었던 어음할인업자가 사들인 한 무더기의 책을 보았는데, 그중에 뒤세르소의[198) 책이 눈에 들어왔다. 왕궁과 프랑스의 유명 성들에 관한 것이었는데, 건축물들의 상세 도면이 담겨 있었다.

---

198) 뒤세르소는 16~17세기에 활동한 프랑스의 건축가 가문이다. 건축 판화가이자 도안가였던 자크 앙드루에 뒤세르소(Jacques Androuet Ducerceau, 1515?~1585?)부터 두 아들과 손자까지 3대에 걸쳐 왕족의 건축가로 활동했다.

“이 책을 제게 파시겠습니까?” 뤼시앵이 말했다.

“그러죠.” 서적상으로 돌아온 어음할인업자가 말했다.

“얼마죠?”

“50프랑입니다.”

“비싸군요. 하지만 제게는 필요한 책입니다. 그런데 제가 가진 건 당신이 거절한 어음뿐입니다.”

“당신에게 6개월 만기 500프랑 어음이 있으니, 그걸 받겠소.” 아마도 그에게는 팡당과 카발리에에게 치를 잔금이 딱 그만큼 남아 있었을 것이다.

두 친구는 그리스풍 방으로 되돌아갔고, 그곳에서 샤부아소는 이자 6퍼센트와 수수료 6퍼센트에 해당하는 30프랑 공제 내역서를 간단히 작성했다. 그러고 나서 뒤세르소의 책값으로 50프랑을 계산하고는, 에퀴 은화가 가득한 금고에서 420프랑을 꺼냈다.

“이상하군요! 샤부아소 씨, 전부 발행인이 같은 어음이니 좋으면 다 좋고 나쁘면 다 나쁠 텐데, 왜 다른 어음들은 할인을 안 해줍니까?”

“나는 할인을 해드린 게 아니라 책 판매 대금을 받은 것뿐이오.” 노인이 말했다.

도리아의 상점에 도착할 때까지도 에티엔과 뤼시앵은 샤부아소를 이해하지 못한 채 그를 비웃었다. 루스토는 도리아의 경리부장 가뷔송에게 어음할인업자를 소개해 달라고 했다. 두 친구는 가뷔송이 써준 소개장을 가지고, 시간당 빌리는 마차를 타고 푸아소니에르 대로까지 갔다. 가뷔송 말로는 아주 특이하게 이상한 사람이라고 했다.

"사마농이 그 어음을 받아주지 않는다면, 그걸 할인해 줄 사람은 아무도 없을 겁니다." 가뷔송이 말했다.

1층에서는 헌책방 장수요, 2층에서는 옷가게 주인이며, 3층에서는 불법 복제화 판매상인 사마농은 사설 전당포 주인이기도 했다. 호프만 소설에 나오는 그 어떤 인물도, 월터 스콧의 소설에 등장하는 그 어떤 음울한 수전노도, 파리의 사회적 특성이 만들어낸 이 인간에 비할 바가 아니다. 그를 인간으로 볼 수 있다면 말이다. 뤼시앵은 그 깡마른 노인을 보고 공포를 느껴 움찔하지 않을 수 없었다. 그의 살가죽에는 티치아노나 파올로 베로네세의 그림을 가까이에서 볼 때처럼 녹색 또는 황색의 반점들이 있었고, 그 가죽을 뚫고 뼈가 튀어나올 것만 같았다. 사마농의 한쪽 눈은 움직임 없이 얼어붙어 있었고, 다른 쪽 눈만 생기 있는 빛을 발했다. 어음할인을 할 때는 죽은 눈을, 음란한 복제화를 팔 때는 반짝이는 눈을 사용하는 것처럼 보이는 그 수전노는 붉은색으로 변한 검은색의 작고 납작한 가발을 썼는데, 가발 밑으로는 흰머리가 삐져나왔다. 누런 이마는 위협적이었고, 양쪽 뺨은 툭 튀어나온 턱 때문에 네모나게 파여 있었으며, 얇은 입술이 위로 당겨 올라가 아직은 하얀 치아가 하품하는 말의 이빨처럼 훤히 드러났다. 대조적인 양쪽 눈과 찌푸린 입은 무척이나 잔인한 인상을 주었다. 억세고 뾰족해 보이는 수염은 분명 찔리면 바늘처럼 아플 터였다. 닳아서 부싯깃처럼 되어버린 작은 프록코트, 수염에 쓸려 해지고 칠면조의 목처럼 주름진 목을 드러내는 빛바랜 검은 넥타이 등은 험악한 외모를 옷차림으로라도 만회하려는 의지가 거의 없음을 드러냈다. 두 저널리스트는 끔찍이도 더러운 계산대에 앉아 있는 그 남자를 발견했다. 그는 경매에서 싸게 사들인 헌책들 뒷면에 가격표를 붙이고 있었다. 그런 인물의 존재가 불러일으키는 수많은 의문을 눈짓으로 교환한 후, 뤼시앵과 루스토는 그에게 인사하면서 가뷔송의 소개장과 함께 팡당과 카발리에 출판사의 어음을 내밀었다. 사마농이 그것을 들여다보고 있을 때, 어두컴컴한 가게 안으로 매우 지적으로 보이는 한 남자가 들어왔다. 그는 온갖 이물질이 뒤섞여 굳어버린 아연판을 잘라 만든 것처럼 보이는 작은 프록코트 차림이었다.

"제 연미복과 검은 바지와 새틴 조끼가 필요합니다." 그는 사마농에게 번호가 적힌 종이를 내밀면서 말했다.

사마농이 설렁줄의 구리 손잡이를 당기자, 싱싱하고 활기찬 혈색으로 보아 노르망디 출신인 듯한 여자가 바로 내려왔다.

"이분께 의복을 빌려드려." 그는 작가로 보이는 그 인물에게 손을 내밀면서 말했다. "선생과 일하는 것은 즐거워요. 그런데 댁의 친구 하나가 어떤 키 작은 청년을 내게 데려왔는데, 그자가 나를 심하게 속여 먹지 않았겠소!"

"이 사람을 속이다니!" 예술가는 무척 우스꽝스러운 몸짓으로 사마농을 가리키면서 두 저널리스트에게 말했다.

축제 의상을 되찾으려고 **몬테디피에타를**[199] 찾은 나폴리 빈

---

199) 몬테디피에타(Monte di Pietà, 자비의 산)는 15세기 프란치스코회가

민처럼 그 위인이 30수를 내밀었고, 할인업자는 살갗이 갈라진 누런 손으로 그걸 집어 계산대의 금고 속으로 떨어뜨렸다.

"참 이상한 거래를 하시네요?" 루스토가 그 예술가에게 말했다. 아편 중독자인 그는 마법의 궁전에서 명상에 잠겨 아무것도 창조할 수 없고 그러고 싶은 의지도 없는 위인이었다.

"이 양반은 저당 잡힐 수 있는 물건을 전당포보다 더 후하게 쳐주죠. 게다가 옷을 차려입어야 할 경우가 생기면 얼마든지 제 옷을 다시 빌릴 수 있도록 허락하는 크나큰 자비심도 있고요." 예술가가 말했다. "오늘 저녁 저는 애인과 함께 은행가 켈러 씨 댁으로 저녁 먹으러 갑니다. 내게 200프랑은 없지만 30수는 있거든요. 그래서 제 옷을 찾으러 왔습니다. 이 옷은 6개월 동안 저 자비로운 고리대금업자에게 100프랑은 벌게 해주었지요. 사마농은 이미 내 장서들도 하나씩 하나씩 먹어치웠습니다."

"서서히 조금씩 삼켰군요." 루스토가 웃으면서 말했다.

"1500프랑 드리겠소." 사마농이 뤼시앵에게 말했다.

할인업자가 빨갛게 달군 꼬챙이로 가슴을 찌르기라도 한 듯 뤼시앵은 벌떡 일어났다. 사마농은 어음을 주의 깊게 살펴보고 어음 발행 날짜를 꼼꼼하게 조사했다.

"게다가 팡당을 한번 만나봐야겠소. 책을 담보로 잡아야겠거든. 선생의 가치는 미미합니다. 코랄리와 사는 데다, 가구는

설립한 비영리 대출기금으로, 약간의 담보물을 받고 소액을 빌려주었다. 고리대금에 시달리는 서민을 위한 자선 활동의 일환으로 시작된 것인데, 후대에는 단어 자체가 전당포의 의미로 전용되었다.

압류됐잖소."

루스토는 뤼시앵을 쳐다보았다. 뤼시앵은 어음을 다시 집어 들고 거리로 뛰쳐나가며 소리쳤다. "저 인간은 악마인가?" 시인은 얼마 동안 그 작은 가게를 응시했다. 그 앞을 지나가는 사람이라면 누구나 '도대체 무슨 장사를 하는 곳일까?' 자문하면서 웃음 짓지 않을 수 없을 것이다. 그만큼 누추한 가게였고, 가격표가 붙은 책꽂이들은 초라하고 더러웠다.

잠시 후, 그 미지의 위인이 잘 차려입고 나와 두 저널리스트에게 미소 지어 보이고는 그들과 함께 파노라마 파사주를 향해 걸었다. 그리고 그곳에서 구두에 광을 내는 것으로 몸치장을 마무리했다. 10년 뒤 그는 방대하지만 기초는 없는 생시몽주의자들의 사업에 동참하게 될 것이었다.

"사마농이 서적상이나 지업사나 인쇄소에 들어가는 모습이 보이면, 그곳 주인이 파산했다는 뜻입니다." 예술가가 두 기자에게 말했다. "그럴 때 사마농은 관의 크기를 재러 온 장의사 일꾼 같아요."

"자네, 이제 정말 어음할인을 못 하겠어." 에티엔이 뤼시앵에게 말했다.

"사마농이 거절하면 끝입니다." 미지의 사내가 말했다. "그는 Ultima ratio(최후의 수단)이니까요. 지고네, 팔마, 베어브루스트, 곱세크 등등, 파리의 광장을 헤엄쳐 다니는 악어처럼 잔인한 수전노들의 끄나풀 중 하나예요. 재산을 만들려는 사람들이든 파산하는 사람들이든 누구나 언제고 그 사람들과 마주치게 되어 있죠."

"50퍼센트 어음할인을 네가 못 받아들이겠다면, 그냥 현금으로 바꾸는 수밖에 없어." 에티엔이 말했다.

"어떻게?"

"그 어음을 코랄리에게 주면 그녀가 카뮈조에게 가져갈 거야." 뤼시앵이 펄쩍 뛰며 그의 말을 가로막자 루스토가 계속했다. "애처럼 왜 그래! 이런 대수롭지 않은 일로 네 미래를 저울질하면 되겠나?"

"아까 받은 돈이라도 코랄리에게 가져다주겠어."

"그것도 바보 같은 짓이지!" 루스토가 외쳤다. "4000프랑이 필요한 곳에 400프랑을 가져가면 아무것도 해결하지 못해. 도박이나 하자! 잃을 걸 대비해서 술 마실 돈은 조금 남겨두고!"

"좋은 충고로군요." 미지의 위인이 말했다.

그들이 프라스카티[200] 근처에 있었던 만큼, 그 말에는 자석처럼 끄는 힘이 있었다. 두 친구는 마차를 돌려보내고 도박장으로 올라갔다. 처음에 그들은 3000프랑을 땄지만, 그 돈은 500프랑으로 줄었고, 다시 3700프랑을 땄다가, 100수까지 떨어졌다, 마침내 2000프랑이 되었다. 그래서 단판에 그 돈을 두 배로 만들기 위해 짝수에 걸었다. 다섯 번 연속으로 짝수가 안 나왔다. 그들은 전액을 걸었다. 또다시 홀수가 나왔다. 극도의 흥분 상태로 2시간을 보낸 뒤, 뤼시앵과 에티엔은 그 유명한 건물의 계단을 서둘러 내려갔다. 그들 수중에 남은 돈

---

200) 리슐리외가 18번지에 있었던 프라스카티(Café Frascati)는 당시 가장 유명하면서도 평판이 나쁘지 않은 도박장이었다.[편]

은 100프랑이었다. 외부의 조그만 양철 차양을 (얼마나 많은 이가 그 차양을 애정 어린 혹은 절망적인 눈길로 바라보았던가.) 떠받치는 기둥 두 개가 있는 작은 회랑 계단에 서서, 뤼시앵의 불타는 눈동자를 본 루스토가 말했다.

"50프랑만 쓰자."

두 저널리스트는 다시 올라갔다. 1시간 만에 그들이 가진 돈은 1000에퀴가 되었다. 그러자 우연을 믿으며 이미 다섯 번이나 나온 빨강에 판돈을 전부 걸었다. 그러나 우연은 1시간 전에도 모든 돈을 잃게 만들지 않았던가. 검정이 나왔다. 6시였다.

"25프랑만 쓰자." 뤼시앵이 말했다.

이 새로운 시도는 그리 오래 걸리지 않았다. 열 판으로 25프랑을 다 잃었다. 분노에 찬 뤼시앵은 마지막 25프랑을 자기 나이에 걸었다. 그리고 돈을 땄다. 도박꾼들이 각자 던지는 은화들을 끌어모으려고 물주가 갈퀴를 집었을 때, 뤼시앵의 손이 얼마나 떨렸는지는 형언할 말이 없다. 그는 루스토에게 10루이를 주면서 "베리 식당으로 들고 달아나!"라고 했다.

루스토는 뤼시앵의 말뜻을 알아듣고 저녁을 주문하러 갔다. 뤼시앵은 도박장에 혼자 남아 빨강에 걸어 30루이를 땄다. 흔히 도박꾼들에게 들린다는 은밀한 목소리에 대담해진 그는 판돈 전부를 빨강에 걸어서 또 땄다. 그의 배 속이 불처럼 달아올랐다! 그만하라는 내면의 목소리에도 불구하고, 120루이(2400프랑)를 검정에 걸었고 결국 모두 잃었다. 그 순간 그는 도박꾼들이 끔찍한 흥분 뒤에 느끼는 달콤한 기분을 음미했다. 그것은 잃을 것이 더는 없는 도박꾼이 자신의 헛된 꿈이 소멸하고 있는 불타는 궁전을 떠날 때 느끼는 기분이었다. 그는 베리 식당에서 루스토를 만나, 라퐁텐의 표현대로 음식에 달려들었고,[201] 근심을 잊기 위해 술독에 빠졌다. 9시가 되었을 때는 완전히 취해 버려서, 방돔가의 문지기 여자가 어째서 그에게 뤼가로 가보라고 말하는지 이해하지 못했다.

"코랄리 양은 이 아파트를 떠나 다른 데로 이사 갔어요. 그 집 주소는 이 종이에 적혀 있고요."

너무 취해서 무엇에 놀랄 수도 없었던 뤼시앵은 그를 싣고 온 마차를 그대로 타고 뤼가로 갔다. 가면서 혼자 거리 이름을 가지고 말장난을 하기도 했다. 그날 아침에 파노라마 드라마티크 극장의 파산 소식이 터졌다. 질겁한 여배우는 채권자들의 동의를 얻어 서둘러 가구들을 전부 카르도 영감에게 팔았고, 영감은 그 아파트의 용도를 그대로 살려 자기 정부인 플로랑틴을 들였다. 코랄리는 모든 것을 지불하고 청산함으로써 집주인을 만족시켰다. 그녀가 세탁이라고 부른 그 작업이 이루어지는 동안, 베레니스는 꼭 필요한 가구를 중고로 사서 그것들로 3칸짜리 작은 아파트를 꾸몄다. 짐나즈 극장에서 가까운 뤼가의 건물 5층이었다. 그녀는 이러한 파멸로부터 오점 없

---

201) 라퐁텐의 『우화』 4권에 수록된 「정원사와 그의 성주」 이야기를 가리킨다. 토끼가 정원을 망가뜨리자 속상한 정원사가 성주에게 하소연했는데, 성주는 토끼를 쫓아주겠다고 부하들과 함께 와서는 정원사의 음식을 약탈하듯 먹어치운다. 나쁜 것을 피하려고 더 나쁜 선택을 해선 안 된다는 교훈이다.

는 사랑과 1200프랑이 든 가방을 건지고는 그곳에서 뤼시앵을 기다렸다. 만취 상태에서 뤼시앵은 자신이 겪은 불행을 코랄리와 베레니스에게 털어놓았다.

"잘했어, 나의 천사!" 여배우는 그를 꼭 껴안으면서 말했다. "베레니스가 그 어음을 가지고 브롤라르와 잘 협상할 수 있을 거야."

다음 날 아침, 뤼시앵은 코랄리가 아낌없이 베푸는 황홀한 쾌락 속에서 잠이 깼다. 여배우는 새로운 살림의 궁핍을 풍성한 마음의 보물로 보상하려는 듯 사랑과 애정을 배가시켰다. 살짝 꼬인 스카프 밑으로 삐져나온 머리칼, 희고 싱싱한 살결, 미소 짓는 눈, 창문으로 들어와 정겨운 빈곤을 황금빛으로 물들이고 있는 아침 햇살처럼 쾌활한 말 등으로 인해 그녀는 황홀할 정도로 아름다웠다. 단정한 방은 빨간 테두리가 쳐진 은은한 초록색 벽지로 도배돼 있었고, 벽난로 위와 서랍장 위에는 거울이 달려 있었다. 코랄리의 지시를 어기면서 베레니스가 자기 돈으로 산 중고 양탄자가 헐벗고 차가운 마룻바닥을 가려주었다. 두 연인의 옷들은 거울 달린 옷장과 서랍장에 들어 있었다. 마호가니 가구들은 푸른색 면직 천으로 덮여 있었다. 베레니스는 그 재앙으로부터 벽시계 하나, 화병 두 개, 은식기 네 벌, 그리고 작은 숟가락 여섯 개를 건졌다. 침실 맞은편 식당은 1200프랑을 받는 월급쟁이의 살림집 식당과 비슷했다. 부엌은 층계참을 바라보고 있었다. 베레니스는 그 위의 다락에서 잤다. 집세는 300프랑을 넘지 않았다. 이 끔찍한 건물에는 실제로는 쓰이지 않는 마차 출입문이 있었다. 문지기가 그 문짝 뒤쪽 공간에 머물면서 십자 모양으로 뚫린 창을 통해 17명의 세입자를 감시했다. 그 벌통 같은 건물은 공증인의 용어로 '수익성 좋은 주택'이라 불렸다. 뤼시앵은 책상과 안락의자, 잉크와 펜과 종이가 있는 것을 보았다. 코랄리의 짐나즈 극장 데뷔를 기대하고 있는 베레니스와, 푸른 리본으로 묶은 대본을 보면서 자기 역할을 연습하고 있는 코랄리, 그 두 여인의 쾌활한 모습을 보자 술에서 깬 시인의 불안과 슬픔은 사라졌다.

"사교계가 나의 몰락을 모르는 한, 우리는 난관을 벗어날 수 있어. 결국 우리에게는 4500프랑이 있어! 왕당파 신문에서 가지게 될 나의 새로운 지위를 이용할 거야. 내일이면 우리는 《르레베이》를 창간해. 이제 나도 언론에 대해 좀 알아. 그러니 신문을 만들 거야!"

그의 말에서 사랑만을 보는 코랄리는 그 입술에 키스했다. 베레니스가 벽난로 옆에 식탁을 놓고 삶은 달걀과 등갈비 두 쪽, 밀크커피로 이루어진 조촐한 점심을 막 준비한 참이었다. 누군가 문을 두드렸다. 진지한 세 친구, 다르테즈, 레옹 지로, 미셸 크레티앵이 들어오는 것을 보고 뤼시앵은 놀라움을 금치 못했다. 깊이 감동한 뤼시앵은 그들에게 점심을 권했다.

"아니," 다르테즈가 말했다. "우리가 찾아온 건 단지 위로의 말을 건네기 위해서가 아니라, 더 심각한 일 때문입니다. 우린 다 압니다. 방돔가에서 오는 길이에요. 당신은 내 사상을 알 겁니다, 뤼시앵. 다른 경우였다면 당신이 나의 정치 신념과 같은 방향을 택하는 것에 무척 기뻐했을 겁니다. 하지만 자유주의파 신문에 글을 썼던 당신이 과격 왕당파 대열로 옮겨가게 된다면, 당신의 의연함은 사라져버리고 인생은 더럽혀질 겁니다. 비록 약해졌다고 해도 우리에게 남아 있는 우정의 이름으로 간청하러 왔습니다, 당신이 스스로를 더럽히지 말기 바랍니다. 당신은 낭만주의와 우파와 정부를 공격했어요. 그런데 이제 와서 정부와 우파와 낭만주의를 옹호할 수는 없지 않겠습니까."

"나를 움직이게 만든 것은 더 높은 사상의 영역에서 끌어낸 논리야. 목적이 모든 것을 정당화해 주겠지." 뤼시앵이 말했다.

"어쩌면 당신은 우리가 지금 어떤 상황에 처했는지 잘 모르나보군요." 레옹 지로가 말했다. "정부, 궁정, 부르봉 왕가, 전제군주 지지 정당, 혹은 그 모든 것을 포괄해서 한마디로 하자면, 입헌주의에 반대하는 모든 체제는 혁명을 억압하는 방법이 문제될 때는 다양한 분파로 갈리지만, 적어도 언론 폐지의 필요성에 대해서는 의견의 일치를 보입니다. 《르레베이》《라푸드르》《드라포 블랑》202) 등은 모두 자유파 언론의 중상모략과 욕설과 조롱에 대응하기 위해 창간된 신문이에요. 나는 이에 동의하지 않습니다. 우리가 품위 있고 진지한 신문을 발행하려는 이유는, 언론이라는 성직의 위대함에 관한 몰이해에 맞서기 위해서입니다. 우리 신문은 오래지 않아 존경받고, 공감을 얻고, 위엄과 품위를 지키면서 영향력을 발휘하게 될 겁

___

202) 《라푸드르(벼락)》는 1821년 3월에 창간되어 1823년 11월에 폐간되었으며, 《드라포 블랑(백기)》은 1819년 창간되어 1830년까지 지속되었다.[편]

니다." 그는 여담을 섞어가며 말을 이었다. "그런데 지금 왕당파와 여당이 준비하고 있는 대포는 자유주의자들에게 독설에는 독설로 상처에는 상처로 되갚아주기 위한 첫 번째 보복 시도예요. 그렇게 되면 무슨 일이 일어날 것 같습니까, 뤼시앵? 구독자 대다수는 좌파 편이에요.[203] 전쟁에서처럼 언론에서도 승리는 대군 쪽에 있는 법이죠! 그러면 당신이 옮겨 가려는 왕당파들은 파렴치한 인간, 거짓말쟁이, 민중의 적이 되는 것이고, 반대편 사람들은 당신네들보다 더 위선적이고 신의가 없을지라도 조국의 수호자, 명예로운 사람들, 순교자가 되는 겁니다. 그 방법은 언론의 가장 추악한 시도를 정당화하고 신성화함으로써, 그 해로운 영향력을 증대시키겠지요. 험담과 인신공격은 구독자들을 위한다는 명분하에 공적 권리가 될 것이고, 그 권리는 상호 관행을 통해 기정사실이 될 겁니다. 이러한 해악이 널리 퍼지면 언론 제한 및 금지법, 그리고 베리 공작 암살 사건 당시 채택됐다가 의회의 개회 이래 폐지되었던 검열법이 부활할 테죠. 그 논쟁에서 프랑스 국민은 어떤 결론을 끌어낼까요? 그들은 자유주의파 신문의 침투를 받아들일 것이고, 대혁명을 통해 얻은 물질적 성과를 부르봉 왕정이 공격한다고 생각하겠죠. 그러고는 어느 날 들고일어나 부르봉 왕가를 쫓아낼 겁니다. 그렇게 되면 당신은 당신 인생을 더럽힐 뿐 아니라, 패자의 편에 서게 됩니다. 당신은 너무 젊고,

---

203) 1824년 12월 당시 여당지의 발행 부수는 1만 4344부였고, 야당지의 부수는 4만 1330부였다.[편]

언론계에서는 너무 신참이라, 이 바닥의 은밀한 간계나 책략을 정말 몰라요. 언론계에서 당신은 지나치게 많은 질투를 불러일으켰기 때문에, 자유파 신문들은 당신에게 분노의 외침을 퍼부어댈 테고, 당신은 그것을 견뎌내지 못할 겁니다. 결국 당신은 당파 싸움의 격류에 휩쓸리겠죠. 그들은 여전히 극도로 흥분해 있거든요. 다만 그 열기가 1815년과 1816년의 폭력 행위로부터 이제는 사상 투쟁으로, 의회에서의 논쟁과 신문 지면상의 토론으로 옮겨 간 것뿐이죠."

"이보게 친구들," 뤼시앵이 말했다. "나는 경솔한 사람이 아니야. 자네들이 내게서 보고자 하는 시인도 아니고. 자유주의파 신문이 아무리 승리해도 내게 주지 못할 한 가지 특혜를 나는 기필코 획득해야겠어. 자네들이 승리를 거두었을 때면, 내 일은 이미 끝나 있겠지."

"그러면 우리가 자를 거야, 너의 머리……" 미셸 크레티앵이 웃으면서 말했다. "털을."

"그때는 내게 아이들이 있겠지." 뤼시앵이 대답했다. "그러니까 내 목을 자른다 해도 결국 아무것도 자르지 못한 게 될 거야."

세 친구는 뤼시앵을 이해할 수 없었다. 그러나 상류사회와 교류하면서 뤼시앵의 마음에는 귀족적 자존심과 허영심이 극에 달해 있었다. 시인은 자신의 미모와 재능에 뤼방프레라는 이름과 백작 칭호까지 받는다면 엄청난 성공을 거두리라 믿었고, 딱히 틀린 생각은 아니었다. 데스파르 부인과 바르주통 부인과 몽코르네 부인은 어린아이가 풍뎅이를 잡고 있듯이,

그 끈으로 뤼시앵을 붙들고 있었다. 뤼시앵은 한정된 범위 안에서만 날고 있었던 것이다. 사흘 전 마드무아젤 데 투슈의 살롱에서 들은 "그 사람은 우리 편이지요. 생각이 올바르거든요!"라는 말은 그를 도취시켰고, 르농쿠르 공작, 나바랭 공작, 그랑리외 공작, 라스티냐크, 블롱데, 미모의 모프리뇌즈 공작부인, 데그리뇽 백작, 뤼포 등 왕당파 추종자들 중에서도 가장 영향력 있고 가장 뛰어난 사람들로부터 받은 찬사는 그를 의기양양하게 만들었다.

"자! 이제 우리가 할 말은 다 했어." 다르테즈가 말했다. "너는 순수함을 보존하고 스스로를 존중하는 마음을 간직하기가 그 누구보다도 어렵겠지. 네가 헌신하려는 바로 그들에게 멸시당하면 넌 무척 괴로울 텐데. 난 널 잘 알아."

세 친구는 정겹게 손을 잡지도 않고 작별 인사를 했다. 뤼시앵은 잠시 생각에 잠겼고, 슬펐다.

"아이참! 저런 바보들은 상관 마." 코랄리가 뤼시앵의 무릎 위로 뛰어올라 아름답고 싱그러운 두 팔로 그의 목을 감싸면서 말했다. "저 사람들은 인생을 너무 진지하게 생각해. 하지만 인생이란 농담 같은 거야. 게다가 당신은 뤼방프레 백작이 될 거잖아. 필요하다면 내가 법무부에 가서 아양을 떨게. 당신 칙령에 서명하도록 힘써 줄 뤼포라는 탕아를 어떻게 손에 넣을지 알아. 내가 말했잖아. 먹이를 잡기 위해 한 계단이 더 필요하다면, 이 코랄리의 시체를 밟고 가라고!"

다음 날, 뤼시앵은 《르레베이》의 공동 필진 명단에 자기 이름을 넣도록 했다. 야당지에서 넘어온 그의 이름은 창간 안내서에 쟁취의 상징처럼 고시되었고, 내각의 배려로 10만 부나 배포되었다. 뤼시앵은 프라스카티 도박장에서 두 걸음 떨어져 있는 로베르[204] 식당에서 개최된 성대한 연회에 참석했다. 9시간이나 계속된 그 연회에는 마르탱빌, 오제, 데스탱 등 왕당파 신문의 우두머리들이 참석했으며,[205] 공식적인 표현을 따르자면 군주제와 교회를 지지하며 선도하는 현존 작가 다수가 참석했다.

"우리가 자유파에 본때를 보여줄 겁니다!" 엑토르 메를랭이 말했다.

"여러분!" 왕당파의 깃발 아래 기고자로 가담한 나탕이 가세했다. 그는 극장을 이용할 생각이었고, 그러려면 권력에 맞서기보다 권력과 한편이 되는 게 낫다고 판단했던 것이다. "우리가 그들과 싸워야 한다면, 코르크탄이나 쏘는 짓 말고, 진지하게 싸웁시다! 나이며 성별 따질 것 없이 모든 자유주의와 고전주의 작가들을 공격합시다. 농담으로 그들을 짓이겨 버리고, 가차 없이 학살합시다."

"명예를 지킵시다. 증정본이나 선물이나 돈으로 서적상들에게 매수되는 일은 없도록 합시다! 저널리즘을 복원합시다!"

"옳소!" 마르탱빌이 말했다. "Justum et tenacem propositi

---

204) 이탈리아 대로에 있던 식당이다.[편]

205) 알폰소 마르탱빌(Alphonse Martinville, 1777~1830)은 왕당파 저널리스트이자 극작가로, 《드라포 블랑》을 창간했다. 루이 시몽 오제(Louis Simon Auger, 1772~1829)는 왕당파 저널리스트, 문학평론가, 극작가로, 아카데미 프랑세즈 회원과 언론 검열관을 역임했다. 외젠 데스탱(Eugène Destains, 1793~1830)은 보수 성향의 《가제트 드 프랑스》 사장을 역임한 저널리스트다.

virum(올곧은 뜻을 굽히지 않는 인간)이[206] 됩시다! 무자비하고 냉혹해집시다! 나는 라파예트 장군을 질 1세로[207] 만들 겁니다!"

"저는," 뤼시앵이 말했다. "《르콩스티튀시오넬》의 영웅들, 메르시에 하사,[208] 주이의 전집, 그리고 좌파의 저명 웅변가들을 맡겠습니다."

새벽 1시에 기자들은 사즉생의 투쟁을 만장일치로 결의했다. 서로 간의 미묘한 입장과 사상의 차이는 모두 불타는 펀치주 속에 빠뜨려 버렸다.

낭만주의 문학의 선봉에 있던 유명 작가 하나가 문턱에 서서 말했다. "우리는 군주제와 종교라는 술에 흠뻑 취했다."

이 역사적인 말은 만찬에 참석했던 어떤 서적상에 의해 누설되어 그다음 날 《르미루아르》지에[209] 실렸다. 그런데 그 말을 누설한 자로 뤼시앵이 지목되었다. 이러한 첩자질은 자유주의파 신문들이 일제히 들고일어나는 결정적 계기가 되었고, 뤼시앵은 혐오의 대상이 되었다. 사람들은 가장 잔인한 방식

---

206) 호라티우스의 『서정시(Odes)』 3권 제3수의 첫 구절이다.[편]
207) 질 1세(Gilles Premier)는 익살극의 등장인물로 멍청이를 상징한다.
208) 변호사이자 하원의원이었던 자크 앙투안 마뉘엘(Jacques-Antoine Manuel, 1775~1827)은 대표적 나폴레옹주의자다. 그는 1823년 의회에서 프랑스의 에스파냐 원정군 파병에 반대하고 부르봉 왕가를 비판하는 연설을 하다 헌병대에 의해 강제 추방되었다. 이때 국민군 하사 메르시에(Mercier)는 마뉘엘을 끌어내라는 명령에 불복했다.
209) 《르미루아르; 연극, 문학, 풍속, 예술의 거울(Le Miroir des spectacles, des lettres, des mœurs et des arts)》은 1821년부터 1823년까지 발행되었던, 삽화 위주의 자유주의 일간지다.

으로 그를 비방했다. 사람들은 그의 소네트가 맞이할 불행을 이야기했고, 도리아는 그 시집을 인쇄하느니 차라리 1000에 퀴를 잃는 편이 낫다고 생각한다는 소문이 퍼졌다. 사람들은 그를 시집 없는 시인으로 불렀다.

어느 날 아침, 뤼시앵은 과거에 화려하게 데뷔했던 바로 그 신문에서 다음과 같은 몇 줄의 기사를 읽었다. 그것은 오직 그만을 위해 쓰인 기사였다. 다른 사람들은 아무도 이 농담을 이해하지 못할 테니 말이다.

도리아 출판사가 미래 프랑스의 페트라르카 시집을 기어코 출판하지 않겠다면, 우리는 관대한 적으로 행동할 것이며 시인의 지인 중 하나가 보내온 한 편의 시로 미루어볼 때, 짜릿한 재미가 있을 것이 분명한 그 시편들에 우리 신문의 지면을 할애할 용의가 있다.

이 무시무시한 예고 아래 게재된 소네트를 읽고 시인은 흐느껴 울었다.

초라하고 수상한 모양의 꽃식물 하나
어느 화창한 아침, 꽃이 만발한 화단에 불쑥 나타났네.
그 식물이 말하길, 자기의 찬란한 색채는 언젠가
그 고귀한 근본을 증명하리라.

그래 모두들 관대했지! 한데 고마워할 줄 모르는 식물은 얼마 지나지 않아 빛나도록 아름다운 자매들을 모욕했네.
그의 행패에 분노한 자매들이
출생을 증명해 보라 했지.

마침내 꽃이 피었네. 그 어떤 천한 광대도
정원 전체가 멸시하고 야유하고 비웃었던 그 천한 꽃만큼
모욕당한 적은 없다네.

그러자 주인이 지나가다 그걸 꺾어버렸지, 사과의 말도 없이.
그날 저녁 그의 무덤에 와서 울어준 건 당나귀 한 마리.
사실 그건 천한 엉겅퀴일 뿐이었으니까![210]

베르누는 뤼시앵이 도박에 집착한다고 떠들어댔고, 아직 출판되지도 않은 소설 '궁수'는 칼뱅교 희생자들을 학살한 가톨릭의 편을 들고 있는 반국가적 작품이라고 공개 저격했다. 일주일 동안 싸움은 격화되었다. 뤼시앵은 자신에게 1000프랑을 빚지고 있는 데다가, 비밀 약속까지 한 사이인 루스토가 자기를 편들어 줄 것으로 기대했다. 그런데 그사이 루스토는 뤼시앵의 철천지원수가 되어 있었다. 그 이유는 이렇다. 나탕은 석 달 전부터 플로린에게 연정을 품게 되었지만, 어떻게 해

---

210) 엉겅퀴는 프랑스어로 샤르동(chardon), 즉 뤼시앵의 성과 발음이 같다. 1행의 '사과의 말(pardon, 파르동)'과 3행의 '엉겅퀴'는 각운을 맞춘 것이고, 2행의 '당나귀'는 흔히 어리석은 사람, 바보의 알레고리다. 시 전체가 신분에 대한 뤼시앵의 허영심을 조롱하고 있다.

야 루스토로부터 그녀를 빼앗을 수 있을지 몰랐다. 더구나 루스토에게 플로린은 구세주 같은 존재였다. 그즈음, 계약이 없어진 여배우는 비탄과 절망에 빠졌고, 이에 나탕은 코랄리를 찾아가 자신이 뤼시앵의 협력자임을 내세우며, 자기 작품의 역할 하나를 플로린이 맡도록 말을 넣어달라고 부탁했다. 무대를 잃어버린 여배우에게는 짐나즈 극장과 조건부 계약을 체결하게 해주겠다고 장담하기도 했다. 야망에 불타는 플로린은 망설이지 않았다. 그동안 그녀는 루스토를 관찰할 시간이 충분했다. 그는 악덕에 빠져 의욕을 잃은 반면, 나탕은 문학적으로나 정치적으로나 야망이 큰 청년이었고, 강한 욕구만큼이나 정력도 넘쳤다. 다시 한번 빛을 발하며 멋지게 등장하고 싶었던 여배우는 약품상의 편지를 나탕에게 넘겼고, 나탕은 약품상에게 편지를 돌려주는 대가로 피노가 탐내는 지분 6분의 1을 받았다. 그렇게 하여 플로린은 오트빌가의 화려한 아파트에 살게 되었고, 모든 언론계와 극장계가 공공연하게 나탕을 그녀의 보호자로 인정했다. 루스토는 이 사건으로 너무나 큰 충격을 받아서 친구들이 그를 위로하기 위해 마련한 만찬이 끝날 무렵에는 울음을 터뜨리고 말았다. 요란한 연회에 참석했던 회식자들이 볼 때 나탕은 그저 할 일을 했을 뿐이었다. 피노나 베르누 같은 몇몇 작가들은 플로린에 대한 나탕의 열정을 알고 있었다. 하지만 모두가 한목소리로 하는 말은, 이번 일에 개입해 농간을 부린 뤼시앵이야말로 가장 신성한 우정의 법칙을 어겼다는 것이었다. 이 신입 왕당파는 새로운 당파와 친구들에게 충성하려는 의욕이 넘쳐 용서받지 못할 인간이 되어버렸다고들 했다.

"나탕은 열정의 논리에 빠졌던 거야. 하지만 블롱데 말마따나, 그 지방 위인은 타산적으로 행동했어!" 비지우가 소리쳤다.

그리하여 모든 사람을 집어삼키려는 침입자 건달 뤼시앵의 파멸이 만장일치로 결정되고 치밀하게 계획되었다. 뤼시앵을 증오하는 베르누는 그를 물고 늘어지는 역할을 맡았다. 피노는 자기가 마티파에 대해 설계하고 있던 공갈 사업을 나탕에게 누설해 5만 프랑을 벌 기회를 뺏겼다며 뤼시앵을 비난했다. 이는 루스토에게 약속했던 1000에퀴를 지불하지 않기 위한 술수였다. 나탕은 플로린이 시키는 대로, 마티파한테서 갈취했던 예의 6분의 1 지분을 피노에게 1만 5000프랑에 팔고 그의 지지를 얻어냈다. 1000에퀴를 못 받게 된 루스토는 이토록 막심한 손해를 끼친 뤼시앵을 용서하지 않았다. 손상된 자긍심에 녹슨 은화의 독이 퍼지면 그것은 치유가 불가능해진다. 그 어떤 말, 어떤 그림으로도 자존심을 다친 작가의 분노를, 조롱의 독화살을 맞았다고 느끼는 순간 그가 뿜어내는 열화를 묘사할 수 없다. 공격당하면 에너지와 저항심이 끓어오르는 사람들은 빨리 무너진다. 반면, 모욕적인 기사는 깨끗이 잊은 후에 조용히 자신이 쓸 글의 주제를 생각하는 차분한 사람들은 진정한 문학적 용기를 발휘한다. 실제로는 약한 사람들이 언뜻 보기에는 강해 보인다. 하지만 그들의 저항은 오래가지 못한다. 처음 2주 동안, 격분한 뤼시앵은 엑토르 메를랭과 함께 비평을 담당하고 있던 여러 왕당파 신문에 우박처럼 기사들을 쏟아부었다. 매일매일 《르레베이》라는 전장(戰場)에서 모든 재치를 동원해 불을 지폈다. 그런 뤼시앵을 지지해 준 인물은 마르탱빌인데, 그는 아무런 저의 없이 뤼시앵을 도와주는 유일한 친구였다. 그러나 그는 두 당파의 기자들이 술에 취해 농담으로 체결한 비밀 조약을 알지 못했고, 따라서 갈르리 드 부아나 도리아의 서점에서, 또는 극장 무대 뒤에서 은밀히 연합하는 기자 무리에 낄 수 없었다. 뤼시앵이 보드빌 극장의 휴게실에 나타나면 기자들은 그를 동료로 대하지 않았고, 그와 같은 당파의 사람들만 그에게 손을 내밀었다. 반면에 나탕이나 엑토르 메를랭이나 테오도르 가야르 같은 친구들은 왕당파임에도 피노, 루스토, 베르누, 그리고 착한 아이들이라 불리는 몇몇 기자들과 아무 거리낌 없이 친하게 지내는 것이었다. 당시 보드빌 극장의 휴게실은 문학적 중상모략의 중심지, 모든 당파 사람과 정치인과 사법관 들이 모이는 일종의 내실이었다. 어떤 평의회 의장은 회의에서 한 동료에게 법복을 입은 채 무대 뒤를 쏠고 다닌다고 비난하고는, 자신도 같은 법복을 입고 보드빌 극장의 휴게실에서 그 동료와 만나기도 했단다. 결국 루스토는 그 휴게실에서 나탕과 악수하며 화해했다. 피노는 거의 매일 저녁 그곳에 왔다. 뤼시앵도 시간만 나면 그곳에 가서 적들의 동향을 살폈지만, 그들은 언제나 이 불행한 친구에게 견디기 힘들 만큼 냉담한 태도를 보일 뿐이었다.

그 당시 각 당파는 서로에 대해 오늘날보다도 더 심각한 증오심을 품었다. 지금은 용수철이 극도로 팽팽히 당겨지다 보니 결국 모든 것이 느슨해졌다. 오늘날 비평은 한 작가의 책을 희생시킨 후, 그에게 손을 내민다. 야유의 회초리를 맞고 싶지 않다면 희생당한 사람은 자기를 희생시킨 사람을 포용해야 한다. 이를 거절할 경우, 그 작가는 비사교적이고 지나치게 까다로우며 자존심만 가득하고 접근하기 어려운 사람, 증오심과 복수심에 불타는 사람으로 낙인찍히고 만다. 오늘날 작가는 등에 배신의 칼을 맞거나, 치졸한 위선으로 꾸민 함정을 용케 피했거나, 극도로 악의적인 짓에 당했을지라도, 그를 해친 자들이 그에게 인사하고 싶어 한다거나 그의 존경과 심지어 우정까지 바란다는 말을 듣는다. 악덕이 미덕으로 여겨지듯, 미덕은 악덕으로 변하는 우리 시대에는 모든 것이 용서되고 정당화된다. 동지애는 자유의지에 따른 행동 중 가장 신성한 것이 되었다. 상반된 의견을 가진 당의 지도자들은 서로를 공격할 때도 무던한 단어와 정중한 표현을 쓴다. 그러나 사람들이 기억하는 바에 따르면, 그 당시에는 몇몇 왕당파 작가들과 자유주의파 작가들이 같은 극장에서 만나려면 대단한 용기가 필요했다. 극도로 증오에 찬 도발적인 말들이 오가곤 했다. 서로의 시선은 상대방을 겨누는 권총처럼 장전되어 있었고, 아주 작은 불똥으로도 툭하면 싸움이 시작되었다. 두 당파 모두에게 특별한 공격 대상인 어떤 사람이 들어왔을 때, 옆 사람이 그에게 저주를 퍼붓는 것을 목격하지 않은 사람이 있을까? 그 시절에는 두 당파, 왕당파와 자유주의파, 즉 낭만주의와 고전주의뿐이었다. 그것은 동일한 증오의 서로 다른 형식이었는데, 국민공회의 단두대를 생각하면 그 증오가 얼마나 격렬했는지 이해할 만하다. 당시 자유파가 가장 혐오했던 마르탱빌이 유일하게 뤼시앵을 옹호하고 좋아했기 때문에, 그에 대해

품고 있던 자유주의자들의 적의는 열렬한 볼테르주의 자유파
로 데뷔했다가 열광적인 낭만주의 왕당파로 변신한 뤼시앵에
게 쏟아지게 되었다. 두 사람의 연대는 뤼시앵에게 해를 끼쳤
다. 당은 자기 당의 인기 스타에게 배은망덕하고, 길 잃은 동
료를 서슴없이 버린다. 특히 정치적으로 출세하고 싶으면 주력
부대 편에 설 필요가 있다. 소신문들은 악의적으로 뤼시앵과
마르탱빌을 묶어놓았다. 자유주의파는 두 사람을 서로의 팔
안에 던져넣었다. 진짜건 가짜건 그들의 우정은 펠리시앵 베
르누로 하여금 두 사람에 대해 원한에 찬 기사들을 쓰게 만
들었다. 펠리시앵은 뤼시앵이 상류사회에서 성공하는 것을 보
고 절망했고, 시인의 예전 동료들이 믿었듯이 그가 신분 상승
을 이룰 줄 알았다. 이리하여 이른바 시인의 배신은 최악의 불
리한 정황들로 인해 과장되고 왜곡되었다. 뤼시앵은 작은 유
다, 마르탱빌은 큰 유다로 불렸다. 그게 사실이건 아니건, 마
르탱빌은 외국 군대에 페크 다리를 내주었다는[211] 비난을 받
고 있었다. 이에 대해 뤼시앵은 웃으면서 뤼포에게 응수하길,
분명 그는 당나귀들에게 다리를 내주는 것으로 여겼으리라고
했다. 뤼시앵의 사치는 비록 그것이 실속 없고 장래를 위한 것
이었음에도, 친구들의 분노를 샀다. 그들은 그의 값싼 마차도,
어쨌든 그 마차는 여전히 잘 굴러가고 있었으니까, 방돔가의

---

211) 나폴레옹의 백일천하 당시 페크에 은둔해 있던 마르탱빌이 프로이센군
의 파리 입성을 도왔다는 소문이 있었지만, 이러한 변절의 증거는 없다. 아
마도 샤를 18세보다 더 보수적인 왕정주의자였던 이 언론인에 대한 끊임없
는 모함의 일환이었을 것이다.[편]

화려함도 용서하지 않았다. 자기들이 타락시킨 젊고 잘생기고 재치 있는 청년이 모든 면에서 출세할 수 있다는 사실을 그들 전부가 본능적으로 느꼈다. 따라서 그를 무너뜨리기 위해서라면 수단 방법을 가리지 않았다.

코랄리가 짐나즈 극장에 데뷔하기 며칠 전, 뤼시앵은 엑토르 메를랭과 팔짱을 끼고 보드빌 극장의 휴게실로 갔다. 메를랭은 그에게 플로린의 일로 나탕을 도운 것을 비난했다.

"당신은 루스토와 나탕, 둘에게 공히 철천지원수가 됐군요. 내가 좋은 충고를 했는데, 내 말을 듣지 않았어요. 당신으로선 아낌없이 찬사를 퍼붓고 선행을 베푼 거였겠지만, 그 선행은 가혹한 벌을 받게 될 겁니다. 플로린과 코랄리는 절대로 한 무대에서 사이좋게 지낼 수 없어요. 한쪽이 다른 쪽을 기어코 이기려 드니까요. 코랄리를 옹호하는 당신 기사를 실어줄 지면은 우리 쪽 신문들밖에 없습니다. 반면에 나탕에게는 극작가라는 직업이 주는 이점 외에도, 연극 비평에 관한 한 자유주의파 신문들을 좌지우지할 힘을 가졌죠. 당신보단 오랫동안 언론계에 몸담고 있었으니까요."

그의 말은 뤼시앵이 내심 느끼고 있던 불안과 부합했다. 그로선 당연히 기대하게 되는 진솔함을 나탕이나 가야르에게서 찾아볼 수 없었다. 그렇다고 불평할 처지도 못 되는 것이, 그는 최근에야 전향하지 않았나! 가야르는 새로 들어온 사람은 자기의 신뢰를 받을 때까지 오랫동안 증거를 보여줘야 한다고 말하면서 뤼시앵을 괴롭혔다. 시인은 왕당파와 여당의 신문들 내부에서 생각지도 못했던 질투심과 마주하게 되었다. 나누어 먹어야 할 케이크를 앞에 두고 있는 모두에게서 나타나는 질투였다. 그들은 먹이 하나를 놓고 싸우는 개떼, 똑같이 으르렁 소리를 내고 똑같은 태도와 똑같은 특성을 보이는 무리에 비견할 만했다. 그 작가들은 권력자 앞에서 서로를 깎아내리려고 몰래 나쁜 짓을 꾸몄고, 서로가 상대방의 미온적 태도를 비난했다. 경쟁자를 없애기 위해 가장 위험한 술책을 쓰기도 했다. 자유주의자들은 권력과 권력의 은총에서 멀리 있었기 때문에 내부의 암투가 드물었다. 뤼시앵은 야심으로 뒤얽힌 그물의 존재를 어렴풋이 느꼈지만, 그 복잡한 매듭을 잘라내기 위해 칼을 뺄 용기도 그것을 풀어낼 인내심도 없었다. 그는 그 시대의 아레티노도, 보마르셰도, 프레롱도 될 수 없었다.[212] 뤼시앵은 귀족 칭호의 복원이 자신에게 유익한 결혼을 보장해 주리라 믿으면서 칙령 획득이라는 한 가지 희망에 매달렸다. 그러면 운명을 결정하는 것은 우연뿐이고, 그의 미모는 그 길에 도움이 될 터였다. 그에게 그토록 신뢰를 보여왔던 루스토는 뤼시앵의 비밀을 손에 쥐고 있었다. 그 기자는 어떻게 해야 앙굴렘 시인에게 치명타를 가할지 잘 알았다. 엑토르 메를랭이 뤼시앵을 보드빌 극장에 데려온 날, 루스토는 뤼시앵에게 끔찍한 함정을 파놓았다. 아이처럼 순진한 그는 그 함정에 빠져 거꾸러질 것이 틀림없었다.

---

212) 엘리 카트린 프레롱(Elie Catherine Fréron, 1718~1776)은 프랑스의 기자이자 문학 비평가로, 종교와 왕정의 기치를 내세워 당대 문학 경향과 계몽주의 철학을 비판했다. 아레티노는 432쪽 각주 196번, 보마르셰는 14쪽 각주 11번 참조.

"우리의 미남 뤼시앵이 왔군요." 피노는 이야기를 나누고 있던 뤼포를 끌고 뤼시앵에게 다가가서는 다정한 척 아양을 떨며 그의 손을 잡았다. "나는 이 친구처럼 빨리 출세한 예를 본 적이 없어요." 피노는 뤼시앵과 청원심사관을 번갈아 쳐다보면서 말했다. "파리에는 두 종류의 출세가 있지요. 하나는 물질적 출세, 즉 돈인데 그것은 누구나 모을 수 있어요. 다른 하나는 정신적 출세, 즉 인간관계, 지위, 아무리 돈이 많아도 어떤 사람들은 절대 접근할 수 없는 사회로의 진입 같은 것이지요. 그런데 내 친구는……."

"우리의 친구지요." 뤼포가 뤼시앵에게 간사한 눈길을 던지며 말했다.

"우리의 친구는," 피노가 뤼시앵의 손을 가볍게 두드리면서 말을 이었다. "그 면에서 빛나는 출세를 했지요. 정말이지 이 친구는 그를 부러워하는 다른 친구들보다 더 많은 수단과 재능과 재치를 가졌어요. 매혹적인 미모도 갖췄고요. 그래서 그의 옛 동지들은 그의 성공을 용서하지 않고, 그저 운이 좋았을 뿐이라고들 하지요."

"바보들이나 능력 없는 자들에게 그런 행운은 절대로 찾아오지 않죠." 뤼포가 말했다. "흠! 보나파르트의 운명을 행운이라 말할 수 있을까요? 그보다 앞서 이탈리아 원정군을 지휘한 장군이 20명은 되는데요. 지금 마드무아젤 데 투슈의 살롱에 들어가려는 청년이 100명은 되듯이요. 사교계에서는 벌써 그녀가 당신의 아내가 될 걸로 생각하던데요." 뤼포가 뤼시앵의 어깨를 툭 치면서 말했다. "아! 당신은 정말 인기가 많아요. 데

스파르 부인도 바르주통 부인도 몽코르네 부인도 당신에게 흠
뻑 빠졌어요. 오늘 저녁에는 피르미아니 부인 댁의 야회에, 내
일은 그랑리외 공작 부인의 대연회에 가시죠?"

"네." 뤼시앵이 말했다.

"젊은 금융업자를 한 분 소개해 드리겠습니다. 뒤티예 씨라
고, 당신과 잘 어울릴 겁니다. 짧은 시간에 큰 재산을 모았거
든요."

뤼시앵은 뒤티예와 인사를 나누며 대화를 시작했고, 금융
업자는 뤼시앵을 만찬에 초대했다. 피노와 뤼포 두 사람은 똑
같이 사람을 꿰뚫어 보는 통찰력을 가지고 있었으며, 계속 친
구로 지낼 만큼 서로를 잘 알았다. 그들은 시작한 대화를 계
속하는 척하며 뤼시앵과 메를랭과 뒤티예가 함께 이야기하도
록 내버려두고는 보드빌 극장 휴게실에 있는 긴 의자 쪽으로
갔다.

"그런데 말입니다," 피노가 뤼포에게 말했다. "진실을 말해
주시겠습니까? 뤼시앵은 진짜로 보호받고 있는 건가요? 그 친
구, 우리 편 기자들한테는 혐오의 대상이거든요. 그래서 저는
우리 쪽 음모에 힘을 보태기 전에, 그걸 좌절시키고 뤼시앵을
돕는 편이 나은지를 선생과 상의하고 싶습니다."

여기서 청원심사관과 피노는 잠시 동안 말없이 서로를 주
의 깊게 바라보았다.

뤼포가 말했다. "어떻게 데스파르 부인과 샤틀레가, 그리고
남작이 샤랑트 도지사 자리를 꿰차고 백작 작위를 하사 받아
의기양양하게 앙굴렘으로 귀환하도록 손써 준 바르주통 부인

이, 자기들을 공격한 뤼시앵을 용서할 것으로 생각할 수 있습니까? 그들은 샤르동을 파멸시키려고 왕당파에 던져넣은 겁니다. 지금 모두들 그 친구에게 약속했던 것들을 거절할 평계만 찾고 있어요. 아시겠지요? 당신이 잘만 하면, 두 부인께 큰 도움을 주는 겁니다. 언제고 그분들은 그걸 기억할 테니까요. 난 그 부인들의 비밀을 알아요. 그분들은 나도 소스라칠 만큼 저자를 증오합니다. 여자들이 좋아할 조건을 내걸고 공격을 멈추기만 했어도 그는 가장 잔인한 원수인 바르주통 부인의 손아귀에서 벗어났을 겁니다. 안 그래요? 그는 젊고 미남이니, 사랑의 격류 속에 증오심을 흘려보낼 수도 있었겠지요. 그랬다면 그는 뤼방프레 백작이 되었을 것이고, 오징어 부인은 그에게 궁정에 한직이나마 한자리 얻게 해줬을 겁니다! 뤼시앵은 루이 18세의 멋진 낭독가나, 어딘가의 도서관 사서, 엉터리 청원심사관, 하다못해 무슨 오락 시설 책임자라도 됐겠죠. 그런데 저 어리석은 친구는 그럴 기회를 제 발로 걷어찼어요. 어쩌면 바로 그 점을 용서받지 못했을 겁니다. 그는 조건을 제시하는 대신, 그들이 제시한 조건을 무조건 받아들였어요. 그가 칙령이라는 미끼에 걸려든 날, 샤틀레 남작은 일보 진전한 겁니다. 코랄리는 저 친구를 파멸시켰어요. 그 여배우가 애인이 아니었다면, 그는 오징어 부인을 다시 원했을 테고, 그러면 그녀를 되찾았을 테니까요."

"그럼 우리가 그를 쓰러뜨려도 되겠군요." 피노가 말했다.

"어떤 방법을 쓰실 건가요?" 뤼포는 무심한 척 물었다. 그는 데스파르 부인에게 이런 조력을 언급하며 생색낼 생각이었다.

"계약에 따르면 그는 루스토의 신문에 글을 써야 합니다. 게다가 현재 그는 알거지이니 기사 몇 개쯤 쓰지 않을 수 없죠. 만일 그의 익살스러운 기사가 법무부 장관의 화를 자극하고, 기사를 쓴 자가 뤼시앵이라는 걸 장관이 알게 되면, 그가 국왕의 호의를 얻을 만한 인물이 아니라고 판단하지 않겠어요? 저 지방 위인이 당황해 정신을 못 차리게 하려고 우리는 코랄리의 파탄도 준비했지요. 그의 애인은 야유당할 것이고 배역도 맡지 못할 겁니다. 일단 칙령이 무기한으로 연기되면, 우리의 희생자가 귀족이라는 주장을 조롱하면서 그의 어머니는 산파고 아버지는 약제사임을 폭로할 겁니다. 뤼시앵에게는 겉으로 보이는 용기밖에 없으니, 곧 쓰러지고 말 겁니다. 우리는 그를 왔던 곳으로 돌려보내면 그만입니다. 플로린을 통해 나탕은 마티파가 소유했던 잡지 지분 6분의 1을 내게 팔았습니다. 지업사가 보유한 지분도 벌써 사들였으니 나는 도리아와 더불어 그 주간지의 공동 소유주죠. 앞으로 선생과 내가 의기투합하면 이 주간지를 독점해 궁정에 이익이 되도록 할 수 있습니다. 내가 나탕과 플로린을 보호한 것은 오로지 원래 내 것인 지분 6분의 1을 되찾기 위해서였어요. 그들이 내게 그것을 팔아주었으니, 나도 그들에게 도움을 줘야죠. 하지만 그러기 전에, 나는 뤼시앵의 가능성에 대해 알고 싶었습니다……."

"당신은 이름값을 하시네요." 뤼포가 웃으면서 말했다. "좋습니다. 나는 당신 같은 사람들을 좋아합니다……."

"그렇다면 플로린이 정식 계약을 맺도록 도와주실 수 있죠?" 피노가 청원심사관에게 말했다.

"그래요. 하지만 우선 뤼시앵을 치워주세요. 라스티냐크도 마르세도 더 이상 저 친구 이야기를 듣고 싶지 않답니다."

"안심하십시오. 가야르가 게재해 주기로 약속한 기사를 나탕과 메를랭은 아무 때나 쓸 수 있습니다. 뤼시앵은 한 줄의 기사도 못 쓸 거예요. 우리는 그렇게 그의 밥줄을 끊을 겁니다. 그가 자신을 변호하고 코랄리를 옹호할 수 있는 지면은 마르탱빌의 《드라포 블랑》지밖에 없을 텐데, 신문 하나로 전체 언론에 저항하는 것은 불가능합니다."

"그렇다면 장관께서 민감해하는 부분을 알려주겠소. 그리고 뤼시앵에게 쓰게 하려는 기사를 내게 미리 보여줘야 합니다." 뤼포가 말했다. 그는 피노를 경계했기에, 뤼시앵에게 약속했던 칙령이 애초부터 빈말이었다는 사실은 밝히지 않았다.

뤼포는 휴게실을 떠났다. 피노는 뤼시앵에게 다가가 수많은 사람이 속아 넘어간 호인다운 어조로 뤼시앵이 소신문에 빚지고 있는 기사를 포기하면 안 되는 이유를 설명했다. 계약을 이행하지 않은 데 대해 자기가 소송을 걸면 뤼시앵이 왕당파에 걸고 있는 희망이 무산될 테니, 소송하겠다는 생각은 접었다고 말했다. 용감하게 의견을 바꿀 줄 아는 강자를 좋아한다고도 했다. 살다 보면 언제라도 우리가 또 만나지 않겠는가? 서로 도와야 할 일들이 있지 않겠나? 여당이나 과격 왕당파가 뤼시앵에게 도움 주기를 거부한다면 그들을 공격하기 위해서라도 자유주의파에 믿을 만한 사람이 하나쯤은 있어야 한다는 것이었다.

일장 연설을 끝내면서 피노가 말했다. "그쪽 사람들이 당신을 농락하면 어쩌려고요? 변절이라는 고삐로 묶어두었다고 믿은 어떤 장관이 더는 당신을 두려워하지 않고 함부로 쫓아버린다면, 당신도 그들 장딴지를 물어뜯을 개 몇 마리는 풀어놓아야 하지 않아요? 그런데 루스토와는 철천지원수가 됐지요. 그는 당신 목을 내놓으라 하고 있고, 펠리시앵과는 이제 말도 섞지 않잖아요. 나 하나 남았어요! 내 직업상 원칙 중 하나는 진정한 강자들과 사이좋게 지내는 겁니다. 내가 언론계에서 당신에게 도움을 주었듯이, 앞으로 당신이 진출하게 될 사교계에서 내게 도움을 줄 수 있습니다. 좌우간 사업이 우선이니까! 전적으로 문학적인 기사들을 내게 줘요. 그 기사들 때문에 위험에 빠지는 일은 없을 겁니다. 그걸로 우리 계약을 이행하도록 해요."

뤼시앵은 피노의 제안에서 타산적인 우정만을 알아보았다. 피노와 뤼포의 아첨에 기분이 좋아진 그는 피노에게 고맙다고까지 했다!

야심가들의 인생에는, 그리고 사람이나 상황의 도움을 받으면서 잘 준비된 계획을 지속적으로 추진해야만 출세할 수 있는 모든 이들의 인생에는, 알 수 없는 어떤 힘으로 인해 혹독한 시련을 겪는 잔인한 순간이 있다. 그렇게 되면 동시에 모든 것에 실패하고, 사방에서 줄이 끊어지거나 엉키고, 도처에 불행이 나타난다. 이러한 정신적 혼란 속에서 통제력을 잃으면 실패하고 만다. 처음 겪는 불리한 상황을 견뎌내고, 폭풍우가 지나가도록 내버려두면서 굳건히 버티고, 엄청난 노력을 기울여 더 높은 곳을 향해 올라갈 줄 아는 사람이야말로 진정으로 강한 인간이다. 부자로 태어나지 않는 한, 모든 사람에게는 운명의 일주일이라는 것이 존재한다. 나폴레옹에게 그 일주일은 모스크바에서의 후퇴였다. 바로 그런 잔인한 순간이 뤼시앵에게 도래했다. 사교계에서건 문학계에서건 그에게는 모든 일이 술술 잘 풀렸더랬다. 그는 지극히 행복했다. 그런데 얼마 전부터는 사람들이 그에게 등을 돌리고 상황도 그에게 불리하게 돌아가는 것을 지켜볼 수밖에 없었다. 첫 번째 고통은 가장 강력하고 가장 잔인했다. 스스로 끄떡없다고 믿었던 그의 마음과 사랑에까지 그 고통이 도달했던 것이다. 코랄리는 똑똑하다고는 할 수는 없지만 아름다운 영혼을 지녔고, 갑작스러운 동작을 통해 그 영혼을 밖으로 표출할 줄 아는 여자였다. 그런 동작을 잘해야 위대한 여배우가 되는 법이다. 그러나 이 특이한 성향은 그 재능을 오랫동안 사용함으로써 습관이 되지 않는 한, 변덕스러운 성격에 좌우되거나 아직은 어린 여배우를 지배하는 수줍음이라는 미덕의 영향을 받는다. 겉으로는 여배우답게 대담하고 외설스럽지만 내면적으로는 순진하고 소심한 코랄리는 여전히 사랑에 빠져 있었기에, 여배우라는 가면에 대해 여자로서 마음에서 우러난 반발심을 느꼈다. 감정을 표현하는 기술, 그 숭고한 위선은 아직 그녀의 천성을 이기지 못했다. 사랑하는 사람에게만 속하는 것을 관객에게 보여준다는 사실이 그녀는 수치스러웠다. 게다가 그녀는 솔직한 여인 특유의 약점을 지니고 있었다. 무대에서 여왕으로 군림하고 있으면서도 그녀는 여전히 무대에서의 성공이 절실했다. 친숙하지 않은 무대와 맞설 수 없었던 코랄리는 매번 부들부들 떨면서 등장했다. 그때 관객의 반응이 차가우면 그녀는 얼어붙었다. 이렇게 견디기 힘든 감정 때문에 새로운 역할을 맡을 때마다 그녀는 마치 새로 데뷔하는 것 같았다. 박수갈채가 쏟아지면 일종의 도취상태가 되었다. 그것은 그녀의 자존심과는 무관했지만, 용기를 끌어내는 데는 꼭 필요한 것이었다. 무심한 관객들이 비난하며 투덜대거나 침묵하면 그야말로 속수무책이었다. 객석을 가득 메운 관객들이 주의 깊게 바라보면서 찬사와 호의에 찬 시선을 보내면 그녀는 흥분했다. 그럴 때면 관객 전체의 고귀한 품격과 하나가 되어 그들의 정신을 북돋워 주고 그들을 감동케 하는 힘이 생기는 것을 느꼈다. 이러한 이중의 효과는 그 가엾은 여인이 본성적으로 신경이 예민하면서도 천재적인 기질을 타고났음을 보여주었으며, 그녀의 섬세하고도 다정한 마음을 드러내기도 했다. 뤼시앵은 마침내 그 마음에 담긴 보물을 높이 평가하게 되었고, 자기 애인이 얼마나 소녀 같은 여자인지 알게 되었다. 여배우들의 거짓말에 익숙하지 않은 코랄리는 플로린이 벌이는 무대 뒤의 술책과 경쟁심에 맞서 방어할 줄 몰랐다. 코랄리가 순진하고 관대했던 만큼, 플로린은 위험하고 타락한 여자였다. 코랄리는 배역을 따내려고 애쓸 줄 몰랐다. 그녀는 자존심이 너무 강해서, 작가들에게 간청하거나, 불명예스러운 조건을 받아들이거나, 사랑과 펜을 무기 삼아 협박하는 일류 기자들에게 몸을 맡길 수 없었다. 배우의 연기에서 드물게 볼 수 있는 재능은 성공의 조건 중 하나일 뿐이며, 술책의 재주가 수반되지 않는 한 그 재능은 오히려 오랫동안 해롭기조차 하다. 그러나 코랄리는 그런 술수를 전혀 몰랐다. 짐나즈 극장 데뷔 때 자기 애인이 받을 고통을 예견한 뤼시앵은 무슨 수를 써서든 그녀에게 성공을 안겨주고 싶었다. 가구를 팔아 남은 돈과 뤼시앵이 번 돈은 모두 의상비와 의상실 꾸미기 등 데뷔에 필요한 비용으로 나갔다. 그리하여 며칠 전 뤼시앵은 사랑을 위해 치욕적인 발걸음을 옮겼다. 팡당과 카발리에의 어음할인을 부탁하려고 부르도네가에 있는 카뮈조의 **황금 고치** 상점으로 찾아간 것이다. 시인은 아직 냉정하게 이런 돌격에 나설 만큼 타락하지는 않았다. 그래서 가는 동안 너무나 큰 고통을 느꼈고, 가야 해! 안 돼! 소리를 연거푸 되뇌며 끔찍한 생각에 사로잡혔다. 그럼에도 결국 안뜰로부터 빛이 드는 춥고 어두운 작은 사무실 앞에 이르렀다. 바로 그곳에 카뮈조가 있었다. 그는 뤼시앵이 알던 카뮈조, 코랄리에 반한 유순하고 게으른 남자, 방탕아, 의심 많은 남자가 아니라, 진지한 가장이자 책략과 미덕으로 무장하고 상사법원의 판사다운 근엄한 법관의 가면을 쓰고 경영자의 냉정함으로 자신을 지키는 상인이었다. 그는 점원들과 경리, 푸른 종이 상자들과 계산서와 견본 들에 둘러싸여, 아내와 함께 있었다. 그 옆에는 수수한 옷을 입은 딸도 있었다. 뤼시앵은 그에게 다가가면서 머리끝에서 발끝까지 소름이 끼쳤다. 위엄 있는 상인이 그에게 던진 시선이 전에 뤼시앵이 어음할인업자들에게서 보았던 것과 같이 불손하고 무관심했기 때문이다.

"여기 어음이 있습니다. 이걸 받아주시면 더할 나위 없이 감사하겠습니다, 사장님." 그는 앉아 있는 상인 곁에 서서 말했다.

"당신은 내게서 무엇인가를 빼앗아 간 적이 있지요, 선생." 카뮈조가 말했다. "나는 그것을 기억하고 있습니다."

이 시점에서 뤼시앵은 코랄리가 처한 상황을 설명했는데, 낮은 목소리로 비단 상인의 귀에다 대고 작게 말했기에, 모욕당한 시인의 심장 뛰는 소리가 상인에게까지 들렸다. 카뮈조는 코랄리가 추락하는 것을 원치 않았다. 뤼시앵의 말을 들으면서 상인은 어음의 서명을 보고 미소 지었다. 상사법원의 판사였기에 출판업자들의 상황을 잘 알고 있었던 것이다. 그는 어음 증서 뒷면에 비단 대금으로 수령함이라고 배서하는 조건으로[213] 4500프랑을 내주었다. 뤼시앵은 곧바로 브롤라르를 찾아가서 코랄리의 성공을 보장받기 위해 그를 후하게 대접했다. 브롤라르는 오겠다고 약속했고, 최종 리허설 때 와서는, 코랄리를 위해 부하들이 크고 억센 손으로 박수를 침으로써 성공을 거두게 할 장면들까지 협의했다. 뤼시앵은 카뮈조의 상점에 갔던 일은 말하지 않은 채 나머지 돈을 코랄리에게 주었다. 그렇게 하여 벌써부터 집안 살림을 어떻게 꾸려가야 할지

---

213) 이 기재 사항은 뤼시앵이 어음을 할인받은 것이 아니라, 그가 카뮈조에게 비단을 사고 그 대금을 어음으로 치른 것처럼 되어 있다. 이는 상거래의 형식이고, 따라서 팡당과 카발리에가 파산해 어음이 부도나면, 그로 인한 채무가 뤼시앵에게 돌아오게 된다. 당시 상법은 상행위와 관련된 채무에 더 엄격한 책임을 부과했고, 일반 채무자와 달리 상인의 경우 채무를 변제하지 못하면 감옥에 갈 가능성이 컸다.

몰라 불안해하는 여배우와 베레니스를 진정시켰다. 극장에 관해 누구보다도 정통한 마르탱빌은 수차례 집으로 찾아와 코랄리에게 배역을 연습시켰다. 뤼시앵은 여러 명의 왕당파 기자들로부터 호의적인 기사를 써주겠다는 약속도 받았다. 그래서 불행이 닥치리라고는 전혀 예상치 못했다. 코랄리의 초연 전날, 뤼시앵에게 불길한 일이 닥쳤다. 다르테즈의 책이 출판되었다. 엑토르 메를랭의 신문사 편집장은 뤼시앵이 그 신간에 대한 서평을 쓸 적임자라고 여겨 그에게 책을 주었다. 나탕에 관한 기사 이후로 뤼시앵은 그 방면에서 치명적인 평판을 얻었던 것이다. 사무실에는 사람이 많았고, 기자들이 모두 모여 있었다. 자유주의파 신문에 반박하기 위해 왕당파 신문이 채택한 일반적 논쟁에서의 비판 수위를 조절하기 위해 마르탱빌도 와 있었다. 나탕, 메를랭, 그리고《르레베이》의 모든 공동 발행인은 레옹 지로가 주 2회 발간하는 신문의 영향력에 관한 이야기를 나눴다. 지로의 신문이 신중하고 절도 있고 절제된 언어를 사용하는 만큼 그 영향이 더욱 해롭다는 것이었다. 그들은 카트르방가의 세나클에 대해서도 떠들었는데, 그 모임을 '공포정치 시절의 국민공회'라고 불렀다. 왕당파 신문들은 이 위험한 적들에 맞서 체계적으로 사활을 건 싸움을 하기로 결정한 바 있었다. 가장 뛰어난 왕당파 작가 중 하나가 훗날 시시한 복수심에 사로잡혀 그들과 연합하자마자,[214] 자신

---

214) 프랑수아 르네 드 샤토브리앙(François-René de Chateaubriand, 1768~1848)의 일화를 암시한다. 정통 가톨릭 왕정주의자였던 샤토브리앙은 과격 왕당파의 억압적 정책을 비판하면서 온건하고 합법적인 군주제를

들의 교리를 실천하는 데 진심인 이 적들은 부르봉 왕가를 전
복시키고 마는 치명적 당파가 되리라는 논리였다. 다르테즈가
절대군주를 지지한다는 사실은 알려지지 않았기에, 세나클에
가해지는 격렬한 비난 속에서 그는 첫 번째 희생자가 될 참이
었다. 다르테즈의 책은 고전적인 표현대로, 등뼈가 부러져야 했
다. 뤼시앵은 기사 쓰기를 거부했다. 그의 거절은 그곳에 모였
던 주요 왕당파 인사들 사이에서 커다란 물의를 일으켰다. 그
들은 뤼시앵에게 분명히 선언하기를, 새로 전향한 사람에게
는 마음대로 할 권한이 없으며, 군주제와 종교를 지지할 생각
이 없다면 원래 있던 당으로 돌아가도 된다는 것이었다. 메를
랭과 마르탱빌은 그를 따로 불러 친절하게 설명했다. 자유주
의파 신문이 그에게 품은 증오심은 코랄리를 향할 터, 만일 뤼
시앵이 제안을 거절한다면 그녀를 옹호해 줄 왕당파나 여당지
신문은 더 이상 하나도 없을 것이다, 반면 뤼시앵이 그 기사를
쓴다면 코랄리는 격렬한 논쟁을 불러일으켜 모든 여배우가 갈
망하는 명성을 얻게 될 것이라고 했다.

 "그 방면에 대해서는 아무것도 모르는군요." 마르탱빌이 말
했다. "코랄리는 양측의 기사들이 열띠게 논쟁하는 가운데
석 달 동안 연기하게 될 것이고, 휴가철 석 달 동안은 지방에
서 3만 프랑을 벌게 될 겁니다. 당신은 불안감 때문에 정치인
이 되지 못하고 있는데, 그걸 떨쳐 버려야 해요. 그러지 않으면

476

당신은 코랄리를 죽이고 당신 미래도 망칠 거예요. 밥벌이를 팽개치면 안 됩니다."

뤼시앵은 다르테즈와 코랄리 중 하나를 선택해야 했다. 대신문과 《르레베이》에서 자기가 다르테즈의 목을 조르지 않으면 코랄리는 실패할 것이다. 가엾은 시인은 비탄에 빠져 집으로 돌아와, 벽난로 구석에 앉아 다르테즈의 책을 읽었다. 현대 문학의 최고 걸작 중 하나였다. 한 페이지 한 페이지 읽을 때마다 눈물을 흘렸고, 오랫동안 망설였다. 그러나 마침내 조롱하는 기사를 썼다. 그런 기사를 쓰는 데에는 정통했던 만큼, 마치 어린아이가 예쁜 새 한 마리를 잡아 그 털을 뽑고 학대하듯이 그 책을 비판했다. 그의 끔찍한 조롱은 책을 훼손시키는 성질의 것이었다. 그 훌륭한 책을 다시 읽으면서 뤼시앵은 양심의 가책을 느꼈다. 자정이 되었을 때, 그는 파리를 가로질러 다르테즈의 집으로 갔다. 창문 사이로 순결하고 희미한 불빛이 흔들리고 있는 것이 보였다. 진정 위대한 그 인물의 의연함을 존경하며 그토록 자주 바라보곤 했던 불빛이었다. 그는 방으로 올라갈 힘도 용기도 없었기에, 잠시 동안 경계석 옆에 서 있었다. 마침내 마음속에 깃든 착한 천사에 이끌려 다르테즈의 방으로 올라가 문을 두드렸다. 다르테즈는 난로도 피우지 않은 추운 방에서 책을 읽고 있었다.

"웬일인가?" 뤼시앵을 보면서, 무서운 불행이 아니면 그가 이곳까지 올 리 없다고 생각한 젊은 작가가 물었다.

"네 책은 숭고해." 눈에 눈물이 가득 고인 뤼시앵이 외쳤다. "그런데 저들은 내게 네 책을 공격하라는 명령을 내렸어."

“가엾은 친구, 처지가 정말 딱하군.” 다르테즈가 말했다.

“한 가지만 부탁할게. 내가 이곳에 온 것은 비밀로 해줘. 그리고 지옥에서 저주받는 일을 계속하도록 날 내버려둬. 인간은 가슴속 가장 민감한 부분이 무감각해지지 않으면 아무것도 할 수 없나 봐.”

“언제나 같은 말이군!” 다르테즈가 말했다.

“내가 비열하다고 생각해? 아니야, 다르테즈, 아니, 나는 사랑에 취한 아이일 뿐이야.”

그는 자신이 처한 상황을 설명했다.

“기사를 보여줘.” 뤼시앵이 코랄리에 대해 이야기하는 것을 듣고 마음이 흔들린 다르테즈가 말했다.

뤼시앵은 원고를 내밀었다. 다 읽은 다르테즈는 미소 짓지 않을 수 없었다. “재치를 이렇게 치명적으로 사용하다니!” 그가 외쳤다. 하지만 고통에 짓눌려 소파에 앉아 있는 뤼시앵을 보고는 입을 다물었다. “내가 좀 고쳐줄까? 내일 돌려줄게.” 그가 말을 이었다. “조롱은 작품을 불명예스럽게 만들지만, 신중하고 진지한 비평은 종종 찬사가 되기도 해. 자네를 위해서도 나를 위해서도 기사를 좀 더 명예롭게 만들 수 있을 것 같아. 게다가 내 결점은 어느 누구보다도 내가 잘 알지 않겠어!”

“메마른 언덕을 올라갈 때면 끔찍한 갈증의 열기를 달래줄 과일을 이따금 발견하기도 하지. 그 과일이 바로 여기 있었어!” 뤼시앵은 다르테즈의 가슴으로 몸을 던지며 흐느꼈다. 그는 친구의 이마에 입을 맞추면서 말했다. “언젠가 돌려달라며 네게 내 양심을 맡긴 것 같아.”

"주기적으로 되풀이하는 후회는 심각한 위선이라고 생각해." 다르테즈가 근엄하게 말했다. "그런 후회는 잘못된 행동에 주는 일종의 장려금이지. 후회란 우리의 마음이 신에게 빚지는 순결이야. 그렇지만 두 번이나 후회하는 사람은 추악한 사기꾼뿐. 네가 후회만 하면 죄를 면할 수 있다고 생각할까 봐 두려워!"

그 말을 들은 뤼시앵은 벼락을 맞은 느낌이었다. 그는 느린 걸음으로 뢴가로 돌아왔다. 다음 날, 시인은 다르테즈가 교정해서 보내준 기사를 신문사로 가져갔다. 그날 이후 늘 우울했고, 그런 마음 상태를 계속 감출 수는 없었다. 그날 밤, 짐나즈 극장 객석이 꽉 찬 것을 보면서, 극장 데뷔가 주는 무시무시한 감정의 동요를 느꼈다. 그리고 그 감정은 사랑의 힘으로 인해 그의 마음속에서 점점 더 커졌다. 그의 자존심 전부가 걸려 있었다. 피고가 배심원들과 재판관들의 얼굴을 유심히 살피듯, 그의 시선은 모든 사람의 표정을 살폈다. 소곤거리는 소리만 들려도 부르르 떨었다. 무대 위의 사소한 사건 하나, 코랄리의 등장과 퇴장, 목소리의 아주 작은 변화조차 그를 극도로 불안하게 만들었다. 코랄리가 데뷔한 작품은 실패하기도 하고 다시 인기를 얻기도 했는데, 그날은 실패했다. 코랄리가 무대에 나올 때 관객들은 박수를 치지 않았다. 그녀는 아래층 관객들의 냉담한 반응에 충격을 받았다. 박스석에서 그녀를 향해 박수 치는 사람은 카뮈조뿐이었다. 그마저도 발코니며 관람석에 있는 관객들이 끈질기게 쉿! 쉿! 하면서 상인에게 눈치를 주었다. 객석의 관객들은 과장된 박수갈채를 보내고 있는 박수부대마

저 조용하게 만들었다. 마르탱빌이 용기 있게 박수를 치자, 위선적인 플로린과 나탕, 메를랭도 그를 따라 했다. 연극이 실패로 돌아가자, 코랄리의 의상실로 사람들이 몰려들었다. 그러나 그녀를 위로한답시고 하는 말들은 더 큰 화를 불렀다. 여배우는 자기보다 뤼시앵 때문에 더 절망하면서 집으로 돌아왔다.

"브롤라르가 우리를 배신했어." 뤼시앵이 말했다.

코랄리는 심하게 열이 났다. 마음에 큰 상처를 입은 것이다. 그녀는 다음 날 무대에 설 수 없었고, 이제 끝이라고 생각했다. 뤼시앵은 코랄리에게 신문을 보여주지 않으려고 식당에 가서 봉인을 뜯었다. 평론가들 모두가 연극 실패의 책임을 코랄리에게 전가하고 있었다. 그녀가 자신의 위력을 과신했다는 것이었다. 대로변 극장들에서 관객을 즐겁게 해주던 출연자가 짐나즈 극장으로 옮기고 야심차게 밀고 나갔는데, 그런 야심은 칭찬받을 만하지만, 자기 능력을 제대로 알지 못했고 배역을 잘못 맡았다는 것이었다. 뤼시앵은 자기가 나탕에 대해 썼던 기사와 동일한 수법으로 구성된, 코랄리에 대한 가식적인 장광설을 읽었다. 뤼시앵은 크로토나의 밀론이 자기가 쪼개려던 떡갈나무 사이에 손이 끼었을 때[215] 느꼈을 법한 분노

---

215) 크로토나(오늘날 이탈리아 남부)의 밀론은 기원전 6세기 고대 그리스의 레슬링 챔피언이다. 엄청난 힘과 식욕으로 유명해 많은 전설을 남겼는데, 언급된 내용은 그의 죽음에 관한 이야기다. 평소 힘을 과시하기를 즐겼던 밀론이 어느 날 떡갈나무 둥치를 맨손으로 쪼개려다 갈라진 줄기 틈새에 손이 끼었다. 나무둥치에 매여 옴짝달싹 못 하게 된 그는 결국 늑대에게 물려 죽었다.

에 사로잡혀 얼굴이 창백해졌다. 그의 '동료'들은 선의와 호의와 호기심이 뒤섞인 미사여구를 늘어놓으면서 코랄리에게 가장 해로운 충고를 하고 있었다. 그녀는 분명 자기 재능과 전혀 맞지 않는 역할을 연기했던바, 저열한 통속 드라마의 극작가들은 이런 사실을 뻔히 알면서 그녀에게 배역을 맡겼다는 것이다. 왕당파 신문들의 기사 논조가 다 그랬다. 아마도 나탕이 그렇게 하라고 시켰을 것이다. 자유주의파 신문들과 소신문들은 뤼시앵이 즐겨 사용하던 뒤통수치기와 조롱을 늘어놓고 있었다. 흐느끼는 소리를 들은 코랄리는 침대에서 벌떡 일어나 뤼시앵에게 다가와 신문을 보았다. 그녀는 신문 기사들을 읽으려 했고, 결국 읽게 되었다. 다 읽은 후 그녀는 침대로 돌아가 다시 누웠다. 그러고는 아무 말도 하지 않았다. 이 음모에 가담한 플로린은 결과를 내다보고는, 코랄리의 역할을 미리 연습해 두었다. 나탕이 그녀의 연기 지도자였다. 그 작품을 포기하고 싶지 않았던 극장 경영진은 코랄리의 역할을 플로린에게 주고자 했다. 극장 사장이 가엾은 여배우를 보러 왔을 때, 실의에 빠진 그녀는 눈물을 흘렸다. 그런데 극장 사장이 뤼시앵 앞에서, 플로린이 배역을 잘 알고 있으니 오늘 저녁에는 코랄리 대신 플로린을 무대에 세울 수밖에 없다고 말하자, 그녀는 벌떡 일어나 침대에서 뛰어내렸다.

"내가 할 거예요." 그녀는 외쳤다.

코랄리는 기절하고 말았다. 결국 플로린이 그 역을 맡아 명성을 얻었다. 작품을 다시 살려냈기 때문이다. 모든 신문이 플로린에게 갈채를 보냈고, 그 후 그녀는 지금 여러분이 알고 있는 대배우가 되었다. 플로린의 성공에 뤼시앵은 머리끝까지 화가 치밀었다.

"당신이 빵을 던져 준 그 하찮은 여자가! 뻔뻔하기 짝이 없군! 짐나즈 극장이 그렇게 하고 싶다면, 당신에게 위약금을 치르고 계약을 해지해야지. 나는 뤼방프레 백작이 되어 재산을 모으고 당신과 결혼할 거야!"

"바보 같은 소리!" 코랄리가 창백한 눈길로 그를 바라보며 말했다.

"바보 같은 소리라고? 두고 봐. 며칠만 있으면 당신은 멋진 집에서 마차를 굴리면서 살 거야. 그리고 당신에게 배역도 맡게 할 거야."

그는 2000프랑을 움켜쥐고 프라스카티로 달려갔다. 이 불행한 남자는 겉으로는 침착하고 냉정해 보였지만, 속으로는 격한 분노에 사로잡혀 7시간을 그곳에 머물렀다. 낮 동안과 밤의 일부 동안 운은 왔다 갔다 했다. 3만 프랑까지 땄지만 결국 한 푼도 없이 도박장을 나왔다. 집에 돌아오자, 소소한 기사들을 받으러 온 피노가 그를 기다리고 있었다. 뤼시앵은 자신의 처지를 한탄하는 실수를 저질렀다.

"아! 세상만사가 다 장밋빛은 아니지요." 피노가 말했다. "왼쪽에 있다가 갑자기 방향을 180도 틀었으니, 자유주의파 언론의 지지를 잃는 건 당연합니다. 영향력에 있어서는 자유주의파 신문이 왕당파 여당 신문보다 훨씬 큰데 말이죠. 닥칠지도 모르는 실패를 대비해 좋은 자리를 마련해 놓지 않고는 절대로 한 진영에서 다른 진영으로 넘어가서는 안 되는 거요. 현명한 사람은 어떤 경우에도 우선 친구들을 만나 진영을 옮기게 된 이유를 설명하고, 그들로부터 개종에 대한 충고를 듣습니다. 그러면 친구들은 공범자가 되어 동정해 주죠. 나탕이나 메를랭처럼 동료들과 잘 지내면서 서로를 돕기도 하고요. 늑대들은 절대로 잡아먹히지 않소. 이번 사건에서 당신은 새끼 양처럼 순진했어요. 새로 들어간 당에서 장차 이득을 얻고자 하면, 이빨을 드러내야 합니다. 결국 그들은 나탕을 위해 불가피하게 당신을 희생시킨 거요. 당신의 다르테즈 비판 기사가 불러일으킨 소문과 스캔들, 각종 소란도 조용히 덮고 갈 수는 없었을 거고. 당신에 비하면 마라는²¹⁶⁾ 성인군자요. 당신에 대한 공격이 예정돼 있는데, 당신 책은 그걸 견디지 못할 거요. 소설은 어떻게 돼가고 있습니까?"

"이게 마지막 부분입니다." 뤼시앵이 교정쇄 묶음을 가리키며 말했다.

"여당파와 과격 왕당파 신문에서 다르테즈를 공격하는 기사 중 서명 없는 것들은 전부 당신이 썼다고 떠들어들 댑디다. 《르레베이》는 이제 하루가 멀다 하고 카트르방가 멤버들을 향해 아유를 퍼붓고 있소. 그 조롱이 우스꽝스러운 만큼 더 무자비하지. 레옹 지로의 신문사 뒤에는 진지하고 신중한 한 정치 파벌이 있는데, 머지않아 그들에게 권력이 넘어갈 거요."

---

216) 장 폴 마라(Jean-Paul Marat, 1743~1793)는 스위스 출신의 프랑스 내과 의사로, 프랑스 혁명에서 급진적 입장에 섰던 언론인이자 정치인이다. 로베스피에르와 함께 공포정치를 주도했다. 1793년 산악당의 독재를 증오하는 지롱드파의 샤를로트 코르데에 의해 자신의 욕실에서 암살당했다.

"저는 일주일째 《르레베이》 사무실에 가지 않았어요."

"자, 이제 내게 줄 소소한 기사들에 집중해 봐요. 당장 50개쯤 써주면 한꺼번에 계산해 드리리다. 물론 색깔은 우리 신문에 맞춰 줘야지."

그런 다음 피노는 무심한 척, 살롱을 떠돌고 있는 일화라며 법무부 장관에 관한 흥미로운 기삿거리 하나를 슬쩍 흘렸다. 의기소침했음에도 뤼시앵은 도박으로 인한 손실을 만회하고자, 문체의 혈기와 청년의 재치를 되찾고 2단 기사 30개를 썼다. 다 쓴 다음 그는 그곳에 피노가 있으리라 확신하면서 도리아 상점으로 갔다. 그에게 은밀하게 기사를 전하고 싶었던 것이다. '데이지'가 출판되지 않고 있는 이유에 대한 설명을 듣고 싶기도 했다. 서점은 적들로 가득했다. 그가 들어서자 갑자기 대화가 뚝 끊기고 침묵이 흘렀다. 자신이 언론계에서 추방되었음을 깨달은 뤼시앵은 불현듯 용기가 두 배로 커지는 것을 느꼈다. 뤽상부르 공원 오솔길에서 했던 것처럼 스스로 다짐했다. '난 반드시 승리할 거야!' 도리아는 그에게 후원자의 태도를 보이지도, 다정하게 대하지도 않았다. 그는 자신의 권리를 주장하며 빈정거렸다. 판권을 독점하고 있는 건 나니까 '데이지'의 출판을 결정하는 것은 내 마음이다, 저자가 성공을 보장할 만한 지위에 오르기를 기다리고 있는 중이다, 라는 것이었다. 계약 당사자들의 역할과 계약의 특성상, 도리아에게는 '데이지'를 출판할 의무가 있다고 반박하자, 출판업자는 그 반대 논리를 펴면서 사업성이 없다고 판단되는 작업을 이행할 법적 의무는 없다고 했다. 출판의 시의적절성 여부는 오롯이 자신의 판단 영역이라는 것이었다. 모든 법정이 인정하는 한 가지 해결책이 있는바, 뤼시앵이 1000에퀴를 돌려주고 원고를 찾아다가 왕당파 출판사에서 출판하면 된다고도 했다.

뤼시앵은 처음 도리아를 만났을 때 그가 보여주었던 위압적인 태도보다 그의 절제된 말투에 더욱더 기분이 상해 상점을 나왔다. 강력한 힘을 가진 동료들의 지원을 받거나 자기 스스로 대단한 사람이 되지 않는 한 '데이지'는 출판되지 않을 터였다. 뤼시앵은 절망에 빠져 천천히 집으로 돌아왔다. 생각대로라면 자살이라도 했을 것이다. 코랄리는 창백한 얼굴로 침대에 누워 고통스러워하고 있었다.

"배역을 따내야 해요. 아니면 코랄리는 죽고 말 거예요." 뤼시앵이 몽블랑가에 있는 마드무아젤 데 투슈의 집에 가기 위해 옷을 갈아입고 있을 때 베레니스가 말했다. 마드무아젤 데 투슈가 오늘 저녁 성대한 야회를 개최하는데, 그곳에 가면 분명 뤼포, 비뇽, 블롱데, 데스파르 부인, 그리고 바르주통 부인을 만날 수 있을 터였다.

야회는 무대에 오르는 사람을 제외하고 가장 훌륭한 목소리를 가진 것으로 유명한 위대한 작곡가 콩티, 그리고 신티, 파스타, 가르시아, 르바쇠르,[217) 그 밖에 상류사회에서 노래

---

217) 로르 신티 다모로(Laure Cinti-Damoreau, 1801~1863)는 프랑스 태생의 소프라노 성악가이자 작곡가다. 말년에 프랑스에 정착한 로시니는 당시 신예였던 신티를 여주인공으로 한 오페라 대작 『기욤 텔(빌헬름 텔)』(1928)을 썼다. 파스타는 219쪽 각주 116번 참조. 마누엘 가르시아(Manuel García, 1775~1832)는 에스파냐 세비야 출신으로 파리에서 활동한 오페라

잘하기로 유명한 두세 명의 인사들을 위한 것이었다. 뤼시앵은 후작 부인과 그녀의 사촌, 그리고 몽코르네 부인이 앉아 있는 자리로 슬그머니 다가갔다. 가엾은 젊은이는 경쾌하고 만족스럽고 행복한 태도를 취했다. 농담하면서 찬란하게 빛나던 시절과 같은 모습을 보이기도 했다. 사교계의 도움이 필요한 것처럼 보이고 싶지 않았다. 왕당파를 위해서 했던 일들을 늘어놓았고, 그 증거로 자유주의파들이 자신에게 퍼붓는 증오의 외침을 언급했다.

"나중에 크게 보상 받으실 거예요." 바르주통 부인이 그에게 상냥한 미소를 보내면서 말했다. "내일모레, 왜가리와 뤼포와 함께 법무부로 가보세요. 국왕이 서명한 칙령을 받으실 수 있을 거예요. 법무부 장관이 내일 왕궁으로 서류를 가져갈 겁니다. 하지만 회의가 있으니 늦게 돌아오시겠죠. 아무튼 결과를 알게 되면 저녁에 알려드릴게요. 어디 사시죠?"

"제가 오겠습니다." 뤼시앵은 뤼가에 산다고 말하기가 부끄러워 그렇게 대답했다.

"르농쿠르 공작과 나바랭 공작께서 전하께 말씀드렸답니다." 후작 부인이 덧붙였다. "당신의 절대적 헌신을 치하하고 당신이 자유주의파에게 당한 박해에 복수할 수 있도록 확실한 보상을 해주십사 청원 드렸다고 하셨어요. 당신이 모계 혈

테너, 작곡가, 성악교사로, 『세비야의 이발사』에서 알마비바 백작 역을 맡았다. 직접 작곡한 오페라를 짐나즈 극장에서 상연하기도 했다. 니콜라 르바쇠르(Nicolas Levasseur, 1791~1871)는 파리음악원 출신의 성악가로, 이탈리아 극장의 로시니 오페라들에서 큰 성공을 거뒀다.

통으로부터 물려받은 권리인 뤼방프레라는 이름과 작위를 더욱더 빛나게 할 것이라는 말도 덧붙이셨답니다. 그날 저녁 전하께서는 법무부 장관께 뤼방프레 백작의 마지막 모계 후손인 뤼시앵 샤르동 씨에게 백작의 이름과 작위를 부여하는 칙령을 만들어 오라고 지시하셨대요. 다행히 우리 사촌이 기억하고 있다가 공작님께 드렸던 소네트를 읽어보신 전하께서는 이렇게 말씀하셨다죠. '핀도스산맥의 방울새에게[218] 혜택을 줍시다.' 이에 나바랭 공작께선 이렇게 응수하셨답니다. '특별히 전하께서는 그 새를 독수리로 만드는 기적을 행하실 수 있으시지요.'"

뤼시앵은 절절한 마음을 토로했다. 루이즈 데스파르 드 네그르플리스만큼 상처받은 여인이 아니었다면 그런 모습을 보고 측은한 생각이 들었을 것이다. 뤼시앵이 미남으로 보일수록 그녀는 복수심에 사로잡혔다. 뤼포가 말했듯이 뤼시앵에게는 요령이 부족했다. 그들이 운운하는 칙령이 농담에 불과하다는 사실을 그는 간파하지 못했다. 데스파르 부인은 그런 일에 아주 능숙했다. 성공에 대한 확신과 마드무아젤 데 투슈의 기분 좋은 특별 대우에 대담해진 뤼시앵은 그녀와 단둘이 대화하기 위해 새벽 2시까지 그 집에 남아 있었다. 마드무아젤 데 투슈가 당대 최고의 인기를 구가하던 귀여운 여배우 페이 양이 출연하기로 되어 있는 작품의 숨은 공저자라는 사실

---

218) 핀도스(또는 핀두스)산맥은 그리스 테살리아 지방과 알바니아 국경에 위치한 산맥이다. 방울새를 뜻하는 샤르돈레(chardonneret)에는 뤼시앵의 성 샤르동(Chardon)이 들어 있다.

을 왕당파 신문사 사무실에서 주워들어 알게 되었기 때문이
다. 살롱이 한산해지자 뤼시앵은 마드무아젤 데 투슈를 내실
의 소파로 데려가 너무나 감동적으로 코랄리와 자신의 불행
을 이야기했기에, 그 유명한 남장 여인은 코랄리가 주역을 맡
도록 해주겠다고 약속했다.

야회 다음 날, 뤼시앵은 마드무아젤 데 투슈의 약속에 생기
를 되찾은 코랄리와 함께 아침을 먹으며 루스토의 신문을 읽
었다. 거기에는 법무부 장관과 그의 아내에 대해 꾸며낸 풍자
적인 일화가 실려 있었는데, 더할 나위 없이 신랄한 재치 밑에
가장 음흉한 악의가 숨겨진 것이었다. 놀랍게도 루이 18세까
지 등장시켜 웃음거리를 만들었는데, 그렇다고 검찰이 개입하
기엔 애매했다. 자유주의파가 진실인 양 꾸며낸, 그러나 재치
넘치는 중상모략의 숫자만 늘리는 데 기여한 그 기사의 줄거
리는 이랬다.

달콤한 말과 번뜩이는 재치로 빛나는, 잔뜩 멋 부린 연애편
지에 대한 루이 18세의 열정은 점점 교조적으로 변해 가는 그
의 사랑에 대한 마지막 표현으로 해석된다. 그의 사랑은 행위
에서 관념으로 이동했다. 민중시인 베랑제가 '옥타비'라는 이
름으로 혹독하게 공격한, 저 유명한 국왕의 연인은 심한 불안
에 사로잡혔다.[219] 편지 교환이 뜸해진 것이다. 옥타비가 재치

---

219) 베랑제는 「옥타비」라는 샹송의 한 구절("네 입술의 장미를 더 이상 무
기력한 유령의 죽은 입맞춤에 내주지 마라")을 통해 국왕을 비판했는데, 여
기서 무기력한 유령은 루이 18세를, 옥타비는 국왕의 애첩 카일라 백작 부
인을 가리킨다.

를 부리면 부릴수록, 연인께선 지루해했고 냉정해졌다. 옥타비는 자신이 총애를 잃은 이유를 알게 되었다. 국왕이 최근 법무부 장관의 아내와 새로이 시작한 서신 교환에서 신선함과 향기를 느꼈고, 그로 인해 옥타비의 지배력이 위협당한 것이다. 그런데 그렇게 탁월한 법무부 장관의 부인은 간단한 편지한 장도 제대로 쓸 능력이 없는 여인으로 추정된다. 그렇다면 그녀는 분명 누군가의 대담한 야심을 책임지기로 한 편집자에 불과하리라. 그 치마 밑에 숨을 수 있는 자는 누구일까? 옥타비는 몇 가지를 면밀히 관찰한 끝에 국왕이 서신을 교환하고 있는 상대는 다름 아닌 장관 본인이라는 사실을 밝혀낸다. 그녀는 계획을 세웠다. 믿을 만한 친구의 도움으로, 어느 날 격렬한 논쟁이 벌어지는 의회에 장관을 붙들어 놓고는, 국왕과 단둘이 있는 자리에서 그 속임수의 비밀을 폭로해 국왕의 자존심을 건드렸다. 부르봉 가문의 국왕답게 루이 18세는 격노했고 옥타비를 의심했다. 옥타비는 증거를 보이겠다며, 반드시 즉각적인 답장을 요구하는 편지를 써서 장관 부인에게 보내보라고 애원했다. 너무나 놀란 그 가엾은 여인은 남편을 찾으러 의회로 사람을 보냈다. 하지만 모든 것은 예견되어 있었다. 그 시간에 남편은 연단에 있었다. 부인은 전전긍긍하며 자기가 가진 모든 재치를 동원해 직접 답장을 썼다. 왕의 낙담하는 모습에 옥타비는 웃으면서 큰 소리로 말했다. "나머지는 장관님께서 말씀드릴 거예요."

　모두 거짓이었지만, 이 기사는 법무부 장관과 그의 아내와 국왕의 급소를 찔렀다. 피노는 그 출처가 뤼포라는 비밀을 누설하지 않았지만, 사람들은 뤼포가 그 일화를 만들어냈다고 떠들었다. 재치 넘치고 신랄한 이 기사는 자유주의파는 물론이고 국왕의 동생을[220] 추종하는 당파까지 즐겁게 했다. 뤼시앵도 그저 유쾌한 가짜 뉴스로만 생각하고 그 기사를 즐겼다. 이튿날, 뤼시앵은 뤼포와 샤틀레 남작을 데리러 갔다. 남작은 장관에게 감사를 표하고 오는 길이었다. 국사원의 특별 위원으로 임명된 샤틀레는 몇 달 후, 지금의 샤랑트 도지사가 최대한 많은 연금을 받기 위해 필요한 기간을 채우고 물러나면, 그 자리에 임명된다는 약속과 더불어 백작 칭호도 받았다. 칙령에 따라 그의 이름에는 뒤(du)도 삽입되었다. 이제 샤틀레 백작(Le comte du Châtelet)이 된 그는 뤼시앵을 자기 마차에 태우고 자신과 동등하게 대우했다. 뤼시앵의 기사가 아니었다면 아마도 그렇게 빨리 출세하지 못했을 것이다. 자유주의파로부터 받은 박해가 샤틀레에게는 출세를 위한 발판이 되어주었던 것이다. 뤼포는 법무부 장관의 비서실장 방에 있었다. 뤼시앵을 보자, 그 관리는 깜짝 놀라며 뤼포를 쳐다보았다.

비서실장이 어리둥절해하는 뤼시앵에게 말했다. "어떻게! 감히 여길 찾아올 생각을 하다니! 장관님께서는 댁의 칙령을 찢어버리셨소. 자, 여기!" 그는 네 조각으로 찢긴 서류의 첫 장을 보여주었다. "장관님께서는 그 끔찍한 기사를 쓴 기자가 누군지 알아내고 싶어 하셨소. 이게 그 신문이오." 그는 뤼시앵

220) 루이 18세 사후 1824년 9월, 샤를 10세로 국왕에 즉위하는 다르투아 백작(comte d'Artois, 1757~1836)을 가리킨다. 루이 18세는 비교적 온건파였던 반면, 샤를 10세는 절대군주의 회복을 주장한 과격 왕당파였다.

이 쓴 기사가 담긴 신문을 내밀며 말했다. "기자 양반, 왕당파를 자처하는 당신이 장관들 머리카락을 세게 만들고 중도파를 상심시키고 우리를 궁지에 빠뜨리는 그 비열한 신문에 글을 기고하고 계시더군요. 점심에는 《르코르세르》《르미루아르》《르콩스티튀시오넬》《르쿠리에》를 읽고, 저녁에는《라코티디엔》이나《르레베이》를 챙겨 보면서, 야식은 우리 정부를 가장 극렬히 반대하는 마르탱빌과 함께해요? 그는 국왕이 전제 군주가 돼야 한다고 등을 떠미는데, 그렇게 되면 국왕이 극좌파로 나아가는 것만큼이나 빠른 속도로 혁명에 이르게 되지 않겠습니까? 당신이 재치 넘치는 언론인인지는 모르겠으나, 정치가는 결코 못 될 겁니다. 장관님은 국왕에 관한 기사의 작성자로 당신을 지목했고, 국왕께서는 격노하셔서 시종장인 나바랭 공작을 힐책하셨소이다. 당신은 강력한 적들을 만들었소. 당신에게 호의적이었던 만큼 그분들은 더욱 강력한 적이 될 거요! 적이 하면 당연한 행동이라도 같은 편 친구가 했다면 치명적인 것이 되니까."

"그런데 이봐요, 정말이지 당신은 어린애군요?" 뤼포가 말했다. "당신은 나의 평판까지 위태롭게 만들었어요. 당신에 대해 보증을 섰던 데르파르 부인이나 바르주통 부인이나 몽코르네 부인은 몹시 화가 나 있을 겁니다. 나바랭 공작께서는 후작 부인에게 화를 내셨고, 후작 부인은 사촌을 나무랐지요. 그곳에는 가지 마세요! 기다리세요."

"장관님이 오십니다. 어서 나가요!" 비서실장이 말했다.

뤼시앵은 도끼로 머리를 맞은 것처럼 얼이 빠진 상태로 방돔 광장에 서 있었다. 스스로를 냉정하게 평가하려 애쓰며 대로를 따라 걸어서 돌아왔다. 자신이 시기심 많고 탐욕스럽고 신의 없는 사람들의 노리개가 되었음을 깨달았다. 야망이 꿈틀대는 이 세상에서 그는 무엇이었나? 쾌락을 추구하고 허영심을 만족시키는 향락을 쫓으면서 그것들을 위해 전부를 희생한 어린아이. 깊은 성찰은 하지 않고 그저 불나방처럼 이 불빛 저 불빛을 향해 날아다닌 시인. 그는 상황의 노예였다. 생각은 잘했지만, 행동은 잘못했다. 그의 양심은 그에게 극심한 형벌을 가했다. 결국 돈이 한 푼도 없었고, 과로와 고통으로 지쳐 있었다. 그의 기사는 메를랭이나 나탕의 것보다 못하다고 평가되고 있었다. 생각에 잠겨 발길 닿는 대로 걸었다. 무작정 걷던 그는 신문과 더불어 책도 독서용으로 제공하기 시작한 문학 독서실 앞을 지나다가, 처음 보는 이상한 제목의 책 포스터가 걸려 있는 것을 보았다. 포스터에는 뤼시앵 샤르동 드 뤼방프레라는 그의 이름이 빛나고 있었다. 그의 책이 출판되었던 것이다. 그러나 그는 그 사실을 전혀 몰랐고, 신문도 침묵했다. 라스티냐크, 마르세, 그리고 안면 있는 몇몇이 섞인 젊은 멋쟁이 무리가 지나가는 것도 알아보지 못하고, 팔을 늘어뜨린 채 꼼짝 않고 가만히 서 있었다. 미셸 크레티앵과 레옹 지로가 다가오는 것도 몰랐다.

"당신이 샤르동 씨입니까?" 미셸의 물음에 뤼시앵의 오장육부가 뒤틀렸다.

"나를 모르세요?" 하얗게 질린 얼굴로 뤼시앵이 물었다.

미셸이 그에게 침을 뱉었다.

"이것은 당신이 다르테즈의 책을 비판한 기사에 대한 사례금이오. 모두가 자기 자신이나 친구들의 대의를 위해 나처럼 행동한다면, 언론은 그 역할을 다할 수 있을 겁니다. 존경받을 만하고 존경받는 성직이 되겠지요!"

뤼시앵은 비틀거렸다. 라스티냐크에게 기대면서 그와 마르세에게 말했다. "부디 내 증인이 되기를 거절하지 마십시오. 무엇보다 공정한 대결이길 바랍니다. 이 사안에는 다른 해결책이 없습니다."

뤼시앵은 아무것도 예상치 못하고 있던 미셸의 따귀를 한 대 세게 쳤다. 댄디들과 미셸의 친구들은 싸움이 난장판이 되는 사태를 막으려고 공화주의자와 왕정주의자 사이에 끼어들었다. 라스티냐크는 싸움이 벌어진 강(Gand) 대로에서[221] 멀지 않은 테부가의 자기 집으로 뤼시앵을 데려갔다. 저녁 식사 시간이었다. 이처럼 빠른 조치 덕분에, 이런 일이 벌어지면 흔히 그러듯 구경꾼이 몰려드는 것을 피할 수 있었다. 마르세가 뤼시앵을 보러 왔다. 두 댄디는 카페 앙글레에서 즐겁게 식사하자며 억지로 뤼시앵을 끌고 갔다. 그곳에서 그들은 취했다.

"검술에 자신 있습니까?" 마르세가 물었다.

"검을 다뤄본 적 없습니다."

"그러면 총은?" 라스티냐크가 말했다.

"내 평생 한 번도 총을 쏴본 적 없습니다."

"우연에 맡겨야 하니 당신은 무서운 적수가 되겠군요. 상대

---

221) 현재의 이탈리아 대로다.[편]

방을 죽일 수도 있겠어요." 마르세가 말했다.

코랄리가 침대에서 잠들어 있었던 것은 뤼시앵에게 참으로 다행스러운 일이었다. 여배우는 갑작스레 어떤 단막극에 출연했고, 돈으로 매수하지 않은 정당한 박수를 받음으로써 지난번 일에 대해 복수했다. 적들은 예상하지 못했지만, 그날 저녁 그녀의 연기를 본 극장주는 그녀에게 카미유 모팽 연극의 주인공 역을 주기로 결정했다. 코랄리가 짐나즈 극장에서 데뷔할 때 성공하지 못했던 원인을 알게 되었기 때문이다. 자기가 애착을 가지고 있던 여배우를 추락시키기 위해 플로린과 나탕이 꾸민 음모에 격분한 극장주는 코랄리에게 경영진의 보호를 약속했다.

새벽 5시에 라스티냐크가 뤼시앵을 데리러 왔다.

"당신의 생활 습관과 잘 어울리는 거리에 살고 있군요."[222] 그는 이 말로 인사를 대신했다. "우리가 먼저 약속 장소인 클리냥쿠르가로 가죠. 그게 예의고, 우리는 모범을 보여야 하니까요." 마차가 생드니 구역에 이르자 마르세가 말했다. "결투는 이렇게 진행됩니다. 당신들은 권총을 가지고 결투합니다. 스물다섯 보 거리에서 시작해 자유롭게 열다섯 보 거리까지 다가가면 됩니다. 각자 다섯 보 전진하면서 세 발을 쏠 수 있고, 그 이상은 안 됩니다. 무슨 일이 있어도 두 사람 다 거기서 멈추어야 합니다. 우리는 상대방의 권총에 장전하고, 상대방

---

222) 뤼시앵의 아파트가 있는 거리 이름인 륀(lune)은 프랑스어로 '달'이라는 뜻이다. 밤이면 야회와 도박 등으로 시간을 보내고 낮에는 늦게까지 자는 그의 생활 습관을 빗댄 말로 보인다.

의 증인들은 당신 권총에 장전합니다. 네 명의 증인이 무기상에 모여 무기를 선택했습니다. 단언컨대 당신에게 유리한 무기를 골랐습니다. 기병의 권총을 사용하실 겁니다."

뤼시앵에게 인생은 악몽이 되어 있었다. 죽든 살든 상관없었다. 자살하려는 사람 특유의 용기가 생겼기에, 정장을 차려입은 그는 결투 구경꾼들에게 용맹한 사람으로 보였다. 그는 걷지 않고 제자리에 서 있었다. 그러한 무관심은 냉철한 고도의 계산으로 여겨졌다. 사람들은 시인을 매우 강한 사람으로 보았다. 미셸 크레티앵은 허용된 최대 근접 거리까지 다가섰다. 두 적수는 동시에 총을 쏘았다. 두 사람 다 똑같이 모욕당했다고 생각했기 때문이다. 첫 번째 발포에서 크레티앵의 총알은 뤼시앵의 턱을 스쳤고, 뤼시앵의 총알은 상대방의 머리 3미터 위로 날아갔다. 두 번째 발포에서 크레티앵의 총알이 시인의 프록코트 깃에 박혔다. 다행히 그것은 단단한 아마포로 누벼져 있었다. 세 번째 발포에서 뤼시앵은 가슴에 총알을 맞고 쓰러졌다.

"죽었나?" 미셸이 물었다.

"아니." 외과 의사 비앙숑이 말했다. "살아날 거야."

"아쉽군!" 미셸이 대답했다.

"오! 그래! 아쉬워." 뤼시앵이 눈물을 흘리면서 그의 말을 따라 했다.

정오에 그 가엾은 아이는 자기 방 침대에 누워 있었다. 대단히 신중을 기해 그를 옮겨 오느라고 5시간이나 걸렸다. 목숨이 위태롭지는 않았지만, 조심해야 했다. 열이 많이 났기 때문에 심각한 합병증을 일으킬 수도 있었다. 코랄리는 절망과 슬픔의 감정을 억눌렀다. 뤼시앵이 사경을 헤매는 동안 자기 배역을 익히면서 베레니스와 함께 밤새워 그의 곁을 지켰다. 뤼시앵의 위독한 상태는 두 달이나 계속되었다. 가엾은 여인은 종종 쾌활한 여인의 역할을 연기하기도 했다. 그러나 그러는 동안에도 마음속으로는 '이 순간, 뤼시앵은 죽어가고 있을지도 몰라!' 외치곤 했다.

비앙숑은 병석에 있는 뤼시앵을 줄곧 돌봤다. 그가 살아날 수 있었다면, 그것은 마음에 상처를 입었던 그 친구의 헌신 덕분이었다. 다르테즈가 불행한 시인을 변호하면서 뤼시앵의 행보에 대한 비밀을 알려주었다. 다르테즈가 너무 너그러워 그를 옹호하는 것은 아닌가 의심했던 비앙숑은 심각한 신경성 열병에 시달리고 있던 뤼시앵의 의식이 또렷해진 순간 그에게 물어보았다. 뤼시앵 말에 의하면, 다르테즈의 책에 대해서는 엑토르 메를랭의 신문에 실린 진지하고 엄숙한 기사 외에 다른 어떤 기사도 쓰지 않았다는 것이었다.

한 달 만에 팡당과 카발리에 출판사는 파산 신청을 했다. 비앙숑은 그 끔찍한 소식을 뤼시앵에게는 전하지 말라고 여배우에게 당부했다. 이상한 제목으로 나온 '샤를 9세의 궁수'는 처참히 실패했다. 파산 신청을 하기 전 팡당은 카발리에 몰래 그 작품을 통째로 잡화상에게 팔아버렸고, 잡화상은 그것을 다시 헐값으로 노점상에게 팔았다. 당시 파리의 다리 난간이나 센 강변의 헌책방 진열대에는 뤼시앵의 책이 널려 있었다. 상당한 부수의 책을 사놓았던 오귀스탱 강변로의 서적상 바르베는 가격 하락으로 인해 큰 손실을 입었다. 4프랑 50상팀에 산 12절판 네 권짜리 책이 50수(2프랑 50상팀)에 팔리고 있었던 것이다. 상인들은 비명을 질렀지만, 신문들은 그 책에 대해 일절 언급하지 않았다. 바르베는 이런 덤핑 사태를 예견하지 못했다. 뤼시앵의 재능을 믿었던 그는 평상시와 달리 재고를 200세트나 확보해 두었던 것이다. 실패의 전망에 돌아버릴 지경이 된 그는 뤼시앵에게 악담을 퍼부었다. 그는 과감한 결정을 내렸다. 다른 서적상들이 헐값에 책을 팔건 말건, 수전노 특유의 고집으로, 상점 한구석에 책을 모조리 처박아 두었던 것이다. 그 후, 1824년 다르테즈의 훌륭한 서문과 작품의 진가, 그리고 레옹 지로가 쓴 두 편의 기사 덕분에 책값이 치솟자, 바르베는 가지고 있던 재고를 하나씩 꺼내 권당 10프랑에 팔았다.

주의를 기울였는데도, 코랄리와 베레니스는 엑토르 메를랭이 죽어가는 친구를 보러 오는 것을 막을 수 없었다. 그는 뤼시앵에게 쓰디쓴 육수를 한 방울씩 떠 먹였다. '팔리지 않아 쌓인 재고'를 뜻하는 '육수'는 팡당과 카발리에 같은 업자가 신인 작가들의 책을 마구잡이로 출판함으로써 서점가에 야기한 재난 상황을 일컫는 은어였다. 유일하게 남은 친구인 마르탱빌이 작품에 호의적인 훌륭한 기사를 썼다. 하지만《아리스타르크》《오리플람》《드라포 블랑》등 과격 왕당파 저널의 편집장인 마르탱빌에 대한 자유주의파와 여당의 분노가 극에 달해 있었던 탓에, 자유파에게 당한 한 번의 모욕을 열 배로 갚아준 이 용감한 투사의 노력은 오히려 뤼시앵에게 해가 되었다. 왕당파 자객의 공격이 무척이나 날카로웠음에도, 그의 도전에 응하는 신문은 하나도 없었다. 코랄리와 베레니스와 비앙숑은 뤼시앵의 친구를 자처하는 자들에게 문을 닫아걸었다. 그들이 아무리 아우성을 쳐도 소용없었다. 그러나 집행관들에게는 문을 닫을 수 없었다. 팡당과 카발리에의 파산으로 인해 그들이 발행한 모든 어음은 상법 조항에 따라 만기와 관계없이 즉시 청구가 가능해졌다.[223] 어음 발행 당사자가 아닌 제삼자들이 지급기일이라는 이익을 누리지 못하는 이 조항은 제삼자의 권리를 심각하게 침해한다. 뤼시앵은 카뮈조로부터 고소당했다. 카뮈조는 강경했다. 카뮈조의 이름을 보자 여배우는 자기에게는 그토록 천사 같았던 뤼시앵이 시도했을 끔찍하고 모욕적인 타협을 상상할 수 있었다. 그녀는 뤼시앵을 열 배나 더 사랑하게 되었고 카뮈조에게 애원하고 싶지 않았다. 죄인을 잡으러 온 집행관들은 그가 병상에 누워 있는 것을 보고 그를 압송할 계획을 철회했다. 그들은 채무자를 요양원에 구류하는 문제를 놓고 상사법원장의 지시를 받기 전에 카뮈조를 찾아갔다. 카뮈조는 즉시 뢴가로 뛰어왔다. 그를 만나러 내려갔다가 다시 올라온 코랄리의 손에는 어음의 배서 내용을 근거로 뤼시앵이 상인으로 명시된 소송 관련 서류가 들려 있었다. 그녀는 어떻게 그 서류를 받아냈을까? 도대체 무슨 약속을 했을까? 그녀는 초주검이 되어 올라왔지만, 침울한 상태로 침묵을 지켰다. 코랄리는 카미유 모팽이라는 필명을

---

223) 1807년 상법(Code de commerce) 448조에 근거한다.

쓰는 마드무아젤 데 투슈의 작품에 출연했고, 문학계에서 유
명한 그 남장 여인의 성공에 크게 기여했다. 코랄리의 연기는
그 아름다운 램프의 마지막 불꽃이었다. 뤼시앵이 산책도 하
고 식사도 하게 되면서 일을 다시 시작하겠다고 말하던 바로
그때, 코랄리는 20회차 공연 도중 병이 났다. 말 못 할 슬픔이
그녀를 고통스럽게 했던 것이다. 베레니스는 뤼시앵을 구하기
위해 코랄리가 카뮈조에게 돌아가기로 약속했다고 짐작했다.
여배우는 자신의 역할이 플로린에게 돌아가는 것을 보면서 굴
욕을 느꼈다. 나탕은 코랄리가 맡고 있는 역할을 플로린에게
넘기지 않으면 짐나즈 극장과는 전쟁이라고 공언했다. 경쟁자
에게 배역을 빼앗기지 않으려고 여배우는 마지막 순간까지 연
기했지만, 그것은 체력의 한계를 넘어서는 것이었다. 뤼시앵이
병석에 있는 동안 짐나즈 극장은 출연료를 미리 지급해 주었
기에 코랄리는 극장에 한 푼도 더 요구할 수 없었다. 의욕이
넘쳤음에도 뤼시앵은 아직 일을 시작할 수 없었다. 게다가 베
레니스의 짐을 덜어주기 위해 코랄리도 간병해야 했다. 이 불
쌍한 가정은 극도로 비참한 상태에 놓이게 되었다. 그나마 다
행인 것은 비앙숑이 유능하고 헌신적인 의사였으며, 그 덕분
에 약국에서 외상 거래를 할 수 있었다는 점이다. 코랄리와 뤼
시앵이 처한 상황은 얼마 가지 않아 납품업자들과 집주인에
게 알려졌다. 가구들은 압류당했다. 더 이상 이 신문기자를 두
려워할 필요가 없어진 양장점과 양복점은 그들을 극도로 괴
롭혔다. 결국 불쌍한 두 아이에게 외상을 주는 사람은 약사와
돼지고기 장수뿐이었다. 뤼시앵과 베레니스와 환자인 코랄리

는 일주일 내내 육가공품 상인이 주는 여러 가지 기발한 요리만 먹어야 했다. 그 성분상 염증을 유발하는 돼지고기 가공품은 여배우의 병을 악화시켰다.

빈곤에 허덕이던 뤼시앵은 그를 배신한 옛 친구 루스토에게 빌려주었던 1000프랑을 돌려받기 위해 그의 집을 찾아가 볼 수밖에 없었다. 그것은 불행한 가운데에서도 가장 힘든 일이었다. 소송을 당해 토끼처럼 쫓기고 추격당하던 루스토는 라아르프가의 자기 집에 들어갈 수 없었기에, 친구들 집을 전전하며 얹혀살고 있었다. 뤼시앵은 자기를 문학계로 인도했던 운명적인 안내자를 플리코토 식당에서 겨우 만났다. 루스토는 뤼시앵이 다르테즈에게서 멀어진 그 불행한 날에 만났던 바로 그 자리, 그 테이블에서 저녁을 먹고 있었다. 루스토는 함께 식사하자고 권했고, 뤼시앵은 그의 초대를 받아들였다. 플리코토 식당을 나오면서, 그날 그곳에서 식사하고 있던 클로드 비뇽과 루스토와 뤼시앵, 그리고 사마농의 전당포에 예복을 맡겨둔다던 미지의 위인은 커피를 마시러 볼테르 카페로 가려고 했다. 그러나 각자의 주머니에서 짤랑거리는 동전을 다 합쳐도 30수가 되지 않았다. 그들은 서적상이라도 하나 만나기를 바라며 한가로이 뤽상부르 공원을 걸었다. 그러다 정말로 당시 가장 유명했던 인쇄업자 하나를 만나게 되었고, 루스토가 40프랑을 부탁하자 그는 그 돈을 주었다. 루스토는 돈을 똑같이 넷으로 나누었고, 네 명의 작가는 각자 배당된 돈을 집어 들었다. 가난은 뤼시앵에게서 자존심도 염치도 모두 앗아갔다. 그는 세 명의 예술가 앞에서 자신의 상황을 털어놓으며 울었다. 그러나 그 친구들 모두 말하기에도 끔찍한 사연을 가지고 있었다. 각자 자기 이야기를 마치자, 시인은 넷 중 그래도 자기가 가장 덜 불행하다고 생각하기에 이르렀다. 그들은 자신들의 불행과 그 불행을 배가시키는 생각을 잊어버릴 필요를 느꼈다. 루스토는 팔레루아얄로 달려가 자기 몫인 10프랑 중 남은 9프랑을 가지고 도박을 했다. 미지의 위인은 신성한 애인이 있음에도 위험한 쾌락의 수렁에 빠지기 위해 매음굴로 갔다. 클로드 비뇽은 이성과 기억을 지워버리고자 보르도 와인 두 병을 마시려고 '프티 로셰 드 캉칼'로[224] 갔다. 뤼시앵은 야식을 포기하고 식당 앞에서 클로드 비뇽과 헤어졌다. 자기에게 적대적이지 않았던 유일한 기자와 악수하려고 손을 내밀며 뤼시앵은 가슴이 미어졌다.

"이제 어떡하죠?" 뤼시앵이 그에게 물었다.

"전시에는 전시에 맞게!" 위대한 비평가가 말했다. "당신 책은 훌륭합니다. 하지만 그 책 때문에 당신을 질투하는 사람들이 생겨났어요. 길고도 힘든 싸움이 될 겁니다. 천재성은 끔찍한 질환이에요. 모든 작가는 각자 마음속에 괴물을 하나씩 품고 있어서, 뱃속의 기생충처럼 어떤 감정이 싹틀 때마다 놈이 그 감정을 갉아먹지요. 누가 승리할까요? 질병이 인간을 이길까요, 인간이 질병을 이길까요? 당연하게도, 위대한 사람만이 재능과 기질 사이에서 균형을 잡을 수 있습니다. 재능을 크게

224) 포세 생제르맹가(현 앙시엔 코메디가)에 있었던 식당으로, 몽토르게이가의 유명한 로셰 드 캉칼과는 다른 곳이다.[편]

발휘할수록 마음은 메말라 버립니다. 거인이거나, 헤라클레스의 어깨를 가지지 않은 한, 가슴이 없어지든지 재능이 사라지든지 둘 중 하납니다." 그러고는 식당 안으로 들어가며 이렇게 덧붙였다. "당신은 말랐고 가냘프니, 쓰러지고 말겠군요."

뤼시앵은 문학인의 삶이란 어떤 것인지, 그 진실을 밝혀주는 그 무시무시한 판결을 곰곰이 생각하며 집으로 돌아왔다.

"돈이야!" 어떤 목소리가 그에게 외쳤다.

그는 다비드 세샤르의 서명을 완벽하게 모사해 자기 앞으로 각각 1개월, 2개월, 3개월 만기의 1000프랑짜리 어음 석 장을 만들고 배서했다. 다음 날 그는 세르팡트가에 있는 메티비에의 지업사를 찾아갔고, 상인은 아무 문제 없이 그에게 어음을 할인해 주었다. 뤼시앵은 매제에게 몇 줄의 편지를 써서 그의 금고에 손댄 사실을 알렸다. 전에도 그랬듯이 기한 내에 그 자금을 마련하겠다는 약속도 했다. 그 돈을 가지고 코랄리와 자신의 빚을 갚고 나니, 수중에 300프랑이 남았다. 시인은 만일 자기가 간청하더라도 절대 주지 말라는 말과 함께 그 돈을 베레니스에게 맡겼다. 도박장에 가고 싶을까 봐 두려웠기 때문이다. 그는 밤새워 코랄리를 돌보면서, 아무 말 없이 어둡고 싸늘한 분노를 삼키며 희미한 불빛 아래에서 재치 넘치는 기사를 쓰기 시작했다. 기사에 대한 아이디어를 찾고 있을 때, 사랑스러운 여인이 눈을 반짝이면서 창백한 입술로 미소 짓는 것을 보았다. 도자기처럼 하얀 그녀는 죽어가는 여인의 마지막 아름다움을 발산하고 있었다. 질병과 슬픔으로 스러져가는 여인들이 그렇듯, 그녀의 눈에서는 빛이 났다. 뤼시앵은 자신이 쓴 기사들을 신문사에 보냈다. 신문사로 직접 찾아가 편집장들을 조르거나 귀찮게 할 수는 없었다. 결국 그의 기사는 아무 데에도 실리지 않았다. 다시 마음을 굳게 먹고 신문사로 갔다. 그를 영입하려 애썼고, 나중에는 그의 문학적 재능을 이용했던 테오도르 가야르는 그를 냉대했다.

"정신 좀 차리시오! 당신에게선 이제 더 이상 재치를 찾아볼 수 없소. 낙심하지 말고, 열정이 담긴 글을 쓰시오."

"뤼시앵이란 친구의 뱃속에는 애초에 소설 한 편과 초창기 기사들밖에 없었어요." 도리아 출판사나 보드빌 극장에서 그의 이야기가 나올 때면, 펠리시앵 베르누, 엑토르 메를랭, 그리고 그를 증오하는 모든 이가 그렇게 말했다. "그 친구가 우리에게 보내는 글들은 이제 형편없거든요."

뱃속에 든 게 없다는 언론계에서 사용되는 은어로, 한번 판결이 내려지면 항소하기도 어려운 최종 선고였다. 사방에 퍼진 이 말이 뤼시앵을 죽이고 있었다. 하지만 그는 아무것도 몰랐다. 자기 힘으로 해결할 수 없는 걱정거리가 생겼기 때문이다. 몹시 힘들게 일하던 중, 다비드 세샤르의 어음 때문에 소(訴)를 제기당했다. 그는 경험 많은 카뮈조에게 도움을 청했다. 코랄리의 옛 애인은 뤼시앵을 보호하는 관대함을 보여주었다. 이러한 끔찍한 상황이 두 달 동안 계속되었다. 인지가 덕지덕지 붙은 종잇장들이 날아들었다. 뤼시앵은 카뮈조의 충고에 따라 그 서류들을 비지우와 블롱데와 뤼포의 친구인 공증인 데로슈에게 보냈다.

8월 초에 비앙숑이 시인에게, 코랄리는 이제 가망이 없으며 살날이 며칠 안 남았다고 말했다. 베레니스와 뤼시앵은 그 운명의 며칠을 울면서 보냈다. 두 사람은 뤼시앵 때문에 절망하면서 죽어가는 그 가엾은 여인에게 눈물을 감출 수도 없었다. 놀랍게도 정신이 돌아온 코랄리는 뤼시앵에게 신부를 모셔와 달라고 했다. 여배우는 교회와 화해하고 평화롭게 죽고 싶었다. 그녀는 기독교도로서 죽음을 맞이했다. 그녀의 참회는 진솔했다. 그녀의 고통과 죽음은 뤼시앵에게서 힘과 용기를 앗아갔다. 뤼시앵은 코랄리의 침대 밑 의자에 앉아, 죽음의 손이 여배우의 눈을 감길 때까지 그녀만 바라보며 실의에 빠져 있었다. 새벽 5시였다. 새 한 마리가 십자 유리창 밖 화분 위로 날아와 지저귀고 있었다. 무릎을 꿇은 베레니스는 차가워진 코랄리의 손에 키스하면서 눈물을 흘렸다. 벽난로 위에는 11수가 남아 있었다. 절망에 빠진 뤼시앵은 밖으로 나갔다. 절망은 그에게 애인을 매장하기 위해 구걸이라도 하든지, 아니면 데스파르 부인이든 샤틀레 백작이든 바르주통 부인이든 마드무아젤 데 투슈든, 하다못해 그 끔찍한 댄디 마르세의 발밑에라도 몸을 던지라고 충고하고 있었다. 그러나 그 순간 그에게는 그럴 용기도 힘도 없었다. 몇 푼이라도 벌 수 있다면 입대했으리라! 불행한 사람들만 이해하는 의기소침하고 일그러진 모습으로 카미유 모팽의 저택까지 걸어가서는, 흐트러진 옷매무새에는 신경도 쓰지 않고 안으로 들어가 그녀를 만나게 해달라고 부탁했다.

"아가씨께서는 새벽 3시에 잠자리에 드셨습니다. 아가씨가 부르시기 전에는 아무도 방에 들어갈 수 없습니다." 하인이 대답했다.

"몇 시에 부르시나요?"

"10시 전에 부르신 적은 한 번도 없습니다."

뤼시앵은 처참한 편지를 썼다. 그것은 가난하면서도 품위를 지키려는 사람들이 쓰는 조심스럽고 신중한 편지가 아니었다. 예전 어느 저녁, 재능 있는 젊은 작가들이 피노에게 사정하려고 했다던 행동에 대해 루스토가 이야기했을 때, 뤼시앵은 사람이 그렇게까지 비굴해질 수 있을까 생각했더랬다. 그러나 그의 펜은 곤경에 처했던 선배들보다 더한 일을 했다. 그는 조금 전 절망에 빠져 썼던 그 끔찍한 '걸작'은 벌써 잊어버린 채, 열이 나고 멍한 상태로 대로를 걸어 집으로 돌아오다 바르베를 만났다.

"바르베, 500프랑 있어요?" 뤼시앵이 손을 내밀며 말했다.

"아니요, 200프랑은 있어요." 서적 상인이 말했다.

"아! 당신은 마음씨가 곱군요."

"그래요. 하지만 나는 사업가이기도 합니다. 당신 때문에 손해를 많이 봤어요." 그는 팡당과 카발리에의 파산 소식을 이야기하면서 덧붙였다. "그러니 내가 돈을 좀 벌게 해주겠소?"

그의 말에 뤼시앵은 부르르 떨었다.

"당신은 시인입니다. 그러니 모든 종류의 시를 쓸 수 있겠지요." 서적 상인이 말을 계속했다. "지금 내게는 여러 작가의 노래를 섞어서 만들되, 표절로 소송당하지 않을 외설스러운 노래가 필요해요. 예쁜 샹송집을 만들어 거리에서 10수에 팔고 싶어요. 술 마실 때 부르는 음탕한…… 그러니까…… 아시잖아요! 내일까지 그런 노래 10개를 만들어주면, 200프랑 드리겠소.”

뤼시앵은 집으로 돌아왔다. 코랄리는 베레니스가 울면서 꿰맨 형편없는 시트에 감싸여 간이침대 위에 뻣뻣해진 상태로 똑바로 누워 있었다. 뚱뚱한 노르망디 여인은 침대의 네 귀퉁이에 촛불을 켜 놓았다. 절대의 평온을 드러내면서, 살아 있는 사람들에게 큰 울림을 주는 아름다운 꽃이 코랄리의 얼굴에서 빛을 발했다. 그녀는 얼굴이 창백해지는 병을 앓고 있는 소녀처럼 보였다. 이따금 보랏빛 입술을 열고, 마지막 숨을 거두기 전 신과 함께 불렀던 뤼시앵의 이름을 중얼거리는 듯 보이기도 했다. 뤼시앵은 200프랑 이내로 초라한 본누벨 교회에서의 의식과 운구가 포함된 장례식을 주문하라고 베레니스를 보냈다. 그녀가 나가자마자 뤼시앵은 가엾은 애인의 시신 옆 테이블에 앉아 쾌활한 내용과 통속적인 곡조의 샹송 10개를 썼다. 일을 시작하기 전, 그는 엄청난 고통을 느꼈다. 하지만 결국 아무런 고통도 느끼지 않는 사람처럼, 필요에 따라 머리를 쥐어짜면서 재능을 발휘했다. 그는 머리와 가슴의 분리에 대한 클로드 비뇽의 무시무시한 판결을 이행하고 있었다. 이 가엾은 청년이 코랄리를 위해 기도하는 신부 옆에서, 양초의 희미한 불빛 아래서 취객들을 위한 노랫말 쓰기에 몰두하던 그 밤은 얼마나 기막힌 밤인가! 다음 날 아침, 마지막 샹송을 완성한 뤼시앵은 당시 유행하던 멜로디에 그 가사를 붙여 불러 보았다. 뤼시앵이 노래하는 것을 들으면서 베레니스와 신부는 그가 미친 것은 아닌지 걱정했다.

친구들이여, 노래 속의 도덕은
나를 피곤하고 귀찮게 한다네.
광기를 섬기는 사람이
이성에 구원을 청해야 하나?
게다가 낙천가들과 건배하면
모든 노래는 멋지다네.
에피쿠로스가 그걸 증명했지.
바쿠스가 우리에게 술을 따를 때는
아폴론을 찾아가지 말자.
웃자! 마시자!
나머지는 웃어넘기자.

히포크라테스는 모든 술꾼에게
100세를 약속했지.
상관 말자, 하여간, 아쉽게도
다리가 비틀거려
아가씨 꽁무니를 따라가지 못해,
그래도 술병 비우는
손만은 여전히 민첩하다면,
언제나 진정한 술꾼으로
예순까지 건배할 수 있다면,
웃자! 마시자!
나머지는 웃어넘기자.

우리가 어디서 왔는지 알고 싶다면

그건 너무 쉽지.

하지만 우리가 어디로 가는지 알려면

능수능란해야 한다네.

그러니 아무 걱정 없이,

끝까지 써먹자

하늘의 호의를!

우리가 죽는 건 확실하지.

하지만 살아 있다는 것도 분명한 사실.

웃자! 마시자!

나머지는 웃어넘기자.

시인이 이 마지막 구절을 노래하고 있을 때, 비앙숑과 다르테즈가 들어왔다. 그들은 그가 극도로 낙담해 있는 것을 보았다. 그는 눈물을 철철 흘렸고, 자기가 지은 노래를 기억할 힘도 없었다. 뤼시앵이 흐느끼면서 자신이 처한 상황을 설명하자, 그의 말을 듣고 있던 사람들의 눈에도 눈물이 고였다.

"이것으로 많은 잘못을 지우는군!" 다르테즈가 말했다.

"이승에서 지옥을 만나는 사람은 행복할지어다!" 신부가 엄숙히 말했다.

영원을 향해 미소 짓는 이 아름다운 주검의 광경, 음담패설로 무덤을 사준 애인의 모습, 관 값을 지불한 바르베, 수놓은 치마와 초록 무늬의 빨간 스타킹으로 관람객들의 가슴을 두근거리게 했던 여배우 주위를 밝히는 네 자루의 초, 그리고 그녀를 신과 화해시킨 후 그토록 한 남자를 사랑했던 여인을 위해 미사 드리러 교회로 돌아가려고 문 앞에 서 있는 신부! 그 위대함과 그 비열함, 가난으로 짓눌린 그 고통 앞에서 위대한 작가와 위대한 의사는 얼어붙은 채 아무 말 없이 앉아 있었다. 그때 하인이 들어와 마드무아젤 데 투슈의 도착을 알렸다. 이 아름답고 숭고한 여인은 모든 것을 알아채고, 빠른 걸음으로 뤼시앵에게 다가가 그의 손을 잡았다. 그러고는 그의 손에 1000프랑짜리 지폐 두 장을 쥐여주었다.

"너무 늦었어요." 그는 죽어가는 사람의 눈빛으로 말했다.

다르테즈, 비앙숑, 그리고 마드무아젤 데 투슈는 다정한 말로 절망한 그를 달래고 나서야 뤼시앵 곁을 떠났다. 그러나 그의 기력은 완전히 소진되었다. 정오에 세나클 친구들이 작은 본누벨 교회에 왔다. 미셸 크레티앵은 빠졌지만, 그 역시 뤼시앵이 저지른 잘못에 대해서는 오해를 풀었던 터였다. 베레니스, 마드무아젤 데 투슈, 짐나즈 극장 단역배우 둘, 코랄리의 의상 담당자도 장례식에 참석했다. 가엾은 카뮈조도 왔다. 남자들은 모두 여배우를 배웅하러 페르라셰즈 묘지까지 갔다. 카뮈조는 뜨거운 눈물을 흘리며, 그녀를 위해 영구묘지를 사서 비석을 세우고 거기에 코랄리, 향년 19세, 1822년 사망이라고 새겨 넣겠다고 뤼시앵에게 엄숙히 약속했다.

뤼시앵은 해가 저물 때까지 파리가 내려다보이는 언덕에 홀로 남아 있었다. 그는 생각했다. '누가 나를 사랑해 줄까? 진정한 친구들도 나를 경멸한다. 내가 무슨 짓을 해도, 저기 누워 있는 여자는 내 모든 것이 고귀하고 훌륭하다고 생각했지! 이

제 내게는 누이와 다비드와 어머니밖에 없다! 고향에서 그들
은 나를 어떻게 생각할까?'

가엾은 지방 위인은 륀가로 돌아왔다. 텅 빈 아파트를 보니
이런저런 생각에 울컥해져서 같은 거리의 싸구려 호텔로 거처
를 옮겼다. 마드무아젤 데 투슈가 준 2000프랑에, 가구를 처
분한 돈을 합쳐 빚을 갚았다. 베레니스와 뤼시앵에게는 100프
랑이 남았다. 그 돈으로 두 사람이 두 달을 먹고살았지만, 뤼
시앵은 병자처럼 쇠약해졌다. 글을 쓸 수도 생각을 할 수도 없
었던 그는 그저 고통에 몸을 맡기고 있었다. 베레니스는 그가
가여웠다.

"고향으로 돌아가신다면, 어떻게 가실 거예요?" 누이와 어
머니와 다비드를 생각하면서 울부짖는 뤼시앵에게 베레니스
가 물었다.

"걸어서 가야지."

"걸어갈지라도 가면서 먹기도 하고 잠도 자야 하잖아요. 하
루에 48킬로미터를 걷더라도 최소한 20프랑은 필요하실 거예
요."

"그 돈은 내가 마련할 거야."

그는 필요한 최소한의 옷만 남기고 예복과 속옷가지를 모
두 싸서 사마농을 찾아갔고, 사마농은 헌옷 전체의 값으로
50프랑을 내밀었다. 고리대금업자에게 승합마차를 탈 수 있는
돈이라도 달라고 애원해 보았지만, 그는 끄떡도 하지 않았다.
분노에 사로잡힌 뤼시앵은 단숨에 프라스카티로 올라가 운명
을 걸었으나 빈손으로 도박장을 나왔다. 륀가의 비참한 방에

돌아온 뤼시앵은 베레니스에게 코랄리의 숄을 달라고 했다. 도박장에서 돈을 전부 잃었다는 뤼시앵의 고백을 들은 베레니스는 그의 눈을 보면서 절망에 빠진 시인이 무슨 생각을 하는지 알아챘다. 그는 목을 매달 작정이었다.

"미쳤어요? 산책 나갔다 자정에 돌아오세요. 그 돈은 제가 벌어 드릴게요. 하지만 대로로만 다니고 강변 쪽으로는 가지 마세요."

고통으로 얼이 빠진 뤼시앵은 마차들과 행인들을 쳐다보며 대로를 배회했다. 파리의 수많은 이해관계에 따라 부대끼며 몸부림치고 있는 군중 속에서 그는 혼자였고 신용도 평판도 잃었다. 머릿속으로 샤랑트 강변을 그리며 가족에게서 느끼는 행복을 갈망했다. 그러자 다소간 여성적 기질을 지닌 사람이라면 누구나 착각하게 되는 모종의 힘이 순간적으로 샘솟는 것을 느꼈다. 다비드 세샤르에게 속을 털어놓고, 여전히 그를 지지하는 세 천사의 충고를 듣기 전에는 이 싸움을 포기하고 싶지 않았다. 하릴없이 어정거리던 그는 나들이옷을 입은 베레니스가 지저분한 본누벨 대로와 륀가가 만나는 모퉁이에 서서 어떤 남자와 이야기하고 있는 모습을 보았다.

"여기서 뭘 하고 있어?" 노르망디 여인을 보자 어떤 의혹에 사로잡혀 깜짝 놀란 뤼시앵이 물었다.

"이건 아주 비싼 값을 치르게 될 20프랑이에요. 하지만 작가님은 떠나실 수 있어요." 베레니스가 100수짜리 동전 네 개를 시인의 손에 쥐여주었다.

베레니스는 도망치듯 가버렸고, 뤼시앵은 그녀가 어디로 갔는지 알 수 없었다. 그를 위해 변명하자면, 뤼시앵은 그 돈을 받은 손이 화끈거렸고, 돌려주고 싶었다. 하지만 그는 파리 생활의 마지막 흉터인 그 돈을 간직할 수밖에 없었다.

(3권에 계속)

세계문학전집 **487**

잃어버린 환상 2

1판 1쇄 찍음   2026년 3월 24일
1판 1쇄 펴냄   2026년 3월 31일

지은이   오노레 드 발자크
옮긴이   송기정
발행인   박근섭, 박상준
펴낸곳   (주)민음사

출판등록   1966. 5. 19. (제 16-490호)
서울특별시 강남구 도산대로1길 62(신사동) 강남출판문화센터 5층 (우편번호 06027)
대표전화 02-515-2000   팩시밀리 02-515-2007
www.minumsa.com

© 송기정, 2026. Printed in Seoul, Korea

ISBN 978-89-374-6487-4 04800
ISBN 978-89-374-6000-5 (세트)

* 잘못 만들어진 책은 구입처에서 교환해 드립니다.